«Ein großer, ein sehr, sehr lesenswerter Roman.»
(3sat)

«Ungemein anrührende Bilder des zwischen größtem Lebensglück und größtem Unglück schwankenden Mannes.» *(Frankfurter Allgemeine Sonntagszeitung)*

«Ein geistreicher und dazu hocherotischer Roman.»
(Aspekte)

«Mein Gott, Walser! Welche Wucht. Welche Kraft. Und was für ein Kunststück.» *(SWR)*

«‹Angstblüte› ein Alterswerk zu nennen hieße, die Vitalität und den Furor mit einer Milde und Abgeklärtheit zu betrachten, die sie weder fordern noch verdient haben … Ein brennend aktueller Roman.»
(Frankfurter Allgemeine Zeitung)

Martin Walser, 1927 in Wasserburg am Bodensee geboren, war einer der bedeutendsten Schriftsteller der deutschen Nachkriegsliteratur. Für sein literarisches Werk erhielt er zahlreiche Preise, darunter 1981 den Georg-Büchner-Preis, 1998 den Friedenspreis des Deutschen Buchhandels und 2015 den Internationalen Friedrich-Nietzsche-Preis. Außerdem wurde er mit dem Orden «Pour le Mérite» ausgezeichnet und zum «Officier de l'Ordre des Arts et des Lettres» ernannt. Martin Walser starb am 26. Juli 2023 in Überlingen.

Außerdem liegen im Rowohlt Taschenbuch Verlag vor: «Der Augenblick der Liebe» (rororo 24020), «Die Verwaltung des Nichts» (rororo 24428) und «Leben und Schreiben. Tagebücher 1951–1962» (rororo 24427).

Martin Walser *Angstblüte*

ROMAN

Rowohlt Taschenbuch Verlag

3. Auflage August 2023

Veröffentlicht im Rowohlt
Taschenbuch Verlag, Reinbek
bei Hamburg, Februar 2008

Umschlaggestaltung any.way, Barbara Hanke / Cordula Schmidt
(Illustration: Alissa Walser)
Satz aus der Stempel Garamond PostScript, InDesign,
bei Pinkuin Satz und Datentechnik, Berlin
Druck und Bindung CPI Books GmbH, Leck
ISBN 978-3-499-24651-7

Angstblüte

Eins

1.

Es war Gundi. Sie klang, als sei jemand in ihrer Nähe, der nicht hören dürfe, was sie sagt. Man sah förmlich, wie sie den Kopf senkte, um Mund und Hörer möglichst dicht zusammenzubringen. Und verfügte doch in ihrem Schlößchen in der Menterschwaige über soviel Ungestörtheit, wie sie nur wollte. Eigentlich war sie entspannt. Die Gelassenheit selbst, sagte Diego, sei sie. Gelegentlich sprach er ihr sogar eine göttliche Gelassenheit zu. Aber heute gab es einen Grund für diesen Dringlichkeitston. Diego liegt im Schwabinger Krankenhaus. Er konnte morgens nicht aufstehen, konnte keinen Arm, kein Bein mehr bewegen, ist darüber so erschrocken, daß er sofort gekotzt hat. Sie hat den Notarzt gerufen, der hat Diego ins Schwabinger Krankenhaus bringen lassen, da liegt er jetzt seit achtundvierzig Stunden, die Ärzte können sich für keine Ursache entscheiden. Also Schlaganfall ist schon mal ausgeschlossen worden. MS noch nicht.

Als Karl von Kahn hörte, daß das schon vorgestern passiert war, konnte er ein zu lautes, fast klagendes Nein nicht zurückhalten.

Gundi sagte: Ja. Sagte das ganz matt.

Karl, eher heftig: Sag Lambert, ich komme sofort.

Karl, rief sie, Karl!

Er verstand nicht gleich und erfuhr, er habe Diego Lambert genannt. Das tue ihr weh. Jetzt, da Diego so elend daliege, ganz besonders.

Karl rief: Gundi, liebe Gundi, das tut mir so leid, wie ich es nicht sagen kann. Wisch es weg, hab es nicht gehört, laß es bedeutungslos sein. Ich bitte dich darum.

Gewährt, sagte sie.

Ich danke dir, Gundi, sagte er.

Also um drei, sagte sie.

Und Karl notierte: Haus 4, Abteilung 4a, Zimmer 4023. Um drei.

Gundi hauchte ein Ja.

Karl legte nach ihr auf, holte Atem und sagte es Helen weiter.

Die saß schon an ihrem Schreibtisch, der der Schreibtisch ihres Vaters war. Öfter sagte sie, wenn sie es noch zu etwas bringe, verdanke sie das ihrem zweiten Mann, der ihr erster Mann, ihr Mann überhaupt sei. Damit wollte sie sein Frühaufstehen rühmen. Karl von Kahn hatte es zur Lebensbedingung schlechthin gemacht, vor seinen Kunden auf zu sein, die Börsenkurse zu studieren, bevor seine Kunden sie studierten. Er hatte ganz unauffällig aus jedem seiner Kunden die Aufstehzeit herausgefragt. Vor sieben saß keiner vor dem Schirm. Also saß er um sieben vor dem Schirm. Also saß Helen um sieben an ihrem Schreibtisch. Sie war durch Karl zur Frühaufsteherin geworden. Das hätte, sagte sie, ihrem Vater sehr gefallen. Womit sie Karl wissen ließ, daß viel mehr, als ihrem Vater zu gefallen, nicht erreichbar war.

Als sie hörte, was Lambert passiert war, stand sie auf, kam zu Karl, der an der Tür ihres Arbeitszimmers stehengeblieben war, lehnte ihren Kopf an seine Brust und sagte: Mein armer Karl.

Karl sagte: Sag lieber, der arme Lambert.

Das war eine Lieblingsstellung: Ihr Gesicht an seine Brust geschmiegt, sein Kinn in ihren blonden Haaren. Dazu gehörte, daß er seine Arme um sie legte und mit seinem Kinn in ihren Haaren hin- und herrieb. Das ging jetzt nicht.

Er sagte: Entschuldige, bitte.

Er richtete Helen vorsichtig auf, dann streichelte er sie. Dann ging er hinauf in sein Arbeitszimmer. Dort ließ er sich in seinen Schreibtischstuhl fallen, kippte den Stuhl und sah auf die Balken und Bretter seiner schrägen Zimmerdekke.

Der Freund hatte Lambert geheißen, als er vor Karl, der wieder einmal auf seinen von Schwermut geplagten Tennispartner hatte warten müssen, stehengeblieben war und gesagt hatte: Meine Partnerin kommt auch nicht, ich finde, jetzt spielen wir. Ich bin Lambert Trautmann. Das weiß ich doch, hatte Karl gesagt. Gedacht hatte er, das seh ich doch. Und Sie sind Herr von Kahn, der Bruder Ereweins, dem ich viel verdanke. Er Ihnen auch, sagte Karl. Das freut mich, sagte Lambert.

Dann hatten sie gespielt, Lambert hatte gewonnen, aber nur knapp, und Karl hatte nichts dagegen, gegen dieses Gebirge von Mann knapp zu verlieren. Der war nicht viel größer, aber massiver, schwerer, wuchtiger. Lambert und Karl hatten dann jahrelang gegeneinander gespielt. Lambert nahm immerzu Stunden. Zuerst in der Tennisakademie bei Niki Pilic, dann bei weniger berühmten Lehrern. Karl nahm nie Stunden. Daraus, daß er trotzdem so oft gewann und verlor wie Lambert, schloß er, er sei eigentlich der bessere

Spieler. Aber es war unübersehbar, daß auch Lambert sich für den besseren Spieler hielt. Lambert überraschte immer wieder mit neuen Taktiken, die er sich von seinen Lehrern beibringen ließ. Geschnittene Aufschläge und dann sofort vor ans Netz. Karl freute sich über jeden Technikimport. Je mehr Lambert ihm abverlangte, desto fröhlicher wurde er. Das war doch das reine Glück, dieses ernsthafte Gegeneinanderspielen. Wenn es einmal zweifelhaft war, ob der Ball die Linie noch berührt habe, konnte durchaus Streit entstehen. Sie waren ja Freunde geworden, und Freunde, die nicht streiten, sind keine Freunde. Um so beglückender dann, wenn sie nach einem Streit zurückfanden ins Spiel. Karl wußte immer: Wenn Lambert einmal aufhören würde zu spielen, würde er auch aufhören. Lambert war fünf Jahre jünger als Karl. Nach jedem Spiel pflegten sie den nächsten Termin zu verabreden. Für Lambert wurde es immer schwieriger, noch einen Termin zu finden. Seit Lambert in zwei Etagen in der Brienner Straße residierte, war er praktisch unerreichbar. Karl las in der Zeitung, daß Lambert keine Messe mehr ausließ. In Basel, in Paris, in Maastricht, Hannover, Salzburg und natürlich in München und sonstwo zeigte Lambert seine Potenz als Meister des Kunst- und Antiquitätenhandels. Seine Stände waren immer die größten. Aber daß er inzwischen mehr Zeit mit Gundi in deren Haus auf Menorca verbrachte, verhinderte Tennis gründlicher als alle Geschäfte zusammen. Lambert hatte offenbar Gundis Haus und Anwesen dort ins Großartige gesteigert. Auch einen Tennisplatz hatte er anlegen lassen, obwohl Gundi Tennis eher verachtete. Es sei ein Sport für Marionetten, hatte sie formuliert. Und Lambert hatte den Satz stolz lachend Karl weitergesagt.

Lambert hieß Lambert, bis er Gundi oder bis Gundi Lambert entdeckte. Sie nannte ihn von Anfang an Diego. Nach der Hochzeit erklärte sie, sie könne ihren Mann nicht mit einem Namen rufen, mit dem andere – und sie meinte die beiden Frauen, mit denen Lambert vor ihr verheiratet gewesen war – ihn gerufen hätten. Lambert war gerührt. Das war doch ein Liebessturm. Daß sie in der Villa in der Menterschwaige alle Schlösser ersetzen ließ, konnte eine praktische Maßnahme sein. Aber sie ließ alles ersetzen und erneuern, was durch eine ihrer beiden Vorgängerinnen ins Haus gekommen war. In ein paar Wochen hatte sie, ohne daß Lambert das jedesmal gleich begriff, herausgefragt, daß alle Keshans durch die erste Frau, und alles, was Biedermeier war, durch die zweite Frau ins Haus gekommen war. Hinaus damit. Lambert erlebte jede Säuberungswelle als Liebesbeweis der einundzwanzig Jahre jüngeren Gundi.

An dem, was Diego im ersten Stock der Villa präsentierte, konnte Gundi keinen Anstoß nehmen. Der *Sängersaal*, das war der erste Stock der Villa, die der Erfinder Ruckstuhl dem Schloß Neuschwanstein nachbauen ließ. Von Diego Bonsai-Neuschwanstein getauft. Mit dem *Sängersaal* hatte Diego die Bühne gefunden, die er für seine Selbstentfaltung brauchte. Seit er das Schlößchen hatte, spürte man förmlich seinen Ehrgeiz, jeden Abend für die Eingeladenen zum Ereignis werden zu lassen. Wie das dann ablief, wirkte kein bißchen vorbereitet. War es wahrscheinlich auch nicht. Er ließ immer erleben, was er gerade erlebt hatte. Wenn er in einem Buch Voltaires Satz entdeckt hatte *Le superflu, chose très nécessaire*, dann mußte er diesen Satz doch weitersagen und dazusagen, daß er in diesem Satz das Motto seiner Lebensarbeit und Lebensstimmung ausgedrückt sehe und daß seine Freunde, bitte, nicht über ihn lächeln mögen, wenn sie diesem Satz von jetzt an auf allen seinen geschäftlichen Papieren in bekenntnishafter Verwendung begegnen werden. Daß das Überflüssige das Notwendige sei, und das von Voltaire, seinem Hausheiligen, darauf trinken wir den Wein, den Voltaire zu schätzen wußte: Corton Charlemagne, zum Wohl.

Diego erfaßte, womit den jeweils Eingeladenen zu entsprechen, ja zu dienen war. Und er entsprach, er diente! Die Eingeladenen, das waren seine Freunde und solche, die es werden sollten. Das waren Damen und Herren, die auch als Kunden in Frage kamen.

Der *Sängersaal* hatte seine sechs säulengefaßten Rundbogenfenster zur Isar hin. Auf der sogenannten Galerieseite präsentierte Diego das, was er gerade am schönsten fand, also am heftigsten empfahl, seinen Kunden empfahl. Den Auserwählten. Es war ein Privileg, ins Bonsai-Schloß eingeladen und dort in den *Sängersaal* geführt zu werden. Auch jetzt noch, nachdem er sein Ladengeschäft aus der sanften Theresienstraße in die knallharte Brienner Straße verlegt hatte, um seinen Kunsthändlerrang unmißverständlich zu manifestieren, auch jetzt war das Bonsai-Neuschwanstein noch immer die Herzkammer seines Schönheitsimperiums, und der *Sängersaal* war die Herzkammer der Herzkammer. Vor den von drei Porphyrsäulen getragenen Rundbögen auf der Stirnseite des Saals hatte Diego seinen eigenen Geschmack entfaltet. Empire. Da saß man, nachdem man, von Diego geführt, auf der Galerieseite des Saals Diegos neueste Eroberungen beziehungsweise Offerten besichtigt hatte. Graphiken von Rembrandt ebenso wie *Schafe am Bachlauf bei Bad Tölz im Vorfrühling.* Fragonard-Blätter ebenso wie *Hirtenjunge mit Kühen und Kälbern.* Aber eben auch Schinkel-Stühle, versehen noch mit dem Etikett aus dem Stadtschloß in Berlin, oder eine Amatigeige mit diamantbesetzten Wirbeln aus dem Jahr 1646. Und er sagte immer freiheraus, daß er dieses Adolph-Menzel-Bild und diesen Corinth und diesen Schreibtisch Metternichs hier im engsten Kreis zeige, weil er solche Werke von keiner Laufkundschaft weggekauft sehen möchte. Er wollte immer wissen, wo, was er anbot, bleiben würde.

Denen, die er zum ersten Mal in den *Sängersaal* geladen hatte, erzählte er natürlich, wie er Besitzer dieses Bonsai-Neuschwansteins geworden war. Er hatte den Erfinder Ruckstuhl über fünfzehn Jahre hin zu einem bedeutenden Manierismussammler gemacht. Das war Diegos Leidenschaft: in jedem, der zu ihm kam, die Neigung zu entdekken, die in dem Betreffenden angelegt war, und diese Neigung dann zu entwickeln. Der Erfinder Ruckstuhl sei ein Verehrer Ludwigs II. gewesen und ein schwieriger Mensch, der sich mit manieristischer Kunst umgeben habe, mit Bildern, die man nicht verstehen, sondern nur anschauen konnte. Ihn habe nur das Unerklärliche interessiert. Bevor der Darmkrebs ihn zwang, sich zu vergiften, habe er seine Sammlung seiner Heimatstadt Rietberg im Ostwestfälischen geschenkt. Reich geworden sei Ruckstuhl mit revolutionären Erfindungen im Bereich der Abwasserbeseitigung. Zuletzt habe er noch mitgewirkt an der Entwicklung der Vakuumtechnik, mit deren Hilfe unsere Ausscheidungen ohne viel Wasserverbrauch aus den Zugaborten herausgesaugt werden.

Wenn Diego etwas erzählte, mußte er immer auch alles,

was dazugehörte, erzählen. Also erlebte man eine gewisse Umständlichkeit. Die wollte er vor seinen Zuhörern nicht verbergen. Und daß, was er erzählte, erzählens-, also anhörenswert war, das mußte jeder, der ihm zuhörte, auch wenn er's lieber knapper gehabt hätte, zugeben. Manche hielten Diego sicher für einen Angeber, bis sie merkten, daß er nur sagt, was er weiß. Diego macht den Eindruck, als wisse er immer noch mehr, als er sagt. Das eigentliche Risiko der Diego-Entfaltungen war, daß es unter seinen Gästen und Freunden Damen und Herren gab, die solche Abende und Nächte zur Selbstentfaltung brauchten. Amadeus Stengl etwa und Marcus Luzius Babenberg. Solche wie Stengl und Babenberg warteten darauf, sich einschalten und dann das Gespräch kurz einmal auf ihr Themengelände führen zu können. Sie waren doch auch Solisten. Als Diego, weil es wirklich dazugehörte, erzählte, daß der Erfinder Ruckstuhl nicht nur Ludwig II., sondern auch Pettenkofer verehrt habe, jenen Max von Pettenkofer, der geadelt worden war, weil er München durch ein Kanalsystem hygienisch, das heißt cholerafrei gemacht habe, da mußte er natürlich dazusagen, daß Ruckstuhl zeitlebens Pettenkofers Grab auf dem Alten Südlichen Friedhof gepflegt habe, ein Grab am Friedhofsrand, weil Pettenkofer eben auch ein Selbstmörder gewesen war. Selbstmord mit einundachtzig. Und viel unerklärlicher als Ruckstuhls Selbstmord.

Das war die Stelle, an der Marcus Luzius Babenberg sich einschaltete. Es leuchtete jedem Zuhörer ein, daß das, was Babenberg dann vorbrachte, nicht fehlen durfte. Der Selbstmord Pettenkofers sei keinesfalls unerklärlich gewesen, Pettenkofer habe sich umgebracht in einem Anfall von Schwermut und Verzweiflung, weil Robert Koch die Erreger der Seuchen, die Bakterien, entdeckt hatte, während er, nur ein Hygienefanatiker, ein Abwasser-Praktiker, versuchen mußte, die Bedeutung der Koch-Entdeckungen vielleicht wider besseres Wissen herunterzuspielen. Auch vor sich selbst. Wer kennt das nicht! Den überlegenen Konkurrenten nicht anerkennen können heißt, sich selber umbringen zu müssen. Der Goethe-Spruch, daß gegen unbestreitbare Vorzüge des Konkurrenten nur die Liebe helfe, war dem Naturwissenschaftler nicht mitgegeben worden. Dann entschuldigte sich Babenberg dafür, daß er Diego unterbrochen habe. Und, sagte er, er hätte es nicht getan, wenn er nicht der Cousin einer Urenkelin Pettenkofers wäre; dessen Selbstmordgeschichte werde in der Familie sorgfältig gepflegt, damit keiner glaube, Selbstmord sei in der Familie genetisch bedingt.

Daß Babenberg nichts sagte, dem man widersprechen konnte, machte es für Diego schwer fortzufahren. Aber Diego fiel der rettende Satz ein. Er habe, sagte er, Herrn Ruckstuhl gelegentlich erzählt, daß er ein Verehrer Voltaires sei, und als sie sich zum letzten Mal getroffen hätten, habe Ruckstuhl gesagt, er sei froh, daß er sein Haus in den Händen eines Ampère-Verehrers wisse. Da konnte man lachen. Und in dieses Lachen hinein konnte Diego sagen: Immerhin hat Ruckstuhl dieses Schlößchen eine Oase des schönen Wahns genannt. Und, sein Niveau zeigend, hat er hinzugefügt, er, als Liebhaber des Unerwartbaren, hätte auch lieber den Palazzo Carignano des Guarino Guarini nachgebaut, aber eine Imitation sei leichter zu imitieren als ein Original.

Hier hätte sich Karl von Kahn auch einmal einmischen können. Als Turin-Kenner. Er war mit seiner Zuhörerrolle durchaus zufrieden. Hier zu reden war nicht sein Fach. Die Redenden könnten ohne Zuhörer gar nicht reden. Trotzdem tat es weh, als Freund Diego den Palazzo Carignano erwähnte, ohne dazuzusagen, daß er Ruckstuhls Bemerkung erst zu würdigen wußte, als Karl, der leidenschaftliche Turin-Besucher, ihn nachträglich informiert hatte.

Daß Gundi ihren Lambert Diego getauft hatte, war verständlich, beziehungsweise sie machte es verständlich. Gundi hatte aus Lambert einen anderen Menschen geschaffen, und den hatte sie Diego getauft. Beide betonten, sie habe nicht nur in Lambert den Diego entdeckt, sondern auch aus Lambert den Diego gemacht. Den schlanken Diego, einundzwanzig Kilo leichter. Einundzwanzig Jahre ist meine Dritte jünger, so fing seine Rühmung immer an, und einundzwanzig Kilo war ich zu schwer. Und als er einundzwanzig Kilo leichter war, sang Gundi weiter, war er der Diego, den ich vom ersten Augenblick an in ihm vermutete. Eine Zeit lang habe ich nur Diego gespielt, fuhr er fort. Er hat, sang sie, nicht an den Diego in sich geglaubt. Aber sie, sang er, hat an den Diego in mir geglaubt. Und sie: Lambert sei für einen männlichen Mann eine lächerliche Bezeichnung, für eine Käsesorte Richtung Weichkäse immer, aber nicht für den Mann, den sie liebe, der sei von Kopf bis Fuß Diego.

Karl mußte immer wieder einmal die Versuchung niederkämpfen, dem Freund endlich zu gestehen, was ihm eingefallen war, als er Gundi zum ersten Mal gesehen hatte, im *Königshof*. Da war die zweite Frau noch im Haus, also traf man sich im *Königshof* und dinierte fast feierlich, auf jeden Fall in vollem Zukunftsernst. Von der zweiten Frau hatte Lambert Gundi offenbar schon so viel erzählt, daß

Gundi sie nur noch die Biedermeier-Zicke nannte. Als Karl im *Königshof* auf den Tisch zugegangen war, als Lambert aufgestanden war, als Karl die Hand genommen hatte, die ihm Gundi entgegenstreckte, da war in ihm, obwohl er diese Gundi natürlich vom Fernsehen kannte und obwohl sie auch jetzt wie in ihren Fernsehsendungen in Türkis auftrat, trotzdem war in ihm, als er sie zum ersten Mal persönlich sah, eine Art Schlagzeile entstanden: Die Schwarze Witwenspinne, die ihren Partner tötet, wenn sie sich mit ihm gepaart hat. Und das, obwohl sie vor ihm stand in einem seidenen Anzug in lichtestem Türkis. Und in den Jahren seit diesem Abend war Gundi immer in irgendeiner Türkisvariation erschienen. Er empfand es als eine Untreue Lambert-Diego gegenüber, daß er nie die Schwarze Witwenspinne gestehen konnte, die ihm zuerst eingefallen war. Inzwischen hätten sie doch alle miteinander lachen können über diesen disneyhaften Einfall.

Jetzt lag der also da, der Freund. Gelähmt.

Karl sagte vor sich hin: Siehst du, Lambert, gleich neun, so früh hat Gundi noch nie angerufen. Daß sie noch vor halb neun anrief, hieß, sie hat die ganze Nacht nicht geschlafen, halbneun, das war für Gundis Lebensart kurz nach Mitternacht, und ich, lieber Lambert, hätte keine Minute länger mit ihr telefonieren können, weil ich immer am Montag um neun Frau Varnbühler-Bülow-Wachtel anzurufen habe, so geht das dann, lieber Lambert, unsere Lebensarten haben sich auseinanderentwickelt, weil ich mich ab sieben um die Kurse kümmere, kümmern muß, lieber Lambert. Verzeih. Bitte.

Er wußte nicht, wie er es anfangen sollte, wegzudenken vom bewegungsunfähigen Freund. Durch dieses elende

Daliegen war ihm der Freund plötzlich so nah, wie er schon lange nicht mehr gewesen war.

Er wählte Amei Varnbühler-Bülow-Wachtels Nummer. Die kannte er auswendig. Jede Zahl mußte gegen einen Widerstand gewählt werden.

Amei Varnbühler-Bülow-Wachtel war schon vor fünfundzwanzig Jahren dreifache Witwe gewesen. Karl von Kahn hatte noch bei der *Hypo* gearbeitet, zuständig für das Privatkundengeschäft, und wäre vielleicht bis zur Pensionierung eine *Hypo*-Nummer geblieben, hätte nicht eines Tages der Baron Ratterer, auch ein Kunde, für den Karl zuständig gewesen war, zu ihm gesagt: Wenn Sie in einer solchen Hierarchie verdorren wollen, hätten Sie gleich Pfarrer werden können. Karl sagte dem Baron, sollte der sein Depot statt der *Hypo* ihm anvertrauen, werde er kündigen und selber eine Firma aufmachen. Schließlich folgten ihm sieben Kunden, die er jahrelang hingebungsvoll gepflegt und reicher gemacht hatte, als sie schon waren. Mit sieben Kunden, die zusammen für Anlagen von fünfzig bis siebzig Millionen sorgen, kann man eine Firma gründen. Aber wenn schon im zweiten Jahr drei von diesen sieben Kunden wegsterben und deren Angelegtes von ebenso hilflosen wie gierigen Erben vertan wird – und Baron Ratterer war einer dieser Gestorbenen – und wenn noch ein betrügerischer Bankrott das Depot des potentesten Kunden dem Staatsanwalt ausliefert, dann starrt man nachts zur Decke. Ohne die dreifache Witwe Amei, ohne den musikalischen Physiker Professor Schertenleib und ohne die dreimal geschiedene Magistra Leonie von Beulwitzen wäre er untergegangen. Wahrscheinlich. Vielleicht. Keinesfalls. Unterzugehen kann er sich nicht leisten. Er ist zum Nichtuntergehen verurteilt.

Der Neun-Uhr-Anruf am Montag war ein Ritual. Frau Varnbühler-Bülow-Wachtel meldete sich mit allen drei Namen plus Vornamen, wie sie sich immer meldete, nämlich in einer mit jedem Namen aufwärtssteigenden Melodie, so daß die Schlußsilbe von Wachtel klang, als schreibe man das mit zwei -l-. Karl von Kahn antwortete mit seiner Namensmelodie, die so deutlich nach unten führte wie die der Kundin aufwärts.

Amei Varnbühler-Bülow-Wachtel war seine älteste Kundin überhaupt. Da sie selber gegen den Alterszucker kämpfte, war sie interessiert an Anlagen im Pharmafeld. Sie wollte immer genau informiert werden über die Produkte der Firma, deren Aktien sie kaufen sollte. Karl hatte, auch wenn gewisse Formulierungen Pflicht waren, an jedem Montag Substanz zu bieten. Montag ist Spieltag. Sie will ihre Geschäftsentscheidungen verstanden wissen als Spielzüge. Ihr zuliebe hatte Karl in einer der letzten Nummern seiner *Kunden-Post* einen Artikel geschrieben über das, was in der Branche Nachhaltigkeit genannt wurde. Das war das Hauptwort der Branchen-Ethik. Immerhin hatten die sonst der anglo-amerikanischen Prägekraft eher willenlos ausgelieferten Jargonschöpfer diesmal zu einem konkurrenzfähigen deutschen Wort gefunden.

Karls Artikel war eine Hommage an Frau Varnbühler-Bülow-Wachtel. Ein Kompliment für den die Folgen bedenkenden Anleger. Er hatte allerdings, da er auch ganz andere Kunden hatte, das Gegenteil genauso gelten lassen müssen. Aber Frau Varnbühler-Bülow-Wachtel fand, er habe sie und ihre Politik und Ethik bevorzugt. Das hatte er nicht, aber er war froh, daß sie das so verstand.

Heute hat er der Gnädigen Frau einen Kauf zu empfehlen, der geschaffen ist für sie. Wir greifen, wenn Sie mir folgen möchten, jetzt zu. *Paion,* die Bio-Tech-Firma, die sich neulich so unbeholfen an die Börse gewagt hat. Er hat den stotternden Start für Sie beobachtet. Der Einstiegskurs wurde dreimal gesenkt, zuerst sollte die Aktie vierzehn kosten, dann zwölf, dann zehn, jetzt also acht. Jetzt wären wir, wenn Sie wollen, dabei. Entwickelt wird ein blutgerinnsellösendes Medikament, dessen Wirkstoff aus dem Speichel einer südamerikanischen Fledermaus stammt, das dann aber gentechnisch produziert wird und Schlaganfallpatienten dramatisch schnell rettet.

Amei Varnbühler-Bülow-Wachtel ließ sich dazu bewegen, dabeizusein. Ist notiert, sagte sie, morgen hören Sie von mir, an wieviel denken Sie?

Fünfzigtausend, sagte Karl von Kahn und sprach die Zahl, wie es zum Ritual beziehungsweise Spiel gehörte, so leichthin, als sei das nichts.

Wenn ich einsteige, sagte sie und wiederholte rituell, wenn ich einsteige, schlage ich die Finanzierung vor.

Sie schlug immer die Finanzierung vor. Diesmal hieß das, sie wollte die Finanzierung aus ihrem *Schering*-Portfolio herübergeholt wissen, weil sie in der *Süddeutschen* gelesen hatte, *Schering* sei mit *Yasmin* und *Mirena* zum Weltmarktführer bei den Verhütungsmitteln aufgestiegen. Da wollte sie nicht mehr dabeisein. Das konnte ihr Karl nur mit einer Einschränkung zusagen. Er werde ihre *Schering*-Aktien erst verkaufen, wenn sich die gerade vom *Schering*-Chef verkündeten Rekordergebnisse und die dazu gelieferte Zukunftsvision, daß nämlich von jetzt an der Gewinn stärker wachsen solle als der Umsatz, in einer Kurssteigerung bemerkbar gemacht haben wird. Da es dann aber für den günstigen Einstiegskurs bei *Paion* zu spät sein könne, werde er den Einstieg für die Gnädige Frau mit deren Erlaubnis per Kredit finanzieren. Kredite lungerten ja zur Zeit auf dem Markt herum und bettelten förmlich darum, aufgenommen zu werden. Da er aber immer das ganze Portfolio der Gnädigen Frau im Blick habe, und er möchte es lieber ein Anlagen-Gewächshaus nennen als ein Portfolio, könnte er ihr auch vorschlagen, den Einstieg bei *Paion* mit dem Verkauf von *Puma*-Werten zu finanzieren. Zwei Gründe dafür: Heute morgen die Meldung, *Puma* kauft weiter eigene Aktien zurück, für weitere hundert Millionen Euro, das heißt, die *Puma*-Aktien werden steigen. Zweitens: *Puma*-Papiere wirken im Werte-Gewächshaus der Gnädigen Frau eher fremd.

Und genau deshalb bleiben sie drin, rief die Kundin.

Um Ihre Instinktsouveränität habe ich Sie immer beneidet, sagte Karl im Finalton. Er sei glücklich, die Gnädige Frau heute wieder so situationsbewußt und dazu noch jahreszeitgemäß, also nichts als frühlingshaft erlebt zu haben. Wir hören voneinander.

Sie von mir, mein Lieber, sagte sie. Adieu.

Adieu, sagte Karl, wie es zum Ritual gehörte, deutlich leiser als sie.

Das Ritual, das er sonst mit nicht nachlassen dürfender Lust bediente, kam ihm heute lächerlich vor. Lambert! Daß Lambert, als er sich, aufgewacht, gelähmt sah, sofort gekotzt hat! Gundi hat es ihm tatsachenhart hingesagt.

Amei Varnbühler-Bülow-Wachtel, in seiner Jahreszählung: neunzig plus. Seine Kunden starben nicht mehr einfach so weg wie in den ersten drei Jahren. Sobald die achtzig waren, ging es aufwärts. Dafür sorgte er. Durch immer neue, immer spannende, oft dramatische Um- und Umschichtungen der Anlagen. Karl hatte inzwischen eine Kunst daraus gemacht, Kunden, die siebzig plus, achtzig plus und neunzig plus waren, für langfristige Anlagen zu begeistern. Er setzte seine Kunden nicht den Kunststoffwörtern aus, mit denen die Branche sich den Anschein gab, das Weltwettergeschehen der Märkte mit immer feineren Maschinen und Methoden durchschauen und berechnen und lenken zu können. Er blieb beim Natürlichen. Der Markt als Naturgeschehen. Das war seine Sprache. Jede Bewegung auf dem Markt hat eine Wirkung, und diese Wirkung wirkt zurück auf ihre Ursache. Und die dadurch veränderte Ursache produziert eine veränderte Wirkung, die wieder zur veränderten Ursache einer anderen Wirkung wird. Daß du nicht zweimal im selben Wasser baden kannst, wird nirgends so wahr wie im Anlegergeschäft. Und er ist der, der handelnd etwas für seinen Kunden bewirkt, aber dann weiterhandeln muß, weil das Hin und Her nie aufhört, es sei denn, man zöge seinen Einsatz zurück. Glattstellung hieße das dann. Aber das will er nicht, das wollen seine Kunden nicht. Das will das Lebendige nicht. Und Karl von Kahn und seine Kunden sind für das Lebendige. Zins und Zinseszins. Verbrauch ist banal. Das Leben will die Wieder- und Wieder- und Wiederanlage des Erworbenen.

In seiner *Kunden-Post* pflegte er eine Kolumne *Das Zitat der Woche.* Das war, fand er, eine schöne Möglichkeit, seine Kunden aufzuklären, ihnen seine Geschäfts-Philosophie nahezubringen. In der letzten Woche stand da: *Money makes money. And the money that money makes makes more money.* Benjamin Franklin. Immerhin. Dieses Zitat hatten vierzehn Kunden mit herzlichen Zuschriften beantwortet. Die wird er in der nächsten *Kunden-Post* veröffentlichen. Seine Kunden sollten sich in einem ungegründeten, aber spürbaren Club befinden.

Karl von Kahn übersetzte in seiner immer freitags verschickten *Kunden-Post* alles Wirtschaftliche ins Menschliche, verwendete aber soviel Farben aus dem Branchenflor, daß seine Kunden an seiner Zuständigkeit nie zweifeln konnten. Das ganze soziologisch-statistische Alarmierungsgewäsch, also alles, worin Demographie vorkam, ließ er höchstens zu, um seine Sechzig- bis Neunzigjährigen zum Lachen zu bringen.

Im letzten Leitartikel in seiner *Kunden-Post* hatte er seiner Laune freien Lauf gelassen. Die wissen doch, stand da, wenn sie über uns phantasieren, nicht, wovon sie reden. *Lebenszyklusfonds, A S-Fonds* beziehungsweise *Altersvorsorge-Sondervermögen,* stellen Sie sich vor, mit dergleichen versicherungsmathematischem Müll wollen sie der Tatsache entsprechen, daß wir immer noch nicht gestorben sind. Sie schreiben über unser Alter wie über ein Gebirge, das sie nur vom Flugzeug aus kennen. Vom Drüberhinfliegen. Sie wissen nicht, wie das ist, in diesem Gebirge zu leben. Es ist ein Gebirge, das Alter. Ein Leben in großer Höhe. So die Sonntagsausdrucksweise für unser Alter. In Wirklichkeit gibt es unser Alter nicht. Es ist eine Mache der Alarmisten. Von meinem und deinem Alter wissen sie nichts. Für die Alarmisten sind wir Statistikfutter. Sie reden über uns, wie der Farbenblinde von der Farbe redet. Über mein Alter und dein Alter gibt es keine Auskunft. Die produzieren Horizonte aus nichts als Gefahren, um sich als Retter aufspielen zu können. Das dazu verwendete Expertenvokabular erinnert doch an die Sprache, die die Theologen aufbieten, wenn sie die Existenz Gottes beweisen wollen. Die Anleihen, auf die wir uns eingelassen haben, sind katastrophensicher. Damit es uns nicht langweilig wird, haben wir dazu noch ein Aktienpaket geschnürt, das das tägliche Börsen-Auf-und-Ab mittanzt. Und wir haben Verkaufsoptionen gekauft. Fallen die Kurse, gewinnen die Optionen an Wert. Wir verkaufen nicht die sinkenden Aktien, sondern die wegen der sinkenden Aktien teurer werdenden Verkaufsoptionen. So überstehen wir die Krise. Uns kann nichts Ernsthaftes geschehen. Fliegt er doch nach Berlin, Köln, Frankfurt, Zürich und Stuttgart, wenn sich dort die Garnitur derer versammelt, die selber an der Wertschöpfungskette tätig sind. Wertschöpfungskette, das ist ein Wort nach seinem Geschmack. Man kann es gar nicht oft genug sagen. Wertschöpfungskette. Und damit Sie nicht etwas glauben müssen, was Sie wissen können, werte Damen, werte Herren, sagt er Ihnen die einzigen Zahlen, die zählen: Steigt die Lebenserwartung um 10 Prozent, reicht zur gleichbleibenden Versorgung eine Renditesteigerung von 0,17 Prozent. Das ist doch eine Auskunft, mit der es sich leben läßt. Mit einer Einschränkung: So geht es nur uns, die wir selber für uns sorgen per Anleihen und Aktien, denen, die leben vom Zinseszinseffekt, von der Wiederanlage.

Karl von Kahn liebte es, wenn die Gesichter seiner Kunden vor Staunen blühten, wenn er ihnen die Melodie des reinen Gewinns vortrug. Er lenkte immer den Blick auf die Schlechtberatenen, die den Staat für sich machen ließen. Da wird die Banalität zum Schicksal. Immer weniger Beitragszahler müssen aufkommen für immer mehr Ältere. Und warum? Weil der Staat mit dem Geld, das man ihm überläßt, nichts anzufangen weiß, während wir den Zins säen und den Zinseszins ernten. Das hätte man im 20. Jahrhundert doch lernen können: Auf nichts ist so wenig Verlaß wie auf alles Staatliche. Der Staat schafft nichts. Er reguliert. Der Regulator ist er. Seien wir froh, daß wir diesem Zirkus der Verantwortungslosigkeit entronnen sind. Und bedauern wir jeden, der ihm noch ausgeliefert ist. Wer hat denn die Kriege vorbereitet, erklärt, geführt! Die Staaten. Es wird eine Zeit kommen, und zwar schon bald, da werden die Staaten abgestorben sein, leere Fensterhöhlen der Bürokratie. *Kapitalmarktinformationshaftungsgesetz.* Das ist ein echtes Staatsprodukt. Wir, die wir uns selber verwalten, sind die Wegbereiter der Zukunft.

Jeder Mensch ist bereit, sich die Welt schönreden zu lassen. Nicht nur bereit. Er ist dessen bedürftig. Man muß nur sich selber als ersten davon überzeugen, daß diese Welt die beste sei von allen, die möglich gewesen wären. Der Weltprozeß entscheidet sich immer für das Bessere. Das Schlechtere unterbleibt. Jeder wird Zeuge, wieviel Schlechteres andauernd scheitert. Die Schlacht wird vom Besseren gewonnen. Das ist das tautologische Axiom. Das ist die Formel, nach der jeder irdische Prozeß verläuft. Wenn du nicht gewinnst, bist du der Schlechtere. Du kannst aber gewinnen. Denn jeder ist der Bessere. Das ist so paradox wie wahr. Absolut wahr.

Das hatten Diego und Karl einander jahrelang vorgesagt, eingeredet. Diego gab diesen Ton an. Karl machte mit. Auch durch Widerspruch. So zwang er Diego und sich selber zu einer Art Bodenhaftung. Diego sammelte unermüdlich Sätze aus Büchern, die man für unsterblich hielt, weil sie drei- oder vierhundert Jahre überdauert hatten. Am liebsten stattete er sich mit Voltaire-Sätzen aus. Die eigneten sich dazu, eingerahmt und aufgehängt zu werden. Gundi belächelte Diegos Eifer. Mein Zitatenpflücker, sagte sie und nahm seine beiden Hände und küßte ihm die Fingerspitzen.

Karl benutzte Zitate nur in der *Kunden-Post.* In den Kundengesprächen gab er sich erfahrungsreich, hell und zukunftsfroh. Das war er auch. Zumindest, wenn er nicht allein war. Seine Kunden belebten ihn. Seine Vorschläge waren ganz und gar das Resultat dessen, was die Kunden ihm erzählten. Sobald er allein war, wußte er sich oft nicht mehr zu helfen. Mutlosigkeit breitete sich aus in ihm. Die Welt war anders. Sie rächte sich dafür, daß er sie gepriesen hatte, obwohl er wußte, daß sie anders war. Wenn die Kunden ihn so erlebten, so mutlos, sie müßten ihn für einen Betrüger halten. Jeder Mensch muß jedem anderen Menschen gegenüber die Welt preisen. Sonst hört sich alles auf. Verzweifeln darf jeder für sich.

Kein Mensch darf merken, wie mutlos du bist. Nicht einmal du selbst. Und Helen schon gar nicht. Deren prinzipielle, wenn auch zarte Unentwegtheit schloß die Fähigkeit aus, einen Menschen für mutlos zu halten. Andererseits genügte es, wenn er auf dem Weg zu Professor Schertenleib in Gräfelfing um die Mittagszeit auf dem Bahnsteig stand und die Schienen gleißten in der Sonne. Da war er sofort wieder bereit für jede Einbildung.

2.

Er mußte sich durchfragen durch dieses edle Labyrinth aus Gängen und Innenhöfen und fand schließlich hin. Ein Zimmer im Parterre. Raumhöhe, schätzte er, sechs Meter. Gundi, die sein Staunen bemerkte, sagte: 1904, denen war der Patient noch etwas wert.

Diego lag mit geschlossenen Augen, hing an mehreren Schläuchen und Leitungen, seine Lippen bewegten sich, er schlief nicht. Karl setzte sich auf den Stuhl am Bett und legte eine Hand so neben Diegos Linke, daß er sie berührte. Er spürte, wie seine Augen feucht wurden. Er wollte nicht, daß Gundi das bemerke. Sie sagte, Diego könne seit heute morgen so gut wie nicht mehr sprechen. Gestern habe er noch sprechen können. Aber er verstehe alles. Nicht wahr, Liebster. Diego bejahte durch Lippenbewegungen.

Karl legte seine Hand jetzt auf die Hand des Freundes und sagte: Ach, Lambert.

Gundi, die einen halben Meter vom Bett entfernt saß, sagte leise, aber scharf: Karl!

Entschuldige, sagte er und deutete auf den Kranken, als sei dessen elendes Daliegen schuld an seinem Versehen. Karl nahm jetzt die linke Hand des Freundes, umschloß sie mit beiden Händen. Er war im Augenblick nicht imstande, seinen Freund mit Diego anzusprechen, und Lambert durfte nicht sein. Das verstand er ja. Also verlangte er von sich das Unmögliche. Diego, sagte er und wußte, ohne hinzuschauen, daß Gundi ihm jetzt ermunternd zunickte. Noch einmal: Diego. Er spürte Gundis Zustimmung als eine Kräftigung. Aber er konnte nicht weiterreden. Wie der jetzt dalag, der Freund!

Gundi gab Karl das verabredete Zeichen. Der Besuch sollte kurz sein. Diego lag doch da, wie zu Tode erschöpft.

Karl verabschiedete sich mit einem langen Händedruck. Dazu sagte er, Diegos Gesichtsfarbe verrate ihm, daß Diego bald wieder gesund sein werde. Diegos Lippen kräuselten sich ein bißchen. Und das Frühjahr tue ein übriges, sagte Karl. Ist doch wunderbar, daß du ein Zimmer hast, in dem du die Vögel singen hörst. Tatsächlich hallten die Vogelstimmen, die von draußen hereindrangen, in dem hohen Zimmer wie in einer Kirche. Am liebsten hätte Karl gesagt, das sei wahnsinnig, diese geradezu tobenden Vogelstimmen in diesem kirchenhohen Krankenzimmer. Er spürte, daß alles, was er sagen konnte, unangebracht war. Aber er mußte so daherreden, um nicht merken zu lassen, wie ihm das weh tat, seinen Freund so daliegen zu sehen.

Gundi bat ihn, draußen auf sie zu warten, sie komme gleich.

Bis bald, lieber Diego. Krankheiten, die keinen Namen haben, halten sich nicht lang. Also, Diego, bis bald.

Er sollte mit Gundi hinausfahren in die Villa.

Gundi stieß die Sätze, die sie sagen mußte, mehr heraus, als daß sie sie sagte. Im Katastrophen-Telegrammstil. Die Mitteilung, die sie zu machen hatte, ließ nichts anderes zu. Diego will *Trautmann Titan* verkaufen. An *Puma*. Verhandelt wird seit Wochen. Und erst jetzt ist ein Ergebnis in

Sicht gekommen. Diego hätte natürlich Karl jetzt zugezogen. Ohne Karls Zustimmung kein Verkauf. Dann der Zusammenbruch. Wenn sich das in der Branche herumspricht, ist die Firma nur noch halb soviel wert. Leider hat heute schon Amadeus Stengl angerufen, der tat, als wisse er Bescheid. Sie hat ihm das Weitersagen verboten. Aber genausogut kannst du den Gänsen das Schnattern verbieten. Auf jeden Fall muß jetzt schnell gehandelt werden. Diego will sechs Millionen, darunter geht nichts. Diego hat vor dem Zusammenbruch noch alles unterschriftsfertig hingekriegt. Die Konkurrenz im Racket-Business sei strangulierend. Das sagt er seit Jahren. Und betet immer die gleichen Namen her: *Dunlop, Kneissl, Pro-Kennex.* Und jetzt diese Gelegenheit! Artikel zu produzieren, um sie dann zu verkaufen, habe ohnehin nie zu Diego gepaßt. Er sei damals nur Karl zuliebe eingestiegen, vielleicht auch ein bißchen geblendet vom deutschen Tenniswunder. Das ist aus und vorbei. Jetzt mit sechs Millionen davonzukommen, das wär's doch. Und ließ, was sie gerade gesagt hatte, von ihrem Porsche bestätigen.

Da Karl Gundi noch nie am Steuer erlebt hatte, staunte er. So unbeeindruckt von Geschwindigkeitsbeschränkungen und anderen Verkehrsgeboten hatte er noch nie jemanden am Steuer erlebt. Und sie lenkte immer nur mit der Linken. Karl mußte sich vorstellen, daß ihre Rechte dann mit Diego beschäftigt war. Dieses irrsinnige Fahren nur mit der Linken und diese beschäftigungslose Rechte! Wartete er darauf, daß sie sich auf sein Knie lege? Niemals! Überhaupt nicht! Daß einem so etwas einfällt, ist ärgerlich. Wenn Gundi die Sätze nicht in Fahrtrichtung hinausstieße, sondern zu dir herüber, was ja bei diesem Tempo tödlich wäre, aber einmal angenommen, auf der langen, geraden Grünwalder Straße täte sie das, spräche herüber zu dir, und dann hätte sie einen Mundgeruch, das wäre der Hammer.

Damit war er von Gundi weg. Zu sagen, etwas sei der Hammer, das war reiner Amadeus Stengl. Amadeus war zwar nur ein bißchen jünger als Karl, na ja, fünf Jahre oder vielleicht sogar sieben Jahre konnten es sein, aber er ging offenbar intensiv mit den nachfolgenden Generationen um und übernahm, wahrscheinlich ohne es zu merken, deren Wortgewohnheiten. Daß etwas der Hammer sei oder echt geil sei oder durchgeknallt sei oder der Wahnsinn sei, dergleichen blühte dem andauernd aus dem ohnehin immer noch fast kindlich formlosen Mund. Das Älterwerden hat diesen Mund, der offenbar nie eine bleibenkönnende Fassung gefunden hat, vollends entgleiten lassen. Ein Lippendurcheinander von Mund. Er merkte, daß er abwertend über Amadeus Stengl dachte. Das wollte er aber nicht. Wer bin ich, daß ich abwertend über Amadeus Stengl denke! Daß ein Mund sich weigert, eine Fassung zu finden, kann ein Zeichen von Lebendigkeit sein.

Hauptsache, er war von Gundi weggekommen.

Aber da sagte sie schon: Denk nicht so weit weg! Als er den Erstaunten spielte, ergänzte sie: Von mir! Das *mir* zweisilbig. Ihre beschäftigungslose Rechte ließ sie dabei auf sich selber zeigen, zentral.

Er hätte jetzt sagen können, daß er selber nicht mit dem, was ihm durch den Kopf gehe, einverstanden sei. Er hätte sagen sollen, daß er oft das denken müsse, was er am wenigsten denken wolle. Aber, hätte er noch dazusagen müssen, das Schlimmste sei, daß er nichts dagegen habe, das denken zu müssen, was er am wenigsten denken wolle. Da das alles unsagbar war, schaute er auf Gundis beschäftigungslose Rechte hin, produzierte, obwohl Gundi das ja nicht wahrnehmen konnte, einen Gesichtsausdruck reiner Bewunderung, um dann sagen zu können: Aus deinen Interviews weiß ich, daß du in Berlin das Geld für das Studium als Taxifahrerin verdient hast.

Hab ich, sagte sie. Bevor ich bei Max Staub Assistentin war. Der blieb aber nur ein Jahr in Berlin. Daß ich nicht mit ihm nach New York gegangen bin, sagt Diego, das sei, weil er und ich dann nicht zusammengefunden hätten, eine Entscheidung von prophetischer Genialität gewesen. Max war ja total lieb, aber er wollte mich heiraten.

Karl sagte, als erkläre das alles: Ethnologie.

Ethno-Psychoanalyse, sagte sie.

Karl dachte an die Szene im Schlößchen. Im *Sängersaal.* Gundi litt wieder einmal darunter, daß sie die Wissenschaft verlassen hatte. Sie hätte die Ethno-Psychoanalyse, diese gerade entstehende Wissenschaft, nicht verlassen dürfen, sagte sie. Sie wirkte wie ein Soldat, der von einer achtenswerten Armee desertiert ist. Mitten im Satz hatte sie zu sprechen aufgehört, saß da mit geschlossenen Augen und sog an ihrer bulgarischen Zigarette, als könne sie sich so aus der Welt hinaussaugen. Sie rauchte, solange sie noch rauchte, nur bulgarische Zigaretten. Wenn man sie fragte, warum, rief sie: Muß man denn immer wissen, warum man etwas tut! Nach diesem unendlich tiefen Zug aus der bulgarischen Zigarette ließ sie die Augen aufgehen wie ein Gestirn und sagte vollkommen sanft, sie habe mit ihrem Bedauern, die Ethno-Psychoanalyse verlassen zu haben, nichts gegen das Fernsehen sagen wollen.

Das war ihre Natur, das war sie selber ganz und gar, diese

nichts übersehende Ausgeglichenheit. Zu ahnen war, welche Kräfte in ihr gegeneinander kämpften. Auf dem Bildschirm demonstriert sie, wie sehr man mit sich im reinen sein kann, aber das Pathos, das ihr unwillkürlich eigen ist, verrät, daß sie nichts geschenkt bekommen hat. Und eben das macht ihr grenzenloses Einverstandensein mit sich selbst schön. Dazu gehört, daß das immer nur für diesen Augenblick gilt. Gerade jetzt schwimmen die schwarzen Augen im weißen Gesicht wie ruhige Feuer. Der Mund, eine Fülle der Gelassenheit. Bis auf die dann doch noch jäh abfallenden Mundwinkel. In jedem Interview sagt sie: Was sie bei Max Staub gelernt habe, könne nirgends so fruchtbar werden wie im Fernsehen. Als müsse sie sich selbst immer wieder beweisen, wie richtig es gewesen sei, die Ethno-Psychoanalyse zugunsten des Fernsehens im Stich zu lassen. Wie richtig das war, bestätigen ihr die Zuschauer seit mehr als zehn Jahren, eben seit es *Zu Gast bei Gundi* gibt.

Karl war jetzt voller Bewunderung für die Frau, die viel zu schnell fuhr, alles mit der Linken erledigte und die Rechte demonstrativ beschäftigungslos ließ. Obwohl das nichts mit ihm zu tun hatte, dachte er, daß Gundi ihm demonstriere, was diese Rechte alles tun könnte. Natürlich dachte Gundi nichts dergleichen. Und er auch nicht. Aber er konnte nicht verhindern, daß er doch daran dachte. Gewissermaßen um sich gegen Gundis Gegenwart zu wehren, sagte er sich: Wenn es taghell ist, sieht sie verblüht aus. Abends, ob bei Diego oder auf dem Schirm, ist sie schön. Tageslicht ist nichts für sie. Sobald die Sonne weg ist, ist sie schön. Dabei konnte er bleiben.

Das schwere, von zwei Türmchen umstandene Tor wich

vor ihnen zurück, ebenso hob sich schon das Garagentor, Gundi fuhr bis zur Garagenstirnwand.

Komm, sagte sie und öffnete weitere Tore und Türen per Fernbefehl.

Gundis Reich war das Parterre. Lichtarm, aber farbig, das war ihr Lebensbühnenbild. Sie hätte am liebsten nur Bilder von Tamara de Lempicka um sich gehabt. Aber die konnte man nirgends mehr kaufen. Immerhin, das Selbstportrait mit Bentley hatte Diego dem internationalen Markt entreißen können. Aber Giorgio de Chirico und Georges Braque und Jan Mahulka lieferten auch Stimmungen, in denen sie sich daheim fühlte.

Gundi führte Karl hinaus in den Wintergarten. Der Wintergarten war taghell und so voller Pflanzen und Blumen, daß man in einem Gewächshaus war. Auch Orchideen fehlten nicht. Hier wurde auf einem Tisch, dessen Platte aus alten Kacheln bestand, der Tee serviert. Gundi hatte ihn während der Fahrt per Autotelefon bestellt. Zwei hauchleicht auftretende Thaimädchen servierten. Zum Tee gab es Häppchen, die genau so überraschend schmeckten, wie sie aussahen.

Die Thaimädchen, die man unwillkürlich für Zwillinge halten mußte, traten immer nur zusammen auf und auch da enger nebeneinander, als es nötig oder auch nur praktisch war. Varieté, dachte Karl. Er war schon länger nicht mehr Gast gewesen im Bonsai-Schloß. Das letzte Mal hatten zwei südamerikanische Indios serviert. Auch zwillingshaft. Das war wohl Gundis Vorliebe. Vielleicht weil sie keine Kinder hatte. Oder aus ethno-psychoanalytischem Interesse. Gundi lächelte den Thaimädchen zu, als sei dieses Lächeln für die eine Information. Aber auch Applaus.

Ach, Karl, sagte sie. Er nickte. Sie tranken darauf, daß Diego noch einmal davonkomme. Aber Gundi ließ spüren, daß sie an kein Davonkommen mehr glaube. Und fing an: Sie müsse Karl jetzt doch noch sagen, daß Diego in der ersten Nacht alle Leitungen heruntergerissen und die Schläuche durchgeschnitten habe. Er habe das Gefühl gehabt, fliehen zu müssen. Die Zimmerdecke senkte sich auf ihn herab. Zum Glück kam die Nachtschwester. Er schrie sie an: Strecken Sie Ihren Arm nach oben! Tatsächlich, er sah, die Hand der Nachtschwester steckte bis zum Ellbogen in der Decke. Erst als der Nachtarzt kam und ihm eine Spritze geben wollte, die er ablehnte, wurde er ruhiger. Als Gundi dann eintraf, mittags, habe er ihr, was er getan hatte, gestanden, verzweifelt gestanden, in einer grellen Depression gestanden, weil er sich jetzt nicht mehr auf sich verlassen könne. Dabei habe er sich so an den Kopf gegriffen, als wolle er sagen, er fürchte um seinen Verstand.

Karl sagte: Das ist so furchtbar. Mehr konnte er nicht sagen.

Gundi sagte: Genau das ist es. Und eben deshalb müsse man noch froh sein, daß Diego den Vertrag unterschriftsfertig gemacht und selber noch unterschrieben habe.

In ihrem Arbeitszimmer hatte Gundi alles zur Unterschrift vorbereitet. Karl tat, was sie mit winzigen Handbewegungen empfahl, nahm vor ihrem Schreibtisch Platz, sie schob ihm die Papiere auf der dunkelblauen Glasplatte hin, kam herüber, stand neben ihm, stützte sich mit einer Hand auf seine linke Schulter und zeigte überallhin, wo er unterschreiben sollte. Dazu reichte sie ihm einen Füllhalter. Er war vor fünfzehn Jahren, als Lambert und Gundi geheiratet hatten, Trauzeuge gewesen, der Standesbeamte hatte ihm einen Füller gereicht, mit dem er dann die Urkunde unterschrieb. Seitdem hatte er kein so feierliches Schreibgerät mehr in der Hand gehabt. Er bemühte sich, Gundi zu zeigen, daß er nicht durchlese, was er unterschrieb. Diego war ihm so nahe wie er sich selber. Besonders in diesem Augenblick. Ohne es zu wollen, nahm er noch wahr, daß das, was er unterschrieb, ein Auflösungsvertrag und eine Vollmacht war. Für den Notar, sagte er, stehe er zur Verfügung.

Gundi überreichte ihm ein Kuvert. Der Scheck, sagte sie. Eins Komma zwei Millionen. Da Diego sechs Millionen verlangt und kriegt, beläuft sich der Zwanzigprozentanteil von Karl auf eins Komma zwei Millionen.

Sie sah Karl so an, daß er jetzt sagen mußte, ja, zweihunderttausend habe er eingebracht.

Diego viermal soviel, sagte sie.

Ja, sagte Karl, Diego wollte immer viermal so hoch drin sein wie ich.

Darum, sagte sie, jetzt vier Komma acht von sechs für ihn.

Karl sagte: Es gibt schwächere Renditen.

Komm, sagte sie und ging voraus. In die Bar.

Ihr Parterre schwamm im blauen Dämmer, die Bar in Orange. Karl trank sofort mehrere Schnäpse hintereinander. Quitten. Das war Diegos Entdeckung. Flaschen, die so bucklig und unsymmetrisch waren, als kämen sie aus dem abgelegensten Schottland. Gundi trank nicht einmal das erste Gläschen ganz aus.

Karl sagte, er kenne immer noch keinen Schnaps, der sich mit diesem Quittenschnaps messen könne. Jedesmal, wenn er hier davon getrunken habe, habe er sich aufschreiben wollen, wo's den gebe.

Gundi sagte, sie werde ihm den Lieferanten nennen.

Karl merkte, daß es ihm nicht gelang, diesen Quittenschnaps gebührend zu rühmen. Er wollte nichts mehr von Geschäften wissen. Er habe sich angewöhnt, neben sich her zu leben. Das war doch ein Satz, der von einem Gast in Gundis Fernsehsalon hätte gesagt werden können, und dann hätte Gundi zu dem Gast gleichzeitig lieb und ernst hingeschaut und hätte gefragt: Fühlen Sie sich wohl dabei? Auf jeden Fall wäre ein solcher Satz ein Einfallstor gewesen für sie. Nichts davon jetzt. Das ärgerte Karl. Ein bißchen Interesse für ihn, Gundula Powolny! Er interessierte sich für Gundi. Das spürte er. Ihre Haare waren durch die Jahre hindurch gleich dunkel geblieben. Kastanienbraun mit einem Hauch Rot. Am Telefon sprach Gundi ihren Namen immer so aus, daß das -i- gleichzeitig betont und verkürzt wurde. Es schnellte förmlich weg vom -d-. Schwarze Witwe. Wahrscheinlich war sie das bald. O Diego. Seit er ihn da liegen gesehen hatte, fühlte er sich ihm wieder so nah wie vor fünfzehn Jahren. Diego und er waren jetzt nicht mehr so befreundet, wie sie es gewesen waren. Immer seltener telefonierten sie. Karl fand, daß Diego anrufen müßte. Es war Diego, der ihn nicht mehr so brauchte. Allenfalls noch für *Trautmann Titan*. Diego hatte viel mehr Freunde, als Karl je gehabt hatte. Er hielt es für möglich, daß Gundi auch die Freunde bestimmte, wie sie die Möbel und die Urlaubsorte und die Automarken und Diegos Kleider bestimmte. Sie hatte Diego die Krawatten abgewöhnt. Fast verboten. Im Theater traf man Diego ohne Krawatte. Es sah grotesk aus, fand Karl. Aber Diego fand das offenbar nicht. In die Oper durfte Karl nicht mehr, weil es die ebenso zarte wie eigensinnige Helen nervös machte, wenn sie die gesungenen Texte nicht verstand. Und in Konzerte ging Diego nicht mehr, weil Gundi fand, das Konzertpublikum heuchle. Das machte sie nervös. Karl ging nie ohne Krawatte aus dem Haus. Wenn Diego dann auch noch den obersten, manchmal sogar auch noch den zweitobersten Knopf offenließ, kommentierte Karl: Oben ohne, was! Bei Karl hatte sich ein Schrank voller Krawatten angesammelt, weil er eine Krawatte, nur weil er sie nicht mehr trug, nicht wegwerfen konnte. Er kaufte immer mehr Krawatten, als er tragen konnte. Die Häuser Lavin, Versace, Leonardo, Monsieur Élysée, Armani, Missoni und andere, auf die er geschmacklich abonniert war, hielten ihn mit immer noch prächtigeren Kreationen in Atem. Also mehrten sich im Krawattenschrank auch die ungetragenen Krawatten. Nur auf die Tennisplätze war er ohne Krawatte gegangen. Das war vorbei.

Karl und Gundi saßen nebeneinander an der Bar, die zwei Thaimädchen standen wie zusammengewachsen hinter der Bar, so freundlich wie ernst. Gundi bestellte einen Tomatensaft.

Und du, sagte sie.

Ich, sagte Karl, lebe neben mir her.

Ein Glas Dom Pérignon für meinen Freund, sagte Gundi.

Als Karl das Glas in der Hand hatte, sagte sie: Ach, Karl.

Ich weiß, sagte der.

Und sie: Manchmal muß man sich Mühe geben, nicht zu sehr verstanden zu werden.

Ich weiß, sagte Karl.

Und sie: Manchmal merkt man, man wäre ruiniert, wenn einen der andere verstünde.

Genau, sagte Karl.

Alles hat immer mehr Gründe, als man sagen kann, sagte sie.

Sogar als man weiß, sagte er.

Woher weißt du das, sagte sie fast heftig.

Von dir, sagte er.

Sie sah ihn an, als müsse sie sich jetzt zusammennehmen. Dann löste sie sich und sagte: Diego hat im vergangenen Jahr und im Jahr davor scheußlich wenig verkauft.

Karls Gesicht verzerrte sich, als tue ihm plötzlich etwas weh.

Und dann die Brienner Straße, sagte sie, was die kostet.

Karl nickte.

Daß er *Trautmann Titan* verkaufen will, ist keine Laune, sagte sie. Sammler, die er zu Persönlichkeiten entwickelt hat, zu Sammlerpersönlichkeiten von internationalem Ruf, die stellen sich jetzt taub. Stücke, für die sie vor zwei Jahren hätten das Doppelte bezahlen müssen, nehmen sie jetzt nicht für die Hälfte. Bitte, typisch, du kennst sie auch, die Leonie von Beulwitzen, die diesen Tick hat: nur Landschaften großer Meister, aber es darf kein Mensch drauf sein. Menschen stören mich, sagt die dreimal Geschiedene, die unser Freund und Formulierer Amadeus Stengl die Scheidungsgewinnlerin nennt. Diego hat sie in die Schweiz gelenkt. Jedes Jahr für eine knappe Million. Segantini oder Hodler oder Anker. Und jetzt, Diego bietet ihr einen Segantini für neunhunderttausend. Sie winkt ab. Sie will jetzt mehrere Jahre Geld nur noch für *Precious Woods* ausgeben. Edelholz-Aktien, ökologisch einwandfreie Renditen. Falls du so was hast, biete es ihr an. Ich werde nächsten Donnerstag noch einmal reden mit ihr. Läßt sich zehn Jahre bedienen, schwelgt in den menschenlosen Bächen und Bergen von Hodler und Segantini, und jetzt Edelhölzer. Diego fürchtet allmählich um sein Charisma, sein spell, schlicht seine Potenz. Das ist der Horror überhaupt. Wenn er nicht mehr an sich glaubt, glaubt kein Mensch mehr an ihn. Das ist der Ruin.

Zuerst muß er jetzt gesund werden, sagte Karl.

Ich finde, du hast fabelhaft reagiert, sagte sie.

Er fragte, wie sie das meine.

Daß du den Verkauf sofort bejaht hast, sagte sie.

Es ist Diegos Firma, sagte Karl.

Aber du hast sie gegründet, sagte sie.

Und Diego hat sie groß gemacht, sagte er. Einhunderttausend TOP FIT an *Tchibo*! Das war sein Einstieg. Ein echter Diego-Coup. Ich wäre nie über die Sportgeschäfte hinausgekommen.

Auf Diego, sagte sie, den größten Liebling aller Zeiten.

Auf ihn, sagte Karl.

Sie tranken, saßen stumm, aber einander zugewandt, dann glitt sie von ihrem Barhocker, kam zu Karl hin, nahm seine beiden Hände und sah ihn so an, daß er wegschauen mußte. Sie griff an sein Kinn, holte sein Gesicht zurück und sah ihn weiterhin so an, daß es nicht auszuhalten war. Ihre ohnehin dunklen Augen schimmerten wie eine Flüssigkeit. Offenbar weinte sie. In diesem Licht war sie wieder schön. Nichts als schön. Dann zog sie ihn vom Hocker, zog ihn zu sich hin und flüsterte: Solche Freunde zu haben ist eine Auszeichnung. So ungeschützt pathetisch konnte nur Gunci daherreden.

Karl mußte sagen: Bitte, nicht übertreiben.

Feigling, sagte sie.

Das ist weniger übertrieben, sagte er.

Sie ließ sich auch einen Dom Pérignon geben, Karl kriegte auch noch einen, Cheerio, sagte sie, und Karl, der lieber Prosit gesagt hätte, sagte auch Cheerio.

Besser, als du es gesagt hast, kann man es nicht sagen, sagte sie, es ist so furchtbar.

Karl spürte, daß Diego für Gundi jetzt tot war. Er mußte jetzt von Diego reden. Er fing an: Daß wir nach so vielen Freundschaftsjahren auch noch in einer Firma zusammengefunden haben, war eher ein Zufall. Aber Zufälle gibt's eben nicht. Schon komisch, daß ich die ganze Tennis-Chose dem Amadeus Stengl verdanke. Der ruft mich eines Tages an und sagt: Du, jetzt hab ich was für dich, so was, wie für mich noch keiner gehabt hat. Du kennst ja seine Sprüche. Dann schickt er mir den Ingenieur Ignaz Gruber, gerade ungut bei *Kneissl* ausgeschieden, aber dort beteiligt an der Entwicklung von White Star, Red Star und Blue Star. Mit White Star hat sich Ivan Lendl in einer Saison von Platz 78 unter die ersten zehn gespielt. Beim Magic Allround gab's dann Zwist. Und dieser Ignaz hat einen Schläger in petto gehabt, hundert Prozent Graphit, vor allem aber die neue Form. Das hatte er noch bei *Kneissl* am Schlag-Simulator erkannt, daß achtzig Prozent aller Bälle auf dem unteren Teil der Schlagfläche landen, also macht er diesen Teil breiter. Und eine Bespannung, zusammen mit *Kuebler* entwikkelt, wie überhaupt *Kueblers* Plus 40 Grubers Vorbild war. *Fastest Racket in the World*, so der Slogan. Gruber hatte sein Racket zuerst in den USA angeboten, bei *Kent*, der klassischen Firma in Pawtucket, Rhode Island, die waren zum Glück taub. Und ich hatte gerade Helen, geborene Wieland, geheiratet, und ihr Vater, der sich viel hatte einfallen lassen, das Vermögen, das er seinem einzigen Kind hinterließ, vor unsoliden Schwiegersöhnen zu schützen, war gerade gestorben. Aber ich hätte Ignaz Gruber auch ohne Helens Vermögen finanzieren können. Dann der Tennis-Boom der neunziger Jahre. Wir waren jedes Jahr mit einem neuen Schläger auf dem Markt. Auch wenn Steffi Graf und Boris Becker schon vergeben waren, Diego entwickelte Strategien, als habe er sein Leben lang Rackets verkauft. Produziert wurde in Kuala Lumpur. Selbst für Diegos Verhältnisse wurde gut verdient. Wir saßen in der vordersten Reihe in Wimbledon und jubelten, wenn Boris den Ball cross an Edberg vorbeijagte, und der Atem stockte uns, wenn Steffi Graf die Rückhand der Sabatini umlief, ihre rechte Ecke freigab und die Sabatini mit einem Longline-Schlag den Punkt machte. Wir waren überall. November 89 im Madison Square Garden, Steffis zweiter Sieg im Master's Turnier, und Martina Navratilova, die zum dritten Mal von Steffi Geschlagene, sagt: Steffi hat mir die Freude am Tennis zurückgegeben. Das ist Humanität! Wir haben natürlich gehofft, wir könnten Steffi vielleicht doch noch den *Dunlops* abspenstig machen. Ging nicht. Egal. Wir blieben dran. Wir waren dabei, anno 92, als sich Boris in Paris zum ersten Mal mit Zweitagebart präsentierte. Und wir haben uns Hoffnungen gemacht, als Goran Ivanisevic den Ball, bevor er ihn zum Aufschlag hochwarf, an unserer Bespannung schnuppern ließ. Überhaupt Ivanisevic! Er schlug immer nur mit dem Ball auf, mit dem er einen Punkt gemacht hatte, die anderen Bälle steckte er in die Tasche. Dann Pete Sampras, Ballgeschwindigkeit 194 Kilometer. Boris brachte da nur noch 184. Weißt du, das Tennisgeschäft paßte in meine Biographie so wenig wie in die von Diego. Ich wollte nie Geld gegenständlich verdienen. Und Diego wollte Geld nur mit den schönsten und größten Stücken der Vergangenheit verdienen. Wir haben uns hinreißen lassen. Aber so hätte es nicht enden dürfen. Das ist so furchtbar.

Und in die Pause hinein wieder: Gundi.

Ihre Augen waren immer noch diese Flüssigkeit. Hätte er etwas gegen Diego sagen sollen? Das war unvorstellbar. Aber in ihm fand eine Vorstellung zusammen, in der Gundi nackt war. Er hätte doch viel zu sagen gegen Diego beziehungsweise Lambert. Der hatte ihn doch seit Jahren nur noch behandelt wie Dreck. Und es war ganz unmißverständlich, daß sich Lambert der kulturellen Fraktion angeschlossen hatte. Das waren Leute, die den Geldhandel, das Investitionswesen und die Spekulation verachteten. Karl hätte diese Selbsttäuscher auch verachten können. Er verachtete sie nicht. Die waren einfach befangen, kulturell befangen. Die glaubten sich, daß sie Kunst um der Kunst und Politik und Wissenschaft um der Politik und um der Wissenschaft willen betrieben. Natürlich alles immer zum Wohl der Menschen oder gar der Menschheit. Daß sie alles nur um des Geldes willen betrieben und das Geld nur das Mittel war, um Frauen zu bekommen, daß also alles, was überhaupt stattfand, wegen der Frau stattfand, das wurde nicht mehr erlebt und schon gar nicht gestanden. So raste es in ihm. Und immer wieder: Gundi nackt. Gundula Powolny. So mußte sie heißen, der Name war wie ein Körperteil, ein weiblicher Körperteil. Rundweichfließend. Gundipowolny.

Er mußte jetzt noch einmal über Diego reden. Egal, was dabei herauskam. Selbst die Wahrheit durfte es sein. Weißt du, Gundi, du weißt es natürlich nicht, und für dich ist es, ich weiß nicht, was es für dich ist, aber Diego und ich, wir haben von Anfang an auseinandertendiert. Ich, angefüllt von Flausen, Diego mit einer genialen Nase für das Mögliche. Nicht beneidenswert zu sein, mehr kann man nicht erreichen. Das war mein Spruch, wenn wir nachts betrunken durch den Englischen Garten taumelten und einer den anderen in die Isar stieß und sofort nachsprang und ihn wieder herauszog. Diego wollte beneidenswert sein. Beinahe hätte ich jetzt gesagt, sonst hätte er ja dich nicht geheiratet. Als wir uns kennenlernten, sagte er, bevor er wissen konnte, wie das auf mich wirken würde, er halte es mit Oscar Wilde: Die Anzahl meiner Neider bestätigt meine Fähigkeiten. Diego hatte eine Menge Sprüche im Kopf, die alle nur hießen: Es lohnt sich nicht, der Zweite zu sein. Ich wollte lieber lächerlich als beneidenswert sein. Willst du es wirklich besser haben als andere, habe ich ihn gefragt. Er hat mich ausgelacht. Du spekulierst immer noch auf den christlichen Mehrwert, sagte er. Diego war von Anfang an beneidenswert. Ihm machte es nichts aus, Theaterwissenschaft zu studieren, ohne je etwas mit Theater zu tun haben zu wollen. Kunstwissenschaft genauso. Die erste Firma, die er noch als Student drüben in Haidhausen gründete, war ein Versandhaus für aussterbende oder ausgestorbene Artikel. Alles, was sonst nicht mehr ging, ging, wenn Diego es anbot. Er kaufte bei bankrotten Firmen die Artikel, an denen diese Firmen bankrott gegangen waren, und ließ sie in seinen Katalogen auferstehen. *Der Katalog der Dinge.* Wurde Kult. Diego war leidenschaftlich nostalgisch. Kein kalter Kalkulator, sondern ein aller Vergänglichkeit widerstehender Mensch. Mich hat er eingeladen, an diesem Kampf gegen das Vergehen mitzumachen. Meinen Bruder Erewein hatte er schon vorher entdeckt. Haidhauser Nachbarschaft. Ob Feuerzeug oder Auto, Diego machte das aus der Mode Gekommene zum Wert, zum Schönheitswert. In seinen Katalogen wurde alles, was unansehnlich geworden war, wieder schön. Schöner, als es gewesen war, als es noch in Mode war. Ich schrieb eine Zeit lang die Texte zu den Bildern, die mein Bruder Erewein unter dem Pseudonym YX fotografierte. Seine Fotos waren magischer Realismus. Jede Damenhandtasche hatte Aura, jeder Liegestuhl eine Gloriole aus Licht und Einsamkeit. Nach ein paar Jahren veranstalteten Galerien Ausstellungen mit Ereweins Bildern. Niemand, stand dann in der Zeitung, könne Gegenstände feiern wie Lambert Trautmann und YX. Als dann auch noch Beuys für den *Katalog der Dinge* ein Vorwort schrieb, war Diego angekommen. Er wechselte ganz allmählich zum luxe subtil und dann zum Nichtsalsschönen, zum unanzweifelbar Schönen. Und weißt du, was ich an Diego am meisten bewundere? Seine Geradlinigkeit. Er sagt immer, was er will. Als er dich wollte, hat er zu dir gesagt: Ich will Sie. Ich habe immer versucht, von ihm zu lernen. Im Geschäft. Keine Tricks. Egal, ob Gegner oder Klient, den anderen verblüffen durch Geradlinigkeit. Ich will Sie übervorteilen, wehren Sie sich. Das kann er sagen. Nichts ist ihm so fremd wie Betrug. Ich hab's gelegentlich versucht, bei mir wird's immer zur Groteske.

Es ist so furchtbar, sagte Gundi. Sie müsse sich vorbereiten. Morgen hat sie Sendung. Und in der letzten Nacht habe sie geträumt, daß Stalin ihr die Fußnägel schneide. Das könne sie morgen brauchen, sie hat nämlich morgen einen Gast, der die Welt verachtet, weil die Welt ihn enttäuscht hat. Zwar Milliardär, finanziert aber nur noch, was die Nächstenliebe in der Welt steigert. Den will sie nach seinen Träumen fragen. Seit Stalin ihr im Traum die Fußnägel geschnitten hat, weiß sie, daß von jetzt an in jeder Sendung nach den Träumen gefragt wird. Mach's gut, lieber Karl. Ich beherrsche mich, sonst würde ich sagen: Liebster Karl.

Karl dachte sofort: Liebster, das ist doch belegt für heute, gerade im Krankenhaus gebraucht von ihr, als sie gesagt hatte, Diego verstehe noch alles, und geschlossen hatte: Nicht wahr, Liebster. In einem Schulaufsatz würde man das als Wiederholung ankreuzen.

Sie glitt von ihrem Hocker, rief den Mädchen zu, sie sollten für ihren Freund ein Taxi bestellen und ihn nachher hinausbringen. Sie nickte ein bißchen, veranlaßte Karl, ihr links und rechts die Wange zu berühren, und ging in ihrem farbigen Dämmer dahin. Oder davon. Und drehte sich noch einmal um und rief: Carlito. Er stand ja noch, ins Nachsehen versunken. Was kam jetzt? Kam jetzt doch noch etwas? Kam ES jetzt noch … zu was auch immer. Sie winkte.

Er folgte. Hinaus in die Halle, dann die schön geschwungene breite Treppe hinauf in den ersten Stock, in Diegos Etage, und in den *Sängersaal*. Das Aprillicht brach grell herein durch die säulenumstandenen Rundbogenfenster auf der Isarseite. Gundi schien sich an den Lichtwechsel schneller gewöhnt zu haben als Karl. Sie ging gleich vor zur Stirnseite. Sie ging so rasch und strikt wie ein Chef, der weiß, sein Angestellter hat ihm zu folgen. Direkt vor den Porphyrsäulen, die die Rundbögen der Stirnseite trugen, stand die Chaiselongue, auf der Diego immer saß, ruhte, lag, je nachdem, was seine Abend- oder Nachtdarbietung erforderte. Davor stand das verrückte Ding, das als Tisch diente. Ein Kunstwerk, fraglos. Und doch auch ein Tisch. Eine fingerdicke Tischplatte, offenbar aus Bronze, in sie eingelassen eine runde Scheibe aus milchig weißem Glas. Die Tischplatte wurde auf einer Seite von drei astähnlichen, auf jeden Fall ganz natürlich krummen Beinen getragen, auf der anderen Seite aber von einem Einhorn, das seinen Kopf samt Horn unter die Tischplatte beugen mußte. Der Körper des Einhorns war ein weiblicher Frauentorso mit Prachtsbrüsten. Alles aus Bronze, die nach unten hin immer grünspaniger wurde. Aber das Einhorn, dessen Horn unter der Tischplatte bis zu den krummen Astbeinen reichte, das Einhorn mit dem nackten Frauenkörper, das war schon … ja, Karl fand es wieder toll, ganz toll. Erst vor zwei Monaten hatte Diego dieses Kunststück aus Paris mitgebracht. Aus dem *Hôtel Lambert*. Du weißt. Karl nickte. Das ganze Inventar des *Hôtel Lambert*, die Sammlung des Barons de Redé, war von Sotheby's versteigert worden. Da konnte Diego nicht fehlen. Gundi sagte, Diego habe sich das, als er das noch gekauft habe, schon nicht mehr leisten können. Du kennst ihn ja. Karl nickte. Sie standen beide und sahen dieses aufreizende Ding an. Karl dachte: Und es gibt Menschen, die leben andauernd mit so etwas. Gundi, soll ich's dir kaufen. Den Satz sagte er nicht. Aber nichts lag jetzt näher als dieser Satz. Daß Diego das krasse Stück vor seine Chaiselongue gestellt hatte, hieß: Das war das Stück, das er bei der nächsten Gelegenheit dem Kreis seiner Freunde und Kunden vorstellen und empfehlen würde. Ein Stück aus seinem *Hôtel Lambert*, von dem er immer erzählt hatte wie von einem Paradies, aus dem er nicht vertrieben werden konnte, weil er noch nie drin gewesen war. Aber würde es eine nächste Gelegenheit geben?

Zeigen wollte ich dir das, sagte sie und zeigte auf einen Sessel, der neben der Chaiselongue stand.

O ja, sagte Karl und kam sich gleich ein bißchen minderwertig vor, weil ihm dieses Stück nicht selber aufgefallen war.

Diegos letzter Kauf, sagte Gundi, eins Komma vier Millionen. Wieder in Paris ersteigert, im *Hôtel Drouot*. Eileen Gray, die Königin des Art-déco-Designs, hat sechs solche Sessel geschaffen, *Fauteuils à la Sirène*, 1912, in Paris. Das ist einer von ihnen. Nachher hat Diego gesagt, er wäre bis zu jedem Preis gegangen. Meinetwegen. Du verstehst. Art déco, mein Stil, mein ein und alles. Er hat sich diesen Sessel überhaupt nicht leisten können. Du kennst ihn. Seit Jahr und Tag winken auch die zuverlässigsten Kunden ab, und er kauft und kauft wie zu den besten Zeiten. Jedesmal mit einer unschlagbaren Begründung. Eileen Gray, *Fauteuil à la Sirène*. Für mich. Du verstehst.

Ja, sagte Karl, das ist Diego.

Eigentlich hatte er sagen wollen: Setz dich hinein in den Sirenenstuhl, schmieg deine Arme in diese ungeheuer sanft geschwungenen Lehnen, Sirene, du. Aber er stand nur und schaute und nickte. Er hätte sagen sollen: Zu hoch der Preis. Auch das sagte er nicht.

Das ist Diego, sagte sie, komm.

Gundi nahm Karl bei der Hand und führte ihn hinunter. Das schaffte sie. Hinaus fand er allein. Aber sie rief ihn noch einmal. Diesmal mit einer ganz anderen, kein bißchen gefühlsbelegten Stimme. Und sagte: Du mußt wissen, bitte, vergiß es nie, ich bin leider von allen Menschen der glücklichste. Jetzt verschwand sie wirklich. Wie auf dem Bildschirm, dachte Karl. Sie tritt auf, agiert, tritt ab. Sie ist Fernsehen durch und durch. *Zu Gast bei Gundi.* Gib zu, das wär's. Gib's nicht zu.

3.

Karl und Diego sind immer wieder, wenn sie zusammen eine Gundi-Sendung angeschaut haben, bei der Vermutung angekommen, Gundi sei so erfolgreich, weil sie zeigen kann, wie sie ihren Erfolg genießt. Sie bestaunt den Erfolg und genießt ihn. Ohne Mache. Karl sagt dann: Sie schämt sich nicht, das ist es. Und Diego: Ja, sie ist göttlich unverschämt.

Schon wie sie ihre Sendung anfängt und aufhört, ist längst zum Ritual geworden. Das Studio im Arbeitslicht, also eher trüb und düster als hell. Kameramänner und -frauen stehen an ihren Kameras, sie werden von der gläsernen Regiekanzel, die man ganz hinten oben gerade noch wahrnimmt, auf ihre Positionen dirigiert. Eben das ruhige Gewusel, bevor man auf Sendung ist. *Zu Gast bei Gundi* kommt immer live. Gundi hat von Anfang an das volle Risiko der Live-Sendung verlangt. Dann setzt Musik ein. Die kommt einem bekannt vor. Dann doch wieder nicht. Titel laufen über den Schirm, und in die Szene schiebt sich von links nach rechts ein schwarzes Schiff. Deutlich eine Attrappe. Aber doch ein Schiff. Und an der richtigen Stelle, aber viel größer als bei jedem wirklichen Schiff, leuchtet der Name auf: *Inutile Precauzione.* Das Schiff ist so gewaltig, daß es die Szene füllt, obwohl es höchstens mit seinem vorderen

Viertel hereinragt. Die Musik ist inzwischen sowohl groß feierlich wie unmißverständlich schräg. Auf einer schwarzen Treppe, deren Stufen mit einem schwarzen Teppich belegt sind, kommt Gundi herab. Da die schwarze Treppe vor der schwarzen Schiffswand im unaufmerksamen Bühnenlicht so gut wie unsichtbar bleibt, geht Gundi wie durch die Luft. Ihr schwarzseidener Mantel tut ein übriges. Aber er öffnet sich bei jedem Schritt und läßt Gundis Wesensfarbe Türkis sehen. Sobald sie den Studioboden erreicht, zieht sich das Schiff nach links hinaus, verschwindet. Die Kameramänner und -frauen begrüßt Gundi wie alte Bekannte. Mit ihnen zusammen schaut sie jetzt dem hinausziehenden Schiff nach, mit ihnen zusammen hört sie der Musik zu. Und lacht. Und alle um sie herum lachen mit. Dann die erste Großaufnahme. Und Gundi sagt jedesmal einen Text, der, je nach ihrer Stimmung, wehmütig gefühlvoll oder fröhlich frech mitteilt: Diese Musik ist, was ich gern wäre. Was ich zu sein versuche. Wer uns zum ersten Mal zuschaut, soll nicht lang herumrätseln. Die Ouvertüre zum *Fliegenden Holländer,* in einer Streichquartett-Version von Hindemith. Hindemith gab seiner Version den Titel: Die Ouvertüre zum *Fliegenden Holländer,* wie sie eine schlechte Kurkapelle morgens um sieben vom Blatt spielt. Und sagt dazu: Mich wirft diese Art von Wagner-Verehrung einfach immer wieder um. Nebenbei streichelt sie die Kameras wie liebe Tiere, nach denen sie sich seit der letzten Sendung gesehnt hat.

Sie duldet kein Publikum im Studio. Sie will mit ihrem jeweiligen Gast und mit dem Fernsehzuschauer allein sein. Und sie will immer nur einen einzigen Gast. Daß da mehrere säßen und einer nach dem anderen käme dran wie beim Friseur oder beim Zahnarzt, ist bei Gundi unvorstellbar. Sie macht auch immer wieder deutlich, daß sie nur für einen einzigen Zuschauer, eine einzige Zuschauerin agiert. Und gibt zu, daß sie sich wohl fühlt zwischen den Kameras und in dieser Szene. Aber auch wenn sie sich einmal gar nicht wohl fühlt, sagt sie das.

Dann geht sie zu ihrem Salon, der mehr als die Hälfte des Studios beansprucht. Zwei hüfthohe Vasen markieren den Eingang zum Salon. Aus jeder Vase ragen sieben weiße Lilien. Links und rechts davon sind Kraniche aus Porzellan aufgereiht, fast eine Art Zaun. Sie sind nur halb so hoch wie die Vasen. Zwischen den Vasen wartet der Butler, Mr. Sheshadri. Er wird von Gundi freundschaftlich begrüßt. Er nimmt ihr den schwarzseidenen Reisemantel ab. Von diesem Augenblick an erlischt das Arbeitslicht, keine Kameras mehr, keine Kabel, nur noch der Salon. Der schimmert. Allmählich wird einzelnes durch das Licht gewissermaßen geboren. Gundi erlebt die Geburt der Salonschönheiten mit Andacht. Und mit Zärtlichkeit. Das sind Gesten und Bewegungen, die im Augenblick entstehen. Oder eben nicht. Und wenn nicht, dann kann es sein, daß sie gleich auf das alles beherrschende Sofa zugeht und sich aufs champagnerfarbene Velours fallen läßt, nie in die Mitte, immer in die linke Hälfte, vor das linke der beiden großen rechteckigen Kissen und in Reichweite der Polsterrolle auf ihrer Seite. Alles, was weich ist, schimmert in goldenster Champagnertönung. Die Sofaschale ist aus Palisander, gerundete Ecken, aber auf dem dunklen Holz läuft ein vergoldetes Bronzeband. Egal, in welcher Stimmung Gundi ist oder welche Stimmung sie ausdrücken will, sie landet nie auf dem Sofa, ohne es mit dem Namen seines Erschaffers zu grüßen. Als wäre der selber gegenwärtig, sagt sie: Guten Abend, Jacques-Emile Ruhlmann. Je nach Laune folgt: Ich bin so froh, endlich wieder auf Ihrem paradiesischen Meisterwerk Platz nehmen zu dürfen. Oder: Heute ist dieses Sofa Asyl. Zuletzt gehen die zwei Stehlampen an: dunkle, sich verjüngende Holzsäulen, die plissierte helle Schirme tragen. Und hinter und über allem schimmert in jeden Himmel das Chryslerbuilding aus New York. Es sieht aber nicht aus wie von außen beleuchtet, sondern schimmert von innen heraus. Und das immer mehr.

Außer der Chryslerbuilding-Magie ist alles, was man jetzt sieht, echt. Darauf besteht Gundi. Davon lebt sie. Das erlebt man als Zuschauer, wenn man sieht, wie sie umgeht mit dem, was sie ihre wunderbaren Dinge nennt.

Der Zuschauer sieht sie in der linken, den Gast in der rechten Ecke. Der Gast wird von Mr. Sheshadri hereingeführt, Gundi steht auf, der Butler stellt den Gast vor, Gundi zeigt sich informiert. Auf Gundis Seite endet das Sofa vor einem Gauguin-Bild: *Kopf einer Frau auf Tahiti.* Auf der anderen Seite vor der *Meditazione del mattino* von Giorgio de Chirico. Dazwischen ein Relief, in Elfenbein, vor schwarzem Hintergrund fünf Figuren, sitzend Paris, hinter ihm Merkur, auf die beiden zu kommen Venus, Juno und Minerva. Paris hält Venus den Apfel hin. Das Urteil des Paris also. Manchmal fragt Gundi einen Gast unvermittelt: Wie finden Sie Gauguins Frau, Chiricos Meditation oder die drei blanken Elfenbeinschönen vor dem sitzenden Paris? So fragt sie erst, wenn durch den Gesprächsverlauf erbracht ist, daß man sich nicht zu bewähren hat, daß man sich nicht blamieren kann, daß man aber, indem man in diesem Augenblick sagt, wie es einem zumute ist, etwas über sich erfährt. Sie selber sitzt meistens so, daß sie Venus oder Juno jeder Zeit streicheln kann. Dem Gast sagt sie, dieses schönste Elfenbein aus dem frühen 17. Jahrhundert habe sie gewählt, weil fraglose Schönheit ihr Leben steigere wie nichts sonst. Sie sei nackt ein anderer Mensch, sagt sie. Wie geht es Ihnen? So führt sie den Gast, ob Mann oder Frau, aus seiner Kleiderbiographie heraus ins Freie. Beziehungsweise in die Geborgenheit ihres Salons. Der Gast erfährt: Die zwei hüfthohen Vasen sind von Michael Powolny, mit dem ist sie trotz des gleichen Namens nicht verwandt. Die links und rechts streng aufrechten weißen Kraniche auf ihren türkis schimmernden Porzellanfelsen liefern dem Salon eine Art Schönheitszaun. Sie kommen aus dem China der Qing-Dynastie, auch aus dem 17. Jahrhundert. Und, sagt Gundi zu ihrem Gast, dort waren sie die heiligsten Vögel überhaupt. Als höhere Abschirmung, sagt sie, empfinde sie ihren Kranichzaun. Aber es ist durchaus möglich, daß sie plötzlich zur Kamera, also zum Fernsehzuschauer sagt: Wenn ich jetzt die Briefe nicht hätte, die Sie mir geschrieben haben, wären all diese wunderbaren Dinge in meinem Salon nicht imstande, mich zu beleben. Und liest einen oder zwei oder drei Briefe vor. In Großaufnahme. Wenn sie diese Briefe vorliest, werden es Liebesbriefe, und Gundi sagt, sie sei die glücklichste Frau der Welt, weil ihr solche Briefe geschrieben werden. Aber solche Briefe werden es erst durch ihr Vorlesen. Sie kniet, wenn ein Brief es ihr souffliert, auf dem Sofa, kippt zur Seite, kuschelt sich klein in die Ecke, sie tut immer, was der Brief mit ihr macht. Sie führt diese Briefe auf. Sie feiert sie. Das regt immer mehr Leute zu immer heftigeren Briefen an. Gundi gesteht, daß sie ohne diese Briefe gar nicht mehr leben könnte. Wenn ich diese

Briefe nicht mehr bekomme, rauch ich wieder, hat sie einmal gesagt.

Sie hatte sich ja das Rauchen öffentlich abgewöhnt. Alle Rückfälle gestanden. Den ganzen Leidenskampf vorgeführt. Das war überhaupt ihr Durchbruch. Die Anteilnahme der Zuschauer wuchs lawinenartig. Tausende und Abertausende, die sich auch vom Rauchen befreien wollten, schlossen sich an, machten mit, meldeten ihre Siege und ihre Niederlagen. Gundi selber kämpfte sich von vierzig auf fünfunddreißig, auf dreißig, und ab zwanzig in Zweierschritten herunter, bis sie die Null erreicht hatte und – das war spannend genug – die Null hielt und wieder fiel und sich wieder erhob, bis sie einhundert Tage *rein* durchgestanden und damit einen neuen Standard der Selbstüberwindung geschaffen hatte. Und das führte die Frau vor, die Selbstbeherrschung verachtete, die das Evangelium der Haltlosigkeit verkündete und vorlebte und ihren mehr oder weniger leidenden Gästen als einzige Heilchance empfahl. Es dürfe nichts geben, an das man sich gebunden fühlen müsse. Weder das Rauchen noch das Nichtrauchen. Das Fernsehen mußte einen Arbeitsstab einrichten und eine Bewertungsmethode entwickeln: Wer weniger als dreißig rauchte, rangierte im Achtelfinale, weniger als zwanzig im Viertelfinale, mit zehn kam man ins Halbfinale, ab null war man im Finale, aber erst nach einhundert Tagen war man Champion oder Championesse. Das waren mediengerechte Vorgänge. Das sogenannte Keppeletui mit seinem transluziden Emailledekor in Königsblau und den schmalen Goldstreifen und der honiggoldene Aschenbecher blieben auf ihrem Tisch als Schönheitsdenkmal für ihre Raucherzeit. Sie hatte diesen Aschenbecher aus dem Jahr 1924 und dieses Zigarettenetui wie alle ihre wunderbaren Dinge liebevoll vorgestellt und hingebungsvoll benutzt. Man muß nicht dagegen sein, geraucht zu haben. Vor allem, wenn man nicht mehr raucht. Was transluzid sei, habe sie zwar gesehen, aber sie habe nicht gewußt, daß das, was sie sah, transluzid genannt werde. Ihr Liebster habe es ihr erklärt. Sie lasse sich von ihrem Liebsten gern etwas erklären, weil sie dabei erlebe, wie gut ihm das tue, wenn er ihr etwas erklären könne. Dazu komme allerdings, daß außer Gott keiner so allwissend sei wie ihr Liebster. Sie frage ihn eins, und er erkläre ihr alles. Wer, wenn nicht ihr Liebster, hätte ihr sagen können, daß das transluzide Keppeletui geschaffen worden ist von Henrik Emanuel Wigström, und zwar geschaffen für Fabergé, das Goldschmiedgenie der Romanows, und daß eben dieses Etui, das da vor ihr auf dem Tisch liegt, vom englischen König Edward VII. seiner Geliebten Alice Keppel geschenkt worden ist, und wer war denn diese Alice Keppel, fragt sie dann natürlich ihren Liebsten, und hört, das war die Großmutter von Camilla Parker Bowles, und jetzt kann sie wieder mithalten, Camilla Parker Bowles, zuerst Jahr für Jahr unbeirrbare Geliebte von Prinz Charles und schließlich seine Gattin, also Nachfolgerin der märchenreifen Diana.

Das schlenkert sie allen ihren Zuschauern und speziell Barbara Steinbrech hin, ihrem heutigen Gast. Die hatte vorher bis zum Stimmversagen hervorgebracht, daß sie lieber ihre Kinder verliere als ihren Geliebten, obwohl sie doch ohne ihre Kinder überhaupt nicht leben könne, und beide Unmöglichkeiten habe sie durch und durch erfahren, also habe sie erfahren, daß sie nicht mehr leben könne. Und Gundi, nach ihrem schwebend leichten Bildungsschlenker zu Transluzid und Edward-Alice-Charles-Camilla, holt jetzt aus: Weg mit der verhinderungssüchtigen Wirklichkeit, in der so gut wie nichts möglich ist. Vor allem nichts Schönes. Schluß mit der Vorherrschaft des Wirklichkeitsprinzips. Wenigstens hier, bei Gundi, mit Gundi, durch Gundi, um Gundi herum. Alles ist möglich. Wir müssen es nur zulassen. Und griff nach ihrem Aschenbecher, fingerte aus dem transluzid schimmernden Keppeletui eine Zigarette, zündete ein zehn Zentimeter langes Zündholz an und sagte: Frau Steinbrech, mit dieser Heiligsprechung der Unmöglichkeit zwingen Sie mich dazu, wieder zu rauchen. Wenn etwas unmöglich ist, bleibt nur noch das Rauchen. Frau Steinbrech stieß einen Schreckschrei aus, fiel ihr in den Arm beziehungsweise blies das Zündholz aus und sagte Gundi etwas ins Ohr. Gundi zerbrach die Zigarette, streichelte Frau Steinbrech ausgiebig. Dann sagte sie: Irgendwo habe ich von Karl Marx den Satz gelesen: *In einer kommunistischen Gesellschaft gibt es keine Maler, sondern höchstens Menschen, die unter anderem auch malen.* Ist das nicht ein wunderbarer Satz, rief sie dann. Barbara Steinbrech, sagt Ihnen der Satz etwas? Und Frau Steinbrech zögerte, kaute auf dem Wort *kommunistisch* herum. Lassen Sie's einfach weg, sagte Gundi. *Kommunistisch*, das war, als Marx es benutzte, ein blühendes, noch ganz unausgeschöpftes, ein reines Hoffnungswort für einen schönen Zustand. Sagen Sie einfach: In der richtigen Gesellschaft gibt es keine Maler, sondern höchstens Menschen, die unter anderem auch malen. Das ist genau so schöne, unwirkliche Zukunftsmusik, wir haben so wenig eine richtige Gesellschaft, wie es je eine kommunistische Gesellschaft gegeben hat oder hat geben können. Moment. Und sie kramte in ihrem Täschchen, das sie selber ihr verflixtes Täschchen nennt und das hauptsächlich aus dunklem Leder und Atlas und Bronze und Lapislazuli besteht und verziert ist mit mancherlei Getier, holte aus dem goldschimmernden Täschcheninneren einen Zettel heraus und sagte: Erst gestern habe ich noch ein paar Marx-Wörter gefunden, die spüren lassen, was für eine Gesellschaft ihm vorschwebte, hören Sie: ... *heute dies, morgen jenes zu tun, morgen zu jagen, nachmittags zu fischen, abends Viehzucht zu treiben, nach dem Essen zu kritisieren, wie ich gerade Lust habe; ohne je Jäger, Fischer oder Kritiker zu werden.* Und was heißt das für Barbara Steinbrech, fragte sie dann. Und die fuhr im Gundi-Ton fort: ... ohne je Geliebte oder Mutter zu werden. Bravo, sagte Gundi, brava, müßte ich zu Ihnen sagen. Und wissen Sie was, sagte sie, während sie ihren Zettel sorgfältig ins Täschchen zurücksteckte, Sie sind in den letzten Minuten, seit wir von einer Gesellschaft ohne Rollenzwänge sprechen, von Sekunde zu Sekunde schöner geworden. Überzeugen Sie sich. Herr Sheshadri, bitte. Der Butler schob den immer verfügbaren Spiegel auf Rädern vor Frau Steinbrech hin. Sie sind eine Frau, sagte Gundi, die in diesem Spiegel vollkommen zur Geltung kommt, aber der Spiegel durch Sie auch. Venedig, aus meinem geliebten 17. Jahrhundert, fühlen Sie mal diesen dunklen Rahmen, belegt mit Gold und Perlmutt. Und der Spiegel war noch nie so schön wie in diesem Augenblick, weil Sie in ihn hineinschauen, weil er Sie spiegeln, Sie rahmen darf. Wenn er mir gehörte, würde ich ihn Ihnen schenken, daß sie in ihm immerzu sich selber fänden, Barbara Steinbrech. Weil wir keine Gesellschaft sind, die ein Recht hat, uns Rollen zu verpassen, müssen wir uns aus allen Rollen wegstehlen und so weiter. Einverstanden? Barbara Steinbrech sagte: Im Augenblick ganz und gar. Und weil Sie im Augenblick einverstanden sind mit sich, sind Sie schön, sagte Gundi. Im Augenblick macht die Mutter der Geliebten keinen Vorwurf und die Geliebte der Mutter auch nicht. Aber, sagte Barbara Steinbrech, sich Vorwürfe zu machen bringt auch etwas. Und Gundi sofort: Das Schlimmste sei, wenn man sich nichts mehr übelnehme. Wenn man gesiegt hat in sich selbst. Herr ist über sich selbst. Aber dann ahnt man, über wen man da Herr geworden ist. Der möchte man lieber nicht sein. Also doch gegen sich sein, sagte Frau Steinbrech. Ja, rief Gundi, um sich selbst kennenzulernen. Dann tue man, bitte, das, was einen schöner mache. Und das seien nicht die das Gesicht zerfurchenden Vorwürfe. Jeder habe in sich eine Schönheit, die er erlösen müsse, befreien. Durch nichts als Einverstandensein mit sich selbst.

Gundi hat, glaubt sie, etwas entdeckt, was sie nicht Entdeckung, sondern Erfahrung nennt. Sie hat erfahren, sagt sie und bringt es zum Ausdruck, daß wir haltlos sind. Wir alle. Weil wir keine Gesellschaft sind. Geschwollen ausgedrückt, sagt sie, keine Kultur mehr sind und noch keine Gesellschaft, sondern ein Gemenge von Isolationen.

Jeder sei seines Unglücks Schmied, hat Gundi einmal zu einem ihrer Gäste gesagt, zu einem Lehrer, der sich von seinen Kolleginnen verfolgt fühlte, weil er gesagt hatte, seit die Frauen im Lehrerzimmer die Majorität hätten, sei die Wahrheit zur Fremdsprache geworden. Die Direktorin: Wenn er sich nicht sofort entschuldige, drohten disziplinarische Maßnahmen.

Gundi zitiert dann immer wieder Grundgesetzsätze, die die Illusion schaffen, Gerechtigkeit sei möglich. Nichts sei so verletzend wie die Gerechtigkeitsillusion. Dann fragt sie so lange, bis ihre Gäste die Kälte zugeben, in der sie leben.

Individuum, sagt Gundi, sei der Name unserer Krankheit. Das Individuum will keine Gesellschaft, sondern sich. Sie fragt aus jedem seine Individualität heraus. Sie läßt ihn erleben, daß er stolz ist auf seine Unverwechselbarkeit. Dann fragt sie weiter, bis aus der Unverwechselbarkeit lauter Verwechselbarkeiten werden. Und sie nimmt sich nicht aus. Sie geht immer noch einen Schritt weiter als der Gast. Aber sie ist auch in der extremsten Stimmung geleitet von einem Ziel, von einer Tendenz: dem Begreifen unserer Haltlosigkeit. Sie kann jeden Gast für eine Stunde erlösen. Länger nicht, sagt sie. Aber vielleicht erinnert sich der Gast später an diese Stunde der Erlöstheit. Die soll sich nämlich anfühlen wie Freiheit. Anerkennung der Haltlosigkeit aller. Auch die, um derentwillen wir leiden, sind haltlos. Das Erlebnis der Vorwurfslosigkeit. Keinem und keiner ist ein Vorwurf zu machen. Und im richtigen Augenblick schenkt sie Tee ein, grünen Tee, und schenkt ihn ein aus der von Josef Hoffmann 1903 für die Wiener Werkstätten entworfenen Kanne. Das sagt sie jedesmal dazu. Sie sagt immer alles dazu. Sie sagt, wenn sie etwas sagt, immer dazu, woher sie das, was sie sagt, hat oder wie sie selber dazu gekommen ist. Sie feiert ihre wunderbaren Dinge unaufhörlich. Es gibt das Schöne, darauf besteht sie. Alles kann, weil es trügt, eingerissen, gestürzt werden. Nur das Schöne nicht. Sehen Sie diesen Tisch aus dem Jahr 1930, sagt sie. Sieht er nicht aus, als lebte er? Und hat doch kein bißchen Organisches. Es ist das wie ein Tischtuch niederhängende Filigrangeflecht, das ihn so lebendig erscheinen läßt. Es ist die Lebendigkeit, die nur der Kunst gelingt. Sagt sie. Und fragt den Gast, ob er das ähnlich oder ganz anders empfinde. Sie wirbt für das Schöne, mit dem sie sich umgeben hat. Marius-Ernest Sabino hat 1930 dieses Tischkunstwerk geschaffen. Sie habe das Gefühl, der Tisch klinge. Eigentlich weint dieser Tisch, hat sie einmal über den Sabino-Tisch gesagt. Aber schöner weinen könne niemand als dieser Tisch. Das sagte sie, als ein Mann ihr Gast war, dessen Frau von ihm verlangt hat, daß er sich mit ihrem Liebhaber befreunde. Daß sie dann zu dritt miteinander schliefen. Wenn nicht, sei eine Tragödie nicht auszuschließen.

Wenn Karl ihr allein zuschaute, warf er sich öfter vor, daß er nicht abschalten konnte. Er wollte doch nicht hineingerissen werden in die Leidensgröße und -lächerlichkeit von Leuten, die ihn nichts angingen. Es war immer Gundi, die ihn nicht abschalten ließ. Wie weit würde sie es heute treiben? Karl hatte den Verdacht, daß diese rabiaten Sichselbstentblößungen nur für Fernsehzwecke inszeniert wurden. Vielleicht waren das alles brave Langweiler und Gelangweilte, die sich vor den Kameras austobten, weil sie sich sonst nirgends so austoben konnten. Karl wagte aber nicht, Gundi diesen Verdacht wissen zu lassen. Gundi ertrug keine Fragen, deren Beantwortung auch nur im entferntesten mit Rechtfertigung zu tun haben könnte. Auch wenn Diego sich da einmal launisch vergriff, verformte sich ihr Gesicht nach ihren Mundwinkeln hin, die ja, egal wie fröhlich frech und ausgelassen ihr Gesicht gerade blühte, ihren sonst ebenmäßig schönen Mund mit zwei kurzen harten Rissen nach unten bogen.

Sein Freund Lambert hatte dieser Seelenführerin, sobald er sie auf dem Bildschirm entdeckt hatte, nicht zuschauen können, ohne in eine Art Abhängigkeit von der Bildschirmerscheinung zu geraten. Wenn das momentan die schönste, gescheiteste, frechste Frau war, dann gehörte sie zu ihm, dem Herrn der schönen Dinge aller Jahrhunderte. Und wenn Lambert Trautmann etwas wollte, dann fing er nicht an, sich, was er wollte, zu verbieten, dann sorgte er für Verwirklichung. Lambert sagte: Das Leben ist zu kurz für Umwege. Und schickte Gundi, die bei ihren Fernsehauftritten aus ihrer Schmucklosigkeit ein Evangelium gemacht hatte, ein Platin-Armband aus ihrem Jahrzehnt. Das Dekor schwelgte zart in japanischen Motiven, die eingebettet waren in Linien und Felder aus Diamanten, Saphiren, Rubinen und Smaragden. Das trug sie seitdem, und alle ihre Bewegungen wußten, daß sie das trug. Und Lambert durfte kommen und bleiben, und sie kam und blieb. Als Lambert einmal sagte: Es war eine Temperamentsumarmung, sagte Gundi: Eine Bewußtseinsbegegnung. Darauf Lambert: Eine Umarmungsbegegnung. Da stimmte sie zu. Ihr einfach dieses Armband zu schicken mit einer Visitenkarte und einem schönen Gruß, das war eine Provokation. Sie hatte Frauen, die ihr geschrieben hatten: Warum kein Schmuck?, vor die Kamera geladen. Wochenlang tobte die Diskussion zwischen Frauen hin und her. Gundi gab zu, daß sie als junges Mädchen, wenn sie schmuckbeladene Madames gesehen hatte, sich geschworen habe: So wirst du nie! Deshalb hatte sie in ihrem Salon von Anfang an die eigene schmucklose Nacktheit gefeiert und alle Geschmückten als Nachfolgerinnen der Opfertiere verhöhnt, die, bevor sie geschlachtet wurden, geschmückt worden waren. Die Ethnologin drehte auf. Je auffälliger der Schmuck, desto bedauernswerter die Frau. Dann die Sensation: Sie schwenkt den Arm mit dem Armband vor die Kamera, gibt sich geschlagen, bekennt Ignoranz, Unreife, Vorurteil, Borniertheit und ist geheilt davon durch nichts als Liebe. Bloß keine Theorien! Bloß keine Rechthaberei! Bloß keine maßgebende Meinung, Haltlosigkeit, liebe Schwestern! Und, falls ihr's schafft, auch ihr, Brüder! Und begleitete ihre Reden mit dem Platinarmband, das unter dem halblangen Türkisärmel ziemlich authentisch wirkte. Und gestand, daß sie von der Frauenarmee der Schmucklosen desertiere. Eine Desertion mehr. Und das wegen dem Kerl, der einem so etwas Fabelhaftes antut. Und hatte noch hingewiesen auf die winzige Silberspur um ihren Hals. Diese Nichthalskette, diese Nichtsalssilberspur habe sie ihrem Hals zugemutet, um das Armband nicht ganz allein siegen zu lassen. Gundi kriegte jede Kurve, weil sie dazusagte, daß sie jetzt wieder in einer Kurve liege. Schleudergefahr, rief sie dann. Und bat die fabelhaften Mitmenschen, über sie nicht zu urteilen, solange sie noch lebe.

In der Sendung nach der Kapitulation vor dem Armband begrüßte sie zum ersten Mal das neue Sofa, das Ruhlmann-Sofa. Sie, die Göttin in Türkis, ließ sich auf das champagnerfarbene Velours fallen und reckte und streckte und bog und krümmte sich wie neugeboren. Bis dahin hatte sie auf einem strengen, schwarzen, dänischen Ledersofa agiert. Ein edles Stück, Baujahr circa 1960, aber überhaupt kein Showstück. Dann also das Champagnervelours im goldverzierten Palisander. Und wieder war es ihr Liebster, dem sie das verdankte. Der habe ihr schwarzes Sofa nicht gut gefunden, also habe er ihr kurzerhand bei einer Auktion von Sotheby's in Monaco das Ruhlmann-Prachtstück gekauft. Das ist jetzt ihre Welt. Aber – und das erregte Karls Eifer – sie sagte nicht dazu, daß Diego, den sie nie beim Namen nannte, das Sofa dem Fernsehen vermietet hatte. Auch als man abends noch zusammenfand, wurde nicht erwähnt, für wieviel Diego das Sofa vermietete. Wenn schon von allem die Herkunft, dann, bitte, mit Preis, liebe Gundi! Fernsehgetue. Sie ist das leibhaftige Fernsehen. Na und? Sie tut nicht so, als ginge es um Nachrichten, Informationen und dergleichen. Es geht nur ums Angeschautwerden. Von einer Million oder zwei Millionen Menschen. Jeder Zuschauer erlebt an dem, den er anschaut, das Angeschautwerden. Und nimmt teil. Ist, solange er anschaut, ein Angeschauter. So weit hat es keine der Vorgängerreligionen gebracht. Jetzt und in alle Ewigkeit. *Zu Gast bei Gundi.*

4.

Hinter den zusammengewachsenen Mädchen hergehend, kam Karl wieder hinaus. Das Prinzip war tatsächlich: Je weiter man hinauskam, desto heller wurde es. So daß man vom Tageslicht – und heute war es Münchens frühlingsgemäß hellstes – nicht geblendet wurde. In die Steinstraße, Haidhausen, sagte er zum Taxifahrer, der höchstens von halb so weit her war wie die Thaimädchen.

Er mochte Taxifahrer, weil klar war, daß sie ihre Arbeit nur taten, um Geld zu verdienen. Da konnte auch der kulturell Befangenste nicht auf die Idee kommen, sie täten diese Arbeit, um Menschen möglichst harmonisch von der sauerstoffreichen Osterwaldstraße in die Blechschlucht Klenzestraße zu befördern. Deshalb fügte er dem Preis jedesmal das Doppelte als Trinkgeld dazu und produzierte eine Solidaritätsnummer, die ausdrücken konnte, er habe auch einmal als Taxifahrer angefangen, also komm, Kumpel, mach's gut. Aber er setzte sich nie neben den Fahrer. Die waren alle mindestens so sauber wie er. Trotzdem. Er saß hinten.

Mußte er jetzt so tun, als sei es schlimm, daß er sich Gundi nackt vorgestellt hatte? Was war das bloß für ein Gespräch gewesen? Gundi konnte einen anschauen, daß einem anders wurde. Aber wenn man sich benähme, wie die einen anschaute, dann gäbe sie sich wahrscheinlich erstaunt und entsetzt. Die Frau des besten Freundes! Des ehedem besten Freundes! Hätte er versuchen sollen ... Diego hätte es in einer vergleichbaren Lage versucht. Nicht mit Helen. Um es grob zu sagen: Helen war zu fein für Diego. Jenseits seiner sexuellen Wahrnehmbarkeit. Aber wenn Karl eine Gundi vergleichbare Frau gehabt hätte, Diego hätte es versucht und getan. Diego tat eben immer das, was er tun wollte. Diese Unverblümtheit kam an als Notwendigkeit. Karl war alles andere als unverblümt. Er war verblümt. Verblümt bis ins Innerste und Äußerste. Aber er wollte sich nichts mehr vorwerfen. Weder das, was er tat, noch das, was er nicht tat. Er wollte endlich sein, wie er war, und nicht, wie er sein sollte. Im Alter nimmt Verschiedenes ab. Auch die Kraft, moralisch zu sein. Oder sich so zu geben.

Die geschlechtliche Neugier ist ohnehin unabhängig von Sitten. Trauer, Freundschaft, Tragödie, dem diesbezüglichen Appetit ist es egal, der tendiert einfach. Er war jetzt öfter bereit zu glauben, kein Mensch sei moralisch, alle täten nur so. Vor allem schriftlich. Er hatte immer so getan, als ob er anständig sei. Und das ging nicht, ohne dann und wann wirklich anständig zu sein. Er war das, was Gundi verkündete, ohne daß sie es war. Er war haltlos. Sie tat nur so. Fernsehen! Selbst wenn sich einer im Fernsehen erschießen würde, er wäre nicht tot. Diego ... Hör auf mit Diego.

Bei Diego war jede winzige körperliche Bemerkbarkeit für den Anfang einer endgüligen Krankheit gehalten worden. Er redete am Telefon ununterbrechbar über eine unerklärliche Trockenheit in der Mundhöhle anstatt über das, was Karl von ihm wissen wollte. Hoffentlich war diese neueste Lähmung wieder so eine übersteigerte Selbstwahrnehmung. Hoffentlich, dachte Karl.

Er rief noch vor Haidhausen die Firma an.

Berthold Brauch hatte schon gehandelt. Die zwei Kunden, die darauf warteten, *Puma* zu verkaufen, hatte er schon informiert. Karl entschuldigte sich.

Wofür denn, fragte der Partner.

Daß er geglaubt hatte, Herr Brauch habe abends kurz vor sechs noch nicht reagiert auf eine solche Nachricht. Und fragte noch, ob es bei dem Halbachttreff bleibe.

Dr. Herzig bereite im Konferenzraum schon die Charts-Präsentation vor, sagte Herr Brauch, und Frau Lenneweit verfälsche die Tafel ins Festliche.

Angenehmer als dieser Herr Brauch konnte niemand sein. Karl hatte seinen Partner sogar im Verdacht, der lege es förmlich darauf an, angenehm zu sein.

Karl rief noch schnell Severin Seethaler an. Morgen Power Lunch im *Carlton,* geht das? Thema: *Puma* für 1,2 Millionen. Falls die durch die Rückkaufaktion der Firma nicht schon zu sehr gestiegen sind.

Herr Seethaler sagte, was er immer sagt, wenn eine größere Transaktion in Sicht ist, es handle sich offenbar um einen seriösen Spaß. Er habe in der letzten Stunde das Gefühl gehabt, er müsse noch am Schreibtisch bleiben, ohne daß er gewußt habe, warum. Jetzt wisse er es. Und er freue sich.

Alles, wozu man eine Bank braucht, wurde für *von Kahn und Partner* beim Bankhaus *Metzler* besorgt, vorne am Odeonsplatz, keine fünf Minuten vom Montgelaspalais weg, und dort von Severin Seethaler, einem Mann von unverbrauchbarer Freundlichkeit. Die Telefongespräche mit ihm waren, weil Seethaler dieses Freundlichkeitstalent hatte, nicht leicht zu beenden. Sie hätten eigentlich überhaupt nicht aufhören müssen. Immer kam der Aufhöranlaß von außen. Moment, ich muß jetzt aufhören, ein Terroranschlag, ich muß mich um die Börse kümmern.

Er hatte nicht vorgehabt, nach Haidhausen in die Steinstraße zu seinem Bruder zu fahren. Aber es war Anfang Mai. In der ersten Maihälfte war ihm sein Bruder gegenwärtiger als in jeder anderen Jahreszeit. Wenigstens noch schnell reinschauen. Seit Weihnachten hatten sie einander nicht mehr gesehen. Und Erewein meldete sich nie. Man mußte ihn anrufen, ihn besuchen. Rief man ihn an, ließ er einen merken, daß man ihn nur anrief und nicht besuchte. Also, bitte, jetzt besuchst du ihn. Eineinhalb Stunden sind noch drin.

Als er in der Steinstraße aus dem Taxi stieg, erlitt er einen Anfall von Illegitimität. Er wurde beherrscht von dem Gefühl, er dürfe den Boden nicht mehr berühren. Diese öffentliche Straße, den Bürgersteig. Ganz schnell hinein in das schmale Haus seines Bruders. Der Boden des Bruders ließ sich als Asyl empfinden. Aber bevor er die Haustür erreichte, kriegte er noch eine Dusche Lokales. Eine Frau redete auf einen Mann ein, der zu ihr, da sie größer war, aufschaute. Brez'n und Kartoffisolad, Brez'n is ned so deins, muaßd du net hom ... Dann waren sie vorbei, und er war bei der nie abgeschlossenen Haustür seines Bruders. Aber heute war sie, zum ersten Mal, abgeschlossen.

Sicher wüßten Meschenmosers, die nächste Haustüre rechts, wo Erewein und Frau Lotte waren, wann sie zurückkommen würden.

Erewein und Frau Lotte lebten in vollkommener Harmonie mit Meschenmosers. Meschenmosers waren die liebenswürdigsten Menschen der Welt. Er schaute aus seiner grauen Eingewachsenheit heraus wie aus einer Grotte, sie suchte andauernd nach Möglichkeiten, etwas für andere zu tun. Meschenmosers würden ihn, wenn er bei ihnen nachfragte, nicht mehr gehen lassen. Es war gleich sechs, sollten Erewein und Frau Lotte um sieben zurückerwartet werden, würden Meschenmosers verlangen, daß Karl so lange bei ihnen säße.

Karl stand vor dem kleinen Schaufenster, das Erewein aus zwei Wohnzimmerfenstern gewonnen hatte. Um das Schaufenster herum hatte er einen bayerischen Barockrahmen gemalt und darüber geschrieben: *Das Atelier YZ.* In Buchstaben der Sütterlinschrift. Im Schaufenster stellte er immer das jüngste Werk aus. Kopierte Meister, Originale, Fotos, auch von ihm selbst Geschnitztes. Weil Erewein mehr als einmal gesagt hatte, er geniere sich für das ganze Ateliergetue, war Karl jedesmal froh, daß es das Schaufenster noch gab. Und wie! Ein einziges Bild füllte jetzt das ganze Schaufenster aus. Erewein mußte es für sein Schaufenster gemalt haben. Nichts als Maiglöckchen, Hunderte oder Tausende von Maiglöckchen, gehalten von ihren tiefgrün glänzenden Blättern. Der Blätterglanz war bis zur Unheimlichkeit gemalt. Die Maiglöckchen wirkten dagegen matt. Sie wußten nichts von den grellen Blättern. Sie waren die Gefangenen der gleißenden Blätter. Karl schüttelte unwillkürlich den Kopf.

Was mit Diego passiert war, konnte er Erewein telefonisch mitteilen. Erewein hatte auf der Gartenseite des Hauses eine Werkstatt, in der er für Diego restaurierte. Alles, von Möbeln bis zu Bildern. Erewein hatte zuerst geheiratet, dann hatte er Medizin studiert, war Facharzt für Urologie geworden, weil Frau Lottes Vater zusammen mit einem Dr. Petöfi eine Urologie-Praxis plus Dialyse-Station betrieb und Frau Lotte, das einzige Kind, lieber Kirchenmusik als Urologie studierte. Also sollte Erewein antreten. Als Erewein so weit war, daß er in der Praxis hätte anfangen können, merkte er, daß er nicht so weit war, wie er jetzt hätte sein sollen, und daß er nie so weit sein würde. Zum Glück hatte Dr. Petöfi zwei Söhne, sozusagen geborene Urologen, Lotte erbte also. Erewein, der nie eine einzige kunstgeschichtliche Vorlesung gehört hatte, fing an zu malen, zu fotografieren, zu restaurieren. Er war ein leidenschaftlicher Autodidakt. Er wollte beweisen, daß man sich alles selber beibringen könne. Es gab offenbar nichts, was er seine Hände, seine Augen nicht zu lehren vermochte. Am liebsten kopierte er die Bilder alter und neuerer Meister. Von Siena bis zum Blauen Reiter. In seinem Viertel bekannt wurde er durch seine Tierbilder. Wem ein Hund starb, der kam mit einem Foto zu Erewein, Erewein malte den Hund und rahmte das Bild. Und signierte immer mit YX. Man nahm's für eine Marotte. Als Karl das letzte Mal bei Erewein gewesen war, es war am 26. Dezember, dem Todestag ihres Vaters, da kopierte Erewein gerade das Bild, das Raffael von sich gemalt hatte, als er Anfang Zwanzig war. Jetzt stell dir vor, hatte Erewein gesagt, ich müßte hoffnungslosen Nierenkranken ihre verfaulenden Zehen absäbeln, statt diesen göttlichen Buben zu malen. Schau, wie er mich anschaut. Hatte er gesagt. Für Frau Lotte, die er, wenn er von ihr sprach, immer Frau Lotte nannte, und das so nachhaltig, daß jeder, der von ihr sprach, sie Frau Lotte nannte, für sie hatte er, als sie die Kirchenmusik pfarrherrlicher Intrigen wegen nicht mehr ausüben konnte, eine Hausorgel gebaut. Drei Jahre hatte er dafür gebraucht. Dann mußte Frau Lotte, wenn sie Orgel spielen wollte, nirgends mehr betteln, mußte das Haus nicht mehr verlassen. Das war eigentlich der Sinn aller Arbeiten Ereweins: daß Frau Lotte und er das Haus nicht mehr verlassen müssen. Nicht ein einziges Mal waren Frau Lotte und Erewein drüben bei Karl und Helen in der Osterwaldstraße gewesen. Wer die zwei sprechen wollte, mußte nach Haidhausen, in die Steinstraße, kommen.

Karl glaubte, alles, was Erewein tue und was er unterlasse, habe einen Grund. Im Mai 1945. Einmal war er mit Erewein gewandert. Im April 1968. Ende April. Sie erwanderten Karls Hausberg, den Wank. Gerade war Rudi Dutschke niedergeschossen worden, Vietnam wurde mit Napalm und Phosphor übersprüht. Erewein fing vom Mai 45 an. Ausführlich. Drei Russen waren auf ihn und seine Leute zugekommen – er war Leutnant –, um ihn und seine Leute gefangenzunehmen. Er und seine Leute hatten ihre Waffen weggeworfen, hatten ihre Hände erhoben, die drei Russen hatten sich ungeschützt genähert, es war ja der 9. Mai, aber Erewein war jäh klargeworden, russische Gefangenschaft, das war ein halbes Todesurteil, also zog er in letzter Sekunde seine Pistole, die hatte er nicht weggeworfen, er wollte sich – das war der Vorsatz – lieber selber erschießen, als in russische Gefangenschaft zu geraten, aber jetzt erschoß er nicht sich, sondern drei Russen. Und die waren alle drei jünger als er. Einundzwanzig war er. Dann ab durch die Wälder. Noch vor Passau fanden sie Amerikaner, von denen sie sich gefangennehmen lassen konnten. Seine Pistole hatte er einem kriegsversehrten Bauern gegeben, bei dem sie im Heu übernachtet hatten. Erst im Gefangenenlager kehrte zurück, was passiert war. Ihm passiert war. Einmal hatte er zu Karl gesagt, als er die Russen sah, sei er vom Schock geschlagen worden. Lebensanfang, das habe er gerade noch empfunden. Wie ein Fieber. Lebensanfang. In ihm sang es Der Mai ist gekommen, die Bäume schlagen aus, da bleibe, wer Lust hat, mit Sorgen zu Haus. Und jetzt die Russen.

Erewein war am 17. Mai geboren. Seinen Geburtstag zu feiern, etwa den fünfzigsten, sechzigsten oder siebzigsten, hat er immer abgelehnt. Karl hatte also gar nicht mehr versucht, bei Erewein oder Frau Lotte zu fragen, wie der achtzigste gefeiert werden sollte. Karl hat Erewein zu jedem Geburtstag geschrieben, kurz, aber mit deutlicher Empfindung. Erewein hat jedesmal zurückgeschrieben. Ausführlicher, erzählerischer, erinnerungsträchtiger. In einer innigen Tonart. Jedesmal hat Karl gedacht: Bruderliebe gibt es.

Da Erewein das Maiereignis bis jetzt nur erwähnt hatte, wenn er mit Karl allein war, mußte Karl annehmen, er sei der einzige, dem Erewein gesagt hatte, was geschehen war, was er getan hatte. Von sich aus hätte Karl den Vorfall nie erwähnt. Aber dreimal in einem halben Jahrhundert hat Erewein selber davon angefangen. Das erste Mal hat er noch berichtet. Die nächsten zweimal war es nur noch ein Du-weißt-schon. Jedesmal mit dem Satz: Zum Überlegen blieb keine Zeit. Und: Meine Leute mußten mich wegziehen.

Die Pistole hat er bei dem Bauern, dem er sie gegeben hatte, wieder geholt. Aber Frau Lotte hat er das verheimlicht. Er hatte herausgebracht, daß Frau Lotte nicht in einem Haus leben konnte, in dem eine Waffe herumlag.

Erewein sprach nie von sich aus. Frau Lotte führte das Gespräch. Erewein bejahte, was sie sagte, durch Kopfbewegungen, er schien froh zu sein, daß seine Frau den Verkehr mit der Welt besorgte. Helen, die Hochstudierte, entdeckte in Ereweins Gesicht ein Stigma. Einen Leidenszug. Eine Art Entstellung. Nicht lokalisierbar, im ganzen Gesicht mehr spürbar als sichtbar.

Helen sagte, Erewein leide nicht darunter, daß er weniger erfolgreich sei als Karl.

Was nennst du erfolgreich, fragte Karl.

Er verdient so viel weniger als du, sein Haus ist so viel ...

Mein Haus ist dein Haus, unterbrach Karl.

Ereweins Leiden, sagte sie, ist die Lebenserfolglosigkeit vom Maidrama an.

Jedesmal, wenn davon die Rede war, erinnerte sie an ihren Vater. 1944 in Holland von den Engländern gefangen genommen, nach Olham transportiert, dicht bei Manchester, ein Lager mit sechshundert Gefangenen, an Weihnachten 45 werden zweihundert ausgelost, die sind eingeladen von englischen Familien, Helens Vater ist nicht unter den Gewinnern, er arbeitet am Abend noch in der Kleiderkammer, da kommt der Lagerkommandant vorbei, Korvettenkapitän a.D. Jack Parson, der nimmt den Vater mit zu sich heim, eine Freundschaft ist geboren, die vierzig Jahre lang lebendig bleibt, Besuche hin und her, der Vater wird in Olham in der Zeitung abgebildet, wenn er bei Jack ist, bis beide tot sind. So fing das Leben ihres Vaters nach 45 an. Von Anfang an hell. Und Erewein? Das Stigma der Lebenserfolglosigkeit.

Das Handy spielte sich auf. Es war Daniela. Er sollte bedauern, daß er den Termin heute abgesagt hatte. Er bedauerte. Mehr, sagte sie, glaubwürdiger. Er soll sagen, es schmerze ihn und besonders in einer Körpergegend schmerze es ihn, daß sie einander heute nicht sähen, nicht küßten, nicht undsoweiter. Also morgen.

Er deutete an, daß morgen nichts möglich sei. Sobald er auch nur den Hauch einer Hoffnung hat auf einen neuen Termin, ruft er sie an.

Die Welt muß von einem Moralisten erfunden worden sein, dachte er. Je weniger du liebst, desto weniger hast du davon, geliebt zu werden. Darum steigerte er sich dann doch in Empfindungen hinein, die er nicht hatte. Daniela und er kämpften seit Jahr und Tag um eine Art Würde, eine Beziehungswürde. Beiden mußte daran gelegen sein, daß die Hotelnächte hier und da einen Schicksalston produzierten, den beide Ehen nicht übertönen konnten. Ach, Daniela, sagte er ganz schnell in ihren Wortschwall hinein, ach, Daniela, wenn du nicht eine so fabelhafte Zornige wärst, würde ich jedesmal, wenn du mich Unschuldigen beschimpfst, einfach aufhängen. Aber deine Arien lassen es nicht zu. Dann weinte sie natürlich. Arien nennt er das, Herzblutarien sind es, ja! Und du bist ein tauber Klotz. Also sagte er, er küsse sie, und sie sagte: Schuft, aber leider lieber Schuft, und er sagte: danke. Und legte auf. Und erlebte einmal mehr, daß Wörter nichts sind, aber für alles gut.

Um halb acht in der Firma. Es war noch nicht einmal halb sieben. Im Augenblick kam er sich vor wie ein Fragment. Also ins *Roma.*

Im *Roma* ging er, ohne sich umzusehen, auf den nächsten freien Tisch zu. Er wollte niemanden entdecken, zu dem er sich dann setzen müßte. Daß er in diesem Lokal der Älteste war, wußte er, ohne hinzuschauen. Er bestellte sein Bier. Schlug das *Handelsblatt* auf, war sofort, womit er immer anfing, bei Unternehmen und Märkten, kein Tag, an dem nicht etwas wirklich Aufregendes passierte. Heute *Thyssen-Krupp*. Dem Großaktionär Iran wird das Aufsichtsrat-

Mandat entzogen. Der Aufsichtsrat hat Navab-Motlagh nicht mehr aufstellen können, weil der Konzern dadurch in Amerika ernsthaft geschädigt werde. Karl erinnerte sich noch, wie der Iran vor mehr als zehn Jahren durch seine Milliardenbeteiligung *Krupp-Stahl* aus der Misere gehievt hatte. Und jetzt das. Seine *Thyssen-Krupp*-Aktien würden darunter nicht leiden, aber ihn störte die Machtausübung, nicht nur die der USA.

Als er gerade das Neueste über Carl Icahn las, der ihn nicht wegen der Namensähnlichkeit, sondern als weltbester Firmenjäger interessierte, wurde er gestört: Amadeus Stengl.

Ich sehe, sagte der, du widmest dich dem Corporate Raider der westlichen Welt, deinem Ideal.

Meinem Idol, sagte Karl.

Eins zu null für dich, sagte Amadeus. Und wenn wir schon beim Tennis sind, dazu muß ich mich aber setzen, gratulieren tu ich dir allerdings noch stehend ...

Wie ich meinen Amadeus kenne, sagte Karl, wird er mir nicht gratulieren, ohne mir zu verraten, wozu.

Stell dich nicht so, sagte Amadeus. Mir wird's natürlich immer zuerst aufgedrängt, aber diesmal bin ich, weil's deine Sache auch ist, glücklich, ein Erstwisser zu sein. Übermorgen steht's in den Blättern. Das hat *Puma* verlangt. Interne Gründe. Nein, lieber Karl, das ist ein Coup, der deiner würdig ist. Und unser Diego kann erst recht froh sein. Neunzehn Millionen. Mit seinem 80-Prozent-Anteil reißt ihn das aus der Krise. Die tödlich hat werden wollen, das weißt du auch. In der Branche haben sie sich schon die Finger geleckt. Zwei Jahre ohne erwähnenswerte Verkäufe, nicht in Paris, nicht in Maastricht, nicht in Salzburg und in Basel auch nicht. Der stolze Diego war fast schon ein Unwert geworden. Und jetzt rettet ihn die Tennis-Chose, die er von dir hat. Neunzehn Millionen, das sind satte dreieinhalb für dich, gut, du brauchst sie nicht, aber du läßt es zu. Karl, ich gratuliere. Ich könnte mir denken, daß Diego unruhige Nächte hinter sich hat. Dieser Zusammenbruch sagt's ja. Und die Wiederauferstehung auch. Vor einer Stunde ruft mich unsere göttliche Gundi an und meldet mir: Es geht ihm besser. Es geht ihm sogar gut. Morgen darf er heim ins Neuschwansteinchen. Mehr als einmal habe ich den historisch gerahmten Spruch an meiner Wand angeschaut, den er mir von seinem Voltaire gewidmet hat, daß Geld zu verdienen schwerer sei, als über Geld zu schreiben. Jedesmal denk ich dann, ich müßte den Gegenspruch in Alu rahmen lassen, sagend, daß Geldverdienen mit Schreiben über Geld schwerer sei, als Geld mit Geld zu verdienen. Und jetzt lädst du deinen Altfreund Amadeus zu was Spritzigem ein. Mario, zwei Dom Pérignon auf die Rechnung dieses Ihnen nicht unbekannten Herrn. Der ist nämlich schon ganz blaß vor Glück. Auch Glück will verkraftet sein.

Karl schaute ihn so an, daß Amadeus den Blick nur auf sich, auf seine szenische Darbietung beziehen mußte. Nicht auf den Inhalt. Der darf nichts merken! Bergauf beschleunigen! Auch wenn du kein Gefühl mehr in den Füßen hast. Wahrscheinlich keine Füße mehr hast. Bergauf beschleunigen!

Der Dom Pérignon kam, Amadeus sagte: Prosit.

Karl sagte auch: Prosit.

Dann sagte Amadeus: Weißt du noch, wie wir zu unserem Du gekommen sind?

Karl wußte es nicht.

Amadeus freute sich, sein Gedächtnis vorführen zu können. Sie seien miteinander schon um zehn Uhr vormittags in den *Bayerischen Hof* gekommen, weil Amadeus Karl bekannt machen wollte mit Mr. Milton Seaver, der in Deutschland Geld anlegen wollte und ein Frühaufsteher war. Im Foyer des Hotels stand auf dem Boden ein bißchen schräg ein Schild, darauf stand, daß man vorsichtig sein solle, der Boden sei slippery. Und: Freshly waxed. Beide hätten das gleichzeitig entdeckt, gelesen und gelacht, weil auf beide dieses Englisch rein bayerisch wirkte. Und diese Bagatelle habe beide überzeugt, daß sie antennenmäßig verwandt seien. Also sofort zum Chefportier: Etwas zum Anstoßen, bitte. Was es gewesen sei, wisse er nicht mehr, sagte Amadeus.

Es hat auf jeden Fall gehalten, sagte Karl.

Ja, sagte Amadeus, bis zu diesem Tag, den ich denkwürdig nennen möchte. Die unbezähmbare Gundi. Der unbesiegbare Diego. Warst du eigentlich dabei, als er uns im *Sängersaal* die Porträt-Serie *Maler malen ihre zweiten Frauen* präsentierte und ich einige dieser zweiten Frauen nicht so toll fand und, als der immer belächelte Erstverheiratete, sagte: Auch die zweiten Frauen kommen in die Jahre. Und Diego sofort: Aber die dritten nicht. Und sie nimmt seine beiden Hände und küßt ihm die Fingerspitzen. Das war ein Sieg über uns alle.

Wie alt schätzt du sie?

Karl sagte: Es hat mich noch nie interessiert.

Recht hast du, sagte Amadeus, schaute auf die Uhr. Ich gebe dich deinen Studien zurück, mein Lieber, und wenn ich mich nicht ganz arg beherrsche, sage ich: Mein Liebster! Um sieben Termin beim Chefaktuar der *Hypo* zur Entgegennahme neuester Flüsterschätzungen. Ich versichere dich meiner nicht geringer werden könnenden Hochachtung und bleibe ganz der deine: Amadeus. Im Weggehen fing er sich noch einmal ab und sagte: Weil es, wie du wohl weißt, eines meiner Prinzipien ist, keine Gelegenheit für eine Schmeichelei ungenutzt zu lassen, sage ich dir, daß die nichts als erfolgreiche *LBBW* dich imitiert und auch einen Geisteswissenschaftler vornehingewählt hat, schon wieder ein Doktorphil im Gewerbe, der deine hat ja immerhin noch über Kriegsfinanzierung geschrieben, der in Stuttgart aber über Alexander den Großen. Dich kann's freuen, gell. Lies nach bei *Midas.* Ganz zum Schluß bitte ich dich freundschaftlichst, mir zu helfen in einer Ungewißheit, die mich sehr verfolgt. Ich lasse dir das Problem da, du, der kühlste Denker in diesen schwülen Breiten, wirst es mir lösen. Nämlich: Findest du nicht, daß Gundi mich imitiert in ihren Sendungen? Meine Methode der Unmittelbarkeit, der Scheuklappenlosigkeit, meine hart genug erarbeitete Virtuosität der Direktheit unter allen Umständen! Ist es Verfolgungswahn meinerseits, wenn ich glaube, Gundi imitiere das in ihrem Massenmedium bis zum Plagiat? Das Problem bleibt, ich gehe. Und er drehte sich, beleibt, wie er war, eindrucksvoll elegant weg und tänzelte mehr, als er ging, davon.

Karl konnte sich jetzt damit nicht abgeben. Er mußte Gundis Satz zurückholen. Diego konnte morgens nicht aufstehen, konnte keinen Arm, kein Bein mehr bewegen, ist darüber so erschrocken, daß er sofort gekotzt hat. Und warum hast du diesen Satz nicht als Gundi-Satz erkannt? Sofort gekotzt, das ist Gundi-Stil. Immer so grell wie möglich. Wahrscheinlich ist das ganze Manöver eine Gundi-

Inszenierung. Diego hat sicher gesagt: Das ist nicht nötig. Wenn ich es will, unterschreibt er. Aber Gundi hat gesagt: Sicher ist sicher. Du brichst zusammen, er unterschreibt. Diese Ausschmückung des Zustands zur Steigerung der Erbarmungswürdigkeit konnte nur der begabten Gundi einfallen. Und für Enttäuschung gibt es keinen Grund. Das jahrelange Decrescendo dieser Freundschaft ist nur nie benannt worden. Er und Diego haben es wahrgenommen, empfunden, gebilligt. Diego betrieb die Freundschaftsverminderung ziemlich unverhüllt. Wegen Gundi. Sie gehörte zur kulturellen Fraktion. Diegos engster Freund, ein Geldhändler und Aktienempfehler, nein danke. Gut, wenn er in der Liga Warren Buffett oder George Soros spielen würde, aber *von Kahn und Partner* in der Kardinal-Faulhaber-Straße, nein danke. Mein Gott, was für ein Illusionist! Ja, du! Du hast es doch gemerkt, Diego hat es dich doch merken lassen, daß es für ihn anstrengend wurde, dir zu begegnen wie ehedem. Jede Begegnung würzte er mit Vorwürfen. Du hast es für Besorgnis gehalten. Du hast geglaubt, er wolle dich vor etwas bewahren, wovon er nichts verstand. Plötzlich redete er trivialantikapitalistisches Zeug daher. Und zwar so, als hättest du dich von aller Gemeinsamkeit wegentwikkelt. Du, der Geldverdiener schlechthin. Er bestand ja immer darauf, daß Geld nur ein Mittel zu edleren, schöneren Zwecken sei. Mit so jemandem wie mit dir konnte jemand wie er doch gar nicht befreundet sein. Er hat dich dann als NPL behandelt, mehr als ein Non Performing Loan warst du für ihn nicht mehr. Er zeigte dir, wie anstrengend es für ihn war, dir noch so zu begegnen wie früher. Daß er sich bei den täglichen Telefongesprächen schon früher nie erkundigt hat, was du gerade machtest oder nicht machtest, daran hattest du dich gewöhnt, das war eben Diego, dein Diego. Dann dieser spürbare Überdruß. Du hattest dich nicht verändert, er schon. Gundi! Die kulturelle Fraktion! Wenn er dich einlud, war immer deutlicher geworden, daß er dir eine Freude bereiten wollte. Zu ihm kommen zu dürfen war ein Geschenk. Er genoß es, der Schenkende zu sein. Diego war der bessere Mensch geworden. Dadurch, daß er dich, dein Tun und Lassen kritisierte, war er der bessere Mensch geworden. Politisch, moralisch, überhaupt. Je reicher er geworden ist, desto mehr hat er von Brüderlichkeit geredet. Die ganze Welt sollte brüderlich gestimmt sein. Bloß keine Gewalt mehr. Ach, Diego, Freund!

Vielleicht war Amadeus eingeweiht. Wenn du Karl das nächste Mal siehst, sagst du ihm, für wieviel verkauft wurde, erfahren wird er es sowieso, also am besten gleich, kurz und schmerzlos, kann Gundi gesagt haben. Hat Gundi gesagt. Und Amadeus hat mitgemacht. Im Vorbeigehen hat er Karl die Nachricht verpaßt. Causa finita.

Amadeus blieb nirgends lange. Selbst bei Empfängen verschwand er immer, sobald er sicher war, daß die, auf die es ihm ankam, ihn bemerkt hatten oder er die Meinung, die er in Umlauf setzen wollte, losgeworden war. Er war auf allen Empfängen und Konferenzen gegenwärtig.

Karl hatte Angst vor Amadeus Stengl. Daß Amadeus ihn jederzeit vernichten konnte, war sicher. Gundi hatte gesagt, wenn sie sich nicht beherrsche, sage sie: Liebster Karl, und Amadeus hat gesagt, wenn er sich nicht ganz arg beherrsche, sage er: Mein Liebster! Untersuche diesen Zusammenhang. Gundi fand Amadeus immer nur komisch. Amadeus redete über Gundi, wie man über die absolut Berühmten redet. Man läßt sie gelten und ist froh, daß man sie, da sie ja schon von allen bewundert werden, nicht auch noch bewundern muß. Sogar Mitgefühl kam vor, wenn Amadeus Gundi erwähnte. Als wäre es auch eine Last, so berühmt zu sein. Amadeus war nicht ganz so berühmt wie Gundi. Aber vielleicht prominenter als sie. Außer bei Gundi trat er in jedem Fernsehprogramm auf und war seiner saftigen Späße wegen genauso beliebt wie wegen seiner fein dosierten Bosheiten. Bei Gundi konnte er nicht auftreten, weil sie mit einigem Pathos immer wieder verkündete, Medien-Inzucht sei unanständig und langweilig und sei das einzige, was zugleich unanständig und doch langweilig sei. Außerhalb der Medien waren die beiden kompatibel, erzkompatibel sogar. Erfolg und Erfolg gesellt sich gern. Daß er heute seinen Abgang mit einer Anti-Gundi-Parade inszeniert hat, verrät schlechtes Gewissen. Er hat Gundi gehorcht, hat den Boten gespielt, aber das tut ihm leid. Das wäre, falls es so ist, sympathisch.

Zuerst war Amadeus nur der Herausgeber der *Midas-Briefe* gewesen, da hat er bewiesen, daß man Wirtschaftsnachrichten mit Geist und Witz verkaufen kann. Die *Midas-Briefe* schrieb und edierte er unter dem bedeutungsschwangeren Namen Muspilli. Jahrelang entwickelte er unter diesem Pseudonym seinen Anspruch. Erst als er dann im Fernsehen auftrat und auch eine *Midas* Home Page entwickelte, erfuhr man, daß Muspilli Amadeus Stengl war. Da war er schon eine Instanz. Daß er an einem Privatsender beteiligt sei, bestätigte er nicht. Die Vermutung blieb. Wenn er von einer Pressekonferenz oder von einem Ministerempfang rasch wieder verschwunden war, wurden Köpfe geschüttelt und böse Bemerkungen gemacht. Meistens sagte der, der so eine Bemerkung gemacht hatte, noch dazu:

Aber ein Schatz ist er schon. Oder er sagte: Wenn es ihn nicht gäbe, müßte man ihn erfinden. Einer hatte gesagt: Er ist kein Tausendsassa, sondern ein Millionensassa. Das hielt sich. Karl sagte nie etwas über Amadeus, wenn der nicht dabei war, weil er wußte, was auch immer er sagen würde, einer, der es mitkriegte, würde es Amadeus so weitersagen, daß er Amadeus durch dieses Weitersagen einen Gefallen erwiese. Aus Tausenden solcher Leistungen besteht das, was Gesellschaft heißt. Zweifellos eine irreführende Bezeichnung. Da hatte Gundi recht. Karl befand sich mit Amadeus in einem unerklärten Krieg. Amadeus war die absolute Feindfigur. Er hatte Karl bis jetzt nicht vernichtet, weil er es noch nicht für nötig gehalten hatte. Noch waren sie befreundet. Noch streute ihm Amadeus diesen und jenen Tip hin. Karl hätte nie irgendwo zu irgendwem sagen können, er sei mit Amadeus Stengl befreundet. Amadeus dagegen erwähnte da und dort, daß er mit Karl von Kahn befreundet sei. Wenn Karl das hörte, hielt er es für eine Drohung. Morgen konnte Amadeus die Geschäftspolitik der Firma *von Kahn und Partner* bemitleidenswert altmodisch nennen und hinzufügen, es falle ihm nicht leicht, so etwas zu sagen, weil er doch mit Karl von Kahn befreundet sei. Daß Karls Finanzdienstleistung bis vor kurzem altmodisch war, vielleicht sogar altbacken, weil jede Spezialisierung, also wohl auch jede Profilierung fehlte, das wußte Karl selber. Aber ihm war das recht gewesen. Und hätte er nicht, einer jähen Aufwallung von Sympathie folgend, den gerade öffentlich verunglimpften Berthold Brauch als Partner aufgenommen und hätte der nicht von der *European Business School* in Oestrich-Winkel das Junggenie Dr. Dirk Herzig geholt und wäre der nicht seit Jahren achtzig Stunden pro

Woche damit beschäftigt, bei *von Kahn und Partner* einen hochspezialisierten Technologiefonds aufzulegen, genannt *40plus*-TFM, dann, ja dann hätte man ihn samt Firma altmodisch nennen können, aber so …

Karl hätte sich gern bewiesen, daß Amadeus sein Freund sei. Also zählte er immer wieder zusammen, was dafür sprach, und kam immer wieder zu dem Ergebnis, daß zwar alles Zusammenzählbare für Freundschaft sprach, daß aber seine Angst dadurch überhaupt nicht berührt wurde. Deshalb mußte er sich keine krankhafte Disposition zuschreiben. Die Angst kam allein von der Macht, die Amadeus inzwischen hatte. Hatte und genoß. Karl wußte aus Erfahrung, daß einer, der Macht hat, nicht so genau aufpassen kann, wie oder gegen wen er sie gerade verwendet.

Er sagte sich, das Wichtigste an Amadeus sei dessen Niveau. Das sprach ihm keiner ab. Amadeus selber nannte sich tatsachenfromm. Andere in seiner Branche, und es sind renommierte andere, werden im Spätsommer, wenn die Nachrichten Urlaub haben, regelmäßig kreativ und kreieren Phänomene und Probleme. Dann war es Amadeus Stengl beziehungsweise Muspilli, der in den *Midas-Briefen* versuchte, solche erzeugten Erregungen auf ihre wirkliche Bedeutung zurückzubringen. Er hat öffentlich Wetten angeboten, daß der *Nano-Hype*, der die Nanotechnologie zur Technologie des 21. Jahrhunderts hochjubelte, Firmen-Gründungen verursachte und den seriösen Investierriesen *Merrill Lynch* dazu verführte, aus fünfundzwanzig Papieren einen Nano-Index zu konstruieren, daß dieser mediengeheizte Schwall in einem Jahr nur noch in der Geschichte der menschlichen Anfälligkeit eine Rolle spielen werde. Ebenso war's mit dem Stammzellen-Fieber und ähnlichen mediengemachten *Hypes.* Karls Kunden waren genauso ängstlich, wie es sich gehört. Für den Anleger ist das Weltgeschehen ein Schicksal, das speziell ihm droht. In jedem Augenblick steht Unheil bevor. Nur trainierteste Aufmerksamkeit kann verhindern, daß man plötzlich nichts mehr hat. Alle Werte sind andauernd den raffiniertesten und übelsten Angriffen ausgesetzt, Angriffen, die nichts als die Entwertung dieser Werte zum Ziel haben, ohnehin haben alle Werte die Tendenz, wertlos zu werden, also muß der Dienstleister hochwach sein, um nicht zu versäumen, wenn irgendwo ein neuer Wert entsteht. Amadeus hat Niveau. Wenn er auch Macht hat und dich dadurch jederzeit, selbst wenn er das gar nicht will, einfach vernichten könnte und wenn er es wollte, erst recht, so ist doch seine Macht durch sein Niveau gewissermaßen gezähmt. Ein Mann dieses Niveaus wird, wenn er bemerkt, daß er gerade dabei ist, dich zu vernichten, noch einmal stutzen, wird ES sich noch einmal überlegen.

Karl merkte: Das Wunschdenken setzt sich durch. Auf Dankbarkeit seitens Amadeus rechnete er nicht. So naiv konnte ihn kein Wunschdenken machen. Jedesmal wenn er irgendwo Amadeus Stengls weißen Rolls-Royce stehen sah, durfte er daran denken, Amadeus habe dieses Auto gekauft, um, wie er launig sagte, dem englischen Pfund etwas von dem zurückzugeben, was er ihm gerade geraubt hatte. Oder er sagte einfach: Wiedergutmachung. Eine halbe Million hat Amadeus verdient, als er sich im Sommer 92 Karls Spekulation gegen das Pfund angeschlossen hat.

Karl beobachtete nichts mit so natürlicher Neugier, mit so müheloser Aufmerksamkeit wie die Devisenmärkte. Im Sommer 92 wurden, verglichen mit der D-Mark, viele

Währungen schwach. Vor allem aber Lira und Pfund. Karl spezialisierte sich auf das Pfund. Sein Devisenexperte beim Bankhaus *Metzler* sah das nicht anders: Das Pfund ist überbewertet, es muß sinken. Erst seit 1990 gehörte England zum Europäischen Währungssystem. Leitkurs beim Einstieg: 1 Pfund sollte 2,95 Mark wert sein. Das galt sofort als Überbewertung des Pfundes. Im Sommer 92 verkündete der Schatzkanzler in London, er werde dafür sorgen, daß der Kurs, 1 Pfund für 2,95 Mark, durchgehalten werde. Eine Pfundabwertung komme überhaupt nicht in Frage. Solche Politikerschwüre machen hellhörig. Der Markt macht den Markt, nicht der Politiker. Immer mehr Marktteilnehmer wollten ihre Pfunde loswerden. Die Devisenhändler boten mehr Pfunde an, als die Notenbanken zur Stützung des Pfundes aufkaufen konnten. Genauso ging es der Lira. Als der Kurs des Pfundes im Sommer auf 2,90 angekommen war, kaufte Karl von Kahn auf Kredit 2 Millionen Pfund und tauschte sie in Mark. Dafür wurden ihm 5,8 Millionen Mark gutgeschrieben. Dann wartete er. Das Pfund sank weiter. Im September sank es nicht mehr, es fiel. Am 9. September hatte die Bank von England aus ihren Währungsreserven schon für 10 Milliarden Pfund aufgekauft, um das Pfund wieder wertvoller zu machen. Am Mittwoch, dem 16. September, der danach der Schwarze Mittwoch hieß, hat die Bank von England weitere Pfunde für 12 Milliarden vom Markt weggekauft. Die Deutsche Bundesbank kam ihrer vom Europäischen Währungssystem vorgeschriebenen Pflicht nach und kaufte Pfunde für 14 Milliarden D-Mark. Aber niemand glaubte dieser Währung noch ihren Wert. Die englische Regierung erhöhte den Leitzins, um ausländisches Geld anzulocken. Nichts half. Um den freien Fall der Währung zu stoppen, nahm die englische Regierung schließlich das Pfund aus dem Europäischen Währungssystem. Schlußkurs: 1 Pfund gleich 2,61 Mark. Jetzt war keine Notenbank mehr verpflichtet, Pfunde zu kaufen, wenn das Pfund tiefer als 15 Prozent unter den vereinbarten Leitkurs fallen würde. Auch die Lira hatte sich verabschiedet. Wie das Pfund: «Auf unbestimmte Zeit.»

Karl wartete noch ein paar Tage, weil er annehmen durfte, daß das Pfund, nachdem es in die Marktfreiheit beziehungsweise -ehrlichkeit entlassen war, noch weiter sinken würde. Das Pfund sank auch noch gelinde weiter, aber nur noch so, daß die Zinsen, die ihn sein Millionenkredit kostete, die weitere Pfundabwertung bald aufwogen. Am 28. September zahlte er seinen Pfundkredit zurück. Der Kurs war bei knapp über 2,50 Mark angekommen. Für noch längeres Hinschauen und Warten reichte seine Nervenkraft nicht aus. Karl zahlte seinen Pfundkredit zurück, brauchte dafür aber nicht die 5 Millionen und achthunderttausend Mark, die ihm vor nicht ganz vier Wochen für die 2 Millionen Pfund gutgeschrieben worden waren, sondern nur noch 5 Millionen, hatte also achthunderttausend verdient. Kreditkosten und Spesen abgerechnet, blieben noch eher sechs- als fünfhunderttausend. Und genauso machte es, auf Karls Rat, Amadeus. Nachher, als alle Aufregungen durchgestanden waren, war Amadeus mit einem Stoß Zeitungen aufgetaucht, und sie hatten gemeinsam zur Kenntnis genommen, wie die Londoner Politiker diese Tage vor und nach dem Schwarzen Mittwoch erlebt hatten. Wie alles, was sie noch probierten, wirkungslos blieb oder die Katastrophe noch verschärfte. Die Flucht aus einer angeschlagenen Währung wird zum Naturereignis. Aber daß die Währung so dahinschwand, war die Schuld einer Politik, die glaubte, dem Markt Werte diktieren zu können.

Amadeus sparte nicht mit Komplimenten, weil dann nachzulesen war, daß George Soros, der König aller Spekulation, am Pfundverfall in knapp vier Wochen 1 Milliarde Dollar gewonnen hatte. Er hatte allerdings 5 Milliarden Pfund geliehen für seinen Angriff auf diese Währung. Aber als Anlaufstation hatte auch er die Mark gewählt, weil er wußte, die Deutsche Bundesbank würde den Finanzorkan unbeschadet überstehen. Er hatte sich dann mit vielen hundert Millionen Dollar zum weltweit größten Philanthropen gemacht. Von den Soros-Nachrichten, die Amadeus angeschleppt hatte, war für Karl eine besonders lehrreich. George Soros war gefragt worden, ob der britische Premier seine Entschlossenheit, das Pfund zu stützen, hätte deutlicher zum Ausdruck bringen können als durch die Erhöhung der englischen Zinsen. Soros lachte und sagte: Absoluter Quatsch. Als die Zinsen am Schwarzen Mittwoch angehoben wurden, wußten wir, jetzt ist es höchste Zeit, unsere Pfundverkäufe zu beschleunigen. Das kommt in mein Lehrbuch, dachte Karl, als er das las. Als Beispiel dafür, daß jedem Übel nur mit einem Mittel begegnet werden kann, das von der Natur des Übels ist. Karl hatte im August noch 1000 Optionsscheine gekauft, von denen jeder bis zum 15. September zum Verkauf von 100 Pfund zum Preis von 2,85 Mark berechtigte. Gekauft für 7,25 Mark pro Schein. Und am 31. August, als der Pfundkurs schon auf 2,79 Mark gefallen war und nicht aufhörte zu fallen, hatte er die Scheine für 19,50 Mark das Stück verkauft. Das war auch noch ein kleiner Gewinn von etwas über 10000 Mark. Daran nahm Amadeus nicht teil. Aber auch für die halbe Million, die

Amadeus durch Karl verdient hatte, erwartete Karl keine Dankbarkeit. Wenn Amadeus diese heißen Septembertage überhaupt noch erwähnte, dann eher mit einer Art Schauder. In diesen Septembertagen habe er die Erfahrung gemacht, daß er zum Spekulanten nicht tauge. Und jedesmal bewunderte er wieder Karl, weil der ihrer beider Spekulationsboot damals so ruhig durch die Finanzstürme geleitet hatte. Daß Karl praktisch, wenn auch im Mini-Format, eine Operation veranstaltet habe wie George Soros, zeige ihm, daß er, Amadeus Muspilli Stengl, eben doch nicht fürs Schlachtfeld Wirklichkeit tauge, sondern allenfalls für den grünen Tisch.

Zuweilen muß man sich der eigenen Geschichte versichern. Den Schlag, den ihm Diego versetzt hatte, durfte er nicht zur Wirkung kommen lassen. Er hat eine Geschichte, die bleibt für Diego, benehme er sich, wie er wolle, unerreichbar.

Eines Morgens war Karl von Kahn aufgewacht und wußte, er werde bei der *Hypo* kündigen. Baron Ratterer! Den rief er an. Der mußte, wenn etwas zu disponieren war, vor neun Uhr angerufen werden. Der Baron hatte beim letzten Gespräch diesen Satz gesagt von der *Hypo*-Hierarchie, daß Karl von Kahn, wenn er in dieser Hierarchie verdorren wolle, hätte gleich Pfarrer werden können.

Karl hat den Anlegern, die er für mobilisierbar hielt, ein fünfseitiges Exposé geschickt. Seine Philosophie sei erlernt durch jahrelanges Beobachten der Entscheidungen Warren Buffetts, des erfolgreichsten Anlegers des letzten Jahrhunderts. Gesucht werden Aktien, die unter ihrem wirklichen Wert notiert sind. Dazu müssen die Bilanzen und Geschäftsberichte der in Frage kommenden Firmen analysiert werden. Dann werden Portfolios zusammengestellt, in denen Sicherheit und Risiko vertretbar ausgewogen sind. Er konnte auf sein Privatportfolio verweisen. Er hat von 91 bis 2000 den Marktwert seiner Anlagen jährlich um 28,7 Prozent gesteigert. Der Vergleichsindex MSCI hat in der gleichen Zeit jährlich 17,8 Prozent erreicht. Er könne jeden Dienst zur Hälfte des *Hypo*-Satzes anbieten. Das sei durchgerechnet.

Man hat gefischt, wo man Fische vermutete. Spezialisierung, das war ein Luxus, den der ums Überleben kämpfende Anlageberater sich nicht leisten konnte. Spezialisierung konnte sich Karl von Kahn erst leisten, als Dirk Herzig erschienen war. Einunddreißig. Hat zuerst Geschichte studiert. Den Doktortitel erworben mit einer Arbeit über die Finanzierung der Kriege gegen Napoleon. Karl hatte eher höflichkeitshalber gefragt, ob er diese Doktorarbeit ansehen dürfe, hatte hineingeblättert und wieder von vorn angefangen und dann keine Seite mehr ausgelassen. Und hatte seitenweise kopiert. Für sich. Danach hatte er sich gefragt, wie man Geschichte ohne Finanzgeschichte überhaupt studieren könne.

Solange diese Lektüre in mir nachwirkt, hatte Karl zu seinem jungen Mitarbeiter gesagt, werde ich Sie Doktor Dirk nennen.

Es war Berthold Brauch, der diesen einsfünfundachtzig großen Nichtsalsschlanken im Rheingau entdeckt hatte. Das war vielleicht Herrn Brauchs größte Tat, seit Karl Berthold Brauch zum Partner gemacht hatte. Wieder war Amadeus Stengl im Spiel gewesen. Mit seinen *Midas-Briefen*. Als Muspilli hatte er dargestellt, wie der wackere Abteilungsleiter Berthold Brauch von seiner *Bayerischen*

Handelsbank aus dem Verkehr gezogen wurde, weil er von der insolventen Immobiliengesellschaft *Pretium*, einer Tochter der *Handelsbank* im Tessin, eine Villa im Wert von eineinhalb Millionen Franken erworben hatte. Für sich erworben hatte. Vorwurf: Herr Brauch habe von Insiderwissen profitiert, also für die Villa keinen marktgerechten Preis bezahlt. Muspilli hatte den Fall über mehrere *Midas*-Nummern begleitet, hatte, ganz im Gegensatz zur übrigen Presse, Berthold Brauch verteidigt, Karl hatte Amadeus nach dem zweiten Artikel angerufen und ihn gefragt, ob Amadeus Stengl Herrn Brauch ein gebrauchtes Auto abkaufen würde. Amadeus: Sogar eine gebrauchte Frau würde ich dem abkaufen. Und lachte scheppernd, wie er immer, wenn er etwas Lustiges gesagt hatte, lachte. Karl traf sich mit Brauch. Eine Handbreite kleiner als Karl, noch keine sechzig und auf die allgemeinste Art gutaussehend. So gekleidet, als wolle er, bitte, nicht durch Kleidung imponieren. Nur das Hemd mit seinem dünnlinigen Rautenmuster fiel auf. Später erfuhr Karl, daß Herr Brauch alle seine Hemden selber bügle. Immer schon. Niemand könne seine Hemden zu seiner Zufriedenheit bügeln. Ein Pedant also. Aber jetzt war alles gestört, verzerrt, zerquält. Er schlief seit Wochen nur noch zwei, drei Stunden pro Nacht, er konnte die Beruhigungsreden seiner Frau nicht mehr ertragen, er ertrug sich auch selbst nicht mehr. Warum war ihm das passiert?! Nach dreißig Jahren Erfahrung! Warum hat er sich nicht vorstellen können, daß ihm Leute, Kollegen und Vorgesetzte, die schon immer darauf warteten, daß das Korrektheitsmuster Brauch einen Fehler machte, einen Fehler, den man ins Moralische zerren konnte, daß die diese Gelegenheit, sie verfälschend, ausbeuten würden! Jetzt, nachdem es passiert ist und die Presse Sachverhalte roh verkürzt und bös verdreht darstellt, daß er ein ertappter Geldganove sei, jetzt sagten die Freunde: Aber das hättest du doch wissen müssen! Karl bot ihm sofort die Partnerschaft an. Herr Brauch sagte nichts, nahm aber die von Karl angebotene Hand und hielt sie, nach Karls Eindruck, länger, als je jemand seine Hand gehalten hatte. Und Karl wußte: Mit diesem Mann nur Gutes. Die Firma mußte wachsen. Dazu war ein zweiter Mann nötig. Die Sekretärinnen wurden, wenn sie länger als fünf Jahre blieben, zu Teilhaberinnen gemacht! Das heißt, von jedem Monatsgehalt wurden zwanzig Prozent einbehalten, daraus wuchs die Beteiligung. Ohne einen Rechtsanspruch zu gewähren, hatte er beiden Sekretärinnen, als sie sich dazu entschlossen, das Gehalt um zehn Prozent erhöht, so daß sie nur auf zehn Prozent zugunsten ihrer Teilhaberschaft verzichteten. Berthold Brauch beteiligte sich sofort mit einhunderttausend, und pro Monat kamen aus seinen Bezügen eintausend dazu. Seine Rehabilitierung betrieb Herr Brauch weiter. Mit Muspillis Unterstützung. Bis schließlich die Wirtschaftsprüfungsgesellschaft *Deloitte & Touche* bestätigte, daß von einer Schädigung Dritter durch Berthold Brauch keine Rede sein könne: Der Preis für die Villa war marktgerecht. Und Muspilli höhnte über das moralische Dreitagefieber gewisser Bankkreise, die mit prinzipiell schlechtem Gewissen gegenüber der Öffentlichkeit gleich in rituelle Reinigungsorgien verfielen und ihre Compliance-Büros zur Heiligen Inquisition aufplusterten.

Daß Karl von Kahn der Einstellung des großschlanken Einunddreißigjährigen rückhaltlos zugestimmt hatte, war, genau wie die Aufnahme Brauchs als Partner, eine Instinkt-

oder Gefühlshandlung gewesen. Er war kein Zitatenpflükker wie sein Freund Diego, aber er lehnte sich mit Wohlbehagen in Sätze von Menschen, die er nicht nur achtete, sondern liebte. Zum Beispiel Keynes, Sir John Maynard, von dem hierzulande im Populistengewäsch nur noch das Schlagwort *deficit spending* übriggeblieben ist. Bei Keynes hat er gelesen: Seine Instinkte sagen ihm, was er tun soll, aber er kann jederzeit eine Theorie dazu erfinden, um die Menschen zu überzeugen, daß, was seine Instinkte raten, richtig ist.

Jetzt war er wieder halbwegs bei sich und konnte aufbrechen.

5.

Wenn Anfang Mai die Abendsonne die Maximilianstraße ausleuchtet, kriegt die Protzmeile mit ihren vielen Rundbögen etwas Trauliches. Karl von Kahn fand, die Maximilianstraße sei von allen Protzmeilen, die er kannte, die liebenswürdigste. Die Brienner trumpfte doch ganz anders auf. Verglichen mit den Champs-Élysées oder der Regent Street oder dem Jungfernstieg oder der Kärntnerstraße oder gar der Fifth Avenue war die Maximilian ein Sträßlein, ein herzerwärmendes.

Wenn er von irgendeinem Punkt der Stadt zu Fuß in die Kardinal-Faulhaber-Straße ging, schaute er auf die Uhr. Vom *Roma* zu seinem Palais auch heute elf Minuten. Immer wenn er in die Kardinal-Faulhaber-Straße einbog, sah er in dieser von historischen Steinen flankierten Straße vor bis zum Schlachtschiff. So nannte er das Palais, von dem aus die *Hypo* regiert wurde. Verglichen mit den Barockmassen der *Hypo*, war die Seite des Montgelas-Palais, in dem Karl von Kahn sich etabliert hatte, ein klassizistisches Zierstück. Zuerst aus dem Souterrain in der Schlotthauerstraße in den ersten Stock in der Klenzestraße, dann der Umzug, der Aufstieg in das feine Quartier. Noch bevor Diego sich in der Brienner etablierte, war *von Kahn und Partner* schon eine Adresse in der Kardinal-Faulhaber-Straße. Wochenlang war er durch die Straßen und Gassen der innersten Innenstadt gewandert, war in jedes Gebäude, das ihn anzog, eingedrungen, hatte die Schilder studiert, bis er im Montgelas-Palais entdeckte, daß ein Anwalt, dem die Faulhaber offenbar zu ruhig war, umgezogen war an den Promenade-Platz. Der Rest war Verhandlungsmühe, Geschick und Glück.

Zwei vor halb trat Karl von Kahn ein. Frau Lenneweit sagte, nach ihm könne man die Uhr stellen.

Herr Brauch und Karl grüßten einander mit Verneigungen, die als übertriebene erkannt werden wollten. Herr Brauch hatte dieses Sichverneigen in Japan gelernt. Als er sich zum ersten Mal so vor Karl verneigte, hatte der das sofort erwidert. Nur er und Brauch verneigten sich so voreinander.

Herr Brauch fragte: Glauben Sie, Eliot Spitzer kann Warren Buffett was anhaben?

Und Karl: Was glauben Sie?

Und Brauch: Da Warren Buffett Ihr Hausgott ist und Sie ganz sicher keinen zum Hausgott werden lassen, dem ein Generalstaatsanwalt an die Ehre kann, sage ich: Spitzer kann Warren Buffett nichts anhaben.

Karl sagte: Herr Brauch, ich danke Ihnen für diesen Vertrauensbeweis.

Karl ging voraus in den Konferenzraum, der von allen Räumen der Firma der feierlich-feinste war. Olivgrüne Seidentapete, sechs grünbezogene Biedermeierstühle, die schwerer waren, als sie aussahen. Eine dunkel schimmernde Tischplatte, darüber ein Oval aus edlem Holz, an dem sechs Lampen hingen. Alles von Diego. Außer den Bildern. Die Stirnwand gehörte dem gewaltigen Neorenaissance-

Bücherschrank. Auf einem der Bilder Karls Vater, gemalt im Jahr 1900, ein Bub, ein altersloser Engel in einem romantisch blusigen Hemd, verwaschengrün, in der Rechten, senkrecht gehalten, eine Trompete. Auf der gegenüberliegenden Wand das Flötenkonzert Friedrichs des Großen im Schloß *Sanssouci*, gemalt von Adolph Menzel, dem Original lebendigst nachgemalt von Erewein. Erewein hat wissen lassen, dieses Bild habe in der Kahnschen Familiengeschichte eine Rolle gespielt. Er forsche noch. Er werde berichten.

Frau Lenneweit bot Getränke an.

Nicht bevor der Hauptdarsteller da ist, sagte Karl so, daß es der gerade eintretende Dr. Herzig noch mitbekam. Karl dachte wieder einmal, daß er Dr. Dirk eigentlich Dr. Schlaks nennen müßte. Noch besser: Dr. Schlaksig. Wohl bekomm's, sagte Karl und hob das Glas. Daß wir uns auch heute, ohne Alkohol zu trinken, versammeln, zeigt den Ethikstandard der Firma.

Das ist einer Ihrer feinsten Tricks, sagte Dr. Herzig. Bis jetzt war noch jeder Kunde oder Besucher, der Kunde werden wollte, von dieser als Ethik verkauften Enthaltsamkeit beeindruckt. Nichtraucherzonen gibt's überall. Aber kein Alkohol, das wirkt vertrauensbildend.

Dann bat Karl Dr. Dirk freundlich-förmlich, mit seinem Vortrag zu beginnen.

Eigentlich trug Dr. Dirk immer denselben Anzug: nicht bemerkt werden wollendes Grau. Und seine Krawatten genauso unbemerkbar. Karl fand, es sei zu wenig, wenn die Krawatte ganz und gar durch Jacke und Hemd definiert werde. Karls Krawatten dominierten. Gelegentlich explodierten sie. Auf jeden Fall hatten sich Jacke und Hemd bei Karl den Krawatten zu fügen.

Dr. Herzigs Bubengesicht verbreiterte sich schnell zu einer parodistischen Grimasse des Selbstgenusses. Ja, sagte er, ich bin mit mir nicht unzufrieden. Übrigens, falls es die Herren noch nicht gelesen haben: *Midas* meldet, die *LBBW* hat jetzt auch einen Historiker vorne dran, Doktorarbeit über Alexander den Großen, Investmentbanking interessiere ihn mehr als historische Quellenforschung. Auf seiner ersten Pressekonferenz hat er sein Motto ausgeplaudert, sapere aude, und hat das nicht übersetzt. Amadeus Stengl sagt, damit habe Dr. Jaschinski den Wirtschaftsjournalisten das Kompliment machen wollen, soviel Latein habe jeder intus. Er, Dirk Herzig, freue sich über jeden Geisteswissenschaftler, der merkt, wo jetzt der Weltgeist wohnt beziehungsweise immer schon gewohnt hat.

Zur Sache: Er hat also in sechzehn statt in zwölf Monaten seinen TM fast auf zwanzig Millionen gebracht, und er dankt beiden Herrn für die souveräne, das heißt nie Nerven zeigende Geduld. Der nächste Fonds, den er veranstalten will, heißt wieder *40 plus*, aber nicht mehr *Technik München*, sondern MM: *Maschine München*. Dr. Dirk hält den Maschinenbau für die deutsche Spezialität schlechthin. Er möchte MM auflegen, bevor er TM abschließen kann. Dann besingt er die berührungslose Meßtechnik, die Miniaturisierung der Sensoren, die Entwicklung der Thermofühler. Will man den berüchtigten Schadstoffausstoß halbieren, muß man die Sensorik vervielfachen. Schon mit einer intelligenten Drucksensorglühkerze lassen sich Emissionen reduzieren. Mit einem funkelektronischen Reifendruck-Kontrollsystem läßt sich die Reifenlebensdauer verdoppeln. Und die Zahnbürste mit Plaque-Detektor! Und das Cargobike mit der Wasserstoff-Brennzelle …

Das war die neue Dr.-Dirk-Arie, der Ton für Vierzigjährige. In die Gewinnzone nach drei Jahren. Frühestens. Aber dann ein unaufhörlicher stürmischer Segen. Da will ich dabeisein. Da muß ich dabeisein.

So, sagte Dr. Dirk, wird dieses Angebot wirken. Für den Maschinenfonds werde er zwei Jahre brauchen.

Herr Brauch fing an, den Kopf zu schütteln. Ihm wurde Dr. Dirks Temperamentsentfaltung offenbar unheimlich. Sollte dieser Ikarus abstürzen, dann stürzte womöglich diese schöne kleine Firma ab, und schuld war er, da er den Ikarus entdeckt und hergebracht hatte.

Karl von Kahn lachte seinen Partner aus. Herr Brauch dürfe sich auf die Sensorik seines Partners, um mit Dr. Dirk zu reden, verlassen.

Dieser Dr. Dirk war tatsächlich in allem das Gegenteil von dem, was Karl von Kahn fast dreißig Jahre lang gedacht und praktiziert hatte. Dr. Dirk war, als ihn Brauch von der *European Business School* in Oestrich-Winkel geholt hatte, geradezu versessen auf eine Spezialität. High Technology. Damit wollte er groß werden.

Als Dr. Herzig zum ersten Mal Karl von Kahns Zimmer betrat, legte er gleich ein Dokument auf den Schreibtisch. *Certified Financial Planner.* Sein Titel. Er hinterlege das Dokument hier und wolle es erst zurück, wenn er seinen ersten Zwanzigmillionenfonds geschafft habe. Das war ein Auftritt! Karl hatte in seinen Bewerbungszeiten sein Diplom von der *Sparkassenakademie* in Bonn immer eher verschämt überreicht, im Kuvert, und hatte doch mit SEHR GUT abgeschlossen. Der stürmische Jungherr bat um zwölf Monate Zeit. Er habe berechnet, daß er ein Jahr brauche, um in einem Kreis, dessen Mittelpunkt der Marienplatz sei und dessen Radius dreißig Kilometer betrage, die jungen Firmen aufzuspüren, und zwar ausschließlich Software-Firmen, die auf Anleger warteten, um ganz schnell groß zu werden. Ganz schnell, das heiße, in drei bis fünf Jahren. Dieser Umkreis sei das Silicon Valley Europas, aber da es eben in Europa liege, dauere es etwas länger als im heiligen Land des Fortschritts, Kalifornien. Das Beste an der Firma *von Kahn und Partner* sei die Lage: fünf Minuten vom Marienplatz, zweite Etage in einem edlen klassizistischen Palais, und das mit Lift. Das habe ihn sofort begeistert. Das ist das Milieu, dem Leute ihr Geld gern anvertrauen. Das Durchschnittsalter der Kunden der Firma *von Kahn und Partner* sei sechsundsechzig Jahre. Aus dieser Zahl ergebe sich sein Handlungsbedarf. Wenn das die Herren von Kahn und Brauch auch so sähen, tant mieux. Die angestammte Kundschaft könne von Herrn von Kahn und Herrn Brauch mit den täglichen Anlegergebeten begleitet werden bis zum sanften Ende. Die Zukunft sei sein.

Immerhin stand die Branche da noch unter dem Schock des Zusammenbruchs der Technologie-Werte. Die Neue-Markt-Pleite hatte Wirkungen hinterlassen wie ein Taifun. Da kommt dieser große Junge und will nichts als Spezialisierung auf Neue Technologie. Und er und Brauch lassen ihn machen.

Dieser Dr. Dirk würde in dem verwüsteten Marktgelände der Neuen Technologie die Zukunft säen. Da war von 1997 bis 2000 der Aktienmarkt in die Höhe geschossen wie noch nie zuvor, dann drei Jahre Talfahrt und Schluß. Karl von Kahn nahm Zahlen nie ganz ernst, weder positive noch negative. Es gibt einen Branchen-Masochismus, wie es das Gegenteil gibt. Die mehr als 150 Milliarden, die da vertan worden sind, verstand er als Melodie. Für ihn eine Glücksmelodie. Er hatte diesen Neuen Markt verschlafen. In seiner wöchentlichen *Kunden-Post* hatte er nachträglich den Vorteil des aktiven Verschlafens von trügerischen Möglichkeiten als eine Eigenschaft erklärt, die er fast ein Talent nennen möchte. Er jedenfalls wisse sein verläßliches Zuspätkommen zu schätzen. Er kannte seine Kunden, er wußte, sie würden diese seine Eigenschaft auch zu schätzen wissen.

Daß Karl und Herr Brauch diesen großen Schlanken, aber kein bißchen Dürren fast zu bereitwillig aufgenommen hatten, war zwischen Brauch und Karl öfter besprochen worden. Karl mußte Herrn Brauch nachher doch noch erklären, warum er einfach zugestimmt hatte. Sein Beispiel: Professor Schertenleib. Dem habe er einmal geraten, für fast eine Million amerikanische Staatspapiere zu kaufen, zu einer Zeit, als die zehnjährigen US-Staatsanleihen als hoffnungslos galten. Er selber habe sich mit der gleichen Summe eingebracht. Und vierzehn Monate später waren fünfzehn Prozent Gewinn zu buchen. Man muß einfach ein Gefühl haben, das sich von Tatsachen nähren kann. Damals waren drei Viertel aller US-Staatsanleihen in japanischer Hand, die Amerikaner hätten ihre Defizite ohne die japanischen Anleihekäufe nicht finanzieren können, die Japaner wiederum verhinderten durch ihre Anleihekäufe, daß die Amerikaner ihre Auto-Exporte in die USA stören konnten, die Japaner würden also den Wert dieser Papiere pflegen. Und das taten sie.

Nicht aussprechen konnte er hier im Konferenzraum, daß es sein Gefühl war, das auf Dr. Dirk vertraute. Nichts als ein Gefühl. Eine Art Liebe. Wenn der Ikarus stürzte und er mit ihm, dann stürzten sie eben miteinander. Diese Vorstellung konnte er fast genießen. Allerdings war er, jedesmal wenn er Dr. Dirk erlebte, auch einem Anfall von Trauer ausgesetzt. Warum hat Fanny keinem Dr. Dirk begegnen können! Nirgends wird die brutale Gewalt des Zufalls so spürbar wie im Schicksal junger Frauen. Wem begegnen sie! Und wem nicht! Seine einzige Tochter war Tom begegnet. Im Tierasyl. Damit hört der Zufall schon auf. Er wollte einen Hund aus dem Asyl erlösen, sie wollte einen Hund erlösen. Dann erlösten sie zusammen einen Hund. Daß es den Tieren in der Großstadt schlechtgeht, brachte sie zusammen. Die wiedergewonnene deutsche Einheit riß beide in den Osten. Schließlich wurde daraus eine Hühnerfarm in Ribnitz-Damgarten. Ihre Hühner hatten es offenbar besser als alle Hühner der Welt. Entsprechend klein der Gewinn. Aber Tom war auch noch ehrgeizig. Er züchtete. Er wollte blinde Hühner züchten, die ertrügen damit ihr Stallschicksal konfliktlos, und das würde ihre Legequalität steigern und ihr Fleisch wäre weicher. Ins Unvorstellbare steigern, so zitierte Fanny ihren Mann, der, wenn Fanny es wieder einmal von Mecklenburg-Vorpommern nach München schaffte, nie mitkam. Er konnte seine Hühner nicht verlassen. Und das Zwillingspärchen Tanja und Sonja auch nicht. Daß die Zwillinge hatten, obwohl Karl weder in seiner noch in Henriettes Verwandtschaft je etwas von Zwillingen gehört hatte, kam ihm vor wie ein Zuchterfolg. Er wollte hoffen, Fanny sei, was man glücklich nennt. Dafür gab es einen drastischen Beweis. Tom war ein Stotterer. Und Fanny stotterte inzwischen auch. Und zwar glaubhaft. Oder sollte man sagen: authentisch. Karl wagte nie zu fragen, ob ihr das selber bewußt sei. Stottern ist nichts Schlimmes. Und für einen Hühnerfarmer in Ribnitz-Damgarten schon gar nicht. Warum soll ein Ehepaar nicht gemeinsam stottern? Karl beschloß, froh zu sein, daß Mecklenburg-Vorpommern eine Art Abgelegenheit verbürgte. Das Paar war dort wahrscheinlich keiner hämischen Neugier ausgesetzt.

Aber diesen gelenkigen, schön kontrollierten, wörterreichen und vor Zukunftsfreude geradezu leuchtenden Dr. Schlaks erleben zu müssen hieß Fanny bedauern. Das war ungerecht, anmaßend, borniert und sonst noch was. Aber es war so. Er hatte die Gründung der Hühnerfarm damals finanziert. Weitere Zuwendungen hatten sich beide verbeten. Er hatte für das Zwillingspärchen eine langfristige Anlage konstruiert. Ihre Ausbildung war, wenn nicht alles stürzte, gesichert. Aber ... Schluß.

Hör deinem Dr. Dirk-Schlaks zu.

Das Einnehmende an Dr. Dirks Vortrag war eine Gegenständlichkeit, die von Meinungen unabhängig zu sein schien. Und seine Stimme ging, wenn er von seiner Sache sprach, um zwei Töne nach oben, und zwar, ohne daß eine Anstrengung oder Absicht spürbar wurde. Karl konnte nicht verhindern, daß er an Arien dachte. Rezitativ und Arie eigentlich. Aber der Text war vollkommen konkret. Ein Experte im Fraunhofer-Institut hat ihn hellhörig gemacht. In Kürze werden endlich die elektronischen Impulse im Computer durch optische Signalgeber abgelöst werden. Bei den optischen Systemen auf Laser-Basis gibt es keine Wärmeabstrahlung mehr wie in den elektronischen Verbindungen auf Kupferbasis. Pro Computer werden zehn Laser à 3 bis 5 Euro gebraucht. Pro Jahr müssen 200 Millionen Computer damit ausgerüstet werden.

Dr. Dirk dankte für das Zuhören, dankte Frau Lenneweit

für das Protokollieren und wandte sich an Herrn Brauch. Herr Bedenkenträger, sagte er, was kann ich für Sie tun.

Karl war froh, daß Berthold Brauch Bedenkenträger genannt wurde. Das war eine ideale Rollenverteilung. Dr. Dirk stürmisch, Berthold Brauch bremsend. Als auf alle Bedenken reagiert worden war, hob Karl die Sitzung auf. Er ging als erster. Bei Frau Lenneweit, die sich längst benahm, als gehöre die Firma ihr, bedankte er sich ausführlich. Immer wenn er ihre Hand halte, sagte er, wünsche er sich, Wilhelm der Zweite zu sein. Der sei ein geradezu süchtiger Damenhandküsser gewesen, das wisse er aus Familienüberlieferungen. Nicht nur die Hände der Damen, sondern die Unterarme bis zu den Ellbogen habe Seine Majestät abgeküßt. Es sei den Damen nicht erlaubt gewesen, ohne Handschuhe zu erscheinen. Wenn die Stimmung dann soweit war, gab Seine Majestät bekannt, die Damen dürften jetzt aus ihren Handschuhen schlüpfen. Das müsse die Sekunde der reinen Pornographie gewesen sein. Auch überliefert sei, daß Wilhelm, solange Zeugen gegenwärtig waren, nur die Hände geküßt habe. War kein Zeuge da, küßte er eben drauflos, also bis zum Ellbogen hinauf. Er selber hatte ja, das dürfe man dabei nicht vergessen, eine unterentwickelte Linke. Also, liebe Frau Lenneweit, da hier noch Zeugen sind, beherrsche ich mich und küsse Ihnen nichts als die Hand. Und empfehle mich.

Und empfahl sich.

Auf dem Weg zum Odeonsplatz dachte er an Erewein. Was er über Wilhelm II. gesagt hatte, wußte er von Erewein. Erewein war die Golddeckung, er war die Papierwährung. Er kursierte. Erewein war der Wert. Die Expertin Helen sah Erewein gezeichnet vom Stigma der Erfolglosigkeit. In Dr.

Dirks Doktorarbeit hatte Karl gelesen, daß Nathan Rothschild sich weigerte, sich mit einem *unglücklichen Manne* einzulassen, und klinge, was der zu sagen habe, auch noch so klug. *Nie mache ich Geschäfte mit solchen. Sie können sich selbst nicht helfen, wie sollen sie da mir helfen?* Armer Erewein.

Wie die U 6 anschob, tat ihm jedesmal gut. Besonders wenn er einen Sitzplatz gefunden hatte. Er empfand den Schub mit seinem ganzen Körper. Das hatte man ihm wohl angesehen. Er hörte einen jungen Riesen sagen: Da hockt so 'n alter Knacker, der meint … Der Rest wurde zugedeckt vom Gelächter der Gruppe.

Natürlich mußte er, wenn er dann an der halbhohen Ziegelmauer des Nordfriedhofs entlangging, hinüberschauen ins Gräberwirrwarr. Nie morgens, aber abends auf dem Heimweg blieb er manchmal stehen bei dem Engel dicht an der Mauer, bei den großen grünspanigen Flügeln, die man nur von hinten sah, weil der Engel über die Gräber hinschaute, den Lebenden den Rücken zuwandte. Er sollte sich allmählich eine Grabstelle suchen. Die Vorstellung, bei Helens Vater und Mutter in Tutzing unterzukommen, war ihm unbehaglich. Aber jedesmal, wenn er über diese Mauer schaute, dachte er, daß er hier nicht beerdigt sein möchte. Die Grabsteine standen zu eng nebeneinander. Überfüllt wie die U-Bahn, dieser Friedhof.

Bis er in die Osterwaldstraße einbog, ging er immer, als sei er in Eile. Dann aber ließ er sich protegieren von den Bäumen. Die Bäume gaben alles, was man an sie hindachte, reichlich zurück. Zinsen, dachte er und ging noch langsamer.

6.

Karl war noch nicht in der Halle, da rief sie für ihre Stimmausstattung zu laut: Ich bin wieder zitiert worden! Helen war stolz darauf, daß sie keine starke, sondern eine hauchige Stimme hatte. Wenn sie rief, ließ sie hören, daß sie sich überanstrengte.

Also rief er zurück: Gratuliere.

Und sie: Du errätst nicht, von wem.

Und er: Aber du wirst es mir sagen.

Jetzt war er schon im Wohnzimmer, das das Wohnzimmer ihrer Eltern war, weil Karl, als er in Helens Haus zog, seine Möbel und sein Haus Henriette überlassen hatte. Helen hatte es geschafft, ihren Mann ohne weiteres loszuwerden. Der hatte nichts mitgebracht, also hatte er auch nichts mitzunehmen. Er mußte einfach gehen. Helen konnte so etwas so deutlich darstellen, daß finanzielle oder andere rechtliche Probleme gar nicht mehr erwähnt werden konnten. Es ging, bitte, um Wesentlicheres, nämlich um das Leben. In diesem Fall um das durch den Ehemann verhinderte Leben. Das darzustellen war Helens Beruf. Die Ehe. Die wissenschaftliche Erforschung der Ehe und die Anwendung des Erforschten in der Eheberatung. Sie hatte zwei Bücher veröffentlicht, und eines, das auf ihre Doktorarbeit zurückging, wurde immer noch verkauft, es hieß jetzt: *Leidenschaft, Liebe oder Leistung.* Zitiert wurde immer aus der Doktorarbeit, die hatte geheißen: *Zur Aufklärung der Zweierbeziehung als psychosomatisches Unikum.*

Von wem sie zitiert worden war, wollte sie nicht sagen. Und warum nicht? Es sei so ernüchternd, Karls Gesicht anzusehen, daß er den Namen des berühmten Heidelberger Professors, der sie zitiere, noch nie gehört habe.

Immerhin ein Heidelberger Professor, sagte Karl.

Sie legte ihren Kopf wieder seitlich an seine Brust, und er rieb sein Kinn in ihren blonden Haaren.

Er ließ sein Kinn kräftiger reiben und zog sie heftiger an sich. Auch das ein Ritual. Aber eins, das Gefühle meldete und sie dadurch verstärkte. Helen würde nie alt oder unscheinbar oder häßlich aussehen. Nur die sich selbst inszenierenden, auffallen müssenden Schönen werden durch das Alter häßlich. Nicht aber die Gutaussehenden, die keinesfalls Unscheinbaren. Sie sind auf ihre persönliche Weise schön. Solchen Frauen sieht man ihre Seele an oder ihren Geist oder ihre Entschlossenheit. Das ist unzerstörbar. Helens Gesicht, das waren ihre vergißmeinnichtblaßblauen Augen und ihr Mund, dessen Lippen sich zart, aber deutlich nach vorne schoben und fast in einer Spitze endeten. Das Auffallende: Zuletzt überkreuzten sich Ober- und Unterlippe ein bißchen. Diese Lippenstellung sorgte dafür, daß Helen ein bißchen lispelte. Bei Helen war alles ein bißchen. Karl nannte sie manchmal Miss Einbißchen. Aber gar nicht ein bißchen waren ihre Augenwimpern. Die waren gesichtbeherrschend. Die Nase kam nicht in Frage zwischen diesen Wimpern. Die waren wohl im Erbprogramm in viel größeren Gesichtern tätig gewesen. Für Helens Maße waren diese blonden Jalousien zu groß. So erinnerte Helen immer auch an die Illustration in einem Kinderbuch. Dank dieser Wimpern war Helens Lispeln eine willkommene Ergänzung. Sie lispele, wenn es in ihr, hatte sie selber einmal gesagt, stürmte und drängte.

Und was sie heute wieder anhatte! Ein gerade noch eierschalenfarbenes Twinset, mit Röschenbordüren grell besetzt. Märchenhaft, dachte Karl. Entweder führte Helen ihr mattes Blond in der Kleidung fort, oder – und das öfter – sie setzte dem gleißenden Wimpernblond und dem matteren Haarblond meergrüne Blusen entgegen, oder sie nahm das Vergißmeinnichtblaßblau der Augen auf in einem massiv blauen Hemd.

Helen fragte nicht, wie es Diego gehe. Immerhin hatte sie am Vormittag Gundis Anruf mitgekriegt. Er fragte noch, ob Erewein angerufen habe.

Nein, hat er nicht. Helen mußte mitteilen, was sie heute, wieviel sie heute geschafft hat. *Der erfolgreiche Patient* ist fast fertig, es fehlt nur noch der apotheotische Triumph des Patienten, wenn er auf alles, was man bis jetzt von ihm erfahren hat, zurückblickt und begreift, daß seine Leidensgeschichte seine wirkliche, seine einzige Erfolgsgeschichte ist. Der zweite Teil ist die Anwendung all dessen, was der Patient im ersten Teil gelernt hat. Statt Gejammer Selbstgenuß, immer und überall. Lauter Belege des erlernten Sichselbstgenießenkönnens.

Auch wenn sie sich so steigerte, blieb sie zart, das heißt, sie wurde weder laut noch heftig, sie lispelte ein bißchen intensiver, sie zeigte, daß sie entzückt war von dem, was sie heute erarbeitet hatte. Sie konnte selber bewundern, was ihr heute wieder gelungen war. So bewundern, als sei nicht sie es, die das und das formuliert und damit zur Welt gebracht hatte, sondern als habe das, was sie heute beschrieben habe, immer schon existiert und sie sei eben die, die auf das aufmerksam mache, was immer schon dagewesen und aus Unachtsamkeit jeder Art bisher nicht wahrgenommen worden sei. Aber trotz des Eifers, von dem sie dann mitgerissen wurde, paßte sie scharf auf, ob ihr Zuhörer ihr wirklich zuhörte oder ob er bloß dasaß und insgeheim an etwas dachte, was er nicht vergessen durfte. Dann stand sie auf, kam zu ihm herüber, setzte sich auf seinen Schoß, legte ihren Kopf an ihn und sagte, daß sie ohne ihn weder zu einem Satz noch zu einem Gedanken fähig wäre, doch, das ist bewiesen, bewiesen in zwölf Jahren Pseudo-Ehe mit dem Schlösserverwalter und Ludwig-Zwo-Fan Dr. Sebastian Miquel.

Wenn sie so weit war, konnte sie an ihm liegen und leise weinen. Vor Glück, sagte sie. Wenn er sich nicht für alles, was in ihr vorgehe, so interessierte, könnte sie sich selber auch nicht dafür interessieren, und alles in ihr zerfiele sozusagen unbemerkt.

Er sagte dann: Was sie jetzt sage, sei die reine Phantasie ihrerseits, eine Blütenproduktion zur Ausschmückung der Neuen WG – sie hatten ihre Ehe von Anfang an die Neue WG genannt –, aber ihn mache dieses ihr Geschenk um so glücklicher, je deutlicher er spüre, daß er es nicht verdiene, daß es also ein reines Geschenk sei, das reine Geschenk schlechthin.

Du bist ein begabter Schatz, sagte sie und löste sich von ihm.

Jetzt aber hinauf, sagte er.

Ich entlasse dich, sagte sie.

Ich danke dir, sagte er. Daß sie jetzt nicht sagte: Ich dir! Das war eben Helen, das Kind, dem man zuhören mußte.

Es war von Anfang an so, daß sie immer mehr zu erzählen hatte als er. Sie mußte erzählen, was sie in der Praxis erlebt hatte. Sie kolportierte nichts, aber das Problemprofil ihrer Fälle mußte sie jemandem vorführen. Der erste Mann war dazu überhaupt nicht bereit gewesen, weil er seinerseits loswerden mußte, was ihm in der Schlösserverwaltung untergekommen war. Das hat nach zwölfjährigem Toleranzverschleiß zu dem natürlichsten Ehe-Ende geführt, das man sich vorstellen kann. Sebastian, dem Schlösserverwalter, mußte es allerdings noch denkgerecht vorgesagt werden. Die Ehe, die nie begonnen hat, sagte Helen über diese Ehe. Sebastian hatte sich Helens mit einer solchen Vehemenz bemächtigt, daß sie glaubte, Zeugin eines Naturschauspiels zu sein. Das ließ sie, neugierig, wißbegierig und lernfroh, wie sie war, einfach mit sich geschehen. Dr. Sebastian Miquel war einsneunzig groß und wog zweihundert Pfund. Er hatte sie Lenerl genannt.

Karl hatte begriffen, daß Helen Zuhörerschaft nicht vorgetäuscht werden durfte. Ihr Vater muß ein unersättlicher Helen-Zuhörer gewesen sein. Ihren Vater übertreffen, das sollte, wer sie wollte, wenigstens versuchen. Karl war ein Zuhörer. Zuhören war sein Beruf. Die Damen und Herren, die zu ihm kamen, reden lassen, bis sich das, was man ihnen zu raten hatte, aus dem Gehörten von selbst ergab. Die Leute beraten sich, wenn man ihnen Gelegenheit gibt, selbst.

Karl warf sich vor, daß er Helen zu wenig schätze. Sie erforschte das Leben. Er machte Geld. Geld war für sie etwas, das man hatte. Wollte man ihr etwas über Geld sagen, mußte man sich bildlich ausdrücken. Das hatte er eine Zeit lang versucht, sie hatte seine Sprachbilder kritisiert, er hatte zuzugeben, daß seine Sprachbilder für Geld mangelhaft seien. Er hatte dann aufgehört, sich ihr verständlich machen zu wollen. Wenn er empfand, wirklich empfand, daß er Helen zu wenig schätze, sagte er sich, daß sie ihn auch zu wenig schätze. Er mußte ihr immer demonstrieren, wie sehr er sich für alles interessiere, was sie tue und denke und schreibe. Was er dachte und tat, ließ sie gelten, mit Nachsicht. Sie warf es ihm gewiß nicht vor, daß er ein Geldmensch war, aber mehr als freundliches Geltenlassen durfte er nicht erwarten. Während sie doch die Eheheilerin selbst war. Und das war sie. Die Ehe sei, das hatte sie durch Studium und Praxis erkannt, das eigentlich Kranke dieser Zeit und dieser Gesellschaft. Wenn sie nicht jahrelang das Ehemartyrium unter den zweihundert Pfunden des Dr. Miquel erlitten hätte, wäre sie nicht geworden, was sie jetzt ist. Eheheilerin aus Leidenschaft. Hätte sie sofort ein Eheglück erlebt wie mit Karl, hätte sie Ehe-Therapie für einen luxuriösen Zeitvertreib halten müssen. Sie kämpft ja um jede mürbgewordene, brüchige oder schon kaputte Ehe, als hinge immer das Schicksal der Menschheit ab von diesem einzigen Fall. Und er vermehrt Geld. Das ist kulturell abgemacht: Für Wirtschaftliches muß man sich nicht interessieren. Das gehört zu keinem Kanon.

Droben in seinem Arbeitszimmer drückte er automatisch den Hebel, daß der Stuhl kippte, und sah zu den Lärchenbrettern seiner schrägen Decke hinauf. Er hatte, bevor er in Helens Haus einzog, dem Dachboden dieses Arbeitszimmer abgerungen. Von Giebel zu Giebel reichte das Zimmer unter der Dachschräge. Und die Lärchenbretter, die anfangs hell gewesen waren, wurden von Jahr zu Jahr honigfarbener. Wenn er so saß, sah er den Brettern direkt in ihre dunklen Astaugen und hatte das Gefühl, die sähen auch ihn an. Es ist nicht so schlimm, wenn man niemanden hat, mit dem man sprechen kann. Wieviel Vermeidenswertes wird da vermieden. Wenn man mit einem Menschen zusammenlebt, mit dem man eigentlich sprechen können sollte, zum Beispiel weil man mit ihm verheiratet ist, dann wird das Nichtsprechenkönnen sogar etwas Feines. Eine Art Auszeichnung. Und wenn du mit dem mit dir Verheirateten nicht sprechen kannst, kannst du mit niemandem sprechen. Und das will schon etwas heißen.

Karl lachte.

Das war auch etwas, allein zu lachen. Lachen, dazu gehören doch noch andere. Als er sich jetzt allein lachend erlebte, erlebte er sich überhaupt zum ersten Mal lachend. Wenn er mit anderen in Gesellschaft lachte, erlebte er immer nur die anderen lachend, nie sich selbst.

Und lachte noch einmal. Aber das zweite Lachen gelang nicht mehr. Er würde nie mehr allein lachen.

Er rief Erewein an. Keine Antwort. So etwas wie einen Anrufbeantworter gab es nicht bei Erewein.

Karl war froh, wenn er nicht aus sich herausgehen mußte. Sein früh verstorbener Vater, Rechtsanwalt, aber im Allianz-Dienst, soll ein in sich gekehrter Mann gewesen sein. Wegen einer Zugpanne hatte er in Erfurt aussteigen müssen, hatte den Dom aufgesucht, hatte eine junge Frau im Dom herumgehen sehen, war hinter ihr stehengeblieben, als sie vor dem *Wolfram* stand, als wolle sie überhaupt nicht mehr weiter. Erst durch sie hatte er die barlachhaft schöne Figur aus dem Mittelalter entdeckt. Sie ging dann so weiter, daß an ein Ansprechen nicht zu denken war.

Er hatte ihr nachfahren müssen, nämlich nach Dresden.

Angesprochen hat er sie erst, als sie in Dresden aus der Theatertür, in die sie hineingegangen war, wieder herauskam. Beschwingt herauskam, weil sie die Choreographen-Stelle gekriegt hatte. Wenn sie nicht mehr herausgekommen wäre oder nicht mehr zu dieser Tür herausgekommen oder zwar zu dieser Tür herausgekommen, aber fröhlich plaudernd mit einem sizilianischen Tänzer oder einem norwegischen Korrepetitor, dann hätte er, der Sechsundzwanzigjährige, die Einunddreißigjährige nicht ansprechen und dann auch nicht heiraten können.

Diese Überlieferung konnte Karl brauchen. Bruder Erewein, der für die Familiengeschichte zuständig war, sagte, wenn er wieder etwas ausgegraben hatte: Das sind wir. Daß er zwischen sich und Karl keinen nennenswerten Unterschied sah, war Karl nur recht. Karl hatte Erewein gegenüber ein schlechtes Gewissen. Obwohl Erewein doch offenbar genauso lebte, wie er mit Frau Lotte leben wollte, glaubte Karl, Erewein lebe andauernd neben sich her. Bei ihm selber kam das gelegentlich auch vor. Vor jedem Treffen mit Erewein und Frau Lotte bat er Helen erneut, sie möge aufpassen und ihm nachher sagen, was ihr zu diesem Paar einfalle. Das sei schließlich ihr Beruf. Helen mußte nachher jedesmal zugeben, daß ihr das Erewein-Lotte-Paar verschlossen blieb. Sie wollte nicht vorschnell Trivialitäten produzieren. Ihre wiederkehrende Aussage war: Dieses Paar ist unzugänglich. Die haben einen Kokon gesponnen, an dem gleitet Neugier ab. Sie bleiben auf das freundlichste zugewandt, aber sie bestimmen in jedem Augenblick die

Entfernung. Er vermutete, daß Erewein und er einander näher waren, als es der Unterschied ihrer Lebensumstände glauben machte. Seine Ungeduld und Ereweins scheinbar unerschöpfbare Geduld waren im Innersten eine Stimmung. Was es Erewein kostete, diese Gleichmütigkeit zu zeigen, konnte nur Karl ahnen. Das war doch dasselbe bei ihm und Diego. Er, der Geschehenlasser, Diego, der Macher. So mochte es aussehen, so mochte es die ganze Welt beurteilen. Er aber nicht. Das war seine Betriebsseite, seine Berufsmethode, vielleicht auch noch seine Gesellschaftsmaske. Es kostete jedes Jahr noch mehr Selbstbeherrschung, seine andauernd ausbrechen wollende Ungeduld zu zügeln, zu verbergen. Er hatte doch keine Zeit mehr. Und er hatte nicht erreicht, was er hatte erreichen wollen. Weder Henriette noch Helen hatte er je sagen können, wieviel er von sich erwartete. Oder auch nur: Was er von sich erwartete. Er konnte den Anspruch, den er an sich stellte, nicht ermäßigen. Das hieße zugeben, er habe sein Leben verfehlt. Das Stigma der Erfolglosigkeit, würde Helen dann sagen und ihm dieses Sätzchen wie ein Etikett aufs Wesen kleben. Soweit durfte er es nicht kommen lassen. Es mußte immer noch alles möglich sein. Sonst war das Leben nicht auszuhalten. Was dann? Antwort verweigert, Euer Ehren.

Hatte denn Diego erreicht, was er wollte? In den letzten Monologen, zu denen Karl noch geladen gewesen war, hat Diego seinen Traum vom *Hôtel Lambert* nicht mehr erwähnt. Jeder Diego-Freund wußte, daß es zu Diegos Träumen gehört hatte, eines Tages das *Hôtel Lambert* in Paris zu kaufen. Diego wußte genau, wem es schon gehört hatte und wem es zur Zeit gehörte. Vielleicht hatte es Guy de Rothschild an den Baron Redé verkauft. Diego war, geschäftlich gesehen, offenbar am Ersticken und ist trotzdem noch nach Paris gefahren und hat bei der Sotheby's-Auktion im *Hôtel Lambert* mitgesteigert, hat diesen Einhorn-Tisch gekauft, der verrückter als schön ist. So aggressiv, daß schön oder nicht schön keine Rolle mehr spielt. Darum hat Diego ihn, obwohl er es sich nicht mehr leisten konnte, gekauft. Das war Diego. Er hat noch in keinem seiner Nachtmonologe ausgesprochen, daß der Traum, das *Hôtel Lambert* zu kaufen, ausgeträumt sei. Gerade unerfüllbare Träume haben eine Kraft. Und Menschen wie Lambert sind nicht bereit, einem unerfüllbaren Traum seine Unerfüllbarkeit zuzugestehen. Einmal hatte er Karl sogar gebeten zu überlegen, wie man den Kauf des *Hôtel Lambert* finanzieren könnte. Ein europäisches Kulturzentrum wollte er gründen. Einen Altbundespräsidenten, der dafür eine feine Trommel rühre, finde man immer. Immerhin hatte die Freundin seines Geistesheiligen, Émilie de Châtelet, das *Hôtel Lambert* einmal gekauft, Voltaire wollte es einrichten, wollte einziehen mit ihr, hatte aber gerade bei einer Spekulation durch einen Monsieur Michel viel Geld verloren, zog also nicht hinein in sein *Lambert*. Das *Lambert* blieb Sehnsucht.

Daß Diego sich vorstellen konnte, sein Feund Karl werde den Kauf des *Hôtel Lambert* finanzieren, hatte Karl elektrisiert. So nah war Karl dem Hausheiligen Diegos noch nie gekommen. Sofort hatte er sich mit Voltaire beschäftigt. Weniger mit dessen Schriften als mit seinen Geschäften. Prozessierfreudig und geizig, las er, sei Voltaire gewesen. Karl wußte, wie Geistesmenschen, die von Geschäften nichts verstehen, über die Geldwelt dachten und mehr noch schrieben als dachten. Voltaire hat offenbar gern und oft Geld verliehen, am liebsten an hochstehende, vornehme

Herren. Und gerade als er das *Hôtel Lambert* einrichten will, verliert er durch diesen Monsieur Michel dreißigtausend Livres, das wären heute einige Millionen. Voltaire reagierte dichterisch auf diesen gewaltigen Verlust. Das gefiel Karl. Er lernte die Zeilen auswendig, und als er das nächste Mal bei Diego war, zitierte er fröhlich drauflos:

Michel au nom de l'Éternel
Mit jadis le diable en déroute
Mais après cette banqueroute
Que le Diable emporte Michel.

Diego staunte. Und umarmte seinen Freund. Das war ein Augenblick der Freundschaft!

Also wurde Karl übermütig und sagte gleich auch noch seine Übersetzung des Voltaire-Gedichtes auf:

Michel, ganz eins mit seinem Gott,
Hat den Teufel Gott befohlen
Aber jetzt nach diesem Bankrott
Soll ihn der Teufel holen.

Diego dämpfte seine Begeisterung. Klar, Französisch konnte nur er. Das stimmte ja auch. Diego konnte alles besser. Es war seine Art, besser zu sein als andere. Diego hatte von Kindheit an anstrengungslos gelernt, sozusagen von selbst. Einmal hat er gesagt: Mit sechzehn hatte ich die Welt intus. Es gab keine europäische Sprache, die er nicht wenigstens verstand. Die wichtigeren beherrschte er ganz und gar. Das war zumindest der Eindruck, den er, ohne es zu beabsichtigen, machte.

Karl war in den Jahren, in denen man, wie es heißt, unbegrenzt lernfähig ist, für alles zu begeistern gewesen, bloß nicht fürs Lernen. Von der Schule geflohen, mit einer Banklehre bestraft, als Betriebswirt ein Jahr *Sparkassenakademie* in Bonn, erste Freiheitsahnungen, allmähliche Dämmerung einer Ichtendenz. Von Diego entdeckt. Karl war eine Verehrungsbegabung. Und Diego brauchte Verehrung. Ihm wurde keine Verehrung zuviel. Karl glaubte, daß Diego keine Distanz zu sich selber kenne. Diego war immer ganz ausgefüllt von sich selbst. Karl hatte das Gefühl, er fülle sich selbst nie ganz aus. Er war nicht ohne Selbstgefühl. Aber dieses Selbstgefühl enthielt auch eine deutliche Portion Leere. Die er zu füllen hatte. Mit sich. Diesen Einhorn-Tisch mit dem Frauentorso hätte Karl, wäre er in eine vergleichbare Finanzlage geraten, nicht gekauft. Diego hatte Gundi nicht sagen können, was er dafür bezahlt hatte, das hieß, der Tisch war zu teuer.

Karl saß und überließ sich sich selbst. Immer angeschaut von den vielen dunklen Augen der honigfarbenen Bretter.

Aber Leonie von Beulwitzen wollte nicht, daß er sich sich selbst überließ. Eigentlich war ihr Telefontermin erst übermorgen, da allerdings – das war ihr Privileg – zu jeder Tageszeit. Kennengelernt im Bonsai-Neuschwanstein, immer wieder dort getroffen, ihr damaliger Mann, ein von der ganzen Welt bewunderter Chirurg, war Diegos Kunde, nach der Scheidung von Leonie kam der nicht mehr, Leonie kam immer noch, mußte mit den Gewinnen aus drei Scheidungen etwas anfangen, Karl von Kahn bot sich als Finanzdienstleister an, entdeckte in ihr, die laut Amadeus nur eine Scheidungsgewinnlerin sein sollte, ein Anleger-Talent, das entwickelte er, sie selber ließ wissen, sie habe sich dreimal präventiv scheiden lassen. Leonie von Beulwitzen konnte anrufen zu jeder Zeit. Karl ließ sich die Freude über Leonies Lerneifer nicht trüben. Bei Leonie von Beulwitzen kam es darauf an, daß sie alles so erlebte, als entscheide sie selber und allein. Sie hatte inzwischen das *Handelsblatt* abonniert und rief an, wenn sie etwas, das ihr wichtig vorkam, nicht verstand. Oder sie schrieb. Schrieb auf einem Briefpapier, auf dem zu lesen war: MA Leonie von Beulwitzen. Magister of Art war sie also. Und das schrieb sie vor den Namen. Sie hatte eine hohe Stimme, redete einem mit ihrem selbstbewußten Schwäbisch gern in die Sätze hinein. Diesmal wollte sie wissen, ob Karl von Kahn gelesen habe, was heute über Joseph Granville und von Joseph Granville in der Zeitung stand.

Natürlich wußte er das.

Und, was sagt er dazu?

Gnädige Frau, sagt er dazu, Sie sind vor allem lebendig …

Schmeichler, rief sie dazwischen …

… aber Mister Granville ist ein Maschinist.

Der gibt seit Jahrzehnten den *Granville Market Letter* heraus, rief sie, die Daten speichert er seit fünfzig Jahren, und jetzt schreibt er: Wir stehen kurz vor einem Zusammenbruch, der Markt schreit nach einem Ausstieg! Den Zusammenbruch der Technologiewerte hat Mister Granville genau vorausgesagt, überhaupt alle Katastrophen der letzten dreißig Jahre, ich habe den ganzen Tag auf Ihren Anruf gewartet, Herr Kahn. Ich fühle mich bedroht. Persönlich bedroht. Ich habe Angst, verstehen Sie.

Eine halbe Stunde brauchte er, um Frau von Beulwitzen aus ihrer Angst zurückzurufen.

Und er mußte sich ein bißchen gelassener geben, als er war.

Der Markt ist ein Nervensystem, hatte er ihr erklärt. Wenn in Australien ein deutscher Wirtschaftsprofessor etwas Schlimmes über Brasilien sagt, passiert dort etwas Halbschlimmes. Aber Mister Granville kann nicht für alle sprechen, auch wenn seine Maschinen mehr Daten speichern als alle andere Maschinen. Jeder hat nur eine Perspektive, aber jeder hat eine. Karl von Kahn kennt jede Anlage, die er entwickelt hat. Droht einer von ihm konstruierten Anlage eine Gefahr, fühlt er sich alarmiert. Die Depots, die er zusammengebaut hat, werden, da er ja andauernd mit ihnen umgeht, Teil seines Nervensystems. Er ist darauf spezialisiert, die Depots durch solche Niedergangsmeteorologie heil durchzusteuern. Jeder Zusammenbruch produziert auch eine Gegenbewegung. Die muß man spüren, dann erkennen, auf die muß man setzen. Mehr als einmal hatte Karl die ihm anvertrauten Depots nicht nur bewahrt, er hat sie gewinnreich aus solchen Katastrophenszenarien hervorgehen lassen. Die Katastrophenpanik ergreift immer die Großen. Wer sich konkret um das Kleine kümmern kann, der steuert aus der Nische heraus den rettenden Kurs.

Das war sein Text, sein Gesang. Dann konnte er sich einen Augenblick lang nicht beherrschen und sagte leichthin: Sollten die klassischen Werte stürzen, die Gnädige Frau hat sich ja bei *Precious Woods* zukunftssicher untergebracht.

Oh, sagte sie, Sie lassen mich beobachten.

Und er: München ist ein Dorf.

Zürich offenbar auch, sagte sie. Und wollte doch noch wissen, ob er über die Edelholz-Aktien, auch wenn sie sie nicht über ihn gekauft habe, ein Urteil abgeben könne.

Diese Aktien ordern, sagte er, heiße jung sein, also habe die gnädige Frau bestens entschieden.

Schmeichler, sagte sie.

Und er: Die Erträge werden mit den Bäumen wachsen. Und da das von Zürich aus überwacht wird, kann nichts schiefgehen. Was mir daran nicht gefällt, ist, daß nicht ich Ihnen diesen Bio-Wert erworben habe. Aber nach der Pleite mit dem Windpark-Fonds hatte ich vorerst nicht mehr den Mut …

Sie haben mich gewarnt, rief sie, Sie trifft keine Schuld.

Ich hätte Sie nicht nur warnen dürfen, ich hätte es Ihnen verbieten müssen.

Mir kann man nichts verbieten, sagte sie.

Sie sind überhaupt eine Autonome, sagte er. Eine alterslose Autonome sind Sie.

Es reicht, sagte sie. Und fügte hinzu: Für heute.

Karl hatte einen Augenblick lang das Gefühl, er könne, wenn es gefährlich wurde, nichts mehr falsch machen. Vielleicht war er ein Instinkt-Tier. Wenn er den Wank bestieg, seinen Hausberg, dann erlebte er seit Jahrzehnten unvermindert, daß seine Kraft, sobald es aufwärts ging, zunahm und um so mehr zunahm, je steiler es aufwärts ging. Bergauf beschleunigen, das war seine Energie-Formel. Manchmal hatte er dann fast das Gefühl, er schwebe.

Nachträglich lief das Gespräch noch einmal ab in ihm. War sie irritiert gewesen? Hatte sie in seinem letzten Satz Ironie gespürt? Daß er *Precious Woods* überhaupt erwähnt hatte, war richtig. Das bewies Informiertheit. Aber der letzte Satz! Bei Menschen, die sich älter fühlen, als sie sind, ist nichts so falsch wie die Erwähnung des Alters. Egal, wie man's dreht und wendet. Er dachte an das Gedicht, das Frau von Beulwitzen verfaßt und auf Bütten herumgeschickt hatte.

Ich bin sechzig. Glaubt es nicht.
Schaut mir auf die Hände, nicht ins Gesicht.
Seid nicht freundlicher, als ihr wart.
Euch zu brauchen bleib mir erspart.

Diesen Ton liebte er bei der Magistra von Beulwitzen. Von wegen keep your age a secret. Eine Woche später wieder ein Büttenblatt, das Gedicht darauf teilt mit, die Verfasserin habe noch nicht aufgehört, sechzig zu sein.

Sechzig, ein Wort wie ein Grat.
Wie soll man sich nicht daran schneiden?
Ein Wort, das nur Ecken und Schärfen hat,
und wir können's nicht meiden.

Dann kauft sie Aktien für zwei- oder dreihunderttausend Euro, die zehn Jahre lang nichts bringen. Das ist der reine Trotz. Er liebte diesen Trotz. Die Käufer solcher Edel-Aktien wollen nicht vernünftig handeln, sondern ethisch. Sie wollen der Erde etwas Gutes tun. Vor hundert Jahren hätten sie das Geld der Heidenmission gespendet.

Daß er glaubte, überlegen zu müssen, ob er sich einer Kundin gegenüber falsch ausgedrückt habe! Also war jenes Gefühl, er könne, wenn es gefährlich wurde, nichts falsch machen, war seine ganze Instinkt-Chose nichts als Romantik plus Ideologie. Ihm konnte in jeder Sekunde, ob gefährlich oder harmlos, immer alles passieren! Er hatte immer genausoviel Mut, wie er Angst hatte. Sein Mut war ein

Angstprodukt. Dieser Kampf zwischen seiner Angst und seinem Mut wurde nie entschieden. Es gab keine gleichmütige Stimmung. Mit jedem Jahr wuchs die Gefahr, mit jedem Jahr nahm die Angst zu, er könne am Ende sein. Aber so, wie die Angst zunahm, nahm doch auch sein Mut zu! Das mußte er doch hoffen. Oder nicht?

Schluß jetzt, Herr Kahn, Sie verstoßen gegen die Regel. Die heißt: Untergehen liegt dir nicht.

Daß man zur eigenen Art, sein Geschäft zu betreiben, Philosophie sagte, hatte Karl früh gelernt. Und gern. Die Angelsachsen hatten das Wort von dem Schwulst befreit, der es im Deutschen zu einer Fakultätsverschrobenheit hat werden lassen. Karl hatte seine Geschäfts-Philosophie mit jedem Jahr genauer kennengelernt. Er war nie dem Irrglauben verfallen, er sei es, der diese Philosophie erdacht, entworfen oder erfunden habe. Allenfalls gefunden hatte er sie. Entdeckt. In sich selbst. Es wurde dann immer mehr seine Philosophie. Mit allem, was er fühlen und denken konnte, war es jetzt seine Philosophie. Während die sogenannten Philosophen und ihre Anhänger mit Eifer, oft unnachsichtigem Eifer, ihre Philosophie für die beste oder einzig richtige hielten und sie deshalb verbreiten wollten, am liebsten auf der ganzen Welt, konnte Karl seine Philosophie keinem zweiten Menschen gestehen. Ja, gestehen! Das war ihm deutlich genug geworden: Seine Philosophie war nicht anerkennenswert. Noch nicht. Die hatte er, so gut es ging, zu verbergen. Er hatte erfahren müssen, daß anderen die Tätigkeit, mit der sie Geld verdienen, wichtiger ist als das Geld, das sie damit verdienen. Ihm war von Anfang an das Geld wichtiger als die Tätigkeit, mit der er es verdiente. Es gibt offenbar Berufe, die denen, die sie ausüben, gar nicht erlauben, daß sie sie ausüben, um Geld zu verdienen. Die Berufe haben offenbar einen Wert in sich. Das Geld, das damit verdient wird, muß eher verschwiegen als vorgezeigt werden. Das war Karl von Kahns Sache nicht. Politikern, Künstlern, Dichtern, Philosophen muß es ums Weltverbessern gehen. Karl von Kahn bedurfte keiner Umwege dieser Art. Daß einzelne sich berufen fühlten, die Welt zu verbessern, kam ihm vor wie eine Anmaßung. Er lebte von dem Gefühl, die Welt verbessere sich von selbst. Durch das, was alle von selbst taten. Daß das keine Philosophie war, wußte er auch. Die Diskussionen der Kulturfraktion bei Diego kreisten um nichts als Weltverbesserung. Am Anfang hatte er bei diesen Abenden und Nächten nie gewußt, ob er so tun mußte, als kenne er das, worüber hier geredet wurde, oder ob das etwas war, was man nicht kennen mußte. Wenn das Wort Diskurs fiel, hatte er Pause. Wegen Gegenstandsverdünnung. Sein Eindruck: Bei einem Diskurs muß immer das herauskommen, was hineingesteckt wurde. Keine Rendite. Fand er. Beweisen konnte er das nicht. Allmählich hatte er gelernt, daß es genügte, hier Publikum zu sein.

Erstaunlich blieb, daß auch Gundi, die im Fernsehen eine Stunde lang Wortströme produzierte, im *Sängersaal* eher stumm dabeisaß. Förmlich zu Diegos Füßen. Zu seiner Dekoration. Sie gab die Bescheidene, das war deutlich, weil jeder wußte, im Fernsehen dreht sie auf.

Für Karl von Kahn genügte es, Geld zu vermehren, das war seine Kunst, seine Berufung. Wie dem Maler die Welt zu einem Andrang von Motiven wird, so boten sich ihm, wo er hinkam, Möglichkeiten an, Geld zu vermehren. Er hatte allerdings gelernt, seine Freude am Geldvermehren keinen Menschen merken zu lassen, oder wenn das, weil die Freude ihn einmal hinriß, nicht gelang, sie wenigstens zu bemänteln. Als er eine Zeit lang ganz aufgeregt in neueste Schiffe investierte und das auch seinen Kunden empfahl, sagte er, wenn er vor Helen seine Erregung nicht mehr verbergen konnte, er sorge dafür, daß die mürben alten Schiffe, die da und dort auseinanderbrachen und die Küsten ganzer Länder mit ihren tödlichen Ladungen verseuchten, von den Meeren verschwänden. Seine Geschäfts-Philosophie, wenn er sie rücksichtslos bekennen würde, wäre für Helen unverständlich oder, falls sie sie verstünde, unannehmbar.

Wirklich hilflos fühlte sich Karl von Kahn gegenüber Politikern, die als gebildet galten oder als christlich oder als gebildet und christlich und die durchs Land zogen und solche Sprüche predigten: *Das Kapital hat den Menschen zu dienen, nicht der Mensch dem Kapital.* Das Gleichnis vom barmherzigen Samariter nicht nur auf den Lippen, sondern, und das fand er schlimmer, im Herzen. Wenn schon drauflos formuliert werden soll, dann doch lieber mit Reverend Ike: *Das Beste, was ihr für die Armen tun könnt, ist, nicht dazuzugehören.*

Er hätte durch kluge Operation immer soviel verdienen können, wie er brauchte. Aber er brauchte Kunden. Seine Kunden hatte er erobert, wie man Kunden eben erobern muß.

Zum Beispiel Professor Schertenleib. Karl hatte vor sich auf der Autobahn Richtung Garmisch, als er unterwegs war nach Farchant zur wöchentlichen Wank-Wanderung, einen schweren Mercedes gesehen, dem links vorne etwas herunterhing und auf die Straße schlug. Karl sah's, als er überholte.

Also signalisierte er dem Mercedes, daß er auf die Haltespur einbiegen sollte. Der tat's. Der Fahrer stellte sich vor, Professor Schertenleib. Er habe schon die ganze Zeit bemerkt, daß etwas nicht stimme, ein Geräusch, ein schlagendes. Was tun? ADAC anrufen? Er könne, beinamputiert, wie er nun einmal sei, nicht unter sein Auto kriechen. Karl kniete hin, sah, daß ein Kunststoffboden sich gelöst hatte und wahrscheinlich jetzt gleich ganz losgerissen worden wäre. Das hätte für das linke Vorderrad unangenehm werden können. Er holte aus seinem Auto das Schweizer Armeemesser, das er immer dabei hat, und schnitt, was herunterhing, weg. Also kein ADAC, sondern einfach morgen zur Werkstatt, die ersetzen das. Der Professor wollte dankbar sein. Das entspreche überhaupt nicht seinen Erfahrungen, daß sich jemand, der es nicht nötig hat, um einen kümmert. So wurde geredet und ein Treffen abgemacht. Gräfelfing. Karl sagte, da komme er jeden Monat zweimal hin. Er lernte einen Herrn kennen, der von sich sagte, das Leben habe ihn so mißtrauisch gemacht, wie er jetzt sei. Er wurde Karls vertrauensvoller Kunde. Wie Karl den Professor als Kunden gewonnen hatte, das erinnerte ihn an den großen Vorgänger Mayer Amschel Rothschild, mit dem durfte er sich in einer einzigen Erfahrung vergleichen: In allem schlummert die Gelegenheit. Und will geweckt werden. In Dr. Dirks Doktorarbeit hatte er gelesen, der Stammvater der Rothschilds sei zum ersten Mal beim hessischen Erbprinzen Wilhelm vorgelassen worden, als der gerade dabei war, eine Schachpartie gegen den General von Estorff zu verlieren. Mayer Amschel riet, den Springer zu opfern und so im übernächsten Zug unabwehrbar Schach zu bieten. Der Erbprinz tat's und siegte. Mayer Amschel wurde sein Bankier, der ihm die

Wechsel, die er für verkaufte Landeskinder aus London bezog, zu Geld machte.

Karls Lieblingsfigur in Herzigs Arbeit aber wurde Nathan Mayer Rothschild. Der zog, als er achtundzwanzig war und kein Wort Englisch konnte, nach London und ersann abenteuerliche Finanzaktionen, um die englischen Truppen und die Truppen Preußens, Österreichs und Rußlands auf allen Kriegsschauplätzen mit englischem Geld zu versorgen. Ohne ihn hätten Wellington und Blücher ihre Schlachten nicht schlagen können. Ohne die englischen Subsidien waren die kontinentalen Großmächte bankrott. Und Nathan sorgte dafür, daß die auf der Insel beschlossenen Subsidien auf dem Kontinent Kaufkraft wurden. Kriegsentscheidende Kaufkraft. Dr. Dirk stellte ihn als den eigentlichen Besieger Napoleons dar. Und zitierte, was Marschall Trivulzio zu Ludwig XII. gesagt hat: Zum Kriegführen seien dreierlei Dinge nötig – *Geld, Geld, Geld*! Und auch noch Rabelais: *Les nerfs des batailles sont les pécunes.*

Es war einigermaßen erleuchtend für Karl von Kahn, der Geschichte bloß als politische Geschichte kennengelernt hatte, jetzt zu erfahren, daß Napoleon als Einnahmequellen nur Steuern und Eroberung kannte. Kredit war für ihn etwas Abstraktes oder eine Ideologie der Nationalökonomen. Dr. Dirk zitierte aus dem *Moniteur*, daß Napoleon, der ein Verächter des Dampfschiffs war, den Bankrott Englands vorausgesagt hat. Das war die Folge seiner Abneigung gegen die Geldwirtschaft. Er soll die Finanzleute behandelt haben wie ein orientalischer Despot. Der internationale Zahlungsverkehr, den Nathan Rothschild zum Transfer der englischen Subsidien an die Allianz gegen Napoleon erfand, blieb für den Fiskalisten und Eroberer unsolide Machenschaft. Aber noch mehr als diese historische Unterrichtung erregte Karl, was Nathan Rothschild über den Gelderwerb gesagt hat. Daß der zum Lord erhobene Geschäftsmann sich nicht einreden ließ, er habe bei seinen Operationen etwas anderes als den Gelderwerb im Sinn gehabt! Und selbst dabei sei ihm der Erwerb wichtiger gewesen als das Geld selbst. Für diese Radikalisierung der Genauigkeit war Karl dankbar. Nicht auf das Geld oder die mit Geld zu beschaffenden Dinge sei es ihm angekommen, sondern auf den Erwerb. Das allerdings war schon eine Interpretation, allerdings die eines englischen Zeitgenossen. Einmal wurde Nathan selber zitiert. Als einer seiner Tischgäste, sozusagen kulturell besorgt, sagte, er hoffe, Nathans Kinder werden nicht so sehr auf den Gelderwerb versessen sein, daß sie darüber anderes und Wichtigeres versäumen, das werde Mr. Rothschild zweifellos nicht wollen, sagte der: *Das will ich wohl. Ich will, daß sie sich mit Leib und Seele und Herz und Verstand und mit allen Kräften dem Geschäft hingeben.* Jemand hat ihn an der Börse so gesehen: *In seiner Erscheinung ist eine Starrheit und Gespanntheit, daß man glauben könnte, es stünde jemand hinter ihm, der ihn kneift, und er fürchtete sich oder schämte sich, es einzugestehen.* So wird man schließlich die führende Adresse für die Emission großer Staatsanleihen.

Karl wäre froh gewesen, wenn er jedem hätte sagen können, daß es ihm auf nichts als den Gelderwerb ankomme. Aber schon dieses Wort aus dem 19. Jahrhundert: Gelderwerb! Er möchte sagen: Auf das Geldvermehren kommt es mir an. Und warum möchte er das sagen? Weil er, wenn er einen anderen Grund nennt für seine zunehmende, ausufernde, ihn sozusagen hetzende Rastlosigkeit, das Gefühl hat, er habe gelogen. Nun läge ihm doch nichts daran, gelogen zu haben. Lüge ist der Aufstrich aufs tägliche Brot, ohne den das Brot ungenießbar bliebe. Lüge ist kein moralisches, sondern ein linguistisches Problem. Ihn quält es, sein Arbeits-, sein Handlungs-, sein Lebensmotiv mit falschen Wörtern bezeichnen zu müssen. Er weiß nicht, warum er unter diesem Verfälschungszwang leidet. Er stellt es sich als eine Erlösung vor, alles so zu sagen, wie es ist.

Mein Gott, wie lächerlich war es, als er Helen kennengelernt hatte, ihr, sich selbst und allen anderen zu beweisen, daß er sie nicht heiraten wollte, weil sie wohlhabend war. Geld zu erheiraten war ganz genau nicht seine Leidenschaft, sondern Geld zu verdienen. Er hatte Helen auf dem Tennisplatz entdeckt. Karl war damals Mitglied bei drei Clubs, am Cosima-Park, am Herzog-Park und in Grünwald bei Grün-Gold. Er wollte sehen, wie sich sein Schläger TOP FIT in den Münchner Clubs einführte. Daß es in der Stadt kein Sportgeschäft gab, das seinen Schläger nicht anbot, dafür hatte er gesorgt. Er hatte dieser Tennisspielerin zuschauen müssen, weil sie wirklich jeden Ball erreichte, auch wenn sie dann nicht viel damit anfangen konnte. Und daß sie jeden Ball erreichte, konnte nicht nur an ihrer Beweglichkeit liegen. Sie sah vorher, was die Gegnerin oder der Gegner jetzt gleich machen würde. Diese Fähigkeit, vor dem Ball dort zu sein, wo er auftreffen würde, und doch nicht so früh sich dahin zu bewegen, daß der Gegner seine Schlagrichtung noch ändern konnte, diese Fähigkeit, den Gegner zu erfassen, zu taxieren und ihm dann noch zuvorzukommen, hatte Karl von Kahn begeistert. Das war doch genau das, was er praktizierte. Ein erfahrungsgeschulter Instinkt, der dich unwillkürlich handeln läßt. Aus jeder Gefahrensituation strömt dir eine Handlungsanweisung entgegen. Dich lähmt keine Angst. Du hast Angst. Natürlich hast du Angst. Immer gehabt. Angst ist der Grund für alles. Angst macht dich empfindlich. Deine Angst blüht auf in dir, hat einen Duft, den spürst du als Droge.

Als er versucht hatte, Helen vorzutragen, ihr Psycho-Tennis sei mit seinem Instinkt-Geschäft verwandt, hatte sie gesagt, sie höre das, verstehe den Wortsinn, aber wie das wirklich vor sich gehe, sein Instinkt-Geschäft, das bleibe ihr fremd. Das einzige, was sie verstehe: Sie wolle gewinnen auf dem Platz, und er wolle auch gewinnen.

Sie ging ja auch, als er sie zum ersten Mal wahrnahm, als Siegerin vom Platz. Sie hatte mehr gegeben, als sie hatte. Das sah man. Ein rot verschwitztes Gesicht unter den kein bißchen zerzausten blonden Haaren. Auch ihr Gesicht war kein bißchen deformiert von der Anstrengung. Wahrscheinlich weil die alles beherrschenden, glanzvoll ausschwingenden Wimpern von Anstrengung nichts wußten.

Er saß so, daß sie auf dem Weg zur Dusche und in die Garderobe dicht an ihm vorbei mußte. Er sah sie an. Sein Mund ging auf. Wie willenlos. Es kam ihm offenbar darauf an, ihr zu demonstrieren, daß er sie jetzt anschaute, als gehe sie als Königin des Augenblicks im bunten Scheinwerferlicht langsam eine sehr bequeme Treppe herab, um sich einem nach Tausenden zählenden Publikum gnädigst zu nähern und sich dabei mit jedem Schritt noch unverschämter zu öffnen; bei jedem Schritt ein bißchen einknickend und so zu lächeln, als wisse sie genau, wie unwiderstehlich sie sei, und das finde sie ganz lustig. So etwa hat er ihr nachher ihre Wirkung auf ihn dargeboten. Beabsichtigt hatte er das nicht. Gespielt hatte er nichts. Er hatte sich nur nicht gewehrt. Er hatte sich einfach gehenlassen, wie es sonst nicht seine Art war. Und sie hätte blind sein müssen, wenn sie das nicht gesehen hätte. Als sie geduscht und angezogen zurückkam, sagte er so, daß es rundum gehört werden konnte: Könnten Sie mich auch einmal so besiegen?

Und sie: Ich spiele nicht gern gegen Männer.

Und er: Fünfzehn zu null.

Und sie: Sagen wir deuce.

Und er: Gehen wir.

Er war selber überrascht über die Festigkeit seines Tons. Eine Art Bestimmtheit, die er nicht verantworten mußte. Er tat, was er mußte. Er spürte, daß er ausdrückte, er könne nichts dafür. Es wurde nichts mehr gesprochen, bis sie bei ihrem Auto angekommen waren. Bevor sie einstieg, stellte er sich noch vor. Und sie sagte, sie sei Helen. Mehr sagte sie nicht. Diese Frau war verheiratet. Daß sie nur ihren Vornamen gesagt hatte, war eine Gefühlsleistung.

Er kam heim, Henriette übte. Flöte. Auf Henriette wirkte das Flötenspiel wie auf ihn das Geldvermehren. Sie drehte sich weg von ihren Noten, breitete ihre Arme aus und umarmte ihn, ohne die Flöte aus der Hand zu geben. Sie war selig. Wieder einmal. Telemann. Sie hätte am liebsten mit ihm getanzt. Ob sie ihm vorspielen dürfe. Von ihr aus könnte das Vereinskonzert morgen stattfinden. Weißt du ... Und sie spielte. Wie sie gespielt hatte, als er einem Kunden zuliebe ein Vereinskonzert besuchen mußte und so saß, daß die Flötistin direkt vor ihm spielte. Ein Kleid, in grellen Farben, die Muster organisch, nicht geometrisch. Aber was ihn dieser Flötistin unterworfen hatte, war, daß ihre Oberschenkel durch eine schräg über das Kleid herablaufende Schärpe praktisch zusammengebunden waren.

Die Flötistin bog sich in der Musik wie ein Baum im Sturm. Sie musizierte gegen die Oberschenkelfesselung. Dann die Veränderung ihres Mundes, sobald sie nicht spielte. Sofort schwoll ihr gerade noch übermäßig disziplinierter Mund in eine vorher nicht vorstellbare Fülle. Und wenn sie wieder dran war, nahm der Mund sich wieder unheimlich zusammen. Karl von Kahn war verloren. Henriette war Krankengymnastin in einer Naturheilpraxis, und sie war Flötistin. Er heiratete ein Märchen. Ihr war alles eins. Fanny wurde vom Geburtsaugenblick an aufgenommen in ihr wirklichkeitsresistentes Märchen. Die Scheidung ließ sie sich gefallen wie eine Fremdsprache. Ihre Zurückhaltung, ihr Staunen, ihr wirkliches oder gespieltes Unverständnis für das, was passierte, war, fand er, schlimmer als der Ehekrieg, den Helen und der Schlösserverwalter gegeneinander führten. Sieben schreckliche Monate lang. Elf Monate später heirateten Helen und er. Beide hatten am Hochzeitstag noch Scheidungswunden. Sie streichelte die seinen, er leckte die ihren. Das taten sie an der ligurischen Küste, im Wasser und auf dem Land und Tag und Nacht. Zwölf Jahre war das jetzt her, daß der Achtundfünfzigjährige die neununddreißigjährige Psycho-Tennisspielerin entdeckt hatte, die jeden Ball kriegte. Er hatte zum Glück die entscheidenden Sätze gesprochen, die ausschlaggebenden Anträge gestellt, bevor er wußte, daß sie wohlhabend war. Von Haus aus. Darauf hatte ihr Mann, der Schlösserverwalter, keinen Anspruch. Helens Vater hatte alles getan, gierigen Schwiegersöhnen zu wehren. Jetzt war der Vater tot. Und Helen, die jetzt, hatte sie gesagt, zum ersten Mal verliebt sei, ließ es nicht zu, daß ihre Konten, seine und ihre, nichts voneinander wüßten. Ihr Schlösserverwalter weinte eine Zeit lang. Dann fluchte er.

Dann knirschte er mit den Zähnen und bewies ihr und sich selbst, daß sie nie seiner würdig gewesen sei. Helen sagte danach, in den Stunden dieser Auseinandersetzung habe sie immer daran gedacht, daß der Schlösserverwalter es trotz ihres Sträubens, trotz der erwiesenen physischen Unmöglichkeit nicht aufgegeben hatte, den Geschlechtsverkehr in ihrem Arsch praktizieren zu wollen. So drastisch redete die eher zarte, feine, flinke, nur ein bißchen lispelnde und eher reiche als nur wohlhabende Helen damals daher. Karl war begeistert. Er machte das sofort zum Thema. Seine Henriette hätte, wenn sie so etwas mitzuteilen gehabt hätte, sie hatte natürlich überhaupt nichts dergleichen mitzuteilen, einen Flor von Umschreibungen gehäkelt, nur um dieses Wort in einem solchen Zusammenhang nicht in den Mund nehmen zu müssen. Und er selber – aber das verschwieg er – konnte das schlichte Wort Helen gegenüber auch nicht gleich in den Mund nehmen. Daran war nun wirklich seine Mutter schuld, die, wenn sich die Erwähnung dieser Körpergegend gar nicht vermeiden ließ, immer vom Hintern oder gar vom Anus gesprochen hatte. Arsch kam nur im Fluch vor. Leck mich am Arsch. Wer das sagte, bewies durch die Erregung, mit der er den Fluch herausschleuderte, daß er momentan nicht zurechnungsfähig war.

Es gibt zwar keine Zufälle, aber es gibt Fügungen, deren Notwendigkeit sich schwer erschließt. Auf einem Club-Ball, den Karl versäumte, hatte Helen bei einer Tombola ein Gewinnlos gezogen. Der Gewinn, gestiftet von der Bayerischen Seen- und Schlösserverwaltung, war: Sie durfte wählen, welches Schloß sie, geführt von einem bedeutenden Kopf der Bayerischen Schlösserverwaltung, besuchen wollte. Sie wählte Neuschwanstein. Wurde geführt von

Herrn Dr. Sebastian Miquel. Das war's dann schon. Dem Schlösserverwalter gefiel das von Helens Vater erfundene und geleitete Sanatorium, in dem Leute, die nicht krank waren, noch gesünder werden konnten. *Wielands Ruh* genannt. Slogan: *Wer es kennt, gehört dazu*. Und findet hin. Irgendwo in Tutzing am Hang. Daß Helen sich nicht im geringsten aufgelegt fühlte, ihres Vaters Nachfolgerin zu werden, hatte dem Vater einen endgültigen Schmerz zugefügt. Bis zum Schluß hatte er gehofft, sie besinne sich. Auch der Schlösserverwalter wollte sie als Direktorin und wahrscheinlich sich als Direktor sehen. Lieber übernehme sie gleich ein Altersheim, als sich über die Wehwehchen dieser Klientel zu beugen. Der Vater war gestorben. Helen verkaufte. Verkaufte aber nicht alles. Das eingewachsene Gartenhäuschen samt kleinem Garten drumrum behielt sie. In einem Brennerei genannten Hinterraum des Häuschens zaubert sie jedes Jahr zweimal, nämlich am 21. Dezember und am 21. Juni, ein Getränk. *Wielands Trunk*. Helens Vater hat das Rezept von einer Reise aus Georgien mitgebracht, vielleicht auch noch weiterentwickelt. 10 Liter Rémy Martin, 3 Kilogramm Knoblauch, wieviel Pfund Wacholderbeeren, wieviel Pfund Honig, wieviel Pfund Kümmel, der deckt den Knoblauchgeruch zu, und was sonst noch reinkam, vor allem, wie der Knoblauch in der von Dr. Wieland selbst konstruierten Presse gepreßt und wie das Ganze dann gesotten und abgefüllt wurde, das blieb Helens gehütetes Vatererbe. Aber dem Sanatoriums-Besitzer sind jährlich mindestens 30 Flaschen *Wielands Trunk* vertraglich zugesagt. Für gutes Geld. Das Getränk ist, schon weil es nie genug davon gibt, heftig gefragt. Und daß Karl und Helen von allen Krankheiten gemieden werden, führen sie auf die zwei Gläschen *Trunk* zurück, die Helen jeden Morgen zum Frühstück einschenkt.

Zu einem Geburtstag hatte Helen ihm Guy de Rothschilds von ihm selbst verfaßte Lebensbeschreibung geschenkt. Sie hatte das Buch nicht gelesen, der Titel genügte ihr: *Geld ist nicht alles.* Wenn man's hat, sagte Karl. Wenn du das Echo einer Trivialität wirst, bist du nichts als diese Trivialität. Aber dann sagte er noch: Wenn man's hat und vermehrt es nicht, wird es weniger. Also gibt es jenseits aller sonstigen Begründungen einen Zwang zur Geldvermehrung. Es sei denn, man sei einverstanden, systematisch beraubt zu werden.

Jedesmal wenn Helen Erewein vom Stigma der Erfolglosigkeit gezeichnet sah, fühlte sich Karl mitgemeint, wagte aber nicht, das zu gestehen. Seine Erfolglosigkeit war eine andere als die Ereweins. Helen hatte dem groben Fortpflanzungswillen des Schlösserverwalters tapfer widerstanden. Zuerst hatte die von Thea Bauridel betreute Doktorarbeit die Dauerausrede geliefert. Dann der Aufbau der Eheberatungspraxis in der Ottostraße. Nachträglich war sie nicht mehr sicher, ob das nur Ausreden waren. Sie wollte den Titel und sie wollte die Praxis. Und sie wollte ein Kind. Diesen Wunsch schob sie auf. Dem Schlösserverwalter gegenüber sei es ihr leichtgefallen, diesen Wunsch aufzuschieben. Als sie mit Karl von Kahn im *Hotel am Schloßgarten* in Stuttgart im Zimmer 712 die Türe verschlossen hatte, drehte sie sich um und sagte: Ich will ein Kind von dir. Und er sagte: Ich fühle mich geehrt. Wann immer Helen diesen Satz sagte, er führte ins Bett. Entweder gleich oder sobald es eben ging. Aber – und das war sein Stigma der Erfolglosigkeit – Helen wurde nicht schwanger. Helen konnte ihren

Satz nie ohne Zuversicht sagen, und Karl nahm diesen Zuversichtston jedesmal auf. Die Formel drückte inzwischen aus: Ich liebe dich. Und das ohne jedes *trotzdem*. Und Karls Antwortsatz signalisierte: Das grenzt an Glück.

Jetzt mußte er aufstehen und sich unter der Dachschräge auf den *Racket Chair* setzen. Den hat Helge Vestergaard Jensen 1955 geschaffen, und Diego hatte ihn aus Maastricht mitgebracht. Ein Sitzkunstwerk, das die zwei vorderen Beine in sanftester Rundung an der Sitzfläche vorbeiführt und oben den genauso sanften Bogen der Rückenlehne ergibt. Die Fläche der Lehne ist eine Tennisschlägerbespannung, und in die ist ein überdimensionaler weißer Kreis eingearbeitet: der Ball. Das war eine Diego-Reliquie, erinnernd an die Zeit der Zugewandtheit. Karl nahm fast feierlich Platz auf dem *Racket Chair*.

Er ließ jetzt zu, was jetzt zu denken war. Diego hat den *Trautmann Titan*-Verkauf abgemacht gehabt, bevor er Karl verständigt hat. Er hat gewußt, Karl wird unterschreiben. Das Krankenhaus-Theater war Gundis Idee. Diego hat sicher gesagt: Nötig ist es nicht, Karl unterschreibt, aber wenn du meinst, bitte. Und daß es Gundis Einfall war, zeigte ihr Satz *und ist darüber so erschrocken, daß er sofort gekotzt hat*.

Diego hatte in den seltener werdenden Telefongesprächen der letzten Jahre die allgemeine Kaufunlust nicht verschwiegen oder beschönigt, aber es gab keine Erwähnung eines Krisendetails, das er nicht mit einem Fortissimo des Gegentons beantwortet hätte. Alles, was der Branche gefährlich werden konnte, produzierte in ihm Einfälle, Handlungslust und eine Art Risikoleidenschaft. Der Umzug von der Theresienstraße in die Brienner, das war Diegos Antwort auf die Kaufträgheit des Publikums und aller Kuratoren. Da war er kein bißchen anders als Karl. Angstblüte heißt's bei den Bäumen. Du kannst dem Erfolg nicht gestatten, daß er sich von dir verabschiedet. Du kannst nämlich nicht leben ohne den Erfolg. Das sich einzugestehen heißt, den Erfolg zu zwingen, bei dir zu bleiben. Würde der Erfolg sich von dir trennen, er käme nie mehr zurück. Er fände dich nicht mehr. Weil es dich nicht mehr gäbe. Ohne dich wäre dein Erfolg verwaist.

Diegos Bilder und Porzellane waren so schön, wie sie gewesen waren, als die Sammler in Maastricht, Paris, Basel und Stuttgart sich noch um seinen Stand gedrängt hatten. Den Journalisten war Diego Trautmann, dessen immer pralle Sätze sie vorher so gern zitiert hatten, kaum noch erwähnenswert. Jetzt meldeten sie aus Maastricht lieber den Verkauf eines Rosenkranzes aus Schlangenwirbeln, gekauft vom Diözesan-Museum Köln. Sie konnten eben melden, was sie wollten. Sie hatten das Sagen.

Die Banken dürften ihm den Rest gegeben haben.

Es herrschte Glattstellung vor. Die ohnehin erloschene Freundschaft mußte verkauft werden für neunzehn Millionen. Karl hätte die Firma, wenn Diego ihn gefragt hätte, *Adidas* angeboten, weil *Adidas* gerade *Salomon* einverleibt hatte, da hätten die Titan-Schläger besser in die Palette gepaßt. Ach, laß es. Diego hat getan, was längst fällig war. Gundi hat ihren Mann ganz zur kulturellen Fraktion bekehrt, da gehört er hin. Und Karl gehört genau da nicht hin. Das kann er schmerzfrei konstatieren. Nichts schlimmer als Rücksichten, die keinen Grund als Rücksichten haben. Wie verzweifelt muß Diego gewesen sein, daß er so handeln konnte. So kann man nur einen Freund hereinlegen. Das ist die Kehrseite der Freundschaft, jedem anderen gegenüber wäre das Betrug. Diego weiß, daß Karl ihn nicht belangen wird. Er weiß, daß Karl weiß, daß Diego so nicht ohne Not gehandelt hat. Diego hat auch in diesen Krisenzeiten nie aufgehört, Karl zu beschenken. Die Freundschaft wurde zwar immer seltener praktiziert, aber Diego blieb der Geber, der er war, sobald er sich zum Antiquitäten-König gemacht hatte. Er ließ keinen Tag aus auf dem Geschenkkalender und ließ zu jedem Tag Erstaunliches und Überraschendes überbringen. Er kam nicht mehr selber. Aber die demonstrierte Aufmerksamkeit ließ er sich von keinem Ruin verbieten. Jetzt also ein Schlußstrich, der alles beendete. Danach ist nichts mehr möglich. Es waren einmal zwei Freunde, die wußten vor lauter Einhelligkeit nicht, wie sehr sie befreundet waren. Sie dachten keine Sekunde lang daran, ihre Freundschaft zu messen, zu wägen, zu vergleichen. Sie waren maßlos befreundet. Sie mußten ihre Freundschaft nie bezeichnen. Ihre Freundschaft war das Selbstverständliche. Das Fraglose. Karl schubste dem Freund die Firma hin. Da, nimm du sie, du kannst das besser als ich: das eigene Produkt verkaufen. Dann die atemraubenden Reisejahre. Angeblich nur, um auf den Tennisplätzen der Welt die Spieler zu finden für *Trautmann Titan*. In Wirklichkeit mußten die Freunde reisen, weil sie reisend viel mehr Berührungen erlebten, als wenn der eine in Schwabing und der andere in der Menterschwaige saß. Dann aber auf einmal des einen Freundes Mehralserfolg, der bewirkt, wogegen keiner gefeit ist, die Levitation. Jeff Stamp kaufte das Château Marmoutier-le-Rideau am Cher, dem lieblichen Nebenfluß der Loire. Chenonceau ist berühmter, aber Marmoutier-le-Rideau ist intimer – schöner – raffinierter. Die Adelsfamilie

Fénelon, die das Schloß 1745 bis 50 erbauen ließ und dann immer dort wohnte, war am Ende. Finanziell. Und Jeff Stamp war nach zweiundzwanzig Jahren Kinderserienstar-Leben auch am Ende. Aber nicht finanziell. Er zählte zu Hollywoods Reichsten. Zum Glück hatte die Adelsfamilie das Inventar schon extra verkauft. Jeff Stamp kaufte ein leeres Schloß. Das war Diegos Stunde. Er hatte aus Santa Monica gehört, von seiner Erzkundin Luciana Herris, die er von Warhol zu Klee entwickelt hatte, gehört von dem Schloßkauf des Kinderserienstars, war rechtzeitig zur Stelle und befreite den eher depressiven als nur melancholischen Kinderserienstar von allen Geschmackssorgen. Ein halbes Jahr residierte Diego in Orléans und kaufte, was Schloß Marmoutier-le-Rideau brauchte, um einen verdrossenen Kinderserienstar noch einmal aufzuhellen. Das gelang. Jeff Stamp konnte jetzt an der Tafel tafeln, an der einmal Heinrich III. seine Gelage zelebriert hatte, deren Reiz darin bestand, daß er nur als anständig bekannte Damen einlud, die er nötigte, an seiner Tafel halbnackt zu erscheinen. Von den Tellern, von denen gegessen wurde, hat Madame de Staël Brochet rôti gegessen. Die Porzellandose, aus der Zigarren angeboten wurden, hatte Balzac in seinen Händen gehabt. Ein Bett, in dem Madame de Pompadour geschlafen hatte. Zurück in Paris, hatte sie gesagt, in diesem Bett habe sie die zweitschönste Nacht ihres Lebens verbracht. Diego konnte die Briefstelle dieser Rühmung zitieren.

Diego hatte Jeff Stamp nicht nur eine Einrichtung beschafft, sondern eine Geschichte aus tausend Geschichten. Das habe Jeff am meisten gefreut. Jetzt konnte er, wenn seine Freunde aus Kalifornien kamen, die Rolle des Hausherrn geben.

Als Diego Marmoutier-le-Rideau hinter sich hatte, konnte er monatelang nicht vor zwei Uhr, drei Uhr nachts aufhören, wenn er seine Freunde und Bekannten und Leute, die seine Kunden werden konnten, nur mit dem Nötigsten versorgen wollte. Er hatte aus dem Schlösserparadies Frankreichs etwas mitgebracht, was er Jeff Stamp wohl für keinen Preis überlassen hätte. Aus dem Schloß Sully eine Chaiselongue, auf der Voltaire gesessen hatte, wenn er die Abendgesellschaft unterhielt. Von dieser Chaiselongue aus hatte Voltaire dem Salon den Satz gesagt, für dessen Unsterblichkeit die Aufmerksamkeit der fabelhaften Zuhörerschaft sorgte: *Le superflu, chose très nécessaire*. Und Diego konnte aufzählen, welche Comtes und Comtessen um den gefährlichen Philosophen herumsaßen und hörten, daß das Überflüssige das wirklich Notwendige ist.

Was Diego sagte, war Sache, Tatsache, historisch beglaubigt. Diego verkündete nicht, er erzählte. Und das unter einem Zwang, der es nicht duldete, daß ihm ein anderer dazwischenfahren, ihm gar das Wort rauben wollte. Solche Unterbrecher, die es ja gab, tun so, als gehöre das, was sie jetzt sagen wollen, zu dem, was Diego gerade erzählte. Diego musterte solche Unterbrecher mit einem kindlichen Staunen. Und Karl staunte seinerseits jedesmal, wie Diego dann das Wort wieder eroberte. Als einmal, wieder einmal, über Alt-Schwabing gesprochen wurde und Diego gerade dabei war, die Geschichte eines Hauses mit weißen Gitterbalkons und säulenumstandenem Portal zu erzählen, eines Hauses, in dem angeblich zuerst der SA-Stabschef Ernst Röhm und dann Werner Heisenberg gewohnt habe, flocht Marcus Luzius Babenberg, weil er schon zu lange hatte zuhören müssen, ein, daß ja keine zehn Minuten weiter, nämlich in der Agnesstraße 54, Oswald Spengler den *Untergang des Abendlandes* geschrieben habe. Und Diego, so herablassend, wie nur der Überlegene sein kann: Ja, bloß hat, was Spengler da schrieb, noch nicht geheißen *Der Untergang des Abendlandes*, sondern *Umriß einer Morphologie der Weltgeschichte*. Und leiser, wie zu sich selbst, fügte er noch hinzu: Genauigkeit darf schon sein. Aber als Diego eine halbe Stunde später Leonie von Beulwitzen ermuntern wollte, zuzugreifen und dazu sagte, er sage es ihr mit Karl Kraus, der in den *Letzten Tagen der Menschheit* zu Ganghofer sage: Jetzt essen Sie doch, Ganghofer!, da konnte, da mußte Babenberg verbessern, das sage nicht Karl Kraus, sondern Karl Kraus lasse das Wilhelm II. sagen!

Manchmal erholte sich Diego nicht mehr von solchen Einsprüchen. Er zog sich dann früher zurück und immer mit der Formel: *Morgen wieder lustig*. Daß sich mit dieser Formel Jérôme, der eine Zeit lang König von Westphalen war, von seinen Gelagen verabschiedet hatte, war inzwischen allen bekannt. Erstaunlich war, daß die Dikussionen auch nach Diegos Weggang durchaus weiterbranden konnten. Gundi blieb bis zu jedem Schluß. Da blieb man doch einfach auch. Gundis Attraktivität nahm, wenn Diego einmal weg war, geradezu spürbar zu. Wahrscheinlich bildete sich jeder ein bißchen ein, sie bleibe seinetwegen. Karl von Kahn gestand sich diese Einbildung auf dem Heimweg jedesmal.

Wenn die Abende normal verliefen, also bis tief in die Nächte hinein, rief Diego gewöhnlich am Vormittag an und sagte: Es ist leider wieder spät geworden, und leider habe ich wieder ein bißchen viel geredet. Dann mußte Karl sagen, daß es kein bißchen zuviel gewesen sei. Oder:

Daß es keinen außer Diego gebe, dem man so lange zuhören möchte. Das bestritt Diego glaubhaft, danach konnte man über die Themen des Vormittags reden. Wenn man aber seinem Hinweis, daß er wieder zuviel geredet habe, nicht ernsthaft widersprach, kam er noch Tage, ja sogar Wochen später darauf zurück. Er finde es doch ziemlich hart, sagte er dann, daß sein Freund Karl ihn nicht befreit habe von dem von ihm selbst erhobenen Vorwurf, zuviel, zu lange geredet zu haben. Meistens beschloß er dieses Thema mit dem Satz: Ich bin einfach zu sensibel. Gar keine Frage, daß er Karl näher war als den anderen Befreundeten.

Aber was hat Gundi, die Teuflischgöttliche, am Nachmittag in ihrer Bar gedacht oder gewollt? Manchmal muß man sich Mühe geben, nicht zu sehr verstanden zu werden, hatte sie gesagt. Und er, dämlich: Ich weiß. Und sie ganz intensiv, geradezu bohrend: Manchmal merkt man, man wäre ruiniert, wenn einen der andere verstünde. Und er, total dämlich: Genau. Erst danach hatte er ein bißchen aufholen können. Aber da war es zu spät. Sie war schon, wenn sie je irgendwo anders gewesen war, zurück bei Diego. Danach nur noch das Geschäft. Plus Theater. Von dem er nichts ahnte. Gundi nackt! Nach allem, was passiert war, hätte Diego nichts dagegen haben können, daß Karl zu Gundi gesagt hätte: Wenn ich jetzt gehe, ohne dich gefragt zu haben, ob ich deinen unwahrscheinlichen Hals berühren darf, dann werde ich mir das, wie ich mich kenne, ewig vorwerfen. Aber er war einfach gegangen. Feigling, hatte sie gesagt. Wie sie nackt aussieht, ist nicht leicht vorstellbar. Es ist auch egal, wie sie nackt aussieht. Wie sie nackt ist, ist entscheidend. Sie ist Art déco. Die ins Schöne verliebte

Schönheit. Die rasende Selbstsucht. Die Allesversprechende. Und Nichtsgewährende. Mein Gott. Sie ist Fernsehen, basta.

Er mußte ans Telefon. Helen. Sie rief zum Essen. Bärlauch-Pesto!

Genau, sagte Karl und ging hinunter.

7.

Am nächsten Morgen wachte Karl von Kahn schon um halb sechs auf anstatt, wie er's gewohnt war, um sechs. Mit ihm erwachte ein Traum, den er sicher nicht erst in den Frühstunden geträumt hatte, der hatte aber darauf gewartet, daß Karl aufwache und sich mit ihm beschäftige. Diego!

Ein gewaltiger Unfall mit Diego. In Diegos Lancia. Mehrmals überschlagen, das Auto zerriß in zwei Teile, im vorderen Teil, der einige Meter voraus gelandet war, saß Diego reglos am Steuer. Im hinteren Teil krümmte sich Karl in ein vom Unfall gebogenes Blech, das ihn so umgab, daß er wußte, er habe diesem Blech sein Überleben zu verdanken. Und er dachte sofort daran, wie oft er Diego schon gebeten hatte, nicht so zu rasen. Und Diego hatte immer gelacht und gelegentlich gesagt, dieses Auto würde es ihm übelnehmen, wenn er ihm nicht seine natürliche Geschwindigkeit gönnte. Jetzt sah Karl, daß seine Tochter Fanny vorne neben Diego saß. Und er wußte, daß er nicht sagen durfte: Ich hab's doch immer schon gesagt. Er spürte überdeutlich, wie sehr Diego darunter litt, daß ihm ein solcher Unfall passiert war. Er wußte, er mußte sofort hin zu Diego und lachen. Das tat er. Wand sich aus der Blechhülle, versicherte sich seiner Glieder, lachte und lachte. Lachte, bis er Diego aus seiner Schreckstarre erlöst hatte. Diego lächelte. Mir fehlt nichts, rief Karl. Doch, sagte Fanny, nahm Karls Hand, griff mit zwei Fingern ein weghängendes Stück Fleisch, gab Karl den Blick frei ins Innere. Da sah er tief in sich hinab. Ein entsetzlicher Anblick, ein Durcheinander aus blutigem Fleisch und blutigen Zwetschgen. Und als er sagen wollte, es sei doch erstaunlich, daß er mit blauen blutigen Zwetschgen gefüllt sei, entwand sich dem Durcheinander eine Maus, die sprang ihm ins Gesicht. Mehr wußte er nicht mehr.

Und nur durch Manöver wie das mit Karl und *Puma* habe er überlebt. Vielen Dank, lieber Karl, für dein Verständnis. Bis bald.

Auch wenn sie einander nicht mehr so nah waren, wie sie einmal gewesen waren, die frühere Nähe erlaubte kein anderes Gefühl als das, das sich jetzt in Karl festigte. Wenn man einmal so befreundet war, kann man einander nicht mehr betrügen. Alles, was man dem anderen überhaupt antun kann, muß von dem verstanden werden. Karl war froh, daß er jetzt dieses Gefühl hatte. Diego war sein einziger Freund gewesen. Und was einmal war, kann nicht durch irgendwelche Operationen dazu verurteilt werden, nicht gewesen zu sein. Wenn etwas nicht mehr ist, hört es nicht auf, gewesen zu sein.

Diegos Zusammenbruch war kein Theater. Diego ist aufgewacht, hat gewußt, heute muß er seinen Freund täuschen, vorübergehend täuschen. Hat das gedacht und mußte, laut Gundi, kotzen und konnte sich nicht mehr rühren. Das war der Schock. Natürlich hätte Diego anrufen können, hätte sagen können, er müsse jetzt, um nicht ganz verloren zu sein, zum Befreiungsschlag ausholen ... Dazu hat sein Vertrauen nicht gereicht. Er war schon zu weit weg. Zuerst die zunehmende Entfernung, dann plötzlich: Ich brauche dich! Das hat er nicht geschafft. Er könnte immer noch anrufen: Du, ich hatte keine Wahl, versteh's oder versteh's nicht, mir wär's lieber, du verstündest.

Um Punkt sieben rief Professor Schertenleib an. Wie Amei Varnbühler-Bülow-Wachtel konnte der Professor anrufen, wann er wollte.

Er werde dieses Land so schnell wie möglich verlassen, er bitte Herrn von Kahn, möglichst heute noch zu ihm zu kommen.

Die Ruhe, mit der der Professor das mitteilte, war alarmierend. Karl sagte aber genauso ruhig: Wenn es Ihnen recht ist, bin ich um zehn bei Ihnen. Der Professor liebte eindeutige Aussagen. Er war Physiker.

Zuerst mußte Karl noch Erewein anrufen. Wieder keine Antwort. Das war beunruhigend. In der ersten Maihälfte. Jetzt rief er doch bei Meschenmosers an. Frau Meschenmoser brauchte viele Sätze, um mitzuteilen, daß sie gedacht habe, der Herr von Kahn sei von seinem Bruder auf dem laufenden gehalten worden darüber, daß Frau Lotte heute vor drei Wochen hat ins Krankenhaus müssen, daß der Bruder zu ihr gezogen ist ins Krankenhaus, in das in der Nußbaumer Straße, daß die Operation gut verlaufen ist, daß aber an ein Zurückkommen der beiden nicht vor Ende dieser Woche zu denken ist und daß Lusch, die Katze, sich bei Meschenmosers gut eingelebt hat, weil sie ja, seit Frau Lotte diese Schmerzen gehabt hat, sowieso schon mehr bei Meschenmosers gewesen ist als drüben.

Karl von Kahn sagte: Bloß gut, daß es Sie gibt, Frau Meschenmoser.

Man tut, was man kann, sagte sie.

Karl nahm sich vor, Frau Meschenmoser einen Frühlingsstrauß zu schicken. Im Krankenhaus würde er erst am Nachmittag anrufen. Zuerst zu Professor Schertenleib.

Der Professor war, als sich Karl von der *Hypo* getrennt hatte, mit Karl gegangen. Der Professor war, als Anleger, Karls Geschöpf. Vierundsechzig war er gewesen, als er, nach der Begegnung auf der Autobahn, sein Überflüssiges Karl anvertraute. Und dann immer weiter, alles, was er nicht brauchte, ließ er von Karl vermehren, und das Vermehrte überließ er Karl zur weiteren Vermehrung. Das andauernde Beobachten dieser immer wieder von überraschenden Hemmnissen bedrohten Vermehrung wurde Schertenleibs liebste Beschäftigung. Das heißt: Er wurde ein Karl-von-Kahn-Kunde schlechthin. Verbrauch fand er kitschig. Die Vermehrung seiner Werte erlebte er als Erfolg. Er wollte von jeder Umschichtung, von jedem An- oder Verkauf genau informiert werden. Er war ein anstrengender Kunde. Solche Kunden liebte Karl von Kahn.

Einmal hatte er Karl anvertraut, er wäre lieber nicht Physiker geworden, sondern Sänger, Opernsänger, wenn er im Krieg nicht ein Bein verloren hätte. In Stalingrad. Oberschenkelamputiert. Geht doch nicht, Tristan, oberschenkelamputiert. Und hatte eine Arie angeträllert. Dieses rasche Hineinsingen kam immer wieder vor, wenn man mit ihm sprach. Es war, als seien in ihm Arien gefangen, die darauf warteten, daß sie ihm aus der Seele und aus dem Mund kämen. Er war einfach voller Arien, voller Musik. Er hatte Tristan singen wollen und Lohengrin und Tannhäuser. Dann aber Physik. Atomphysik. Statt Staatsoper *Siemens*.

Die Villa in Gräfelfing war in der Zeit der Sichtbeton-Architektur gebaut worden, kälteste Moderne. Auch an diesem hellsten Maitag mußte Karl angesichts des Betonwürfels an einen Bunker denken. Auf dem Flachdach wuchs ein bißchen Gras. Im Haus sorgten Schränke, Bilder und Regale dafür, daß der Sichtbeton erträglich blieb. Wie immer wurde Karl auch diesmal in das Zimmer geführt, das fast die ganze Hausbreite zum Garten hin einnahm. Kalte, schwarze, lederbezogene Sitzgelegenheiten, das Sofa erinnerte ihn an das dänische Sofa, auf dem Gundi ihre Fernsehkarriere gestartet hatte. Und ein gewaltiger Flügel. Aufgeklappt. Mit Noten.

Als sie saßen und einen Schluck Evian getrunken hatten, machte der Professor eine Handbewegung, daß Karl verstand, er solle das Gespräch eröffnen.

Ja, sagte Karl ganz hell, Sie wollen also dieses Land verlassen.

Ich muß, sagte der Professor. Meine Kinder, die zwei eigenen und die angeheirateten gleichermaßen. Und die Enkel. Jetzt auch die Enkel.

Der Professor, der in seinem Sessel auf mehreren Kissen saß, stemmte sich hoch und ging auf und ab. In der Stadt sah man ihn nie ohne Stock. Im Haus immer ohne Stock. Er war ein Hüne mit einem Habichtprofil. Und immer noch silbernes Haar. Und braungebrannt. Der Professor war schön. Sein Auf- und Abgehen wirkte angestrengt. Er konnte auch nicht gleich sprechen. Bei jedem Schritt knickte er nach vorne, warf das Prothesenbein voraus, richtete sich auf und holte mit einer Drehung der linken Schulter das linke Bein, das gesunde, nach. Dann wurde die Prothese mit einem leichten Einknicken des Oberkörpers wieder vorausgeschickt, der Oberkörper aufgerichtet und die linke Partie hereingedreht. Sein Gehen paßte zu dem, was er sagte. Karl begriff, daß der Professor, was er sagte, nicht im Sitzen sagen konnte.

Die Kinder, sagte er, die eigenen und die angeheirateten, und jetzt auch schon die Enkel. Obwohl, die Enkel, sie reden noch nicht so daher wie ihre Eltern, sie staunen noch, mitleidig staunen sie, sie kommen mir sogar so nah, daß sie schielen, sie streicheln mich, aber sie verteidigen mich nicht. Gegen ihre Eltern. Die Schlacht ist entschieden. Seit heute nacht. Gestern sein Geburtstag. Tochter Mildred hat den ganzen Tag gekramt. Er hat sich gefreut, daß sie sich endlich für die Schachteln in den Kellerschränken interessiert hat. Dann, abends, gibt sie ihm, bevor die anderen im Raum sind, den Zeitungsausschnitt aus dem Jahr 1944, aufgeklebt auf ein Blatt schlechten Papiers, legt ihm das hin und sagt: Tun wir weg. Es war die Todesanzeige für Gerhard, seinen Zwillingsbruder.

Sein Leben, das zu den schönsten Hoffnungen berechtigte, hat nun im Opfertod seine Erfüllung gefunden.

Mildred meinte, ihre Kinder sollten so etwas nicht sehen und ihr Mann Jost auch nicht. Er sagte ihr, daß er vorhabe, an diesem Abend zu erzählen, was er vor einem Monat auf dem Heldenfriedhof Charinki erlebt hatte. Einhundert Kilometer südlich von Wjasma. Da kamen schon die anderen, Mildred wollte die Todesanzeige verschwinden lassen, er nahm sie ihr weg, er präsentierte sie nach dem Essen. Sohn und Schwiegersohn und Tochter und Schwiegertochter boten mildernde Umstände an, das heißt, sie verstünden ja, daß er den Mai 45 als Niederlage erlebt haben könnte, aber in die Geschichte werde er aus guten Gründen eingehen als Monat der Befreiung.

Die seien ja, wie sie da um ihn herum saßen, noch ganz

im Bann ihrer Gedenkübungen gewesen. Die gehören, sagte er, jetzt zum Mai wie früher Alles neu macht der Mai. Nun möge Herr von Kahn bitte bedenken, daß der Vater des Schwiegersohns Jost SS-Oberscharführer gewesen sei. Sein und Gerhards Vater aber war Bürgermeister in Tannheim und wurde abgesetzt, weil seine Frau im jüdischen Geschäft kaufte, obwohl da dranstand: Kauft nicht beim Juden. Der Vater kam dann notdürftig unter bei einem Freund als Hausmeister. Gerhard wurde vom Ortsgruppenleiter geohrfeigt, weil er ohne Hitlergruß an einem SA-Trupp vorbeigegangen war, der gerade eine Adolf-Hitler-Linde pflanzte.

Seine Geburtstagsgesellschaft hat der Professor gefragt, ob er erzählen dürfe, wie er um sein rechtes Bein gekommen sei. Das wollten die Enkel unbedingt hören. Also erzählte er: Er war kein Kriegsfreiwilliger oder Berufssoldat, er wurde eingezogen zur Infanterie, an Pfingsten 41 verlegt nach Polen, bis an den Bug, am 23. Juni um drei Uhr fünfzehn ging es los, Flieger, Geschütze, alles über sie weg. Sie sahen drüben auf der russischen Seite die Einschläge. Sie sind erschrocken. So eine Hölle hatten sie noch nicht erlebt. Er war ausgebildet als Funker. Jetzt über den Bug, über die Beresina, Mogilev, Smolensk, vor Moskau erwischten ihn drei Granatsplitter, alle drei in die linke Wade, in Jena wieder marschfähig gemacht, zurück in die Donsteppe, weiter ging's bis Stalingrad. Sie schafften es bis zur Stadtmitte. Drei Monate lang hielten sie sich da. Bei einem Stoßtrupp warfen sie sich, um einem T 34 zu entgehen, in einen Granattrichter. Der T 34 kam auf sie zu, wollte sie überrollen. Er hatte noch eine Handgranate, die warf er dem in die Ketten, rannte los, wollte hinter einer Hausruine in Dekkung gehen, der Panzer schoß, zerschoß ihm das rechte Bein, im linken Arm Granatsplitter, halb im Dusel hat er mit seinem umgehängten Funkgerät Hilfe herrufen wollen, das Gerät war zersplittert. Er hatte Angst, Angst, daß die Russen kommen und ihn noch gar totschlagen, da rennt sein Kompaniechef her und schleift ihn in einer Zeltplane zurück, im Behelfslazarett am Stadtrand wird amputiert, er liegt tagelang, wieviel Tage weiß er nicht, in einen Zementsack verschnürt in einem ausgetrockneten Abwasserkanal und wird, bevor die Russen den Flugplatz Pitomir erobern, ausgeflogen ans Schwarze Meer. Auf dem Heldenfriedhof von Charinki an Gerhards Grab hat er gedacht, daß er nur überlebt hat, weil Gerhard gefallen ist. Beide tot, das hätte die Mutter nicht aushalten können. Bei ihrer Aussegnung sagte der Pfarrer, daß man dem Herrn lebe und sterbe, und nicht für sich. Stimmt nicht, hat er gedacht, seine Mutter hat nicht dem Herrn gelebt, sondern ihren Zwillingen. Was die Söhne gesagt und getan haben, war immer richtig. Sie hat nie eine Sekunde an Gerhard oder an ihm gezweifelt. Ihretwegen hat er überleben müssen. Daß man dem, was man nicht begreift, einen Sinn geben muß, weiß nur, wer mit der Sinnlosigkeit zu tun gehabt hat. Im Opfertod seine Erfüllung. Dann die Niederlage. Dann hat man erst zur Gänze erfahren, was für ein Drecksregime das war. Und wenn die in Stalingrad ihm das Bein nicht zerschossen hätten, wäre er überhaupt nicht mehr herausgekommen. Also hat er Glück gehabt.

Sag doch nicht immer Heldenfriedhof, sagte Mildred.

Die Enkel hatten große Augen. Jost sagte, man müsse einen Irrtum nicht lebenslänglich beibehalten.

Einen Irrtum! Da hat er sagen müssen, daß es nicht jedem gegeben sei, die eigene Biographie so zu optimieren, wie es Josts Vater gelungen sei. Zuerst Oberscharführer, dann evangelische Theologie, dann Pfarrer, und als es doch brenzlig zu werden drohte, Pfarrer in Südafrika und eine Schwarze geheiratet.

Folgte ein wüster Streit. Er bestand auf der ihm vorgeworfenen Unbelehrbarkeit. Er hat der Bande ihre Ignoranz nicht erlebbar machen können. Der Geburtstag ist ausgefallen. Er muß fort. Aber er will auch.

Zurück auf den Kissen seines Sessels, ließ er die Finger auf den Lehnen Klavier spielen. Und bat Karl von Kahn um Auskunft.

Karl war vorbereitet. Er hatte die Nenn- und die Kurswerte verglichen, er hätte Summen aufsagen können. Er hätte nicht ohne Zufriedenheit melden können, daß er aus einem Einsatz von nicht ganz einhunderttausend Mark einen Depotwert von fast drei Millionen Euro erwirtschaftet hat. Und das ohne je auch nur einen einzigen Euro in eine Firma investiert zu haben, die mit Waffenproduktion oder -verkauf zu tun gehabt hätte. *Rheinmetall, Krauss-Maffei* oder gar *EADS* hatte Karl von Kahn zu meiden. Eine Firma, in der mit Lenkflugkörpersystemen experimentiert wurde, kam nicht in Frage.

Doch der Professor mußte, auch als er saß, noch einmal von der Familienschlacht sprechen. Nach drei Uhr in der Nacht hat Mildred gerufen, daß jetzt Frieden sei zwischen uns. Sie hatte von allen am meisten getrunken. Die Enkel waren schon im Bett. Toleranz, rief sie, Toleranz für alle und alles. Volle Anerkennung einer unbehebbaren Unvereinbarkeit.

Diesem Zapfenstreich sei allerdings noch vorausgegangen ein Themenwechsel, weg vom Krieg, hin zu des Professors Arbeit für die *Kraftwerkunion*. Jetzt stellte sich heraus, daß die Tochter Mildred als Kind Todesängste ausgestanden hat, wenn der Vater damals beim Abendessen die Unsicherheits-Philosophie der KWU zum besten gab. Was passiert in den ersten zehn Sekunden nach einem Riß der Primärrohrleitung, aufgeteilt in Zehntel- und Hundertstelsekunden? Kommt das Reservekühlwasser überhaupt noch bis an die Brennstäbe? Die Absorberstäbe können die Reaktion bis auf drei Prozent herunterdrücken, wenn sie nicht auch gleich einschmelzen in der ersten Zehntelsekunde, in der das Kühlwasser fehlt. Und drei Prozent von vier Millionen Kilowatt sind noch einhundertzwanzigtausend Kilowatt, eine Wärmemenge, die den Außenbehälter mit einem Fünzigtonnenschub in die Höhe hebt und, je nach Windrichtung und -stärke, eine zwei Kilometer breite und fünfzehn Kilometer lange Todesschneise zieht. Da überlebt nichts. Das rezitierte Mildred wortwörtlich. Das konnte sie auswendig. Was Mildred nicht mitkriegte, ist, daß ihr Vater dafür gearbeitet hat, dieses Szenario zu verhindern. Und es ist verhindert worden. Die Sicherheitsbestimmungen für Atomkraftwerke in Deutschland sind so überkandidelt, daß Export kaum möglich ist. Acht TÜVs! Und die müssen noch mit den Innenministerien korrespondieren. Beschlüsse nur einstimmig. Solange es eine abweichende Meinung gibt, kann, was geschieht, falsch sein. Es war nie etwas falsch. Und jetzt kommt die eigene Tochter und sagt, die Vatergeneration habe ihre Unbelehrbarkeit demonstriert. Zuerst Krieg, dann eine Atomtechnik, die jeden bisherigen Krieg zum Kinderspiel mache. Also was bleibt uns, als uns unvereinbar zu sehen.

Da habe er nur noch sagen können, er hoffe, daß sie und ihre Kinder nicht eines Tages gefragt werden: Warum habt ihr euch jeden Tag sattgegessen, obwohl in jedem Süden andauernd vor Hunger und Elend gestorben wurde.

Dann sei er gegangen. Jetzt sind sie fort. Mühsam gekittete Risse. Die Augen der Enkel beim Abschied blieben groß. Er muß dieses Land verlassen. Er ist diesem Rechtfertigungsdruck nicht gewachsen. Also, Herr von Kahn, verkaufen wir. Ich ermächtige Sie zu einem totalen Leerverkauf.

Karl sagte: Darüber wird zu sprechen sein.

Dieser Jost, sagte der Professor, stammt aus einer reinen Nazisippe. Mein Vater wurde aus dem Amt gejagt. Dem seine Sippe hat Karriere gemacht, hat kassiert.

Das ist, sagte Karl, das Normale. Nazikinder passen schärfer auf.

Ja, sagte der Professor, aber warum auf andere. Ihre Vorfahren haben aufgepaßt, daß ja jeder Nazi sei. Und sie passen jetzt auf, daß ja keiner Nazi sei. Das heißt, es gibt Aufpasserfamilien. Rechthaberfamilien. Ob es sich vererbt oder nur tradiert wird, ist ihm egal. Familien, die jedem System zugehörig sind, ob Demokratie oder Diktatur, sie müssen nie auf sich selber aufpassen, sondern immer auf andere. Es kommt darauf an, zu denen zu gehören, die bestimmen, was gut und was böse ist. Die Relativitätstheorie der Moral muß erst noch geschrieben werden.

Sich zu rechtfertigen, sagte Karl von Kahn, ist genauso töricht, wie andere zur Rechtfertigung zu nötigen. Er fühle sich verpflichtet, dem Herrn Professor zu sagen, daß er selber trainiere, sich nie zu rechtfertigen. Er wisse, daß nichts von dem, was geschieht, zu rechtfertigen ist. Trotzdem gelinge es jedem Unbedarften, ihn in Rechtfertigungsverkrampfungen zu stürzen. Nichts, was geschieht, geschieht ohne Grund. Trotzdem: Nichts ist durch den Grund, aus dem es geschieht, zu rechtfertigen. Bitte, Herr Professor, entschuldigen Sie die unerbetene Aussage. Sie beherrscht mich, weil ich täglich gezwungen werde zu rechtfertigen, was durch mich geschieht. Und Sie haben es doch gesagt: Die Relativitätstheorie der Moral muß erst noch geschrieben werden.

Dann kam Karl von Kahn zur Sache.

Was der Professor in den letzten zwanzig Jahren entwikkelt habe, sei ein Wertebauwerk. Und er, Karl von Kahn, habe sich mit viel Freude an der Erschaffung dieses Werks beteiligt. Soll man so etwas, darf man so etwas von einem Stimmungstaifun verwüsten lassen? Die Tochter Mildred wird anrufen oder zurückkommen, sie wird einsehen, daß man über das Leben eines anderen, und sei es der eigene Vater, nicht richten kann wie über ein Strafgesetzbuchdelikt.

Und bat, den Professor zum Essen einladen zu dürfen.

Fraglos essen. Sonst nichts. Über alles andere reden wir später. Nur soviel vorweg: Glattstellung, Gewinnmitnahme und Schluß, das ist nicht Professor Dr. Hartmut Schertenleib. Das spüre ich. Und was ich spüre, das wissen Sie längst, ist immer das, was das Leben will. Ich bin immer auf der Seite des Lebens. Und Sie auch. Und daß Sie desertieren, kann ich nicht hinnehmen. Kommen Sie. Sie und ich bedürfen nicht der Anerkennung anderer, solange wir unser Essen selber bezahlen können, Herr Professor. Nur wenn wir abhängig wären, wären wir verloren. Aber wir, Sie und ich, haben es dahin gebracht, daß wir in diesem Augenblick unabhängig sind. Und das zu empfinden müssen wir lernen. Kommen Sie.

Der Professor bot Karl von Kahn seinen Arm. So gingen sie. Arm in Arm. Der Professor summte, dann sang er sogar. So leise er blieb, das war Gesang. Mehr kann nichts Gesang sein als dieses volltönende Pianissimo des Beinamputierten. Weil es eine von Karls Lieblingsarien war, drückte er den Arm des innig singenden Professors fast heftig an sich. Intonierte dieser alte Trotzkopf doch *Nie sollst du mich befragen.*

Als Karl von Kahn dann in der Osterwaldstraße die Haustüre hinter sich schloß, rief er, ohne zu wissen, wo Helen gerade war, ob sie ihn also höre oder nicht: Liebling, ich habe einen wunderbaren Beruf. Helen hörte ihn offenbar nicht oder war gar nicht im Haus, also ging er hinauf unter seine honigfarbenen Lärchenbretter und schrieb die nächste *Kunden-Post.*

Ihm war auf der Rückfahrt von Gräfelfing in der U-Bahn eingefallen, es sei Zeit, in jeder *Kunden-Post* eine Kolumne zu haben unter dem Titel: *Wörterbuch für Anleger.* Das war ihm eingefallen, als er das Gespräch mit Professor Schertenleib noch einmal durchging. Ich ermächtige Sie zu einem totalen Leerverkauf, hatte der Professor gesagt. Nach mehr als zwanzigjähriger Anlegepraxis wußte der Professor noch nicht, was ein Leerverkauf ist.

Karl würde die Kolumne eröffnen mit *Leerverkauf.* Und notierte gleich: Man kann ein Wertpapier verkaufen, das man noch nicht besitzt. Das nennt man einen Leerverkauf. Jemand glaubt, am 1. März sei die XY-Aktie 100 Euro wert, ich verkaufe sie ihm jetzt für 70 Euro das Stück. Ich habe diese Aktien nicht, ich glaube aber, die Aktie fällt im Preis und wird kurz vor dem 1. März für 60 Euro pro Stück zu kaufen sein. Abgemacht ist: Der Käufer kriegt von mir Aktien für 70 Euro das Stück, die mich, hoffe ich, 60 Euro das Stück gekostet haben werden. Dieser jetzt vereinbarte Verkauf ist ein Leerverkauf. Leerverkauf wäre auch, wenn man die Aktien, die man verkaufen will, mit geliehenem Geld bezahlt. *Shorting* heißt es in Amerika. Es gehört nicht zu den geringsten Reizen des Handels mit Wertpapieren, daß man etwas verkaufen kann, das man nicht besitzt. Ein Handel also mit virtuellen Werten.

Er durfte hoffen, der Herr Professor, der die *Kunden-Post* immer las, werde diese Ausführlichkeit zu schätzen wissen. Und werde bleiben.

Die Enkel kamen ihm so nah, daß sie schielten. Das war der Satz, den Karl nicht loswurde. Seine Enkelinnen Tanja und Sonja hatte er noch nie gesehen.

Helen klopfte an, und Karl dachte wieder einmal, daß er diese am Anfang eingeführte Formalität längst hätte abschaffen müssen. So wie sie sich NWG, die Neue Wohngemeinschaft, genannt hatten, so hatten sie damals, um auszudrücken, wie selbständig jeder weiterhin sei, das Anklopfen eingeführt. Dazu gehörte, daß nicht angeklopft und sofort eingetreten wurde, es wurde gewartet, bis von drinnen ein Ja kam. Aber in diesem Ja konnten Stimmungen ausgedrückt werden. Jetzt zum Beispiel jubelte Karl ein Ja hoch, das Helen signalisierte, wie willkommen, erwartet und herbeigesehnt sie sei. Formalitäten sind eben doch etwas wert.

Das Vergißmeinnichtblaßblau ihrer Augen beschwor das Gundi-Türkis herauf. Gundis Türkis, das reine Eis, Helens Vergißmeinnichtblaßblau, die Wärme selbst. Ihr Blondhaar hatte sie hinten hochgesteckt, daß es frech aussah, und ihre Lippen lagen so aufeinander, daß die Oberlippe besonders deutlich nach links und die Unterlippe nach rechts schaute.

So deutlich überkreuz, das hieß, sie war übermütig. Und das hieß bei Helen, Karl durfte sie an der Hand nehmen, sie zu sich herziehen und sein Kinn in ihren Haaren reiben, so fest, wie er wollte.

Sie blieben eine Zeit lang so, dann sagte sie, sie wolle ihm, wenn sie dürfe, vorlesen, was sie heute dem *Erfolgreichen Patienten* als Schluß entworfen habe.

Karl imitierte die Geste, mit der Professor Schertenleib ihn eingeladen hatte, das Gespräch zu eröffnen. Helen las:

Jeder Körper trachtet nach Unsterblichkeit. Das unüberschaubare Zusammenwirken aller körperlichen Systeme ist daran interessiert, daß es weitergeht. Weil wir vergessen haben, wovon wir bestimmt werden, hat sich die Kulturlegende eingebürgert, der Mensch als geistiges Wesen sei an der Unsterblichkeit interessiert. Dabei ist es der Hort des Lebens, der Körper, der überleben will. Ich rate dir, dich zu vergessen. Selbstbewußtsein ist ein sinnloses Wort. Wenn du immer an etwas denkst, was du nicht bist, wirst du gesund. Am meisten ist das Leben sich selbst überlassen im Schlaf. Deshalb ist der Schlaf das Heilende schlechthin. Wenn wir schlafen, können wir dem Leben nicht dreinpfuschen. Aber es gibt einen Schlaf, in dem die Träume toben. Da setzt sich der Wachzustand in einer übertreibenden Entfesselung fort. Das Wirkliche, unbewacht, gerät außer Rand und Band. In dem Schlaf, der das erleiden muß, ist das Heilende bedroht. Und trotzdem wirkt es noch. Das Toben der Träume drückt aus den Kampf des Schlafes gegen den Einbruch einer nicht mehr zu kontrollierenden Wirklichkeit. Also wollen wir wissen: Wie muß unser Tag verlaufen, daß die Wirklichkeit den Schlaf als Heil und Heilendes gelten lassen muß? Eine Erfahrung, die noch nicht zum Ziel führt, aber doch eine Ahnung stärkt: Wörter meiden, die nicht selbstverständlich sind. In die Sprache sind viele Wörter hineingekommen, die nicht von selber verständlich sind. Zum Beispiel: Angst, Sex, Gott, Bewußtsein, Wahrheit, Ethik, Moral, Freiheit ... Mit solchen Wörtern wirst du dir selber gegenüber in eine Stimmung des Nichtgenügens versetzt. Und das Nichtgenügen ist dann der Dirigent aller Träume, in denen der Schlaf seines Heils und seines Heilenden beraubt wird. Ein Schlaf, der nicht gemartert wird von Traumsequenzen des Ungenügens, kann nicht anders, als sein Heil und sein Heilendes zu entfalten. Träumend ist jeder Mensch ein Dichter. Der Dichter hat Erfahrung im Beantworten widrigen Schicksals, aber auch im Aufblühenlassen der Spur des Glücks. Nicht umsonst haben sich sogenannte Traumdeuter zu allen Zeiten hergemacht über die Träume der Menschen und haben den Menschen Ahndungen verpaßt durch die simple Übersetzung des Geträumten in die Wörtersprache, aus der die Träume ihren traurigen Anlaß haben. Tautologie. Vernichtung des gewöhnlichen Dichterischen jeden Traums. Der Traum ist wie jedes dichterische Wort nicht nur ein Geständnis, sondern auch ein Widerspruch. Den unterschlägt der Deuter.

Die Wörter, mit denen dein Nichtgenügen produziert wird, sind selber Ausdruck einer Unmöglichkeit. Es gibt ihnen gegenüber nichts als das Versagen. Das ist beabsichtigt. Wenn du ihnen hörig bist, zahlst du drauf. Mit deinem Schlaf zahlst du drauf. Und bleibst ein Patient. Ein erfolgloser Patient.

Das Leiden ist nicht abzuschaffen, es kann nicht aus der Welt hinausdefiniert werden. Wir bleiben Patienten. Aber nicht Kranke. Das muß jetzt klargeworden sein. Der erfolgreiche Patient sorgt dafür, daß er leidet, ohne krank zu sein. Die Kunst, das Leiden zu genießen, wird ahnbar, wenn wir den unguten Wörtern widerstehen, unsere Hörigkeit kündigen.

Ach, Helen, sagte er und zog sie noch heftiger an sich.

Bevor du mich erstickst, sagte sie, muß ich dir noch sagen, daß ich dich immer noch zu wenig kenne.

Ich fühle mich durchschaut, sagte er.

Er nahm ihren Kopf in seine Hände. Er hatte das Gefühl, er halte den Kopf eines Vogels in seinen Händen.

Das sagte er ihr.

Was für eines Vogels, sagte sie.

Eines Paradiesvogels, sagte er.

Eines Paradiesvogels, sagte sie in einem alles beendenden Ton. Sie verlispelte das dreimal vorkommende S mehr als bei ihr üblich.

Das hieß, es stürmte und drängte in ihr. Auch ihre Augen drückten das aus. Das Vergißmeinnichtblaßblau verfestigte sich zu einem leuchtenden Wegwartenblau.

Ich will ein Kind von dir, sagte sie.

Ich fühle mich geehrt, sagte er, komm.

8.

Frau Lotte rief an. Das war noch nicht alarmierend, weil Erewein Anrufe, die er für nötig hielt, von Frau Lotte erledigen ließ. Auch ihre Stimme war wie immer und paßte deshalb nicht zu dem, was sie sagte. Ein Unglück, sagte sie. Es sei alles schon vorbei. Karl solle jetzt einmal herüberkommen. Er konnte nur sagen: Ja.

Erewein war tot. Das hatte sie nicht aussprechen müssen.

Er ließ das Taxi auf dem Wiener Platz halten. Sich von der Steinstraße allmählich in Haidhausen aufnehmen zu lassen, fand er heute wichtiger als je zuvor. Daß Erewein und Lotte in dem Teil der Steinstraße wohnten, der es dazu gebracht hat, Fußgängerzone zu werden, tat ihm jetzt gut. Die Straße führt am Genoveva-Schauer-Platz entlang, man sieht, sobald man den Platz erreicht, hinüber zu Ereweins barock ummaltem Schaufenster. Heute häuften sich unter dem kleinen Schaufenster Blumen. In der Steinstraße gab es keine Schaufensterödnis wie in der Brienner Straße. Auch auf der mit Kupferblech belegten Fensterbank Blumen. Sträuße und einzelne Blumen, deutlich geordnet. Frau Meschenmoser, dachte Karl. Im Schaufenster immer noch das Bild mit den von hart gleißenden Blättern bewachten Maiglöckchen. Das schräg einfallende Licht sorgte wieder für einen unheimlichen Glanz. Karl hörte, schon bevor er im Flur war, die Orgel. Alle Töne, die angeschlagen wurden, wollten bleiben. Dehnten sich. Mußten aber doch verlassen werden. Dann wieder ein verwirkter Akkord, dann hohe, flüchtige Einzeltöne, die nirgendwohin fanden.

In Schwarz erschien Frau Meschenmoser. Sie winkte ihn in Ereweins Arbeitszimmer. Da stand mitten im Zimmer auf einem Brett, das quer über den Billard-Tisch gelegt war, eine Urne. Die Urne. Der Billard-Tisch war Ereweins letztes Werk. Täglich hat er seine Karambolage gespielt. Als Karl einmal gestaunt hatte über dieses Alleinspielen, hatte Erewein gesagt: Man kann sich auch selber besiegen.

Links und rechts von der Urne je drei Kerzen. Brennende. Dann lag da noch eine flache, verschnürte Schachtel. Auf der Schachtel eine Pistole. Die Pistole. Und ein kleines rotes Buch.

Frau Meschenmoser flüsterte Karl ins Ohr: Sie hört gar nicht mehr auf.

Drei Jahre hat Erewein an dieser Orgel gebaut, dachte er.

Frau Meschenmoser lenkte Karl durch sanfte Gesten zur Urne hin, deutete auf die Schachtel, auf die Pistole und auf das Buch und sagte: Für Sie. Der Herr Doktor habe ihr das im Brief aufgetragen. Die Schachtel, die Pistole und das Buch seien seinem Bruder zu geben. Sie versenkte alles in eine Plastiktüte, die hielt sie Karl hin. Dann nickte sie und ging.

Ihm wäre es lieber gewesen, wenn sie Frau Lotte mitgeteilt hätte, daß der Bruder des Herrn Doktor da sei. Er ging so langsam wie möglich in Frau Lottes Zimmer, trat hinter die Spielende und hoffte, sie werde irgendwann bemerken, daß jemand hinter ihr stehe. Wohin mit der Plastiktüte? Noch einmal in den Flur. Und wieder zurück zur Orgelspielerin. Sie trug immer weite, dunkle Blusen. Ihre Haare kämmte sie immer nach hinten und ließ sie dort in einem den Rücken hinunterfallenden, starr wirkenden Zopf enden. Sie sah gern aus wie aus der Vergangenheit, ohne daß man hätte sagen können, aus welcher.

Als Erewein sein Atelier noch in einem der vier Zimmer der Wohnung hatte, stellte sich heraus, daß Frau Lotte nicht alle Arbeitsgeräusche Ereweins gleich gut ertragen konnte. Hämmern und Sägen hat sie nicht nur ertragen, sondern genossen. Aber Bohren ging ihr auf die Nerven. Zum Glück haben die Häuser in der Steinstraße ins Grüne reichende Hinterhöfe. Erewein baute sich dort seine Atelierwerkstatt unter die hohen Bäume.

Frau Lottes Orgelspiel war auch eine Art Mitteilung. Sie sagte ihm durch ihr Spiel alles, was sie ihm sagen konnte.

Karl ging.

In seinem Zimmer legte er die Pistole in die unterste Schreibtischschublade. Zu Streichholzschachteln und Zigarettenspitzen aus seiner Raucherzeit, zu Tintengläsern, in denen die Tinte vertrocknet war, zu unbrauchbar gewordenen Klebestreifen. Alles Zeug, das längst weggeworfen gehört hätte. Da paßte sie hin.

Er löste die Verschnürung der Schachtel. Dann las er.

Lieber Karl,

zu dem, was bevorsteht, gibt es kein Verhältnis. Also kann ich nichts falsch machen. Auch nichts richtig machen. Nur daß Du weißt, wie es soweit gekommen ist.

Was ich schon vor längerer Zeit über unseren Großvater

notiert habe, lege ich dazu. Das bin ich Dir immer noch schuldig. Dir und Fanny und Tanja und Sonja. Ich bin Onkel und Großonkel. Es ist eine Pflicht.
Zuerst mein Fall.
Ich konnte nachts nie allein sein. Ich weiß nicht, warum. Es hat immer jemand in der Nähe sein müssen. Am liebsten im gleichen Zimmer. Die Vorstellung, daß niemand da wäre, durfte ich nicht zulassen. Ich glaubte, ich würde, wenn niemand da wäre, schreien.
Als Lotte in die Klinik mußte, bin ich einfach mitgegangen. Die sind fortschrittlich dort. Nußbaumer Straße. Zehn Tage Vorbereitung auf die Operation. In die Intensivstation, achtundvierzig Stunden, würde ich nicht mitdürfen. Ich habe es der Oberärztin sagen können. Daß Du es gleich weißt: Sie heißt Márfa, sie ist neunundvierzig Jahre alt, und immer wenn Lotte beim Röntgen war, hat sie hereingeschaut. Das war nicht nötig. Tagsüber kann ich allein sein, will ich allein sein. Sie hat gelächelt, als ich fragte, wie sich das organisieren lasse, Lotte auf der Intensivstation, zwei Nächte lang. Sie hat gesagt, sie werde das organisieren. Ich kann Dir ihre Augen nicht beschreiben. In einem Gesicht aus flachen Bögen. Auch die Augenhöhlen flach. Sie hat bei unserem Vetter Gero studiert. Ja, in Göttingen. Frag ihn nach Márfa. Márfa genügt, hat sie gesagt. Zu mir hat sie gesagt: Sprich meinen Namen aus. Hab ich getan. Sie ist dann gekommen, hat sich ans Bett gesetzt, wir haben geredet, bis es hell geworden ist, dann ist sie gegangen, vorher hat sie mich noch auf die Stirn geküßt. Ganz leicht. Wenn sie lächelte, lösten sich ihre Lippen voneinander. Eine Art Zeitlupenvorgang.
Vielleicht ist das ein russischer Zauber. Ich brauche Aus-

reden. Auch wenn ich Dir ihre Augen beschreiben könnte, wüßtest Du nichts von ihrem Blick. Steppe, Großstadt, Nacht, Nacht ohne Sterne. Lotte und ich waren immer ein zusammengepreßtes Paar. Die Distanz, die zur Betrachtung nötig ist, fehlte. Weil ich weiß, wohin dieses Schreiben führt, höre ich auf, wenn ich begreiflich werde. Ich muß unbegreiflich bleiben. Auch mir selber. Márfa neunundvierzig, ich neunundsiebzig. Gerade noch neunundsiebzig. Achtzig will ich nicht sein. Nicht unter solchen Umständen. Wenn Lotte das ahnte, das erführe, das wüßte ... Sie würde sich so aufführen, daß die Leute vor ihr davonrennen würden. Ich habe Lotte nie betrügen müssen. Márfa ist aus Sebastopol. Ich war einen Monat lang in Sebastopol beziehungsweise vor Sebastopol. Wir haben Sebastopol belagert, kaputtgeschossen, eingenommen, dann natürlich wieder verloren. Lotte hat nicht achtundvierzig, sondern zweiundsiebzig Stunden auf der Intensivstation bleiben müssen. Sie war in Lebensgefahr. Und ob die Operation dauerhaft hilft, hat man nicht gewußt. Márfa und ich haben in der zweiten Nacht und in der dritten geschlafen, miteinander.
Als wir in die Steinstraße zurückgekommen sind, habe ich gemerkt, daß nichts möglich ist. Ich habe Lotte geschrieben, daß ich nicht aufzählen kann, womit ich nicht fertig werde. Ich habe Márfa geschrieben. Vom Mai 45 weiß sie nichts. Auch unter den günstigsten Umständen könnte ich ihr nicht sagen, was ich im Mai 45 getan habe. Zum Überlegen blieb keine Zeit. Meine Leute haben mich wegziehen müssen.
Lieber Karl, ich weiß, wie unangenehm Dir Beerdigungen sind. Je mehr Du mit einem Menschen zu tun hattest,

um so unangenehmer war Dir immer die Beerdigung. Ich stimme Dir zu. So sind wir eben. Es ist ein Segen, daß man an der eigenen Beerdigung nicht teilnehmen muß. Lotte wird viel Zeit an der Orgel verbringen. Die Bestrahlungen werden, sagt der Professor, erfolgreich sein. Deinem Freund Diego mußt Du nichts erzählen. Ich weiß, er ist Dein bester Freund. Ich habe das nicht verstehen müssen. Mit wem ein uns Nahestehender befreundet ist, muß man genausowenig verstehen wie, mit wem jemand verheiratet ist.
Es mag sich ausgewirkt haben, daß Diego mich nie wahrgenommen hat. Er hat mich beschäftigt, bezahlt, gelobt, aber er hat mich nicht wahrgenommen. Nie vergeß ich unser Mittagessen im *Neuner*. Du, Diego und ich. Wir hatten gerade den letzten *Katalog der Dinge* herausgebracht. Lebhafte Nachfrage. Sozusagen Erfolg. Er hat während des ganzen Essens kein einziges Mal einen Satz an mich gerichtet. Immer an Dich. Geredet hat fast ausschließlich er. Glaub mir, das ist nicht vorwurfsvoll gemeint. Ich habe ihn nicht interessiert. Er war nicht der einzige, den ich nicht interessiert habe. Frau Meschenmoser dagegen vibriert vor Neugier auf alles, was ich mache. Dein Diego hatte ziemlich schnell ziemlich viel Geld. Geld macht ehrlich. Er konnte es ungeniert deutlich werden lassen, daß er sich nicht für mich interessiert. Das ist unvermeidlich, daß Du Dich, wenn Du es Dir leisten kannst, gehenläßt. Als ich damals aus dem *Neuner* zurückkam zu Frau Lotte, war ich erregt. Wie ich zu allen stehe, habe ich gesagt, käme erst heraus, wenn ich genug Geld hätte. Solange ich nicht genug Geld habe, habe ich gesagt, kann keiner sagen, er wisse schon, wie ich zu ihm stehe. Wenn ich erst genug

Geld haben werde, habe ich gesagt, werdet ihr mich kennenlernen. Frau Lotte hat gelacht. Ich auch. Ihr zuliebe. Ich bin mir vorgekommen wie ein Diego-Imitat. Damit Du, lieber Bruder, nicht glaubst, ich sei nichts als beleidigt, muß ich Dir eine Beobachtung mitteilen, deren, sagen wir, Richtigkeit Du, bitte, an Deinen eigenen Beobachtungen messen kannst. Das heißt, deren Unrichtigkeit Du jederzeit durch Deine eigenen Beobachtungen beweisen kannst. Es geht immer noch um Diego.

Nach dem Loire-Schloß-Coup, also als er dann reich geworden war, erstarrte seine Mundpartie zusehends, sie gefror. Das war, bitte, mein Eindruck. Der Mund war jetzt eine Wucht, eine pathetische Wucht. Immer begleitet und verstärkt von einem ebenso massiven Pathosblick. Insgesamt eine Dauerdrohgrimasse. Vorher war er doch öfter lustig, manchmal sogar herzlich gewesen. Sogar zu mir. Daraus schließe ich: Reich sein macht häßlich. Das ist keine moralische, sondern eine ästhetische Erfahrung. Und daß Reichsein unanständig ist, ist auch eine ästhetische Erfahrung. Unanständiges kann vielleicht schön sein. Reichsein gehört nicht zum schönen Unanständigen, sondern zum häßlichen. Reichsein platzt andauernd aus allen Nähten. Sein Zuvielhaben dringt dem Reichen andauernd aus allen Poren. Und aus jedem Wort. Als Diego reich geworden war, kam aus seinem erfrorenen Mund kein Wort so häufig wie das Wort Brüderlichkeit. Der ehedem sportlich Freche und manchmal herzlich Kühne hatte nichts dagegen, finster pastoral zu werden. Er drohte denen, die sich weigerten, in der Brüderlichkeit das globale Heil zu erkennen. Es war, es mußte sein, das ungeheuer angeschwollene Selbstgefühl, das ihn jetzt bedrängte. Er erlebte andauernd nur noch,

daß er im Recht war. Mehr im Recht als jeder andere, den er kannte. Das war die Wirkung seines Reichseins. Sein Reichsein erlebte er dann nicht mehr als Reichsein, sondern als Erfolg. Und sein Erfolg kam nicht von seinem Reichsein, sondern von ihm selbst. Das heißt, sein Rechthaben war nicht mehr zurückzuführen auf seinen Erfolg oder auf sein Reichsein, sondern ganz allein auf ihn selbst. Er, er, er selbst war im Recht. Er war das ungeheure Selbst. Das Selbst aller Selbste. Er war das Selbst selbst. Und daß ihr alle um ihn herumsitzt und ihn feiert und verehrt, gibt ihm recht. Das ist der Feudalismus von heute.
Seit mindestens zweitausend Jahren wird die Geisteskraft der Besten verbraucht zur Propagierung dessen, was wir nicht sind, aber sein sollen, dieses Lügengewebe soll uns uns selber bis zur Unfühlbarkeit entfremden. Beispiel Calvin: ... *reich sind wir, sofern wir dienen können und andere uns brauchen* ... Das ist Dein Diego, der Propagandist der Brüderlichkeit.
Verzeih mir, lieber Karl, das habe ich nicht gewollt. Du kennst Deinen Diego. Ich kenne meinen beziehungsweise keinen Diego. Es gibt keinen Diego. Es gibt nur Menschen. Und die sind so. Jetzt kann ich einen Satz nicht zurückhalten, einen Satz, dessen Richtigkeit ich zum Glück durch nichts beweisen kann, einen Satz, den ich nur Dir, lieber Karl, sagen kann, verzeih. Der Satz heißt: Reichsein macht böse. Vergiß es. Reichsein ist böse. Vergiß, vergiß, vergiß. Bedenk, ich bin am Ende.
Aber den Vorfahr, unseren Großvater, den wilhelminischen Beamten, den bin ich Dir noch schuldig. Als ich mich wegen unserer Herkunft mit Wilhelm II. beschäftigte, ist mir öfter Diego eingefallen. Und von Wilhelm

zwei zu seinem Vetter Ludwig zwei ist es nicht weit. Daß Diegos Ironien über seine eigene Hofhaltung in seinem Neuschwansteinchen nicht ernst zu nehmen sind, darfst Du Dir als Freund nicht gestehen. Eine Frau, die Ludwig und Wilhelm erlebt hat, war von der Ähnlichkeit der beiden «schmerzlich berührt», «dieselbe einstudierte Pose des Kopfes», dieselbe «affektierte Würde», aber das Bemerkenswerte, das auf uns Anwendbare: Keiner und keine hat dem Ludwig oder dem Wilhelm gesagt, wie komisch das wirkte. Und das geblendete Volk seufzte im Chor: Jeder Zoll ein König. Mit welcher Lust beide ihre Diener gequält haben, ist bekannt. Und ich habe erfahren, wie bedrohlich finster Diego werden kann, wenn man einen Vorschlag von ihm nicht für ausgezeichnet hält. Wie er einen da anschaut, wäre zu Ludwigs und Wilhelms Zeiten einer Verbannung vom Hof gleichgekommen. Ludwig befahl, seinen Finanzminister zu blenden, weil der sich weigerte, ihm weitere zwanzig Millionen für sein Neuschwanstein zu bewilligen. Bekanntlich wollte er Richard Wagner zu seinem Finanzminister machen. Ich schweife aus, nicht ab. In unserer Gegenwart lebt viel mehr ungenierte Vergangenheit, als wir wissen, weil wir von der Vergangenheit keine Ahnung mehr haben. Vielleicht bin ich eifersüchtig, weil Diego Dich nicht nur wahr-, sondern eingenommen hat.
Gestern bin ich noch einmal im Englischen Garten herumgetorkelt. Ich habe vielleicht dem Schicksal eine Chance geben wollen. Eine Frau in meinem Alter, die gemerkt hat, was mit mir los ist, hat sich neben mich gestellt und hat, ohne mich anzuschauen, gesagt: Wissen S', die Jahre vor achtzig sind die schönsten. Jetzt isses nix mehr. Der Mo

tot. Hören tut man nimmer gscheit. Schlofn is a nix mehr. Aber bis achtzig war das Leben schön.
Lieber Karl, Du findest hier Papiere, auf denen ich festgehalten habe, was über unseren Großvater herauszubringen war. Viel ist es nicht. Die DDR hat gründlich aufgeräumt mit der Geschichte, die die unsere war. Es ist Wichtigeres zerstört worden. Sebastopol zum Beispiel. Aber selbst wenn ich mit Márfa leben dürfte, es wäre für sie nichts mehr wert. Ich wäre für sie nichts mehr wert. Zum Glück habe ich vor zwanzig Jahren die Pistole in Wolfersreut wieder geholt. Der Bauer lebte noch. Die Pistole hat er gut behandelt.
Ich liebe Dich, lieber Karl, auf eine unausdrückbare Weise. Du warst immer das Nächste, was ich hatte. Nur Dir kann ich sagen, Márfa sieht aus wie eine Blume, die auf dürrem Boden gewachsen ist und das ganz vergessen läßt. Ich kann nicht aufhören, von ihr zu reden. Und muß, um von ihr reden zu können, durch die ganze Welt hindurchreden, die im Weg steht. Ich bin mit Lotte verheiratet. Jedes Wort über Márfa ist ein Stich in Lottes Herz. Márfa ist mein Leben, darum ist sie mein Tod. Ich bin dran jetzt. Mir ist auf dem Kopfe das letzte Moos gewachsen. Mein Atem erreicht meine Lippen kaum noch. Stille, Leere, Ausgeräumtheit. Möchte fort sein von mir und lasse mich nicht gehen. Ich hänge an mir. Ich habe nicht nur eine Orgel gebaut, sondern auch Uhren. Für Kirchtürme sogar. Und träumte vorgestern nacht, daß ich nach einer Uhr greife, habe sie in der Hand, spüre, daß sie nicht mehr fest ist, also Vorsicht, es darf sich in ihr nichts verschieben, sonst bring ich sie nicht mehr zum Gehen, und das muß ich, aber so vorsichtig ich bin, gleich verschieben sich Teile

gegeneinander, gleich ist die Uhr ein Haufen Teilchen, und eine zweite dieser Art werde ich nicht kriegen. Ich bin aber im Meer geschwommen und hatte die Uhr am Handgelenk. Darum ist sie jetzt aufgeweicht und kaputt. Und eine Frau schält sich am Strand aus dem Sand, sieht eckig aus, ihr Gesicht aber, sobald ich ihr von der Nähe ins Gesicht schaue, ihr Gesicht ist eine Steppe im Morgenlicht. Verzeih. Wir finden eine beige Decke. Jetzt schon in einem Zimmer. Da kommt ein Mann, der schiebt eine Hand unter sie, und sofort steht sie auf, sehr eng aneinander gehen sie davon. Und sprechen Russisch. Ich suche im Hotel ein Zimmer für Lotte und für mich. Es ist ein kleines Bett. Wir müssen uns eng aneinander pressen. Um uns herum stehen Figuren aus Gips, Trachtenträger aus Gips. Auf den Köpfen hohe Hut-Aufbauten aus Gips. Eine riesige Frau nähert sich. Ich ihr entgegen. Sie: Frau Bürgermeister will mit Ihnen tanzen. Dreht sich ein bißchen, hinter ihr, klein, fast winzig Márfa. Ich kann nicht tanzen mit ihr, sie ist zu klein. Dann reißt mich die Riesin mit sich fort und schleudert mich herum.
Die Utopie aller Utopien: Von uns sollte nichts bleiben als was wir träumten. Ungedeutet. Unsere Träume sind unser Deutlichstes. Mein letzter Traum, gestern nacht: Mein 80. Geburtstag steht bevor. Eingeladen habe ich Dostojewskij, Hölderlin, Bruckner, Karl May, Nietzsche, Bismarck, Franz Kafka und Sylvia Plath. Franz Kafka hat abgesagt, Sylvia Plath hat weder zu- noch abgesagt. Ich sah einem harmonischen Fest entgegen. Das Fest stand bevor. Kam aber nicht näher. Ein stehengebliebener Film. Atemlos.
Ich weiß, lieber Karl, alle haben mein Bestes gewollt.

Auch Diego. Entschuldige mich bei ihm. Mir bleibt für die Abendstunde der Blick auf die Bäume. Eine jenseitsfreie Welt. Ich könnte noch mit Asien telefonieren. Besuch wünschen aus Tokio. Heilsamen Besuch. Die Höflichkeit des Buddhismus, verglichen mit dem aggressiven Wahn unserer aufklärerischen Soziologen. Ich entschuldige mich, lieber Karl. Mir sind die Aggressiven so nah wie die Friedlichen. Ich bin weit weg. Also ist alles gleich nah. Daß ich das Auto verschenkt habe an den jungen Meschenmoser, war Dir nicht verständlich, weil der junge Meschenmoser Dir ein-, zweimal frech gekommen ist. Er ist Oberkellner, lieber Karl, davon muß er sich in der Freizeit erholen. Aber warum kein Auto mehr? Das muß ich Dir noch hinterlassen, weil es zur Spur gehört, die sich durch das Dasein zieht, das ich mein Dasein nennen soll. Ich mit meinem Volvo auf der Autobahn nach Bayreuth. Hölzer zu holen für die Orgel. Da winkten drei so heftig, daß ich rechts ranfahren mußte. Drei Burschen. Sie wollten mitgenommen werden. Das sagte einer zum Fenster herein. Die zwei anderen hatten schon den Kofferraum aufgemacht. Das sah nicht gut aus. Also geb ich Gas und fahr ab. Allerdings mit einem Ruck. Ich komm in Bayreuth an, mach den Kofferraum auf, da liegt blutig eine abgerissene Hand drin. Ich zur Polizei, melde alles, die nehmen die Hand, schreiben alles auf. Nie mehr etwas gehört. Aber an einem Finger dieser Hand war ein Ring.
Lieber Karl, leben können ist eine besondere Fähigkeit. Ich habe nichts auszusetzen an irgendwas oder irgendwem. Wenn ich etwas nicht für richtig halte, fällt mir sofort auf, daß ich nicht weiß, wie man es besser machen könnte. Ich möchte nie mehr jemandem widersprechen.

Sich Schreie leihen bei den Gequälten, weil man selber nicht mehr zu schreien wagt. Es fehlt das Recht. Ich bin schon zu ausgeräumt. Ich muß anderen mehr zustimmen als sie mir. Das ist eine Erfahrung.
Ich weiß, daß Du mich für einen Verlierer hältst. Für einen, der unterlegen ist. Für einen Besiegten also.
Márfa hat gesagt: Wir brauchen niemanden. Sie und ich. Sie hat keine Ahnung von Frau Lotte. Eine solche Altehe wehrt sich nicht, glaubt sie. Sie hat gesagt: Wir ziehen in die Gegend von Tbilissi. Du wirst einhundertneunzehn. Dafür sorge ich. Ihr Großvater war Georgier. Sie ist eine gute Ärztin. Sie kann von Lotte wegdenken. Du mußt in den Osten denken, sagt sie. Laß den Westen zurück. Vielleicht ist sie auch nur wahnsinnig. Genau wie ich. Wer liebt, muß wahnsinnig sein. Lotte ist das Gesetz, und das Gesetz ist Lotte, und es gibt nichts außer Lotte. Außer Lotte ist alles Wahn. Aber Lotte ist …
Ich bin besiegt. Immer schon gewesen. Die Sieger haben es ermöglicht, daß der Verlierer ein guter Verlierer sein kann. Er lernt, sich so zu benehmen, daß die Sieger im Genuß ihres Sieges nicht gestört werden. Er hat durch sein Benehmen zu demonstrieren, daß ihm recht geschehen ist. Jeder weiß, wohin er gehört. Der Verfolgungswahn des Verlierers verhilft dem Lorbeer des Siegers zu seinem Immergrün. Der Verfolgungswahn des Verlierers beweist, daß dieser Verlierer ein entsetzlicher Kerl ist. Überall sieht er Verfolger, Unterdrücker, Herrschaft. Er hält sich natürlich für so gut wie die Clique, die sich jeweils in der vollen Gunst der Geschichte räkelt. Eingebaut in die historische Funktion der jeweiligen Clique ist der Schlag, der ihm zu versetzen ist, sobald er sich rührt. Also lernt er, sich nicht

mehr zu rühren. Dann ist ihm ein Glück beschieden, das Weltreisen nicht ausschließt.
Lotte und ich sind aufgenommen in diese Gesetzesmaschine. Márfa hätte diesen weltherrschaftlichen Opportunismusautomaten zerlacht. Die Blume, gewachsen auf dürrem Boden, und das läßt sie vergessen.
Lieber Karl, nur Du weißt, wie es war, wenn es im Winter geregnet hat, im Flur dann die nassen Mäntel, wie die rochen, im Flur, die nassen Mäntel, wenn es geregnet hat, im Winter, Karl. Als Fische geboren und sterben als Vögel. Als Geborstene ragen wir in die Welt.
Abschied. Klingt süß. Müßte ein Wort sein wie ein Hieb. Unglück macht trivial. Meine Leute mußten mich wegziehen. Angesichts der Vernichtung gibt es nichts Falsches. Außer dem Leben. Sogar ohne daß ich Dir etwas gesagt habe, hast Du mich immer verstanden. Das glaube ich.
Leb wohl.
Dich grüßt immer
Erewein

Karl las weiter.

Über unseren Großvater.
Am 24. Oktober 1899 wurde der *Sang an Aegir* an der königlichen Oper in Berlin uraufgeführt. Es war eine Matinee. Die Majestäten, Kaiser Wilhelm und Auguste Viktoria, waren anwesend. Wilhelm wurde gefeiert. Als Komponist. Der *Sang an Aegir* galt sofort als sein Meisterstück. Bei den Majestäten saßen auch der Fürst und die Fürstin zu Wied. Der Fürst, noch nicht sechzig, aber silberhaarig, Bruder der Königin von Rumänien, Onkel

der Königin von Holland, erhob sich jedesmal, wenn der Beifall anschwoll, von seinem Sitz und verbeugte sich vor seinem Neffen Wilhelm. Und so oft er sich erhob und sich verneigte, Wilhelm nahm es jedesmal gnädig entgegen.
Wilhelms Schwester, die Prinzessin von Meiningen, wollte vom Grafen Moltke, dem Adjutanten des Kaisers, wissen, wer dem Kaiser geholfen habe, diesen fürchterlichen *Sang an Aegir* zu komponieren. Es ist überliefert, daß Graf Moltke geantwortet hat, das sei ein Staatsgeheimnis. Als sie sich damit nicht zufriedengab, sagte Moltke klipp und klar: Seine Majestät hat das Lied komponiert.
Ob gute oder schlechte Musik, unser Großvater Friedrich Karl hat an der Komposition des *Sangs an Aegir* zumindest mitgewirkt. Erstaunlich ist, daß es dem Kaiser erst im Jahr 1899 gelang, seine Komposition in Berlin zur Uraufführung zu bringen. Schon im September 1897 erhielt die Musiklehrerin Hedwig Jaede in Stettin drei Monate Gefängnis, weil sie im Jahr 1894 den *Sang an Aegir* schlechtes Zeug genannt hatte. Fräulein Jaede richtete ein Gnadengesuch an die Kaiserin, die wagte nicht, den Kaiser damit zu behelligen, weil sie wußte, wie empfindlich er war, wenn er als schaffender Künstler kritisiert wurde. Immerhin versicherte ihm eine hofnahe Presse, daß die Hohenzollern in jeder Generation Talente, wenn nicht Genies vorzuweisen hätten. Schriftsteller, Dichter, Musiker, Maler. Was Fräulein Jaede gesagt hatte, fiel unter Majestätsbeleidigung. Dieses Vergehen verjährte erst nach fünf Jahren. Fünf Jahre lang konnte jeder einen anzeigen, der etwas gesagt oder geschrieben hatte, was den Kaiser beleidigte. Die Kaiserin gab das Gnadengesuch der Musiklehrerin an Herrn von Levetzow, der schon Präsident des Reichstags gewesen

war. Der fragte den Kaiser, ob Majestätsbeleidigungen nicht doch zu streng bestraft würden. Der Kaiser: Sobald er den richtigen Mann für den Kanzlerposten finde, müsse der ein Gesetz einbringen, das die Strafen für derartige Verräter verdoppelt. Von Levetzow wechselte das Thema.
Den *Sang an Aegir* hat es also schon 1894 gegeben.
Bezeugt ist, daß der Kaiser im Mai 1894, begleitet vom Grafen Goertz, im Eulenburgschen Schloß Liebenberg die Salzwedeler Ulanen dirigierte. Die Militärkapelle spielte, und der Kaiser dirigierte, während die Gäste dinierten. Er dirigierte nicht nur den Marsch aus *Aida* und den *Hohenfriedberger,* sondern auch den *Reitermarsch* des Grafen von Moltke und seinen *Sang an Aegir.*
Der Großvater Kahn war schon zwei Wochen davor auf das Schloß Liebenberg befohlen worden, er mußte die Militärkapelle so trainieren, daß beim kaiserlichen Dirigat nichts passieren konnte.
Wie kam die Komposition zustande? Unser Großvater Friedrich Karl Kahn war Musiklehrer in Potsdam am Gymnasium und wohnte in einem Haus, in dem auch ein Kaiserlicher Kammerdiener wohnte. Friedrich Quentz hieß er. Der wurde wohl Zeuge, wie Seine Majestät am Klavier klimperte. Immer ohne Noten. Und nur mit einer Hand. Seine Linke war zurückgeblieben, war eine Kinderhand geblieben. Der Kaiser versuchte, das nicht merken zu lassen. Alle wußten es. Die einen schlossen sich der Erklärung an, die die Hebamme gab: Ein Nervenleiden der sehr jungen Mutter sei schuld. Die anderen machten die Hebamme für den Schaden verantwortlich. Die Hebamme hat den Frischgeborenen, der keinen Laut von sich gab, nach alter Hebammensitte mit einem nassen Handtuch

geschlagen, bis er schrie; dabei habe sie das Ellbogengelenk ausgerenkt.
Der Kammerdiener Quentz machte eine Bemerkung. Er kenne, sagte er, einen hochbegabten Musiker, dem es eine Ehre wäre, Seiner Majestät Talent zu entfalten. So kam der Vorfahr ins Neue Palais. Was er dort erlebte, erzählte er daheim und in den Briefen an seine Schwester Mathilde, in Potsdam geboren, in Stuttgart verheiratet und süchtig nach Berliner Hofklatsch, wenn darin nur der von ihr verehrte Kaiser vorkam. Die Entstehung des *Sangs an Aegir* hat Friedrich Karl seiner Schwester in mehreren Briefen geschildert. Die Briefe haben sich bei den Nachkommen der Großtante Mathilde erhalten. Danach läßt sich sagen: Der Kaiser war dem Meer verfallen. Den Künstler Saltzmann ließ er das Meer wieder und wieder skizzieren und vollendete die Bilder und hielt sie für eigene und signierte sie. Aufführungen des *Fliegenden Holländers* besuchte der Kaiser nur in Admirals-Uniform.
Der Kaiser suchte auf dem Klavier eine Melodie zu finden, um die Geschichte des Seegotts Aegir zu erzählen. Aegir hatte seinen Sitz auf Læsø im Kattegat. Neun Wellenmädchen waren seine Kinder. Als der Gott Loki einmal Aegir besuchte, geriet er mit den neun Wellenmädchen in einen Streit, den er nicht überlebte.
Der Vorfahr schilderte der Tante, wie er mit der endgültigen Fixierung der auf dem Klavier gemeinsam ertasteten Melodie beauftragt wurde. Und zwar schilderte er, daß Auguste Viktoria wissen wollte, wie dieses Werk entstanden sei. Und er: Mit Eurer Majestät Erlaubnis wage ich daran zu erinnern, daß das feinste Gehör von uns allen Seiner Majestät eigen ist. Und wenn Eure Majestät mich

nicht verraten, so fiel mir als untertänigstem Diener die Ehre zu, die allerhöchste Komposition aufzuzeichnen.
Bei der Ausarbeitung des Notierten habe er sich durchaus inspiriert gefühlt von des Grafen Eulenburg *Legende des Nordens* und von den strömenden Tönen Edvard Griegs, den Seine Majestät ja auf seiner letzten Nordlandreise kennen- und schätzengelernt habe.
So weit war der Vorfahr im Jahr 1894. Dann infizierte er den Grafen Eulenburg, den engsten Freund des Kaisers, mit einer Idee. Eulenburg hatte dafür zu sorgen, daß es dem Kaiser nie langweilig wurde. In einem Schreiben eröffnete Friedrich Karl dem Grafen, daß der größte Maler der Epoche, Adolph Menzel, im Juni 1895 achtzig werde. Dieser geniale Künstler sei, als er im Schloß *Sanssouci* Skizzen gemacht habe für sein Bild, das das Flötenkonzert Friedrichs des Großen darstellt, vom damaligen Hofmarschall Friedrich Wilhelm IV., dem inzwischen verstorbenen Grafen Keller, miserabel behandelt worden. Menzel habe darum gebeten, das Musikzimmer Friedrichs des Großen so beleuchtet zu sehen, wie es beleuchtet war, als der König darin musizierte. In den zeitgenössischen Schilderungen ist überliefert, daß ein einziger Lüster, mit Kerzen bestückt, von der Decke hing. Diese Kerzen wollte der Künstler angezündet sehen. Abgelehnt. Er hat dann gemalt, was ihm verwehrt wurde. Der Flöte spielende König im Lüsterglanz, der auch noch vom spiegelnden Boden verstärkt wird. Man würdigte den Künstler keiner Antwort. Die Räume des Schlosses waren ihm nur zugänglich gewesen wie jedem zahlenden Besucher. Er mußte das Material zu seinen Skizzen in Museen und Archiven zusammensuchen. Wäre es da nicht angebracht, jenes Flöten-

konzert-Bild in den Originalräumen zu inszenieren und dazu den Künstler zu seinem Achtzigsten einzuladen? Eulenburg spurte. Der Kaiser auch: Ich werde, was Preußen Menzel schuldet, bezahlen. Und tat's. Das Gemälde wurde genau nachgestellt, der Cellist, der Geiger und am Spinett der Vorfahr selber in Maske und Kostüm Carl Philipp Emanuel Bachs, der große Friedrich, dargestellt von einem schönen jungen Musiker, Ihre Majestät als Prinzessin Amalia, Seine Majestät in der Kürassieruniform aus der Zeit Friedrichs des Großen als Generaladjutant Baron von Lentulus. Als der achtzigjährige Künstler, der nicht wußte, wozu er geladen war, zwischen den Riesengrenadieren in den historischen blauen und roten Uniformen auf das Schloß zuging, als er die langen weißen Gamaschen sah, die bis über die Knie reichten, und die vergoldeten Helme aus Blech auf den gepuderten Perücken, da wußte er, was hier gespielt wurde. Im Vestibül wurde der Künstler erwartet vom Generaladjutanten Baron von Lentulus, in dem er wohl den Kaiser erkannte. Jetzt spielte er seinerseits mit. Ich habe die Ehre, den Generaladjutanten Baron von Lentulus vor mir zu sehen. Und bat ihn, er möge Seiner Majestät, dem König, den untertänigsten Dank für diese unerwartete Ehrung überbringen. Dann wurde musiziert wie damals. Der Vorfahr durfte das Klavierkonzert des Prinzen Ludwig Ferdinand von Preußen spielen, und zuletzt überbot der Geigenvirtuose Joachim alles mit Johann Sebastian Bach.

Graf Eulenburg vergaß im Erfolgsrausch dieser Soiree nicht, wem das zu danken sei, und sorgte beim Kaiser dafür, daß Friedrich Karl Kahn am Jahresende in den erblichen Adelsstand erhoben wurde. Natürlich mußte die Presse, die davon lebt, daß immer etwas fehlt, nachher bemerken, die Menzel-Ehrung sei ja gut gemeint gewesen, aber an der Tafel seien dann eben nicht Voltaire, La Mettrie, D'Argens und Algarotti höchst geistreich übereinander hergefallen, sondern eher brave Perückenträger hätten dem Herrscherpaar Komplimente geliefert, von denen sie hofften, sie seien den Allerhöchsten Ohren noch neu.

Von da an wurde der Vorfahr immer wieder ins Eulenburgsche Schloß Liebenberg bestellt, um abends die Jagdgäste des Kaisers und diesen selbst mit Eulenburgschen Liedern zu unterhalten. Auch ins Neue Palais und ins Marmorpalais wurde er bestellt und durfte, wenn Graf Eulenburg nicht im Lande war und Seine Majestät Sehnsucht empfand nach den Balladen oder nach den *Rosenliedern* seines Freundes, vortragen, und Seine Majestät hatte die Noten vor sich auf den Knien und blätterte um, wenn Umblättern fällig war. Friedrich Karl von Kahn, wie er jetzt hieß, glaubte, Seine Majestät genieße es, Noten lesen zu können.

Seiner Schwester schrieb er, die Melodien der Eulenburg-Lieder hätten mehr von Schumann als die Texte von Lenau und Heine. Eine Sehnsucht nahm der Vorfahr unerfüllt ins Grab: einmal vom Reisekaiser auf der kaiserlichen Yacht *Hohenzollern* mitgenommen zu werden ins Mittelmeer und auf Korfu im *Achilleon* vor dem Kaiser und seinen Gästen singen und spielen zu dürfen.

Das Ende der Hofkarriere unseres Großvaters entsprach nicht ihrem Beginn. Sie hatte ja vernünftig und hilfreich begonnen. Aber der Vorfahr hat offenbar nicht gelernt, wie man auf die Stimmungen des Kaisers zu reagieren hatte. Der Kammerdiener, Herr Quentz, durch den sowohl Graf Eulenburg wie auch der Hofmarschall Baron von Lyncker den Großvater jeweils orderten, hatte zu melden, daß der Kaiser sich überraschend für drei Tage nach Rominten begebe, aber Graf Eulenburg, der zur Zeit heiser sei, könne, selbst wenn er mit von der Partie wäre, abends für den Kaiser, falls der das wünsche, die beliebten Balladen nicht singen. Der Graf könne wahrscheinlich überhaupt nicht mit hinaus nach Rominten, da Seine Majestät nichts so wenig ertrage wie einen vielleicht erkälteten Menschen. Und illustrierte dem Großvater die kaiserliche Empfindlichkeit schnell mit ein paar am Hof kursierenden Geschichten, die wiederum der Vorfahr seiner wilhelmsüchtigen Schwester in Stuttgart genußvoll weitermeldete. Hören Seine Majestät von Ihrer Majestät, eine ihrer Hofdamen habe Halsweh, wird befohlen, daß diese Hofdame das Marmorpalais sofort zu verlassen habe, und von Ihrer Majestät zieht der Kaiser sich zurück, bis erwiesen ist, daß die Kaiserin von der Hofdame nicht angesteckt wurde. Den Hofmarschall von Liebenau fragt er, ob in Potsdam Diphtheritisfälle gemeldet seien. Und der: Nicht daß ich wüßte, Eure Majestät. Diese Antwort empört den Kaiser. Das heiße doch, daß es dem Hofmarschall an dem von ihm verlangbaren Kenntnisstand mangle oder daß Krankheitsfälle verheimlicht würden. Und befiehlt, daß alle Personen des Gefolges, welche Halsschmerzen haben, sofort ins Hospital gebracht werden müssen. Jeder Dienstbote ist informiert und verpflichtet, jede noch so kleine Krankheit in der Familie zu melden. Das gilt für den Generaladjutanten des Kaisers genauso wie für den letzten Küchenjungen. Oft genug hat man den Kaiser bei Empfängen plötzlich wegeilen sehen von einer Person, die

dann höchst unglücklich zurückblieb und, gefragt, wovon zuletzt gesprochen wurde, antwortete: Von der Erkältung eines Onkels.
Der Großvater ließ seine Schwester wissen, daß er die Furcht des Kaisers vor Ansteckung insbesondere im Halsbereich nicht belächelnswert finde, er sei als Lehrer winters oft genug voller Angst, etwas von einem Schülerhalsweh einzufangen und dann mindestens eine Woche lang an einer eitrigen Mandelentzündung leiden zu müssen. Nur Immunitätsbarbaren könnten über eine solche Empfindlichkeit spotten. Wenn er die Macht hätte, würde er jeden, der hüstelt oder rotzt, sofort der Schule verweisen.
Graf Eulenburg fiel also als Balladensänger aus, der Großvater wurde bestellt. Für alle Fälle, hieß es.
Zu einem Jagdausflug lud der Kaiser immer mindestens zwei Dutzend Gäste, dazu gehörte ein Troß von sechzig oder achtzig Bedienten. Keine der Leidenschaften des Kaisers, das Uniformtragen ausgenommen, dürfte ihn intensiver beherrscht haben als die Leidenschaft, das Wild zu erlegen.
In Rominten sollte diesmal ein Elch zu sehen sein. Als dort alle die ihnen zugewiesenen Quartiere bezogen hatten, brachen die Gäste auf, um den Elch zu sehen. Der Vorfahr durfte mit. Immerhin war er jetzt Herr von Kahn und ein Künstler. Er stand dann am Waldrand in einer langen Reihe von Herren höheren Ranges, stand mehrere Stunden, die Lichtung, in der der Elch auftreten sollte, blieb leer, der Kaiser war enttäuscht. Also zurück ins Jagdhaus. Das lag nun jenseits der Rominte. Der Kaiser hatte dann plötzlich den Einfall zu befehlen, daß man nicht an der Rominte entlang bis zur Brücke gehe, über die man hergekommen

war, er befahl, die Rominte zu durchwaten, und tat das selber allen voran. Es war schon Oktober. Es blieb nichts übrig als zu folgen. Drüben der zweite Befehl: Keiner geht auf sein Zimmer und kleidet sich um, alle erscheinen so, wie sie jetzt sind, sofort bei Tisch. Der Kaiser erlebte seine Jagdausflüge und das Abschießen der Hirsche und Hasen auch als Ersatz für Kriegerisches. Er ließ, was er tötete, zählen, wie der Feldherr die toten Soldaten des Feindes zählen läßt. Über fünfzigtausend Hirsche und Hasen sollen es gewesen sein. Einmal hat er dem durch die Treiber gestellten Wild, bevor er abdrückte, zugerufen, was sein großer Vorfahre bei Leuthen seinen Soldaten zugerufen hat: Hunde, wollt ihr ewig leben. Von seinen Jagdgästen erwartete er offenbar, daß sie die Jagdsituationen auch mit solchen Vorstellungen erlebten und bestanden.
Der Großvater versagte. Er hatte keine Angst vor Diphtheritis, aber eben vor eitrigen Mandelentzündungen. Für drei Tage hatte ihn der Rektor des Real-Gymnasiums beurlaubt, aber auch das nicht, ohne ironisch zu fragen, wie hoch sich Herr von Kahn eigentlich noch hinaufsingen wolle. Daß er sich nach dem Jagdausflug noch eine Woche mit Mandelentzündung ins Bett lege, das ging einfach nicht. Also rasch ins Zimmer und wenigstens trockene Socken und Schuhe angezogen, wenn schon die bis übers Knie hinauf nassen Hosen und Unterhosen blieben. Da alle außer ihm den Befehl des Kaisers mannhaft befolgt hatten, war er der letzte, der im Speisesaal erschien. Der Kaiser tat, als bemerke er das nicht. Aber das war das letzte Mal, daß er Friedrich Karl von Kahn bestellt hatte. Vom Grafen Eulenburg ist ein herzlicher Brief an den Großvater überliefert. Seine Majestät reagiere in solchen

Situationen immer so lebhaft, wie nur das Genie reagieren könne. Übermäßig! In allem mehr als vorstellbar! Damit sei nun einmal Seine Majestät gesegnet. Manchmal könnten Unverständige meinen: Mehr geschlagen als gesegnet. Aber er, als Kenner, dürfe bezeugen: Gesegnet! Dann noch zum Trost: Seine Majestät befrage sich selber regelmäßig, ob diese und jene jähe Entscheidung Bestand haben solle oder zu revidieren sei.

Diese Entscheidung gehörte offenbar zu den nicht revidierten.

Der Großvater hat nicht gelitten darunter. Und sein Rektor war froh, den tüchtigen Pädagogen und Sänger wieder ganz für seine Schule zu haben. Unser Vater war bei Kriegsausbruch (so nannte man das) neunzehn Jahre alt und einundzwanzig, als er als «Kriegsfreiwilliger» eingezogen wurde, und dreiundzwanzig, als ihm vier Finger der linken Hand von einem Granatsplitter weggerissen wurden. Ich war achtzehn, als ich eingezogen wurde, auch als Freiwilliger. Ein paar Tage bevor ich einundzwanzig wurde, war alles aus.

Ich bin jetzt der Ansicht, daß es ohne den ersten Krieg das, was zum zweiten Krieg führte, nicht gegeben hätte. Weil der zweite Krieg in mein Leben hineingepfuscht hat und ohne den ersten Krieg nicht stattgefunden hätte, hat es mich interessiert, warum Wilhelm II. nicht gehindert werden konnte, dieses Reich in diesen Krieg hineinzuregieren.

Kein Mensch dürfte je begriffen haben, wie Wilhelm sein Kaisersein von Gottes Gnaden empfand und praktizierte. Ein konstitutioneller Monarch zu sein, einem Parlament, einem Kanzler entsprechen zu müssen, eine Verfassung

zu respektieren, das blieb ihm fremd. Darüber konnte er, wenn er mit sich allein war, nur lachen.
Wilhelm II., das glaube ich erkannt zu haben, hat alles nur gespielt. Auch den Ernst. Auch den Spaß. Er hat die Krone vom Altar empfangen und seine Legitimität von Gott. Er war kein religiöser Mensch. Er hat den Religiösen gespielt, wie er das Gottesgnadentum und den absoluten Kaiser gespielt hat. Er war geschützt durch einen Wahn, der sich gerade noch so wirklichkeitsgerecht aufführen konnte, daß man dem von ihm Benommenen nicht in den Arm fallen konnte. So wie Don Quijote, als das Mittelalter vorbei war, den mittelalterlichen Ritter mit allem Drum und Dran gab, so gab dieser Wilhelm in einem aufgeklärten Zeitalter den Gottesgnadenkaiser. Nur, Don Quijote tobte sich auf dem Papier aus, Wilhelm im Marmorpalais, im Neuen Palais, im Stadtschloß, im Reichstag und als «Reisekaiser» jedes Jahr an einhundertfünfzig Tagen überall, von den nördlichsten Fjorden bis nach Jerusalem.
Herr Quentz, der Kammerdiener Seiner Majestät, war auch Vorgesetzter der Garderobiers des Kaisers. Er war verantwortlich dafür, daß Seine Majestät in jedem Augenblick jede der über dreihundert Uniformen, die in mehreren Sälen des Neuen Palais in Potsdam gepflegt wurden, abrufen und tragen konnte. Eine Kürassieruniform zum Beispiel bestand aus vierzehn verschiedenen Teilen. Daß Seine Majestät auf Reisen viermal am Tag die Uniform wechselte, muß nicht verwundern, aber auch zu Hause in Potsdam war damit zu rechnen, daß der Kaiser an einem Tag in vier oder fünf verschiedenen Uniformen erscheinen wollte. Das waren die Uniformen der Regimenter, denen der Kaiser mit irgendeinem Rang ange-

hörte. Denen er neue Fahnen oder Kasernen stiftete und dann die jeweils fällige Rede hielt. In einer Extra-Abteilung wurden die ausländischen Uniformen gepflegt. Der Kaiser war vom Oberst bis zum Generalmajor und Feldmarschall Offizier in vierzehn ausländischen Armeen. Als Rußlands Niederlage im Krieg gegen Japan perfekt war, telegraphierte er dem Zarenvetter «Waidmannsheil für das große Spiel». Der alte Moltke, das Militärgenie des Krieges anno 1870/71, seufzte: «Dekorativ ist die Losung des Tages. Übungen werden zu parademäßigen Theaterstücken.» Der Kaiser spielte dieses Auftrumpfspiel bis zu einem tödlichen Ernst, den zu begreifen ihm seine Benommenheit ersparte. Verantwortlich fühlte er sich, das hat er hörbar genug gesagt, nur dem Allmächtigen, von dem er die Krone empfangen hatte. An den er keine Sekunde lang geglaubt hat, wie ein religiöser Mensch an Gott glaubt. Gott, das war die allerhöchste Figur im Spiel. Daß er selber ernstunfähig war, hat er weder geahnt noch gewußt, noch begriffen. Man hätte ihm in den Arm fallen müssen.
Der Vorfahr kommentiert diese und jene Manie der Majestät durchaus witzig. Er bemerkt sogar, daß Wilhelm wahrscheinlich aus einer schwer erklärlichen persönlichen Unsicherheit von einer Uniform in die andere floh. Er hat durch den Kammerdiener den Text eines Telegramms erfahren, das Wilhelm an seinen Vetter, den Zaren Nikolaus, sandte, bevor sie sich auf der Zarenyacht trafen: «Welchen Anzug für Begegnung? Willy.» So unsicher war er. Es ist zuviel verlangt, vom Großvater zu erwarten, er hätte die Erhebung in den erblichen Adelsstand ablehnen sollen. Wir haben die drei Buchstaben in unserem Namen ja auch

nicht gestrichen. Die Vergangenheit ist nicht abwählbar. Man vergesse nicht – und das macht diesen Wilhelm für heutige Vorgänge auf hoher Ebene musterhaft –: Wilhelm war beliebt. Heute würde man sagen: echt beliebt. Er wurde verehrt. Er war der erste Medienkaiser. Niemand in Europa, auch nicht Caruso, wurde so häufig, so feierlich und so phantastisch fotografiert wie der Kaiserdarsteller Wilhelm II. Keiner wurde so ätzend oder so liebevoll karikiert. Das steigerte seinen Wahn, bestätigte ihn. Er brauchte Gott als höchste Kulissenzutat, die Massen, längst gottverlassen, brauchten ihn als Abgott. So jemandem in den Arm zu fallen wagt man in Deutschland nicht. Er war ein Megastar. Nichts anderes. Auch heute ist es undenkbar, einen Megastar daran zu hindern, seine Siege zu pflücken. Seine Zeitgeistsiege.

Wie kommt das, daß wir solche bis zum Irrsinn unfähige Figuren, Figuren äußerster Unmöglichkeit, nicht loswerden ohne Krieg, ohne Gesamtkatastrophe? Die Kapelle im Eulenburg-Schloß Liebenberg heißt heute Libertas-Kapelle, weil Libertas, die Enkeltochter Eulenburgs, hier getraut und dann, 1942, von Hitlers Bande in Plötzensee hingerichtet worden ist, zusammen mit ihrem Mann Harro Schulze-Boysen, beide Widerstandskämpfer, organisiert in der Roten Kapelle. Die um Hitler herum haben sich viel schlimmer aufgeführt als die um Wilhelm herum.

Die Sehnsucht der Deutschen nach durch keine Vernunft begrenzten Figuren. Selbst wenn das eine Sehnsucht aller Menschen sein sollte, so haben andere Länder doch verläßliche Hemmungen kultiviert, die uns fehlen. Hitler war der erste Mediendiktator, wie Wilhelm der erste Medienkaiser war. Verglichen mit Hitler darf man Wilhelm

schuldunfähig nennen. Nach dem antiken Rom hat es, außer der deutschen, keine westliche Gesellschaft mehr zugelassen, daß sich einer zum Abgott machen lassen konnte und sich dann auch entsprechend benahm. Derjenige muß nur die jeweils neueste Technik der Selbstvervielfältigung so rechtzeitig, so früh benutzen, daß seine Person das technische Wunder selbst wird. Eine bis dahin unerhörte Allgegenwart. Dann funktioniert das. In Deutschland. Warum? Die Person im Zeitalter ihrer technischen Reproduzierbarkeit.
Ich war immer Teil des Problems. Ich bin nicht selbständig geworden. Und unabhängig schon gar nicht. Ich verabschiede mich. Zu spät.
Fritz Wunderlich ist, ich glaube, neununddreißig gewesen, als er im Jagdhaus eines Freundes die Treppe hinunterstürzte und starb. Das letzte, was ich hören werde, ist seine Stimme. Wenn er die Schubertlieder und die Schumannlieder singt, schreit er. Und das hat nichts mit Lautstärke zu tun. Seine Stimme schreit, weil er diese Lieder singt. Diese Lieder schreien, wenn sie richtig gesungen werden. Ich habe gewählt. Schumann – Wunderlich – Heine: Im wunderschönen Monat Mai. Mayday.

Helen war zurück, kam hinauf, klopfte an, Karl sagte Ja, sie trat ein, sah ihn da sitzen, er fragte: Darf ich dir etwas vorlesen?

Dann las er ihr alles vor, mußte aber Pausen machen, Atem holen, sonst hätte er nicht weiterlesen können.

Als es ihm gelungen war, alles vorzulesen, schaute er wieder auf. Helen weinte. Sie weinte so leise, wie sie lebte.

Dann sagte sie: Dieser ruhige Mensch.

Karl sagte, er müsse der Schwägerin schreiben. Zum ersten Mal sagte er nicht Frau Lotte, sondern *Schwägerin.*

In ihm stürmte es. Wilhelmprotz, Hitlerwahn, Ereweinelend. Das Lebensdurcheinander. Im Katastrophenschutt und -dreck die Götzenbilder.

Helen sagte noch einmal: Dieser ruhige Mensch. Sie müsse sich vorwerfen, daß sie, was jetzt passiert sei, nicht für möglich gehalten habe.

Karl sagte: Das ist immer so.

Zwei

1.

Frau Lenneweit fragte, ob sie durchstellen solle, Graf Josef sei am Apparat. Frau Lenneweit wußte so gut wie Karl, daß Graf Josef anrufen würde, bis er Karl von Kahn erreichte, also sagte er: Bringen wir's hinter uns. Graf Josef rief immer für Benedikt Loibl an, immer um zu melden, was Loibl jetzt wieder angerichtet hatte. In der Firma hießen Graf Josef und Benedikt Loibl: Unsere Laienschauspieler.

Karl war jedesmal überrascht, was Graf Josef sich zur Dringlichmachung seines Anliegens wieder hatte einfallen lassen. Heute meldete Graf Josef: Er habe Benedikt Loibl auf der Liegewiese gefunden, ohnmächtig, Cognac, die leere Flasche neben ihm im Gras. Als es Graf Josef gelungen war, Loibl mit besonders sanften Ohrfeigen aus dem Koma zurückzurufen, erfuhr er: Benedikt Loibl hat Herrn von Kahn betrogen. Ist ihm regelrecht untreu geworden. Daß er seinen Retter und Gönner betrogen hat, das verzeihe ihm, wer wolle, er verzeihe es sich nicht. Da geschieht es ihm gerade recht, daß er bestraft wird jetzt, dreihunderttausend sind weg. Eine Immobilie und dann Insolvenz, er sieht keinen Cent mehr von dem Geld und hat, was er da investiert hat, doch gar nicht gehabt, das hat er geliehen. Ein paar Tage flau, das Wetter auch nichts, der Umsatz sackt ab, jetzt geht's los, denkt er, jetzt aber schnell, und da bietet sich, bietet ihm der Steuerberater diese Immobilie. Wenn Herr von Kahn es über sich brächte und käme, verlangen kann er's nicht, bei Gott, das weiß er. Und weinte und schniefte und schneuzte sich. Und er, Graf Josef, hat den Benedikt Loibl, der ja sein Chef ist, so schnell wie möglich durch den Hintergang ins Haus und ins Büro schleppen müssen. Hätte ein Hotelgast den Chef in diesem Zustand gesehen, hätte der das Verkehrsamt angerufen, die Konzession wär weg. Jetzt hocke er auf seinem Bürostuhl, den Kopf auf dem Schreibtisch. Wenn Graf Josef sage, Chef, was ist jetzt?, murmle der immer wieder nur den gleichen Satz: Ich muß erwachsen werden, endlich. Immer bloß das. Graf Josef habe ihm ins Ohr gerufen, ob er Herrn von Kahn verständigen solle. Da habe der Chef sich aufgerichtet und habe den ersten klaren Satz klar ausgesprochen: Graf Josef, ja, aber sag Herrn von Kahn, wie ich mich genier.

Karl sagte seinen Spruch für solche Fälle: In jedem Sturz steckt ein Start. Den finden wir. Um fünf bin ich bei euch. Bei Frau Lenneweit bestellte er ein Vollmacht-Formular.

Dr. Herzig kam aus seinem Zimmer, war wie immer in Eile, er fährt nach Frankfurt, dort ist morgen *Medtech Day*. Der *Early Stage*-Markt blüht, sagte er, die berührungsfreie Meßtechnik wird ein Renner. Oh, sagte er, stellte die Tasche ab, ging noch einmal in sein Zimmer, kam mit einem Blatt zurück, da habe er doch einen Spruch vom Hausheiligen der Firma, als Zitat der Woche für die nächste *Kunden-Post*. Hören Sie, bitte, Carla – er nannte Frau Lenneweit Carla, sie ihn Dirk –, den Spruch unseres Hausheiligen zum heutigen Tage. Also, spricht Warren Buffett: *It's not that I want Money. It's the fun of making it and watching it grow.*

Karl fragte: Was sagen unsere Damen dazu?

Frau Lenneweit in Einserschülerin-Schnelligkeit: Ja, lieber Dirk, mit dem Spruch haben wir im Oktober 1995 unsere *Kunden-Post* eröffnet.

Frau Leuthold, satirisch: Da war ich noch im Kindergarten.

Karl sagte, er finde es sympathisch, daß Dr. Dirk den Hausheiligen gelten lasse.

Herr Brauch sagte von seiner Tür her: Vielleicht sogar in der Praxis, wer weiß.

Muß ich da einen kritischen Unterton heraushören, sagte Dr. Dirk.

Nie ohne den Oberton der Bewunderung, sagte Herr Brauch.

Dr. Dirk mußte jetzt wirklich gehen.

Karl von Kahn dachte an die *Kunden-Post*-Nummer, in der er über Mr. Buffett einen verehrungsvollen Artikel geschrieben hatte, mit Bild. Insgeheim hatte er gehofft, daß jemand bemerke, wie er Mr. Buffett gleichsehe. Aber weder einem Kunden noch einem Mitarbeiter, noch Helen war diese Ähnlichkeit aufgefallen.

Frau Lenneweit mahnte: Sie hat einem, der eine arg laute Stimme hat, versprochen, daß er, sobald Herr von Kahn frei sei, zurückgerufen werde. Darauf hat dieser Laute gesagt: Aber glauben Sie nicht, daß ich, falls Sie mich auf die lange Bank schieben, nicht noch einmal aufkreuze bei Ihnen. Ich gehöre zum Stamm der Gnadenlosen. Jetzt verband sie.

Es meldete sich Theodor Strabanzer. Karl hatte das Gefühl, der genieße seinen Namen, wenn er ihn aussprach. Er sprach viel lauter, als man es am Telefon erwartet. Schon gar nicht bei der bloßen Namensnennung.

Sehr gut, maravilloso, daß Sie al instante reagieren, rief Herr Strabanzer, so muß es gehen, samuraisch knapp. Sein alter Freund, die Exzellenz Stengl, habe ihm gesagt, der einzige, dem er es gönne, an einem so rasend schönen Projekt finanzierend mitmachen zu dürfen, sei Herr von Kahn. Und seinem alten Freund Amadeus traue er wie der Schlüssel dem Loch.

Karl merkte, daß Herr Strabanzer glaubte, Karl von Kahn müsse ihn kennen.

Welche seiner Filme Herr von Kahn gesehen habe, sei im Augenblick nicht wichtig, sagte Herr Strabanzer. Egal, wie diese Filme angekommen oder nicht angekommen seien, sie seien leider alle gleich gut. Manchmal frage er sich, wie lange er noch so tun solle, als wisse er nicht, daß er der Beste sei. Egal, jetzt steht er kurz vor seinem bisher steilsten und geilsten Projekt und hat, weil ein armes Schwein sein Vertrauen mißbraucht und ihn hereingelegt hat, noch Platz für einen Investor, der sich schnell mal dusselig verdienen möchte.

Karl wußte natürlich, daß er in den Besitzer dieser um sich schlagenden Stimme keinen Euro investieren werde, aber er hörte sich sagen, daß er ab sechs Uhr im *Kronprinz Ludwig* in Herrsching zu sprechen sei.

Herr Strabanzer schrie geradezu auf. Beim Benedikt im *Kronprinz*, mein Herr, Zufälle gibt es nicht. Wenn man mal sein eigenes Netzwerk entdeckt hat, gibt es keinen Fehltritt mehr. *Dem Wahren nur ist ewiges Bestehen, Und immer wird das Täuschende verwehen.*

Jetzt mußte Karl die Stimme auch anheben. Karl-Theodor-Stube, sagte er.

Meine Stube, rief der. Falls Sie mich allerdings aus Versehen oder absichtlich Theo nennen, darf unsere Beziehung als beendet gelten.

Also um sechs, sagte Karl.

In der Karl-Theodor-Stube, rief der andere.

Daß der Immerlaute im *Kronprinz Ludwig* die Stuben kannte und sogar den Wandspruch der Karl-Theodor-Stube aufsagen konnte, milderte die Abneigung, die sich gebildet hatte, als dessen Suada ihm ins Ohr geprasselt war. Daß einer alles, was er sagt, immer gleich laut sagt, ist interessant. Und wieder eine Amadeus-Stengl-Empfehlung! Mit wem war der eigentlich nicht befreundet! Netzwerk!

Helen war den ganzen Nachmittag in Klausur. So nannte sie es, wenn der Erfolg davon abhing, daß sie ihre Klienten oder Patienten keine Sekunde lang aus den Augen ließ. Heute war es ein Paar, das keines mehr war. Die Anwälte hatten die Scheidung unterschriftsfertig gemacht, Helen behauptete, diese Scheidung wäre ein grotesker Irrtum, dieses Paar sei noch ein Paar. Das wollte sie dem Paar, das keines mehr sein wollte, erklären, beweisen. Helen kämpfte wieder einmal um eine Ehe, als hinge das Schicksal der ganzen Welt davon ab, daß diese Ehe weiter bestehe. Helen, die glücklich Geschiedene und verheiratet mit einem genauso glücklich Geschiedenen, sagte, jede Ehe, die länger als zehn Jahre gedauert habe, sei zu retten.

Er teilte ihr auf der Mobilbox mit, daß er zwei Verabredungen in Herrsching habe. Bei Benedikt Loibl. Es werde sicher nicht spät. Essen werde er bei Benedikt, der wieder ein benediktinisches Schlamassel angerichtet habe, aber als Koch mache er mehr gut, als er geschäftlich vermasseln könne. Bis später, mein Liebes, sagte er und hauchte noch eine Art Kuß nach.

Dann noch Daniela. Da benutzte er kaltblütig den schlimmen Tod seines Bruders. Es war eine Sauerei, Ereweins Tod so zu benutzen. Ach ja, laß bloß keine Gelegenheit aus, dir Vorwürfe zu machen. Wie sagte Diego spät in der Nacht: Genauigkeit darf schon sein. Erewein ist doch anwesend.

Auch wenn er nicht an den Bruder dachte, sah er sich jetzt in einer Distanz zu allem, was er tat, und diese Distanz mußte durch Ereweins Tod entstanden sein. Als sei er durch Ereweins Tod ein anderer geworden. Zwar immer noch der, der er gewesen war, aber als der weiter weg von allem. Er konnte sich Ereweins Sätze nicht zu eigen machen, aber er verstand sie. Er mußte Ereweins Sätze aufnehmen in seine Empfindungen. Das war keine ganz neue Erfahrung: In ihm stritt sich, was sich widersprach, nicht. Einträchtig bestanden in ihm die Gegensätze. Und verlangten keine Schlichtung. Er sah sich als ein Parlament, in dem er dafür zu sorgen hatte, daß nichts zur Regierung wurde. Was in dir Herr werden will, kommt von außen. Karls Lieblingsillusion war doch: Unabhängigkeit.

In der S 6 nach Herrsching beschäftigte sich Karl von Kahn mit der Akte Loibl. Benedikt Loibl, immerhin einer der sieben Ersten. Karl von Kahn noch bei der *Hypo*, aber schon gekündigt, stieß im Gang, an dem sein Büro lag, mit einem offenbar Betrunkenen zusammen. Der entschuldigte sich nicht, sondern faßte Karl an beiden Schultern, er brauchte Halt. Umbringen sollt ich den da drin, und zeigte auf die Tür von Karls Kollegen, und was tu ich, mich bring ich um, und zwar gleich. Nix für ungut, Herr Nachbar. Aber er hielt sich immer noch fest an Karls Schultern. Siebenhunderttausend, sagte er und fing an zu weinen.

Das war der Anfang. Karl nahm ihn mit nach Hause. Ihm

lag damals an Kenntnissen, die gegen die *Hypo* verwendbar sein konnten.

Ein Hotelpächter also hatte mit aufgenommenem Geld Aktien gekauft, hatte die Aktien bei der Bank als Sicherheit für das aufgenommene Geld hinterlegt, dann sanken die Kurse, die Aktien waren keine Sicherheit mehr, also mußte dem Kunden zum Verkauf geraten werden, das war Alltag, dem *Hypo*-Kollegen war nichts vorzuwerfen. Das hatte zu einem Verlust von siebenhunderttausend Mark geführt. Zweihundertachtzigtausend waren ihm geblieben. Als er alles erzählt hatte, sagte er: Danke fürs Zuhören. Dann stand er auf und sagte: Heißen tu ich Benedikt Loibl. Und ich glaub, ich muß endlich erwachsen werden.

Karl von Kahn bot sich an, ihm dabei behilflich zu sein. Benedikt Loibl war seit sieben Jahren Pächter des Hotels *Engelhof*, hatte in sieben Jahren für den Besitzer mehr als eine Million Pacht erarbeitet und kam sich jetzt erschöpft und ausgenützt vor. Er will, solange er noch ein bißchen Kraft hat, etwas Eigenes. Er will wieder kochen. Er darf sich für einen geborenen Koch halten. Aber der *Engelhof*-Besitzer läßt ihn nur aus dem Vertrag, der noch vier Jahre geht, wenn er einen Nachfolger bringt. Einen solventen. Zwei Nachfolger hat Benedikt Loibl schon präsentiert. Einer wurde abgelehnt, weil er schon zweiundsechzig war und bisher nur Altersheime geführt hatte, der zweite, weil er ein Ausländer war, Rumäne. Schon bis Benedikt Loibl beim Besitzer einen Termin kriegt, dauert das jedesmal drei bis vier Wochen. In Pasing hat er ein Haus, das kann er nicht verkaufen, weil die sechzehn Zimmer an Studenten vermietet sind. Die gehen nicht raus. Wenn Benedikt Loibl dort erscheint, brüllen sie aus den Fenstern im Chor: Kapitalistenschwein. Er soll ruhig Räumungsklage anstrengen, er wird verlieren, ihr Anwalt Christian Ude gewinnt jeden Prozeß. Und als Loibl den Prozeß endlich doch gewinnt, macht der Studentenanwalt geltend, die Studenten stünden im Examen, wüßten nicht, wohin, also könnten sie nicht vor Semesterende ausziehen. Aber er hat in Herrsching am Hang auf einem großen Grundstück ein verfallenes Haus gesehen, das wäre der Platz für ein Hotel mit Restaurant. Schönbichlstraße. Seeblick! Wie das jetzt finanzieren?

Also hatte Karl von Kahn mit dem Besitzer des Hotels *Engelhof* verhandelt, hatte einen Immobilienkollegen aufgetrieben, der das Haus in Pasing auf Termin Semesterende verkaufte, und hatte mit dem, was er von Loibls Konten noch zusammenkratzen und an Sicherheiten noch dingfest machen konnte, ein Yen-Darlehen von 46 Millionen aufgenommen, hatte das in Mark getauscht, dafür einen Sparkassenbrief gekauft, zahlte für das Yen-Darlehen 2,3 Prozent Zins, kassierte für den Sparkassenbrief 5,2 Prozent und kündigte das Darlehen, als der Yen deutlich fiel und weiter zu fallen versprach, auf ein halbes Jahr im voraus, die Rückzahlung war dann, weil der Yen immer noch weiter fiel, 20 Prozent billiger als der ursprüngliche Erwerb. Dann gab es noch die Verwertung einer nicht unabenteuerlichen Beteiligung an einem van Gogh-Bild. Fünfzigtausend hatte sich ein Gast bei Benedikt Loibl geliehen, hatte für ein halbes Jahr zehn Prozent Zins zugesagt. Mit einem Prozent war Loibl damit an einem van Gogh beteiligt, der für sechs Millionen einen Käufer suchte. Fünfzig Mitbesitzer. Bisher war das Geld der Interessenten kein gutes Geld gewesen. Ein Prozent, das wären sechzigtausend. Plus zehn Prozent Zins. Aber es tat sich nichts. Das Bild im Banksafe. Mit Diegos Hilfe gelang es Karl von Kahn, einen zu finden, der Herrn Loibls Anteil übernahm. Plus siebzehntausend inzwischen fällig gewordener Zinsen. Möglich war das nur, weil Karl von Kahn Graf Lambsdorff als Garanten für die Bonität des van Gogh-Geschäfts nennen konnte.

Benedikt Loibl kaufte in Herrsching und baute. Das Hotel *Kronprinz Ludwig* samt den *Kronprinz-Stuben* gedieh. Nach drei Jahren hatte sich Benedikt Loibl im *Gault Millaut* fünfzehn Punkte erkocht. Er war kein Geschmacksopportunist. Er selber sagte, er sei ein Schmeichler. Er schmeichle aber, sagte er, nicht den Gästen, sondern den Gewürzen, den Gemüsen, den Filets und den Soßen und überlasse es den Speisen, seinen Gästen zu schmeicheln.

Bevor er das Restaurant in den *Kronprinz-Stuben* eröffnete, hospitierte er noch vier Monate in Baiersbronn bei seinen Vorbildern, den großen Meistern Harald Wohlfahrt und Jörg Sackmann. Und die Betriebsferien im November nutzte er jedes Jahr zu einer Baiersbronner Inspiration. Baiersbronn nannte er den Vatikan der Kochkunst.

Seine Ammersee-Fischsuppe hat er schon im Bayerischen Fernsehen kochen und austeilen dürfen.

Karl von Kahn hatte inzwischen begonnen, für Loibl wieder ein Depot zusammenzubauen, das aber noch keine hunderttausend erreicht hatte. Eine sehr defensive Mischung. Loibl gehörte auch deshalb zu Karls Lieblingskunden, weil bei ihm alles vorkam, was Karl als Finanzdienstleister können wollte.

Ein paarmal hatte Karl von Kahn mit Daniela im *Kronprinz* übernachtet. In der Kronprinzen-Suite. Benedikt Loibl hatte diese Übernachtungen besorgt ohne jede anbiedernde Vertraulichkeit. Genauso sensibel hatte sich Loibls

Empfangs-Chef Graf Josef benommen. Der hatte es, weil er einem Redezwang ausgeliefert war, schwerer, die erwünschte Zurückhaltung zu praktizieren.

Vom Bahnhof hinaus und hinauf zum *Kronprinz Ludwig* ging Karl von Kahn immer zu Fuß. Graf Josef empfing ihn zwar nicht stumm, aber er redete so leise vor sich hin, daß man selber schuld war, wenn man etwas verstand. Er ging Karl voraus in die Karl-Theodor-Stube. Herr Strabanzer hatte schon angerufen und bestellt, Loibl erschien, Graf Josef trat fast feierlich einen Schritt zurück und entfernte sich rückwärts gehend aus der Szene. Nicht ohne durch eine seiner großbogigen Handbewegungen seinem Chef das Wort zu erteilen.

Also das neueste Loibl-Schlamassel. Loibl sagte, er nehme es hin, wenn Herr von Kahn ihn jetzt fallenlasse. Und verstummte.

Augen wie reife Kirschen, dachte Karl, und einen Mund wie eine überreife Frucht.

Loibl sagte: Mir graut vor mir. Ehrlich. Dann schob er die Akte, die er mitgebracht hatte, zu Karl hin.

Karl deutete auf den wandbeherrschenden Spruch:

Dem Wahren nur ist ewiges Bestehen,
Und immer wird das Täuschende verwehen.
Kronprinz Ludwig

Ja, sagte Loibl, der Ludwig war ein großer Dichter.

Jetzt entwickelte Loibl schnell einen ablenkenden Eifer. Er hat in Herrsching einen Verein gegründet. Einladungen geschickt an alle Seegemeinden. Ziel: Sommertheater in Herrsching. Aufgeführt werden sollen die drei Stücke, die der Kronprinz geschrieben hat, bevor er Ludwig der Erste geworden ist: *Otto. Teutschlands Errettung. Conradin.* Was für ein Historiker, was für ein Dramatiker. Und alle reden nur von dem spinnigen zweiten Ludwig, der Richard Wagner zu seinem Finanzminister hat machen wollen. Überhaupt waren die Wittelsbacher g'sund und g'scheit, bis die Hohenzollern-Cousine hereingeheiratet hat. Da war's aus. Sechs uneheliche Kinder hat der Maximilian gezeugt, alle g'sund und g'scheit, und die zwei Legitimen, der spinnige Ludwig und der arme Otto.

Loibl verstummte wieder.

Karl von Kahn schlug die Akte auf und mußte sich gleich beherrschen. Dreihunderttausend hatte Loibl investiert in eine Firma, die seit Monaten in den Gazetten krankgeschrieben wurde. Das Objekt, eine kanadische Immobilie, versprach acht bis zwölf Prozent. Jetzt hatte das Unternehmen Insolvenz angemeldet. Benedikt Loibls Schuldenkonto würde sich um dreihunderttausend erhöhen. Und wer hat ihm zu dieser Investition geraten? Sein Steuerberater. Das dürfte der gar nicht, sagte Karl von Kahn.

Loibls ganzes Gesicht produzierte einen Ausdruck, den man von Märtyrerbildern her kennt. Er sagte: Ich komm mir jetzt fremd vor, ein paar Tage Flaute, die Leute bleiben weg, dann mach ich so was. Im Rausch. Im Angstrausch. Und schüttelte den Kopf wie ein Hund, der etwas loswerden will.

Ein bißchen verwunderlich finde ich, sagte Karl von Kahn, daß ein Mensch, der in der Wirtschaft tätig ist, zu dieser Firma rät. Stand doch letzte Woche noch in der Zeitung: Scheitert die Suche nach neuen Geschäftsführern, müssen die Anleger mit ihrem gesamten Vermögen haften.

Benedikt Loibl stieß einen Schmerzlaut aus, als habe der Folterknecht die Schraube um eine Umdrehung tiefer gedreht.

Das Neugeschäft der Firma ist im vergangenen Jahr weggebrochen, also konnten die Mietgarantien nicht mehr eingehalten werden.

Stimmt, sagte Benedikt Loibl.

Karl von Kahn sah in den Papieren, daß die Anleger zu einer Hauptversammlung eingeladen waren. Im *Méridien*-Hotel. Er ließ Loibl die Vollmacht unterschreiben. Wie gesagt: In jedem Sturz steckt ein Start. Noch sei die Immobilie da. In Kanada. Der Markt für kanadische Immobilien sei im Kern gesund. Wahrscheinlich müsse man dort einen Interessenten finden, der etwas anfangen könne mit dieser Immobilie, die ja doch 25 Millionen Kanada-Dollars wert sein soll. Immobilien könnten zeitweilig unrentabel sein, aber ihre Substanz sei dauerhaft, wenn man sich nicht zu Notverkäufen zwingen lassen müsse. Und jetzt schalten wir um. Was essen wir heute?

Weil jeder Sturz ein Start ist, sagte Loibl, gibt es, was es heute gibt, zum ersten Mal. Er legte seine cremefarbene, sehr handliche Speisekarte vor Karl hin. Darauf stand in Benedikts eigener Handschrift, die gar nicht extra schön daherkam, sondern eher schwungvoll melancholisch: *Mein Kleines Degustations-Menu.* Und *Klein* hatte er groß geschrieben.

Karl überflog die Karte und sagte: Benedikt, Sie sind ein Schwärmer. Pochiertes Ei mit Karamelkruste!

Vier Stunden lang pochiert das Ei, sagte Loibl, bei fünfundsiebzig Grad.

Kürbisblüte im Fenchelsud mit Ingwer, las Karl.

Wenn Sie's vorlesen, schmeckt es noch mal so gut, sagte Loibl.

Karl las weiter: Involtini von der Äsche mit Pata Negra, Grissini und Pistaziengnocchi.

Sie sollte man in allen Stuben als Vorleser haben, sagte Loibl.

Karl las: Lammcarré an Rosmarinjus mit Thymianpolenta und Chalotten.

Und zum Beschluß, rief Loibl, jetzt deutlich mitgerissen von seinen Schöpfungen.

Zum Beschluß, stimmte Karl von Kahn ein, Tarte Tatin mit Sauerrahmschnee à la Pierre Lingelser, mit Calvadosbonbon und zweierlei Apfelsorten.

Karl stand auf und drückte Loibl die Hand. Der nahm Karls Hand in seine Hände und hielt sie so, wie sie seit Berthold Brauchs Einstand niemand mehr gehalten hatte. Seine Kirschaugen waren feucht.

Karl sagte: Das mit der Haftung mit dem gesamten Vermögen ist Einschüchterungstheater. Ich freue mich auf Ihre Uraufführungen.

Da wird ein Bund geschlossen, sagte von der Tür her Theodor Strabanzer.

Benedikt Loibl verneigte sich und sagte: Buenas tardes, señor Resischör. Dann wandte er sich der jungen Begleiterin zu: Mein Haus freut sich, wenn Sie eintreten. Und ich mich auch.

Da schau her, sagte Herr Strabanzer.

An der Tür drehte sich Benedikt Loibl noch einmal um, zeigte ein lachendes Gesicht, ohne daß er lachte, deutete auf Karl von Kahn und sagte eher leise: Mein Retter.

Jetzt ging er.

Süß, sagte die junge Frau. Und meinte Loibl.

Sie hatte recht. Von den dunkelbraunen, ein wenig gewellten Haaren bis zum sanft gerundeten Kinn ein Kind, das immer ein Kind sein wird. Dachte Karl. Wieder für Benedikt Loibl tätig werden, das belebte ihn.

Joni, das ist Herr von Kahn, der laut Amadeus Stengl noch nie etwas Falsches finanziert hat. Oder hat er gesagt: Noch nie etwas falsch finanziert hat. Ich bin immun gegen das, worauf es ankommt. Hahaha.

Diese Lachimitation war erstaunlich leise.

Sie hieß also Joni. Karl dachte: Das ist die Fortsetzung Benedikts mit anderen Mitteln. Zehn Jahre jünger. Das blondeste Blond so ums Gesicht verschleudert, daß Karl Helens immer den Kopf genau nachzeichnendes Blond einfiel. Angesichts dieses Haarzerwürfnisses fragte man sich, da Kamm und Bürste das nicht bewirkt haben konnten, wie diese schöne Unordnung zustande gekommen sein mochte. Auf das Gesicht kam es vorerst nicht an. In hellstem Champagnergold ein Kleid, nein, kein Kleid, ein feiner, gleißender Fetzen, der schwang sich von der rechten Hüfte als rüschenbesetzter Bogen zum linken Knie hinab, darunter dasselbe Kleid, überall in Rüschen endend. Zuerst soll man also denken: Schaut her, ich hab mir einen Fetzen übergeworfen. Dann begreift man, da ist alle Kunst aufgewendet, einen schludrigen Eindruck zu produzieren. Aber dieser am Körper haftende Fetzen war nicht die Hauptsache. Die Hauptsache wurde offen, halboffen ausgestellt. Die Brüste. Halb standen sie dem Kleid zur Verfügung, halb der Öffentlichkeit. Nichts konnte diesen ansehnlichen Brüsten fremder sein als ein Büstenhalter. Halb zwischen, halb unter diesen einander so gut wie nicht und doch fast berührenden Brüsten fand das Kleid zusammen, tat, als sei dazu eine dünne Schleife nötig, und unter der Schleife drei Nähte, die den Eindruck erwecken sollten, da werde ein Körper eng zusammengehalten. Karl verbarg nicht, daß er zuerst einmal alles anschauen mußte.

Joni sagte: Was mir um den Hals und an den Ohren hängt, dürfen Sie nicht auslassen. Heißt Mondstein. Ein Halbedelstein. Schauen Sie. Und drehte den Stein zwischen den halboffen ausgestellten Brüsten. Der Stein wurde zum Champagnertropfen.

Eben ein Opportunist, sagte Herr Strabanzer.

Oder ein Chamäleon, sagte Joni. Wäre Ihnen die Kronprinzen-Stube lieber gewesen, fragte sie.

Weil das die größte ist, wird Joni da von mehr Leuten angestarrt und ausgezogen als hier in der Karl-Theodor-Stube, die die kleinste ist, sagte Herr Strabanzer.

Joni kümmerte sich nicht um ihren Herrn und sagte zu Karl, der Ludwig-Text in der Kronprinzen-Stube sei ihr der liebste Ludwig-Text. Und sagte ihn auf:

Das Glück ist wirklich, wo ich es empfinde.
Im Denken findt der Mensch des Wissens Leere.
Um glücklich seyn zu können, muß er fühlen.

Danke, sagte Herr Strabanzer, als sage er: Jetzt reicht's aber.

Und redete weiter. Auch als an den anderen vier Tischen Gäste saßen, redete er weiter, als sei man allein. Er hatte ein bei den Mundwinkeln endendes Bärtchen, dirigierte, was er sagte, mit übermäßig langen Händen und hatte nicht nur eine schnarrende Stimme, sondern auch eine schnarrende

Art zu reden. Hände, Stimme, Wortart, alles zusammen ergab einen Offizier, wie ihn kein Militär ertrüge.

Er ist ein Feind Amerikas. So fing er an. Er hätte auch sagen können: Auf der Marsoberfläche wurden Gänseblümchen gesichtet. Wenn er so anfing, konnte man so anfangen. Er war der Dirigent und das Orchester. Vielleicht waren die Ärmel seiner gelbgrünen Seidenjacke extra kurz gehalten, damit seine nie ruhenden Hände lang herauskamen. Er war insgesamt lang, hoch. Steil, dachte Karl noch dazu. Den zwischen Grün und Braun irrlichternden Strohhut hatte er wie ein Artist durch die Luft auf einen Kleiderhaken segeln lassen. Eine Wegwerfbewegung, die zur Unform dieses Huts paßte. Die zu breite Krempe links und rechts so hinaufgebogen, daß es aussah, als könne das nicht beabsichtigt sein. Genau wie die Unfrisur der jungen Frau. Und das Hemd wollte keine Farbe haben, wohl aber eine historisch wirkende, an Film-Ritter erinnernde Tiefsilbertönung. Und eine grell violette Fliege. Immerhin eine Art Gruß für Karl von Kahns Krawatte.

Strabanzer sprach auch hier zu laut. Im Stimmengewirr der Stube war das Karl angenehmer als am Telefon. Karls rechtes Ohr hörte nicht mehr so gut. Das wußte außer ihm niemand. Nicht einmal Helen. Er drehte seinen Kopf immer um ein Winziges nach links, kam sich dabei vor wie ein Schlachtschiff, das einen Strich auf Backbord dreht, um seine Kanonen in Schußrichtung zu bringen. Strabanzer will also nicht ein Feind Wallstreet-Amerikas oder Washington-Amerikas sein. Er ist, obwohl gebürtig in Tirol und erzogen in Barcelona, ein Verehrer des Mittleren Westens und ein Texas-Anbeter sowieso, er ist ein Feind Hollywoods, ein Feind Hollywood-Amerikas. Hollywood macht uns platt. Europa, mein paisaje del alma, platt wird's gemacht.

Jetzt wurde eingeschenkt. Den Wein hatte Strabanzer befohlen. Das Lammcarré muß geritzt werden durch den gefährlichsten Rioja, den Benedikt auffahren kann.

Weiter ging's.

Hollywood rasiert Europas Kulturflor, die Europeoples ziehen sich Hollywood-Fast-Food rein, Europa hißt die Flagge: Hollywoods Geschmackskolonie. In den antecedentes dorados hat es doch italienische Filme gegeben, und spanische und französische und englische und dänische und auch deutsche. Sogar amerikanische. Es wird geben nur noch Hollywood. Aber was wären wir für blöde Bären, wenn wir trauerten, bloß weil wir auf der Aussterbeliste stehen. Wir drehen weiter. Zuerst haben wir zwanzig Jahre lang das Zahnarztgeld verfilmt. Jetzt mußt du durch die Dramaturgie-Passion, das Drehbuch geschultert, ein paar Stationen mehr, als unser Herr Jesus durchwankte. Dann die Finanzierungspassion der Länder: Filmstiftung NRW, MFGBW, BBF, MBBB. Jedes Land ringt sich ein Schärflein ab, wenn du in Köln drehst, in Hamburg schneidest, in Stuttgart synchronisierst und in München pinkelst. Betteln macht böse. Sobald die Finanzierung steht, nimmt dir der DVD-Wichser noch schnell die Hälfte ab für nichts als eine Zukunftsgaukelei. Aber es gibt doch Medien-Fonds, nicht wahr! Wir kommen zur Sache. Wenn man dem Bundesfinanzministerium vormacht, der Kapitalist dürfe ins Buch dreinreden, dann darf der seinen Obolus von der Steuer abziehen. Das ist die Zahnarztvariante à la mode. Die Fonds-Haie schnappen Geld natürlich am liebsten für Hollywood. Beispiel *Monster*. Billig-Thriller. In USA zweieinhalb Millionen DVDs. In Deutschland zweihundertsechsundsechzigtausend! Charlize Theron greift zur Pistole, als wär's ein Stück von mir. Oder von dir. Bär, Globe, Oscar! Beute! Weltweit einhundertfünfzig Millionen. Was Hollywood kassiert, nennt man den Löwenanteil. Frage: Wollen Sie meinen nächsten Film finanzieren? Die Materie muß klingen, meine mit Ihrer. Ich bitte Sie, mich samuraimäßig zu mustern und ja zu sagen oder nein. Aus mir tönt, das sage ich unverlangt dazu, das größte Instinktdesaster meiner Laufbahn. Nach neun Jahren Intimstkooperation haut Partner Patrick ab. Hat zwei Millionen ins schönste Südfrankreich geschafft, dort sind sie verschwunden. Patrick kommt zurück, sitzt in seinem Rollstuhl, unansprechbar. Ich schalte um auf Humanfrequenz, fange an mit ganz lieben Fragen, wie ist das Klima in Saint-Tropez. Da sagt Patrick, ohne daß er aufhörte, aus dem Fenster zu starren, deutlich nur zu seinem Anwalt: Wie kann man mir, der ich gerade einen Selbstmordversuch hinter mir habe, solche Fragen stellen.

Sein Anwalt erklärte, Patrick sei mit dem Messer auf seine Frau losgegangen, weil sie das von ihm gekochte Linsengericht abgelehnt hat. Drei Monate Klapsmühle. Ob er Strabanzer noch kennt, ist unklar. Sein Anwalt: Er will alles wiedergutmachen. Wurde erpreßt. Er hat Zungenkrebs. Die Beule an seiner Stirn stammt nicht von einem Streit mit seiner Frau, er ist von diesem Scheißrollstuhl gekippt. Die Rollstühle werden jedes Jahr riskanter. Strabanzers Anwalt winkt ab. Keine Chance. Wenn Patrick sich auf die Zunge beißt, hat er nachher Zungenkrebs. Aufgeben. Wenn wir das neue Jahr ohne die zwei Millionen erreichen, haben wir's geschafft ... So läuft das, lief das. Strabanzer ging hin zu dem, der nur noch aus dem Fenster starrte, streichelte ihn und sagte: Armes Schwein. Als Patrick auch darauf nicht reagierte, drehte sich Strabanzer um und verließ das Zimmer wie Napoleon das Schlachtfeld von Waterloo. Wird gebucht unter Instinktdesaster. Ende.

Jetzt wurde einträchtig geschwiegen.

Strabanzer sagte: Daß im nächsten Projekt Joni die Großfigur abgibt, versteht sich. Als beste Nebenfigur nominiert, lechzt sie jetzt nach der Hauptfigur. Wie sie von mir entdeckt worden ist, das erzählt der Film, den wir, wenn Sie mitmachen, drehen wollen. Womit meine Ästhetik auf dem Tisch liegt. Immer am Leben entlang. Also. Erste Einstellung auf dem ... was ist Ihre Necropolis favorita?

Karl war selber überrascht, daß er blitzschnell Nordfriedhof sagen konnte.

Rein jahrgangsmäßig, sagte Strabanzer ungerührt, seh ich Sie ruhige Lagen suchen, also nehmen wir, daß Sie mitdenken können, Ihren Lieblings-Cementerio, da wird Benno Brauer beerdigt. Da, wo er wirklich beerdigt wurde, können wir sowieso nicht drehen. Hat bei mir bedeutend mitgewirkt in meinem nicht unbedeutenden Frühwerk *Der Tod des Fotografen.* Gesehen?

Das fragte er so jäh, so scharf, daß Karl von Kahn unwillkürlich nickte.

Gut, sagte Strabanzer, der offenbar, wenn eine Mitteilung ihm lieb war, nicht so genau prüfte, wieviel Wahrheit sie enthielt. Daß er sich jetzt an sein Frühwerk erinnerte, riß ihn hin. Sein erster Film. Karl von Kahn möge, bitte, von diesem Frühwerk nicht die hinterfotzigen Feinheiten der späteren Strabanzerfilme erwarten. Der substanzreichste Krimi aller Zeiten sei dieser Film trotz aller Tollpatschigkeiten. Bitte, die normalen Krimikonstruktionen dienen doch immer nur dem banalen Spannungseffekt. An sich sind sie wertlos. Auch bei Herrn Hitchcock. Von ein paar eher haarsträubenden Politikanleihen abgesehen. Dagegen sein Krimi. Kein Kommissar kann dem Mörder des Fotografen auf die Spur kommen. Kein Motiv ist vorstellbar. Dann meldet sich endlich das Mädchen, das dem Fotografen das Archivieren besorgte. Sagt, daß sie erschrocken ist, als sie diese Bilder sah, die einzigen Bilder eines toten Menschen im ganzen Archiv, die Bilder einer toten Frau, einer toten Mutter. Der Rest ist simple Einfühlung. Es mußte der Sohn sein, der furchtbar an seiner Mutter hing, der es sich übelnahm, nicht dabeigewesen zu sein, als sie starb, der auf Curaçao an einem Taucherlehrgang teilnahm, unerreichbar, und der Fotograf glaubte, er tue dem Sohn einen großen Liebesdienst, wenn er ihm die tote Mutter abbilde. Aber der war schockiert. Nur schockiert. Rannte hin und erstach den. Ich meine, das ist doch eine Krimisubstanz, deren ich mich nicht schämen muß, oder?

Karl sagte heftig: Aber wirklich nicht!

Eben, sagte Strabanzer. Wenn ihr das Foto meiner toten Mutter gesehen hättet, würdet ihr verstehen, warum ich diesen Film habe so grob und eckig drehen müssen. Also in diesem Film spielte Benno Brauer einen komplizierten Neffen des unglücklichen Sohns, der ja auf Curaçao nur tauchen lernen wollte, um seine immer kränker werdende Mutter zu vergessen.

Also ich zu Bennos Beerdigung. Schön fade Reden, nichts schöner als schön fade Beerdigungsreden. Mehrere Witwen mehr oder weniger gefaßt. Eine aber totalmente ungefaßt, eine Blondblonde, unterm Wollhelm das frechste Näschen der Welt, und heulte so, daß ihr nachher mehr kondoliert wurde als den Witwen. War ja traurig, Selbsttötung per Pistole. Ich, neugierig, kondoliere ihr auch, halte das Händchen so lange, bis ich erfahre, sie ist keine Hinterbliebene, aber diesen unfaßbaren Schwellmund hätte ich, auch wenn er einer trauernden Hinterbliebenen gehört hätte, rücksichtslos vom Cementerio weg ins Café geladen, soviel Richard der Dritte gehört zur Normalausstattung, wir schleichen uns also fort. Hat Benno Brauer, den notorischen Kammerspielkomplizierten, nie gesehen, aber von einer Schauspielerbeerdigung hat sie was lispeln gehört in ihrer Privatschulklitsche, sie nichts wie hin, dann die Reden, dann die Tränen, dann das Händchen, dann der Kaffee, dann war sie mein beziehungsweise ich ihr. Aber so unvollkommen, wie ich jetzt den Mund dieser unterm Wollhelm so blondblond herausquellenden Blondine abgehakt habe, darf ich nicht mit dem Leben, an dem ich entlangfilme, umgehen. Die Sensation war, daß dieser Mund, jedesmal wenn ich wieder hinschaute, ein anderer war. Dieser Mund tat, was er wollte, beziehungsweise der war ganz unwillkürlich ein Ausdruck dessen, was in dieser Person gerade vorging. Die denkt mit dem Mund, schoß es mir durch den Kopf. Oder sie fühlt mit dem Mund. Dann ist sie auch noch Schauspielschülerin. Also keimte der Plan, wenn du den und den Film hinter dir hast, filmst du an ihrem Leben entlang. Jetzt ist es so weit.

Das pochierte Ei, die Involtini von der Äsche und das Lammcarré mit Thymianpolenta kamen nicht zu kurz.

Wie heißt er nun, sein nächster Film? Sein nächster Film, werte Anwesende, heißt: *Das Othello-Projekt*. Das Budget stimmt schon fast, aber es fehlen eben die zwei Patrick-

Millionen. Da läßt er noch einen, mit dem er's gut meint, mitmachen. Er gesteht, wundgeschossen, aus mehreren Finanzwunden blutend, ist auch er desertiert, *Astrion Pictures* New York, für die laufen dort fast viertausend Videoläden, die sind mit einem Credit Letter fünfzigprozentig im Boot. Also kein Zahnarzt an Bord. Die sind ja jetzt allesamt hochseeschiffsgeil. Hahaha. Also zwei, zweieinhalb räumt er Herrn von Kahn ein, das Kleingedruckte macht Rudi-Rudij. Das ist sein Schlattenschammes alias Dramaturg alias Secretario. Rendite nicht unter zehn Prozent. Und das bei Lebzeiten. Mausi, hat dein Rodrigo etwas vergessen.

Mich, sagte sie.

Stimmt, sagte er, so lange wie in den letzten neunundvierzig Minuten hat Joni-Mausi in ihrem ganzen Leben noch nicht geschwiegen.

Du sollst mich vor Zeugen nicht Mausi nennen, sonst sag ich Theo zu dir, sagte Joni.

Dann seid ihr allein, rief er.

Und sie: Wenn ich Herrn von Kahn anschaue, muß ich sagen, Manieren, das hat auch was.

Haben Sie *Alles paletti* gesehen, fragte Strabanzer und ergänzte, weil Karl zögerte, mein Gott, meinen letzten Film.

Immer noch nicht, sagte Karl, als habe er sich längst vorgenommen, diesen Film anzuschauen.

Da hast du's, sagte Joni.

Und er: Was?

Und sie: Was ich gesagt habe, Manieren.

Ach ja, Manieren, rief er, lackierte Leere. Sie sind nicht gemeint, mein Herr, nur Mau... Joni. Also *Alles paletti.* Los, Darstellerin, was spielen wir da.

Joni: Ich spiele Irina.

Strabanzer: Das Kußmäulchen. Mir hätte Kußmäulchen gereicht, aber nein, das Fräulein wollte auch noch einen Vornamen.

Joni: Einen, der mit I oder J anfängt.

Strabanzer: Sie spielt nur Rollen, die mit I oder J anfangen. Ganz schöne Allüren, die junge Ruhrgebieterin.

Alles paletti, sagte Joni, ein Sechzigjähriger jagt Irina ...

Strabanzer: Jagt Kußmäulchen.

Joni: Jagt Irina Kußmäulchen einem Siebzigjährigen ab. Kaum hat er Irina, wird sie ihm von einem Fünfzigjährigen abgejagt. Alle drei sind Künstler, alle drei produzieren eine Kunst, an die sie selber nicht glauben, aber ihr Leben hängt davon ab, daß sie der Welt einreden, sie glaubten an ihre Kunst. Ihre Angst, entlarvt zu werden, ist die Quelle ihrer Energie und ihrer Phantasie. Bei Irina ist jeder der drei ein großer Macher. Dafür hat sie zu sorgen. Sie muß die großreden. Ihnen ein Selbstbewußtsein einflößen, das sie selber nicht hat. Die Frauen der drei Herren sind die guten Rollen, ich bin Kußmäulchen.

Strabanzer: Undankbarkeit, dein Name ist Joni. Immerhin nominiert für die beste weibliche Nebenrolle.

Joni sagte: Sie kriegen eine DVD.

Aber Strabanzer: Kriegt er nicht. Der Film ist Kino. Wenn Herr von Kahn sich dafür interessiert, geht er ins Kino, wenn nicht, dann nicht. Pasing, Lichtburg. Ende.

Das war einmal, sagte Joni, abgesetzt.

Strabanzer, höhnisch, also weniger schnarrend als beißend: Ich wette das Nachtgeschirr meiner Großmutter gegen die Krone der englischen Königin, daß da jetzt der Apokalypsen-Kitsch à la Hollywood läuft. Und läuft und läuft. Immer randvoll, hahaha.

Sie kriegen die DVD, sagte Joni.

Gibt es Lieblingsfilme, fragte Strabanzer.

Film war bei mir dran bis zum Dreißigsten, sagte Karl.

Oh, sagte Strabanzer, bis zum Dreißigsten!

Fernsehen aber schon, fragte Joni.

Zu Gast bei Gundi, sagte Karl und war froh, endlich etwas bieten zu können.

Oh, sagte Strabanzer, die Edelschnulze selbst. Die verlogenste Schnulze hasta la fecha.

Theodor, sagte Joni, schone unseren Gast.

Wo simmer denn, rief Strabanzer, daß ich nicht sagen darf, was ich weiß. Verlogen, sage ich. Echtes Art déco, ja! Im Fernsehen! Auf dem Bildschirm ist das echte Supersofa genauso echt, wie der, der auf dem Bildschirm ermordet wird, tot ist.

Ich liebe das Nachgemachte, sagte Karl und tat so bescheiden, wie man tut, wenn man das, was man sagt, einfach für unwiderlegbar hält.

Strabanzer nickte und blieb so lange stumm, wie er es am ganzen Abend noch nicht gewesen war. Und sagte: Dann sind Sie beim Fernsehen richtig. Joni, zahlen wir, gehen wir, hier sind wir falsch.

Joni sagte: Du tickst falsch, das ist alles. Hör auf mit deinem Missionarismus.

Sie gibt's mir, sagte er zu Karl von Kahn.

Der spürte, daß er jetzt einen Beitrag zur Fortsetzbarkeit des Gesprächs zu leisten hatte.

Also sagte er, sein letztes Filmerlebnis sei *Dinner at Eight* gewesen.

Na endlich, rief Strabanzer. Das war noch ein amerikanischer Film. Feinster George Cukor.

Jean Harlow, sagte Joni, die Göttin pur.

Strabanzer sagte: Und erzählt radikal Ihre Branche.

Wirtschaft als Handlung, sagte Karl. Bei uns nicht denkbar.

Joni: Warten Sie's ab.

Wenn es sich macht, sagte Strabanzer, kassiert Amadeus eine schicke Provision.

Karl wußte nicht, ob das eine witzige Bemerkung war oder der Hinweis auf eine Abmachung. Zu fragen wagte er nicht. Das war die kulturelle Fraktion! Da wußte er nie, ob er, was er nicht wußte, erfragen konnte.

Aber Strabanzer redete schon weiter. Der schönste Spruch unseres sprüchereichen Amadeus ist und bleibt: I mecht bloß wissen, vo wos i leb! Eine philosophistische Satzperle.

Karl fragte höflichkeitshalber, ob er das *Othello-Projekt* noch näher kennenlernen könne. Er fragte nicht Strabanzer, sondern Joni.

Aber Strabanzer antwortete: Herr von Kahn müsse sich aufgefordert fühlen mitzuwirken. Nur dann seien seine Investitionen und Renditen steuerbegünstigt. Sein Rudi-Rudij werde, wenn Herr von Kahn anbeiße, einen fiktionalrealen Film-Entwurf hinlegen, der die Fiskuswichser blende wie die G-9-Blendgranate die RAF-Buben in Mogadischu.

Ich bin gespannt, sagte Karl von Kahn.

Ich auch, sagte Joni und sah Karl von Kahn direkt und länger als nötig ins Gesicht. War das ein forschender Blick?

Strabanzer sagte deutlich zu Joni: Es reicht.

In diesem Stadium, sagte Joni, teilt Theodor Strabanzer immer mit, Rossini habe den *Barbier von Sevilla* in vierzehn Tagen geschrieben.

Stimmt, sagte Strabanzer, dann zu Karl hin: Sobald das

Othello-Projekt im Kasten ist, kommt das Projekt der Projekte, *Die Eisgreis-Geschichte*! Jeden Tag in der Zeitung, Rentner rammt sechs Autos. Wieso der Rentner seinen Porsche nicht mehr im Griff hatte, ist völlig unklar! Mehr als fünfzig Prozent aller Porschefahrer sind älter als sechzig. Ja, wo simmer denn! Noch lassen wir die toten Saurier für uns arbeiten. Aber dann? Dann die Eiszeit. Nur noch Greise, nur noch Eis. *Die Eisgreis-Geschichte.* Unsterblichkeit am Stiel. Wie soll einer, der das noch nicht gedreht hat, schlafen! Unsere für immer aufblühende Joni fragt, warum Theodor Strabanzer, gebürtig aus Tirol, erzogen in Barcelona, ein Diener der europäischen Vielfältigkeitsruine, warum der täglich fünfundzwanzig Stunden malocht! Weil ihm, was er erlebt, seinen nicht unbeträchtlichen Hals schnürt. Soll er denn als Hauptwerk einen Projekte-Friedhof hinterlassen? Wer, wenn nicht er, muß das Tabu brechen, das schärfste, absoluteste Tabu, das heute alle Darsteller beherrscht, dem sie alle bis zur Bewußtlosigkeit dienen! *Die Eisgreis-Geschichte* wird der erste Film, in dem nicht gefickt wird. Das Tabu kommandiert: Wo Menschen miteinander zu tun haben, muß gefickt werden. Wer nicht ficken läßt, kommt nicht in Frage. Theodor Strabanzer wird das Tabu brechen. In der *Eisgreis-Geschichte* wird nicht gefickt. Der Zwang, Fickende darzustellen, ist der gemeinste Zwang überhaupt. Sobald im Studio Ficken imitiert wird, wird es Theodor Strabanzer jedesmal schlecht. Sogar Kubrick macht am Ende den Kniefall vor dem Tabu und läßt ficken. *Eyes Wide Shut.* Stutenpornographie. Man stelle sich vor, was Buñuel gesagt hätte, wenn er diesen Gestütsfick en gros gesehen hätte. Sexualmilitarismus. Wie das Tabu es befiehlt. Diese Verlogenheit wird nur noch übertroffen, wenn das Sterben imitiert wird.

Er möchte Filme machen, in denen nicht gefickt und nicht gestorben wird. Daß er damit sich selber erledigt, weiß er. Im *Othello-Projekt* wird noch gefickt und gestorben, wie das Tabu es befiehlt. Ihn kotzt es heute schon an, dieses Imitat zu inszenieren. Das *Othello-Projekt* ist nichts als die Verhinderung des uns Aufgegebenen. Heiliger Buñuel, sei uns gnädig! Ich scheiß auf das *Othello-Projekt*.

Jetzt weinte er. Karl von Kahn und Joni hatten zusammen höchstens eine Flasche Rioja getrunken.

Strabanzer flüsterte: Kennt ihr das? Wie wenn du im Atlantik einen Mittschiffstorpedo kriegst. Mich nicht falsch verstehen. Der tabugeschützte Fickbefehl ist eine Kunstsünde. Moral ist mir so egal wie Mode. Obszön ist nicht, was da vorgeführt wird. Die tun ja nicht wirklich was. Aber wir, christlich verkrüppelt, machen daraus die Saumäßigkeit.

Karl von Kahn: Das hat auch was.

Strabanzer: Nachmache. Das ist die Todsünde. Kunst macht nicht nach. Kunst macht.

Karl von Kahn: Ich liebe das Nachgemachte.

Joni: Ich auch.

Strabanzer: Hollywood, die Glücksschmiede!

Joni: Wenn's doch sonst keins gibt.

Strabanzer: Das Unglück gibt es. Obwohl es kein Glück gibt.

Joni: Den Teufel gibt es, obwohl es Gott nicht gibt.

Karl von Kahn: Es gibt den Verlust, obwohl es keinen Gewinn gibt.

Strabanzer: Den Tod gibt es. Obwohl es kein Leben gibt.

Joni: Ach.

Karl von Kahn: Oh.

Strabanzer: Ich trinke nur noch auf den Rioja.

Joni: Ich trinke nur noch auf den, der auf den Rioja trinkt.

Karl von Kahn: Ich trinke nur noch auf die, die auf den trinkt, der nur noch auf den Rioja trinkt.

Joni: Ich liebe euch.

Strabanzer: *Othello* wird ein Scheißfilm.

Joni: Darauf trinken wir auch. Und zu Karl von Kahn sagte sie: Das ist normal. Der nächste Film, der, der jetzt gedreht werden muß, ist nichts als der letzte Dreck. Nachher, wenn der Film in der Welt ist, bringt Theodor jeden um, der in diesem Film auch nur eine einzige schwache Einstellung entdeckt.

Ich bin Tiroler, sagte Strabanzer wieder vor sich hin. Vergeßt das nie.

Ich bin keine Tirolerin, sagte Joni, bitte vergeßt das schnell.

Ich bin Tiroler und Katalane, sagte Strabanzer.

Du bist alles, sagte Joni.

Ausgenommen Hollywood, sagte Strabanzer. Los, Joni-Mausi, blättere unserem Finanzminister mein Hauptwerk hin, den Film aller Filme.

Joni sagte, eine Gehorsame parodierend, aber doch gehorsam: *Randvoll.* Theodor Strabanzers Spät-, Schluß- und Gipfelwerk. Ein Mann muß, um sich vollends zu entfalten, seine Frau töten. Das mißlingt ihm. Ihn kostet es ein Bein, die Frau eine verbrannte Gesichtshälfte. Also verläßt ihn die junge Geliebte, um derentwillen alles geschah. Sie heiratet den Gynäkologen. Der Mann und die Frau live happily ever after. Das zeigt der Film ausführlich: Wie die zusammenleben. Idylle.

Und was wird das dann für ein Film, sagte Strabanzer,

los, sag's dazu, was du mir über das Projekt aller Projekte Tag und Nacht bösartig ins Ohr raunst.

Tragikschnulze, sagte Joni.

So geht's zu bei uns, sagte stolz Strabanzer.

Ein Handy meldete sich. Joni sprang auf, ging so weit wie möglich vom Tisch weg. Strabanzer sagte: Immer diese Umweltverschmutzungen.

Joni kam zurück. Der Mund zog sich weit nach rechts, die Augenbrauen bogen sich hoch in die Stirn. Eine Grimasse des Ekels und der versuchten Abwehr des Ekels.

Miriam, sagte sie.

Was ist denn mit Miriam, sagte Strabanzer in einem weichen, fürsorglichen Ton, der bei diesem Dauerschnarrer sensationell wirkte.

Miriam hat Pocken in der Scheide, sagte Joni.

Windpocken, sagte Strabanzer begütigend.

Sie wendete sich Karl zu. Er merkte, daß er jetzt etwas sagen mußte, was ihr mehr half als das von Strabanzer gespendete Wort.

Er sagte: Schrecklich.

Sie sah ihn intensiv an und sagte: Genau. Und lächelte schon wieder.

Zum Wohl, sagte Joni, die Herren erwiderten.

Es wurden dann drei Flaschen Rioja. Karl von Kahn gestattete nicht, daß Strabanzer bezahle. Der wehrte sich nicht lange.

Karl sagte: Immer bezahlt der Ältere.

Schon wieder ein Spruch, sagte Strabanzer. Ganz unphilosophistisch ist der auch nicht.

Vielleicht bezahlt immer der Ältere, aber der Jüngere zahlt immer drauf, sagte Joni.

Das Leben ist zu kurz für Kalauer, sagte Strabanzer.

Karl sagte: Das Leben ist überhaupt zu kurz.

Und Strabanzer: A la vejez viruelas.

Joni faßte zusammen: Wir bedanken uns für die Einladung.

Shit, sagte Strabanzer. Können Sie mir sagen, warum wir statt Scheiße jetzt shit sagen.

Karl von Kahn sagte, im Deutschen sei uns alles zu nah. Das tut doch weh, sagte er, wenn alles so nah ist. Ich bin für Distanz. Das sagte er nur noch zu Joni hin.

Sie sah ihn an, ihr linker Mundwinkel zuckte, dann brachte sie wieder Ruhe ins Mundwerk, sah aber Karl an, als staune sie. Oder war es nur Neugier? Nein, sie staunte. Ein bißchen.

Wo wirst du sein, wenn es schneit, dachte er.

Und schaute weg, bevor sie wegschauen konnte. Mein Gott, diese Sorte Blickgeplänkel gehört zum Vergehendsten schlechthin. Nichts wirkt weniger nach, von nichts bleibt weniger als von dieser Sorte Blickgeplänkel.

Und Strabanzer wieder: Jetzt reicht's.

Karl stand auf und sagte: Gut gesagt.

Er behielt Jonis Hand nicht zu lang in seiner Hand und zeigte ein Lächeln, das er konnte. Es hieß, daß alles bestens sei. Joni lächelte jetzt so nachsichtig wie eine Buddhabüste. Karl versprach Herrn Strabanzer, er werde sich melden, sobald er sich über eine Beteiligung im klaren sei.

Ach, stimmt ja, sagte Strabanzer, wir wollten etwas finanzieren, was war das wieder? Hahaha.

Theodor Strabanzer wollte Karl in den leichten Sommermantel helfen. Der lehnte ab.

Darauf Theodor Strabanzer tönend laut: Klar, Sie wollen nicht für einen alten Mann gehalten werden, schon gar nicht, wenn unsere Ruhrgebieterin dabei ist.

Karl war froh, daß sie ihm nicht angeboten hatten, ihn im Auto mitzunehmen. Er brauchte jetzt die durch Wiesen und Wälder gleitende S-Bahn-Einsamkeit.

Helen gegenüber blieb nichts anderes übrig, als noch einmal Ereweins Tod auszubeuten. Er muß jetzt allein sein. Am liebsten wäre er nirgends gewesen. Dazu braucht man Geld. Geld absolut. Nicht diese oder jene Summe. Diese oder jene Summe kann sich immer wieder als zu gering erweisen. Gegen Joni Jetter gab es nichts als Geld. Alles Geld der Welt. Beziehungsweise Geld überhaupt. So radebrechte er sich unter den auf ihn niederschauenden Astaugen vorwärts.

Auf der Suche nach einer Empfindung, bei der er bleiben konnte, stieß er auf Strabanzers Haltung ihm gegenüber, auf diese unausgesprochene, aber in jedem Wort, in jeder Geste, in jedem Ton spürbare Überheblichkeit gegenüber dem Älteren. Warum hatte er sich das gefallen lassen? Warum konnte er diesem Strabanzer nichts übelnehmen? Nicht einmal diese andauernd spürbare Überheblichkeit. In jeder Nuance wird ausgedrückt, daß von dir nicht wirklich etwas erwartet werden kann. Mildernde Umstände. Das kennst du. Von früher. Genauso hast du dich Älteren gegenüber benommen.

Strabanzer war nicht anders als alle anderen. Dem war das so wenig bewußt wie allen anderen, die einen Älteren immer behandeln, als müßten sie dem etwas nachsehen. Wenn Joni Jetter nicht dagewesen wäre, wenn sie nicht durch Blicke, Gesten und noch mal Blicke, überhaupt durch demonstrative Anwesenheit ihm deutlich gemacht hätte, daß sie ihn bemerkt habe, dann hätte er wohl nicht so lange dort ausgehalten. Aber weil sie da war und so da war, war jede Sekunde hell, voll, wenn nicht gar toll.

2.

Am nächsten Vormittag, noch vor zehn Uhr, verband Frau Lenneweit. Es war Joni Jetter.

Joni sagte: Ich möchte deine Eier lecken.

Da er nie wußte, ob Frau Lenneweit aus geschäftlichem Eifer, um über alles auf dem laufenden zu sein, mithörte, sagte er: Ich bitte, mich auf dem Handy anzurufen.

Joni sagte: Flasche. Rief aber sofort auf dem Handy an und sagte: Ich möchte deine Eier lecken.

Karl wußte auch jetzt noch nicht, was er dazu sagen sollte. Also sagte er: Da mir dergleichen selten, wahrscheinlich noch nie angeboten wurde, frage ich, was auf solche Angebote gewöhnlich geantwortet wird.

Und Joni: Da ich das noch nie angeboten habe, weiß ich nicht, wie gewöhnlich auf ein solches Angebot geantwortet wird.

Karl sagte: Eins zu eins. Da es sich also um Neuland für uns beide handelt, sollten wir einander die Hände reichen und von jetzt an jeden Schritt gemeinsam tun. Keiner führt.

Einspruch, sagte sie, ich will verführt werden.

Das trifft sich ausgezeichnet, sagte Karl, ich verführe fürs Leben gern. Am liebsten mich selbst.

Oje, sagte Joni. Schon wieder so einer.

Und Karl: Man kann sich's ja aussuchen.

Joni sagte, die Unterschiede seien am Anfang größer als am Ende.

Ja, sagte Karl, dem Leben fällt nichts Neues ein.

Du bist doch was Neues, sagte sie, für mich. Wenn es nicht meinen Vater gegeben hätte, würde ich sagen, du seist ein Solitär.

So neu wie Sie für mich, sagte Karl, kann ich für Sie nicht sein. Das ist sicher, Frau Joni Jetter.

Darüber reden wir, sagte sie und sprach, daß er nicht antworten konnte, gleich weiter: Wenn du jetzt sagst, du müssest deinen Terminkalender befragen, dann lassen wir's. Also paß auf, was du jetzt sagst.

Karl sagte: Ich kann, wenn es um Joni Jetter geht, immer.

Heute abend, halb neun, im *Kronprinz Ludwig,* in der Kronprinzen-Stube.

Bis dann, liebe Joni Jetter.

Ciao, Herr von Kahn.

Karl saß eine Zeit lang reglos. Er sah zum Fenster hinaus. Es regnete. Die *Vereinsbank*-Fassade gegenüber hatte Glanz durch Nässe.

Shit statt Scheiße, im Deutschen alles zu nah, ich bin für Distanz, Joni schaute ihn an, das war der Berührungsmoment gewesen. Der ist kein bißchen vergangen. Wie sie ihn angeschaut hatte! Wenn er wissen will, warum er Joni Jetter liebt, dann holt er diesen Augenblick zurück. Daß dieser Augenblick auffällig war, wurde durch Strabanzers Jetztreicht's-Reaktion bewiesen. Sein genervtestes Jetzt-reicht's des ganzen Abends. Karl hätte diesen Augenblick gefeiert, auch wenn sie jetzt nicht so direkt angerufen hätte. Amadeus Stengl würde sagen: So ein Anruf, das ist der Hammer. Konnte Karl diese Sprache noch lernen? Eine Fremdsprache, ohne Zweifel. Und schön wie jede Fremdsprache.

Jetzt erlebte Joni Jetter in seinen Gedanken eine Vergegenwärtigung, der er nichts entgegenzusetzen hatte. Eine Anwesenheitssteigerung! Wehr dich gegen die Lächerlichkeit der Wörter, aber sag dir, daß nur die Wörter lächerlich sind. Traumfrau. Was Frauen in seinen Träumen für ihn tun! Und keine dieser Frauen kennt er. Jedesmal wenn er aus einem solchen Traum aufwacht, lebt er zuerst in der Einbildung, die Frau gebe es. Diese Einbildung wirkt sich auf sein Benehmen Frauen gegenüber aus. Er erwartet bei jeder Frau, auf die er aufmerksam wird, daß sie eine der Erträumten sei. Dann möchte er am liebsten jeder der Frauen die Gelegenheit geben, so zu ihm zu sein, wie sie im Traum zu ihm war. Da diese Frauen in seinen Träumen nie viel anhaben, bleiben zur Identifizierung nur das Gesicht und die Haare. Und gerade da sind die Traumfrauen eher allgemein als genau. Genau sind sie in dem, was sie tun. Aber an das, was sie in den Träumen für ihn tun, wagt er sie in der Wirklichkeit am wenigsten zu erinnern. Hatte je eine Frau, die ihm begegnete, eine Traumqualität wie Joni Jetter?

Er fischte aus der Kofferkammer die feinste Tasche. Produziert in Mailand, gekauft in Kopenhagen, seit über zwanzig Jahren im Gebrauch.

Von Helen konnte er sich sorglos und heiter verabschieden. Die Leute vom Film wollen noch einen Abend und eine Nacht dranhängen, weil sie gemerkt haben, daß er noch nicht gewonnen ist. Sie werden ihn auch heute nicht gewinnen, das hat er ihnen gesagt. Aber Herr Strabanzer, der in anderen Zeiten Segelschiffkapitän geworden wäre und Amerika entdeckt hätte, ist nicht ohne Grund von seiner Unwiderstehlichkeit überzeugt und will dazu noch seinen Rudi-Rudij mitbringen, der ein Dramaturg und ein Genie sein soll.

Weil er so locker war, kam er ohne jene auch noch den virtuosesten Lügner antastende Verklemmtheit aus dem Haus. Und so locker war er, weil nichts passiert war und auch nichts passieren würde.

Joni Jetter, Traumfrucht.

In Wirklichkeit gibt es keine Joni Jetter, dreiunddreißig, nominiert für die beste Nebenrolle, die ihn zuerst so anschaut und dann so anruft. Sommerfieber, sonst nichts. Also konnte er aus dem Haus, als habe er einen Termin beim Steuerberater. Aber als er in der S-Bahn saß, hielt sich diese Stimmung nicht. Immerhin hatte er noch Benedikt Loibl angerufen und zuerst von der kanadischen Immobilie gesprochen. Er hatte gestern vergessen, sich Loibls Urkunde zeigen zu lassen. War er als Kommanditist dabei oder als Anteilseigner nach bürgerlichem Recht? Wenn letzteres, dann könnte daraus schlimmstenfalls eine Haftung mit dem Gesamtvermögen folgen. Loibl sagte, das wisse er nicht aus dem Kopf, wie er da dabei sei. Gut, Karl von Kahn kommt heute noch einmal hinaus und schaut sich das an. Kann sein, er übernachtet dort. Die Kronprinzen-Suite wäre erwünscht.

Wenn sie nicht frei ist, wird sie freigemacht, sagte Loibl. Vermutlich dachte er, Karl komme mit Daniela.

Karl von Kahn war immer zu früh auf dem Bahnsteig. Besetzt waren die Drahtkörbe von Leuten seines Alters. Alle reglos geradeaus starrend. Die Kästen, die anzeigen sollten, wann und wohin der nächste Zug fahre, waren zeichenlos weiß. Es war ja auch klar, daß diese alten Leute nirgends mehr hinfahren wollten. Er setzte sich auf die Steinfassung eines Blumenrechtecks. Dann kam ein Zug, der angezeigt wurde, und noch ein Zug. Die Alten rührten sich nicht. Die ließen die Züge halten und wieder abfahren. Erst als die S-Bahn nach Herrsching einfuhr, lösten sie sich aus ihren Sitzen und stiegen ein. Offenbar fuhren nach Herrsching nur Leute, die so alt waren wie er. Jünger war keiner. In der Bahn saßen sie so stumm wie vorher draußen. Er konnte sich sorglos zwischen diese Leute setzen, die würden ihn nicht fragen, wie spät es sei, oder gar, ob er wisse, warum es aufgehört habe zu regnen. Am liebsten wäre er aufgestanden und hätte gesagt: Liebe Brüder und Schwestern, von mir könnt ihr alles erfahren. Vor allem aber sage ich euch: Ich bin guter Dinge.

Die S-Bahn schob ihn dann doch richtig auf Joni Jetter zu. Was durfte er als Vorstellung zulassen, was mußte er sich verbieten? Verbieten? Was ist denn das für ein Wort? Er wußte nicht mehr, was das heißt, verbieten. Ein Fremdwort. Er merkte, wie sich in der unteren Mitte Wärme sammelte, wie da Wärme zusammenfloß, wie das Geschlechtsteil anfing, sich von seinem Umfeld zu unterscheiden.

Geschlechtsteil. Schon wieder so ein sinnloses Wort. Wenn es wenigstens *der Geschlechtsteil* hieße. Das Teil! Über manche Wörter durfte man nicht nachdenken. Das bekam denen nicht. Wenn das das Geschlechtsteil ist, was ist dann das Ganze? Ein Wort, als wäre es bei einer Aufsichtsratsitzung entstanden. Am liebsten hätte er sich an seine Brüder und Schwestern gewendet. Wie findet ihr das: Geschlechtsteil? Eine S-Bahn voller siebzig- bis achtzigjähriger Männer und Frauen macht sich lustig über das Wort Geschlechtsteil.

Heute kein Spaziergang vom Bahnhof hinaus und hinauf zum *Kronprinz,* sondern mit einem Taxi. Da Loibl die Küche regieren mußte, brachte ihn Graf Josef in die Suite. Graf Josef ließ sich so nennen, wurde von Loibl so vorgestellt, war dabei von Anfang an und hatte bei Loibl offenbar jede familiäre Funktion übernommen. Ein schmaler, leiser, alles wahrnehmender und alles Wahrgenommene andauernd kommentierender Chefportier. Die goldenen Schlüssel an seinem sattgrünen Revers waren so theatralisch wie der ganze Mensch. Wäre er laut gewesen, hätte man ihn nicht ertragen. Er hat wohl bemerkt, daß er nur durchkommt, wenn er seinem Redezwang auf die leiseste Art nachgibt. Von heute aus gesehen, dachte Karl, ist Graf Josef ein Rapper. Vielleicht reimte sich sogar, was er andauernd von sich gab. Einem deutlichen Rhythmus folgte es auf jeden Fall. Und klang melancholisch. Sogar Josefs Augen und Mund standen im Dienst der Melancholie, dazwischen allerdings eine ordinäre Nase mit riesigen Nasenlöchern. Zu Karl von Kahn hatte er in seinen leisen Textstrom einmal eingefügt, und das wahrscheinlich wegen Karls «von»: Herkunft österreichisch, unehelich, hoch droben, unbelangbar hoch, von Schwarzburg zu Schwarzburg, nicht zu verwechseln mit dem Opportunistenclan von Schwarzenberg.

Als Karl das erste Mal von Graf Josef in die Suite gebracht worden war, hatte er entschieden, diesem Herrn nie ein Trinkgeld in die Hand zu drücken. Der hätte es ihm vor die Füße werfen müssen. Benedikt Loibl nannte Graf Josef, wenn er ihn erwähnte: Meine Sprechanlage. Tatsächlich war Loibl ein stiller Mensch. Auch leise. Aber dazu noch still.

Karl war schon vor acht eingetroffen, weil er sich umziehen wollte, bevor Joni Jetter, falls es sie gab, ankäme. Den Anzug, den er an diesem Abend tragen wollte, hätte Helen nicht sehen dürfen. Sie hätte gefragt: Warum jetzt auf einmal dieser Anzug? Er hätte nicht antworten können, seine ganze Sorglosigkeitsschau wäre gescheitert. Er hatte diesen Anzug seit Jahren im Schrank. In Zürich gekauft. Mit Diego in Zürich. Zur Cézanne-Ausstellung. Diego im Zweireihigen. Fast weiß, aber noch gestreift, ein bißchen zu sehr. Das war eben Diego. Karl sah sofort, daß er versagt hatte. Diego, Zürich, Cézanne, und er im faden Hellgrau, uni, wenn auch mit einer Krawatte, auf der sich Schwarz und Weiß in einem verzehrenden Kampf befanden. Also lieh er sich von Diego zweitausend Franken, bat um einen einstündigen Urlaub und kam zurück mit diesem Anzug: Leinen und Seide im lichtesten Blau, darin ahnbar weiße Linien, ein Hemd, in dem, wer wollte, einen Hauch von Rosa entdecken konnte, und die Krawatte ein Ausbruch von kleinsten Farbteilchen. Sie kamen alle aus einer zentralen Stelle und flogen einem in vielen Farben entgegen. Er hätte das mit einer Scheckkarte zahlen können, aber es war ihm plötzlich so eingefallen: Er wollte sich das von Diego zahlen lassen, er wollte Diego Geld schuldig sein. Es war ein Gefühlsüberfall gewesen. Als er nachher ins *Pfauen-Café* kam, wo Diego saß und las, sprang der nicht auf und rief etwas, sondern schaute auf die Uhr und sagte: Fast pünktlich. Das war so enttäuschend, daß Karl, was er da gekauft hatte, nicht mehr anziehen konnte. Heute wollte er genau das tragen, was für Diego zu fein gewesen war.

Er hielt sich unten auf, er wollte, wenn sie ankam, auf sie zugehen. Gewissermaßen ganz unverlegen. Vielleicht konnte er ihr gegenüber die Irrealitätsfrequenz durchhalten. Immer so tun, als sei sie es nicht wirklich oder als sei es wirklich nicht sie. Zumindest: Als glaube er einfach, daß es nicht sie sei beziehungsweise daß sie es nicht sei.

Als er sie herkurven sah, warf er sich vor, daß er hätte voraussagen müssen, sie werde in einem solchen Cabriospielzeug von BMW ankommen. Das gehörte doch zu seinem Beruf, Menschen immer über das hinaus, was sie gerade als Erscheinung boten, fortzusetzen. Jemandes Automarke und -modell vorauszusagen war das mindeste.

Da es jetzt nicht nur regnete, sondern schüttete, stand Graf Josef schon neben ihm, reichte ihm einen Schirm und war mit seinem Schirm vor ihm am Auto, um Joni trocken unters Vordach zu bringen. Dann holte er ihre zwei Gepäckstücke, ging voraus. Joni sagte, mehr lippenpantomimisch als hörbar: Ein Schatz. Karl nickte.

Als sich Graf Josef mit dem zu ihm gehörenden Gestenaufwand verabschiedet hatte, sah sich Joni belustigt um. Karl distanzierte sich aber nicht von diesem zwischen Orange, Gelb und Braun spielenden Hotelbarock. All die Quasten, Schnüre, Troddeln, die Vorhanglasten, die Appliquen und die vom edlen Stilwillen verkrümmten Stuhl- und Tischlinien. Karl liebte das Nachgemachte. Wie es aus dem Wohnteil in den Schlafteil hinübergeht, das macht das Bett zur Bühne und das Ganze zum Theater.

Karl sagte, sie passe gut in diese Suite.

Das könnte, sagte sie, eine Beleidigung sein.

Du so echt, das so nachgemacht, das knistert, sagte er.

Routinier, sagte sie.

Anfänger, sagte er.

Sie packte aus, hängte mehrere Kleidungen in den Schrank,

ging ins Klo, streifte, was nötig war, hinunter, setzte sich und pinkelte laut. Dann kam sie zu ihm an die Fensterfront, stellte sich neben ihn, lehnte ein bißchen den Kopf herüber und sagte: Schön. Das konnte nur heißen, daß sie den heftigen Regenguß mochte, weil er und sie zuschauten.

Was du jetzt nicht siehst, ist der See, sagte er.

Zum Glück hatte er sich umgezogen, als sie noch nicht zuschauen konnte. Daß er ihr beim Umkleiden zuschaute, schien sie zu genießen. Er betonte sein Zuschauen. Sie sollte bemerken, wie gern er ihr zuschaute. Dann war sie so weit. In ernstem Ochsenblutrot. Ein für ihre Verhältnisse legerer Kragen. Der Mondstein verschwand. Das, worauf es diesmal ankam, war der breite schwarze Lackgürtel, der lose auf ihren Hüften saß und nichts hielt als sich selbst. Das dunkle Rot, der glatte, feste Stoff, der Gürtel und auf den Schultern zwei spielerische Schulterstücke machten aus Joni eine Offizierin der schönsten Armee der Welt.

Sie saßen dann so, daß sie den Ludwig-Spruch lesen konnten, den Joni gestern auswendig gewußt hatte. Sie sagte ihn noch einmal, ohne hinzuschauen:

Das Glück ist wirklich, wo ich es empfinde.
Im Denken findt der Mensch des Wissens Leere.
Um glücklich seyn zu können, muß er fühlen.

Karl fragte: Könnte man das so sagen, daß hörbar wird, *seyn* steht da mit Ypsilon?

Wie soll ich das machen, fragte Joni.

Daran denken, sagte Karl.

Du Resischör, du, sagte sie.

Sie hatte Benedikt Loibl imitiert, weil der schon dastand

und Brunnenkresserahmsuppe empfahl, Lammgigot aus dem Ofen an Thymianjus, dazu Rahmpolenta und Ratatouille. Zum Trinken seinen besten Zweigelt. Zum Lammgigot sei der Pflicht.

Durch nichts verriet er, daß Joni Jetter und Karl von Kahn am Abend zuvor auch schon dagewesen waren. Allenfalls, wie sehr er den Zweigelt empfahl, hätte als eine überaus zarte Kritik an der gestrigen Rioja-Orgie verstanden werden können.

Karl fragte Joni, ob man das so deuten könne.

Und sie: Überinterpretiert.

Er sagte: Etwas Friedlicheres als uns zwei kann es in der ganzen Welt nicht geben.

Und sie: Und etwas Unschuldigeres auch nicht.

Ich gestehe, sagte er, ...

Bitte nicht, sagte sie.

Du hast recht, sagte er.

Was tust du, wenn du arbeitest, fragte sie.

Finanzdienstleister, sagte er.

Mein Großonkel war Fahrdienstleiter, sagte sie, in Ennepetal.

Da bin ich, sagte er, als ich in Bonn studierte, immer ausgestiegen zum Wandern.

Warum in Ennepetal, fragte sie.

Da habe er, sagte er, zum ersten Mal das Gefühl gehabt, im historischen Germanien zu sein. Und mußte noch dazusagen, er sei kein Leiter, sondern ein Leister.

Was tust du, wenn du leistest, fragte sie.

Weißt du noch, was du im Sommer 1992 gemacht hast, fragte er.

Leider, sagte Joni. Der Sommer fing an mit dem Abschlußball. Sie in Angelas eisgrünem Missoni-Jersey. Angela, ihre ältere Schwester, Cutterin, verdiente schon richtiges Geld. Angelas Missoni-Jersey habe sie noch dicker gemacht, als sie damals gewesen sei.

Du und dick, sagte Karl.

Und sie: So groß wie breit. Marga und Ulla tanzten zwei selbsterdachte Nummern, *Strandleben* und *Ganz alte Männer*. Beide blond, schön, locker, total sexy. Die wurden nachher natürlich geholt und geholt. Bei ihr kam höchstens mal schnell ein Dürrer oder ein schüchterner Zitterer vorbei. Sie hatte mitgeprobt für die Tanznummern. Lief dann nicht. Das war der Abschlußball, dann das Leben. Ging grad so weiter. Gleich der erste hatte, ohne ihr etwas zu sagen, nach vier Wochen der reinen Verliebtheit ihre Freundin auf dem Motorrad, und wenn die ihr, der Radfahrerin, begegneten, gab er Gas. Immerhin, hat sie gedacht, er hat ein schlechtes Gewissen. Sie also nächtelang: Warum-warum! Dann schleimt sich einer an, daß sie geglaubt hat, glauben mußte, es handle sich um Schicksal. Jungkomponist. Die Haare auf Beethoven gemacht. Überhaupt à la Beethoven. *Die Himmel rühmen des Ewigen Ehre* jubelte der in der ersten Nacht in seiner ärmlichen Bude. Er werde über ihre Brüste ein Konzert für vier Saxophone und sechs Schlagzeuge schreiben, und sie werde sich mit ihm und mit ihren Brüsten vor dem Uraufführungspublikum verbeugen. Er rief, wenn sie bei ihm war, seine Mutter an und sagte: Mutti, endlich! Endlich bin ich angekommen. Bei ihr! Und ihr, Joni Jetter, werden alle seine Kompositionen gewidmet sein. Du wirst sie mögen, Mutti! Gute Nacht, liebste Mutti, je t'embrasse. Nach vier Monaten ein Brief: Mutti sei plötzlich krank geworden, Mutti brauche ihn jetzt, er wisse nicht, wann er, ob er überhaupt zurückkomme, je t'embrasse, Hector! Immer mit -c-. Sogar wenn er sich vorstellte, sagte er immer: Hector mit -c-.

Dann eben Uni, Ruhr-Uni. Vier Semester Geschichte und Englisch. Surrealistisches Kasperltheater. Im Mittelalter war der Mensch am freiesten, und was die Offiziere im Punischen Krieg für Hosen anhatten. Sie rennt, weil sie immer zu spät dran ist, in den falschen Seminarraum, statt bei Shakespeares Sonetten landet sie bei der Museumspädagogik, setzt sich, weil sie nicht zugeben will, daß sie sich getäuscht hat, in die letzte Reihe, der Museumspädagoge hat ihren Eintritt mit einer großen Geste gutgeheißen, redet weiter, kommt nachher auf sie zu, sie sagt immer noch nicht, daß sie hier falsch sei, alle anderen sind schon fort, sie kann, wenn sie will, in seine Sprechstunde kommen, er berät sie gern, sie geht hin, er berührt sie am Oberarm. Es war seine Stimme, nicht das, was er sagte. Durch ihre Ohren ist sie noch zugänglicher als durch ihre Augen. Das muß ein Konstruktionsfehler sein bei ihr, diese Zugänglichkeit durch die Ohren. Zwei Wochen später lag sie in seinem Bett. Sorgfältigster Beischlaf. Endlich Zukunft. Sobald die Frau zuverlässig aus dem Haus ist, ruft er sie. Zum Vögeln. Sie hat, so gut es ging, mitgevögelt. Immer mit Frikadellen und Mumm extra dry. So lange nichts, und jetzt diese Aufmerksamkeit! So willkommen hat sie sich noch nie fühlen dürfen. Jedesmal entdeckten sie aneinander etwas Neues. Sie konnte endlich reden. Dem gefielen ihre Rücksichtslosigkeiten. Angeblich habe ihn vor ihr noch keine Frau so zum Lachen gebracht. Er stellte immer einen Spiegel vors Regal, gerade groß genug, daß sie die entscheidenden Partien mitkriegten. Das mußte doch überhaupt nicht mehr aufhören. Echt, sie sah sich schon als Gattin. Natürlich unter aufklärerischer Flagge gesegelt. Beziehungsweise gevögelt. So dumm muß man sein können. In den Ferien gab es ihn nicht. Und nach den Ferien auch nicht mehr. Sie sah, welche er jetzt am Oberarm berührt hatte. Das sah man der an. Die Lehre: Es gibt immer eine Nachfolgerin.

Also abgehauen. Geflohen. Kotzunglücklich. Und nichts gelernt, womit auch nur eine Mark zu verdienen war. Zuerst im *Etikette* gejobbt, dann im *Raus*, Frühschicht sechs bis dreizehn, Nachtschicht siebzehn bis drei. Wird dann immer vier. Jetzt also Dostojewskij. Der muß gerochen haben, daß sie es jetzt düster brauchte, schwermütig, tragisch. Vater Finne, Mutter aus Sibirien. Der sagte: Mit mir nur ganz oder gar nicht. Aber ja, rief es in ihr, ihm entgegen, aber ja! Der kam auf sie zu, als wate er tief im Schnee, machte dicht vor ihr halt, zog etwas Pelziges aus der Tasche seines fast bis zu den Knien reichenden dunkelgrünen Kittels, hielt ihr das Pelzige hin und sagte: Diesen Nerzschal von meiner Großmutter kann niemand tragen außer Ihnen. Er habe Joni lange beobachtet, deshalb wisse er, nur sie kann den Großmutternerzschal tragen. Bühnenbildner mit Regieambition. Wenn er nachts redete, war er der Intendant oder würde es doch gleich werden. Sie sollte glücklich sein, daß er noch rechtzeitig gekommen sei, sie aus ihrer verpfuschten Kindheit und Jugend zu erlösen. Das gehe nur sexuell. Sie müsse ihre Identität in der Sexualität entdecken und entwickeln. Von da aus dann zur Schauspielkunst. Die Schauspielkunst sei nichts anderes als angewandte Sexualität. Zuerst aber die Zertrümmerung der katholischen Kleinbürgerin. Besonders die Kirche war ihm verhaßt. Was die sich herausnimmt, so ein schönes Mädchen bis ins Innerste zu verbiegen, bis zur Lebens- und Liebesunfähigkeit zu verkorksen.

Sie mußte dem Dienste leisten, physische und verbale, die zu nichts dienten als zu ihrer Erniedrigung. Zuerst hielt sie alles, was er mit ihr machte, für Hingabe seinerseits. Sie fühlte sich entdeckt. Als sie in der Theaterkantine eine vom Ballett mit Nerzschal sah, ging sie zu der hin und fragte, ob sie das Nerzding von Dostojewskij habe. Dostojewskij war sein Spitzname, den er selber pflegte. Das Ballettmädchen sagte schlicht: Von seiner Großmutter.

Wieder geflohen. Show Service in der Westfalen-Halle, acht Mark die Stunde, Catering, Verkaufsveranstaltungen von Müller-Meerkatz, Amway USA, Auszeichnung der erfolgreichsten Vertreter mit Diamantnadeln erster, zweiter und dritter Klasse, die hasteten dann selber ans Mikro und kamen auf die Großleinwand, fünfhunderttausend kostet die Veranstaltung, fünfundzwanzig Eintritt für die zwölftausend Kleinverkäufer von Seife, Elektro-Artikeln und so weiter. Am Mikro und auf der Leinwand die großen Bekenntnisse, die Erfolgsrezepte, eine heult selber vor Ergriffenheit, weil sie nicht in die Disco gegangen ist.

Weiter geflohen. Zu den Johannitern, Rettungsflugwacht, von Tür zu Tür, keine Scheu, der Oma, die dreihundertzwanzig im Monat hat, eine Unterschrift abzupressen, die muß ein Jahr zahlen, dann kann sie weg, der Werber kassiert den Monatsbeitrag mal vier, das Schlimmste war die Johanniter-Tracht, die war Vorschrift.

Geflohen. Zum Arbeitsamt, Woche für Woche, obwohl sie sofort gesehen hat: Das wird nichts. Ein Büro, so unmäßig niedlich und nett, daß sie gleich wußte: Die sind vor allem an der Pflege der Büroausstattung interessiert. Sie hat gehört: Ausbildungsförderung. Fürs Sprachenlernen. Die Sachbearbeiterin: Das gibt's nur in Ausnahmefällen. Ja, was sind das denn für welche? Na ja, das kann sie jetzt auch nicht so aus der Lameng heraus konstruieren, eben Ausnahmefälle. Ja, aber was für welche denn? Also nicht die Regel, das läßt sich nicht so leicht eingrenzen, nicht wahr. Und sie: Wenn die Nichte des Kultusministers käme, wär das dann so ein Ausnahmefall? Da wird die aber barsch.

Wieder geflohen. Schwester Angela sagte: Geh nach München. München, das ist Film, Fernsehen, Theater. Also hin. Private Schauspielschule. Der Schulchef heißt Oliver Keller-Scheel. Aus über sechzig Bewerbungen, sagt er, hat er neun genommen, sieben Mädchen, zwei Jungs. Und sagt gleich dazu: Unter seinem jetzigen Namen ist er in keinem Lexikon zu finden. Das sagte er, als lebe er mit einem gefährlichen Geheimnis. Nazi wahrscheinlich. Den Nazi erkennst du am besten an seinen Widerstands-Anekdoten. Seine Lieblingsanekdote: Marianne Hoppe sollte einem Schauspielerkollegen, der mit einer Jüdin verheiratet war und deshalb an Nazifeiertagen nicht flaggen durfte, im Namen von Gustaf Gründgens einen Brief schreiben, in dem Gründgens dem Kollegen empfahl, trotzdem zu flaggen. Als Gründgens den Brief durchlas, lachte er auf: Da schau her! Beim Schlußgruß hatte sie statt Heil Hitler Heil Hiller geschrieben, hahaha. Oliver machte Sprache und Körper, seine Schwester Isolde, die aber wahrscheinlich seine Frau war, Gesang. Die sofort zu Joni: Deine Stimme ist erledigt. Zuviel geraucht. Joni ist vorerst nicht mehr geflohen. Das Geld verdiente sie sich hinter den Kulissen, Kabelträgerin, Statistin. Drei Jahre lang. Dann eine Art Prüfung und ein Diplom ohne Status.

Der genaueste Ausdruck dieser biographischen Durststrecke war der pausbäckige Regieassistent, der einen etwas belebteren Beischlaf als zu Hause brauchte. Das hätte ein Einnächter bleiben müssen, zog sich aber hin, weil der wirklich gut weinte, sie mußte mit heim zu dem, seine Susanne mußte ihr das Zweijährige in die Arme legen, aber als der dann von einem Dreier schwärmte, floh sie. Ließ sogar ihren Schirm bei denen, den kriegte sie nie wieder. Erstaunlich, daß die genauso pausbäckige Susanne den Dreier mitgemacht hätte.

Es folgte der zweite Akademiker. Bertram Fürst, der sich in allem Ernst als Fürst Bertram vorstellte und in der Betonung mit beiden Bedeutungen spielte. An der Bar, in der Pause, im Prinzregententheater, sagte er zu ihr, ihr Mund sei zu schön, um so etwas zu trinken, und bestellte ihr ein Glas Champagner. Tat so, als wolle er nicht mehr als ihr Mineralwasser durch Champagner ersetzen. Keine Konversation mehr bis zum Pausenschluß. Aber er beobachtete, ob sie den Champagner trinke. Als sie das Glas an ihren Mund hob, hob er sein Glas auch. Ein unausgesprochenes Zum Wohl. Dann fügte es sich, daß er eine Reihe hinter ihr saß. Später sagte er, er habe sie schon vor der Pause beobachtet, nur deshalb habe er sie angesprochen und so weiter. Eine mit historischen Möbeln ausgestattete Fünfzimmerwohnung in der Franz-Josef-Straße, im obersten Stock, plus Dachgarten, und das war nur seine Stadtwohnung, Frau und Kinder, zwei, wohnten, lebten draußen im feineren Grünwald. Er war Herr von hundert Leiterplatten für jede Art Elektronik, Folientastaturen, Bediensystemen, die ließ er produzieren und verkaufen von weltweit renommierten Firmen. In jedem Haushalt Europas war er mit seinen Leiterplatten vertreten und in allen großen Häusern sowieso. Das alles sein Nebenberuf, Brotberuf. Mit ganzer Leidenschaft schrieb er Fernsehserien. Sieben hatte er, als er sie für sich gewann, schon geschrieben. Alle noch in der Schublade. Noch nie hatte ein Medienmensch reagiert auf sein Geschriebenes. Sie las, mußte lesen, alle seine Fernsehserien. Schnell genug merkte sie, daß er nur Zustimmung ertrug. Alles, was in Film und Fernsehen lief, war ebenso dumm wie verlogen, und eben weil das so war, wurden seine Bücher keiner Antwort gewürdigt. Aber das wird sich ändern, das wußte er. Die Menschheit macht einen Unfug immer nur eine Zeit lang mit, dann befreit sie sich. Der Fernseh-Unfug hat lange genug für Verdummung gesorgt. Die Geschmacksrevolution steht bevor. Dann werden die unmusikalischen Deppen aus den Büros verjagt, und es werden Männer und Frauen einziehen, die nicht, wenn sie den Sender betreten, den Verstand beim Pförtner abgeben. Er war von ihren Männern der ansehnlichste. Einsvierundachtzig. Das ist die Größe, die sie am meisten schätzt. Ein Unterhalter. Wenn es ihm gelang, von einer Premierenfeier oder von einer Vernissage fünf oder zehn Leute abzuschleppen in die Franz-Josef-Straße, explodierten ihm die lustigsten und frechsten Sätze stundenlang aus dem Mund. Waren die Leute weg, sackte er zusammen, fluchte nur noch, verfluchte die gerade Gegangenen, von denen keiner nach seinen Serien auch nur gefragt habe, obwohl, daß er dergleichen fabriziere, doch deutlich genug geworden sei. Dann weinte er. Dann schlief er mit ihr. Er nannte es mausen. So wurde sie Mausi. Strabanzer, dem sie das einmal gestanden hatte, beutete das aus. Sie bildete sich wieder eine Zukunft ein. Man spürt, wie wenig einem diese eingebildete Zukunft entspricht, und trotzdem oder deswegen lebt man mit aller Gefühlskraft darauf zu. Was einem widersteht, wird geglättet, umgebogen oder einfach geschluckt. Der wollte immer gebadet werden von ihr mit Schwamm und Schaum, in seiner Spezialmischung aus Moschus und Lavendel, dann wurde geföhnt, dann geölt … Von heute aus gesehen muß sie gemütskrank gewesen sein. Als sie ihn irgendwann im Kino in einer Nachmittagsvorstellung ein paar Reihen schräg vor sich mit einer Schwarzmähnigen schmusen sah und ihn beim nächsten Termin in der Franz-Josef-Straße zur Rede stellte, rief er, das sei ungeheuer, sie, die er nahezu ernähre, regelmäßig beschenke und auch noch mause, sie, die immer nichts mitzubringen habe als sich selbst, die stelle jetzt auch noch Exklusivansprüche. Mit der Schwarzmähnigen sei es ihm siebenmal gekommen. In einer Nacht, bitte. Sie war hinausgerannt und davon. Das war Fürst Bertram, der Herr der Leiterplatten. Dann zur Beerdigung von Benno Brauer. Nur weil Oliver Keller-Scheel sagte, daß der sich erschossen hat, daß er den seit langem gekannt hat, daß er geglaubt hat, der erschießt sonstwen, aber doch nicht sich selbst. Und, sagte er, nirgends kann ein Schauspieler soviel lernen wie auf einer Beerdigung. Dann war dort tatsächlich Theodor Strabanzer. Reicht's?

Ich bewundere dich, sagte er.

Das kannst du gar nicht oft genug sagen, sagte sie.

Und nominiert für die beste Nebenrolle, sagte Karl. Dabei siehst du aus wie die Hauptrolle persönlich.

Find ich auch, sagte sie.

Es dürfte keine Nebenrollen geben, sagte er.

Dann gäbe es keine Hauptrollen, sagte sie.

Das Essen war vorbei. Joni rauchte weiter.

Sie sagte: Eines ist sicher, ich stecke das Rauchen. Mein Vater ist mit neunundfünfzig gestorben. Kehlkopfkrebs.

Karl sagte, dann rauche er eine mit.

Und sie: Was die auf der Uni an Geschichte geboten haben, das langt noch nicht mal fürs Kreuzworträtsel. Entschuldige, ich habe zu lange geredet. Sommer 92, du hast mich nach dem Sommer 92 gefragt. Wer mich nach dem Sommer 92 fragt, tritt eine Lawine los. Warum hast du gefragt?

Und er: Weil du gefragt hast, was ich tu, wenn ich arbeite. Aber das kann ich dir jetzt nicht auftischen.

Sie gab nicht nach. Die Elendspartie ihres Lebens liege hinter ihr. Keine Flucht mehr nirgendwohin, sondern brav beim lieben und durchaus auch grauenhaften Theodor Rodrigo Strabanzer bleiben.

Warum Rodrigo, fragte Karl.

Barcelona, die katalanische Großmutter. Ein Großmamakind. Ende. Her mit deinem Sommer 92.

Karl bestellte die nächste Flasche Zweigelt.

Du betrinkst dich absichtlich, sagte sie.

Ich trinke mich davon, sagte er.

Feigling, sagte sie.

Mindestens, sagte er.

Also, sagte sie, Sommer 92.

Das sei eben sein Sommer gewesen, sagte er. Er setze jetzt alles, was zwischen ihnen an Annäherung passiert sei, aufs Spiel. Nach ihrer vom Ruhrgebiet bis München rasenden Biographie sei, was er mit dem Sommer 92 zu bieten habe, nicht mehr anbietbar. Allerdings, er ist der, der im Sommer 92 das und das geleistet hat. Er verleugnet sich nicht. Ende. Würde Strabanzer sagen.

Fang an, sagte Joni Jetter.

Ja, gut, in diesem Sommer hat er gekämpft, kein Blutvergießen, ein Nervenkrieg, lebendiger kann er nicht sein, als er war im Sommer 92. Der Markt ist etwas Unvergleichliches. Am ähnlichsten ist noch das Wetter. Aber die Beobachtung des Wetters ist leichter als die des Marktes. Am Marktgeschehen sind unzählbar viele beteiligt. Im Sommer 92 hat jeder sehen können, daß das britische Pfund und die italienische Lira schwächelten. Sie galten im täglichen Marktgeschehen nicht so viel, wie sie nach dem Willen ihrer Regierungen hätten gelten sollen. Es sind die Regierungen, die Finanzverwaltungen, die Notenbanken, die glauben, sie könnten die Kurse ihres nationalen Geldes auf einem Niveau halten, das der heimischen Wirtschaft nützt. Es gibt aber nichts Internationaleres als den Markt. Im Sommer 92 hat er, haben viele gegen die politischen Machenschaften agiert. Die in London wurden nervös, der Markt merkt das und reagiert. Die Herren Premierminister, Finanzminister und deren Stäbe haben nicht zugeben können, daß der Markt das Pfund anders bewertet, als sie das gern gehabt hätten. Also hat er gleich mal einen Kredit von fast drei Millionen Pfund aufgenommen und diese Pfunde eingetauscht gegen Mark. Fast sechs Millionen Mark wurden ihm dafür gutgeschrieben. Dann zugeschaut, wie die Herrn in London durch ihre Rettungsmanöver dem Pfund den Rest geben. Sie haben es schließlich vom Markt nehmen müssen. Er bezahlt Ende September seine geliehenen Pfunde zurück, aber jetzt ist das Pfund viel weniger wert als im Hochsommer. Von den fast sechs Millionen Mark, die ihm für die geliehenen drei Millionen Pfund gutgeschrieben worden waren, braucht er für die Rückzahlung nur noch fünfeinhalb, also mit knapp fünfhunderttausend wird er belohnt dafür, daß er sich daran beteiligt hat, hochmögenden Politikern eine Markterfahrung zu verschaffen. Das war sein Sommer 92.

Und warum machen das nicht alle, fragte Joni.

Das frage ich mich auch, sagte Karl. Wieviel du einsetzen kannst, hängt allerdings davon ab, wieviel Kredit du hast. Aber ein bißchen Kredit hat jeder. Und wer dem Markt angehört, der geht immer über seine Kreditwürdigkeit hinaus. Wenn die Politik sich durchgesetzt hätte, wäre er ruiniert, teilruiniert, fast ruiniert gewesen. Aber die Politik kann sich gegen den Markt so wenig durchsetzen wie gegen das Wetter. Im Chinesischen gibt es für Risiko und Chance nur ein Wort. Das ist die Weisheit Chinas. Im Englischen nennt man, was er getan hat, nicht Spekulieren, sondern Wetten. They bet that the pound was overpriced against the D-Mark. Wetten klingt sportlicher als Spekulieren. Aber beide Wörter wollen nichts wissen von der Natur des Geldes, des Geldwerts. Das Geld hat ja an sich keinen Wert. Du mußt es in ein gewinnbringendes Verhältnis bringen.

Klingt philosophistisch, sagte Joni.

Da wußte er, daß er ihre Neugier falsch bedient hatte. Sie hatte ein Strabanzer-Wort benutzt. Bis jetzt waren sie hier gesessen, als wären sie beide zum ersten Mal hier. Benedikt Loibl hatte das Lammgigot mit Rahmpolenta so angeboten, daß nicht an die Thymianpolenta zum Lammcarré gedacht werden mußte. Auf dem Teller erinnerte die weiße, fast breihafte Rahmpolenta kein bißchen an die massiv gelbe Polenta von gestern. Ich bin ein Südtiroler, vergeßt das nie. Dann zweimal Polenta. Aber Joni schien von dergleichen nicht heimgesucht zu werden. Karl wußte, das war wieder

der Augenblick, in dem nur die Angst ihn unwiderstehlich machen konnte.

Joni fragte flüsternd, ob er den am Tisch direkt unter dem Ludwig-Spruch kenne.

Karl schaute hin.

Joni bat sofort, er möge nicht so auffällig hinschauen. Das ist doch der … dieser Moderator, der von Sat 1, der immer die Leute ausquetscht.

Karl mußte gestehen, daß er den nicht kenne. Er probierte eine andere Nummer. Geld, Joni, sagte er, was ist es für dich, Geld.

Das, was mir immer fehlt, sagte sie.

Also vermehren wir's, sagte er.

Ja, bitte, sagte sie.

Wir tun nichts anderes mehr als Geld vermehren, sagte er, einverstanden?

Prima, sagte Joni.

Geld ausgeben wird uninteressant, sagte er. Wir vermehren es. Ob sie darauf vorerst einmal mit ihm trinke.

Sie tranken auf die Geldvermehrung.

Geldausgeben ist nur wichtig, wenn du zu wenig Geld hast. Wenn du Geld vermehrst und vermehrst, mußt du überhaupt keins mehr ausgeben. Joni, jetzt fange ich auch an zu vergleichen. Joni Jetter, Künstlerin. Hör zu. Was ist der Erfolg in der Kunst?

Ankommen, sagte sie.

Wenn der Erfolg, egal wodurch, gesichert ist, zugesagt ist, garantiert ist, sagte er, was ist dann?

Da der Erfolg nie garantiert ist, erübrigt sich die Frage, sagte sie.

Joni Jetter, wenn der Erfolg garantiert wäre, wäre er dann

für den Künstler noch genauso wichtig, wie wenn er ewig unsicher ist?

Wahrscheinlich nicht, sagte sie.

Und Karl: Was könnte dann das Wichtigste werden für den Künstler?

Die Kunst, sagte sie prompt.

Ja, jubelte Karl, die Kunst. Die Sache selbst. Und so ist es beim Geldvermehren, wenn nicht mehr gefragt werden muß, wozu. Wozu Geld? Die Wozu-Frage trivialisiert Geld. Bitte, nicht sagen: das Geld. Einfach: Geld. Aber – und jetzt lohnt sich der Vergleich mit der Kunst – wenn in der Kunst der Erfolg garantiert ist, wird die Kunst selbst das Wichtigste. L'art pour l'art heißt das, glaube ich. Der Erfolg wird sekundär. Aber beim Geldvermehren wird das Geldvermehren, auch wenn Geld ausgeben uninteressant geworden ist, kein l'art pour l'art, weil ja doch vermehrt und vermehrt wird. Das ist das Einzigartige, also Unvergleichliche des Geldes. Kunst um der Kunst willen weiß nicht mehr, ob sie noch Kunst ist oder schon Wahn. Politik um der Politik willen wäre asozial, zynisch, absurd oder verbrecherisch. Wissenschaft um der Wissenschaft willen wäre menschenfeindlich. Geld vermehren um des Geldvermehrens willen entgeht diesen Gefahren. Es produziert. Es produziert Wert. Und da ist keine philosophische Diskussion nötig, was das für ein Wert sei. Dafür steht die Zahl. Die Zahl ist die Hauptsache. Die Zahl ist der einzig gültige Ausdruck des Geldes. Die Zahl ist der Sinn des Geldes. Die Zahl ist das Geistigste, was die Menschen haben, was über jede Willkür erhaben ist. Die Zahl ist kein Menschenwerk. Die Menschen haben die Zahl nicht geschaffen, sondern entdeckt. Also sage ich dir zum Schluß: Das Absahnen,

Gewinnmitnehmen samt Geldausgeben ist die triviale Dimension. Ich sage verständnisvoll: die irdische Dimension. Wer aber Geld spart und verzinst, erlebt den ersten Schauer der Vermehrung. Ich sage: der Vergeistigung. Der Zins ist die Vergeistigung des Geldes. Wenn der Zins dann wieder verzinst wird, wenn also der Zinseszins erlebt wird, steigert sich die Vergeistigung ins Musikgemäße. Das ist kein Bild, kein Vergleich, das ist so. Die Zinseszinszahlen sind Noten. Wenn wir aber den Zinseszins-Zins erleben, erleben wir Religion. Der Wirklichkeitsgrad, Vergeistigungsgrad des Zinseszins-Zins-Effekts macht die Zahl zum Religionstext. Und der drückt sich aus in der Zahl. Spürbar wird Gott. Auf jeden Fall entspricht ihm nichts so sehr wie die Zahl. Zum Schluß, Joni Jetter, kein Lammgigot ohne Utopie: Die Menschheit muß es so weit bringen, daß jeder eine Arbeit tut, die er um ihrer selbst willen tut. Dann hört das Entfremdungsgejammer auf. So weit wird es kommen. Dann entfallen alle vorläufigen Ersatzreligionen mit ihren uneinlösbaren Versprechungen. Das wird die absolute Erhabenheit des Geldes erst erweisen. Geld vermehren, um seiner selbst willen betrieben, ist nämlich die einzige menschliche Tätigkeit, die, auch wenn sie um ihrer selbst willen betrieben wird, unanzweifelbare Werte schafft. Bei allen anderen Tätigkeiten liegt der Wert darin, daß die Arbeit schon um ihrer selbst willen getan wird, egal, was dabei herauskommt. Nur bei Geldvermehrung um ihrer selbst willen entsteht, ausgedrückt durch die Zahl, Wert für alle.

Warum heißt das dann Wucherzins und gilt als unanständig, sagte Joni.

Usura heißt's in Italien, wo wir das Geldvermehren gelernt haben. Wucher, entschuldige, wenn ich dir etwas sage, was vor lauter Museumspädagogik zu kurz kommen mußte, Wucher, das war der Zins, den der, der sich Geld geliehen hatte, dem schuldig war, von dem er sich das Geld geliehen hatte. Moment! Wenn er den Zins nicht zahlen konnte, wurde der Zins der Schuld zugeschlagen, und er mußte jetzt Zins für den nichtbezahlten Zins zahlen. Das war usura renovo. Geld war das Symbol des Mangels. Es gab zu wenig Geld. Geld war an sich etwas wert. Als Münze. Seit dem 7. Jahrhundert vor Christus kennen wir geprägte Münzen. Unser Zinseszins ist das historische Gegenteil, nämlich der Zins, den unsere Zinsen erbringen. Also Multiplikation schlechthin. Jetzt gibt es zuviel Geld. Es kommt schon mal vor, daß einer vierundvierzig Milliarden Dollar hat und nicht weiß, wohin damit. Das ist unsere Welt. Wohin mit dem Geld? Capito.

Und jetzt, sagte Joni, sagst du mir noch, was du tust, wenn du arbeitest.

Morgen, sagte Karl.

Und sie: Oh, morgen, schön.

3.

Was jetzt passieren würde, war nicht ernst zu nehmen. Alles in die Luft werfen, als wärst du ein Berufsjongleur in einem Weltklasse-Zirkus. Schon wenn der erste Wurf aus der Höhe zurückkommt und du nicht ein Zehntel dessen, was du hochgeworfen hast, wieder zu fassen kriegst, bist du ein als Hochstapler entlarvter Jongleur. Das ist gut so. Bitte, kein Clown. Lieber ein Hochstapler. Hochstapler haben gelegentlich eine Chance.

Wie konnte er Joni seine Liebe zeigen? Und zwar so, daß sie zugeben müßte, sie sei noch nie so geliebt worden?

Beim Ausziehen hatte er keinen Fehler gemacht, er war ins Bett gelangt, ohne von Joni gesehen zu werden. Hoffte er. Da lag er jetzt und wußte sicher, daß in zweitausend Jahren noch nie ein Mann die Frau, die neben ihm liegt, so geliebt hat, wie er Joni liebt. Es mögen Milliarden Arten von Liebe vorgekommen sein. Wie er diese ihm eher unbekannte Joni liebte, das war eben noch nicht vorgekommen. Sie haben sich den Abend lang auseinandergeredet. Rücksichtslos hat jeder sich dargestellt. Die zwei, die sich da exponierten, passen nicht zusammen. Ihre Exponate passen nicht zusammen. Das reißt ihn so hin zu ihr, daß sie nicht zusammenpassen. Je größer der Unterschied zwischen einem Mann und einer Frau, desto größer die Liebe. Diesen Satz sagte er einmal probeweise in die Luft.

Dann sagte er: Joni, ich erlebe eine Selbständigkeit. Ich liebe dich so sehr, daß es gleichgültig ist, ob du zu mir etwas sagen könntest, das derselben Sprache angehört. Ich könnte zehn Minuten oder zehn Stunden reden, du würdest nichts Neues mehr erfahren. Meine Liebe zu dir …

Jetzt kam ihre Hand herüber, legte sich auf seinen Mund, er öffnete seinen Mund und fing an, an ihren Fingern zu nagen und zu lutschen. Eine Zeit lang beschäftigte er sich mit ihrer Hand, als gebe es bei ihr, von ihr nichts als diese kleine Hand. Wie weiter? Von seinem bersten wollenden Gefühl mußte jetzt der Übergang gefunden werden zur Haupthandlung. Die mußte seinem Gefühl entsprechen. Und das mußte so vor sich gehen, daß nicht nach seinem Alter gefragt werden konnte. Sollte Joni nach seinem Alter fragen, würde er seine Routineantwort geben. Siebzig plus. Seit seinem siebzigsten Geburtstag, der noch kein Jahr her war, war er siebzig plus und würde bis zum achtzigsten siebzig plus sein, so wie er zehn Jahre lang sechzig plus gewesen war. Also Schluß jetzt mit der Fingerlutscherei. Er mußte sich der ganzen Joni zuwenden. Dieser ungeheuren Frau.

Als er sie an sich ziehen wollte, merkte er, sah er, daß sie eingeschlafen war. Ein zartes Schnarchen sogar. Wecken durfte er sie keinesfalls. Er rührte an ihre Brüste. Sie war weit weg. Sie schlief tief. Sie war entrückt. Entsetzlich.

Er warf sich mit aller möglichen Wucht an den äußersten Rand seiner Betthälfte, drehte sich so deutlich wie möglich weg und jaulte leise in sich hinein. Wie ein verlassener Hund. Keine Wörter mehr, nur noch Töne. Töne des Erledigtseins. Elendstöne. Töne der Wut, Töne der Finsternis. Diese Frau, und dann das. Dafür entrangen sich ihm Töne. Eingeschläfert hatte er sie. Einfach weiterjaulen.

Als es ihm gelungen war, die sorgfältig arrangierte Beleuchtung zurückzunehmen, ohne daß Joni davon erwacht wäre, bezog er im Bett wieder die Stelle mit der größtmöglichen Entfernung zu ihr. Allmählich wollten Gedanken kommen. Er mußte hier weg. Raus aus diesem Bett. Diese Frau, und dann das. Wie aus dem Hotel hinauskommen? Einen Nachtportier gab es im *Kronprinz* nicht. Die Zimmerschlüssel paßten zum Hintereingang. Gib's auf. Gib's nicht auf. Nicht abhauen jetzt. Bloß nicht. Es darauf ankommen lassen. Entweder wird die Pleite total, dann war's das, dann finanzierst du den Film, daß es nicht heißt, bloß weil er nichts vermochte, springt er jetzt ab.

Zwei Millionen fehlen denen. Karl wird die *Puma*-Aktien, die er mit dem Diego-Geld gekauft hat, wieder verkaufen. Die mußten inzwischen mehr wert sein als vor ein paar Wochen, weil zwei der vier *Tchibo*-Geschwister sich mit fünfhundert Millionen Euro aus der zerstrittenen Familie hinauszahlen ließen und eben diesen Betrag bei *Puma* einbringen wollten. Gewinnmitnahme, Herr von Kahn. Auch du. Einmal. Joni zuliebe. Sie sollte ihr *Othello-Projekt* haben. Daß durch ihn der Film zustande käme und er nicht Joni dafür kriegte, war eine wohltuende Vorstellung. So eine Vorstellung brauchte man ab und zu. Das war genau die Art Vorstellung, mit deren Hilfe man sich als anständiger Mensch fühlen konnte. Nicht überhaupt und immerzu. Aber im Gesamtselbstgefühl war dann die Anstandsfrequenz wieder einmal vertreten.

Du finanzierst. Und nichts sonst.

Joni war, als er aufwachte, noch nicht wach. Sie lag so, daß er ihr ins Gesicht sehen konnte. Ihr schlafendes Gesicht sah persönlicher aus als ihr Tagesgesicht. Offenbar mußte dieses Joni-Gesicht weggeschminkt werden. Ihr ungeschminkter Mund war eine Landschaft. Eine Flußlandschaft. Zwei Ufer, die zueinander wollten.

Sie griff, ohne die Augen zu öffnen, herüber, kam herüber, umschlang ihn mit Armen und Beinen und sagte: Du hast 'ne Latte, woll.

Er hätte gern so getan, als verstehe er nicht, was sie meine. Aber er sagte: Tatsächlich! Er suchte ihren Mund, küßte sie und gab ihr durch Laute zu verstehen, daß er wahrscheinlich nie mehr von ihrem Mund loskomme. Diese Frau, und dann das. Das noch einmal!? Bergauf beschleunigen.

Seine Hände hatten sich schon ohne sein Zutun selbständig gemacht und behandelten ihre Brüste wie ein Kunstwerk, das sie selbst geschaffen hatten. Leider hatte er nur einen Mund und nur zwei Hände. Er konnte nur tun, was sich von selbst tat.

Sie sagte: Jaa. Fick mich ruhig. Jetzt bist du gut drauf, sagte sie.

Er stieß einfach zu, so gut er konnte. Er hoffte, sie jammere, bettle um Schonung, aber sie beantwortete jeden Stoß, ihm, wenn er schon landete, entgegenkommend. Immer genau diese Zehntelsekunde vor seiner Innenankunft nutzte sie, um ihn, seinen Stoß, zu unterlaufen! Sie schickte ihn dadurch jedesmal mindestens genauso stark zurück, wie er ankam. Und sprach dazu.

Bist du jetzt dabei, sagte sie.

Und er im Erstkläßlerton: Ich bin jetzt dabei.

Bist du drin in mir.

Ich bin drin in dir.

Fickst du mich richtig durch.

Ich ficke dich richtig durch.

Besorgst du's mir wirklich.

Ich besorg es dir wirklich. Und übernahm: Spürst du's, daß ich's dir besorg.

Ich spür es, daß du's mir besorgst.

Hast du den Steifen drin.

Ich habe den Steifen drin.

Ist deine Fotze scharf auf meinen Schwanz.

Meine Fotze ist scharf auf deinen Schwanz.

Bist du nichts als eine geile Fotze.

Ich bin nichts als eine geile Fotze.

Soll der Schwanz dir die Fotze vollspritzen.

Der Schwanz soll mir die Fotze vollspritzen.

Zuerst hatte er ihr nachgesprochen wie der Schüler, der der Lehrerin nachspricht. Dann hatte er der Lehrerin gezeigt, was er bei ihr gelernt hatte.

Aus ihrem halboffenen Mund drangen Laute, die in einem fast rasselnden Kehlton erstickten, begleitet von einem noch einmal heraufstoßenden Unterleib. Ihr Gesicht drückte einen nicht nur willkommenen Schmerz aus. Ihr Mund hatte die ganze Entwicklung erlebt, als finde alles nur seinetwegen statt. Die Lippen waren immer voller geworden. Der Mund bebte und schwankte wie ein Schiff bei immer höherem Wellengang und zerriß, verlor alle Form, war nur noch eine Verzerrung.

Sie lagen stumm.

Karl dachte an Helen. Wenn sie so gesprochen hätte, wäre er erschrocken. Wörter sind offenbar wie Kleider. Wenn sie passen, steigern sie die, die sie tragen. Wenn sie nicht passen, ruinieren sie die, die sie tragen.

Irgendwann sagte Joni, sie wisse nicht mehr, wie sie heute nacht eingeschlafen sei.

Er sagte, sie habe schlafend so schön ausgesehen, daß er sie nur anbeten, aber nicht mehr stören konnte.

Ach Karl von Kahn, sagte sie.

Karl sagte, er sei nicht der Schiedsrichter, aber er finde, das vorher sei ein gutes Spiel gewesen.

Deine Steilvorlagen, sagte sie.

Karl sagte, ohne sie sei er nicht.

Sie sagte, das sei der erste Orgasmus ihres Lebens gewesen.

Oh, sagte er.

In seinem Gesicht, sagte sie, habe sie gesehen, wie alles zunahm und daß nicht mehr lange alles so zunehmen könne, das habe sie mitgenommen.

Er sagte, sie habe den Zeitpunkt bestimmt.

Das nennt man Dialektik, sagte sie.

Der schönste Ringkampf der Welt, sagte er.

Die Gegner kämpfen füreinander statt gegeneinander, sagte sie. Und weinte. Richtig. Mit Tränen.

Er wußte nicht, was tun. Sie half sich selbst, griff aus dem Bett hinaus, hatte, ohne hinzuschauen, ihren schwarzen, fast aus nichts bestehenden Schlüpfer in der Hand. Mit dem trocknete sie ihre Tränen.

Ich bewundere dich, sagte er.

Das liegt an dir, sagte sie. Und weil er fragend schaute, sagte sie: Du bist ein Bewunderer.

Er sagte: Du, der reine Überfluß.

Und sie: Du, barfuß bis zum Schluß.

Und er: Du bist alles, was ich muß.

Und sie: Der liebe Gott liebt Zungenkuß.

Beide lachten. Karl sagte: Was war denn das?

Und Joni: Wenn mein Vater einen Satz hinsagte, der mir reimwürdig vorkam, habe ich weitergemacht.

Sie zog seinen Kopf zu sich hin und küßte ihn. Also küßte er auch. Dabei tat er, als küsse er sie zum ersten Mal. Sein Mund führte sich erkundigend auf. Sie machte mit. Die zwei Münder verselbständigten sich. Sie gerieten in einen Dialog, bei dem Joni und Karl Publikum wurden. Jonis Mund beendete den Dialog. Dann sagte sie: Du lernst es noch. So erfuhr er, daß sie mit seiner Art zu küssen nicht einverstanden sei, daß sie ihn aber für belehrbar halte.

Danke, sagte er. Und wollte wissen, wer ihr Kuß-Lehrer gewesen sei.

Der Dostojewskij, sagte sie.

Wie hat er das gemacht, fragte Karl.

Er war ein Künstler, sagte sie.

Wie hat er das gemacht, sagte Karl.

Laß es, sagte sie, du bist kein Künstler.

Als sie dann nebeneinander die Zähne putzten, beide in den zur Suite gehörenden hellstgrünen Morgenmänteln, sagte sie, am meisten Pech habe sie mit ihren kleinen Zähnen. Jetzt sei ihr doch wieder der Zahnarzt gestorben. Der vierte Zahnarzt stirbt ihr einfach weg. Autounfall, Herzinfarkt, Gehirntumor, Leberzirrhose. Sie traut sich nicht mehr, zu einem Zahnarzt zu gehen. Das ist für den doch das Todesurteil.

Karl sagte, ihre Zähne kämen ihr nur klein vor, weil sie einen so unanständig großen Mund habe. Es seien schlechterdings keine Zähne vorstellbar, die für diesen Mund groß genug wären. Und rannte aus dem Bad, um sich anzuziehen, bevor sie zuschauen konnte. Nie mehr mit ihr gleichzeitig ins Bad! Nie mehr mit ihr vor einen Spiegel! Er mußte damit rechnen, daß dieser Optik-Schock alles beendete, was gerade anzufangen schien. Noch nie hatte er so verwüstet ausgesehen wie gerade jetzt im Spiegel neben ihr. Sein Gesicht war kein Gesicht mehr, sondern eine Verschwörung.

Joni kam aus dem Bad mit hochgesteckten Haaren zurück.

Er sagte sofort: Oh!

Und sie: Theodor, zum Beispiel, merke das nie, wenn sie die Haare anders habe. Dann umschlang sie ihn und sagte, er habe ihr einen schönen Sumpf angerichtet da drunten.

In seiner Branche heiße, was am Ende herauskomme, die Ausschüttung, sagte er.

Daß sie vielleicht schwanger werde, sagte sie, interessiere ihn nicht.

Er habe ihr, sagte er, gestern vorsorglich mitgeteilt, daß er dafür sei, die Ausschüttung drin zu lassen, damit sie sich verzinse.

Sie gehe nicht mehr so schnell ins Bett mit einem, sagte sie.

Eigentlich wollte er fragen, ob das heiße, sonst sei sie immer ganz schnell wieder mit einem ins Bett gegangen. Und wagte es nicht.

Als sie bei geöffneten Fenstern den Ammersee begrüßt hatten, fragte er, wo Theodor sei.

In den Pyrenäen, sagte sie, angeln mit Rudi-Rudij. Aber Rudi-Rudij sei nur dabei, weil Theodor die Fische, die er gefangen habe, nicht töten könne. Dem Rudi-Rudij gönne sie ein paar ruhige Tage, der habe so viel an der Backe. Echt.

Theodor spiele bei Rudi-Rudij immer die Diva. Wahrscheinlich ist er eine. Halbschwul sicher.

Ob sie darunter leide, fragte Karl.

Das geht mir am Arsch vorbei, sagte sie.

Theodor würde das, sagte Karl, einen Kalauer nennen.

Sogar einen rein seidenen, sagte sie. Er teile Kalauer nach Textilsorten ein.

Sie lehnte sich, weil sie nebeneinander am offenen Fenster standen, an ihn und sagte in einem Ton, den er von ihr noch nicht kannte: Mir ist wieder der Kopf so von Gedichten voll.

Er wußte nicht, was er darauf sagen sollte.

Sie sagte, daß sie lieber als sonst etwas eine Lyrikerin wäre. Er sei der erste Mensch, dem sie das gestehe. Wahrscheinlich weil er nicht wisse, wovon sie rede, wenn sie sage, daß sie am liebsten eine Lyrikerin wäre. Dazu brauche sie einen Menschen, der keine Ahnung habe, aber Gründe, ihr zuzuhören, und eine Fähigkeit, an sie zu glauben.

Und er: Ich habe die Fähigkeit, an dich zu glauben.

Also, sagte sie.

Mädchenpsalm. Frauenpsalm. Psalm.
Sehnsucht geht barfuß durch jede Wüste. In meiner
Achselhöhle stirbt der Schwan. Kopfputz
bin ich des Wahns. Das Wutpferd ist gesattelt.
Ich bin der Sommerschnee, mich gibt es nicht.
Auf meinen Bäumen nehmen schwarze Herren
Platz, Gericht wird zum Märchen, sie singen: Zum
  Glück
gibt es dich nicht. Meine Bäume rauschen vor
  Zustimmung.

Zum Glück weiß der Spiegel nichts von meinem Bild.
Mich zu vergessen, solang ich noch vor ihm steh,
hab ich ihn gelehrt. Nichts Schöneres, als vor
dem Spiegel zu stehen und mich nicht zu sehen.
Göttliche Gegenwart. Adieu, mein Tag.
Der Schmerz fährt neue Reifen. Ich lege die Brille
ab und pflanze die Antenne auf mein Grab.

Ja, sagte er.

Das klang weder fragend noch verlegen, noch unbestimmt. Es war ein festes, ein bekräftigendes, ein zweifelfreies Ja.

Dann noch, ebenso fest: Schön.

Er hatte das Gefühl, er dürfe jetzt nicht anders reagieren, als wenn sie ihm einen Traum erzählt hätte.

Sie stellte sich zwischen ihn und das Fenster und sagte: Danke. Dieses Danke bog schon ein bißchen zur Konversation zurück.

Jetzt mußte er ihr doch noch sagen, was er gestern abend an sie hingeredet habe über Zins, Zinseszins, Zahlen, Musik, Religion, das sei so aus ihm herausgekommen durch sie. Jetzt, nachdem er ihren Psalm gehört habe, würde er am liebsten sagen, das sei sein Psalm gewesen.

Sie küßte ihn leicht und sagte: Komm.

Sie gingen hinunter. Graf Josef empfing sie mit einer Geste, als habe er ein Leben lang auf niemanden als auf sie gewartet. Hören ließ er: Wünsche, wohl geruht zu haben. Und ging vor ihnen her, in die Kronprinzen-Stube, die größte der fünf Stuben.

Überfüllt der Raum, überfüllt von Leuten, die zusammengehörten, ein Verein, Jahrgänger, fast nur Paare, Karl wußte: alle so alt wie er. Eine Reisegruppe. Rheinische Laute. Er hatte das Gefühl, er müsse Joni vor diesen Blicken schützen. Was sie über ihn dachten, sollten sie denken.

Graf Josef führte zu einem Tisch am Fenster, auf dem Tisch das Schild: Reserviert für Exz. von Kahn. Geschrieben mit rotem, dünnem Filzstift. In Graf Josefs steiler, Bogen meidender Handschrift.

Graf Josef verbeugte sich vor Joni, daß sie sich setze, sagte Madame. Und zu Karl: Herr Baron.

Zuerst mußten Karl und Joni einfach zuschauen. Am Buffet bedienten sich die Alten so eifrig, daß Karl dachte: Sie blamieren das Alter. Es war ihm nicht recht, daß Joni hemmungslos zuschaute. Er hätte sie lieber abgelenkt, aber sie konnte sich nicht losreißen von diesem grauköpfigen Gemenge, das gemeinsam einen Laut produzierte, der rein rheinisch war. Wenn einer vorbeiging und trug einen Teller und auf dem Teller nichts als ein Glas Apfelsaft und ein Brötchen, dann wirkte das so feierlich, als gehe der zu seiner Hinrichtung. Die meisten hatten schon gefrühstückt, einige verabschiedeten sich bereits, also eine Busgesellschaft war das nicht. Ich freue mich wieder auf die schönen Fotos, sagte eine zu dem, der offenbar immer alles knipste. Immer wieder sagte jemand, er freue sich schon auf das nächste Jahr. Mehr als einmal wurde geantwortet, ob man das noch erlebe. Am verständlichsten war die alte Frau, die allein an einem Tischchen saß und ausdruckslos in den Raum starrte. Sie wirkte so abweisend, daß keine der Bedienungen in Versuchung war, sie zu fragen, ob sie lieber Kaffee oder Tee wolle.

Karl hätte gern zum Ausdruck gebracht, daß er diese Alten, die er gern eine Herde genannt hätte, sympathisch finde, aber er, obwohl gleich alt, habe nicht das Gefühl, er gehöre zu denen. Er wußte nicht, wie er das sagen sollte.

Vorerst holten sie sich nur Säfte. Erst als alle Rheinländer gegangen waren, bedienten sie sich. Joni wollte von allem.

Karl wußte, daß er zu dieser Alters-Lawine Stellung nehmen mußte. Er sagte, solche Gruppen, egal woraus sie bestünden, wirkten immer komisch.

Joni sagte, Karl gehöre überhaupt nicht zu einer solchen Truppe. Das waren doch Greise, sagte Joni.

Karl sagte, es sei vielleicht angebracht, endlich über das Wetter zu reden.

O ja, rief Joni und bot ihm eine Zigarette an.

Er schüttelte den Kopf.

Aber er habe doch gestern abend auch.

Er erklärte, er sei weder Raucher noch Nichtraucher.

Das ist praktisch, sagte sie. Te deseo. Das sage Theodor. Zu ihr. Manchmal.

Karl sagte: Ich will dich ganz.

Bis jetzt, sagte sie, hat jeder, der mich wollte, aus mir etwas machen wollen, was ich nicht wollte.

Wie viele waren das, sagte Karl.

Da geht es schon mal los, sagte sie. Könnte sein, ich will das nicht sagen und du willst es trotzdem wissen.

Ja, sagte er, unbedingt. Weil ich dich ganz will. Ohne Vergangenheit bist du ein Fragment. Ich liebe dich, vergiß das nicht.

Und sie: Ich weiß, Liebe darf alles. Themenwechsel! Du sagst nie: Hör auf zu rauchen. Das finde ich toll. Wenn du mir das Rauchen abgewöhnst, heirate ich dich. Ich schwör's.

Karl: Und wenn wir verheiratet sind, fängst du wieder an.

Joni: Dann verbietest du's mir.

Karl: Ich hasse jeden Zwang.

Joni: Meine Mutter hat jahrelang versucht, meinem Vater das Rauchen abzugewöhnen. Du hast gesagt, du möchtest mit mir etwas, was du mit keinem teilen mußt.

Karl: Ja.

Joni: Ich sage dir etwas, was ich noch nie einem Mann gesagt habe. Auch keiner Frau.

Karl: Wie heißt er?

Joni: Kurt.

Karl: Du weißt, daß ich weiß, was du jetzt bringst, ist nichts als ein Ablenkmanöver.

Joni: Wart's ab.

Karl: Kurt ...?

Joni: Kurt Jetter.

Karl: Oh! Verwandtschaft.

Joni: Der Vater.

Karl: Sogar.

Joni: Kurt Jetter hat sich nicht zu Tode gesoffen, aber zu Tode geraucht. Wenn du mir das Rauchen abgewöhnst, heirate ich dich. Kurt war Polizeireporter. Im Ruhrpott. Wenn du das, was ich dir sage, weitersagst, kriegt meine Mutter keine Rente mehr. Er wollte nie Vater genannt werden. Immer Kurt. Er ist Polizeireporter geworden, hat er gesagt, weil er nichts mit Politik zu tun haben wollte. Politik, hat er immer gesagt, bah, was ist das langweilig! Journalist sei er geworden, um Geld zu verdienen, er wollte nicht die Welt verbessern. Und war beliebt und eifrig, in die Kantine immer im Laufschritt. Dann ein neuer Chef. Kurt nannte ihn: Der Erlöser. Zuerst ging alles gut. Dann die Reportage über eine Polin, die in einer Unterführung von drei Schwarzafrikanern belästigt wurde, sich wehrte, dann blutend am Boden lag. Der Erlöser strich Schwarzafrikaner, Männer reicht. Er war Altachtundsechziger. Ziemlich fett für einen Erlöser, fand der magere Kurt. Der Erlöser war Nichtraucher. Das Klima änderte sich. Man wußte jetzt, was man nicht sagen sollte. Dann erhängt sich ein Asylbewerber im Asylantenheim. Der Vorfall wird zuerst als ein Vorfall gehandelt gegen die Asyl-Politik der Christdemokraten. Dann recherchiert Kurt, entdeckt im Büro der Anwältin dieses Asylanten, daß sie dem irrtümlich eine Mitteilung gemacht hat, die gar nicht für ihn bestimmt war, darauf erhängte sich der. Das Büro der Anwältin, ein totales Chaos. Die Anwältin, eine Grüne. Das nimmt der Erlöser Kurt übel. Dann ersticht ein Inder seine deutsche Gefährtin. Sie ist schwanger, auf einer Fete sagt sie, sie habe abgetrieben. Es stellt sich heraus, daß sie nicht abgetrieben hat. Der Inder hat ihr keine Chance gegeben, das zu sagen. Dann wird ein türkisches Mädchen von ihrem Vater erschossen, weil sie einen deutschen Jungen gebeten hat, ihr beim Tapezieren ihres Zimmers zu helfen. Der Erlöser hat die Redaktion inzwischen so umgestimmt, daß eine Liste produziert wird, aus der sich ergibt, daß in Kurts Berichten die Täter häufig Ausländer sind. Kurt wird zum Erlöser bestellt, der hat auf seinem Schreibtisch einen Papierstapel, alles Beschwerdebriefe über Kurts Artikel, zeigen darf er ihm die nicht. Kurt erfährt, er werde für einen Rechtsextremisten gehalten. Er fragt den Erlöser, ob der ihn auch für so etwas halte. Nein, aber Kurt schreibe eben ziemlich schlecht. Von jetzt an werden Volontäre beauftragt, Kurts Artikel zu verbessern. Oft genug wird er von denen nachts angerufen, weil sie nicht wissen, was sie verbessern sollen. Schließlich die Versetzung in die Reiseredaktion. Aber er darf nicht reisen, nur Meldungen redigieren. Er prozessiert. Und gewinnt. Er ist laut Gerichtsurteil wieder als Polizeireporter zu beschäftigen. Ein halbes Dutzend Prozesse vor dem Arbeitsgericht gewinnt er. Sie müssen ihn schreiben lassen, aber kein Gerichtsurteil kann erzwingen, daß sie drucken, was er schreibt. Ein Freund aus der Sportredaktion warnt ihn. Die wollen ihn loswerden. Er soll sich als Kandidat für die Betriebsratswahl aufstellen lassen. Tut er. Damit ist er sofort für ein Jahr unkündbar. Und hält eine große Rede über die Neigung hochentwickelter Gesellschaften, zurückzufallen in vorzivilisatorische Stadien. Wird gewählt. Hört, der Erlöser habe ihn rechtsextrem genannt, schreibt dem einen Brief. Und erhält wegen Beleidigung die fristlose Kündigung und Hausverbot. Die Kündigung müssen sie zurücknehmen. Das Hausverbot bleibt. Jetzt dreht er hohl. Er verdächtigt seinen Freund in der Sportredaktion, ihn beim Erlöser denunziert zu haben, um selber in dessen Redaktion zu kommen. Je mehr sie ihm zusetzen, desto mehr raucht er. Die Mutter weint und schreit und flucht, weiß sich nicht mehr zu helfen. Er schlägt sie. Sie ruft die Psychiatrie an. Er kommt in die Anstalt. Geschlossene Abteilung. Selbstmordgefährdet. Er kann Feind und Freund nicht mehr unterscheiden. Eines Tages legt sich dort eine Hand auf seine Schulter. Der Erlöser. Er ist auch in dieser Abteilung untergebracht. Oh, sagt Kurt. Aber als er erfährt, daß der Erlöser hier ist, weil er sich selbstmordgefährdet aufführte, um nicht gefeuert zu werden, versöhnt er sich mit ihm. Der Erlöser war bei der obersten Konzernspitze denunziert worden, denunziert von einem Mitarbeiter, dessen Talente er nicht erkannt hatte, denunziert als Ex-Maoist, Auto-Anzünder, Polizisten-Verletzer und Haß-Prediger, als einer, der damals nur nicht vor Gericht gestellt worden sei, weil er sich ins Ausland abgesetzt habe. Als Kurt entlassen wurde, weil sich der Krebs meldete, war der Erlöser immer noch drin. Der Krebs besorgte dann in einem Vierteljahr den Rest. Und wenn du das irgendeinem Menschen erzählst, streicht der Konzern meiner Mutter die Rente. Ach ja, in der Anstalt hat er noch geschrieben, sollte ein Buch werden, Titel: Viktimologie.

Nachdem er Joni eine Zeit lang stumm gestreichelt hatte, sagte Karl, gestern morgen, bevor er das Haus in der Osterwaldstraße verlassen habe, habe er sich eine Yoga-Übung auferlegt. Er sei drei Jahre lang in eine gute Yoga-Schule gegangen. Zweimal wöchentlich von acht bis zehn. Eine Meditationsübung sei gewesen, einen Satz, ein Wort entstehen zu lassen, in dem man enthalten sei. Dieser Satz, dieses Wort müsse so lange in einer Meditation geläutert werden, bis nichts mehr darin enthalten sei als man selbst. Also gestern morgen Yoga Nidra zur Herausbildung eines einzigen Satzes. Das darf dauern, so lange es will. Er trainierte, hatte den Satz nach einer knappen Stunde. Zuerst mußte er die Sätze, in denen das Positive nur durch die Verneinung des Negativen vorgekommen war, überwinden. Er wollte keinen Satz ertragen, in dem Negationspartikel vorkamen. Dann stellte sich der Satz ein, in dem er sich ganz ausgedrückt sah: Ich will lieben dürfen.

Sie machte ein Naja-Gesicht.

Er, der im Augenblick nichts dazulernen konnte, sagte: Wie viele?

Sie sagte: Wie viele bei dir?

Er: Ich habe zuerst gefragt. So wurde ein Kinderspiel daraus. Er merkte, man mußte leicht bleiben, und sagte, ihre Erzählung vom Abschlußball bis zu Oliver Keller-Scheel und Theodor Strabanzer sei für ihn spannend gewesen. Was man sich darunter vorzustellen habe, halbschwul.

Das sei, sagte sie, ein verfehltes Wort. Sowohl als auch ist ja nicht halb. Rudi-Rudij sei Herr Sowohl und sie sei Frau Als-auch. Zum Glück sei Rudi-Rudij ein Goldstück, ein Engel, ein Prachtskerl. Eins habe sie gründlich gelernt, Sexualität sei ein Fremdwort und solle es bleiben. Das Gehoppse könne besser oder schlechter verlaufen, vorhin sei es bestens verlaufen.

Karl sagte, er wolle an der Erotik-Firma Joni Jetter eine Schachtelbeteiligung erwerben. So nenne man es, wenn man mindestens fünfundzwanzig Prozent am Grund- oder Stammkapital einer Firma erwirbt.

Die Firma Joni Jetter, sagte sie, wird Herrn von Kahn über mögliche Beteiligungen fair informieren.

Da es nicht gleich wieder regnen will, sagte Karl, sollten wir nach Andechs pilgern.

Auf ins Kloster, sagte sie.

Hin auf dem Hörndlweg, zurück durch das Kienbachtal, sagte Karl.

Ja, mein Verführer, sagte sie.

Seit Karl Benedikt Loibls Berater war, ersetzte er oft den Gang auf den Wank durch die Wanderung von Herrsching nach Andechs. Das warf er sich durchaus vor als nachlassenden Leistungswillen. Droben in Andechs ging er jedesmal in die Kirche, setzte sich jedesmal dem Zuviel dieser Ausstattungspracht aus, ließ sich beregnen von den Gold- und Gnadengaben der Wallfahrtsmaria. Er hatte nie einen Grund gesehen, sich diesem frommen Aufwand zu verschließen. Im Gegenteil, er hatte das religiöse Angebot als brauchbaren Segen akzeptiert.

Joni redete, auch als der Hörndlweg steiler wurde, als spazierten sie durch eine Wiese. Immerhin hatte sie Stiefelchen mitgebracht. Nicht ins Hotel, aber aus dem Kofferraum ihres Z3-Spielzeugs holte sie, was Karl nie bei ihr vermutet hätte: Wanderschuhe mit eingearbeiteten Söckchen. Ein Jeans-Minirock und das eine Handbreite Bauch freilassende Oberteil produzierten eine andere Joni.

Es habe sich noch keiner für das interessiert, was sie hinter sich habe. Noch keiner, sagte sie, als kämen dafür ohnehin nur Männer in Frage. Daß sie jetzt, mit dreiunddreißig, und dreiundddreißig sei ja schon näher bei fünfunddreißig als bei dreißig, daß sie jetzt herumhänge und darauf warte, für die beste Nebenrolle nominiert zu werden, sage doch schon alles. Theodor behaupte immer, sie sei schon nominiert. Ist sie nicht. Theodor kennt einen, der dafür sorgen will. Einer der Obereunuchen, sagt er. Das Kußmäulchen in *Alles paletti*. Sie, zum zweiten Mal bei Theodor, die Blondine, die ältere Herren einander abjagen. Künstler. Heroen. Die Ehefassaden makellos. *Alles paletti.* Zuerst hat sie geglaubt, Theodor wolle ihre Sackgassen-Biographie wirklich aufnehmen in diesen Film. Fanden die nicht spannend. Weder Rudi-Rudij noch Theodor. Sie ist doch jedem Mann, der einen Abend lang ernsthaft auf sie einredete, entgegengestürzt. Jedesmal hat sie geglaubt, das ist es. Das ist er. Das muß er sein. Deshalb hat sie nie weniger gegeben als alles.

Jedesmal. Und jedesmal Essig. Das sollte einen doch vorsichtig machen. Und was tu ich? Ich marschier mit dir nach Andechs. Und schütte mich dir hin. Das mit den Pocken in Miriams Scheide sei ihr Einfall gewesen.

Karl von Kahn blieb stehen, schaute fragend.

Ja, ihre Schwester habe angerufen, weinend, weil Miriam sich neuerdings weigere, in den Kindergarten zu gehen.

Und, fragte Karl.

Daraus sei bei ihr entstanden, sagte Joni, daß Miriam Pocken in der Scheide habe.

Logisch, sagte Karl.

Ich wollte wissen, wie du auf so was reagierst, sagte sie.

Weil er nicht noch einmal logisch sagen konnte, sagte er: Und, wie habe ich darauf reagiert?

Schrecklich, hast du gesagt, aber du hast nicht Miriam und ihre Scheide gemeint, sondern daß mich das so mitnimmt. Das ist mir sehr einfühlbereit vorgekommen.

Stimmt, sagte er. Und fügte ein riskantes *vielleicht* dazu.

Als der Weg richtig steil wurde, beschleunigte Karl. Je mehr er beschleunigte, desto leichter wurde er. Wieder dieses Gefühl zu schweben. Aufwärts zu schweben. Natürlich durfte er die Beschleunigung nur so weit steigern, wie der Atem es zuließ. Aber er mußte mehr zulassen, als er wollte. Von den wulstigen, den Weg kreuzenden Wurzelsträngen federte er sich richtig hoch. Und hoffte, daß Joni jetzt bald einmal um Tempo-Ermäßigung bitte. Er würde dieses Tempo durchhalten. Erstens liebte er Joni, zweitens war er trainiert. Daß sie nicht endlich rief, sie komme nicht mehr mit, erbitterte ihn fast. Wenigstens das Reden war ihr vergangen. Dann, als sie aus dem Wald traten, vor sich die weite Wiese bis zum Ortsrand, da erlosch bei Karl die Geh-Energie.

Sobald es flach dahinging, empfand er keinen Grund mehr zu gehen. Er hätte sich am liebsten in die Wiese gelegt, aber die war vom Regen noch naß. Er mußte jetzt langsam gehen. Jetzt merkte er, daß er für seine Kondition zu schnell gegangen war.

Du hast ein ganz schönes Tempo drauf, sagte Joni.

Wart's ab, sagte er, das Finale kommt noch.

Vor dem Kirchengipfel der Abstieg fast in eine Schlucht, dann der Aufstieg zur Kirche über die vielen Stufen, die er immer schon zählen wollte und heute wieder nicht zählen konnte. Droben merkte er, daß Joni an der Kirche vorbei gleich auf die Bräustüberl-Tür zusteuerte. Es tat ihm gut, ihr das zu verwehren. Drinnen ging er ihr so voraus, daß sie folgen mußte, wies ihr einen Platz in einer Bank, den Rest überließ er dem frommen Sturm dieser Kirche. Er merkte, daß Joni sich nicht wehren konnte.

Irgendwann sagte sie ihm ins Ohr: Hier darf man nicht rauchen, das ist gut. Und wieder nach einer Weile: Wenn du mir das Rauchen abgewöhnst, heiraten wir hier.

Er nickte heftig.

Nachher, in der Wirtschaft, als sie zusammen die Schweinshax'n-Portion aßen und dazu die Gläser stemmten, er einen Liter, sie einen halben, sagte sie, daß die mitten im Goldgestrahle thronende Maria auf ihrem zarten Kopf eine gewaltige Goldkrone trage, bitte, sei's drum, aber daß dem lieben Jesuskind auf ihrem Knie auch schon eine kopfgroße Krone aufgesetzt worden sei, komme ihr vor wie Kindsmißbrauch.

Karl sagte: Laß doch.

Und sie: Was?

Er: Alles. Weil sie immer noch kritisch schaute, sagte

er mit großer Handbewegung: Hier ist alles gut. Er brach ein großes Stück von der Riesenbrezen, an der sie beide aßen, hielt es ihr hin, daß sie zubeißen mußte, und sagte: Der Unterschied zwischen Benedikt Loibl und hier ist der Unterschied zwischen einer geschminkten Frau und einer ungeschminkten.

Prosit, Karl, sagte Joni.

Prosit, Joni, sagte er. Auf Kurt.

Auf Kurt, sagte sie.

Längeres, ununterbrechbares Schweigen. Dann mußte er sagen, daß es jetzt Zeit sei, zu Hause anzurufen. Und in der Firma werde er sicher seit zwei Stunden als vermißt gemeldet.

Bitte, sagte Joni.

Karl spürte, daß er für diese zwei Gespräche nicht aufspringen und fünf Meter ins Abseits rennen durfte.

Frau Lenneweit nahm entgegen, daß er erst morgen und morgen erst gegen elf zurück sein werde. Er wunderte sich selbst darüber, daß er Frau Lenneweit das mitteilte, ohne ihr zu sagen, warum erst morgen und morgen erst um elf. Es tat ihm gut, daß er Frau Lenneweits hemmungslose Neugier, die sie als beruflichen Eifer tarnte, brutal ignorierte.

Heute nur per Handy, sagte er. Und, bitte, den heutigen *Puma*-Kurs auf die Mobilbox.

Joni lächelte. Sie begriff, daß Karl angeben wollte. Vor ihr. Und daß er zeigen wollte, er wisse, jetzt gebe er an. Ihretwegen.

Jetzt also Helen. Er würde, solange er mit Helen sprach, Joni anschauen. Er würde Joni dieses Gespräch zum Opfer bringen. Er konnte jetzt nichts anderes wollen, als Joni zu gefallen, sie durch alles, was er tat und sagte, von seinem

Liebesernst zu überzeugen. So hat dich noch keiner geliebt. Das sollte sie ununterbrochen erleben.

Bevor er Helens Handynummer abrief, mußte er Joni noch sagen, er, als Drehbuchautor von *Alles paletti,* hätte die Altersunterschiede anders bestimmt. Der, der dem Siebzigjährigen Kußmäulchen abnimmt, müßte neunundsechzig sein und sich gewaltig jünger fühlen als der Siebzigjährige. Und ihm wird Kußmäulchen von einem Achtundsechzigjährigen abgenommen, der sich geradezu naturgesetzlich legitimiert fühlt, dem Neunundsechzigjährigen das Mädchen wegzunehmen. Ob Joni ihm da zustimmen könne.

Joni sagte, das wäre unsinnlich, kopflastig, konfliktlos, undramatisch. Das wäre nichts als ein Selbstgespräch in einem Altersheim.

Da zog Karl seine Version zurück. Jetzt hatte er einmal gewagt, der kulturellen Fraktion eine Idee zu offerieren, dann das!

Um so wichtiger war es, Joni vorzuführen, wie er Helen behandelte. Er wollte etwas verlangen. Von sich. Von Joni. Von Helen. Er fühlte sich Helen nichts als nah. Und Joni genauso. Auf einmal hielt er alles für möglich. Er weigert sich zu begreifen, daß jemand weniger für möglich hält als er. Er muß sich jetzt nur noch Helen verständlich machen, dann gibt es keine Schwierigkeit mehr. Keinen Streit. Er ist Helen so nah wie seit langem nicht. Und das durch Joni. Durch diese Ergriffenheit. Er ist lebendiger, als er je war. Deshalb empfindet er auch Helen heftiger als gewöhnlich. Das muß sie verstehen, dann ist alles gut. Dieser enorme Zustand darf nicht kaputtgehen an irgendeines Menschen Unfähigkeit, diesen Zustand zu begreifen. Wenn er Helen jetzt näher ist als je zuvor – und das ist er, und er ist es durch Joni –, dann kann sie doch nicht dagegen sein, daß er bei Joni ist! Er will seinen Zustand nicht herunterlügen müssen. Darum ruft er dich jetzt an, Helen, jetzt sofort.

Aber Helen war schon in der Ottostraße, um Ehepaaren, die sich auseinandergelebt hatten, einen Weg zurück zu zeigen. Das, was er jetzt zu sagen hatte, in die Mobilbox zu sprechen, wäre ihm erbärmlich vorgekommen. Also sagte er nur: Liebe Helen, bis später.

Er sah, daß Jonis Mund schon ganz klein geworden war. Er mußte ihr erklären, er habe vorgehabt, von Helen zu verlangen, daß sie ihn bei Joni sein lasse. Und zwar ohne Krach und Quatsch. Weil er nämlich noch nie von etwas so eingenommen gewesen sei wie von seiner Liebe zu Joni. Da bleibe nichts anderes übrig als die volle Einverstandenheit. Er kenne Helen gut genug, er dürfe sicher sein, daß sie die Höhe und die Stärke seines Gefühls zu ermessen wisse und daß sie, was ihm jetzt vom Leben selbst empfohlen worden sei, nicht in ordinären Eheszenen banalisieren wolle. Dieser Drang, dieser Zwang, rücksichtslos zu sein. Jenseits aller Diesseitigkeit ist gleich Berechenbarkeit ist gleich Abhängigkeit ist gleich Beherrschbarkeit.

Kein Weg ohne Rückweg, sagte er und deutete pantomimisch das Aufstehen an. Er stemmte sich hoch, ohne merken zu lassen, welche Knochen ihm jetzt weh taten. Aber immerhin, nach dem harten Hörndlweg jetzt die sanfte Partie hinab durchs schmiegsame Kienbachtal.

Der rauscht tatsächlich, sagte Joni. Das sei der erste Bach, den sie rauschen höre.

Karl zog sie an sich, drehte ihr Gesicht nach oben und sagte: Dieser Regen ist nur für uns bestimmt.

Ein seidenweicher Regen aus dünnsten Fäden, ein Sprühregen eigentlich, in dem keine Tropfen vorkamen. Eine überirdische Erfrischung. Joni erlebte es genauso wie er.

Daß es dich geben muß, habe ich immer gehofft, sagte er. Wenn es dich nicht gäbe, wäre alles sinnlos gewesen. Weil es dich gibt, ist jetzt alles voller Sinn. Sogar Geschlechtsverkehr, das Unwort aller Unwörter, wird durch dich sinnvoll. Es gibt nichts als Geschlechtsverkehr. Alles andere ist Umweg, Ablenkung, Täuscherei, Betrug. Beim Geschlechtsverkehr mit dir erfahre ich, warum ich da bin.

Irgendwann sagte Joni: Halt. Sie sagte es zweisilbig. Dann stellte sie sich vor ihn hin und sagte: Du bist durchgeknallt.

Und du?

Ich bin die, die einen Durchgeknallten hat.

Er nahm ihre Hand und zog sie mit sich, zog sie nach rechts vom Weg weg. Sie waren gerade über eine kleine Brücke gegangen, die über einen Bach führte, der in den größeren Kienbach wollte. Es ging steil hinab. Karl war voraus, fing Joni auf und zog sie unter die Brücke. Sie wehrte sich nicht. Aber auch wenn sie sich gewehrt hätte, er hätte nicht nachgeben können. Sie war eingeschlafen. Mit ihm im Bett, dann eingeschlafen. Das mußte er ihr heimzahlen. Ihn beherrschte eine fröhliche Wut. Komm, Schuhe ausziehen, alles ausziehen, nicht überlegen, glaub deinem Mann, solche namenlosen Bäche, die genau wissen, wohin, wirken Wunder. Bis über die Knie ging ihnen das Wasser. Er stellte sich hinter sie, zärtelte an ihr herum, wichtig war, daß sie ihn dabei nicht sah, nur spürte. Dann riß er sie spielerisch an sich und stellte sie so hin, wie es sich gehörte. Sie streckte sich ihm so entgegen, daß es keine Kunst war. Die Innenwände noch passabel vom Vormittag. Ihn begeisterte es, Joni nahm's spielerisch, zuerst summte sie, dann sang sie sogar. Und er verstand, was sie sang.

Under the boardwalk out of the sun
Under the boardwalk we'll be having some fun
Under the boardwalk people walking above
Under the boardwalk we'll be making love
Under the boardwalk ...

Es wurde deutlich genug, daß das ihr Beitrag zur Szene war. Mochten Leute über ihnen die Brücke überqueren, sie waren unerreichbar für den Rest der Welt.

Droben auf dem Weg erreichte ihn wieder alles. Er fing wieder an. Ob sie nicht begreife, daß er wissen müsse, von welchen Männern sie unter welchen Umständen die Geschlechtsteile in ihren Mund, in ihren doch unbestreitbar ungeheuren Mund genommen habe.

Für sie kein Thema, sagte sie.

Bitte, sagte er, es gehe nicht um Eifersucht, sondern um Aufklärung.

Im weitesten Sinne, sagte sie und lachte.

Er habe gelesen, bei de Sade stehe, männliches Sperma schmecke wie Eßkastanien.

Das finde ich nicht, sagte sie spontan. Lachte dann, weil sie merkte, daß sie gesagt hatte, was sie nicht hatte sagen wollen.

Das ist mein Testtext, sagte er, um seinerseits eine leichte Tonart anzubieten. Stamme alles aus dem Feuilleton.

Und sie: Daß er das Feuilleton lese, wundere sie.

Wer war es, sagte er.

Sie: Wer war was?

Von dem du's getrunken hast, sagte er.

Getrunken, sagte sie und machte aus dem Wort einen kreischenden Unlaut.

Geschluckt, sagte er.

Sie sagte: Schluß.

Karl sagte: Den zeige ich an.

Joni sagte: Wen jetzt schon wieder?

Den Museumspädagogen in Duisburg, sagte Karl. Er hat dich, als er dich in der Sprechstunde zur Tür brachte, am Oberarm berührt. Das ist sexual harassment. Was hast du angehabt?

Weiß sie nicht mehr.

In welcher Jahreszeit?

Ende Sommersemester.

Also leicht bekleidet. Hat er beim Blusenärmel hineingelangt? Er stellte sich vor sie hin, legte ihr seine Hände auf die Schultern. Ich muß es wissen, sagte er.

Was, sagte sie.

Und er: Alles.

Ham wir noch nicht gehabt, sagte sie.

Und er: Was?

Sie: Du solltest eine Auswahl bestellen. Sagen wir: Die dreizehn besten Ficks. Wär das ein Angebot? Weißt du, alles, das könnte sich hinziehen.

Und er: Du nimmst mich nicht ernst. Dann: Ich bin zwei Zentimeter kleiner als Fürst Bertram.

Hab ich registriert, sagte sie.

Sein Handy meldete sich. Es war ihm jetzt doch lieber, daß es nicht Helen war, sondern Daniela. Sie sagte: Wieder die ganze Nacht nicht geschlafen, weil du mich nicht genug liebst.

Es tut mir leid, sagte er.

Mehr, sagte sie, bitte, viel mehr.

Ich wollte sagen, es tut mir leid, daß ich jetzt nicht sprechen kann. Also, bis später. Und beendete die Verbindung.

Joni sagte: Tut mir auch leid. Meinetwegen hättest du sagen können, was du willst. Lügen, Wahrheit, ist doch alles dasselbe.

Alter Vogel singt nicht mehr, sagte er.

Schaut nur noch durchs Nadelöhr, sagte sie.

Soll da durch als ein Kamel, sagte er.

Samt seiner aufgeblasnen Seel, sagte sie.

Beide lachten.

Jetzt wollte Karl wenigstens wissen, wie der Museumspädagoge, der auch kein Künstler ist, den sorgfältigen Beischlaf gemacht hat, der weiter führte als bei jedem anderen.

Aber nicht bis zum springenden Punkt, sagte sie.

Aber fast, sagte er.

Aber eben nicht ganz, sagte sie.

Aber was hat er getan, womit hat er sich das verdient: sorgfältiger Beischlaf.

Minimum eine Stunde Vorbereitung, sagte sie.

Frikadellen und Mumm extra dry, sagte Karl.

Wenn man liebt, wird aus Mumm Dom Pérignon.

Den bring ich um, sagte Karl. Dann den Pseudo-Dostojewskij. Aber dann auch den Schaum-Schwamm-Moschus-Lavendel-Fürsten. Warum, bitte, hat sie den Museumspädagogen so geliebt?

Das ist ein Thema, sagte sie. Seine Stimme, ihre Ungeschütztheit gegen alles Akustische, seine neugierigen Hände.

Neugierige Hände, was ist jetzt das schon wieder, sagte er.

Und sie: Du nix verstehn.

Karl sagte, er werde jeden dieser Herren in ein Gespräch ziehen. Als Finanzdienstleister. Er habe ein paar Offerten-Nummern drauf, deren Betörungspotenz unwiderstehlich sei. Zwanzig Prozent Gewinn, steuerfrei, bei abgefedertem Risiko. Schiffsbeteiligungen von bequemster Sicherheit. Jedem dieser Herren werde er sagen, daß die Geldkunst eine jüngere Schwester der Theaterkunst sei. Geld macht noch beliebter als Theater. Er werde den Herren Angebote machen, die für ihn selber riskanter seien als für diese Herren. Aber da er die betören wolle, sei ihm das das Risiko wert. Und wenn die betört seien, werde er ihnen ins Private folgen, so lange folgen, so gezielt reden mit denen, daß Joni vorkommen müsse. Dann werde er die zum Reden bringen. Den Mundentdecker, den Erniedriger, den Heuler, den Schaum-Schwamm-Moschus-Lavendel-Fürsten.

Und dann, sagte Joni.

Dann werde er sich als Joni-Bewunderer zu erkennen geben.

Das wirst du nicht, sagte sie.

Dann werde er einen nach dem anderen umbringen. Entweder erledige er das selber oder lasse es von einem der dafür in München jederzeit abrufbaren Russen besorgen.

Und Joni: Jetzt noch dein Motiv, bitte.

Er liebe Joni, sagte er, und ertrage es nicht, daß da Herren herumliefen, die behaupten könnten, von Joni geliebt worden zu sein. Bis zum Exzeß. Mit jedem wollte sie's für immer.

Nur mit vieren, sagte Joni.

Um diese vier gehe es, sagte Karl, daß die weiterlebten, peinige ihn. Joni hätte jeden dieser vier Herren geheiratet. Für immer. Joni sei eine Liebende, für die die Liebe sofort zum Schicksal werde. Ein Mann, der das nicht spüre, der aus Joni eine Affäre mache, der habe sein Leben verwirkt.

Lustig, sagte Joni, klingt wie Marquis Posa.

Und als Karl fragend schaute, sagte sie nachhaltig: Schiller! *Don Carlos*!

Ach der, sagte Karl. Und fügte hinzu: Bei mir um die Ecke steht er im Park. Friedrich von Schiller. Daß er ungebildet sei, wisse er. Das schmerze ihn weniger, als es müßte. Sein Bruder Erewein sei gebildet. Gewesen. Und habe sich umgebracht.

Obwohl er gebildet war, sagte Joni.

Es könne damit zusammenhängen, sagte Karl. Ihm selber sei Selbstmord fremd.

Du bringst lieber andere um, sagte Joni.

Daß diese vier Herren belangt werden müssen, ist sicher, sagte Karl. Er könnte natürlich auch Joni umbringen, dann könnten die vier ruhig weiterleben. Was er nicht ertrage, sei, daß Joni andauernd an alles denke, was sie mit denen gemacht habe, was die mit ihr gemacht haben.

Andauernd nicht, sagte Joni.

Erst wenn du nicht mehr daran denken kannst, ist die Peinlichkeit aus der Welt geschafft.

Also, weg mit mir, sagte Joni.

Ich bin froh, daß du mich nicht ernst nimmst, sagte Karl. Das wird mir die Ausführung dessen, was unerläßlich ist, erleichtern. Dich zu töten kann ich keinem Kriminaldienstleister überlassen, das muß ich selber tun. Und riß sie an sich, umklammerte ihren Hals mit beiden Händen und drückte ein bißchen zu.

Jetzt, sagte Joni, mußt du sagen: Hast du zur Nacht gebetet, Desdemona. Und erklärte ihm, so habe Shakespeares Othello seine Desdemona gefragt, bevor er sie erwürgte.

Hast du zur Nacht gebetet, Joni Jetter, sagte Karl und drückte zu.

Erst als Joni aufschrie, ließ er los. Hatte sie nur theatralisch aufgeschrien, oder hatte sie doch eine Minisekunde lang Angst gehabt?

Komm jetzt, sagte er und zog sie weiter. Aber nicht mehr so schnell wie vorher.

Joni rief: Durch die Wälder gehen.

Karl übernahm schnell: Keinen mehr sehen. Stehen bleiben.

Und Joni: Bei Eiben und Schlehen.

Sie schauten einander an.

Schluß jetzt, sagte Karl.

Kuß jetzt, sagte Joni.

Es folgte ein weiterer Unterricht, wie mit ihrem Mund umzugehen sei.

Aber Karl konnte nicht aufhören. Ob es Joni nicht störe, daß Strabanzer schiele.

Sie sagte, Theodor schiele nicht. Wenn er erregt sei, bleibe sein linkes Auge stehen.

Er sei aber oft erregt, sagte Karl.

Immer, sagte Joni.

Ob sie Strabanzer sage, was in der letzten Nacht passiert sei, fragte Karl.

Es ist doch nichts passiert, sagte sie und ließ ihren Mund nach links und nach rechts auswandern.

Wenn du bloß nicht so raffiniert wärst, sagte Karl.

Es wird mir nichts nützen, sagte sie.

Da waren sie an ihrem Z 3. Karl wäre gern noch eine Nacht geblieben, Joni nicht.

Morgen drehe sie in Berlin. Sein Handy und ihr Handy seien ein Paar. Bis bald, sagte sie.

Und er: Bis gleich.

Und wegkurvte sie.

Er sah ihr nach, bis er sie nicht mehr sah.

Hatte er, weil Daniela es nicht anders tat, einen Zwei-Nächte-Termin zustande kommen lassen, war er jedesmal nach der ersten Nacht schlechter Laune, weil er jetzt, anstatt heimfahren zu können zu seiner Helen, noch einmal vierundzwanzig Stunden Liebesdienst liefern mußte. Ihm hätte immer eine Nacht gereicht. Man darf Menschen nicht miteinander vergleichen. Jetzt Joni, sonst nichts. Jetzt und immer Joni. Daß sie so wegfahren konnte. Wegsprinten. Joni ist echt. Auch wenn sie ihn anlügen würde, könnte er sie nicht anders empfinden, als er sie jetzt empfand. Wenn sie ihn belog, dann aus guten Gründen. Aber sie lügt ihn nicht an. Das hat sie nicht nötig. Sie ist zum Glück rücksichtslos. Sonst hätte sie nicht so abbrausen können. Rücksichtslosigkeit ist die höchste Qualität in einer Beziehung. Wenn eine Beziehung trotz Rücksichtslosigkeit bei beiden besteht, ist es die ideale Beziehung. Das Gegenteil: Die von beiderseitiger Rücksichtnahme und Schonung lebende Beziehung. Wenn Joni fünfundsechzig sein wird und er einhundertzwei, dann werden sie einander näher sein als jetzt. Das einzige, was gegen Joni spricht, ist, daß sie ihn liebt. Falls sie ihn liebt. Das will er erreichen, daß sie ihn liebt. Er wäre jetzt, wenn sie hätte dableiben können, bei ihr geblieben. Hier im *Kronprinz Ludwig* in der Kronprinzen-Suite. Die Firma wird, soweit sie ihn braucht, von Herrsching aus dirigiert. Nichts erklären. Tatsachen sprechen lassen. Aber Joni ist noch nicht soweit. Ihm schwebt ein jedes Maß hinter sich lassender Aufwand vor. Sie aus allen Gewohnheitshalterungen reißen. Sie darf noch nie so bestürmt worden sein. Sie muß vor Erregungsfreude zittern können.

Als er in der S-Bahn saß, beherrschte ihn sofort die Aussichtslosigkeit. Wohin auch immer er jetzt dachte, er begegnete der Aussichtslosigkeit. Wehr dich doch. Die Alten im Frühstücksraum. A One Issue Group, würde Dr. Dirk so etwas nennen. Sollte ihn die Aussichtlosigkeit beherrschen, bitte. Er antwortete mit dem Gefühl, unwichtig zu sein. So unwichtig, wie er war, durfte er sein, wie er wollte. Die Wichtigen stehen jeden Tag in der Zeitung. Von denen kann verlangt werden, das und das zu sein, das und das zu tun. Er gehörte nicht dazu. Also kann er tun, was er will. Seine Unwichtigkeit ist seine Freiheit. Älter werden ist schwächer werden, keine Kraft mehr haben zum Beispiel für jede Art Anstand ... Er mußte sich mit ihren Männern beschäftigen. Der mit dem Motorrad tat ihm nicht weh. Hector mit -c- auch nicht. Strabanzer? Von dem hatte sie keine Bettgesten geliefert. Den konnte er stornieren. Vorläufig. Joni mußte Fotos liefern. Andererseits waren ihm die Herren deutlich genug. Am deutlichsten der Museumspädagoge. Mit Frikadellen und Mumm extra dry, Geschlechtsverkehr vor Kunstdruckbänden plus Spiegel. Und bohrt Joni mit dem berühmten Mittelfinger an. Der Herr ist ein Frühkommer, klar. Wie alle Narzisse, die andere nur brauchen, um sich selber zu genießen. Wie dem schaden? Wie den beschädigen? Er konnte nicht zum Pseudo-Dostojewskij, nicht zum pausbäckigen Dreier-Visionär und nicht zum Schwamm-Schaum-Moschus-Lavendel-Fürsten wechseln, bevor er nicht wußte, wie er den Herrn der Neugier-Hände hinrichten konnte. Daß er ihn nicht hinrichten würde, wußte er auch. Trotzdem stellte sich für seinen Abrechnungswillen kein anderes Wort ein.

Der Mann ihm gegenüber las in einem Buch, dessen Seiten mit mehr Zahlen und Zeichen als Buchstaben bedeckt waren. Seine Frau rief ihn zu Hilfe. Sie kommt mit dem Kreuzworträtsel nicht weiter. Der Mann überprüfte das Kreuzworträtsel, das seine Frau zu lösen versuchte. Seine Ratschläge verrieten, daß er die Rätselfragen hätte lösen können. Er wollte aber, daß seine Frau selber auf die Lösungen komme. Offenbar ein Pädagoge. Die Frau hatte aber plötzlich keine Lust mehr auf Kreuzworträtsel. Ihr Mann las weiter, sie saß und schaute hinaus in die vorbeifliegende Welt. Karl hätte gewettet, daß sie nichts sah. Sie war erfüllt von Gedanken, von sie beherrschenden Gedanken. Diese Frau kämpfte gegen Aussichtslosigkeit. Am liebsten hätte er zu dieser Frau gesagt: Je älter man wird, desto mehr muß man lügen. Es gibt nichts mehr, was von diesem Zwang zur Lüge verschont bleibt. Das Alter, das ist der Zwang zur Lüge schlechthin. Diese Frau hatte eine Art Freudebereitschaft im Gesicht. Ihre dunklen Augen drückten Erlebnishunger aus. Ihr Mund war ein Strich der Entschlossenheit. Und dieser Mann merkte nichts. Vielleicht ein berühmter Chemiker. Wenn der Mann nicht dabeigewesen wäre, hätte er mit dieser Frau plaudern können, hätte sagen können: Sie haben vier Semester in Duisburg studiert, Englisch und Geschichte, und jetzt reicht's nicht einmal für ein Kreuzworträtsel, das kenn ich, oh, wie ich das kenne. Ein Akademiker, der zur Tür begleitet, am Oberarm berührt und zwei Wochen später Geschlechtsverkehr vor Kunstdruckbänden, o Joni. Es ging um nicht weniger als um Jungfräulichkeit. Wenn er alles erfuhr, alles, was getan und gesagt worden war, wußte er, was noch nicht getan und gesagt worden war. Das würde er dann tun und sagen. Wenn es überhaupt noch Ungetanes, Ungesagtes gab. Ohne diese Hoffnung wollte er nicht leben.

Karls Blick wurde angezogen von einem jungen Paar auf der übernächsten Bank. Die küßten einander so, daß es aussah, als würden sie einander trinken, einander austrinken. Offenbar ein nicht zu löschender Durst. Und auch das, was sie tranken, ging nicht aus. Sie saugten aus einander heraus, was herauszusaugen war. Sie saugten einander aus. Das hätte er gern Joni und ihrem Kußpädagogen vorgeführt. Aber da gab es auch noch zwei Alte. Klaffende Münder, hängende Bäuche, todschwer auf ihren Sitzen. Ovid soll geschrieben haben, gleich scheußlich seien alte Liebende und alte Soldaten.

Er mußte sich vorbereiten auf Helen. Er stieg schon an der Dietlindenstraße aus, um länger gehen zu können, um vom Gehen belebt zu sein, wenn er Helen gegenüberträte. Er würde nichts von dem sagen, was er hätte sagen wollen, wenn er sie telefonisch erreicht hätte. Er würde eine vollkommene Erfindung präsentieren. So vollkommen, daß Helen überhaupt keinen Grund haben würde, nachzufragen, mißtrauisch zu sein und so weiter. Perfekt. Das schwebte ihm vor: perfekt zu sein. Heimzukommen von nichts als einem Geschäft. Allerdings von einem nicht alltäglichen Geschäft. Erstens Film, zweitens zwei Millionen. Das durfte er doch in einem anderen Ton vortragen, als wenn er nur von der Kardinal-Faulhaber-Straße zurückkam und zu melden hatte, daß es Amei Varnbühler-Bülow-Wachtel gelungen war, den Präsidenten der Deutschen Diabetesfuß-Gesellschaft für ihren Fuß zu interessieren, was zur Folge hatte, daß ihr nicht der Fuß, sondern nur zwei Zehen amputiert worden sind. Er wußte, mit welchen Details er eine Geschichte würzen mußte, um Helens Interesse sofort erlöschen zu lassen. Finanzierungsgeschichten langweilten sie. Je genauer er die erzählte, desto mehr mußte Helen ihr Gähnen verbergen. Darauf konnte er sich verlassen. Und wo war jetzt sein Übermut? Joni fehlte. Also fehlte sein Übermut.

Wenn er beim Lodenfrey-Haus in die Osterwaldstraße einbog, empfand er die Straße immer als besonders heimelig, weil sie von dieser Seite aus für Autos mit amtlich wirkenden Pfählen gesperrt war. Aber heute wurde die Heimeligkeit für den Eintretenden zur Prüfung. Bist du noch würdig, in dieser grün überwölbten Heimeligkeit zu wohnen? Bäume auf jeder Seite, und jeder Baum fragte: Wo kommst du her? Was hast du getan? Uns machst du nichts vor, riefen sie ihm nach. Du kannst zwar so tun, als gebe es uns nicht, aber wir sehen doch, daß du schwächer wirst mit jedem Schritt. Wahrscheinlich reicht dein vorgetäuschter Mut gar nicht bis zum Haus 106 A. Du kehrst vorher um, rennst zurück, hinaus aus der Osterwaldstraße, die ein Boulevard der Sittlichkeit ist. Keiner und keine von denen, die jetzt abendlich zurückkehren aus der Stadt, kommt mit einer solchen Scheußlichkeitslast zurück wie du. Schau, drüben der Herr Professor, der immer schon aus großer Entfernung grüßt, lachend grüßt, der kann jetzt gleich hineingleiten in die Willkommensmusik seines Hauses, seiner

Frau, seiner lebensstarken Frau. Wie du bei Hertha an der offenen Ladentür vorbeikommen willst, wo die Nachbarn wie Bienen aus- und einströmen und das Gesumm des Anstands und des Einvernehmens senden und empfangen! Du störst, du bist gestört, du bist eine Katastrophe für diese Straße des friedlichen Wohnens.

Karl rannte fast. Es hatte keinen Sinn, so zu tun, als sehe er niemanden, und sich dann selber einzubilden, unsichtbar zu sein. Die frühabendlich trauliche Osterwaldstraße war die Generalprobe für den Eintritt ins Haus. Karl grüßte und wurde gegrüßt. Aber zum Stehenbleiben und Plaudern ließ er sich nicht verführen. Ein bißchen eilig durfte er es schon haben.

Das Haus. Helens Haus. Streng und steil das Dach. Das steilste Dach in der ganzen Straße. Helens Vater hatte das so gewollt. Bloß keine Gemütlichkeit. Und gegen die Straße abgeschirmt durch gewaltige Thujen. Der Weg vom Gartentor führt nicht auf die Haustür zu. Dann sähe man ja von draußen, wenn die Haustür aufginge, gar ins Haus hinein. Das hat Herr Doktor Wieland nicht gewollt. Dieses Haus hat seine Vorderseite zur Seite hin.

Er mußte die Tür aufschließen und in der Halle so laut grüßen, daß Helen, egal wo sie gerade war, hörte, er sei da. Und sei froh, daß er da sei. Endlich wieder da. Bei seiner lieben, sanft fröhlichen Frau.

Helen stand sofort in der Tür zu ihrem Arbeitszimmer, die goldene Brille hing wie ein Schmuck auf ihrer meergrünen Bluse. Dem Pfeifenraucher Gammertinger, sagte sie, sind drei Zehen amputiert worden.

Karl hätte bald gesagt: Gratuliere. So freute ihn diese Nachricht. So willkommen war sie ihm.

Und wer ist Herr Gammertinger, fragte er.

Er wußte natürlich, Herr Gammertinger, das war der Herr, der sich täglich auf dem die Straße begleitenden Fußweg sehen ließ, der so tat, als meditiere er unter inspirierenden Bäumen gehend, der aber, wie Helen wußte, von seiner Frau hinausgeschickt wurde, damit er seine romantisch gebogene Pfeife im Freien rauche. Und Helen wußte, daß Karl das wußte, daß also die Frage, wer Herr Gammertinger sei, typisch Karl sei. Er wollte damit sagen: Wer ist schon Herr Gammertinger beziehungsweise: Was gehen mich die drei Zehen des Herrn Gammertinger an. Und durch seine flapsige Gegenfrage schaffte er es, daß Helen sich weiter mit der bis ans Zynische oder Bösartige reichenden Flapsigkeit ihres Mannes beschäftigte. Das tat sie heftig, indem sie an die letzten sieben Begegnungen mit Herrn Gammertinger erinnerte. Helen wußte noch, worüber gesprochen wurde. Die Osterwaldstraße mit ihren Gehwegen ist eine Gesprächsstraße. Und Helen hat das von früher Kindheit an erlebt.

Karl mußte ihr doch noch hinsagen, daß er auch hätte eintreten können mit den neuesten Nachrichten über Amei Varnbühler-Bülow-Wachtels Fuß, den die Nichtsalschirurgen amputieren wollten und der gerettet worden ist in der Nußbaumerstraße durch den Präsidenten der Diabetesfuß-Gesellschaft, der von der Seite reingegangen ist und ein Stück Knochen rausgenommen hat, so daß ihr jetzt nur zwei Zehen fehlen. Gut, drei Gammertinger-Zehen gegen zwei Amei-Zehen. Das Match steht drei zu zwei für Helen.

Helen wechselte ins Seriöse. Frau Biselski habe acht Tage im Bett liegen müssen, nachdem sie einen Tag bei von Kahns geputzt habe. Nicht selber habe sie das sagen können, sondern durch ihren Mann sagen lassen. Der von Kahnsche Haushalt sei zu ungepflegt. Und der Mann habe auch noch gesagt, er sei dagegen, daß seine Frau putzen gehe und nachher daheim herumliege.

Weil die Putzfrauenjeremiade Helens nie endendes Elend war, mußte Karl Helen jetzt streicheln. Das war Sitte, daß er an diesem Elend streichelnd teilnahm. So kam es, daß Helen sich ihm anschmiegte. Der Putzfrauenkummer quälte Helen. Sie litt darunter, daß keine Putzfrau bei ihr blieb. Sie hielt sich nicht für pedantisch. Sie sagte jeder neuen Putzfrau, hier im Haus könne jeder seine Arbeit einteilen, wie er es für richtig halte. Alles vergebens. Keine blieb. Und wenn eine blieb, war es eine asthmatisch um Luft ringende, sich weder bücken noch strecken könnende zuckerkranke Zweizentnerfrau. Karl begegnete den aufeinander folgenden Frauen kaum. Er kriegte nur Helens Jammer mit. Und mußte dann eben trösten.

Er zog Helen an sich, küßte sie, schob sie, ohne sie loszulassen, von sich, sah ihr ins Gesicht, zog sie wieder her, dann führte er sie eher heftig als gelinde ins Schlafzimmer, löste ihr die Kleider vom Leib und trug sie zum Bett und warf sie ein bißchen ins Weiche. Helens Überraschtsein beantwortete er mit wohldosierter Rücksichtslosigkeit. Es kam darauf an, daß kein Gespräch möglich wurde. Helen färbte ihr Überraschtsein mit Komik. Sie suchte nach einer Rolle in diesem Vorgang. Er mußte ihr aber vermitteln, daß er hier kein Theater mache. Ihm war es ernst. Sie zog ein Gesicht wie die Frau, deren Mann schon am Donnerstagabend zudringlich wird anstatt, wie es sich gehört, am Freitag. Aber Karl konnte sich nicht mehr fortschicken lassen. Er erlebte sich moralisch. Es war das Moralische, was ihm diesen Geschlechtsverkehr befahl und nicht nur befahl, sondern ihn dazu mit einer Deutlichkeit ausstattete, die sich aufführen konnte wie Liebe.

Es wurde ein grotesker Geschlechtsverkehr, weil Karl seinen Ernst nicht auf Helen übertragen konnte. Sie lispelte nicht, und das Vergißmeinnichtblaßblau ihrer Augen gewann nicht die leuchtende Wegwartenbläue. So blieb er bis zum Schluß ernst, heftig und allein. Um Helen das spüren zu lassen, bedankte er sich, als alles vorbei war.

Helen sagte: So eine schöne Überraschung.

Das *so* war vielleicht doch ein bißchen gelispelt. Hoffte Karl. Nein, Helen hatte mitgemacht wie eine Sprechstundenhilfe. Unerweckt ist geblieben der Herzenshauptsatz *Ich will ein Kind von dir.* Und ohne den ist immer nichts.

4.

Daß Karl von Kahn gleich von Joni träumte, war schon erstaunlich. Der Traum hätte ja Seelenfiguren mobilisieren können, die längst in ihm heimisch waren, hätte sie mit Joni-frequenzen und -stimmungen aktuell aufplustern können, aber nein, Joni trat gleich in der ersten Nacht persönlich auf. Sie absolvierte ihren Auftritt sitzend. An einem Tisch saß sie rechts neben Karl. Links neben ihm saß Diego. Der spricht an Karls Gesicht vorbei heftig zu Joni hinüber. Und beleidigt sie. Joni reagiert so: Sie reißt ihren Kaugummi in der Mitte auseinander und schiebt Diego die Hälfte davon in den Mund. An Karl vorbei streckt sie ihre Hand bis zu Diegos Mund. Der schnappt richtig nach der Kaugummi-hälfte. Und hat sofort auch eine Kaugummihälfte in der Hand und schiebt die an Karls Gesicht vorbei ihr in den nur zu bereitwillig geöffneten Mund. Karl muß es hilflos geschehen lassen. Er will aufspringen, abhauen, aber da bemerkt er, daß er an seinen Stuhl gefesselt ist.

Das Frühstück wurde wie immer eröffnet mit *Wielands Trunk*. An diesem Morgen spürte Karl, daß er den *Trunk* ablehnen müßte. Daß er ihm trotzdem schmeckte, nahm er sich übel. Zur Zeit fragten Helen und Karl einander öfter nach ihren Träumen. Helen war eingeladen, im September auf einem Kongreß über das Thema *Der Traum in der*

Paartherapie ein Referat zu halten, also war sie zur Zeit besonders daran interessiert, die Träume ihres Mannes zu erfahren.

Nein, sagte er auf die Routinefrage, er könne sich nicht erinnern, in der letzten Nacht irgend etwas geträumt zu haben.

Schlamper, sagte Helen, man träumt immer etwas, man muß nur rechtzeitig aufpassen, daß der Traum nicht versinkt.

Rechtzeitig, sagte Karl, wann ist das?

Wenn der Traum aufzuhören beginnt, sagte Helen. Die Traumenergie läßt nach, das spürt man auch im Traum. Was geträumt werden mußte, ist geträumt. Wenn man zum Beispiel eine peinliche oder schmerzliche Erfahrung macht im Traum, wenn es, das erlebt man doch heftig, ungut enden will, enden muß, wenn man dieses ungute Ende kommen sieht, man kann nicht fliehen, ist ins Desaster gebannt, dann ist der Moment gekommen, wo man sich bewußt werden muß, daß das ein Traum ist, und sei es ein böser. Ein Traum hört immer dann auf, wenn er seine schlimmste oder seine schönste Stelle erreicht hat. Und je böser die Träume, desto deutlicher prägen sie sich ein.

Um auch etwas beizusteuern, sagte er, daß Gundi neuerdings ihre Gäste nach ihren Träumen frage und sogar eigene Träume ziemlich kraß anbiete. Vielleicht sollte sich Helen da bedienen.

Träume im Fernsehen, sagte Helen, das sei absurd. Das ist, wie wenn du einen unentwickelten Film der grellen Sonne aussetzt. Träume müssen wie Filme in der Dunkelkammer entwickelt werden. Sie werde beim Traum-Kongreß im Herbst vorschlagen, im nächsten Jahr das Thema *Träume, wie erzählt man sie* zu behandeln. Ihr Referatthema wäre dann, wie Bettina Brentano und Achim von Arnim einander in Briefen ihre Träume erzählen …

Karl mußte jetzt wirklich gehen. Helen war beleidigt. Er versuchte, glimpflich davonzukommen.

Heute bräuchte ich dich so, sagte sie.

Heute abend, sagte er. Ich komme früh, nein, früher, nein, am frühesten.

Zu Frau Lenneweit konnte er sagen, seine Frau habe ihn heute nicht gehen lassen wollen.

Recht hat sie, sagte Frau Lenneweit.

Die *Puma*-Charts lagen auf seinem Tisch. Im Mai hatte Severin Seethaler für die 1,2 Millionen von Diego *Puma*-Aktien für ihn gekauft. Aus Sentimentalität. *Puma* hatte seine Schläger gekauft, Karl wollte wieder bei seinen Schlägern sein. Inzwischen hatte sich *Mayfair,* die Verwaltung der *Tchibo*-Geschwister, mit 17 Prozent bei *Puma* hineingekauft, und *Puma* selber war immer noch mit Aktienrückkauf beschäftigt. Bis 2011 sollen eigene Aktien für 200 oder 300 Millionen zurückgekauft werden. Weil *Puma* so im Steigen war und weil er bei steigenden Kursen kaufte, wie er bergauf beschleunigte, hatte er im Mai nicht nur für die 1,2 Millionen von Diego *Puma* gekauft, sondern noch achthunderttausend dazugelegt. Daß Amei Varnbühler-Bülow-Wachtel damals den Verkauf ihrer *Puma*-Werte so temperamentvoll abgelehnt hatte, kann eine Rolle gespielt haben. Er empfing von seinen Kunden soviel Botschaften wie sie von ihm. Jetzt hatte er auf dem Tisch das *Puma*-52-Wochen-Hoch: 238,80, das Tief: 171,50. Tageskurs: 217,00 Er würde ordern: Verkauf bei 220. Nein, bitte nicht! Bei 225. Gekauft für 193. Das hieß ein 32Plus pro Aktie, ist gleich sechzehn

Komma soundsoviel Prozent! Und um die 10000 Stücke hatte er gekauft. Also ein Plus von 320000. Also würde ihn sein Zwei-Millionen-Einsatz beim Film nur 1,68 Millionen kosten. Herr Seethaler würde ein solches Quantum ohnehin nicht auf einmal auf den Markt werfen, sondern Stück für Stück einstellen.

Bis Strabanzer das Geld braucht, wird es dasein.

Sollte Karl wirklich so tun, als wolle er das Drehbuch lesen, bevor er einstieg? Nein. Er wollte das Drehbuch allenfalls lesen, weil Strabanzer als seine Ästhetik angekündigt hatte: Am Leben entlang. Da durfte man gespannt sein. Theodor Strabanzer war kein Luftikus, kein Hochstapler, schon gar kein Betrüger. Erstaunlich genug, daß er Strabanzer aushielt, obwohl der doch offensichtlich Jonis Liebhaber war. Gegen Strabanzer mußte er nichts unternehmen. Noch nicht. Joni hatte bis jetzt noch keine Strabanzerschen Bettgesten geliefert. Karl konnte sich mit Strabanzer nichts vorstellen, was ihn so gepeinigt hätte wie der Meister des sorgfältigen Beischlafs, wie der Kußpädagoge und Erniedrigungsspezialist Pseudo-Dostojewskij und der Schaum-Schwamm-Moschus-Lavendel-Fürst. Den pausbäckigen Dreier-Propagandisten nicht zu vergessen. Vielleicht hat so eine Troika stattgefunden, und Joni hat es nicht gestehen können. Zu dritt, das konnte er sich nur als eine Service-Groteske vorstellen. Besser gar nicht. Zu Strabanzer mußte Joni noch Material liefern, damit eine Art Vorstellbarkeit möglich wurde. Karl würde gegen Strabanzer vorerst nichts unternehmen. Strabanzer war ein Leidensvirtuose, basta.

Über das Tagesgeschäft hinausgehende Entscheidungen hatte Karl von Kahn immer von seinem Gefühl abhängig gemacht. Dieser Strabanzer war durch Verletzungen geworden, wie er jetzt war. An diesem Tiroler-Katalanen kam Karl einiges verwandt vor. Je bedrohlicher der Horizont sich näherte, um so heftiger blühte die Illusion, unbesiegbar zu sein. Und von dieser Illusion konnte man zehren. Von ihr lebte man. Sie ist die Kraftquelle schlechthin. Außer ihr ist nichts …

Er rief Joni an. Per Handy. Er wollte nichts wissen, nicht stören, nicht einmal hören, ob sie gut gelandet sei in Berlin, er wollte nur sagen: Ich liebe dich. Sie sollte, da sie sicher in einer beruflichen Situation eingeklemmt war, nichts sagen. Er rief einfach an.

Sie sagte: Jaa.

Er meldete sich, sagte seinen Satz und daß er nichts wolle als diesen Satz sagen.

Sie sagte: Du wirst immer anrufen, wenn es am wenigsten paßt.

Er entschuldigte sich.

Sie sagte: Bis später.

Das war eine Verabredung. Damit konnte man doch leben, den Tag verbringen. Dr. Dirks Bericht über die *Med-Tech*-Tagung lesen, sich von Berthold Brauch über die neuesten Bloomberg-Nachrichten informieren lassen und die guten alten Zeitungen studieren.

Er hatte Joni gestört. Aber wenn sie in einer Situation mit Frauen gewesen wäre, hätte sie anders reagiert. Schon ihr erstes Ja hieß: Was soll denn das! Sie mußte den Männern, mit denen sie zusammen war, beweisen, daß dieses Zusammensein mit ihnen ihr wichtiger war als jeder überhaupt denkbare Anruf. Kein Mann der Welt war ihr wichtiger als die Herren, mit denen sie da zusammensaß. Sicher beruflich. Und trotzdem waren das Männer.

Kann etwas, was unmöglich ist, noch unmöglicher werden? Karl wollte sich hinüberretten in etwas Sprachliches. Wenn er spürt, daß er sich unmöglich gemacht hat, daß er unmöglich ist, jetzt, dann kann er durch nichts, was er tut, noch unmöglicher werden. Alles, was du tust und denkst, ist schon vernichtet, bevor du es tust und denkst. Alles, was du willst, ist vorvernichtet. Alles, was du zu Joni gesagt hast, ist nichts wert. Und da hörst du den Satz, den dein Vater, wenn er in Nürnberg von der Flakstellung auf einen Halbtagsurlaub heimkam, sagte: 's hat alles kein' Wert. Und die Mutter hat dann gesagt: Furchtbar.

Karl hatte das Gefühl, wie er jetzt da sitze, sei er ein Buddha aus Blei.

Daß sie jetzt nicht ansprechbar ist, kann auch heißen, ein alles beanspruchender Mann ist erschienen und hat sie mit sich ins endgültig Unerreichbare fortgerissen. Karl sah das Paar über weiße Wolken ins schwarze Licht reiten.

Dr. Dirk trank Tee, Berthold Brauch stilles Mineralwasser, Karl von Kahn, Frau Lenneweit und Frau Leuthold tranken Kaffee. Karl von Kahn hatte ins Konferenzzimmer gebeten. Sein *Puma*-Verkauf betraf zwar nur sein Privatportfolio, trotzdem wollte er zum besten geben, was er vorhatte: Zwei Millionen für einen Film.

Berthold Brauch sagte, er wisse, daß Herr von Kahn wisse, daß die Staatsanwaltschaft gerade bei mehreren Medien-Anbietern kistenweise Akten abgeschleppt habe, daß *VIP 5* und *VIP 6* gerade vom Markt genommen worden seien und daß der alles Wissende Stefan Loipfinger vorausgesagt habe, alle filmfinanzierenden Häuser müßten mit dem Staatsanwalt rechnen. Auf jeden Fall stünden Rückabwicklungen noch nicht dagewesenen Ausmaßes bevor, und wenn dergleichen beim führenden Medienanbieter *VIP* passiere, warte man besser ab, bis das Beben verebbt sei. Aber da Herr von Kahn das alles selber wisse, sei nur noch interessant, warum er sich gerade diesen Augenblick der größten Unsicherheit für einen Zwei-Millionen-Einsatz ins Mediengewerbe ausgesucht habe.

Karl von Kahn dankte. Dankte herzlich und lachend. Und entschuldigte sich, weil er nicht zuerst mitgeteilt habe, daß er die zwei Millionen nicht investiere, um Steuern zu sparen. Das ganze Branchenbeben der Medienanbieter sei ja nur eine Affäre, weil die Staatsanwälte die Verlustzuweisungen anfechten. Also, er investiert zwei Millionen in einen Film, einfach weil er das Gefühl hat, diese Gesellschaft, sie heiße *Bocca di Leone,* ist es wert, daß man einspringe, wenn da aus ehrbaren Gründen gerade zwei Millionen ausgefallen sind und dadurch ein unbezweifelbar großartiger Film, nämlich *Das Othello-Projekt,* nicht zustande käme.

D'accord, sagte Berthold Brauch. Meine Warnung bezog sich nur auf das hier übliche Motiv der steuerbegünstigten Verlustzuweisung. Da wäre im Augenblick Vorsicht geboten, der Fiskus rast.

Dr. Dirk sagte, wahrscheinlich sei der Lustfaktor bei einer Filmfinanzierung wichtiger als bei jedem anderen Geschäft, deshalb wäre es töricht, den Lustfaktor in den Spiegel einer schlichten Kalkulation sehen zu lassen oder aufzuzählen, wie viele Filme ihr Geld nicht eingespielt hätten. Er ziehe es vor, Herrn von Kahn zu diesem freudigen Ereignis zu gratulieren.

Karl bedankte sich. Daß sein Verstand trotz des unbezweifelbaren Lustfaktors noch nicht ganz getrübt sei, hoffe er dadurch zu beweisen, daß er die für 193 gekauften

Puma-Stücke erst bei 225 verkaufe, die dann verdienten 16 Prozent minderten den riskierten Posten um dreihundertzwanzigtausend.

Auguri, sagte Dr. Dirk. Und es könne sein, daß Herr von Kahn schon ein bißchen Glück brauche, bis *Puma* wieder auf 225 klettere, das könne, so wie das Papier jetzt flattere, noch etwas dauern.

Karl nickte und sagte triumphierend: Der Regisseur ist übrigens Theodor Strabanzer.

Alles paletti, sagte Frau Leuthold sofort. So ein schöner Film. Wie sie einander das schöne Mädchen abjagen.

Frau Lenneweit, die offenbar keine Strabanzer-Filme gesehen hatte, nickte zu dem, was Frau Leuthold sagte, als habe sie Frau Leuthold das Wort erteilt und sei zufrieden mit dem, was Frau Leuthold aus ihrem Wortbeitrag mache.

Der Strabanzer-Film *Tod des Fotografen,* sagte Berthold Brauch, sei eine Zeit lang sein Lieblingsfilm gewesen, weil er noch nie einen Kriminalfilm gesehen habe, dessen Handlung so sinnvoll sei. Die Liebe zur Mutter als Krimi-Motiv! Großartig!

Und Dr. Dirk: Dieses Mädchen in *Alles paletti,* diese nur erratbare Traurigkeit eines Mädchens, das nie Gelegenheit hat zu sagen, was sie denkt über das, was mit ihr da passiert.

Karl von Kahn stand auf und sagte, diese Sitzung habe ihn gestärkt. Er gestehe, daß er kein Kinogänger sei, aber Theodor Strabanzer, halb Tiroler, halb Katalane und Verehrer Buñuels, habe ihn für sich gewonnen.

Hatte Joni gesagt: Bis später oder Bis bald oder Bis nachher? In Zukunft jedes Telefonwort von ihr mitschreiben.

Das war überhaupt seine Gewohnheit, jedes Telefongespräch mitzuschreiben. Und bei Joni tut er das nicht! Wahnsinn.

Er ließ alle gehen, sogar Frau Lenneweit. Er würde erst gehen, wenn er mit Joni gesprochen haben würde.

Frau Lenneweit sagte zum Schluß: Sie würden's mir schon sagen, wenn Sie mich noch brauchen täten, gell.

Und ob, Frau Lenneweit, und ob, sagte er und schüttelte ihr die Hand, als sei's für länger. Diese Frau merkt alles. Und nützt es nicht aus. Frau Lenneweit, rief er noch.

Sie drehte sich schnell um und sagte: Ja? Dieses Ja hieß: Lassen Sie mich doch jetzt nicht gehen. Brauchen Sie mich doch noch, bitte.

Karl von Kahn sagte: Wir müssen jetzt nicht darüber sprechen, aber ich weiß, daß Sie mich hier jederzeit ersetzen könnten. Das zu wissen tut gut. Ich wünsch einen schönen Abend.

Frau Lenneweit neigte ihren Kopf, ihre nicht ganz bis auf die Schultern reichenden, dunkelrotbraun getönten Haare fielen ihr links und rechts nach vorne, dann richtete sie sich wieder auf und zeigte, daß sie gefaßt sei. Es hat mich gefreut, das zu hören, sagte sie. Und ging.

Karl von Kahn überließ sich den Säulen und Gesimsen und Kapitellen der *Vereinsbank*-Fassade. Joni rief tatsächlich noch an.

Morgen und übermorgen Textarbeit, dann sieben Drehtage. Natürlich eine Rolle unter aller Sau. Ein Hausmädchen, das von der Herrin gequält wird, weil der Hausherr zu freundlich ist zu ihr. Die Herrin legt Geld da und dort hin, in der Hoffnung, das Mädchen stehle, dann könnte sie sie feuern undsoweiter. Haupthandlung: Der Mann will, daß seine Frau sich von ihm scheiden läßt, die Schuld auf sich nimmt, seinem Ruf würde es schaden, wenn er der Schuldige wäre, es würde ihm aber nützen, das Opfer einer von ihm nicht zu verantwortenden Scheidungsaffäre zu sein. Eben Vorabendprogramm, sagte Joni. Aber sieben Drehtage in Berlin, das kann sie doch nicht sausen lassen.

Karl von Kahn wollte Vorstellbares über Strabanzer wissen, wagte aber nicht, direkt zu fragen. Also fing er an, von Strabanzer zu schwärmen. So erfuhr er, Theodor komme zurück, während sie in Berlin sei. Ob sie sich nach Strabanzer sehne.

Das sei nicht ihre Sprache.

Er ist doch dein …

Mein Einundallesundobenunduntenundhintenundvorn! Dann rief sie noch: Reicht's?

Schade, sagte Karl.

Du willst nur wissen, sagte sie, ob Theodor mich vernascht, wenn wir beide wieder in der Stadt sind.

Genau das, sagte Karl. Er wollte sagen, das klinge, als bedauere Joni, daß Strabanzer sie nicht vernasche.

Aber sie sagte gleich, sie müsse jetzt auspacken. Für eine Neuntagereise brauche sie soviel Klamotten wie andere für ein ganzes Jahr.

Sie legte auf. Er starrte noch eine Zeit lang auf die Fassadenwildnis der *Vereinsbank*, dann verließ er, obwohl er der letzte war, die Firma so leise, als wolle er niemanden stören.

Als er zu Hause eintrat, merkte er, daß er sich nicht vorbereitet hatte. Nur mit Joni hatte er sich beschäftigt. Helen begrüßte ihn gleich mit Vorwürfen. Früh, früher, am frühesten habe er kommen wollen …

Und, sagte Karl, alle Heftigkeit abwiegelnd, wo ist er? Da!

Helen war begierig, ihm vorzulesen, was sie heute geschrieben hatte. *Der erfolgreiche Patient* kommt in die Warteschleife, ihr Referat für den Traum-Kongreß im September ist jetzt wichtiger als alles. Erstens wimmelt's da von Koryphäen, zweitens jede Menge Medienmenschen, drittens weiß sie, daß sie etwas zu sagen hat, was außer ihr keiner und keine sagen kann.

Gekocht hat sie schon, Broccoli mit Karottenwürfeln und gerösteten Pinienkernen, durchwirkt vom Zitronensaft, dazu Kurkuma-Nudeln mit gartenfrischem Salbei und ebenso gartenfrischen Kapuzinerkresseblüten. Das alles wartet im Garer bis acht. Aber daß ihr das Vorlesen so leichtfalle wie ihrem Süßen das Zuhören, tunken sie und er vorerst ihre Röstbrote in die Schale, gefüllt mit Helens Basilikum-Pesto. Zum Trinken einen Quittenmost, von ihr selbst gepreßt.

Er wurde in der Küche, die zehnmal so groß war, wie jetzt Küchen sind, auf die gepolsterte Bank bugsiert.

Ihr Referat werde, falls ihr Süßer, den Süßer zu nennen sie heute nicht mehr lassen könne, es ihr nicht verbiete, und selbst wenn, sei es nicht raus, ob sie, die ewig Folgsame, ihm dann gehorche, ihr Referat soll also heißen: *Warum darf der Traum Klartext der Ehe genannt werden?*

Und fing an: Daß ich in diesem Referat keinen großen Namen, keine Kapazität zitieren werde, ist Programm. Wer sich beim Verstehenwollen eigener Träume auf andere beruft, ist schon verloren. Kapazitäten sind meistens älter als der, der jetzt geträumt hat. Sind gar schon tot. Also von gestern. Und nichts muß mehr von heute sein als alles, was wir über unsere Träume sagen. Heinrich Heines Zeile *Ich hab im Traum geweinet* ist der einzige Import, den ich dulde, weil diese Zeile nichts ist als eine Stimmung. Man könnte sie zum Text meines Referates spielen wie Musik zu Filmszenen. *Ich hab im Traum geweinet* ist also die Musik zum Klartext der Ehe. Das heißt: 1. Träume sagen das, was wir am Tag nicht sagen können. Nicht mehr sagen können oder noch nicht. 2. Wenn Menschen anfangen, aus welchen Gründen auch immer, einander etwas zu verschweigen, liegt das Verschwiegene allem Gesagten zugrunde. 3. Je länger Menschen etwas voreinander verschweigen, desto unmöglicher wird es für sie, das Verschwiegene noch auszusprechen. 4. Das Verschwiegene kann sich dann nur noch im Traum aussprechen. 5. Wenn in einer Ehe auch der Traum verschwiegen werden muß, weil in ihm zuviel vom Verschwiegenen deutlich werden würde, ist die Ehe in allergrößter Gefahr. In der Therapie muß gelernt werden, den Traum dem Therapeuten, der Therapeutin zu erzählen. Das ist schwer genug, weil alle Menschen aufwachsen in einer Routine der Traum-Verfehlung, der Traum-Zerstörung. Die meisten können keinen Traum erzählen. Sie erzählen immer gleich das, was sie für die Bedeutung des Geträumten halten. Also eine strenge Schulung zur Wiedergabe des Traums, wie er war. Wenn das in der Therapie gelernt ist, muß gelernt werden, den Traum vor dem dann dazugeladenen Partner zu erzählen. Wenn das gelingt, gibt es die Hoffnung, das Verschwiegene zur Sprache zu bringen und das Verschweigen als alles bestimmende Umgangsart zu beenden.

Soweit ist sie jetzt. Diese fünf Punkte wird sie ausarbeiten. Was meint ihr Süßer zu diesem Programm? Und war aufgesprungen, um aus dem Garer die angesagten Köstlichkeiten zu holen.

Karl mußte zuerst den Quittenmost loben. Dann das Traum-Klartext-Programm. Wenn sie das schaffe, daß die Leute ihre Träume aus der herrschenden Deutungssklaverei befreien könnten, sei sie eine Revolutionärin.

Am wichtigsten sei ihr Programmpunkt sechs, sagte Helen, die jetzt die Speisen auftischte, die dank Helens Behandlung auf das natürlichste schimmerten. Programmpunkt sechs sei der letzte und entscheidende Programmpunkt. Als Träumer sei jeder Mensch unschuldig. Die Träume, sagte Helen, sorgen für höchste Gerechtigkeit. Gerechter als alle Moral, Ethik und so weiter! Die Träume gleichen aus. Gleichen alles aus. Aber was die Träume von selbst leisten, zerstören die Menschen, wenn sie die Träume nachher ihrer Tagesmoral unterwerfen, sie durch Verschweigen, Verdrehen, Verfälschen, Verharmlosen einordnen in die Seelenlandschaft, aus der auszubrechen geträumt worden war.

Karl war beeindruckt. Wenn du das schaffst, Schatz, sagte er.

Das schaff ich, sagte sie.

Und nebenbei revolutionierst du noch die Essenskultur, sagte Karl.

Das schaffe sie leider nicht, sagte sie. Wenn's gutgeht, dann hier im Hause, aber draußen?! Schau dich selber an. Bei mir bist du selig von Avocado bis Zucchini. Und draußen frißt du ein Hähnchen nach dem anderen.

Hähnchen, sagte Karl, das weißt du, kommt bei mir nicht vor.

Nur weil dir durch Fanny die Züchtungsgreuel vorstellbar geworden sind, sagte Helen. Sie habe bei ihm nichts erreicht. Nichts, nirgends. Und wenn sie nicht einmal bei ihm, bei ihrem eigenen Mann, dem Nächsten, was sie habe, wenn sie nicht einmal den um einen Hauch weiterbringe, dann wisse sie, daß sie, was die Esserei angehe, zum Mißerfolg verurteilt sei. Die Frauen seien verloren in ihrem feministischen Gezappel. Vegetarier zu sein gelte ihnen als hübsche Marotte. Daß Frauen Tiere töten lassen können, begreife sie nicht. Sie verlange von Frauen nicht mehr als von Männern, aber anderes. In hundert Jahren noch nicht, aber in fünfhundert Jahren wird es ganz sicher dämmern, daß wir Tiere nicht töten dürfen. Daß man Tiere produzierte, um sie zu töten, wird dann immer unverständlicher werden. Es wird als Kannibalismus verstanden werden. Über die heute als stumm verschriene Tierwelt wird soviel bekannt geworden sein, daß es unmöglich sein wird, Wesen, die uns so nahe sind, einfach zu töten und sie dann auch noch zu essen.

Da Karl wußte, Helen werde, wenn es um Tiere ging, von sich aus nicht aufhören, mußte er mit beiden Händen über den schmalen Tisch hinübergreifen, Helen streicheln und sagen, daß er sie bewundere. Und stieß damit natürlich an den Joni-Satz: Du bist ein Bewunderer.

Helen sagte das nicht. Sie sagte: Freut mich.

Liebe Frau, sagte er, ich habe viel nachzuholen, könnte sein, ich übernachte heute droben bei mir.

Sie erschrak, ihr Gesicht wurde förmlich dunkel. Von innen her. Sie hatte offenbar mit allem rechnen können, nur nicht damit, daß ihr Mann, den sie nun mit Feinstem gespeist, subtil belehrt und massiv beeindruckt hatte, sich ihr jetzt einfach entzog. Karl sah und spürte ihren Schmerz.

Helen wollte ihn hindern, Joni anzurufen. Ohne etwas zu wissen, ging es ihr nur darum. Daß er und wie er jetzt ging, erlebte er selber als Brutalität. Die konnte er weder sich noch Helen ersparen. Zum Glück, dachte er, weiß sie nicht, warum sie jetzt leidet.

5.

Hören Sie, die Dame ist momentan außer Haus. Wollen Sie eine Nachricht hinterlassen?

Bitte teilen Sie mit, Herr von Kahn habe angerufen und wünsche eine gute Nacht.

Auf ihrem Handy wollte er sie nicht anrufen. Das hätte stören können. Nach einiger Zeit würde er direkt ihre Zimmernummer wählen.

Helen wußte, daß er manchmal die halbe Nacht arbeitete und dann lieber auf seinem Sofa schlief. Helen hatte einen leichter störbaren Schlaf als er. Er konnte, wo er sich hinlegte, schlafen. Helen nannte das seinen Bauernschlaf.

Zehn vorbei. Er wählte sechshundertneun direkt und ließ lange läuten, legte auf, nahm sich vor, zehn Minuten zu warten. Dann wählte er wieder. Daß das Telefon so lange wirkungslos läutete, war unangenehm. Sobald er auflegte, konnte er wieder durchatmen. Als er nach nicht ganz zehn Minuten wieder wählte und dann dem Läuten des Telefons zuhörte, war es, als sei dieses Nichtabnehmen in Zimmer sechshundertneun eine gegen ihn gerichtete Bosheit. Er legte diesmal früher auf. Wenn sie im Zimmer wäre, würde sie sich gleich oder gar nicht melden. Immer nur kurz läuten lassen und auflegen, bevor er kurzatmig wurde. Einen Fünf-Minuten-Rhythmus würde er die ganze Nacht lang durchhalten. Diese fünf Minuten sind allerdings mit nichts zu füllen, das merkte er schnell. Lesen ging nicht. Musik hören auch nicht. Auch durfte er nicht von Mal zu Mal eine größere, intensivere Erwartung zulassen. Das würde in eine immer krasser spürbare Enttäuschung münden. Diese kleine Kralle in deiner linken Seite will als Schmerz bemerkt werden. Bitte, dann bemerkst du eben diese kleine Kralle als Schmerz. Dieser Schmerz ist eine Wiederholung von sehr wenig. Er ist bei jedem Anruf dasselbe noch einmal. Er nimmt nicht zu. Und weil es jetzt Viertel vor elf ist, mußt du dir nicht einbilden, du dürfest, wenn sie nicht abnimmt, enttäuschter sein, als wenn es Viertel nach neun wäre. Als wäre um Viertel nach neun nicht genausoviel möglich wie um Viertel vor elf. Lernen, was passiert, als Befreiung erleben. Bitte, nichts Hochtrabendes. Keine großen Gesten oder Wörter. Sogar weinen wäre möglich. Traurig sein. Das wäre man auch ohne diesen Verlauf. Sie dort, du hier, das darf traurig stimmen. Jetzt perfektioniert sie die Traurigkeit durch Unerreichbarkeit. Nachher wird sie die abgelaufene Leere mit Berufsdetails füllen. Du wirst wieder alles genau, zu genau wissen wollen. Du willst, selbst wenn es Lüge ist, die Lüge als Filigran, als Feinstgewebe.

Sie hat alles im voraus gewußt. Du kannst mich ruhig anrufen, hat sie gesagt, sie rufe dann zurück. Sie kenne einen auftretenden Musiker, hat sie, ohne jeden Zusammenhang, gesagt, der könne auf der Geige das Platzen eines Kondoms imitieren. Karl liebte das Nachgemachte. Zum Glück hatte er sie auf dem Rückweg von Andechs unter die Brücke bugsiert. Ohne diesen keineswegs rühmlichen Geschlechtsverkehr sähe die Bilanz nicht gut aus. Es würde genügen zu wissen, wo sie jetzt ist. Jetzt, das ist zehn vor elf.

Er rief wieder an. Warum denn nicht länger läuten lassen? Als er ihr angekündigt hatte, er werde, wenn es ihr recht sei, doch dann und wann anrufen, hatte sie sofort gesagt, wenn sie mit ihrer Schwester telefoniere, könne ohne weiteres eine Stunde lang besetzt sein. Seit Angela allein lebe, müsse sie von ihr praktisch ernährt werden, seelisch! Wenn sie nicht abnehme, föhne sie sich oder sei unter der Dusche. Duschen und Föhnen habe bei ihr Suchtcharakter. Karl von Kahn war froh gewesen, daß eventuelle Unerreichbarkeit harmlos begründet sein würde. Jetzt war nicht besetzt, Duschen und Föhnen kamen um diese Zeit nicht in Frage, sie war gar nicht im Haus, morgen wird sie ihm sagen, wo sie war, Textarbeit. Sich hineinleben in dieses von der Herrin des Hauses gequälte Dienstmädchen. Keine Feindschaftsnummer wolle sie abziehen, hatte Joni gesagt. Sie wolle mit der Herrin leiden unter diesem Mann, der draußen so übel dran war, daß er glaubte, als angeblich betrogener Ehemann eine Sympathie zu ernten, die ihm geschäftlich nützen könnte.

Er wußte nicht, wie er sich daran hindern sollte, an Joni zu denken. Das Abstraktwerden der Sehnsucht nach dem, was man Geschlechtsverkehr nannte, hatte nicht stattgefunden. Er konnte nicht an Joni denken, ohne bei ihr sein zu wollen. Und er wußte nicht, wie er das machen sollte, nicht an Joni zu denken. Er könnte allerdings von sich den Nachweis verlangen, daß es das, wonach er sich sehne, gar nicht gibt. Das müßte sich beweisen lassen. Und ihm wäre geholfen. Und indem er das denkt, schwillt auf dieses Gefühl der Angewiesenheit, dieser Richtungszwang, das, was er doch Sehnsucht nennen muß. Die ist unbelehrbar. Dir fehlt Joni. Fehlte sie nicht, fehlte dir nichts. Damit gibst du zu, daß sie dir alles ist. Du spürst gerade noch, daß du mehr riskierst, als du je riskiert hast. Bisher konntest du, falls sich das Risiko zu kraß anfühlte, immer zurückschrecken oder zurücklenken, hinaus aus dem Minenfeld. Im Chinesischen dasselbe Wort für Risiko und Chance. Je deutlicher die Verbote erscheinen, um so deutlicher weißt du, daß du dir nichts verbieten lassen kannst. Ein einziger gelungener Anruf, ihre Stimme meldete sich, nur die Stimme, kein Name, nur dieses gedehnte, zweisilbige, dann nach oben gebogene Jaa-a, und du spürtest in deinem Geschlechtsteil diesen Wärmeschwall. Das nennt man wohl Hörigkeit. Er hat nie gewußt, was dieses Wort soll. Jetzt weiß er es. Fünf vor elf. Bis jetzt hatte er vermeiden können, schon nach vier Minuten wieder anzurufen. Er mußte sich eine Art Kraft beweisen. Er mußte sich sagen: Volle fünf Minuten sind vorbei, ich kann wieder anrufen. Und tat's. Hörte dem Läuten zu wie einem Text. Der Text ging gegen ihn. Den brauchte er sich nicht anzuhören. Und hörte doch viel zu lange zu. Andererseits durfte er sich nicht einreden, er müsse sich ablenken. Selbständigkeit. Unabhängigkeit. Seine Wörter. Seine Paläste. Seine Illusionen. Sturzgeräusche. Atemlosigkeit. Schwarzes Schleudern. So nicht. Er reckte sich, ging schnell auf und ab unter seinen schrägen Flächen, sah nicht hinauf zu den Astaugen. Er wußte, die würden jetzt böse herabschauen auf ihn. Er mußte seine Wörter, seine Illusionen in einen unbefristeten Urlaub schicken. Der höchste menschenmögliche Zustand: Unabhängigkeit. Zuerst Selbständigkeit, dann Unabhängigkeit. Bevor er die Wörter entfernte, sagte er noch, daß er jetzt wisse, es sei immer eine Unabhängigkeit gemeint gewesen, in der eine Joni und er Platz hätten. Lächerlicher konnte er sich nicht vorkommen als bei solchen Begriffsdrechseleien. Stell dich deinem Wörterzirkus. Panikverkauf, was! Unabhängigkeit – ein Scheinwert? Ein Unwert? Schnell memoriert: Geld vermehren nicht wegen Freiheit und so weiter. Geld vermehren nicht, um Macht zu haben über andere. Geld vermehren, daß kein anderer Macht hat über dich. Nie vergessen wirst du den Tag: Soros im Fernsehen, 11. Januar 1994, Soros sagt, Geld, um unabhängiger zu sein als andere, andere sind von mir abhängig, das ist Macht. Und Karl war glücklich. Im Gegensatz zum großen Soros wollte er nicht unabhängiger sein als andere, damit andere von ihm abhängig seien. Dieser Komparativ kam bei ihm nicht vor. Nur selber unabhängig sein, das ist es. Aus Mißtrauensroutine hatte er sich eine Zeit lang befohlen, Unabhängigkeit nicht endgültig und überhaupt als das Ziel aller Ziele zu sehen. Ein Erkenntnisstadium, dem andere Stadien folgen könnten. Er hatte sich sogar den Erkenntnisgenuß verbieten wollen. Er hatte sich darauf hingewiesen, daß das doch jedesmal so ging: zuerst der Genuß, ein So-ist-es-überhaupt-Gefühl erkannt und empfunden zu haben. Geld vermehren als Freiheitsbedingung, das hatte dieses So-ist-es-überhaupt-Gefühl produziert. Bis er merkte, daß das Wort Freiheit in eine Fakultät gehörte, die nicht seine Fakultät war. Aber Unabhängigkeit! Unabhängigkeit war ein Wort, das ihm im Vergleich zu Freiheit unmißbrauchbar vorkam. Als er die Bank suchte, die er brauchte, hatte er entdeckt, daß bei *Metzler* neben dem Namen stand: *Unabhängig seit 1674*. Das war sein Fall. Keiner hat Macht über dich.

Und jetzt? Stornier's. Weigere dich. Laß dich von diesem Wort nicht tyrannisieren. Wenn die Sprache gegen das

Leben spricht, soll sie schweigen. Basta. Du bist abhängig wie noch nie. Du hast von Unabhängigkeit geredet wie der Fisch vom Vogel. Sei hinaus über das, was dich nicht faßt.

Daß er sich außerhalb der gewöhnlichen Rechtszusammenhänge fühlte, mußte er nicht bedauern. Er hat sein Pflicht- und Anstands- und Zurechnungsfähigkeitssoll abgeliefert. Er hat es verdient, beurlaubt zu werden, und sei's für immer. Sei, was er tut, ein Verbrechen. Man kann etwas auch als reines Verbrechen begehen. Man ist dann im reinen mit sich. Strabanzer müßte das als Kalauerfügung gelten lassen. Hülfe es, wenn er sich im Augenblick für unzurechnungsfähig hielte? Gut, sag, du seist jetzt unzurechnungsfähig. Das macht dich kein bißchen zurechnungsfähiger. Er hat auch nichts dagegen, krank zu sein. Deine Krankheit heißt Liebe. Keinen Blick mehr für irgendwas. In der Stirn ein Rad. Brennend. Du blühst. Und möchtest durch Drandenken sterben.

Als dreihundert Sekunden vorbei waren, rief er wieder an. Und ließ es noch länger läuten. Das hat etwas, dieses Telefonschrillen in einem leeren Zimmer. Der genaue Ausdruck dafür, daß du nichts zu verlangen hast. Null Anspruch. Null Anrecht. Null Legitimität. Lehne die Wörter ab. Beherrscht wirst du von ihnen. Du hoffst aber. Du erwartest ohne Grund und Recht und Sinn. Nein, du erwartest nicht. Du wartest. Das ist es. Das ist alles. Du wartest. Sonst ist nichts. Du investierst ins Nichts. Das ist es. Das ist alles. Du willst nur von Joni hören, wie die das gemacht hat, den sorgfältigen Beischlaf. Also eine Liste aller Bewegungen und aller Zeitabläufe und aller Kraftanwendungen. Was haben die wann, wie, wie lange, wie oft gemacht. O bitte, und mit welchen Wörtern, Sätzen, Lauten. Dann der

Pseudo-Dostojewskij. Karl hatte vor Jahren *Schuld und Sühne* gelesen. Er hatte sich damals gewünscht, ein Untersuchungsrichter wie Porfirij Petrowitsch nehme sich seiner an und verhöre ihn so bis in den Grund hinein. So verhört zu werden, das hieße, es interessiert sich jemand ganz wahnsinnig für dich. Und durch dieses grenzenlose Gefragtwerden würdest du, weil du, um nicht verurteilt zu werden, antworten müßtest, deiner selbst inne werden wie nie zuvor. Daß Joni überhaupt Kontakt ertrug mit einem Kerl, der sich Dostojewskij nennen ließ! Bart und lange Haare, und so was darf einer Joni Jetter das Küssen beibringen. Als Kunst! Und sie kann bis heute noch nicht sagen, wie und was der gemacht hat. Er hat meinen Mund entdeckt! Na bitte. Aber erst danach, als sie sich die Verfügungshoheit für ihren Mund hat abnehmen lassen, hat er begonnen, das wachgeküßte Ding zu dem zu machen, was er brauchte. Da ging er dann los auf sein Täubchen, der große russische Leidenszampano, mit keinem anderen Ziel, als dieses Täubchen zum elendesten, erbärmlichsten Gurren zu bringen und es dann, wenn es durch Serien von Selbsterniedrigungsorgien nichts als gar war, unter Zuhilfenahme russisch-religiöser Verbrämungen genußvoll zu verspeisen. Und den ganzen Rummel und Rammel auszugeben als die einzig mögliche Vorbereitung auf die Schauspielkunst. Das werden Sie mir büßen, Herr Rasputinski. Dem Pausbackenheini wird er sagen, daß er ihm den jedesmal fünfundvierzig Sekunden dauernden Beischlaf verarge. Diese Frau, und dann das. Warum hat Joni das monatelang mitgemacht? So mitgemacht, daß es der dann wagte, sie zu sich ins Familiäre einzuladen, um seine Pausbäckigkeit von zwei Frauen betatschen zu lassen. Überhaupt: Viel mehr als über die Praktiken mit diesem und jenem mußte er erfahren, genau erfahren, wie es Joni jeweils dabei zumute war. Beim Pseudo-Dostojewskij auf dem Teppichboden, bei verzehrend leiser Musik, dann er über ihr, an ihr, als sei sie ein Uhrwerk und er der einzige Mensch auf dieser Welt, der dieses noch nie in Gang gekommene Uhrwerk zum Gehen bringen könne. Das tat dann weh, hat sie gesagt. Und je mehr es ihr weh tat, desto sicherer wußte der, daß er auf dem richtigen Weg war. Wenn ihr die Tränen kamen, jubelte der, war dann schnell fertig. Und ließ sie liegen. Und quatschte drauflos: Was jetzt in ihr vorgehe, mache sie zur großen Schauspielerin. Was jetzt in ihr tobe, dürfe nicht zerquatscht werden, das wirke, bilde die Kraft, die den Ausdruck will.

Aber sie hat nicht gesagt, wie sie das erlebt hat. Karl weiß viel zu wenig von ihr. Der Akademiker hat mit Joni nie ohne Kondom geschlafen. Eine angenehme Vorstellung. Wenn man wüßte, wie das vor sich ging. Hat sie ihm das Zeug feierlich-andächtig übergezogen, oder hat er ... Wie soll man damit leben? Ob sie Karls linkes Bein entdeckt hatte? Das war zehn Jahre älter als er. Die Innenseite sah aus wie eine verwaschene weißblaue Bayernflagge. Ein Gorgonzolagelände. Er hoffte, es sei ihm gelungen, dieses Adernelend vor Joni zu verbergen. Ein Blick darauf, und sie würde schrill lachend davonrennen. Die One Issue Group hatte sie Krampfaderngeschwader genannt. Hätte sie das getan, wenn sie sein Blue-Cheese-Bein gesehen hätte?

Um fünf nach elf rief Karl von Kahn nicht mehr das Zimmer, sondern den Empfang an.

Moment. Dann: Die Dame ist im Haus, aber sie ist nicht auf ihrem Zimmer.

Danke.

Stundenlang haben sie heute Textarbeit gemacht. Jetzt also noch Quatschen. Klar. Aber ins Quatschen durfte er genausowenig hineinrufen wie in die Textarbeit. Ich rufe dich an. Die Sprache drückt vollkommen aus, was da passiert. Ich rufe dich an! Erhöre mich. Und so weiter. Daß sie im Hotel war und nicht zurückrief, hieß einiges ... oder schon alles.

Karl öffnete eine Flasche Lafleur, Pomerol, 1983. Eine Gewohnheit. Wenn er sich zu nahe kam, trank er ein Glas oder drei Gläser Bordeaux.

Er sagte: Zum Wohl. Und trank sich zu. Und sagte: Sei nicht so aufdringlich, Mensch. Ja, du dir! Laß dich in Ruhe!

Wenn man später glaubt, es schwer gehabt zu haben, macht sich das angenehme Gefühl breit, der Welt nichts schuldig zu sein. Zum Wohl!

Als er Joni beim letzten Gespräch vor der Reise gefragt hatte, in welchem Hotel sie in Berlin wohne, hatte sie gesagt: Gute Frage. Er hatte den Eindruck, sie versuche die Antwort so hinauszuzögern, daß er vergesse, noch einmal zu fragen. Er hatte zwar nicht sofort, aber später im Gespräch noch einmal gefragt. Sie hatte das *Interconti* genannt, allerdings mit dem Zusatz: Nervensäge.

Wenn er sie um Mitternacht auf dem Handy anriefe, sie, mitten im entspannenden Gequatsche in der Bar, dann war er endgültig die Nervensäge. Aber sich selbst war er auch nichts anderes als eine Nervensäge. Er hätte, als sie ins Bad gegangen war, nicht im Bad auftauchen dürfen. Das war sein schlimmster Fehler überhaupt. Das Blue-Cheese-Bein hatte er weggeschummelt, den Körper im Morgenmantel geborgen, aber sein Gesicht neben ihrem Gesicht im Spiegel. Zerrissen, verformt, vergnomt, das war kein Gesicht mehr, das war eine Verschwörung. Dann sofort sein Versuch, aus der Visage ein Gesicht zu machen. Schicksalsblick, Trauerschmacht, Schmerztrotz, Heroenrotz. Und das neben ihrem erfahrungsfreien Gesicht, das am Morgen, ungeschminkt, so schön ist wie die Welt eine Sekunde vor ihrer Erschaffung. Daß er nicht im Religiösen vergehe, schiebt sie den kleinen Finger ihrer linken Hand ein wenig, nur ein kleines bißchen in ihren Mund, ziemlich weit links draußen. Aber nicht nur zwischen die Lippen, sondern zwischen die Zähne. Und ein Gesichtsausdruck, als beiße sie ein wenig auf diesen kleinen Finger. Das kam dir als Geste, als Ausdruck bekannt vor. Er war glücklich, daß er der Anlaß war für diese Geste. Karl liebte das Nachgemachte. Das Nachgemachte ist das Reichere. Du hast sowohl das Original als auch das Nachgemachte. Du kannst vergleichen. So wie jetzt bei Joni hatte er diese Geste noch nie gesehen.

Jetzt, in dieser Nacht, will sich in dir die irrsinnige Hoffnung bilden, Joni habe im Spiegel nur sich selber angeschaut, also den Schrat aller Schrate neben sich gar nicht bemerkt. So muß es gewesen sein, sonst wäre sie doch sofort davongerannt. Nie mehr mit ihr vor einen Spiegel. Was hatte sich in ihr über ihn gebildet? Bisher hatte er nie begriffen, wieso für den Geschlechtsverkehr eine besondere Wertschätzung nötig sein sollte. Eine hygienische, ja. Aber mehr nicht. Dann diese Art Spaß. Mußte man jemanden, mit dem man Tennis spielen wollte, lieben? Küssen gehört dazu. Er hätte es nicht gebraucht. Aber bitte. Man tut es, weil man weiß, es lohnt sich. Nachher. Eine Investition. Und Joni? Entsetzlich, wenn sie so dächte, wie er gedacht hatte.

Sollte er genau notieren, was alles Joni sich selber vorwirft? Sie macht sich sogar herunter. Männer haben sie gekriegt, weil sie nicht weiß, was sie wert ist. Und er kriegt sie, wenn er sie kriegt, auch nur deshalb. Als sie zum ersten Mal im Hotel im Ausland telefonisch Nadeln bestellte, auf englisch, da wurden ihr Nudeln gebracht. Nach vier Semestern Englisch. Ihre Selbstherabsetzungsroutine nutzen? Nein. Er ist von ihr nichts als begeistert. Wenn er sich in ihrer Sprache erklären wollte, mußte er sagen, er sei total durchgeknallt. Aber wenn er ihr nichts ist, dann ist alles nichts. Sie mit seinem Ernst erpressen, idiotisch. Und doch ist das bisher das einzige, was er einsetzt.

Und rief sie an. Auf ihrem Handy. Zweimal läutete es, dann wurde abgestellt. Abgeschmettert. Und wenn diese Nacht ewig dauerte, er konnte nicht mehr anrufen. Sie sah auf ihrem Handy, wer sie angerufen hatte. Rief sie in dieser Nacht, von jetzt bis, sagen wir, zehn Uhr vormittags nicht zurück, dann ...

Ihm war nach Bewegung, aber wenn er jetzt hin- und herrennen würde, käme Helen herauf, Vorwand: Ich mach mir Sorgen. Jetzt auf den Wank, das wär's. Langsam fahren. Hinaus und hinaus. Dich aus der Stadt schälen wie aus einem Alptraumgewand. Aufsteigen. Drunten noch Nacht, droben schon Licht. Vom Mühldörfl aus über den Hüttlsteig und den Jägersteig hinauf. Sein Aufwärtserlebnis. Bergauf beschleunigen. Gelbe Fingerhüte links und rechts, Königskerzen, Bergbach, Glockenblumen, Tollkirschen, für das meiste hat er keinen Namen, braucht er keinen Namen, alles, was blüht und rauscht, blüht und rauscht für ihn, weil er der ist, der immer hierherkommt, der, auch wenn das vielleicht nicht der Fall ist, das Gefühl hat, er beschleunige seinen Schritt andauernd. Dieses Gefühl, schneller zu werden, leichter zu werden, braucht er. Das ist seine Aufwärts-Illusion. Der Gipfelstürmer-Wahn. Mehr Kräfte haben, als er hat. Das ist doch sein Prinzip. Er muß sich übertreffen. Das ist sein Genuß. Und der Atem macht mit. Das Herz macht mit. Wenn er einmal stehenbleibt, dann nicht, um zu rasten, sondern weil er aus bergreligiösen Gründen sich umdrehen muß, um der Alpspitze fromme Reverenz zu erweisen. Wenn er zwischen den Latschen angekommen ist, ist er daheim. In diese Höhe gehört er. Jetzt rennt er wirklich. Glaubt, er renne. Renne hinüber zum Gipfel. Dem nähert er sich dann aber langsam. Schnauft schwer. Eigentlich japst er jetzt nach Luft. Sein Dr. Bartenschlager hat gesagt, Karl von Kahn werde sicher die begehrteste aller Todesarten erfahren: den Wachtmeistertod. Man steht, denkt an nichts, fällt um, ist tot. Bei ihm heißt das: gesund sterben. Wo, wenn nicht am Wankgipfel möchte er … Aber jetzt nicht. Nicht mehr. Erfüllt vom Erstiegenen abwärts dann, sanft, mit der Bahn, die Gondel eine Wiege des Wohlgefühls. Langsam zurückfahren in die Stadt, unverwundbar geworden. Durchblutet von der Bergreligion. Irgendwann Joni anrufen. So unbeschwert, als stochertest du mit den Zehen im karibischen Strandsand. Nicht den Hauch eines Vorwurfs.

Er hat sein ganzes Leben lang nicht richtig gelogen. Immer nur so ein bißchen an der Wahrheit herumgepfuscht. Jetzt bleibt nur die herzhafte Totallüge. Also. Guten Morgen, Joni, er hofft, sie habe so tief und traumschön geschlafen wie er. Den Traum, den dich selig umkreisenden und dann sogar noch mitten hinein treffenden, erzählt er dir beim nächsten Wiedersehen. Da oder dort oder sonstwo. Er ist eben ein Freizeitbaron. Er weiß nicht, ob das in ihrem bisherigen Zusammensein genügend deutlich geworden ist. Er muß nichts Bestimmtes arbeiten, um mehr Geld zu haben, als er braucht. Er tut nicht nichts. Dann und wann steigt er sogar ungeheuer ein. Aber nur, um das Gefühl zu genießen, er sei ein bedeutender Mann. Dann wieder Monate oder Jahre herumsitzen oder -fahren und guter Laune sein. Strände sind sein Hauptmilieu. An Stränden schreibt er. Er hat immer gern geschrieben. Aber nur an Stränden. Auch seine Frau schreibt gern. Sie, Lyrik. Er, Prosa. Essayistisch. Sie lebt am liebsten in Rom. Er in Paris. Zusammen sind sie am liebsten in München. Ein Paar, das Zwang verabscheut. Er darf sich zum Glück frei fühlen. Vielleicht ist er überhaupt der freieste Mensch auf der Erde …

So wird er ihr begegnen. Vorwurfsfrei. Er weiß doch schon ziemlich genau, wie Joni ihn will. Wenn sie ihn überhaupt will. Immerhin hat sie nachher im Bett geweint. Die Tränen getrocknet mit diesem Nichts von Schlüpfer.

In dieser Nacht lernt er, was er schon längst hätte lernen müssen: die reine Lüge. Die Lüge unter allen Umständen. Die allein hilfreiche Lüge. Schluß mit dem mühseligen, nie ganz gelingenden Vertuschen der Wahrheit. Schluß mit dem Jammer der Halbwahrheiten.

Irrsinn. Ein Feldherr ertüftelt die ultimative Strategie auf dem Schlachtfeld, auf dem er gerade den Krieg ein für allemal verloren hat. Du wirst keine Gelegenheit haben, als der große Lügentenor aufzutreten. Sie schmust nämlich gerade jetzt mit wem auch immer in der Bar. Sie schmusen und lecken sich vorwärts, bis sie aufstehen und eher schwebend als gehend ihr Zimmer erreichen.

Was dann abgeht, weiß er.

Wenn Helen auf dem seitlich vom Haus gelegenen Vorplatz die Blätter zusammengekehrt hat, kehrt sie am Schluß alles, was sie gehäuft hat, auf eine große breite Schaufel, die sie dann in die Tonne für natürlichen Abfall leert. So etwas brauchte er jetzt. Bloß müßte die Tonne, in die er seinen Kehricht leert, eine Tonne für Psychoschrott sein. Entsorgen. Und zwar sofort. Er hat Glück gehabt: das hat er jetzt geschnallt. Deine Liebe, die kannst du dir an die Glatze nageln. Die geht ihr am Arsch vorbei. Das ist echt ätzend. Durchgeknallt, das war einmal. Entsorgen ist auch nicht schlecht. Umweltschonend. Du mußt nicht so weit gehen, dir stundenlang vorzustellen, was sie jetzt gerade tut und sagt. Das ist kontraproduktiv. Du mußt eine riesige Dekke über alles werfen. Eine tannengrüne Decke. Überhaupt Tannengrün über alles. Tannenzweige. So wie die Gräber im Winter, daß sie nicht frieren, mit Reisig zugedeckt werden. So die ganze Welt. Bis zu jedem Horizont. Und hingeschaut über diese dunkelgrüne, angenehm unglatte Unendlichkeit, hingeschaut, bis nichts Denkbares mehr bleibt. Du hast Glück gehabt. Das hätte furchtbar werden können. Alleinsein, das ist gelernt. Du brauchst keinen mehr und keine mehr. Nichts erlebst du, sobald du zwischen den Latschen bist, deutlicher als diese Fähigkeit, allein zu sein. Das fühlt sich an wie Glück. Ein Glück, das du, solange du noch andere brauchtest, nie empfunden hast. Auch der feinste Kontakt verlangte, um zu gelingen, einen Verzicht auf etwas, und genau dieser Verzicht hat den Kontakt wertlos gemacht. Die WG mit Helen ist die beste aller denkbaren Zweckgemeinschaften. Ist es eine Anmaßung, dich allein zu fühlen? Du weißt nicht, willst nicht wissen, wer außer dir noch allein ist. Du willst keinem dreinreden, etwa sagen, jeder sei allein. Dann hättest du ja wieder reichlich

Gesellschaft. Über das Alleinsein kann jeder nur für sich sprechen.

Er holte aus der Schublade Ereweins Papiere, Bericht und Brief. Er suchte die Stelle, die er jetzt ganz wörtlich wissen wollte. Und fand die Stelle: Ich bin dran jetzt. Mir ist auf dem Kopfe das letzte Moos gewachsen. Mein Atem erreicht meine Lippen kaum noch. Stille, Leere, Ausgeräumtheit. Mit diesen Sätzen verband ihn, daß sie nicht gesagt, sondern geschrieben worden waren.

Er zwang sich zurück zum weltbedeckenden Reisig. Nichts als das. Aber daß er sich hatte durchgehen lassen, er werde jetzt endlich rückhaltlos lügen, ging ihm nach. Er hätte sich doch längst trennen müssen von dieser Moral-Linguistik, von dieser Bestrafungs-Philologie. Religionsfeudalismus ist das. Wenn er nicht mit sich übereinstimmte, war, was er sagte, nicht das, was er dachte. Und mußte doch gesagt werden. Wollte gesagt werden. Alles, was du sagst, ist wahr. Und zwar dadurch, daß du es sagst.

Ende, würde Strabanzer sagen.

Er wollte jetzt, zum Beispiel, nicht mehr denken, er sei froh, daß es mit Joni so schnell zu einem Schluß gekommen war. Aber das Gegenteil, daß es nicht zu Ende war, war genau so undenkbar. Alles war undenkbar. Bevor ihm das Atmen schwerfiel, sah er wieder über das zu allen Horizonten reichende, weltdeckende Reisig hin. Die Horizonte, eine scharf vom alles deckenden Reisig gezogene Linie. Über dieser Linie nichts als fahle Farblosigkeit. Das weltfüllende Reisig führte den Blick in diese Farblosigkeit. Er schlief ein. Träumte wohl auch. Kriegte keine Luft mehr. Die Kehle war dicht, war zu, er hatte keine Kraft mehr, irgend etwas zu bewirken. Er bemerkte, daß er jetzt ersticken werde und daß er dagegen nichts tun könne. Aber da, als er glaubte, es sei zu spät, riß die Kehle wieder auf, er japste, schnappte nach Luft, atmete wieder. Noch lange, sehr lange saß er aufrecht, wagte nicht mehr, sich hinzulegen. Er durfte nicht einschlafen. Er wollte nicht noch einmal ersticken. Links ein Stich. Die Zunge blieb gegen die Mundhöhle gepreßt, ließ sich nicht mehr lockern. Weil er sich oft als sein eigenes Gegenüber sah, mußte er jetzt im gewöhnlichen Konversationston sagen: Herz, stich nicht so, als wären wir in einem Kartenspiel. Und hoffte, Herr Strabanzer werde das als reinseidenen Kalauer akzeptieren.

Dann, es war schon neun, rief sie an. Zuerst ihr zweisilbiges, provozierend hoch endendes Ja. Dann sagte sie: Sei zufrieden mit mir.

Also sagte er: Ich bin zufrieden mit dir.

Und sie: Ich bin nicht zufrieden mit mir.

Er: Ich bin zufrieden mit dir.

Danke, sagte sie. Sie könne es brauchen. Sie habe echt eine Matschbirne. Der erste Tag sei schweineanstrengend gewesen, sie hätten geschuftet wie blöde, dann sei doch noch alles gutgegangen zwar, aber deshalb sei es unvermeidlich, daß der zweite Tag mies werde. Es sei nur noch die Frage, wie mies. Gestern mit Waltraud Walterspiel und Laura Broch, eine beängstigende Harmonie. Waltraud, die man nur Vorabendserien machen läßt, und Laura, die nur in Vorabendserien spielen darf, haben gestern mit ihr ein ätzendes Konzept für *Liebe nicht ausgeschlossen* entwickelt. Waltraud, die Resischörin, Benedikt läßt grüßen, ist eine Riesen-Rabenfrau. Und Laura, die die Hausherrin gibt, ist eine Edel-Elster. Und sie selbst ein Spatz-Spatz. Bis heute nacht um drei haben sie ihr Konzept-Komplott geschmiedet, das sie heute durchsetzen müssen gegen die Produktion und gegen Bert Breithaupt, der den leidenden Mann gibt, nach dem sich alles zu richten hat. Ob Nervensäge noch zuhöre.

Und wie, sagte er.

Du hast einen Ständer, sagte sie.

Stimmt, sagte er.

Dann bin ich schon zufrieden mit mir, sagte sie.

Ich bin zufrieden mit dir, sagte er.

Das ist gut, sagte sie. Jetzt müsse sie aber raus und rasen von hier bis Babelsberg. Adieu, mein Schatz.

Adieu, meine …

Da hatte sie schon aufgelegt. Er konnte nicht mehr sagen, was er wirklich sagen wollte: daß das mit dem Ständer höchstens eine Halbwahrheit war.

Das früchtereiche Frühstück stand auf dem Tisch. Helen saß schon am Computer. Aber sie kam herüber und fragte, was er geträumt habe.

Er zögerte.

Sie drängte. Zwischen ihm und ihr dürfe das Verschwiegene nicht wachsen.

Von ihr habe er geträumt. Ihr entgegengesehen habe er. Freudig. Weil er gewußt habe, wie schön sie sei. Dann, sagte er, tauchte sie deutlicher auf. Ohne daß er sich bewegte, kam sie näher. Eine Art Zoom-Effekt. Nicht ganz in Reichweite hörte die Annäherung auf. Jetzt sah er, was er sehen sollte. Ihre beiden Augen wurden, je näher sie kam, um so verschiedener. Ihr rechtes Auge wurde immer blasser, das linke immer dunkler. Beide behielten den Blauton, aber das eine war fast farblos blau, das andere grellblau. Von beiden Augen fühlte er sich angeschaut. Starr angeschaut. Das war kaum auszuhalten. Er rannte dann wohl weg. Irgendwie.

Helen sagte, seine Träume seien immer so deutlich. Wenn Freud solche Träume gehabt hätte, hätte er sich seine Traumtheorie ersparen können.

Ich, sagte Karl, möchte diesem Traum nicht zu nahe treten.

Da tust du gut daran, sagte sie.

Ich bewundere dich, sagte er.

Freut mich, sagte sie.

Sie verabschiedeten sich.

Auf dem Weg zum Nordfriedhof stellte sich in ihm eine Art Zufriedenheit her mit Jonis und Helens Antwort auf seinen Satz: Ich bewundere dich. Er hatte diesen Satz zu Joni und zu Helen sagen können. Joni und Helen fanden es sehr angenehm, von ihm bewundert zu werden. Keine der beiden hat geantwortet: Ich dich auch. Und genau das war ihm recht. Beide waren bewundernswert. Er war es nicht. Daß das so herausgekommen war, sprach für die Wahrnehmungsqualität, die zwischen ihnen herrschte. Das ließ ihn sich zufrieden fühlen. Schrecklich, wenn eine gesagt hätte: Ich dich auch. Das wäre zum Davonlaufen gewesen. Aber so war alles gut.

6.

Eine Gesellschafterversammlung war für Karl von Kahn, was für einen Labor-Biologen der Ausflug auf die grüne Wiese ist. All den Blumen, den Farben und Stofflichkeiten, mit denen er sonst nur im Mikrobereich umgeht, begegnet er hier leibhaftig. Dieses Naturerlebnis vermitteln allerdings nur die Anleger. Die Anlageberater, die Finanzdienstleister, also die Karl von Kahns, tragen Krawatten. So war es auch im *Méridien*. Die krawattenlose Mehrzahl war eine zu Herzen gehende Versammlung. Menschen, hierhergekommen, um nur sich selber und ihren wahrscheinlich schwer verdienten und keinesfalls gewaltigen Einsatz zu vertreten. Und das eher schüchtern als heftig. Selten theatralisch. Kordanzüge, Lederwesten, Rucksackträger. Auch solche, die aus dem Rucksack, kaum, daß sie Platz gefunden hatten, ihren Laptop herauszogen und ihn sofort anspringen ließen. Grauköpfe mit kurzen, aber auch welche mit schulterlangen Haaren. Der mit den längsten Haaren hatte eine kleine Schwarze neben sich. Daß Karl von Kahn der Älteste im Raum war, sah er mit geschultem Blick. Aber unter fünfundfünfzig war von den sich selbst Vertretenden keiner. Unter den Profis gab es natürlich jede Menge Fünfunddreißigjähriger.

Vorne, vom Saal aus gesehen links, ein leicht schräg gestellter Tisch, an dem eine Management-Mischung aus Treuhand und *Falk Capital Canada* Platz nahm, dazu zwei Herren von *Downing Street*, einer kanadischen Firma, der in Toronto fünfzig Prozent des Objekts, um das es ging, gehörte. Rechts, genau so leicht schräg, der Tisch, an den sich die Insolvenzverwalter setzten. In der Mitte eine Leinwand mit Willkommensgruß. Wer vorne an der Leinwand vorbeiging, dem geisterte kurz die Schrift übers Gesicht.

Karl von Kahn hatte sich informiert, hatte eine Meinung, die würde er, sollte das nötig sein, vertreten. Er war dafür, das Immobilienobjekt an *Blackstone*, einen amerikanischen Anbieter, zu verkaufen. Die deutsche *Falk*-Gruppe war insolvent. Der *Falk*-Fonds in Toronto konnte überleben. Aber wie? Das war hier die Frage. Halb Parlament, halb Gerichtssaal. Herr Falk, mal in Haft, mal wieder draußen. Angeblich hatte er bei seiner Zürcher Firma Bilanzen geschönt, um sie für mehr, als sie wert war, nach London zu verkaufen. Für Karl von Kahn waren solche Verdächtigungen ein Produkt aus Mediengier und Staatsanwaltslust.

Es war eine außerordentliche Gesellschafterversammlung. Und weil die Einladungen nicht fristgerecht verschickt worden waren, würde es eine Informationsveranstaltung ohne Abstimmung sein.

Karl von Kahn und Graf Josef saßen in der vierten Tischreihe. Karl wies auf die Getränke und Knabbereien. Graf Josef zog das verächtlichste Gesicht, das er zur Verfügung hatte. Karl war froh, daß Benedikt Loibl nicht persönlich erschienen war. Der neigte zu Dramatisierungen. Graf Josef dagegen, im schwarzen Trachtenanzug, dessen Jacke oben durch ein silbernes Kettchen geschlossen war, wollte offensichtlich in hochmütiger Distanz zu allem hier Ablaufenden verharren. Mit an ihrem Fünfertisch saßen drei Berater, die sich kannten und einander, bis alles anfing, mit Berufsgeschichten unterhielten. Jetzt, glaub ich, sagte einer im Allgäuton, jetzt hab ich die Bank auf dem Eis.

Der Manager, der in Kanada die *Falk*-Fonds-Geschäfte führte, und die zwei Herren von *Downing Street* schilderten dann die Lage so, daß ein rascher Verkauf der Immobilie dringend empfohlen war. Im Gegensatz zu den deutschen *Falk*-Fonds sei der Kanada-Fonds in bester wirtschaftlicher Verfassung. Aber man müsse sensibel dafür sein, daß die *Falk*-Insolvenz, die Insolvenz des größten deutschen Verwalters geschlossener Immobilien-Fonds, in Kanada nicht unbemerkt geblieben sei. Gerüchte schwappten hinüber. Der Markt sei nun einmal das labilste aller labilen Gleichgewichte. Im Augenblick sei die Vermietung maximal, davon könne man jetzt profitieren. Die Partnerfirma *Downing Street* werde ihren Fünfzig-Prozent-Anteil, um die Gunst der Stunde zu nutzen, auf jeden Fall verkaufen. Der Manager aus Toronto warnte davor, dann in Toronto selber tätig zu werden. Die deutschen Anleger würden sich kaum wehren können gegen Corporate Raiders, die solche allein agierenden, relativ kleinen Firmen an sich reißen und ausweiden und dann fallen lassen würden.

Die in diesen Lageschilderungen spürbar gewordene Dringlichkeit weckte Gegenstimmen. Ein Großanleger beziehungsweise sein Vertreter sah nicht ein, eine Immobilie zu verkaufen, die in nicht ganz zwei Jahren einen Wertzuwachs von mehr als 20 Prozent aufwies, eine Vermietungsquote von 92 bis 95 Prozent, eine Rendite von 8 bis 12 Prozent. Kanadas Wirtschaft blühe wie sonst nur noch die Chinas. Man denke an das Ölwunder von Calgary. Keine Defizite im Staatshaushalt. Der 11. September habe nirgends so wenig geschadet wie in Kanada. Also sofort in Toronto eine Verwaltungsgesellschaft gründen, die Geschäfte selber weiterführen. Und er schloß effektsicher, er sei Hanseate, und unter Hanseaten gelte: Bangemachen gilt nicht.

Anhaltender Beifall.

Das verletzte den Manager aus Toronto sehr. Menschlich tief betroffen sei er. Alle, die jetzt hier in München an den Tischen säßen, säßen hier, weil er sich eingesetzt habe, *Falk*-Kanada aus der deutschen Insolvenz herauszumanövrieren. Und er kenne sich drüben aus. Wenn er sage, Verkauf sei jetzt angesagt, weil die Immobilie ihren höchsten Punkt erreicht habe und *Blackstone* nur jetzt biete, aber übermorgen vielleicht schon nicht mehr, dann möge man ihm, bitte, glauben, daß, was er sage, von nichts als von Sachkenntnis und einschlägiger Erfahrung motiviert sei.

Auch anhaltender Beifall.

Noch einmal einer der zwei Herren von *Downing Street*, die beide so unerregt sprachen, als dächten sie beim Sprechen an etwas anderes. Das wirkte wie die reine, interesselose Sachlichkeit. *Downing Street* kann zwar jetzt seinen Fünfzig-Prozent-Anteil noch nicht verkaufen, aber, nach dem Co-Ownership Agreement, ab Dezember schon. Dann ist die Firma noch halb so groß, halb so potent, halb so sicher. Und warum sagt er das? We created value, we love our assets. Der return von 8,5 Prozent ist ein Signal. Wir überhören es nicht.

Der anhaltendste Beifall

Zum Schluß die formlose, nur der Information dienende Abstimmung. Dem Verkauf der Toronto-Immobilie zum

Preis von 24,5 Millionen Kanada-Dollars stimmte eine überwältigende Mehrheit zu.

Karl von Kahn hatte rechtzeitig bemerkt, daß die Stimmung für Verkauf sich durchsetzte. Alle Kordanzüge, Lederwesten, Rucksackträger, die langhaarigen und die kurzgeschorenen Grauköpfe waren für den Verkauf, um ihren Anteil zurückzubekommen, plus 4,25 Prozent, eine Halbjahresausschüttung.

Im Hinausgehen sagte Graf Josef, das sei eine spannende Diskussion gewesen. Wie sie ausgegangen sei, habe er nicht ganz verstanden. Plötzlich habe er an seine Mutter denken müssen, die sei gerade gestürzt, Oberschenkelhalsbruch, und bei der Operation hätten sie ihr gleich auch noch eine neue Hüfte hineinmontiert, seine Mutter sei unbelehrbar, im Supermarkt, bücke sich nach einem Putzmittel und stürze, dabei sage er ihr doch bei jedem der täglichen Telefongespräche ...

Karl merkte, daß Graf Josef wieder in seine Rapmodulation hineingeglitten war. Er ging neben ihm her, sah in der Halle noch die zwei Herren aus Toronto ihre edlen Aktenköfferchen zum Aufzug tragen. Was dem Priester die Monstranz, muß ihnen ihr sanft glänzendes Köfferchen sein. Wahrscheinlich fliegen sie jetzt gleich zurück nach Toronto. Er hätte gern mit diesen beiden den Abend verbracht. Mr. Tony Alberberga und Mr. Dan Ondorico. Und sie sahen genauso aus, wie sie hießen. Und sie gingen genauso, wie sie aussahen und wie sie hießen. Der Aufzug öffnete sich sofort für sie, weg waren sie. Der *Falk*-Manager aus Toronto hieß Borger. Für einen Anlage-Manager nicht schlecht, dachte Karl.

Er mußte neben Graf Josef die Bayerstraße überqueren,

mit dem weiterrappenden Graf Josef bis zum Haupteingang des Bahnhofs gehen, dann versuchen, Graf Josef ohne weiteres loszuwerden. Ziemlich rücksichtslos sagte er in den rappenden Sprachstrom hinein: Bitte Herrn Loibl melden, das Geld ist gerettet, und für dieses Jahr gibt's, weil die Firma nur ein halbes Jahr existiert, die Hälfte der Jahresrendite von 8,5 Prozent. Plus einen Kursgewinn. Der kanadische Dollar sei, seit Loibl investiert habe, um zehn Prozent gestiegen. Er werde, sagte Karl von Kahn, einen schriftlichen Bericht hinausschicken.

Das freut uns, sagte Graf Josef und stand Karl noch zugewandt, als der sich schon wegdrehte.

Frau Lenneweit hatte natürlich gewartet. Er warf ihr das vor. Sie wand sich zierlich unter seinen Vorwürfen. Eigentlich wand sie sich wie unter der Dusche. Er mußte sie heimschicken. Sie sagte, daß sie ihm noch etwas sagen müsse, was sie nur sagen könne, wenn die anderen nicht da seien.

Ja, sagte er so streng wie möglich.

Dr. Dirk will gehen, sagte sie.

Karl von Kahn war so überrascht, daß er nichts sagen konnte.

Sie erfahre immer mehr, als sie erfahren wolle, sagte sie. Sie habe es zu ihrem Prinzip gemacht, von allem, was sie, ohne es zu wollen, erfahre, nur den Gebrauch zu machen, der der Firma nütze. Erfahre sie etwas, was der Firma unnütz sei, behalte sie es für sich.

Donnerwetter, sagte Karl jetzt.

Sie glaube, sagte sie, daß Herrn von Kahn im Trubel der Ereignisse zwei Meldungen entgangen seien. Eine Ölbohrung an der Nordseeküste und vor allem *Cars*, der nächste

Pixar-Film. Sie habe ihm das Material auf den Schreibtisch gelegt. Da *Pixar* ab 2007 allein Herr im Haus ist, also nicht mehr mit *Disney* teilen muß, wird *Pixar* ein steiler Wert. Und im Jahr vor einem neuen *Pixar*-Film ist die Aktie jedesmal halbwegs erschwinglich. Das war bei den *Unglaublichen* so und war bei *Findet Nemo* so. *Pixar* ist Zukunft. Filme komplett vom Computer. *Cars* soll 700 Millionen Dollar bringen, davon 225 Millionen für *Pixar*, die Aktie ist im Augenblick noch unterm Jahreshoch. Sie werde alles, was sie habe, auf *Pixar* umdirigieren. *Bocca di Leone* in Ehren, aber irgendwann sei eben auch im Film die Postkutschenzeit zu Ende.

Karl von Kahn suchte nach einer Ausflucht und sagte: Apropos Postkutschenzeit. Sein Großvater in Potsdam habe seiner Schwester im Jahr 1892 nach Stuttgart geschrieben, wenn der Pferdedroschkenverkehr in den Städten weiterhin so zunehme, seien die Städte wegen dieses Pferdedroschkenlärms bald nicht mehr bewohnbar.

Ein weiser Mann, sagte Frau Lenneweit.

Man hat ja dann, sagte Karl von Kahn, die Stärke der Motoren ganz schnell in Pferdestärken ausgedrückt.

Sie habe ihm eine Liste der Anleger hingelegt, die für *Pixar* in Frage kämen. Schade, daß Herr von Kahn gerade in diesem Augenblick in eine Studio-Produktion investiere. Zwei Millionen bei *Pixar* könnten in fünf Jahren vier Millionen sein. Oder mehr.

Zu spät, sagte Karl, versprochen ist versprochen.

Klar, sagte sie.

Karl sagte: Ich fürchte, wenn Sie die Firma endgültig übernehmen, werden hier keine Fehler mehr gemacht.

Einige, sagte sie, wirkten auf sie vermeidbar.

Der Abschied war wie immer herb. Frau Lenneweit wußte, daß er länger bleiben wollte als sie, um mit Joni zu telefonieren.

Bis morgen, sagte Karl.

Einen schönen Abend, sagte sie.

Karl fiel Diego ein. Der hatte, bis Gundi auftauchte, immer eine Sekretärin gehabt, die die Sekretärin schlechthin war. Gritt. Gundi hatte dann rasch dafür gesorgt, daß diese Allmitwisserin verschwand. Diego war ebenso traurig wie erlöst. Zu Karl hatte er, als sie einmal in einem Aufzug zwanzig Stockwerke hinauffuhren, gesagt, er sei mit Gritt in diesem Aufzug gestanden, beide Aug in Auge und beide gleichermaßen angetan vom schönen Erhobenwerden, da habe er zu Gritt gesagt: Gritt, wir müssen jetzt endlich einmal miteinander schlafen. Da habe sie gesagt: Sie wollen es hinter sich bringen. Und er: Ja. Darauf sie: Ich nicht. Also sei das unterblieben. Und das sei ein nicht mehr gutzumachender Fehler gewesen.

Karl von Kahn hatte keine Kraft, keine Lust mehr durchzuarbeiten, was ihm Frau Lenneweit hingelegt hatte. Sie würde ihn morgen fragen, wie eine Lehrerin den Schüler nach den Hausaufgaben fragt.

Er hatte Helen schon am Morgen gesagt, daß er heute mit Rudi-Rudij verabredet sei. Rudi-Rudij sei, laut Theodor Strabanzer, genial. Nachkomme eines illegitimen Zarensprößlings, deshalb von Strabanzer Zarensohn genannt. Helen hatte nur den Kopf geschüttelt. Also, rechne nicht zu früh mit mir, hatte er gesagt. Ich rechne überhaupt nicht mit dir, sagte sie. Das ist wunderbar, sagte er. Wie du meinst, sagte sie. Ihr Ton hatte deutlich genug gesagt, daß das Gespräch nicht zu Ende war. Er hatte gesagt: Frau Lenneweit.

Das war die Formel, wenn er Frühstücksgespräche beenden mußte oder wollte.

Karl rief Joni an. Der Teilnehmer ist momentan nicht erreichbar. Bitte versuchen Sie es später noch einmal. Wie hätte Richard Wagner seine Nornen komponiert, wenn ihm in schicksalshaften Stunden solche Auskünfte erteilt worden wären?

Er schrieb noch schnell von Hand an Frau Carla Lenneweit, im Hause. Daß sie auch noch Carla heißen mußte. Bei einer heiter gewordenen Weihnachtsfeier hatte sie zu ihm gesagt, sie finde, ein -C- könnte seinen Vornamen feiner machen.

Liebe Frau Lenneweit, schrieb er, noch bewegt von Ihrer Mitteilung, auch von der Art, wie Sie sie vorbrachten und natürlich auch von Ihrer dadurch zum Ausdruck kommenden Einstellung zu unserem Geschäft, muß ich jetzt doch schnell und sozusagen der Ordnung halber anmerken, daß ich den Inhalt Ihrer Mitteilung privat zur Kenntnis genommen habe, aber im Alltag der Firma davon nichts wissen will. Was ich nicht auf dem dafür üblichen Weg erfahre, habe ich nicht erfahren. Daß ich Ihnen trotzdem dankbar bin, sollen Sie wissen. Es grüßt Sie herzlich, Ihr Karl von Kahn.

Rudi-Rudij trat pünktlich auf und war trotz allem, was über ihn gesagt worden war, eine Überraschung. Man kann eben keinen Menschen in eine Sprache fassen, die ihn so enthält, daß man, wenn man ihn persönlich sieht, nur noch nickt und sagt: Ja, genauso habe ich ihn mir vorgestellt.

Rudi-Rudij war außer dem, was Strabanzer und Joni gemeldet hatten, ein Kerlchen, ein Teufelchen, ein Tänzer mit einem schlingernden Knie. Er war beweglich wie Quecksilber, und das strengte ihn offenbar selber an. Er keuchte andauernd ein bißchen. Hatte den Mund nie ganz geschlossen. Das kann daran liegen, daß seine Oberlippe für die zu großen Zähne nicht ganz ausreichte. Aber das Wichtigste: Er sah aus wie die Shakespeare-Ikone. Blank wölbte sich der Schädel, von dem die schwarzen Haare bis auf die Jeans-Schultern fielen. Und dunkle Augenkugeln, die natürlich noch beweglicher waren als der ganze Rudi-Rudij. Das mit dem Knie merkte Karl erst, als sie miteinander ins *Spaten-Bräu* hinübergingen. Das linke Knie schlingerte bei jedem Schritt samt Bein und Fuß aus der Richtung, war aber dann für den fälligen Tritt schon wieder da. Ein Hinaus-aus-der-Gehrichtung und ein Gleich-wieder-zurück.

Karl hatte im ersten Stock einen Tisch in einer der kleinen Stuben bestellt. Da waren sie ungestört. Als er fragte, was Rudi-Rudij esse, sagte der fröhlich: Ich schließe mich Ihnen an.

Weißbier auch, fragte Karl.

Mit Vergnügen, sagte Rudi-Rudij.

Wenn er sprach, spielten seine Hände eine große Rolle. Als sie schon aßen, legte er oft Messer und Gabel kurz auf den Teller, um seine Hände, die Händchen waren, miteinander zu verknäulen und zu verhaken und wieder voneinander zu lösen und dann die zarten Finger jedes Händchens, wenn es gerade nötig war, zu spreizen.

Das war also der Mann – aber der war nichts so wenig wie ein Mann –, der mit in die Pyrenäen mußte, um die Fische zu töten, die Theodor Strabanzer gefangen hatte. Das Halbliterglas führte er beim Trinken mit beiden Händchen zum Mund. Und wie er sprach! Das war kein Dialekt, das war ganz allein seine Sprache, sein Klang. Vielleicht ein Familienerbstück. Einfach ein rundum angekratztes Hochdeutsch. Fast ein bißchen kabarettistisch.

Karl wußte noch nicht, worüber er mit dieser quirligen Shakespeare-Ikone sprechen sollte. Das Treffen war von Rudi-Rudij gewünscht worden.

Wir kommen gut voran, sagte der. Die Strabanzer-Ästhetik bewährt sich wieder einmal. Wir bleiben ganz nah beim Leben. Deshalb könne er fragen, ob die zwei Millionen jetzt abrufbar seien. Er möchte aber dazu bemerken, daß alles sofort als beendet angesehen werden könne, wenn Herr von Kahn jetzt anderen Sinnes sei und sich für Filmfinanzierung nicht mehr interessiere. Strabanzer und er seien nur arbeitsfähig, wenn sie mehrere Menschen ganz mit sich eins wüßten. Zuerst müßten Strabanzer und er eines Sinnes sein, dann allmählich alle, die zum jeweiligen Projekt gehörten. Er sei ganz sicher, daß nur aus der Einmütigkeit aller Beteiligten die Kraft kommen könne, die nötig sei, so ein Ausdruckswerk unwiderstehlich zu machen. Sie müssen uns nicht nur Geld geben, sagte er, sondern auch Ihre Seel. Immer nur auf Zeit. Da aber ganz.

Karl sagte, er sei gespannt.

Wir auch, sagte Rudi-Rudij.

Karl dachte an Joni.

Rudi-Rudij sagte: Ich find es richtig, daß Sie jetzt an Joni Jetter denken. Weil Karl nicht gleich reagieren konnte, sagte die Shakespeare-Ikone noch: Das kommt vom Gespinst. Netzwerk heißt's heut. Sobald wir verbunden sind, strömen die Botschaften. Bloß nicht zu früh bremsen. Das Schönste in der Welt kommt nicht vor oder geht kaputt, weil zu früh gebremst wird. Stellen Sie sich vor, wie die Leut' fahren müßten, fahren würden, fahren könnten, wenn's keine

Bremse nicht gäb. Ich bin ein Bremsfeind, müssen S' wissen. Jetzt aber meine vampirige participation. Das Leben ist immer unübertrefflich. Aber als solches ist es nichts. Oder bloß das, was genossen oder erlitten wird und vergeht. Zu nichts und wieder nichts. Wenn man's aber fassen kann, ohne es dadurch kaputtzumachen, dann ist das Leben die Kunst. Sind wir da eines Sinnes?

Karl sagte, auf jeden Fall fiele es ihm schwer zu widersprechen.

Und er: Sie machen mich glücklich, lieber Herr von Kahn, sehr glücklich. Ich skizzier Ihnen das Problem. Das Leben zieht, wenn es für die Kunst gebraucht wird, immer den kürzeren. Die Kunst macht, was ihr das Leben liefert, kaputt. Das ist die Verselbständigung der Kunst auf Kosten des Lebens. Das ist das Problem. Es ist wie beim Träumen. Die Menschen sind verführt, ihre Träume mißzuverstehen. Und die Künstler sind verführt, das Leben kaputtzumachen, wenn sie daraus Kunst machen. Theodor-Rodrigo Strabanzer und ich sind Jünger des Paradoxons. Wir können das Schnitzel essen und es doch noch haben. Wir machen aus dem Leben Kunst, und es lebt noch. Als Kunst. In der Kunst. Verstehen Sie. Schluß mit dem Schwindel, Kunst und Leben seien Gegensätze. Quatsch und Schwindel war's. 's Beste, was dem Leben passieren kann, ist, daß es Kunst wird. Oder noch eine Anwendung. Zwei Männer lieben die gleiche Frau, die Frau liebt beide gleich, was soll passieren?

Das, sagte Karl in einem Ton, der zeigen sollte, daß er da mitreden könne, das muß die Frau entscheiden.

Überaus verständlich, wie Sie reden, rief der Quirlige. Meine Urgroßmutter war bis zur Revolution Primaballerina in Petersburg. Meine Großmutter hat gesagt, ihre Mutter hätte kein Bein bewegen können, wenn sie gewußt hätte, was sie tut. Der Kopf hat kein Privileg. In der Kunst schon gar nicht.

Also, wie wird das entschieden, sagte Karl von Kahn, zwei Männer, eine Frau.

Wir müssen sehen, wie das ausgeht, sagte Rudi-Rudij. Es ist ein Experiment. Mein Gefühl sagt mir, das Gefühl machen lassen. Das Gefühl will nichts entscheiden. Das Gefühl ist eine Rose, die ihre Blätter nicht zählen läßt. Das Leben ist gegen Entweder-Oder. Die Kunst muß das respektieren. Sie muß dem Leben folgen, so folgen, daß das Leben es aushält. Das Leben kann nur dann in Kunst übergehen, wenn es zu nichts gezwungen wird. Die Kunst ist eine Liebeserklärung an das Leben. So wird das Leben betört. So wird es Kunst.

Zum Wohl, sagte Karl von Kahn.

Sie tranken aus, Karl zahlte, sie gingen zum Taxistand hinüber.

Als sie sich mit Händedruck verabschiedeten, sagte Rudi-Rudij: Grüßen Sie Joni von ihrem Vampir. Zu diesem Satz schüttelte er kurz den Kopf und zog eine Grimasse. Das konnte nur heißen: Nehmen Sie mich nicht ernst. Seine Oberlippe war aber für seine Zähne wirklich zu klein. Das wiederum sah im Laternenlicht des Opern-Platzes filmmäßig aus. Ganz zuletzt hob er noch sein rechtes Händchen an die Schläfe und ließ es winken.

Karl konnte das nicht erwidern, aber er nickte, als wolle er sagen: Alles gut, alles wunderbar.

Rudi-Rudij fuhr vor ihm ab.

Diese Szene hätte, um Karl zu beeindrucken, nicht auch noch auf dem Opern-Platz stattfinden müssen. Über die breite Freitreppe strömten gerade die Leute herunter, die aus der Oper kamen. Das waren keine einzelnen mehr. Das war ein Wesen. Auch wenn es sich, unten angekommen, zerteilte. Es blieb ein weitläufiges, unzerstörbares Wesen. Das Opernwesen. Daß er sich von Helen hatte aus der Oper vertreiben lassen! Er mußte zurück in die Oper. Irdische Zusammenhänge, gesungen! Es gab doch keine andere Möglichkeit, Wirkliches zu ertragen, als gesungen, Orchester inklusive. Wie er jetzt jeden beneidete, der aus der Oper kam. Daß er das hatte geschehen lassen können, möchte er Helen gern übelnehmen. Mit Joni in die Oper, das wär's. Das wäre die vollkommene Aufhebung.

Da spürte er eine Hand auf seiner Schulter und erschrak. Es war Rudi-Rudij. Der war also gar nicht weggefahren.

Mich freut's, sagte er. In der Oper ist's geglückt. Wir sind schon fast eines Sinnes. Ließ ein Händchen winken und schlingerte davon.

Karl von Kahn konnte jetzt nicht heimfahren. Er suchte rechts von der Maximilianstraße ein Lokal, vor dem man noch im Freien sitzen konnte. Er machte weiter mit Bier. Alle, die hier herumsaßen, die hier vorbeigingen, mehr schoben als gingen, sie waren zusammen genauso ein Wesen wie die, die aus der Oper herunterströmten. Er wollte überall dazugehören. Es gab hier noch genügend Krawattenträger. Und alle hier herum machten klar, daß es keine Wohnungen gibt, keine Schlafzimmer und so weiter. Da gehörte er dazu. Hätte er dazu gehört. Wenn. Wenn er nicht der Älteste gewesen wäre. Der einzige Alte überhaupt. Gut, das warf ihm hier keiner vor. Bis jetzt. Aber es war in jedem Augenblick möglich, daß einer, wie in der U-Bahn, sagte: Der alte Knacker ... Was will denn der noch hier?

Man kann sich so setzen und so sitzen, daß respektiert wird: Der will für sich sein. Gerade nachts, gerade in solchen heißen Nächten. Aber er war ja nur hierhergekommen, weil er telefonieren mußte. Er hatte gemerkt, daß er zu Hause, auch wenn Helen weder stören noch lauschen würde, nicht frei sprechen konnte. Im Büro konnte er fast frei sprechen. Frau Lenneweit. Aber hier im Gewühl derer, die nicht ins Bett können, konnte er sprechen. So frei wie nirgends sonst. Und rief an. Besetzt. Es war nach elf. Duschen und Föhnen entfiel, also Schwester Angela. Oder Strabanzer. Oder? Sie war heute zurückgekommen. Wenn Strabanzer jetzt bei ihr wäre, würde sie nicht telefonieren. Sicher berichtete sie Strabanzer, daß es gutgelaufen ist, daß sie jetzt befreundet ist mit Laura Broch und Waltraud Walterspiel, Frau Walterspiel will sie und Laura Broch so schnell wie möglich wieder beschäftigen, vielleicht gelingt dem ätzenden Trio einmal der Einbruch ins Abendprogramm. Alles, was er ihr Nacht für Nacht abgerungen, abgezwungen hat, muß sie jetzt Strabanzer berichten. Klar. Und wenn sie nach zwölf auflegt und er ist nicht sofort da mit seinem Anruf, dann kann er, weil sie doch endlich wieder schlafen muß, nicht mehr anrufen. Also durfte er keine fünf Minuten ohne Anruf vergehen lassen. Besetzt, besetzt, besetzt. Da störte sein Anrufen nicht. Er legte beim ersten Besetztzeichen sofort auf.

Es hatte sich ein Mann an seinen Tisch gesetzt, hatte auch einen halben Liter bestellt. Er machte deutlich, daß er Karls Telefonversuche nicht wahrnehme. Der war mit nichts so sehr beschäftigt wie mit der Demonstration seines Nicht-auf-dieses-Telefonieren-Achtens. Der war wahrscheinlich betrunken. Bestellte gleich noch ein zweites Bier. Sein Hemd war offen bis zum Gürtel. Was man da sah, war eher schmächtig und weiß. Also daß er das sehen ließ, konnte nicht Absicht sein. Als Karl gerade wieder eine Anruf-Pause machte, kriegte der das sofort mit, drehte sich jetzt voll zu Karl hin und sagte: Ich bin ein Dichter, zweiundvierzig Jahre alt, dichte jeden Tag einen Satz, den ich dann abends hier verkaufe an Leute mit Sinn dafür. Sie wissen, der Thomas Mann hat davon gelebt, daß er keinen Tag hat vergehen lassen, ohne einen Satz zu schreiben. Darf ich Ihnen meine heutige Tagesproduktion anbieten?

Bitte, gern, sagte Karl.

Der Mann nahm einen Bierdeckel und schrieb mit einem nicht zu dicken Filzstift in violetter Farbe auf diesen Bierdeckel:

Armut ist eine Blume
Mit empfindlichen
Blättern.

Mögen Sie's, fragte er.

Ja, sagte Karl, das ist ein schöner Satz.

Wenn Sie meine Zeche bezahlen, gehört er Ihnen, sagte der Mann.

Gern, sagte Karl.

Der Mann bestellte ein drittes Bier und sagte der Kellnerin, dieser Herr bezahle.

Karl bestätigte das und bestellte für sich auch noch eins. Dann fragte er den Mann, woher er komme.

Aus Duisburg, sagte der.

Das habe ich mir gedacht, sagte Karl.

Er trank sein zweites Bier nicht mehr ganz aus, zahlte, grüßte, wünschte alles Gute und ging.

Jetzt konnte er Joni nicht mehr anrufen. Das hatte der Dichter geschafft. Aber den Bierdeckel hatte er mitgenommen.

Zu Hause schlich er in sein Zimmer hinauf und lehnte den Bierdeckel so gegen das Körbchen mit den Kugelschreibern, daß er den Satz immer vor sich haben würde.

Armut ist eine Blume
Mit empfindlichen
Blättern.

Und dann ist der aus Duisburg. Karl kippte seinen Stuhl, sah zu den Astaugen hinauf, um zu sehen, wie die jetzt auf ihn herabschauten. Nicht nur skeptisch, fand er.

Er konnte jetzt nicht die siebzehn Stufen von seinem Stockwerk zum Schlafzimmerstockwerk hinuntergehen. Er mußte froh sein, daß er ohne zu überlegen an der Schlafzimmertür vorbeigegangen und die siebzehn Stufen hinaufgegangen war. Ob Helen schlief oder nicht schlief? Schreien täte gut. Bereite den Schrei vor. Denk so lange an den Schrei, bis er … Bereite den Verzicht vor. Als etwas Erlernbares. Dir wird, worauf du nicht verzichten lernst, ohnehin entrissen. Verzichten heißt so tun, als sei man einverstanden damit, daß einem etwas genommen wird, was einem auch genommen wird, ohne daß man einverstanden ist. Verzichten ist also nichts als Kulissenschieberei. Eine Kulturmache. Eine mehr. Schrei wenigstens. Visionen züchten bis zum Gehtnichtmehr. Sag: Ich bezahle in meiner Währung. Oder nicht. Bleib unbelehrbar. Wie viele Jonis gab es überhaupt? Es war unmöglich zu entscheiden, welche Joni die richtige-wichtige-entscheidende war. Ihr zuliebe willst du sein wie kein anderer. Aber ihretwegen bist du wie alle. Wissend, daß es keine Einzigartigkeit gibt. Es gibt Wörter, die gibt es, weil es, was sie sagen, nicht gibt. Durch deine Geschlechtshandlungen bist du das Massenhafte in Person. Wenn du durch etwas ein Massenmensch bist, dann dadurch, daß du Geschlechtsverkehr betreibst, als handle es sich um das Komponieren der Matthäus-Passion.

Er nahm sich vor, sich nicht an das zu halten, was er sich vorgenommen hatte. Legte sich auf sein Sofa, um zu überlegen, wie er die Nacht verbringen sollte. Und schlief ein. Und träumte. Träumte, er liege in einem Netz, im Gepäcknetz eines Zugwaggons, aber im Freien. Von unten kommen Hände, viele, sein Name wird gerufen, es geht gegen ihn. Die wollen nicht irgend jemanden, sondern nur ihn. Die Hände erreichen ihn, er kann sich nicht bewegen, gleich werden die Hände ihn haben, er versucht noch zu schreien, er erlebt, daß auch dazu die Kraft, die Luft nicht reicht, nur ein fast unhörbarer Ohnmachtsschrei gelingt noch. Den kriegt er, erwachend, mit. Die linke Seite sticht. Er hat keine Luft mehr. Er muß vorsichtig das Atmen anfangen. Das gelang. Er glaubte, er habe jetzt andere Träume verdient. Drehte sich um und schlief den freundlicheren Träumen entgegen.

7.

Er ließ am Authariplatz halten. So gut wie nie fuhr er mit einem Taxi vor das Haus, in das er wollte, es sei denn, es war ein Krankenhaus. Joni hatte ihm das Haus genannt, die Lage beschrieben. Ein altgewordener Neubau, da, wo sich die Aretinstraße Grünes gönnt. Er hielt es für geboten, auch den zweiten Stock zu Fuß zu erreichen. Er ging langsam. Er wollte nicht schwitzend ankommen.

Affenschwül, sagte Joni.

Damit wollte sie vielleicht sagen: Besser keine Berührung.

Sie sorgte dafür, daß er in einem der kleinen hellgrünen Ledersessel landete. An dem eckigen und nach allen Seiten eckig verlängerbaren Tischchen sollte Kaffee getrunken werden. Zuerst mußte er die mit Frisbees gepflasterte Wand loben, das war klar. Wer eine Wand so auffällig macht, will Reaktion. Sie erklärte ihm, daß es sich um Kunstwerke handle. Und sofort spürte er einen erklärungsfeindlichen Respekt vor den bunten Dingern. Die Kulturfraktion weiß immer etwas, was du nicht wissen kannst. An einer Wand präsentierte sich ein zartes, von Farben befreites, rührendes Bauernbuffet, dessen Fensterchen mit durchbrochenen Vorhängen bespannt waren. Der Rest waren ein zimmerbreites Fenster zum Balkon und eine Wand, bewaffnet mit Regalen und Apparaten, die jetzt nötig sind. Aus der Regalwand herausgeklappt eine Art Schreibtisch. Und auf dem Boden ein Teppich. Türkisch vielleicht. Joni saß direkt vor ihm, auf einem fahlen Wulst von Schemel. Und hatte praktisch nichts an. Sie hätte so sofort mit ihm in die Stadt gehen können. Oben ärmellos, dann ihr Jeans-Mini, dann nichts mehr. In der U-Bahn wäre das die richtige Kleidung am schwülsten Tag des Jahres. Anders in einem Zimmer, wenn die so Angezogene beziehungsweise Entblößte einem praktisch zwischen den Knien sitzt und heraufschaut und sich freut an deiner Verlegenheit.

Ich bin in einer Gefahr, sagte er.

Und sie: Zahlst du mit Karte oder zahlst du bar.

Und er: Ich lasse mich ablenken von mir.

Und sie: Ich hab heut Geburtstag, gratulier!

Er sprang auf. Ich wünsch dir, daß du alles wirst, was du bist, sagte er.

Das klingt wie Nietzsche persönlich, sagte sie.

Soll mir recht sein, sagte er und kniete neben sie und zog ihren Kopf zu sich und küßte sie sozusagen feierlich. Und setzte sich zurück in sein schlankes Sesselchen.

Sie sagte: Bei uns hat immer Papa für Reime gesorgt.

Er: Und wo hat er die geborgt?

Sie: Bei Kästner und Konsorten.

Er: Also bei solchen, die am Volksmund schnorrten.

Sie: Bravo, Schatz, das stimmt.

Er: Ja, ich weiß, mein Feuerchen glimmt.

Sie: Soll ich dir einen blasen.

Da stieg er aus, sprang er auf, sagte, ihre Sprache sei ihm hochwillkommen, aber er werde sie wahrscheinlich nicht mehr lernen.

Du hast schon ganz schön dazugelernt, sagte sie.

Er: Du bist mein Wortschatz.

Sie: Den sag ich Theodor weiter, das ist ein Kalauer aus reiner Seide.

Er zog sie hoch.

Ja, sagte sie, es gibt noch andere Räume.

Im Schlafzimmer hatte sie die Vorhänge zugezogen, das fand er so rücksichtsvoll, daß er sich stürmisch dafür bedankte. Er schälte sie aus den paar Sachen, die sie anhatte, brachte sie so im blumigen Bett unter, daß sie nicht zuschauen konnte, wie er sich auszog. Sie intonierte, er fiel ein, übernahm! Ohne Verabredung kamen sie gemeinsam weiter, zweistimmig, ein Text, schließlich streckte sie ihre Arme aus nach links und nach rechts, als werde sie gefoltert, nein, gekreuzigt, weit draußen die Hände verbogen wie die auf dem Grünewald-Bild. Sie erfrischten sich.

Dann stellte sich Joni so an das zimmerbreite Fenster, daß er spürte, er mußte sich neben sie stellen. Als er neben ihr stand, sagte sie: Was man am liebsten tut, verheimlichen, wie findest du das?

Weil sie so heftig fragte, wußte er, daß sie sich als Dichterin meinte. Also konnte er sagen: Du mußt dein Leben ändern.

Das sagt Rilke auch, sagte sie.

Dann muß es ja stimmen, sagte er.

Und sie: Sie behandle, was ihr Liebstes sei, wie eine unanständige Krankheit oder ein peinliches Laster. Und erst die Vorwürfe. Zu feige zu gestehen, was sie wirklich wolle. Alle Achtung vor Fürst Bertram. Egal, wen der abgeschleppt hatte, er fing immer von seinen sieben Serien an. Und sie? Außer Karl wisse kein Mensch in der Welt, daß sie eine Lyrikerin sein möchte. Gedichte sind das Schönste, was es gibt.

Karl sagte, er habe bis jetzt geglaubt, das Schönste sei der anatocismo. Also, warum sind Gedichte das Schönste?

Sie sind die Sprache selbst. In jedem. Jeder hat sie. Nicht jeder bringt sie heraus. Sie wachsen in einem, ohne daß man das merkt. Dann plötzlich kommen sie heraus. Von da an paßt man auf. Es wird eine Arbeit. Die schönste Arbeit überhaupt. Töne fangen, ohne sie zu verletzen.

Er sagte, ob sie's glaube oder nicht, ganz anders sei es mit dem Zinseszins auch nicht. Er sei das Geld des Geldes, also die Sprache der Sprache, also ist der Zinseszins ein Gedicht.

Also, sagte sie, paß auf.

Mädchenpsalm. Frauenpsalm. Psalm.
Aus einer Entfernung ohnegleichen schrei ich.
Einsamkeit wanzt sich an.
Wie weit es von dir zu mir ist, sagst du mit Wörtern,
die nichts von mir wissen. Du mußt über Klingen
 springen,
wenn sie in der Hitze blitzen, du bist, wo du bist,
 daheim,
deine Muskeln gehorchen dem Reim.
Tanz mit mir hinaus aus jedem Fest,
tanz mit mir in den Schmutz meiner Sprache.
Laß die Masse der Märtyrer glotzen,
laß Koloraturen das Spinnweb küssen, das Spiel ist
 vorbei,
wir träumen die Regeln und pfeifen auf unseren
 Untergang.

Unser Gefängnis hat tausend Türen,
die zu tausend Gefängnissen führen.
Im Traum reißt die Maschine mir den Kopf ab,
mit offenen Augen und singend schaukelt er
flußabwärts zum Meer. Und sieht zurück.
Zum Glück ist die Erde leer.

Als sie aufgehört hatte, sank ihr Kopf an ihn hin, dann sagte sie: Darf ich unbelehrbar sein?

Er sagte: Du mußt. Und wußte nicht, warum er das sagte. Ein längeres Schweigen. Er konnte nichts sagen. Aber so, wie sie sich an ihn lehnte, mußte ihr das Schweigen recht sein. Viel später fragte er: Bleibt es bei Haidhausen?

Aber gegessen wird hier, sagte sie.

Ich bin gespannt, sagte er.

Sie müßten dafür noch etwas einkaufen, sagte sie.

In Haidhausen, sagte er.

Sie sei dankbar für Vorschläge, sagte sie.

Er, entwerferisch: Broccoli mit Karottenwürfeln, gerösteten Pinienkernen, durchwirkt von Zitronensaft, dazu italienische Nudeln, frische Salbeiblätter und ebenso frische Kapuzinerkresseblüten, dazu Kurkuma.

Klingt idyllisch, sagte sie. Aber ob sie das hinkriege.

Er assistiere, sagte er. Übrigens, seine Beteiligung am *Othello-Projekt* sei überwiesen.

Das wird Rudi-Rudij freuen, sagte sie.

Der habe ihn beeindruckt, sagte Karl.

Du ihn auch, sagte sie.

Sie trug dann für den Ausflug nach Haidhausen hinüber tatsächlich nichts anderes als die Kleinigkeiten, in denen sie ihn empfangen hatte. Am Max-Weber-Platz ließ er halten.

Joni sollte die Steinstraße erleben, bevor sie vor Ereweins Schaufenster ankamen. Er erzählte von Erewein auf eine Art, daß sie es nicht ablehnen konnte zuzuhören. Er erpreßte sie durch eine Art unwillkürlicher Teilnahme-Begeisterung, die ihn ergriff bei der Wiedergabe dessen, was Erewein passiert war. In welchem Zustand sie jetzt Ereweins Atelier-Fenster antreffen würden, wisse er nicht.

Dann staunte er. Das Schaufenster war jetzt ein Hutgeschäft und propagierte einen einzigen Hut, der *Dennoch-Hut* hieß und in vielen Formen und Farben ausgestellt war. Drei *Basismodelle* und ein Dutzend Variationen, Karl hatte zum Weitergehen gedrängt, als er das *Basismodell Márfa* entdeckt hatte. Alle Kopfbedeckungen waren aus Naturfasern, gedacht für Frauen, die durch Chemotherapie vorübergehend oder für immer ihre Haare verloren hatten. Das Wort Chemotherapie kam nicht vor. Es hieß, der *Dennoch-Hut* behüte, beschütze und belebe jede Frau in schwierigen Zeiten. Produziert und verkauft von Lieselotte von Kahn. Aus einem Mitnehmkästchen vor dem Schaufenster hatte Karl ein Faltblatt mitgenommen. Er las Joni vor, daß seine Schwägerin Lieselotte von Kahn zu einer sowohl kunstgeschichtlichen wie religiösen Wallfahrt ins Kloster Zwiefalten einlade, zu heilspendenden Reliquien: ein Gürtel Leos IX., Erde vom Grab der Märtyrer Marcellinus und Petrus und eine Hand des heiligen Stephanus. Die Hand des heiligen Stephanus, Joni. Und erzählte ihr, was Erewein erlebt hatte mit einer Hand.

Da fahren wir hin, sagte Joni.

Karl nahm sich vor, Frau Lotte zu besuchen. Hast du die Orgelmusik gehört, fragte er.

Ja, hatte sie.

Das sei die Schwägerin.

Er mußte abbiegen, zurück, zum Englischen Garten, er wollte Joni wenigstens die Gegend zeigen, in der er wohnte.

Joni sagte, sie müßten schneller gehen. Das sehe doch sehr nach Gewitter aus.

Jetzt sah er es auch. Gelbschwarz der Himmel.

Als sie warteten, bis sie die Prinzregentenstraße überqueren konnten, kriegten sie die ersten Windstöße mit. Kein Mensch ging mehr ruhig seines Weges. Die rannten alle. Und in alle Richtungen. Die Windstöße nahmen zu, wurden zu Windwirbeln, die Papiere, sogar leere Dosen in die Luft warfen, dann schon die erste Ladung Regen. Also wieder zurück. Einfach irgendwo unter ein Dach. Das war in einer Seitenstraße eher zu finden als in der Prinzregentenstraße. Karl rannte los, Joni an der Hand. Er mußte beweisen, daß er rennen konnte. Bergauf beschleunigen. Joni stieß eine Art Schrei aus. Ein Jauchzen. Einen Wildlaut. Karl reagierte mit derselben Art Laut. Bei ihm fiel der simpler aus. Beim Rennen kontrollierte Karl alle Haustüren, ob irgendwo ein Vordach Schutz bieten könnte. Es regnete jetzt nicht nur, das war ein Wolkenbruch. Und eine Haustür nach der anderen ohne auch nur die Andeutung eines Vordachs. Was waren das für Häuser! Dann war das gleich nicht mehr nur Regen, sondern Hagel. Ein weißer Hagelvorhang rasselte herunter. Weiter als zwei, drei Meter sah man nicht mehr. Er hatte sofort seine Jacke heruntergerissen und sie über Joni gebreitet. Und war weitergerannt. Möglichst dicht an den Hauswänden entlang. Plötzlich machte Joni halt vor einer Tür, zu der eine einzige Stufe führte. Er las *Polizei.* Die Tür ging auf. Im Hausgang eine Treppe. Joni setzte ihn auf die

Treppe. Er schnappte nach Luft. In den Armen, bis in die Finger zog ein Schmerz. Er atmete, aber es nützte nichts. Er hatte das Gefühl, er kriege keine Luft. Und nach Luft zu schnappen hatte er keine Kraft mehr. Joni kam mit einem jungen Mann in Polizeiuniform zurück. Der brachte eine Decke, die wurde untergeschoben. Karl verstand, der Notarztwagen sei unterwegs. Atmen konnte er wieder, aber jeder Atemzug produzierte links einen scharfen Stich. Er mußte flacher atmen. Am besten gar nicht mehr. Er sah zu Joni auf, die sich mit dem jungen Polizeimann herabbeugte und fragte, wie es gehe, der Notarzt könne in jeder Sekunde eintreffen. Der traf ein, ein richtiger Trupp. Der Notarzt war eine Ärztin, noch lange nicht dreißig. Ihre dunkle, aber kein bißchen schwarze Haarpracht hatte sie eng um ihr Gesicht organisiert. Und was für ein Gesicht. Wangen, so braun wie rosa. Lippen und Zähne und Augen und Nase, alles eine reklamehafte Übertreibung des weiblich Umfangenden. Einer hatte schon Karls Blutdruck und Puls gemessen und rief ihr zu: Einhundertneunzig-einhundertzehn-achtundsechzig. Ein anderer hatte Karl an einer Leitung zwei Röhrchen in die Nase gesteckt und dazu gesagt: Sauerstoff. Wieder ein anderer reichte ein rotes Fläschchen und sagte: Zweimal. Nitrospray. Zwei dieser sympathischen Buben hoben ihn auf eine Liege, die Liege auf ein Gefährt, das Gefährt wurde auf einer heruntergelassenen Brücke in den Notarztwagen geschoben. Er genierte sich für seine Hosenträger und für die Leitungen in seiner Nase. Er kriegte mit, daß es im Notarztwagen nur einen Sitzplatz gebe, nämlich für die Ärztin. Die junge Dame, hörte er eine ungeheuer männliche Stimme sagen, fährt mit mir. Ins Krankenhaus Bogenhausen, hieß es. Ob er noch Schmerzen habe, fragte die Ärztin.

Nachlassend, sagte er.

Sie frage nur, damit die bei der Aufnahme dann nicht sagten, sie habe ihn leiden lassen.

Im Krankenhaus wurde ein gründliches EKG geschrieben. Er hatte nicht wahrgenommen, daß die auf der Polizeitreppe auch schon eins geschrieben hatten. Und Blutabnahme und noch einmal Druck und Puls und die Sauerstoffversorgung des Blutes. Sechs Stunden später müßten sie diese Tests noch einmal machen, um ganz auf der sicheren Seite zu sein.

Als der Doktor kam und die Werte eintrafen und das neue EKG gelesen worden war, sagte Karl, daß er jetzt gehen könne und gehen wolle. Der Doktor war voller Verständnis. Karl mußte nur unterschreiben, daß er sein Gehen selber verantworte.

Im Warteraum saß, unter Angehörigen schwererer Fälle, Joni. Sprang auf, als sie ihn sah. Und hielt ihm seine Jacke entgegen. Wahrscheinlich genierte auch sie sich für seine Hosenträger. Die Jacke war naß. Karl bestellte ein Taxi. Draußen der Sommerabend über der frisch geduschten Stadt.

Joni sagte: Mensch, du.

Karl sagte: Entschuldige.

Joni sagte: Red kein' Mist, Mensch.

Du hättest keinen Notarzt rufen dürfen, sagte Karl.

Das habe der Polizist getan, als sie bat, ein Taxi rufen zu dürfen, weil es ihrem Mann nicht gutgehe.

Hast du gesagt *meinem Mann*, fragte Karl.

Hab ich, sagte sie.

Zum Taxifahrer sagte Karl: *Königshof*, bitte. Und auf Jonis Blick: Das müssen wir feiern. Ja! Daß du gesagt hast *meinem Mann*.

Nicht erwähnen konnte er jetzt, wie oft er in den letzten drei Stunden gehört hatte: Die junge Dame. Und: Ihre Begleitung. Keiner hatte gesagt: Ihre Frau. Das war die Erfahrung dieses Tages. Die Lehre. Das war eine Volksabstimmung. Ergebnis: Die junge Dame, Ihre Begleitung.

Joni sagte: Der Wettersturz.

Karl nickte.

Der Taxifahrer sagte, in der Innenstadt habe es nicht gehagelt.

Er rief Helen an, um zu sagen, sie solle nicht warten auf ihn.

Wie immer, sagte sie.

Hat es dort gehagelt, fragte er.

Gehagelt, wo, sagte sie.

In der Straße, sagte er.

Hast du getrunken, sagte sie.

Ja, sagte er.

Bis nachher, sagte sie.

Der Ober führte Joni und ihn genau zu dem runden Tisch, an dem er mit Diego und Gundi gesessen hatte, als Diego ihn Gundi vorstellen wollte. Joni bestellte Hausgebeizten Lachs, Fasan mit Trüffeln und Polenta. Danach etwas mit Mango-Creme. Karl, Tafelspitz.

Joni sagte: Schau, wer da drüben sitzt, nicht hinschauen, nur hinschielen.

Karl tat's. Erkannte niemanden.

Der Beckmann, sagte sie.

Karl tat, als wisse er, wer das sei. Er hatte keinen Appetit. Nur Durst.

Joni bedauerte, daß sie jetzt nicht Broccoli mit gerösteten Pinienkernen und Karottenwürfeln, durchwirkt von Zitronensaft, und Nudeln mit Kurkuma, Salbeiblättern und Kapuzinerkresseblüten aßen.

Karl nickte. Zum ersten Mal reagierte er auf Joni nicht wortreich. Nachher, drunten, sagte er: Gute Nacht, Joni.

Er ließ das Taxi zum Bogenhausener Krankenhaus fahren, meldete sich bei dem Arzt, bei dem er unterschrieben hatte, daß er nicht bleiben wolle, und sagte, er glaube jetzt, es sei besser zu bleiben.

Der Arzt sagte: Der Sieg der Vernunft.

Aber über was, sagte Karl.

Der Arzt: Über das Leben. Er glaube, sagte er, morgen sei eine Katheteruntersuchung angebracht, dann vielleicht übermorgen, wenn sich herausstelle, daß die Durchblutungsstörung an der linken Seitenwand anhalte, eine Dilatation. Ob Karl davon schon gehört habe.

Ja, ein kleiner Ballon wird hineingeschickt, daß er die Gefäße dehne, sagte Karl.

Richtig, sagte der Arzt. Und wenn sie wieder zusammenfallen wollen, schieben wir einen Stent hinein, der sorgt dafür, daß die Gefäße offenbleiben.

Karl hatte um ein Einbettzimmer gebeten. Das Zimmer war groß genug für zwei Betten, das zweite Bett schoben sie hinaus.

Er rief Joni an. Besetzt.

Er rief Helen an und sagte ihr auf die Box, daß er im Krankenhaus sei. Nur zur Sicherheit. Mehr zur Diagnose als zur Therapie.

Eine halbe Stunde später rief Helen zurück. Das habe ich kommen sehen, sagte sie.

Hellseherin, sagte er.

Du bist nicht mehr bei dir selbst, sagte sie.

Er sagte, er fühle sich jetzt so matt, er bitte, ihm jede Antwort zu erlassen. Zur Besorgnis gebe es keinen Grund. Bis morgen.

Joni war immer noch besetzt. Was ihn jetzt an Joni denken ließ, war immateriell. Er konnte es nicht anders benennen. Diego hätte es wahrscheinlich geistig genannt. Hatte er sie heute verloren? War das die Gelegenheit zu lernen, daß nichts möglich sei? Sollte er das in dieser Nacht lernen? Also die ganze Nacht das Handy kein einziges Mal mehr abhören. Wenn du das schaffst.

Um 1 Uhr 45 hörte er sein Handy ab. Joni hatte um 0 Uhr 45 draufgesprochen. Da waren gerade die Schwester und der Pfleger dagewesen, die das zweite EKG und die zweiten Puls- und Blutdruckwerte zu registrieren hatten.

Daß du keine Aussicht hast, weißt du. Die junge Dame. Ihre Begleitung. Du machst weiter, als hättest du eine Aussicht. Du drückst dich davor, die Aussichtslosigkeit bei dir selber durchzusetzen.

Um 0 Uhr 45 hatte sie gesagt: Gute Nacht, Schatz. Hier war heut die Kacke am Dampfen. Ich hoffe, du schläfst jetzt gut. Ich würde gern deinen Schlaf bewachen. Mein Bett riecht noch nach dir. Ich werde es nie mehr waschen lassen. Ich denke mit der Fotze an dich. Gute Nacht, Schatz.

Joni hatte Tränen in den Augen gehabt, als sie sich auf der Polizeitreppe über ihn gebeugt hatte.

Er merkte, daß der Druck sich in die Brustmitte verlagerte. Er durfte sich nicht bewegen. Er sollte an nichts denken. Schon Konzentration tat weh. Sich nicht wehren gegen dieses Zusammensinkenwollen. Ein gar nicht mehr aufhören könnendes Zusammensinken. Warum ließ der Druck in der Mitte nicht nach? Sollte er der Nachtschwester läuten?

Er dachte: Ich gebe doch nach. Ich gebe doch nach. Und es nützt nichts. Ich hätte früher nachgeben sollen. Ohne Druck in der Brustmitte. Vorbeugend nachgeben, das wird verlangt, das hast du nicht gebracht.

Als es ihm trotz aller Entspannungsversuche nicht gelang, erfolgreich zu atmen, läutete er. Der Pfleger kam. Karl schilderte mit demonstrativ schwacher Stimme, daß er atme, aber das bringe nichts. Der Pfleger prüfte Puls und Blutdruck, dann ließ er Karl zwei Spraystöße Nitroglyzerin inhalieren. Das half. Karl schlief ein. Und träumte. Träumte, er habe gerade einen Brief geschrieben, an Joni, er will ihr den Brief geben, aber Joni ist unter Wasser, ihre Hand greift aus dem Wasser heraus nach dem Brief. In dem Brief steht, was sie wissen muß. Wenn sie den Brief liest, kommt sie zu ihm. Sie zieht den Brief hinunter ins Wasser. Aber unter Wasser kann sie doch nicht atmen, wie soll sie da seinen Brief lesen. Er weiß, daß er, solange sie nicht atmet, auch nicht atmen kann. Dann hat er keine Luft mehr und muß Joni an ihren Haaren aus dem Wasser ziehen. Sie wehrt sich, sträubt sich. Aber er würde ja ersticken, wenn er sie nicht aus dem Wasser zöge. Beim vergeblichen Ziehen und Reißen erwacht er. Ein elendes Erwachen. Keine Kraft mehr. Kein Atem mehr. Die linke Seite sticht. Er müßte vorsichtig zu atmen anfangen. Aber ihm fehlt zum Atmen der Mut. Er fühlt sich erledigt. Er nimmt von den Tabletten, die man ihm hingelegt hat. Er kann jetzt nicht schon wieder läuten. Es ist erst kurz vor drei. Er muß wach bleiben. Noch einmal einschlafen heißt, noch einmal das Ersticken träumen. Bleib bloß wach. Schau über die riesige Reisigebene hin. Aber dann dachte er doch rückfallhaft: Sehnsucht ist die einzige Empfindung, in der man sich nicht täuschen kann.

8.

Helen war beim Kongreß für die Bedeutung der Träume bei der Paartherapie, also würde ihn niemand stören bei der Lektüre des Manuskripts *Das Othello-Projekt. Ein Film-Entwurf von Rudi-Rudij.* Er kippte seinen Stuhl und las.

I.

Patrick im Rollstuhl. Er schaut zum zimmerbreiten Fenster hinaus. Strabanzer und Rudi-Rudij werden vom Anwalt hereingeführt. Strabanzer deutet durch Gesten an, daß er allein zu Patrick hin will, die anderen sollen stehenbleiben.

STRABANZER, ZÄRTLICH, ABER NICHT SENTIMENTAL, ALSO GLAUBHAFT: Patrick! Ich grüße dich.

PATRICK: Muß das sein.

DER ANWALT: Die Herren haben sich nicht abhalten lassen.

PATRICK: Ich habe einen Selbstmordversuch hinter mir.

STRABANZER: Patrick! Alter Freund.

PATRICK: Ich habe drei Monate Klappsmühle hinter mir.

STRABANZER: Wir fangen einfach wieder von vorne an, du und ich …

PATRICK, BRÜLLT: Raus! Wozu bezahle ich einen Anwalt.

STRABANZER: Patrick, das glaube ich dir nicht. Tag und Nacht, zehn Jahre. Patrick …

PATRICK, BRÜLLT: Raus!

Der Anwalt drängt die Besucher hinaus.

ANWALT: Er hat die zwei Millionen nicht mehr. Er ist hereingelegt worden. In St. Tropez.

Strabanzer schafft es, am Anwalt vorbei noch einmal ins Zimmer zu kommen.

STRABANZER, DICHT BEI PATRICK: Ich glaube an dich. Adieu.

Patrick weint, es ist ein jäher Weinausbruch. Strabanzer will stehenbleiben, aber der Anwalt, der der Figur nach auch ein Leibwächter sein könnte, läßt das nicht zu.

Im Auto, es ist ein alter Lancia. Strabanzer fährt. Sie reagieren auf Patrick.

STRABANZER: Tranfunzel.

RUDI-RUDIJ: Armleuchter.

STRABANZER: Schweinehund.

RUDI-RUDIJ: Dreckswichser.

STRABANZER: Keine Schmeicheleien.

RUDI-RUDIJ: Volldepp.

STRABANZER: Schon eher. Jetzt bleibt nur noch Stengl.

RUDI-RUDIJ: Exzellenz Stengl.

STRABANZER: Das Oberarschloch.

RUDI-RUDIJ: Eine Million.

STRABANZER: Zwei.

Im *Bocca di Leone*-Quartier am Frauenplatz 10. Ein langer Gang, an dem viele Zimmer liegen. Oft das Firmen-Wappen: Der Löwenzahn.

STRABANZER, AM TELEFON: Stengl! Alter Freund! Und Exzellenz! Verzeih, wenn ich dich wegen einer Bagatelle stör. Durch dümmliche Nachsichtigkeit, haarsträubende Gutmütigkeit und andere unverzeihliche Menschlichkeiten habe ich meinen Partner Patrick, du kennst ihn, dazu verführt, mich zu betrügen, hereinzulegen nach allen Regeln unserer Kunst. Und weil er ein Depp ist, hat er das Geld in Frankreich vertan. Ich steh da, kann nicht anfangen mit dem besten Film des neuen Jahrtausends, wegen lumpiger zwei Millionen. Und die werden sich so rentieren, daß ich nur einen hereinnehme, dem ein sattes Sümmchen zu gönnen ist. Also, bitte, empfiehl mir Würdige.

Strabanzer hört, was Stengl sagt.

STRABANZER: Ich hab's gewußt, du, der Metternich des Finanzwesens, wirst es richten. An den unausbleiblichen Gewinnen dieses Films bist du mit zwei Prozent dabei. Genau. Du auch. Ich umarme dich. Servus.

RUDI-RUDIJ: Das reicht für heute.

STRABANZER: Sogar noch für morgen.

RUDI-RUDIJ: Jetzt brauchen wir nur noch einen Film.

STRABANZER: Immer noch 'nen Film und noch 'nen Film.

RUDI-RUDIJ: Die anderen tun so, als seien sie geil drauf, einen nach dem anderen zu drehen.

STRABANZER: Flaschen müssen filmen.

RUDI-RUDIJ: Wer bringt das Geld?

STRABANZER, HAT ES NOTIERT: Karl von Kahn. Plus Nummer. Ruf an.

RUDI-RUDIJ: Du.

STRABANZER: Komm.

Sie knobeln. Strabanzer verliert.

STRABANZER: Das fängt gut an.

RUDI-RUDIJ: Als Verlierer bist du unschlagbar.

STRABANZER: Spiel mir *Joni wird entdeckt* vor, bitte!

Rudi-Rudij holt die Kassette, der kurze Film läuft.

II.

Es schneit in großen Flocken, die auf der Autoscheibe sofort vergehen und als Tränen verlaufen. Strabanzer kommt zu spät. Die Beerdigung ist schon im Gange. Er muß aber einen Platz haben, von dem aus er sieht, was passiert.

DER PFARRER, LIEST GERADE: Ich bin die Wahrheit und das Leben. Zum Vater kommt man nur durch mich. Amen.

EIN FREUND: Liebe Ingrid, liebe Trauergemeinde. Bevor Benno sich erschossen hat, hat er aufgeschrieben: Und keine Reden am Sarg. Wir wissen, warum. Er war ein Feind der Phrase. Als Schauspieler genauso wie als Mensch. Wir respektieren seinen letzten Wunsch. Wir verharren in stummer Trauer. Musik.

Strabanzer hat die drei Witwen gesehen und in einigem Abstand die junge Frau, die deutlicher weint als die Witwen. Strabanzer drängt sich durch. Er kondoliert den Witwen. Und er ist nicht der einzige, der auch der jungen Frau kondoliert. Er gibt ihr die Hand.

STRABANZER: Kenn ich Sie?

Sie schüttelt den Kopf.

STRABANZER, MIT EINER GESTE: Gehören Sie dazu?

Sie schüttelt den Kopf –

STRABANZER: Kommen Sie.

Er zieht sie mit sich hinaus zum Auto. Sie fahren, ohne zu

sprechen, stadteinwärts. Daß sie nicht sprechen, wirkt pathetisch.

Im Café an der Leopoldstraße. Sie sind immer noch nicht im Gespräch.

STRABANZER: Sie sind Schauspielerin.

JONI: Schauspielschülerin.

STRABANZER: Wo?

JONI: Keller-Scheel.

STRABANZER: Klitsche.

JONI: Ja.

Sie sind wieder stumm.

STRABANZER: Haben Sie Benno Brauer gekannt?

JONI: Nein. Oliver Keller-Scheel hat gesagt, geh hin, da lernst du was.

STRABANZER: Auf Beerdigungen immer.

Pause.

STRABANZER: Benno hat in meinem ersten Film mitgespielt.

JONI: Sind Sie Regisseur?

STRABANZER: Ich habe alles probiert, um keine Filme drehen zu müssen. Holzspielzeug auf Bauernmärkten verkauft. Schließlich blieb nur noch Regisseur. Als niemand bemerkte, daß ich kein Regisseur bin, bin ich dabei geblieben. Zähneknirschend.

Sie sind wieder stumm. Aber er sieht, daß er den Ton getroffen hat, für den Joni empfänglich ist.

STRABANZER: Du hast toll geweint.

JONI: Ich weiß.

STRABANZER: Das freut mich.

Sie sind wieder stumm.

JONI: Die ist hübsch.

Strabanzer schaut fragend.

JONI: Die Fliege.

STRABANZER: Vorsicht, bitte. Das ist keine Fliege, sondern ein Schmetterling. Der Schmetterling der sexualreligiösen Gemeinschaft, deren Gründer und einziges Mitglied ich bin. Es handelt sich um den Einsamkeitsfalter der westlichen Welt.

JONI: Ich bin begeistert.

STRABANZER: Ich auch.

STRABANZER: Kennst du das Wort Literaturverfilmung?

JONI: Ja.

STRABANZER: Das Gegenteil ist Naturverfilmung. Ich werde deinen Mund verfilmen. Das ist eine Naturverfilmung. Einverstanden?

JONI: Klar.

Sie sind wieder auf der Leopoldstraße.

STRABANZER: Darf ich dich heimfahren?

JONI: Nein.

Sie gehen, ohne zu sprechen, bis zum Auto.

JONI: Ich habe noch eine Verabredung.

STRABANZER, SCHREIT FAST SCHMERZLICH: Mit wem?

JONI, GENAUSO: Mit dem Weltgeist.

STRABANZER: Gott sei Dank.

Strabanzer gibt ihr seine Karte.

JONI: *Bocca di Leone.*

STRABANZER: Zu deutsch Löwenzahn.

JONI: Du machst mich kühn.

STRABANZER: Das ist mein Job.

JONI: Ich verlasse die Konversation.

STRABANZER: Ich stelle die Sitzlehne senkrecht.

JONI: Meine Bescheidenheit ist eine Anmaßung.
Ich werde mich anpassen.
Ich werde nur willkommene Vorschläge machen.
Ich werde allen Männern nach dem Mund reden.
Kein Mann wird von mir erfahren, was ich über ihn denke.
Wenn es mir gelingt, ein Rätsel zu werden, kann ich froh sein.
Ciao.

Sie geht.

STRABANZER: Grüß den Weltgeist von mir.

Sie bleibt stehen, nickt deutlich, dann geht sie.

III.

STRABANZER: Da machen wir weiter. Du schreibst ihr die Hauptrolle.

RUDI-RUDIJ: Wenn sie sie mir liefert.

STRABANZER: Sie wird. Zeig mir, bitte, noch schnell *Strabanzer haut ab*.

Rudi-Rudij legt die Kassette ein.

RUDI-RUDIJ: Diese Schwarzweiß-Masturbation mußt du allein anschauen. Ich habe zu arbeiten.

Strabanzer schaut sich sein Solo an. Den Text hat er selber gesprochen. Man sieht immer wieder, wie hingerissen er ist von dieser Solo-Nummer. Als Sprecher ist er hemmungslos pathetisch. Er kommentiert sich, als kommentiere er einen Weltstar, den er bei Höchstleistungen beobachtet und uneingeschränkt verehrt. Sein Pathos ist sich seiner selbst bewußt. Es ist also ein voll parodistisches Pathos. Aber kein denunziertes Pathos. Es genießt sich selbst. Es findet sich toll.

Strabanzer und Rudi-Rudij und Joni auf der Bühne eines Kinos. Vor der Leinwand. Auf der Leinwand steht in großer Schrift:

WER DIE LIEBE LIEBT
DEN WIRD DIE LIEBE LIEBEN.
Ein Film von Theodor Strabanzer.
Geschrieben von Rudi-Rudij.

Das Ende der Pressekonferenz. Strabanzer steht auf, nimmt Papiere an sich. Rudi-Rudij will nicht aufstehen. Offenbar beendet Strabanzer die Pressekonferenz überraschend schnell. Auch Joni schaut erstaunt.

Strabanzer: Sie sehen, meine Sympathisanten Joni Jetter und Rudi-Rudij wollen noch. Ich aber muß. Gehen. Hat mich gefreut, der Elite unserer Filmkritik ein paar Sätze zu sagen über mein geniales Machwerk WER DIE LIEBE LIEBT DEN WIRD DIE LIEBE LIEBEN. Auf Wiedersehen.

Strabanzer stopft die Papiere, die er an sich genommen hat, in eine Abfalltonne an der Leopoldstraße. Da sitzen Leute in Straßencafés und lesen die Zeitung. Strabanzer erlebt es als Schock. Er rennt. Immer wenn er wieder einen Zeitungsleser sieht, ändert er die Richtung. Jedesmal rennt er noch schneller. Und biegt ab, rennt in eine Seitenstraße hinein. Kein Café, keine Zeitungsleser. Er wird langsamer. Er ist entkommen. Man sieht jetzt, was er erzählt. Im großen Ton erzählt.

Strabanzer haut ab. Immer nach einem Film haut Strabanzer ab. Nach einem Film wäscht er sich kaum noch. Rasieren kommt nicht mehr in Frage. Bald kann er die

Leopoldstraße rauf- und runterstolpern, auch alte Bekannte kennen ihn nicht mehr. Das ist Genuß pur. Dieses Verkommendürfen. Ohne Verneinung sein. Das heißt, Zeitungen meiden. Zeitungen, das ist der Erdteil der Verneinung. Strabanzer geht in allen Straßen auf alle zu, zwischen allen durch, jeden und jede schaut er so lange wie möglich an, er wartet darauf, daß sich etwas gegen die Angeschauten rühre. Nichts. Es ist eine Harmonie mit allen. Er hat gegen keine und keinen etwas. Und weil er für alle ist, sind alle für ihn. Es ist ein buntes Gewimmel, durch das Strabanzer geht. Wie durch den Wald geht er durch die Menschenmenge. Gleich hinterm Karlstor steht ein Mann vor einer bis zur Winzigkeit geschrumpften Frau. Die hockt auf der Brunnenfassung. Der Mann überlegt, was er tun könne für dieses geschrumpfte Wesen.

Sie ruft: Schaug, daß waida kimmst, Depp, greisliger.

Der Mann lächelt und geht glücklich weiter.

Ein Dritter, der die beiden beobachtet hat, offenbar ein Wiener, ruft der Geschrumpften zu: Hoid dia Babbn.

Alle sind miteinander verbunden. Keinem kann etwas passieren. Zwei Herren werden durch Entgegenkommende für zwei Sekunden getrennt, müssen ihr Gespräch lauter führen. Kriegszeiten, ruft der eine fröhlich dem anderen zu, sind immer schon Hoch-Zeiten für die Weizenbörse gewesen.

Im *Hirschgarten* setzt sich Strabanzer zu den anderen. Kriegt sein Bier und sagt: Zum Essen brauch i net vui, bloß zum Trinken.

Hier gibt es nur Sätze, denen man zustimmt.

Do hot mir mai Muatta scho den Rücken gestärkt, wenn mai Vota gschumpfn hot. Zua Suppn hob i Wassa drunkn.

Zua Suppn Wassa, hot der Vota gschrien. Wos is nochher, hot dia Muatta g'sagt, des wird er scho brauchn.

Alle klopfen ihren Beifall auf die dicke hölzerne Tischplatte.

A sovui Hund wia hait hot's no nia gem.

Das sagt eine. Alle klopfen ihre Zustimmung auf den Tisch.

Wann's noch mir gengat, miaßt's no vui mehr Hund gem.

Noch mehr Zustimmung.

Einer übernimmt: Mehr Hund ois Lait.

Geklopfter Beifall.

Ieberhaupt mehr Viacher ois Menschn.

Das ist der Höhepunkt. Die Zustimmung donnert auf den Tisch.

Seng ma uns am Hasenbergl, sagt einer und geht.

Bleibt's mir troi, sagt Strabanzer zu seinen Trinkgenossen. Dann bleib i nämlich eich a troi. Ja, Freinderl und Freinderlinnen, glaabt's es oder glaabt's es net, i bin amoi Schultes gwen in ara Stodt.

Alle rufen bravo.

Drauf hom s' mi g'schasst, weil i g'sogt hob, a jeda, wo ins Rathaus kimmt, muaß a Flascherl Bier mitbringa. Ohne Bier kimmt koaner net zu mir. Des war's dann.

Alle klopfen den Beifall auf den Tisch. Plötzlich entdeckt Strabanzer, daß einer der Penner eine Zeitung liest. Er geht auf den zu, will dem die Zeitung aus den Händen schlagen, kann aber nicht. Er haut ab. Rennt wieder, bis er irgendwo ist, wo keiner Zeitung liest. Er setzt sich auf die Stufen eines Springbrunnens und hält seinen Hut hin. Fällt eine Münze hinein, nickt er und murmelt: Vergelt's Gott, aber schaut nicht auf. Dann fällt statt einer Münze eine violette Fliege in den Hut. Strabanzer greift sich an den Hals. Er trägt immer noch eine Fliege, aber jetzt trägt er sie am bloßen Hals. Strabanzer schaut auf. Rudi-Rudij nimmt ihn an der Hand und führt ihn zum Liebfrauenplatz 10. Führt ihn nicht wie einen Gefangenen, sondern wie ein Kind oder wie einen sehr alten Mann.

Strabanzer wird gebadet, gewaschen, rasiert. Während Rudi-Rudij das macht, sagt er Koran-Suren und Bibelpsalmen auf. Er leiert bewußt Texte, die sich nicht auf die augenblickliche Lage beziehen lassen. Sie dienen dazu, Strabanzers Interesse zu wecken. Das gelingt. Strabanzer hört zu, als höre er einer Erzählung zu, die ihm endlich die Welt erklärt. Er ist begeistert und ruft manchmal seine Begeisterung in Rudi-Rudijs Vortrag hinein. Er hat einfach nicht gewußt, daß es Texte gibt, die so toll sind, ohne daß sie einen auch nur im geringsten etwas angehen oder einem etwas bedeuten. Er ist inzwischen wieder perfekt gekleidet. Rudi-Rudij führt ihn ganz vor ins Kaminzimmer. Im Kamin ist aus Zeitungen eine Pyramide errichtet. Rudi-Rudij setzt Strabanzer auf seinen Platz an, dann zündet er die Zeitungen an. Beide schauen zu.

War's schlimm, fragt Strabanzer.

Rudi-Rudij: Wenn wir nicht wären wie alle, könnten wir einpacken.

Du bist ein bißchen weniger wie alle, sagt Strabanzer.

Und du erst, sagt Rudi-Rudij.

Und Strabanzer: Frag mich, wie's bei mir war.

Rudi-Rudij: Wie war's bei dir?

Strabanzer nickt. Er sieht, daß die Zeitungen verbrannt sind. Er reckt sich und streckt sich, er produziert sich neu. Und lächelt selig. Sein Bärtchen beginnt zu leuchten.

IV.

Joni tritt in verschiedenen Kostümierungen auf. Strabanzer will sie bürgerlicher. Nicht anständiger. Aber feiner. Nicht so direkt verrucht, sondern feinverrucht, edelverrucht, verlogen verrucht. Rudi-Rudij sagt nichts, er macht sich Notizen. Endlich, als Joni im fast goldfarbenen, rüschenbesetzten, asymmetrischen, weit ausgeschnittenen Edelfetzen kommt, ist Strabanzer zufrieden.

V.

Strabanzer kehrt zurück vom ersten Abend mit dem Financier. Er ist munter, fast verschmitzt und nicht so laut, wie er ist, wenn er mit Leuten draußen umgehen muß. Kaum sitzt er, kommt Rudi-Rudij.

STRABANZER: Das will ich doch hoffen.

RUDI-RUDIJ: Ich höre.

STRABANZER: Das Marne-Wunder, wie es im Buche steht.

RUDI-RUDIJ: Nix verstehn.

STRABANZER: Ach du lieber Zarensohn. 1914, Frankreich schon verloren, die Hunnen überrennen la douce France, da karren die Frenchies mit allen Taxen von tout Paris ihre Garçons hinaus und gebieten dem deutschen Überfall Halt. An der Marne. Es war ein Wunder.

RUDI-RUDIJ: Und?

STRABANZER: Die Hunnen waren nicht würdig, daß sie eindringen durften in die Vierge Française.

RUDI-RUDIJ, UNGEDULDIG: Und!?

STRABANZER: Und wir kriegen zwei Millionen, wenn du dem Finanzbaron ein paar kitzlige Seiten vollschreibst mit was er für einen Film halten kann.

Rudi-Rudij: Betrug ist unproduktiv.

Strabanzer: Unterschätz mich nicht so, Herzchen. Ein paar Seiten voll des züngelndsten Inhalts. Das ist ja erst das Marne-Wunder. Dein Rodrigo erlebt dort sofort, auf den ersten Blick mit seinem zur Fixierung tendierenden Linksauge, wie der Finanzbaron Joni sieht, sie entdeckt und sich in einer Millionstelsekunde durch und durch klar wird über die grausame Konsequenz dieser Entdekkung. Er sieht, was ihm passiert, was ihm passieren wird, sein grandios grauenhaftes, unvermeidbares Schicksal sieht er und kann schon nichts mehr machen. Er ist verloren. Und weiß es.

Rudi-Rudij: Soll er mir leidtun?

Strabanzer: Privatisierst du jetzt oder was? Das ist der Film. Herzchen, das ist das Warne-Munder.

Rudi-Rudij: Marne-Wunder.

Strabanzer: Richtig. Und heißt: *Othello-Projekt.*

Rudi-Rudij: Othello mag ich.

Strabanzer: Durch deinen Rodrigo ging der Blitz so schnell und total hindurch und durch den Geldbaron auch. Im Nu ist die Idee, ist der Film da, ist das Projekt geboren und heißt: *Das Othello-Projekt.* Im Nu redet dein Rodrigo vom *Othello-Projekt* wie von einem reifen Plan, fehlt bloß noch ein Sümmchen. Und ich jammere natürlich, wie scheiße ich das finde, einen Fickfilm nach dem anderen, und schwärme vom Tabubruch-Film, dem Ohne-Fick-Film der Zukunft, aber zuerst *Das Othello-Projekt,* das sich seines Erfolgs nicht wird erwehren können. Und der Finanzmogul war von deinem Rodrigo angetan, von Joni erobert, eröffnet wurde ihm: Theodor Strabanzer filmt immer hart am Leben entlang.

RUDI-RUDIJ: O du mein Genie.

STRABANZER: Ich bin der Handwerker. Genie bist gefälligst du.

RUDI-RUDIJ: Ich schreibe mit. Alles.

STRABANZER: Er hat eine Bedingung gestellt. Sein Beruf darf nicht vorkommen.

RUDI-RUDIJ: Kunsthändler.

STRABANZER: Statt Geldhändler! Genial!

RUDI-RUDIJ: Wenn mein Gehirn so feinfühlig wäre wie mein Schwanz, wär ich ein Genie.

STRABANZER: O Zarensohn! Joni hab ich auf dem Rückweg informiert. Sie nimmt sich den Geldfürsten zur Brust. Der Hauptrollenzwang macht sie unwiderstehlich.

RUDI-RUDIJ: Du setzt sie aufs Spiel.

STRABANZER: Mich, dich, sie. Alles, was ich nicht habe.

RUDI-RUDIJ, STEHT AUF: Kommst du noch vorbei?

STRABANZER: Komm vorbei ... doch ... du.

RUDI-RUDIJ: Weiß ich, ob das Mäuschen zu Besuch ist?

STRABANZER: Zarensohn!

RUDI-RUDIJ: Sie spannt dich mir aus, das Luder.

STRABANZER: Wie macht sie das?

RUDI-RUDIJ: Sie hat etwas, das nichts ist. Die leere Stelle. In der sie dich unterbringt.

STRABANZER: Wenn es im Freien nicht mehr auszuhalten ist. Ich bin aber ununterbringbar.

RUDI-RUDIJ: Überlaß das Formulieren mir.

STRABANZER: Ich bin ein armer Hund. Und du nützt das aus.

RUDI-RUDIJ: Moment.

Er geht zu seiner Jacke am Kleiderständer, holt einen Bierdeckel heraus und legt ihn Strabanzer hin.

RUDI-RUDIJ: Das habe ich gestern nacht einem Pennerpoeten vor der *Bar Central* abgekauft.

STRABANZER, LIEST:

Armut ist eine Blume
Mit empfindlichen
Blättern.
Kauf ich dir ab.

RUDI-RUDIJ: Geschenkt.

STRABANZER: Das ist das Motto für das *Othello-Projekt.*

Rudi-Rudij küßt ihn leicht auf die Stirn.

RUDI-RUDIJ: Komm halt.

STRABANZER: Wenn ich schwul wäre, käm ich zu keinem lieber als zu dir.

RUDI-RUDIJ: Schwul ist man nicht, das wird man.

STRABANZER: Sobald ich's bin, komm ich.

RUDI-RUDIJ: Wenn das Luder dich kassiert, bring ich sie um.

STRABANZER: Das kannst du mir überlassen.

Strabanzer sitzt und schaut den Bierdeckel an.

VI.

Die Kronprinzen-Suite in Herrsching, genau nachgebaut im Studio. Joni und Arthur Dreist, der den Kunsthändler darstellen wird, schon in hellgrünen Morgenmänteln. Strabanzer läßt das Studio-Personal wissen, daß er noch eine halbe Stunde mit den Schauspielern allein sein muß. Rudi-Rudij, der Mann für die Ausstattung, der Produktionsleiter und die Frau fürs Kostüm sitzen an einem Arbeitstisch. Strabanzer und die zwei Schauspieler sind in der Szene allein.

STRABANZER: Erste Frage: Wie stellt ihr euch den Beischlaf vor?

Arthur schaut Joni an.

JONI: Gar nicht.

STRABANZER: Findet nicht statt?

JONI: Laut *Bocca di Leone*-Ästhetik wird nichts vor der Kamera gemacht, was nicht wirklich gemacht wird. Nichts wird imitiert.

STRABANZER: Aber wenn ihr wirklich miteinander vor der Kamera schlafen würdet, das wäre keine Imitation.

JONI: Tun wir aber nicht.

STRABANZER: Arthur?

ARTHUR: Ja, was soll ich da sagen? In allen Filmen, in denen ich mitgemacht habe, hat man das irgendwie hingekriegt.

STRABANZER: Wie irgendwie?

ARTHUR: Daß es nachher aussah wie echt.

STRABANZER: Also imitiert?

ARTHUR: Gespielt. Dazu sind wir ja da.

JONI: Arthur, ich gebe dir heute abend Nachhilfeunterricht in *Bocca di Leone*-Ästhetik.

ARTHUR: Ich freue mich.

STRABANZER: Wir machen nichts nach. Das ist alles. Wenn ihr wirklich miteinander schlafen würdet, könnten wir das drehen.

JONI: Nein.

ARTHUR: Ich bin ihr zu alt. Klar.

STRABANZER: Du möchtest schon?

ARTHUR: Ich bin jetzt natürlich vorsichtig.

JONI: Arthur, ich habe dich in allen deinen Filmen bewundert …

ARTHUR: Ich werde dich in allen deinen Filmen bewundern, das weiß ich jetzt schon.

STRABANZER, KLATSCHT IN DIE HÄNDE: Nicht schlecht.

VII.

Ina und Elmar in der nachgebauten Karl-Theodor-Stube im *Kronprinz Ludwig*. Auch Strabanzer sitzt am Tisch. Er ist der Zuschauer, der Beobachter dessen, was sich zwischen Ina und Elmar abspielt. Sie sehen sich zum ersten Mal. Auch an den anderen Tischen sitzen Gäste. Daß sich alles so ungeniert abspielt, wie es sich abspielt, zeigt die alle Umstände überwindende Schicksalhaftigkeit dessen, was sich da abspielt. Es steigert den Ausdruck, daß ihnen die anderen Gäste gleichgültig sind.

ELMAR: Ich bin begeistert.

INA: Schon.

ELMAR: Ich sitze überhaupt nicht mit der Frau am Tisch, mit der ich aus irgendeiner Zweckmäßigkeit verabredet war. Ich habe keine Pläne mehr.

INA: Was zu diesem Abend geführt hat …

ELMAR: Ist vergessen. Anstand, Nichtanstand – weg.

INA: Wir gehören keinem System mehr an.

ELMAR: Hingerissen sein genügt.

INA: Wenn das so weitergeht, kenn ich mich bald nicht mehr. So bin ich nämlich sonst nicht.

ELMAR: Und ich erst! Als hochgetrimmtes Interessenbündel komm ich auf jedem Weg zum Ziel. Das hab ich doch nicht ahnen können, daß Sie diesen Oberpriester seines Ich-Altars von jedem Zwang erlösen.

INA: Schön, wie Sie mich auffordern, mir zu mir selbst zu gratulieren. Geglückt zu sein ist das Höchste. Weil ich mir dessen durch Sie bewußt geworden bin, kann ich Sie nicht mehr entbehren. Sie müssen leider bei mir bleiben.

ELMAR: Und Sie bei mir. Weil Sie aussehen, als habe ein Taifun Sie frisiert.

INA: Sie sehen aus, als könnten Sie mit Ihren Blicken meine Zigarette anzünden.

ELMAR: Sie sehen aus, als könnten Sie voraussagen, was ich heute nacht träume.

Ina lacht.

ELMAR: Sie sehen mich an, als hielten Sie mich für den Weltmeister im Stabhochsprung.

INA: Passen Sie auf, auf einmal bin ich Miss Grönland.

ELMAR: Ich, Mister Klimax, bring Sie zum Schmelzen.

INA: Wir werden in unseren Tränen ertrinken.

ELMAR: Ich bin von allen Schwänen dein Schwan.

INA: So fangen alle Tragödien an. Zum Wohl, Elmar.

ELMAR: Ina, zum Wohl.

Sie trinken.

Strabanzer ist offenbar zufrieden mit dem Verlauf. Er nimmt eine Hand von Ina, eine von Elmar, wie der Pfarrer die Hände des Brautpaars nimmt.

STRABANZER: Am liebsten gleich noch mal.

ELMAR: Ich bin begeistert.

INA: Schon.

VIII.

Ina und Elmar wandern im Gebirge. Es geht auf den Wank. Elmar spricht und geht, als wolle er demonstrieren, daß er keine Atemprobleme hat. Ina in einer grünlichen Fallschirmjägerinnen-Kluft. Aufgenähte Taschen und Laschen überall. Elmar mit nicht so modischem Rucksack.

ELMAR: Als ich sagte, ich will Kunsthändler werden, hat mein Vater gesagt, dann aber in einer Stadt, in der du Aussicht hast, der Erste am Platz zu sein. Ich habe gesagt: München, nur München, nichts als München. Und er: Du spinnst. Mein Vater wäre gern Kunsthändler geworden, hat dann ein Rahmengeschäft gehabt in Wutberlingen.

Elmar hält an, macht eine Pause. Schaut vor sich hin. Er denkt an seinen Vater.

INA: Die Väter! Väter sind das Unglücklichste, was es gibt. Ich habe noch nie einen glücklichen Vater getroffen.

ELMAR: Natürlich hast du. Ja!! Den Regieassistenten alias Barockengel, der immer nur vierzig Sekunden konnte und dich verführen wollte zu einem Ehedreier, der hat dir stolz sein zehn Monate Altes in den Arm gelegt. Daß du den Dreier abgelehnt hast, sagst du mir zuliebe. Seit ich weiß, daß du glaubst, du mußt mich schonen, bist du vollkommen unglaubwürdig.

Er geht noch schneller. Ina kann nicht mehr.

INA: Ha-alt! Vor wem rennst du denn davon?

ELMAR: Vor dir.

Er sieht sich um, ob man sich hier irgendwo hinlegen könnte.

INA: Komm!

Und zieht ihn weiter.

Auf dem Gipfel. Vor einem pathetischen Panorama.

INA: Wenn ich wüßte, warum du das alles wissen willst …

ELMAR: Wissen mußt.

INA: Noch schlimmer, wissen mußt. Wenn ich wüßte, warum, dann könnte ich es dir leichter sagen.

ELMAR: Wenn ich wüßte, warum du es mir nicht einfach sagen kannst, könnte ich leichter darauf verzichten, es wissen zu müssen.

INA: Und je mehr du erfährst, desto mehr willst du erfahren. Noch nie hat mich ein Mann so mit diesem Vergangenheitszeug gequält.

ELMAR: Solange du mir verschweigst, was du mit dem und dem gehabt hast, das heißt: gesprochen hast, getan hast, solange hast du mit dem und dem etwas gemeinsam, wovon du mich ausschließt. Du begreifst immer noch nicht, daß ich dich ganz will oder gar nicht. Mir ist das auch neu. Die Männergeschichten der Frauen, mit denen ich zu tun hatte, waren mir gleichgültig. Wenn die Frauen davon anfingen, wie es mit dem und dem war, habe ich mich gelangweilt.

INA: Und jetzt: Totalbesitz.

ELMAR: Ja.

INA: Zum Islam übertreten. Den Schleier nehmen.

ELMAR: Das wär mein Ideal.

INA, ZEIGT MIT DEM FINGER AUF SICH SELBST: Schauspielerin.

Ina zündet sich eine Zigarette an. Elmar streichelt sie. Sie begreift, daß er teilnimmt an ihrer Sucht.

INA: Wenn du mir das Rauchen abgewöhnst, heirate ich dich.

ELMAR: Und wenn wir verheiratet sind, fängst du wieder an.

INA: Dann …

Sie schaut in die Weite.

INA: Ich war noch nie auf einem Berg.

Sie macht die Zigarette aus.

INA: Diese Berge … Deine Berge.

ELMAR: Ich weiß von den Bergen weniger als sie von mir.

Sie küßt ihn noch schnell. Sie gehen abwärts. Leicht und flott, als wären sie übermütig.

IX.

Im Flugzeug einträchtig nebeneinander. Ina und Elmar. Als der Start sie in die Sitze drückt, beugt sich Ina herüber und flüstert ihm ins Ohr.

INA: Wenn du in Berlin nicht sofort über mich herfällst, bin ich sauer.

Er macht ein Gesicht, als atme er einen köstlichen Duft, und drückt ihre Hand, bis sie einen Schmerzlaut ausstößt. Ihm fällt etwas ein.

ELMAR: Moment.

Er bückt sich und holt aus seiner Tasche einen Brief. Eine Seite, in großer Schrift beschrieben.

ELMAR: Da.

Er liest dann mit.

INA, LIEST:

Jetzt reicht es! Verschwinde! Das einzige, was Du noch tun kannst für mich: Verschwinden. Wenn Du am Samstag nicht verschwunden bist, fliegen Deine Sachen zum Fenster hinaus. Du bist ein Unmensch. Vielleicht krank. Unzurechnungsfähig. Auf jeden Fall ein Unmensch. Ich verachte mich, weil ich das nicht früher bemerkt habe. Schluß jetzt. Hau bloß ab. Sofort.

Marianne

ELMAR: Mir tut sie leid.

INA: Sie hat an deiner Unterhose gerochen. Das habe ich auch gemacht.

ELMAR: Ich halte den Schmerz, den ich verursache, nicht aus.

INA: Das versteh ich.

ELMAR: Danke.

Der Kapitän meldet, daß jetzt der Sinkflug auf Berlin beginne, in 20 Minuten werde man in Tegel landen, das Wetter sei großartig, 22 Grad Celsius.

Sie genießen die Landung. Ina flüstert ihm ins Ohr.

INA: Das ist das erste Mal, daß ich so nach Berlin komme, ohne Termin, keine Besprechung, kein Drehtag. Hoffentlich wird es mir nicht langweilig.

ELMAR: Ich werde mich bemühen.

X.

In der Presidential Suite des Hotels *Maritim proArte* in der Friedrichstraße. Elmar ist dabei, eine seiner prächtigen Krawatten zu binden. Ina weiß noch nicht, welcher Rock heute der richtige wäre.

INA: Wo ziehst du in München hin jetzt?

ELMAR: In die Brienner Straße. Ich habe dort immer schon eine Bleibe gehabt.

INA: Ich verstehe.

ELMAR: Aber falsch.

Inas Handy läutet.

INA: Ach du ... ja ... Moment ...

Sie rennt mit dem Handy ins Bad. Elmar folgt sofort, versucht, den Kopf an der Tür, möglichst viel mitzukriegen.

INA: ... habe ich nicht ... habe ich wirklich nicht ... das kann ich, du weißt nicht, wie, weißt nicht, wie weit draußen wir wohnen. Zwei bis drei Nächte habe ich durchgearbeitet. Jahrelang ... dir auch nicht mehr sagen ... erst heute ... Berlin ja ... die Walterspiel nein ... nein, natürlich nicht ... Nervensäge ... nein ... übermorgen ... ja ... frühestens ... aber ja ... das weißt du doch ... jetzt gleich ... bitte, bitte ... also ... ja ... natürlich ... ich dich auch, ciao.

Elmar kommt nicht rechtzeitig weg von der Tür. Er lehnt an der Wand, da hängen zwei elegante Schirme, dazwischen lehnt er. Sie kommt heraus, schüttelt den Kopf.

INA: Das gibt's doch nicht. Genau wie du. Zwanzig Jahre jünger und dieselbe Tour.

Jetzt erst nimmt sie wahr, wie Elmar dasteht. Er greift sich schnell an die linke Seite. Stößt sich ab, rennt quer durch die Suite, durch Schlaf- und Wohnzimmer hinaus auf die Dachterrasse, die ist riesig. Er rennt vor bis ans Geländer, rennt, ohne in die Friedrichstraßenschlucht hinuntergeschaut zu haben, wieder zurück, nimmt auch da die Wahrzeichen von Berlin-Mitte nicht wahr, dreht wieder um und rennt und rennt. Man weiß nicht, rennt er, um Atem zu kriegen, oder rennt er einfach kopflos herum, auf jeden Fall ist das Panik. Ina rennt ihm nach, will ihn halten, sich ihm in den Weg stellen, er stößt sie zur Seite, einmal rennt er sie direkt um. Sie ist noch nicht angezogen. Er stößt Laute aus. Am ehesten ergibt, was er ausstößt, immer wieder Nei--nnn, nei--nnn ... Ina stellt sich vor das Geländer, daß er sich nicht hinunterstürze. Das ist schon ein bißchen theatralisch und seinem Ernst keinesfalls entsprechend.

INA: Ich habe dir gesagt, daß es einen gibt, einen Bewerber. Einen Musiker.

ELMAR: Läßt mich die Vergangenheit abfieseln und treibt's aktuell mit einem Musiker!

INA: Einen Augenausdruck wie du. Hab ich gesagt. Das weiß ich. Die gleiche fröhliche Verwegenheit. Die gleiche Labilität. Diese sturzbachartige Verwandlung ins Traurige ...

ELMAR: Du hast mich geködert, ja geködert mit längst vergangenen Geschichten, alles vorbei, ich sollte glauben, jetzt, an diesem Tag, in dieser Nacht, gibt es nur noch dich und mich, du hast mich hereingelegt.

INA: Ich habe gesagt, es gibt Bewerber.

ELMAR: Besitzer, hättest du sagen müssen.

INA: Elvis …

ELMAR: Elvis! Warum nicht gleich Presley!

INA: Wenn schon, dann doch Costello! Elvis ist Musiker. Jazzpianist, Gitarrist, Komponist. Für Filme. Ich habe dir erzählt, daß er eine Tochter hat, die entstellt ist von Akne.

ELMAR: Mir kommen die Tränen.

INA: Daß seine Frau Anfälle hat …

ELMAR: Hör auf. Hör auf. Sonst …

INA: Ich bin …

ELMAR: Hör auf. Ich kann es nicht mehr hören. Nie mehr etwas. Schluß.

Er rennt weiter. Ina kann nur noch zuschauen. Sie geht zur Tür. Sie hält es für möglich, daß er sein Herumrennen mäßigt, wenn sie nicht mehr zuschaut. Sie geht hinein, kommt aber gleich wieder heraus. Sie hat Zigaretten geholt. Sie bietet ihm eine an. Tatsächlich nimmt er eine. Sie zündet seine und ihre Zigarette an.

INA: Elvis hat die Musik gemacht für *Alles Banane*. Und selber gespielt. Gitarre.

Elmar wirft die Zigarette weg und rennt weiter.

INA: Jetzt will ich dir einmal alles sagen, und du rennst weg.

Elmar zwingt sich, am Geländer stehenzubleiben. Er hält sich fest.

INA: Elvis ist ein Indianer. Nicht per Abstammung. Geistig. Psychisch. Er hat zwei Jahre unter den Navajos gelebt. Eine Rothaut ohne Farbe.

ELMAR: Wie oft?

INA: Was?

ELMAR: Schläft er mit dir?

INA: So gut wie nie.

ELMAR: So gut wie nie!! Fabelhaft. Was heißt das pro Woche?

INA: Es war immer nur möglich, wenn seine Frau auswärts war. Oder wenn wir, er und ich, auswärts waren. Er hätte das nicht gekonnt, mit mir schlafen, dann heim. Sie hätte ihm angesehen, wo er herkommt.

ELMAR: Hochsensibel. Erschütternd moralisch. Hinreißend tragisch. Gratuliere. Ich bestelle dir, wenn du in Berlin übernachten willst, ein Zimmer. Auf einer anderen Etage.

INA: Frag doch, wie es war mit ihm.

ELMAR: Ach nein.

INA: Es war nichts. Ich habe fingiert und fingiert.

ELMAR: Schauspielerin.

INA: So ist es. Aber ich habe ihn geliebt. Wegen seiner Stimmungsumschwünge. Plötzlich keine Wolken mehr, grellste Sonne, und gleich wieder die schwärzeste Verhangenheit.

ELMAR: Dann der rettende Coitus.

INA: Er hat sich die zärtlichste Mühe gegeben. Eine volle Stunde Vorbereitung. Mit dem Finger.

ELMAR: Ein Gitarrist!

Da sie merkt, daß das ein Weg zurück ist zu Elmar, fährt sie fort.

INA: Da er zwar lange, aber sehr dünne Finger hat, habe ich ihm empfohlen, zwei zu nehmen.

Elmar schlägt ihr ins Gesicht. Reißt sie an sich und weint.

Ina schaut auf die Uhr.

INA: In vier Minuten kommt Mrs. Fay.

ELMAR: Willst du dabeisein?

Ina schüttelt den Kopf. Sie gehen rasch hinein. Ina legt sich in den zweiteiligen Sessel im Schlafzimmer. Er zieht seine Jacke an.

ELMAR: Bis gleich.

XI.

Elmar kommt zurück von seiner Besprechung, Ina ist eingeschlafen, das Buch, ein Taschenbuch, in dem sie gelesen hat, ist ihr aus den Händen gerutscht und liegt auf ihren nackten Schenkeln. Elmar nimmt es vorsichtig auf und sieht, es ist ein Buch von C. S. Lewis, *Der Ritt nach Narnia*. Das begeistert ihn. Der fünfte Band der Narnia-Chroniken. Seine Mutter hat ihm alle sieben Bände vorgelesen. Er hat das, auch als er selber schon lesen konnte, von ihr verlangt. Er möchte Inas Vorleser sein.

Er kniet sich neben sie, küßt sie ein bißchen, streichelt sie, streichelt sie so, daß sie erwacht. Es folgt ein frommer Kuß. Er holt schnell eine Flasche Bier und zwei Gläser aus der Minibar, setzt sich auf das Fußteil des Liegesessels und stößt mit ihr an.

INA: Und?

Er nickt.

INA: Gut?

ELMAR: Sehr.

INA: Sag doch.

ELMAR: Rein geschäftlich. Mrs. Fay ist keine Navajo, spielt nicht Gitarre, hat keine langen Finger …

INA, GEQUÄLT: Ich sage dir nie mehr etwas.

ELMAR: Mrs. Fay, seit zwanzig Jahren Kundin, jedes Jahr mit wenigstens zwei Millionen Dollar dabei, verliebt in die zweite Hälfte des 19. Jahrhunderts, will jetzt einen Kirchner, den sie geerbt hat, aber nicht liebt, er ist ihr, sagt sie, zu teigig, den will sie einem Museum in Boston schenken. Wie und von wem soll sie den Kirchner-Wert feststellen lassen, wenn sie doch den Schenkwert von der Steuer absetzen kann?

INA: Und? Was soll sie tun?

ELMAR: Ganz einfach. Sie muß das Bild einem New Yorker Auktionator geben, ein Kollege von mir bietet mit, überbietet jeden anderen, kriegt fünftausend dafür, treibt den Preis auf siebzehn oder neunzehn Millionen, kriegt den Zuschlag, Mrs. Fay behält das Bild, schenkt es her und setzt, nach Abzug der Spesen, mindestens fünfzehn Millionen von der Steuer ab.

INA: Und du?

ELMAR: Bei mir kauft sie dieses Jahr statt eines Renoir zwei Renoir. Die *Femme au col de dentelle* und *Quai Malaquais*. Sie ist, darf ich sagen, Wachs in meinen Händen.

Ina springt auf und führt ihn hinaus auf die Dachterrasse. Draußen zündet sie sich eine Zigarette an. Sie will sich an ihn schmiegen, das erinnert ihn an den Streit. Er kann jetzt nicht mehr herumrennen, aber er kann von ihr keine Zärtlichkeit mehr ertragen. Er schiebt sie weg. Er erträgt keine Berührung mehr. Er starrt in die Friedrichstraße hinunter. Sie lehnt sich so vorsichtig an ihn, daß er es kaum bemerken muß. Das läßt er zu.

XII.

Elmar in seinem Zimmer über dem Geschäft in der Brienner Straße. Er wählt. Besetzt. Er wählt, bis der Angerufene sich meldet.

KRAILE: Hier Elvis Kraile.

Elmar weiß nicht, was er sagen soll.

KRAILE: Hallo! Hallo! Was soll das denn, anrufen und sich dann nicht melden. Sind Sie wahnsinnig. BRÜLLT: Sie tun mir leid!

Er legt auf. Elmar wählt noch einmal, Kraile meldet sich, Elmar murmelt, brummt völlig unartikuliert. Kraile wird nervös.

KRAILE: Wenn Sie noch einmal anrufen, schneide ich mit und übergeb es der Polizei. LEGT AUF.

Elmar setzt sich an den Computer, sucht eine nicht alltägliche Type und schreibt hastig. Druckt aus, fünf Seiten, legt sie in eine Mappe. Dann zieht er seine älteste Jacke an und eine ebenso alte Mütze. Sein Schweizer Armeemesser muß auch mit. So in die Stadt. Im Bahnhof weiß er ein Geschäft, in dem es das Schweizer Messer gibt. Vier Stück kauft er. Nuschelt was von vier Söhnen. Jetzt braucht er einen Russen. Er spricht mehrere an, die begreifen nicht, was er will. Endlich ein Russe, der kapiert. Für jeden Brief, den der Russe ihm auf Band spricht, kriegt er einhundert Euro. Elmar hat eine Bank im Hofgarten gefunden, um die herum am späten Nachmittag nicht zuviel los ist. Der Russe liest die Briefe, schaut dann Elmar halb kritisch, halb belustigt an. Er will zuerst das Geld.

ELMAR: In Deutschland zuerst die Arbeit, dann das Geld.

DER RUSSE: Gutt.

Elmar hat sein kleines Sony eingeschaltet, der Russe liest mit dem erwünschten Akzent, mit den erwünschten Sprachschwierigkeiten und mit dem erwünschten Männlichkeits-Ton.

DER RUSSE, LIEST: Herr Museumspädagoge Spiegelvögler. Ich kann deutsch nicht schreiben. Schick ich Ihnen hier das Armeemesser von der Schweiz. Mit diesem werden Sie erstochen. Von hinten. Tut also nicht weh. Ich mach von hinten, weil Zweikampf liegt mir nicht. Auf dem Parkplatz. Sie machen Autotür auf, ich stoß zu. Den Stoß kann ich ...

ELMAR: Moment. So geht das nicht. Sie lesen das ja wie den Wetterbericht. Sie müssen drohen. Verstehen Sie, drohen, bedrohen, Angst machen. Der Herr muß blaß werden, zittern, gar nicht mehr schnaufen können vor Angst. Ich zeig es Ihnen.

Er nimmt den Brief und liest, daß es drohend klinge. Es ist Laientheater, aber in seiner Übertriebenheit doch beeindruckend. Vor allem die Pausen, das Atemholen, das grimmige Weitermachen, das Nichtanderskönnen, der Ernst.

ELMAR: Verstanden?!

Der Russe nickt. Elmar läßt das Band zurücklaufen. Der Russe liest den Text jetzt auch so. Imitiert den Drohton, mit seiner dafür geeigneteren Stimme geht es weiter.

DER RUSSE: Schauen Sie um, vor Sie Autotür öffnen, nichts zu sehen. Aber vor Sie sitzen, hab ich schon gestochen. Sie wissen, warum. Frauengeschichte. Wieviel Studentinnen haben Sie so behandelt. Sie wissen es. Mir geht um eine, die ich sehr liebe. Stich passiert, wenn Tage kürzer und früher Nacht. Noch dazu: Wenn ich Sie hingerichtet, ich kann auch nicht mehr leben dann, klar. Ich töte noch die Frau, dann mich. Nur daß Sie wissen, ich mache Ernst. Schluß.

Elmar: Nicht schlecht. Die erste Bezahlung, bitte schön. Jetzt, der zweite Brief. Lesen Sie mal.

Der Russe liest leise. Elmar wechselt das Band.

Der Russe, liest ins Mikro: An die Frau Museumspädagoge. Ihr Mann jetzt bald wird er gefunden an seinem Auto erstochen. Nicht klagen. Gerechtigkeit. Zu viele Studentinnen hat er auf die Couch gelegt und verlangt, die Beine breit, wenn Sie waren außer Haus. In die Bluse gegriffen. Mädchen glauben, eine Ehre und ein Vorteil, wenn der Pädagoge sie will. Haben alles gemacht, was er befohlen hat. Immer mit Spiegel. Und möchte ewig so weitermachen. Aber jetzt ist Schluß. Ein Stich, und Schluß. Muß sein. Grüßt ergebenst der Hinrichter.

Elmar bezahlt den zweiten Brief, wechselt das Band und läßt die Briefe an den Pseudo-Dostojewskij, den Dreier-Propagandisten und den Schaum-Schwamm-Moschus-Lavendel-Fürsten lesen. Jedesmal zahlt er einhundert Euro. Dann verabschiedet er sich freundlich und geht. Er begegnet gleich zwei Polizisten. Dreht sich, als die vorbei sind, um, er will sehen, ob der Russe zuverlässig ist. Der sitzt immer noch auf der Bank und schaut harmlos ins Grüne. Elmar ist beruhigt.

Auf der Post am Bahnhof holt er Kartons, auf seinem Computer hat er die Adressen geschrieben. Um nicht beobachtet zu werden, bringt er jetzt auf dem Ablagebrett eng an der Wand die Bänder und die Armeemesser in den Kartons unter und liefert die fünf Päckchen am Schalter ab. Daß er dafür in einer Schlange anstehen muß, ist schier nicht auszuhalten. Daß zuletzt noch eine Frau vor ihm ist, die nie mehr aufhören wird, der Schalterbeamtin Fragen zu stellen, deren Beantwortung nur mit Hilfe der nebenan arbeitenden Schalterbeamtinnen möglich ist, erbittert Elmar so, daß er glaubt, diese Unersättliche könnte er nun wirklich umbringen. Er ist diese gewöhnliche Mühsal nicht gewöhnt. Alle anderen, die in den fünf oder sieben Schlangen anstehen, bleiben ruhig und ergeben, bis sie drankommen. Es ist klar, wenn er jetzt zum Protest gegen die Unersättliche aufrufen würde, wären alle auf der Seite der Unersättlichen. Daß auch hier noch ein Polizist auftaucht, macht ihn vollends nervös. Die Mütze ins Gesicht ziehen und sich nicht mehr rühren, bis du drankommst.

XIII.

Elmar nachts in seinem Zimmer. Er ruft Ina an. Und hört: Die gewünschte Nummer ist zur Zeit nicht erreichbar. Versuchen Sie es später noch einmal. Er ruft Kraile an. Auf dem Anrufbeantworter Krailes Stimme: Wenn Sie etwas hinterlassen wollen, bitte sprechen Sie nach dem Signalton.

Er trinkt Whisky. Hat schon getrunken. Trinkt weiter. Eine edle Flasche. Er steht auf, möchte auf und ab gehen, lieber rennen als gehen. Er landet vor seinem Diktiergerät. Er nimmt das kabellose Mikro, schaltet das Gerät ein, probiert, das Gerät nimmt auf. Er trinkt weiter. Säuft nicht, trinkt.

ELMAR: Liebe, ich erreiche dich nicht, ich bin bei dir. Ich bin bei dir, mein Schatz, ich bin nicht hier, mein Schatz, glaub doch mir, mein Schatz, daß ich nur bei dir bin und nicht hier bin, mein Schatz. Wenn du so bei mir wärst, wie ich bei dir bin, dann wär ich jetzt nicht hier, sondern bei dir. Aber du bist anderswo. Wo bist du? Jetzt!

Wo? Anderswo. Wörter gibt's, die sollte es nicht geben.
Wenn's anderswo nicht gäbe, wärst du jetzt hier bei mir.

Er verläßt das Zimmer, das Mikro in der Hand, rennt die Treppe hinunter und hinaus und vor zum Taxistand auf dem Odeonsplatz.

ELMAR: Harlaching, Hochleite.

Läßt früh halten, geht an den Häusern entlang, bis er mit Hilfe der Taschenlampe die Nummer und den Namen sieht: Elvis Kraile. Eine Villa, Licht im ersten Stock, ein breites Fenster, dicht verhangen. Er sucht kleinere Steine, wirft sie hinauf, sobald er hört, daß er das Fenster getroffen hat, rennt er weg, kehrt zurück, wirft noch einmal, rennt weg, sucht einen Weg durch die Büsche, zur Isar hinab. Dort setzt er sich auf die Uferböschung. Er bemerkt, daß er das Mikro in der Hand hat. Spricht, als höre ihm Ina zu.

ELMAR: Das weiß ich selber, daß es nichts bringt, diese Herren umzubringen. Du kannst jederzeit an alles denken. Und das ist schlimmer, als wenn die Herren an alles denken. Du kannst jederzeit alles in deiner Vorstellung ablaufen lassen. Und die ist überscharf und hochgenau. Beispiel: Der Pseudo-Dostojewskij trat sich auf einen Schuhbendel, der sich gelöst hatte, und wäre, wenn du ihn nicht gehalten hättest, glatt hingefallen. Vor zehn oder zwölf Jahren! Und du weißt noch auf den Zentimeter genau die Körpergröße, der Museumspädagoge einszweiundachtzig, der Pseudo-Dostojewskij einsachtundsiebzig, der Dreier-Propagandist einsvierundsiebzig und der Schaum-Schwamm-Moschus-Lavendel-Mann einsvierundachtzig. Und die Schuhgrößen hast du auch intus! Mich abschätzig anschauen und sagen: Du hast aber kleine Füße. Ich frage nach den Vorgängern: Keiner unter vierundvierzig.

Es kostete ihn Willenskraft, die jetzt möglichen Witze nicht zu bemühen.

ELMAR: Du kannst jedes Geschlechtsverkehrsdetail abrufen und dich davon noch einmal und noch einmal durchströmen lassen. Als ich dich im leichtesten Ton gefragt habe, ob du schon mit einem Mann im Freien geschlafen hast, hattest du sofort präsent: Ja, mit dreien fünfmal in der Sonne. Und wenn ich dich heiraten könnte – sobald du raushättest, wie ich unter dem, was passiert ist, leide, würdest du nichts mehr mitteilen oder alles nur noch in abwiegelnder Verpackung. Ich habe dich gefragt: Wie war es bei dir beim ersten Mal. Und du noch unbesorgt: Das erste Mal war eine Pleite, nachher wurde es viel besser. Und ich, der Gefühlsidiot, der Dünnhäutigkeitsdepp, ich stöhne auf, du lachst, ich sage: Mit dem Satz kann ich nicht leben. Sagen hätte ich sollen: Gott sei Dank, erzähl! Aber du merktest meinen Schmerz und wurdest sofort pflegerisch: Nie so gut wie bei dir. Ich habe dich praktisch verdorben. Ich hätte nie merken lassen dürfen, daß mir, was du hinter dir hast, etwas ausmacht. Locker und lachend hätte ich die Vergangenheiten streifen müssen. Keine noch so peinigende Erörterung kann jetzt deine Glaubwürdigkeit wieder herstellen. Ich spüre es körperlich, daß in mir die Fähigkeit, dir etwas zu glauben, vernichtet ist. Ein paar Sekunden lang habe ich gehofft, du könntest rücksichtslos sein. Bist du nicht. Du bist pflegerisch. Wie alle. Die ganze Welt ein verlogenes Pflegegelände. Dann die Sprüche: Man kann doch Menschen nicht besitzen. Wörter, Wörter, Wörter. Man kann alles so sagen, daß es paßt. Bei manchen Sätzen sagst du dazu: Beim Leben meiner Mutter! Ja merkst du denn nicht, daß dadurch die Unglaubwürdigkeit aller anderen Sätze geradezu demonstriert wird. Und Schwüre! Lächerlich. Als ich auf einen deiner Schwursätze sagte: Warum soll man Schwüre halten, hast du gesagt: Man muß nicht fragen, warum, man hält sie. Oder hält sie nicht, habe ich gesagt. Nur wenn du nicht mehr bist, lebt, was passiert ist, nicht mehr. Du hast, was du zu mir gesagt hast, nicht nur hundertmal zu anderen gesagt, du wirst es auch noch viele hundertmal zu anderen sagen, das halt ich nicht aus. Könntest du morgen, bitte, gleich über mich herfallen, sonst geh ich dir einfach an die Wäsche. Deine Sätze! Nur wenn du nicht mehr bist, passiert das nicht mehr.

Er wirft das Mikro in die Isar. Er wirft mit aller Kraft. Jetzt erst ist er allein.

ELMAR, MURMELT: Aufstehen. Sie anrufen. Sie nicht erreichen. Deiner Schwäche einen Pullover stricken.

XIV.

Das Schlußbild der letzten Szene ist stehengeblieben. Im Vorführraum der Firma sitzen Joni, Arthur, Strabanzer und Rudi-Rudij. Jonis und Arthurs Hände lösen sich voneinander, sobald das Licht angeht.

STRABANZER: Und jetzt, Genie?

RUDI-RUDIJ: Schreibt Ina den Brief. Soll ich ihn vorlesen?

Strabanzer sieht, daß Joni und Arthur auch dafür sind. Er nickt.

Rudi-Rudij geht nach vorne, vor die Bühne mit Leinwand. Er liest nicht nur vor, er spielt den Text, als wäre es kein

Brief, sondern ein Monolog von Ina, gesprochen für Elmar.

RUDI-RUDIJ: Lieber Elmar, ich habe bei dir gelernt, daß ich nicht pflegerisch mit dir, mit uns umgehen soll, sondern wahrhaftig beziehungsweise rücksichtslos. Als ich sagte: Dein zerfurchtes Gesicht, hast du wütend unterbrochen und befohlen: Deine Faltenvisage. Die so faltenreich gar nicht ist. *Zerfurcht* sei Verschönerungsvereinsstil. Wenn ich meine augenblickliche Situation bedenke, kann ich für diesen Rat, für diese Lizenz nur dankbar sein. Wenn ich mir vorstelle, wieviel Sätze ich sonst halbfertig und viertelwahr in der Luft hängenlassen müßte, um dir auf einem Umweg, gepflastert mit Lügen, eine einzige Achtelwahrheit anzudienen, hoffend, du quältest dich damit dann selbst durch zu einer Fastwahrheit, die heißt: Ich habe mich verliebt. Ich bin verliebt. Es tut mir leid. Das schon. Aber wer bin ich? Ich kenne mich ja selber nicht mehr. Die, die ich durch Arthur zu werden anfange, ist mir selber neu. Bestürzend neu, beglückend neu. Sie ist zum Beispiel, um an ein Thema anzuknüpfen, Nichtraucherin. Rücksichtslose Nichtraucherin. Nur weil du Rücksichtslosigkeit zu einem unanzweifelbaren Wert gemacht hast und ich dir da aus ganzem Herzen folge, bin ich imstande, mich dir so zu zeigen, wie ich mich jetzt fühle. Und mehr als ein Trost ist mir die Gewißheit, daß das, was von uns nicht ausgesprochen wurde, unser Fundament überhaupt war, unsere Generalbedingung sozusagen: Du hast sicher auch keine Sekunde lang geglaubt, wir, du und ich, könnten es unter den uns unabänderlich bedingenden Umständen zu mehr bringen als zu einem Austausch gefühlter und gekonnter Gesten.

Und sind doch beide gewesen wie neu, jeder hervorgebracht vom anderen. Jeder hat dem anderen die Routine aufgerauht, dann poliert. Die Lyrikerin hat durch dich das Licht der Welt erblickt. Dafür danke ich dir immer. Ich habe unseren Glanz genossen, lieber Elmar. Du hast mich glänzen lassen. So war es eine gute Zeit. Ganz herzlich grüßt dich Ina.

STRABANZER: Einverstanden?

JONI: Doch. Sehr schön. Oder?

Sie schaut zu Arthur hin.

ARTHUR: Schatz, mich mußt du nicht fragen – ich finde leider alles gut, was du gut findest.

Joni küßt ihn noch schnell.

STRABANZER: Das drehen wir morgen. Danke.

RUDI-RUDIJ, IM HINAUSGEHEN, GEWISSERMASSEN TRIUMPHIEREND STRABANZER INS OHR: Die hast du verloren.

STRABANZER, MIT PARODISTISCH ERHOBENEM ZEIGEFINGER UND IN EINEM EBENSOLCHEN TON, DER ZU DIESEM TEXT NICHT PASST: *Armut ist eine Blume mit empfindlichen Blättern.*

Joni und Arthur haben den Spruch noch mitgekriegt.

ARTHUR: Daß unser Film dieses Motto hat, macht mich einfach glücklich. Dich nicht auch, Joni?

JONI: Was dich glücklich macht, sollte mich überglücklich machen.

Strabanzer und Rudi-Rudij haben das gehört.

RUDI-RUDIJ: Prima!

Jetzt würden alle den Vorführraum verlassen. Aber Joni ruft.

JONI: Einen Augenblick, wenn ich bitten darf.

Sie geht auf die Bühne, stellt sich vor die Leinwand, breitet die Arme aus, als wären es Flügel. Weil es keine sind, läßt sie sie fallen.

JONI: Ich habe auch noch einen Text.

Sie hebt wieder die Arme, läßt sie wieder fallen. Dann spricht sie:

Mädchenpsalm. Frauenpsalm. Psalm.
Ich habe keinen, ihn anzusingen,
und ich mach mir auch keinen.
Ihr habt mich gelehrt, euch als Verschiedene zu sehen.
Mir zeigt ihr euch als eins.
Mich nicht zu kennen habt ihr mich gelehrt.
Die Autos werden besser, die Menschen nicht.
Ich wäre gern euer Paradebeispiel für Gelungenes,
erfände gern Farbvulkane aus Musik.
Zu singen ist alles, zu sein mit Wörtern,
für was es nicht gibt.

Strabanzer rennt zu Joni hinauf, umarmt sie und läßt sie nicht so schnell los. Sie sind, vor der Leinwand, ein Paar-Denkmal.

RUDI-RUDIJ: Moment!

STRABANZER: Das drehen wir. Das ist gekauft. Wir fliegen auf die Alpspitze. Dann sagt sie das. In die Welt. Und kein Mensch hört's.

RUDI-RUDIJ, HÖHNISCH: Auf der Alpspitze, klar.

STRABANZER: Also, auf dem Stachus. Und keiner hört's. Komm, Kind.

Sie verlassen den Vorführraum, Joni zwischen Strabanzer und Arthur Dreist, Dreist zieht sie zu sich, sie geht mehr mit Dreist als mit Strabanzer. Strabanzer kriegt unversehens eine Art Haltung. Wird durch Alleinsein heroisch. Sein linkes Auge bleibt stehen. Starr.

VORLÄUFIGES FILM-ENDE.

Am Leben entlang, dachte Karl. Dir kann nichts passieren, dachte er, solange du dir nichts anmerken läßt. Wenn man dir etwas anmerkt, setzt die Teilnahme ein. Die ist ein Verstärker von allem. Auch der Demütigung. Ein Mensch ist, solange er allein ist, nicht zu demütigen. Gedemütigt wird er vor anderen. Das ist der Sinn der Demütigung. Zum Glück hast du keinen Freund.

9.

Karl von Kahn hat noch versucht, Helen auf dem Hausapparat zu erreichen. Er wollte ihr sagen, daß er auf seinem Sofa übernachte.

Am nächsten Morgen war unübersehbar: Helen war von ihrem Kongreß nicht nach Hause gekommen. Auf dem Tisch lag ein Kuvert, DIN A4, an ihn adressiert. In Helens großen Buchstaben. Er rannte aber doch schnell hinauf ins Schlafzimmer. Unberührt. Helens Brief wollte er jetzt nicht lesen. Ihre Briefe waren immer umständliche Mitteilungen. Immer länger als nötig. Ihm fiel ein, was er geträumt hatte. Zum Glück konnte Helen jetzt nicht diesen Traum aus ihm herausfragen. Er hatte mit der Freundin eines Freundes schlafen müssen. Er tat das eifrig, stolz darauf, daß das so problemlos ablief. Dann wischte sie, die noch unter ihm lag, ihrem zuschauenden Freund schnell übers Gesicht, eine Art spielerischer Ohrfeige. Er glaubte, sie wolle ihrem Freund ihre Verachtung ausdrücken, weil der das, was ihr gerade geschehen war, nicht so gut gekonnt hätte. Aber sie sagte zu ihrem Freund: Jetzt zeig ihm dein Tagwerk. Gern, sagte der und trat dem jetzt schutzlos auf dem Rücken Liegenden mit aller Wucht in den Bauch. Daran war Karl erwacht. Atemnot.

So einen Traum muß man nicht übersetzen. Der ganze

Traum kam ihm vor wie eine geballte Faust. Als stehe der Traum noch bevor. Er ging ins Freie. Ging draußen hin und her. Wahrscheinlich würde Helen gleich heimkommen. Sollte er das Frühstück organisieren, daß sie, wenn sie kam, sich nur noch hinsetzen mußte? Wahrscheinlich hatte sie schon gestern, bevor sie zum Kongreß fuhr, gewußt, daß sie im Kongreß-Hotel übernachten werde. Das hatte sie ihm sicher in ermüdender Umständlichkeit geschrieben. Sie erklärte immer jede Unwichtigkeit so ausführlich, daß man mitten in diesen Nichtigkeitsentfaltungen wie von der plötzlich spürbaren Wirkung einer Schlaftablette überfallen wurde. Der Grund dieser anstrengenden Ausführlichkeit: Sie ertrug es nicht, mißverstanden zu werden. Im Vorbeigehen nahm er noch die Post mit hinein. Ein Brief von Arthur Dreist. Den mußte er allerdings sofort lesen. Und las:

Sehr geehrter Herr von Kahn,
unverlangt, aber aus einer Art unvermeidlicher Teilnahme an allem, was um mich herum passiert, schreibe ich Ihnen diesen Brief. Die Fakten kennen Sie. Aber wenn die Fakten ein härteres Gesicht haben, als ihnen zukommt, dann darf unsereiner sich einmischen und dem Ganzen zum richtigeren Ausdruck verhelfen. Berufsethos, sozusagen. Deshalb also muß ich, glaube ich, mitteilen, daß Sie keinerlei negative Stimmung aufkommen lassen dürfen, wenn Sie an Joni denken. Es ist nichts passiert, was vorwurfswürdig wäre. Das Leben selbst hat geurteilt, also die Natur, und daß das, über alle Ansichtssachen hinaus, unsere höchste Instanz ist, wissen wir. Egal, ob wir es in jedem Augenblick gelten lassen können oder nicht. Es nicht gelten zu lassen führt nur zu Lug und Trug,

Täuschung und Enttäuschung. Ein schlichter, aber bei aller Schlichtheit unwiderlegbarer Beleg: Joni hat, bevor sie mir gestattete, sie zu lieben, noch nie einen Orgasmus erlebt. Es war immer alles Schauspielerei gewesen. Und sie ist durch und durch eine vorzügliche Schauspielerin. Zu erleben, wie sie ist, wenn sie nicht mehr spielt, war etwas jenseits des Mitteilbaren. Und als Naturereignis unanzweifelbar. Das ist, bitte, nicht das Verdienst dessen, der das jetzt erleben durfte. Es ist das ungeheure Glück dessen, bei dem es endlich fällig war. Wir wollen das nicht aufdröseln. Ihnen sei nur gesagt: Sie versäumen nichts. Joni war nicht Ihre Frau. Jetzt ist sie meine.

Mit freundlichen Grüßen, auch von Joni, die diesen Brief sehr billigt,

Ihr

Arthur Dreist

Eine Zeit lang saß Karl reglos, dann griff er doch nach Helens Brief. Hatte er jetzt ein Bedürfnis nach ihrer gegenstandsarmen Ausführlichkeit?

Nein, er mußte weg. Weg, bevor Helen zurückkam. Helen würde ihn jetzt nicht aus dem Haus lassen. Sie war sicher die leiseste Frau der Welt. Aber auch die unerbittlichste. Daß sie ausgezogen war, bevor er auszog, war ihr Sieg, den sie als Niederlage verkaufte. Sie konnte tun, was sie wollte. Da sie ihn im Leiden schlug, schlug sie ihn überhaupt. Es blieb nur die Unterwerfung. Die Lüge als Lebensform.

Nach Herrsching! Ins *Kronprinz Ludwig*. Keinem etwas erklären müssen. Helens Brief hatte er noch in der Hand. Mitnehmen mußte er ihn. Noch nie hatte er, Geld zu haben, so wohltuend erlebt. Er brauchte keinen Koffer, keinen Mantel, keinen Rasierapparat, er hatte Geld. Er konnte hinfahren, hinfliegen, wohin er wollte. Das *Kronprinz Ludwig* war die falsche Adresse. Er mußte irgendwo landen, wo keiner fragen würde: Wie geht es Ihnen. Turin oder Genua? Sollte er den Dreist-Brief noch einmal lesen? Vielleicht war es ein Jux-Brief. Sie hatten getrunken, Joni hatte dem Kollegen aus Übermut diesen Brief diktiert. Er konnte ihn nicht noch einmal lesen. Vielleicht konnte er Helens inhaltsarme Umschweifigkeit jetzt ertragen. Vielleicht tat sie ihm sogar gut. Also las er Helens Brief.

Lieber Karl,
jetzt die Flucht. Vor Dir. Den Kongreß nutzen zur Flucht. Nach dem Kongreß in die Ottostraße. Du bist ein Nichtmehrmensch. Geworden. Ich bin ein Keinmenschmehr. Geworden. Durch Dich. Kann nicht mehr zurückschauen in die Vorzeit. Mir wollen nachkommen Wörter von Dir. Aus der Vorzeit. Du warst ein Liebender. Aus. Wenn ich tot wäre, müßtest Du nicht mehr lügen. Mein Tod, das wäre die Lösung. Ich spüre, ich bin schon zu schwach, in unseren Umständen noch etwas Rettendes zu entdecken. Lösung ... solche Wörter jetzt. Wir können einander noch quälen. Ich Dich dadurch, daß ich noch lebe. Du mich dadurch, daß es mich nicht mehr gibt. Strecken verständlichen Gesprächs werden durch plötzlich aufwallenden Schmerz ganz zerschlagen. Der Schmerz ist der Dirigent. Dein Schmerz, weil es mich noch gibt. Mein Schmerz, weil es mich nicht mehr gibt. Schluß mit der Beschwichtigungsscheiße. Von Dir weg, zu Dir hin, eine Simultanbewegung. Ich könnte jetzt eure Wörter ausleihen und sagen: Ich möchte Tag und Nacht gefickt werden von Deinem

relativ großen Schwanz. In der Hoffnung, sie habe diese Wendung dafür noch nicht gebraucht. Ich kann von Dir aber verlangen, mich nicht länger zu täuschen. Ich bin mir schuldig, mich nicht länger zu täuschen. Es gibt eine Menge Wörter, die darauf hinauslaufen, daß es eine Niederlage sei zu siegen. Ich schneide uns jetzt auseinander. Und gehe. Das schaff ich schon. Soviel muß ich mir noch wert sein. Selbst wenn ich Dich beschimpfte, gäbe ich zu viel preis von mir. Das verdienst Du nicht. Ich werde, was ich von meinen Klienten erwarte, in Zukunft mäßigen. Was Dir Deine Haltlosigkeit ist, ist mir meine Fassung. Es könnte sich das Gefühl bilden, Du glittest ab an mir wie nichts. Dieses Gefühl möchte ich willkommen heißen. Nie einen heiraten, den man liebt. Miquel war der Richtige. Das habe ich jetzt, um in Deiner neuen Sprache zu reden, geschnallt.
Es grüßt
Helen

Er saß, sah zu den Astaugen hinauf, es meldete sich die Mobilbox. Daniela. Der übliche Text: Ich verbrenne hier wie 'ne Kerze. Ich kann nicht schlafen, weil du mich nicht liebst. Ich möchte dich an die Wand klatschen. Du hast keine Ahnung, was Abhängigkeit ist. Wenn du mich verläßt, bring ich meinen mönchischen Mann um. Gute Nacht.

Er hatte das erste Mal das Gefühl, er verstehe, was Daniela sagte.

Hatte er das Aufhören nicht ernsthaft genug trainiert? Hatte er sich nicht mehr als einmal gesagt: Du lügst, du tust nur so, als wolltest du aufhören? Er hatte Schluß machen wollen mit dieser bösartigen Unterscheidung von Lüge und

Wahrheit. Wenn er etwas sagte, was nicht so war, wie er es sagte, er aber wollte, daß es so wäre, wie er es sagte, dann ließ er das keine Lüge nennen. Und jetzt: Das ganze Aufhörtraining nichts als eine Lüge? Was tut sie gerade jetzt und mit wem? Du kannst da droben in allen Etagen den Aufhörfeldzug führen, uns geht das nichts an. Uns! Das war er. Die Majorität. Hatte sich in ihm, ohne daß er das wahrgenommen hatte, eine Verschmelzung vollzogen? Joni war das Leben? Auf Joni verzichten hieß, auf das Leben verzichten? War das sein Zustand?

Als er Joni über ihren Fürst Bertram ausfragte, sagte sie, der habe ein pubertäres Verhältnis zu seinem Schwanz. Ihm wäre es doch niemals in den Sinn gekommen, das Geschlecht einer Frau, über die er mit Joni sprach, Fotze zu nennen. Dieses Wort war für ihn nur brauchbar, wenn es um Joni ging. Als er ihr das erklärte, sah sie das Unziemliche ihres Sprachgebrauchs ein. Aber daß sie so hatte reden können, war nicht mehr rückgängig zu machen. Joni.

Obwohl sie nicht geschminkt ausgesehen hatte, sah man, wenn sie sich abgeschminkt hatte, daß sie vorher geschminkt gewesen war. Die Augen nützen nichts. Sie sind ein Sinn im Dienst der Täuschung. Er hat alles für etwas gehalten, was es nicht war. Nicht nur die Augen hatten sich als unbrauchbar erwiesen. Auch sein Gefühl. Nichts war so, wie er es empfunden hatte. Hoffentlich auch er selber nicht.

Drei

1.

Diego sagt angeblich dem, dem er gerade gegenübersitzt, die Interessenlage unverfälscht ins Gesicht. Und hat durch diese unübliche Offenheit immer einen Vorsprung. Karl von Kahn machte das gelegentlich nach.

Als er Markus Luzius Babenberg im Konferenzraum gegenübersaß, nicht am Konferenztisch, sondern in den zierlichen Sesseln in der Sitzecke, da beschrieb er, sicher zu ausführlich, wie überrascht er gewesen sei, einem Besuch von Markus Luzius Babenberg entgegensehen zu dürfen. Schließlich denke, wer an Markus Luzius Babenberg denke, an alles eher als an Geld und Geschäft. Er, Karl von Kahn, habe sich nicht dagegen wehren können, daß er alle Menschen der Welt, egal, ob er sie persönlich kenne oder von ihnen gehört oder gelesen habe, in zwei Kategorien scheide. Die einen nennen den Profit Gewinn, die anderen nennen den Gewinn Profit.

Und mich, sagte Babenberg, haben Sie zu denen gesteckt, die zum Gewinn Profit sagen.

Karl nickte. Gab aber zu, dieser Einteilungszwang sei die Folge einer berufsbedingten Verkrüppelung. Er wisse so gut wie mancher Professor und jeder Pfarrer, daß, was als Gewinn erscheint, stornierter Verlust sei. Aber das Als-ob-Spiel ist der einzige Zeitvertreib.

Babenberg lachte lautlos, lachte nur mit seinem etwas zu kleinen Mund. Klar, sagte er, Sie müssen es allen recht machen.

Nur mir selber nicht, sagte Karl von Kahn.

Und Babenberg: Auch was mich betrifft, sind Sie dispensiert.

Karl von Kahn: Ich freue mich auf unser Gespräch.

Babenberg: Ich komme natürlich wegen Geld zu Ihnen. Und ich war links. Ich war fasziniert von der Gerechtigkeitsillusion. Bitte, denken Sie nicht, daß ich mich vor dem linken Eo-ipso-Bessersein ekle. Ich sympathisiere damit. Ich gebe aber zu: nicht ohne Hochmut. So wie man mit einem unvorteilhaften Aussehen sympathisiert, das man selber nicht hat. Ich werfe es mir durchaus vor, daß ich bei der öffentlichen Politmoralshow inzwischen fehle. Es gibt hinreißende Exemplare unter den Eo-ipso-Guten, aber eben auch solche, die das Kotzen, zu dem sie reizen, nicht wert sind. Entschuldigung. Und noch nachgefügt: Seit jeder Halbbedarfte in Kassandras Kleider schlüpft.

Das war zum Schluß ein Ausbruch. Es klang, als habe sich Babenberg beim Tolerantseinwollen überanstrengt. Es war Haß. Dem galt die Entschuldigung. Babenbergs Mund zog sich auf sich selbst zurück. Die vorsichtig, aber sehr bestimmt mitarbeitenden eher zarten Hände fielen wie erschöpft auf die jetzt lang ausgestreckten Beine und reichten bis zu den Knien. Pepita. In Cashmere. Vier Knöpfe. Alle zu. Das können sich nur wirklich Schlanke leisten. Also ganz kurze Revers. Und darunter ein T-Shirt. Schwarz.

Da der frischverschneite Wintertag jetzt sein Sonnenlicht auch in die Faulhaber-Straße strahlte, paßte diese scharfe Schwarzweißkleidung unheimlich gut.

Karl von Kahn mußte sagen: Ich hoffe, Sie sind nicht jeden Tag genauso gekleidet, wie es das Klimatheater empfiehlt.

Babenberg ließ den gerade noch festen kleinen Mund richtig zerfließen und sagte: Gefallsucht ist keine tödliche Krankheit.

Babenberg drückte mit einem viel kleineren Mund soviel aus wie Joni mit ihrem Übermund. Was Babenberg hatte, hätte man Kußmäulchen nennen können. Das durfte Karl nicht sagen. Also doch Zensur. Dieser kleine Mund war nie wirklich offen. Eigentlich sprach Babenberg mit geschlossenem Mund. Dieser Mund war reine Dispizlin. Winzige Verschiebungen produzierten viel Ausdruck. Babenberg sprach nie laut. Fast immer zu leise. Selbstherrlich leise, dachte Karl von Kahn. Und er hatte Grund dazu. Er drehte den Kopf ein wenig, daß das rechte Ohr bevorzugt wurde.

Wie immer, wenn einer schätzungsweise fünf bis zehn Jahre jünger war als Karl von Kahn, ließ er den zuerst fünf, dann sieben Jahre jünger sein. Dann zehn. Das war seine Lebensmathematik.

Markus Luzius Babenberg war mindestens einssechsundachtzig, Schuhgröße sicher sechsundvierzig. Karl nahm unwillkürlich das Joni-Maß. Von den zarten Händen würde Joni zwei Finger bestellen. Eine enge Haube blonder, grau durchmischter Haare. Helens Mischung. Weil Babenberg, solange Frau Lenneweit den Tee und die italienischen Lekkereien servierte, nichts sagte, mußte Karl von Kahn etwas sagen, weil nicht der Eindruck entstehen durfte, in Gegenwart von Angestellten sage man hier besser nichts. Karl von Kahn sagte also – und er wußte und genoß es, daß Frau Lenneweit diesen Text kannte –: Ihnen gegenüber kann ich aussprechen, was ich im gewöhnlichen Kundengespräch strikt vermeide. Benjamin Graham, der an der Columbia lehrte, dessen berühmtester Schüler Warren Buffett ist, von dem Sie ja sicher gehört haben …

Never heard, sagte Herr Babenberg.

Na ja, sagte Karl von Kahn jetzt sanft triumphierend, nämlich über die Kulturfraktion, Warren Buffett ist unter den Wirtschaftsmenschen des 20. Jahrhunderts das, was Picasso unter den Malern ist. Und er ist mein Vorbild, mein Hausheiliger, meine Herzensikone, er ist mir, was Voltaire für unseren Freund Diego ist. Eine Aktie von *Berkshire Hathaway*, so heißt seine Firma in Omaha, Nebraska, das dürfen Sie zur Kenntnis nehmen, eine Aktie dieser Firma kostet zur Zeit 85 000 Dollar. Ich habe vor zehn Jahren, als sie noch bei fünfunddreißig standen, zwei davon gekauft. Am 30. 11. 1987 kostete eine *Hathaway*-Aktie 2000 Dollar. Benjamin Graham also, Warren Buffetts Lehrer, hat, ich glaube 1934, geschrieben: *Das größte Problem der Anleger – und ihr schlimmster Feind – sind sicher sie selbst.* Ich biete mich an, in diesem Kampf auf Ihrer Seite zu kämpfen. Oder, um zivil zu bleiben: auf Ihrer Seite zu sein.

Was er nicht sagte, war, daß das seine Routine-Eröffnung war. Allerdings nur bei Kunden, bei denen er Ansprüche vermuten durfte. Und größere Summen.

Das war der Moment, in dem das Professionelle, wenn irgend möglich, mit einer privaten Farbe versehen werden mußte. Er habe, sagte er, Herrn Babenbergs Wortmeldungen im *Sängersaal* immer sehr genossen. Daß in *Wortmeldungen* eine Kritik an Diegos Monologen enthalten sein konnte, erkannte Babenberg und machte gleich weiter.

Erst vorgestern habe er im *Sängersaal* wirklich fast die

Geduld verloren, leider sei Herr von Kahn verhindert gewesen, aber vorgestern habe Diego von den Anwesenden praktisch verlangt, auf *Candide* wie auf die Bibel zu schwören. Gut, Mitternacht war vorbei, alle, die noch da waren, hätten allenfalls auf den La Tâche geschworen, den Diego ausgeschenkt hatte, tatsächlich der reichste Burgunder, der im *Sängersaal* je in die Gläser kam. Dem *Candide*-Schwur waren Diego-Arien über den Zerfall des Marktes vorausgegangen, besonders des Marktes für das einzig Wertvolle, nämlich das, was er anbietet: alte Kostbarkeiten. Einige hatten noch gar nicht mitgekriegt, daß er die Brienner Straße verlassen hat, zurückgekehrt ist in die Theresienstraße.

Jetzt mußte Karl von Kahn doch dazwischensagen, daß ihm das neu sei.

Babenberg staunte, gab aber zu, daß er aus einem Nebensatz, mit dem Diego Herrn von Kahns Abwesenheit mehr verrätselt als erklärt hatte, auf irgendwelche Beziehungsveränderungen geschlossen habe. Diegos Bewegungsaufwand sei allerdings so übermäßig gewesen wie immer. Die edle Chaiselongue wird da zum Trampolin, wenn er seine siebzehn Haltungen exekutiert, vom Schlangenbeschwörer bis zum Parlamentspräsidenten. Mit dunklem Humor und heiterer Verachtung gedachte er der Kunden, die seit neuestem glaubten, ohne ihn auszukommen. Es waren die bei ihm üblichen Handelsdramen, bloß gingen sie jetzt alle eher schlecht aus, führten zu keinem Kauf. Toutes les ventes de l'hiver sind im Eimer. Le bilan de la saison: katastrophal. Beispiel Leonie von Beulwitzen, die nicht da war. Für deren aus ihrer Lebenserfahrung stammende Vorliebe, nämlich Landschaftliches ohne Menschen, hatte er ein schlechterdings fabelhaftes Bild gefunden, von Courbet die *Grotte humide*. Diese sich so sinnlich ins Dunkle und Dunkelste biegende Höhle sei für Leonie von Beulwitzens Sammlung das Programmbild überhaupt. Aber nein, die Magistra Leonie investiere jetzt alles in ökologische Spekulation, wohl bekomm's. Und es wurde La Tâche auf Leonie von Beulwitzens simples Glück getrunken. Als Konversationsgewürz wurde hinzugefügt, die Magistra, die ja kaum sechzig sei, sei gerade dabei, wieder einmal zu heiraten, um sich wieder scheiden lassen zu können. Dann der Sprung zu Voltaire. Bitte, dachte man, warum nicht. Aber dann *Candide*. Und nur noch *Candide*. Eine Bekehrungsgeschichte mit *Candide*. Erst jetzt gelesen. Erst jetzt sei er durch Erfahrung reif geworden für dieses Buch der Bücher. Ja, weniger sei es nicht. Er habe bisher vorbeigelebt an der Welt. Dann, plötzlich, zerfällt das Verklärungskonstrukt, das er lebenslänglich gebaut und gepflegt hat. Plötzlich zeigt sich die Welt, wie sie ist. Und da trifft er auf *Candide*: das Vernichtungsevangelium schlechthin. Dann schwärmte dieser erfahrene Mensch von den Bilderbuchorgien des 18. Jahrhunderts. Und die Herumsitzenden sollten nicht nur zustimmen, sondern durch eigene Erfahrung bestätigen, daß Voltaires Schauerskizzen das Wahrste seien, was man je über diese Welt geschrieben habe. Da sei ihm, Babenberg, der Geduldsfaden gerissen. Vielleicht war's auch der vortreffliche Burgunder. Wenn man gezwungen werde, sich Geschichtchen über Fabergés Rolle in der Geschichte der Romanows anzuhören, wisse man zwar auch nicht in jedem Augenblick, warum man sich das anhören solle, aber dem Fabergé-Reiz verfalle man dann doch ganz gern. Daß man aber diese Vereidigung auf das langweiligste Voltaire-Buch mitmachen soll, geht zu weit. Jeder hat natürlich einmal *Candide* gelesen. Diesen sinnlosen Kulturzwang gibt es eben. Und die krisengeschüttelte Diego-Situation bringt vielleicht die insgeheim längst erwünschte Sekunde, in der man es diesem Langweiler heimzahlen kann. Tatsächlich ist *Candide* nichts als ein aufgedonnerter Schreckensschwulst, ein ganz unattraktives Grausamkeitsprogramm. Nichts zu Herzen oder auf die Nerven Gehendes. Die krassen Schicksale der damaligen Trivialliteratur werden einer edlen Lehrtendenz dienstbar gemacht. Eine einzige Ausnahme. Und die zeigt, wie öde der Rest ist. Die Begegnung mit dem Neger im Hafen in Surinam. Die linke Hand und das rechte Bein fehlen dem. Und wir erfahren, welcher Kolonialismus daran schuld ist. Das hat Biß. Hat humane Wucht. Alles andere ist Oper ohne Musik. Ach, unser Diego! Aber jetzt kommt es erst. Kruzitürken, sagt Diego, als ich meine *Candide*-Schelte beende, als wolle er sagen: Das gibt es doch nicht, mir meinen Voltaire so zuzurichten. Und hat kaum Kruzitürken gesagt, da fährt ihm Gundi dazwischen. Sie sitzt wie immer neuerdings im Fauteuil à la Sirène, aber sie sitzt da ja nicht, sie ist ein Teil, und nicht der schlechteste, dieses Fauteuils. Spitz-scharf-jäh ruft sie: Diego! Der hört den Ton, weiß noch nicht, wodurch er sich den zugezogen hat, schaut also nur ergeben zu ihr hin und kriegt zu hören: Du weißt, daß ich fluchende Männer so gräßlich finde wie Männer, die ihre Muskeln für Geld zeigen. Das war nun wieder meine Sekunde. Es hätte meine Selbstbeherrschungskräfte überfordert, die so dazwischenfahrende Gundi nicht zu belehren, daß Kruzitürken alles andere als ein Fluch ist. Mit Quellenangabe: Ein Cousin in Wien hat ein Buch über die Belagerungen durch die Türken geschrieben, darin berichtet er, daß Wien sowohl von den Kurruzzen als auch von den Türken belagert worden sei. Aus dieser Kriegserfahrung mit Kurruzzen und Türken stamme der Ausruf. Gundi wollte überhaupt nicht hören, daß sie sich eingemischt hatte ohne Grund. Sie stand auf und ging. Keiner wagte, sie aufzuhalten. Am fassungslosesten war Diego. Sie flieht, sagte er strafend zu mir hin. Ich wollte noch um zivilere Wörter bitten, aber er war und blieb fassungslos. Sie flieht, sagte er noch einmal. Sie hat doch recht. In diesem Raum, in dem alles vermieden ist, was nicht beanspruchen darf, schön zu sein, da fluche ich wie eine Trachtenbedienung auf dem Oktoberfest. Also blieb ihr nur die Flucht. Diego ließ uns jetzt spüren, daß die dreißigtausend Erdbebentoten von Lissabon, die bei Voltaire den *Candide* ausgelöst hatten, und Gundis Flucht zwei gleichermaßen weltbelehrende Ereignisse sind.

Und Karl von Kahn: Man kann sich, was einen lehrt, nicht aussuchen.

Er habe es, sagte Babenberg, immer attraktiv gefunden, daß Diego von seinen Gästen beneidet werden wollte. Wie er das als Lust verkaufte, von seinesgleichen beneidet zu werden, das sei immer großartig gewesen. Jetzt aber die Nötigung, ihn zu bedauern, mit ihm zu trauern. Also peinlicher sei ihm, Babenberg, noch nie etwas Gesellschaftliches gewesen. Deshalb sei er, als Gundi geflohen war, aufgestanden, habe, was jetzt nicht paßte, à la Jérôme *Morgen wieder lustig* gesagt und sei gegangen. Im Hinausgehen habe er gedacht, er, wie Diego zum dritten Mal verheiratet, müßte den eigentlich verstehen. Allerdings, wenn seine Dritte fliehen, das heißt den Vertrag kündigen würde, wäre er ruiniert. Womit er angelangt sei bei dem Grund seines Besuchs. Geld sei bis jetzt immer die einfachste Form der Bestätigung gewesen. Jetzt bleibt es aus. Sein Vater hat Geld verachtet. Als bayerischer Beamter konnte er sich das leisten. Beamte sind Engel ohne Flügel, hat er behauptet. Zum Schluß Parkinson, und Daumen und Zeigefinger der rechten Hand machten dann ununterbrochen und ununterbrechbar die Geldzählbewegung. Wenn er sah, daß man hinschaute, deckte er diese Hand mit der anderen zu. Er, Babenberg junior, hat auf seinen Konten zwar Geld, aber plötzlich wird ihm klar, uralt darfst du nicht werden. Und die drei Frauen plus Kinder! Und alle reden auf einmal vom Geldanlegen. Der Börsenbericht abends will wichtiger sein als der Wetterbericht. Ob sich Herr von Kahn vorstellen könne, wie einem zumute sei, der trotz aller biologisch verordneten Resignationen im Innersten immer noch glaubt, Geld müsse man selber verdienen und nicht andere für sich verdienen lassen. Bitte, er möchte nicht mit den Kollegen verwechselt werden, die ihr Leben in einer Moralerstarrung verbracht haben, aus der sie durch keine Erfahrung erlöst werden wollen. Diese Kollegen könne er in all ihren Hervorbringungen schätzen oder auch bewundern, nur eben nicht in ihrem linken Eo-ipso-Bessersein. Loben und preisen wir doch die katholische Kirche. Ganz bescheiden hat sie die Unfehlbarkeit auf eine Person beschränkt, und auch dann noch auf das Spezialthema Glaubens- und Sittenfragen. Die Linken, und zwar vom feinsten Marx über den weltweiten Professor bis zum gröbsten Ortsverein, sie kennen den Zweifel nicht. Den Papst macht der Heilige Geist unfehlbar, den Linken seine Moral. Wer sehnte sich da nicht nach dem Heiligen Geist. Nun trainiert er das Nicht-eo-ipso-Besserseinwollen schon ziemlich lange. Aber sobald es ums Geld geht, melde sich diese Altmahnung: Geld muß man selber verdienen. Aber jetzt verdiene er eben keins mehr. Soll er jetzt Angst haben, daß er länger lebt, als er finanzieren kann? Soll er lernen, sich zu freuen, wenn der Doktor sagt, eine melanomöse Entartung im epidermal-korialen Grenzbereich ist nicht auszuschließen? Da ihn Herrn von Kahns Zuhörfähigkeit geradezu verführe, gestehe er auch noch, daß ein Cousin von ihm ein hohes Tier in einer Wiener Bank sei, den habe er, wann immer der mit seinen unerbetenen Belehrungen angetanzt kam, merken lassen, daß er Geldleute nicht so ernst nehmen könne wie sie sich selbst. Und jetzt sitze er vor einem Geldmenschen und lege Geständnisse ab.

Und streckte und dehnte sich ein bißchen, machte also deutlich, daß er dieses Gestehen durchaus genieße. Lange Arme, lange Beine. Die Stiefel, die jetzt unter den Hosen hervorschauten, kamen aus England.

Wissen Sie, sagte er dann fröhlich, über Sexualität reden wir inzwischen, aber über Geld immer noch nicht. Wer von Geld oder Sexualität spricht, gibt entweder an oder will Mitleid. Beides gleich peinlich. Schuld daran: das Bank- und das Beichtgeheimnis. Für Geheimhaltung ist er nicht. Und nicht, obwohl er, sondern weil er bi ist. Er hat sich unerpreßbar gemacht. Gut, Geschlechtlichkeit macht einsam. Und das unter der Illusion größtmöglicher Gemeinsamkeit. Er ist durch seine Bi-Struktur erfahrungsreicher in diesem Alleinseins-Zirkus, er ahnt, daß wir im Geschlechtlichen alle Geheimniskrämer sind. Und das Wort Krämer wähle er dafür ganz bewußt. Wenn seine Frau wochenlang ausbrütet, daß sie den Vertrag kündigen will, sieht er ihr das nicht an, merkt er nicht, was sich da tut, bis sie's ausspricht. Dann ist er ruiniert. Gewinnmitnahme, in Herrn von Kahns Jargon. Bis jetzt lebt der Vertrag davon, daß er die männlichen Partner häufig wechselt, seiner Frau aber absolut treu ist. Sein Trick: Man darf aus verschiedenen Ängsten nicht EINE Angst werden lassen. Als Angst-Jongleur ist er eher virtuos. Ja, er gibt zu, das Jonglieren der Ängste steigert sein Lebensgefühl. Ganz ohne Angst würde er wahrscheinlich einer Daseinsbewegungslosigkeit verfallen, einem tödlichen Schwere-Erlebnis.

Bravo, rief Karl von Kahn. Diese Arie passe in seine Oper. Angst-Jongleur, das werde er einbauen in seinen täglichen Gesang.

Das war die Ouvertüre, sagte Babenberg. Er ist unter vielem anderen auch der Cousin von Josepha Sidonia Gräfin Kotulinsky und erbt im neuen EU-Osten Ländereien und das Schloß, in dem Beethoven seine Lieder *An die ferne Geliebte* komponiert haben soll; ob auch die *Mondscheinsonate*, wird gerade untersucht. Er will da nicht hin. Er will verkaufen. Bisher hat er das Geld, das er verdient hat, verdient. Er hat sich sogar daran gewöhnt, daß er gelegentlich mehr verdient hat, als er verdient hätte. In den sagenhaften zwanziger Jahren des letzten Jahrhunderts schrieb Lion Feuchtwanger in einem Brief, er habe in Rußland so viel Geld, daß er dort bis an sein Lebensende von Kaviar leben könnte. Das waren noch Zeiten.

Was für Zeiten, fragte Karl von Kahn.

Unschuld gewährende, sagte Babenberg. Ein linker Sohn reicher Leute hat im unglücklichsten Land der Welt Geld, das er in Kaviar ausdrückt. Heute ist Genuß wieder eine Sünde. Er hat so viel gearbeitet, daß ihn die sentimental-moralischen Attacken nicht kleinkriegen. Die Freundlichkeitstonarten der Gutmenschen haben ihn belehrt: Er ist kein Wärmeleiter. Im Gegenteil. Seine Wut sucht immer noch nach einem Anlaß, der ihr entspräche. Er ist längst ausgetreten aus allen Verbesserungsvereinen dieser Welt. Er lebt von der Angst, es könnte einer kommen, der die globale Unordnung überwindet. Man stelle sich vor, alles ginge plötzlich mit rechten Dingen zu. Wir wären sofort verloren. Wir leben im Schutz verhindernder Umstände. Und in der Angst, sie könnten entfallen. In dieser Angst und von ihr leben wir. Bisher hat sein Spruch ausgereicht: Laß alles weg, was du nicht kannst, dann bist du gut. Aber – und damit wolle er's vorerst genug sein lassen – trotz seiner nahezu prinzipiell illegitimen Lebensart fehle ihm der Mut, etwas Unrechtes zu tun. Je illegitimer, desto legalistischer. Wie soll er Geld verdienen mit Geld, das er nicht verdient hat. Bitte schön. Was soll er tun?

Karl von Kahn sagte, wer wolle, könne an das Geld glauben, wie man daran glauben konnte, als die Münzen noch etwas wert waren. Georg Simmel habe das vor mehr als hundert Jahren beschrieben, wie beim Geld aus der Substanz die Funktion wurde. In mir sehen Sie einen Funktionär des Geldes, sagte Karl von Kahn. Und der bietet Ihnen, wenn Sie gestatten, Aufklärung an. Auch Geld betreffend darf Aufklärung sein. Für Geld ETWAS kaufen, ein Haus, eine Zahnbürste, das ist immer noch Tauschhandel. Erst wenn keine Gegenstände mehr stören, wenn Geld ganz bei sich selbst bleibt, wenn man durch richtige Fügung die Geldvermehrung bewirkt und das vermehrte Geld wieder dazu bringt, sich zu vermehren, erst da beginnt das Reich der Freiheit beziehungsweise die Kunst oder, was das gleiche ist, die Religion, die keinen reineren Ausdruck kennt als die Zahl, das Geistige schlechthin. Wenn sie nicht dazu mißbraucht wird, Dinge zu addieren. Aber bevor sie den

Zahlen die Regie überlassen, muß er Herrn Babenberg eine Version der Rechtfertigung anbieten. Es gibt Kunden, da genügt es, eine Ethikpalette vorzulegen. In Rüstungsfirmen nicht, aber in Solartechnik schon. Herrn Babenberg muß er eine feinere Formel der Rechtfertigung anbieten. Nämlich seine eigene. Die lautet: Da alle Menschen, durch welche Umstände auch immer, so sind, wie sie sind, gibt es, will man leben, kein anderes Ziel, als von ihnen unabhängig zu sein. Unabhängig von der Zustimmung anderer.

Babenberg: Dafür nehmen Sie die bewußtloseste, willkürlichste, geistloseste Diktatur in Kauf, die denkbar ist, den Markt. Oder wollen Sie sagen, dieser alles entscheidende Markt habe einen Wert an sich oder in sich oder für sich?

Karl von Kahn: Stellen wir an den Markt Ihre Lieblingsfrage, die nach der Gerechtigkeit. Der Markt ist nicht ungerechter als alles andere, was Menschen veranstalten. Der Markt ist nicht ungerechter als irgendein Richter, ein Lehrer, ein Vater, als irgendeine sonstige Autorität. Es kann einer vorübergehend den Markt erobern. Er kann eine Marktmacht so gebrauchen, daß man's Mißbrauch nennen kann. Einhundert Sekunden lang. Wie die zwei Herren von der *Citigroup*, immerhin der größten Bank der Welt. Da werfen zwei Herren per Computer Staatsanleihen für 12,9 Milliarden Dollar auf den Markt. Das reißt den Wert dieser Anleihen sofort in die Tiefe. In weniger als einhundert Sekunden kaufen sie 4 Milliarden der jetzt billiger notierten Anleihen zurück und haben in diesen hundert Sekunden eine Million Dollar verdient. Auf beiden Seiten des Atlantiks sanfte Empörung. Die *Financial Services Authority* schweigt. Was sagt Ihr Gerechtigkeitsgefühl?

Babenberg: Sie machen mich wieder zum Linken.

Karl von Kahn: Einmal links, immer links.

Babenberg: Aber Sie wollen mich so weit bringen, daß ich sage: Alle Achtung.

Karl von Kahn: Die dreihunderttausend Citigrouper around the globe haben ein Ethiktraining absolvieren müssen.

Babenberg: Die Wirklichkeit ist immer selbst ihre beste Darstellerin.

Karl von Kahn: Ich stimme zu. Aber der Markt hat ein Zeitmaß für seine Gerechtigkeit, das sich dem simplen Bedürfnis, daß die Strafe der Tat miterlebbar folge, entzieht. Wer den Markt moralisch fassen will, faßt immer nur sich selbst.

Babenberg: *Faust*.

Karl von Kahn: Wortkostümverleih.

Babenberg: Eins zu null für Sie.

Karl von Kahn: Brauchen wir schon Schiedsrichter? Ich habe noch Beispiele. Marktblüten, Anlagebeispiele. *Low Five*-Strategie, zum Beispiel.

Am Jahresanfang werden aus den zehn Dow-Jones-Titeln, Sie wissen, das sind die, die jeden Abend mit dem Dax im Fernsehen gezeigt werden, da werden aus den zehn Aktien mit der höchsten Dividende die fünf Aktien mit dem niedrigsten Kurswert gewählt, und die sollen gekauft werden. In dreißig Jahren wurden so jährlich 17,7 Prozent verdient. Oder: Die Deutsche Börse gibt alle fünfzehn Sekunden den iNAV bekannt. Das ist der indicative Net Asset Value, also der Nettoinventarwert von börsennotierten Indexfonds. Ohne mich! Ich messe nicht. Ich bastle weder Paradiese noch Katastrophen. Ich beobachte den Markt.

Ich bin dem Markt ausgesetzt. Ich habe das Messen meinen Mitarbeitern überlassen. Am Ende des Quartals kontrollieren wir, wer die besseren Zahlen hat. Kein Profi will heute auskommen ohne das tägliche Befragen der Benchmark, das sind eben die den Vergleich erlaubenden Datenlieferungen von Bloomberg, Reuters und so weiter. Dr. Herzig, mein jüngster Mitarbeiter, sagt, arbeiten ohne Benchmark, das ist wie Hochsprung ohne Latte. Jeden Morgen kommt er ins Büro und meldet, wieviel Prozent wir überm Dax sind. Ich weiß ohne Vergleich, ob mein Portfolio-Management funktioniert oder nicht.

Babenberg: Sie panzern sich mit Instinkten gegen den Panikhorizont von dreihundertsechzig Grad, gegen das fleißigste Gerücht des Jahrzehnts, das ausschreit, daß die Armen ärmer und die Reichen reicher werden.

Karl von Kahn: Jetzt sind Sie auf der guten alten Schiene gelandet. Aristoteles, Thomas von Aquin und Karl Marx singen unter Ihrer Stabführung im Chor die Antikapitalistenarie vom bösen Zins. Wucher, dröhnt es durch die Jahrhunderte.

Babenberg: Ich wiederhole, daß die Reichen reicher werden und die Armen ärmer.

Karl von Kahn: Matthäus 25, 26: Denn wer hat, dem wird gegeben; und wird im Überfluß haben; wer aber nicht hat, dem wird auch noch weggenommen, was er hat.

Babenberg: Genau! Heute nennt man's Globalisierung.

Karl von Kahn: Weil Sie kein Kunde sind bei mir, lesen Sie nicht meine *Kunden-Post.* Vor zwei Wochen war da zu lesen *Matthäus für Anleger*. Es ist hörenswert, wie Matthäus den von der Reise zurückgekehrten Herrn seine Diener prüfen läßt. Einem hat er, bevor er verreisen mußte, fünf Talente Silbergeld gegeben, dem anderen zwei Talente, wieder einem anderen ein Talent. *Jedem nach seinen Fähigkeiten,* sagt Matthäus. Sobald der Herr weg war, begann, sagt Matthäus, der Diener, *der fünf Talente erhalten hatte, mit ihnen zu wirtschaften, und er gewann noch fünf dazu.* Der mit den zwei Talenten gewann zwei dazu. Der, der ein Talent bekommen hatte, grub ein Loch in die Erde, darin versteckte er das Geld seines Herrn. Luther schrieb nicht, der mit den fünf Talenten begann zu wirtschaften, Luther schrieb: *und händelte mit den selbigen.* Dann kommt der Herr zurück und lobt die, die mit fünf beziehungsweise zwei Talenten einhundert Prozent Gewinn gemacht haben. Er wird beiden, sagt er, in Zukunft größere Aufgaben übertragen. Der, dem er ein Talent anvertraut hat, sagt jetzt: *Herr, ich wußte, daß du ein strenger Mann bist; du erntest, wo du nicht gesät hast, und sammelst, wo du nicht ausgestreut hast; weil ich Angst hatte, habe ich das Geld in der Erde versteckt. Hier hast du es wieder.* Der Herr beschimpft ihn. In der heutigen Übersetzung liest sich das so: *Hättest du mein Geld wenigstens auf die Bank gebracht, dann hätte ich es bei meiner Rückkehr mit Zinsen zurückerhalten.* Bei Luther hieß es noch: *So soltestu mein geld zu den Wechslern gethan haben, und wenn ich kommen were, hette ich das meine zu mir genomen mit wucher.* Jetzt die Moral von der Geschichte, und es ist eine rein wirtschaftliche Moral: *Darumb nemet von jm den Centner und gebets dem, der zehen Centner hat. Denn wer da hat, dem wird gegeben werden, und wird die fülle haben. Wer aber nicht hat, Dem wird auch das er hat genomen werden.* Das ist Klartext: Gebt Geld denen, die's vermehren können. Was heute *Talente* genannt wird, hieß bei Luther *Centner.* Bei Matthäus folgt darauf, daß man auch mildtätig sein soll. Kein Wort gegen die so ins Recht gesetzte Geldvermehrung.

Herr von Kahn überreichte Herrn Babenberg das Exemplar der *Kunden-Post,* aus dem er vorgelesen hatte.

Babenberg: Eine hübsche Auslegung haben Sie sich da zurechtgemacht.

Karl von Kahn: Ich bin Matthäus gefolgt, Wort für Wort. Auch unsere Gescheitesten haben nur so simpel denken können: Einer leiht sich Geld, gibt es aus und soll mehr zurückzahlen, als er sich geliehen hat, pfui! Aber schon bei Matthäus wird Geld nicht ausgegeben, sondern angelegt. Einhundert Prozent Gewinn. Er habe gerade in Genua seinen italienischen Geschäftsfreund, der arbeite bei der ehrwürdigen *Carige,* gefragt, wie Zinseszins auf italienisch heiße. Zins, italienisch: *l'interesse,* wie kann daraus Zinseszins werden? Und siehe da, drei Wörter, sagt ihm Federico, gibt es für Zinseszins im Italienischen, wo wir ja das Geldwesen gelernt haben: *usura, anatocismo* und *l'interesse composto. Usura* ist dann die der Moral dienende Variante, Wucherzins. *Anatocismo* komme als griechisches Importwort schon bei Cicero vor: *Anatocismo anniversario* stehe bei Cicero. Wenn ich meinen schlanken Federico richtig verstanden habe, ist *tókos* der Zins im Griechischen und *anatokós* wäre der Zins auf den Zins. Das war also immer schon so. Aber jetzt wie noch nie. Und das wird Ihnen in Genua erklärt, während Sie an der Oper vorbeischlendern, wo die Komponistenfahnen wehen, die schönsten Musiknamen überhaupt, hinüber zum Matteotti-Platz, an Fassaden entlang, an denen sich die Augen erholen können von dem, was bei uns aus dergleichen wurde. Er ist noch nie von Genua zurückgeflogen nach München. Hingeflogen immer. Zurück nie. Wegen Turin. Immer mit dem Zug noch nach Turin. Turin, die städtisch gebändigte Pracht. Weil die Palazzi so fensterreich sind, sind sie, obwohl sie so groß wie schön sind, Stadthäuser. Sein Lieblingsbau unter diesen Prachtsbauten, der Palazzo Carignano. Gebaut von Guarino Guarini. Er hat große, gewaltige Gebäude bauen müssen, hat aber offenbar keine leeren Flächen ertragen, eine bloße Wand, eine nackte Wand muß für ihn der reine Schrecken gewesen sein, darum Fenster an Fenster, und oft genug werden die Fenster noch überworfen mit steinernen Schals, und überall wuchert der Stein in ein Muster, wie unsereins kritzelt, wenn er kein leeres Papier aushält. Ich muß Ihnen jetzt, daß Sie ihn noch ein bißchen ernst nehmen können, die Wörter aufsagen, die aufgeboten werden, um Guarino Guarini vorstellbar zu machen: *eccentricità, eccezione, eccesso, singolarità, estrosità, bizzarria, cappriccio, stravaganza, esagerazione*, kurz *una superbissima vista*. Das Wort Fassade hat bei uns mit Recht keinen ungetrübten Ruf. Unsere Fenster sind leblose Öffnungen in zweckdienlicher Verteilung. In Turin sind die Fenster die Fassade, diese mit steinernen Schals überworfenen Fenster. Ohne diese Schals frören sie. Mit ihnen träumen sie. Da schauen Sie bei mir hinaus. Die *Vereinsbank*-Fassade. Eine Fassadenvisitenkarte nach dem Prinzip Zuviel ist nicht zuviel. War ja auch hundert Jahre nach dem Turiner Baurausch. Alle Paläste, Kirchen, Kastelle, 1640 bis 1680, in nicht mehr als vierzig Jahren gebaut. Liberare gli scenari. Da darf's einem doch ganz anders werden. Daß er jetzt so ins Schöne abgeschweift ist, überrascht ihn mindestens so wie wahrscheinlich auch Herrn Babenberg. Und da ihm am Anfang dieses Gesprächs danach war, möglichst wenig

Zensur auszuüben über sich selbst, ist ihm diese Kurve ins Großitalienische passiert. Er entschuldigt sich nicht. Sagt lieber dazu, daß das Motiv dieser Abweichung gewesen sein könnte, in Markus Luzius Babenberg eine Neugier auf Turin zu wecken und sich dann gar als Reiseführer anzubieten. So etwas muß nicht, darf aber durchaus folgenlos bleiben. Wenn Geldvermehren nicht zu einer Pflicht geworden wäre, zu einer Pflicht seinen Kunden gegenüber, wäre er längst nach Turin gezogen. Zurück zum *interesse composto* ...

Momentino, rief Herr Babenberg, sprang auf und ging hin und her, als wolle er vermeiden, unbeherrscht zu reagieren. Dafür, daß er so groß und langbeinig war, machte er recht kleine Schritte. Er bremste sich. Also bitte, sagte er dann und sagte es nicht zu Karl von Kahn hin, sondern in den Raum hinein, also bitte, Pathos darf sein. Jeder ist auf einer Wallfahrt zu einem, zu seinem Heiligen. Unser Diego zu seinem gelenkigen Voltaire, Sie zu Ihrem findigen Warren Buffett und Markus Luzius Babenberg ist, solange er noch beten konnte, Friedrich Nietzsche nachgereist, hat fromm alle seine Adressen abgeklappert, die Türklinken in der Hand behalten, weil sie aussahen, als seien sie's noch. Ihn berührt, was er berührt. Er ist ein Berührer. Er läßt jedem seinen Hausheiligen. Für ihn war möglich nur Dostojewskij oder Nietzsche. Die Sprache hat's entschieden. Aber er war nicht in Turin. *Glücksfund,* hat Nietzsche Turin genannt. Er, Babenberg, hat die letzte Adresse, Via Carlo Alberto 6, dritter Stock, nicht geschafft, und von da aus hat Nietzsche den Palazzo Carignano gesehen, und er, Markus Luzius Babenberg, hat es nicht geschafft, die Piazza Carlo Alberto zu betreten, das Pflaster der Katastrophe, das Nietzsche-Golgatha, der Gekreuzigte war ja dann er, aber jetzt …

Herr Babenberg wandte sich Karl von Kahn zu.

… daß Herr von Kahn ihm Turin offeriere, sei eine biographische Pointe. Vielleicht könnten sie einander führen. Zurück zu *usura*, *anatocismo* und *interesse composto*.

Das, sagte Karl von Kahn, seien eben die Maßnahmen, den Geldwert dem gesellschaftlich verfügten Verfall zu entziehen. Seine Geschäftsphilosophie sei empfindlich für jede Schreckensmeldung. Dann aber, je krasser die Meldung, desto spürbarer die Selbstbetörungskraft seiner Philosophie. Was ihm Angst einjagen soll, beflügelt ihn. Immer wenn er zusammenbrechen sollte, blüht er auf.

Dann geht es Ihnen wie den Erbsenblattläusen, sagte Herr Babenberg. Die schütten in Gefahrensituationen einen Geruchsstoff aus, der ihrem Nachwuchs Flügel verleiht. Wenn die Gefahren zum Dauerzustand werden wollen, dann schlüpfen aus den Eiern mehr und mehr Blattläuse, die schon mit Flügeln ausgerüstet sind. Ich hoffe, die Blattlaus-Parallele ist Ihnen nicht unangenehm.

Karl von Kahn: Für mich ist es immer das Wichtigste, daß ich nicht der einzige bin, der so ist, wie ich bin. Ich bin Ihnen dankbar für das Blattlaus-Beispiel. Je mehr Natur in einem Vorgang, desto weniger Willkür. In den Ahndungen des Marktes, die ich nicht Bestrafungen nenne, ist weniger Willkür enthalten als in allen anderen von Menschen produzierten Systemen. Der Markt hat Wirkungen, reagiert auf seine Wirkungen, hat dadurch wieder Wirkungen, auf die er wieder reagiert. So viele Kräfte der Vernunft und Unvernunft, der Hoffnung, der Angst, die zusammenwirken, auch im Gegeneinander noch zusammenwirken und im unbeherrschbaren Wechsel Hochstimmung und Panik produzieren, ein Prozeß, in dem nichts ohne Folge bleibt, aber keine Folge vorhersehbar und schon gar nicht determinierbar ist – und wenn, dann nur im zur pathologischen Anekdote abgeschnürten Extrareservat –, da darf man von einem Vorgang sprechen, der zur Natur gehört oder doch dahin tendiert. Die Wetterereignisse sind leichter zu beobachten und zu berechnen als die des Marktes, aber genausoschwer beeinflußbar. Die Moral schützt vor Verständnis. Sie konstruiert das Gute nur, um das Böse zu schaffen. Unter dem Vorwand, es zu beseitigen. Interessiert ist die Moral nur am Bösen. Der immer lebensfeindlichen Moral präsentiere ich die lebenspendende Kraft des Kontos. Sie prüfen es nicht jeden Tag, aber jeden fünften Tag schon und sehen, wie es anschwillt und anschwillt, nicht explodiert, sondern anschwillt. Sie spüren, daß Sie einen Naturvorgang erleben. Das ist Wachstum. Das geht auf Sie über, Sie wachsen mit, egal, wie alt Sie sind, das schwöre ich Ihnen. Und wenn es schwindet und schwindet, wenn es Sie leiden läßt, dann erleben Sie das auch als Leben. Verluste werden, sagt die idiotische Statistik, dreimal so stark erlebt wie Gewinne. Ja, da sage ich doch: Her mit den Verlusten. Aber es gibt natürlich keinen Gewinn, also auch keinen Verlust. Es gibt die Bewegung. Die Illusion. Ist gleich: das Leben. Übrigens, wenn Sie einmal in Ihren Kreisen Legitimierhilfe brauchen, Albert Einstein, die Zitier-Ikone schlechthin, hat gesagt, der Zinseszins sei die größte Erfindung des menschlichen Geistes.

Babenberg: Danke für die Predigt. Ist gespeichert. Warum aber der Spendierrausch Ihres George Soros? Dieser wahrhafte Weltmann! Ist das, was er uns vormacht, nicht von der Qualität einer Beichte in der Dorfkirche? Zuerst der Spekulations-Weltmeister, dann gleich der Weltmeister in der Philanthropie.

Karl von Kahn: Er ist nicht MEIN George Soros. Aber warum das moralisch messen? Was Sie Spendierrausch nennen, ist eine Wirkung der Wirkung. Soros hat den Markt mit Marktmitteln hochgereizt wie keiner vor ihm, hat irre verdient, hat gesagt: So irre darf nicht verdient werden, der Markt muß reguliert werden. Und um vor sich selber glaubhaft zu sein, spendiert er jetzt noch und noch. Allerdings wird er da doch ideologisch. Auf seiner Hundertmillionendollaruni in Ungarn sollen Menschen zu Kosmopoliten erzogen werden. Er selber sei auch einer. Merken Sie, wie da der Realismus hinkt? Kosmopolit kann man, glaube ich, nicht vor aller Erfahrung werden, sondern erst nach aller Erfahrung. Von mir aus auch umgekehrt. Das ist Ihr Fach. Andererseits: Daß Soros jetzt verkündet, es herrsche ein Mangel an echten Werten, sagt mir, daß sein Markterfolg ihn entwickelt hat. Der Markt ist von selbst das, was die Veranstaltungen der Politik und der Kunst sich zu sein bemühen: die Verbesserungskraft. Die Bankiersfamilie in Zürich, die sich zwei ununterscheidbare Superautos bauen ließ, von denen immer nur eins zu sehen sein durfte, weil die Leute nicht sehen sollten, daß man zwei solche Luxusdinger hat. Als ein Junior nach dem Motiv gefragt wurde, sagte er: Tiefstapelei und Angst. Jener Landgraf, dann Kurfürst, der seine Landeskinder verkaufte und der Reichste wurde, wollte ja auch für arm gehalten werden.

Babenberg: Sie reden von meinem nächsten Buch.

Karl von Kahn: Und schon schweig ich.

Babenberg: Zur Zeit kann ich nirgends länger als dreißig Minuten sein, ohne von meinem Buch zu reden. Ob es paßt oder nicht. Ich fang einfach davon an.

Karl von Kahn: Ich bitte darum.

Babenberg: Aber heute paßt es sogar.

Karl von Kahn: Und die halbe Stunde ist längst um.

Babenberg: Das Buch heißt Schuld und Sahne.

Karl von Kahn: Das klingt aber.

Babenberg: Und beschrieben wird die Schuldunfähigkeit des Menschen. Wer von Schuld spricht, spricht immer von den anderen, nicht von sich selbst. Schuld und Sahne. Inzwischen heißt *Schuld und Sühne* im Deutschen wieder, wie es dem Original entspricht: *Verbrechen und Strafe. Prestuplenie i nakazanie.* Die Gesellschaft hat das Recht, Handlungen Verbrechen zu nennen und Verbrecher zu bestrafen. Daß der Verbrecher sich schuldig fühlen soll, kann sie verlangen, aber nicht bewirken.

Karl von Kahn: Zur Schuldsprache in der Marktwelt: Der Hundertsekunden-Coup, the Citigroup's notorious Dr. Evil trade, hat stattfinden müssen, weil the Citygroup was under pressure to deliver big profits in a hurry.

Frau Lenneweit hatte schon den pelzbesetzten Mantel in der Hand, die Pelzmütze reichte Karl von Kahn, es wurde ein herzlicher Abschied.

Als Herr Babenberg draußen war, sagte Frau Lenneweit, den bayerischen Volksmund variierend: Jeder Zoll ein Herr.

Karl von Kahn machte Frau Lenneweit die üblichen Vorwürfe, weil sie wieder so lange geblieben war; sie sah ihn mit abgrundtiefen Augen an. Seit Helen aus dem Haus war und Frau Lenneweit das gemerkt hatte, ohne daß es ihr gesagt worden war, wurde das allabendliche Auseinandergehen schwieriger.

Dieser Babenberg. Wenn man von Amadeus Stengl wegen seines Niveaus nicht das Allerschlimmste gewärtigen mußte – obwohl man inzwischen nichts mehr ausschließen sollte –, so galt das erst recht für Babenberg. Er war nicht der immer von sich Hingerissene wie Diego und nicht der Incasso-Beamte seiner Prominenz wie Amadeus, Babenberg war nicht ... gewinnend, er warb nicht, er war nicht cool, sondern kühl. Er wirkte nicht freundlicher, als er möglicherweise war. Das war doch das Höchste.

Auf jeden Fall ein Kundengespräch der erträglichen Art. Geld ist das Apriori. Sagt schon Sohn-Rethel. Den zu zitieren hatte er vergessen. Sohn-Rethel, das war sicher ein Intellektueller nach Babenbergs Geschmack.

In der U-Bahn saß er einer braungebrannten Frau gegenüber, die den in ihren Schoß gebetteten Pudel so zärtlich behandelte, daß sie es mit Recht für angebracht hielt, die Leute um sie herum aufzuklären. Sie mache sonst kein solches Getue, aber ihr Hund, so alt wie Methusalem, sei heute operiert worden. Als sie das sagte, bemerkte Karl von Kahn die Narbe auf ihrer braungebrannten Stirn. Diese Narbe würde ihn, auch wenn die Frau nicht braungebrannt wäre, kein bißchen stören. Er war froh, daß er die Frau mit der Stirnnarbe anschauen konnte. Er würde mit dieser Frau, wenn sie es zuließe, hingehen, wohin sie wollte. Mit einer Frau, die eine Stirnnarbe hatte und einen heute operierten uralten Pudel so hätschelte, daß sie es selber für nötig hielt, das den Leuten in der U 6 zu erklären, mit einer solchen Frau könnte er sein Leben verbringen. Leider stieg sie schon an der Dietlindenstraße aus. Wenn sie am Nordfriedhof ausgestiegen wäre, hätte er ihr anbieten können, den Pudel zu tragen. Und warum war er nicht einfach auch an der Dietlindenstraße ausgestiegen? Weil er ein Idiot war.

Es fiel ihm auf, daß er, weil Joni weg war, kaum einer Frau begegnen konnte, mit der er nicht hätte sein Leben verbringen wollen. Offenbar war er jetzt haltlos.

2.

Fremd war ihm jetzt der Hochmut, mit dem er auf die Zuschauer herabsah, die Fernsehzuschauer, die der Formulierer Amadeus Quotenfutter nannte. Jetzt saß er selber vor dem Apparat, reif fürs Programm. Er brauchte es. Er wollte nichts mit sich zu tun haben. Sein Vorwand: Sonntagabend und *Zu Gast bei Gundi*. Danach würde er noch einmal lesen, was Erewein ihm hinterlassen hatte.

Gundi fing ganz anders an. Kein schwarzer Schiffsbug mehr mit *Inutile Precauzione*, kein *Fliegender Holländer* mehr von Hindemith lustig heruntermusiziert, kein Ruhlmann-Sofa mehr, nichts, wie es war, dafür ein großes weißes Zelt, darin saßen Gundi und ihr Gast, saßen auf Barhokkern, saßen an einem runden Bartischchen einander gegenüber. Gundi stützte ihre Ellbogen auf die runde Tischplatte, die silbern gleißte, ihr gegenüber saß Amadeus Stengl. Ihr Kinn lag auf ihren zwei kleinen Fäustchen, sie sah ihren Gast an, als sehe sie ihn zum ersten Mal. Er hielt sich mit beiden Händen an der silbernen Tischplatte fest, als brauche er, wenn er Gundis Blicken standhalten wolle, diesen Halt. Plötzlich nahm sie seine Rechte in ihre Hände. Der Tisch war so bemessen, daß das leicht möglich war. Sie stieg vom Barhocker, löste ihn von seinem Hocker und führte ihn zu dem großen, breiten Zelteingang, schon fast eher ein

Tor als ein Eingang. Das war kein Zelt, das von irgendeiner Organisation der Welt aufgestellt worden sein konnte. Das war ein Zelt, das man schon im Theater oder im Film gesehen hatte. Das war historisch. Shakespeare, dachte man, wenn man dieses Zelt sah. Und es stand im Sand, auch innen, der Boden Sand, nicht einmal festgetreten. Die beiden schauten hinaus auf den sonnenbeschienenen Strand und auf das Meer, das dem Strand mit langsamen Wellen flattierte.

Als habe sie Amadeus Stengl nur zeigen wollen, wo alles stattfinde, geleitete sie ihn jetzt wieder zurück zum Bartisch mit der Silberplatte, beide bestiegen ihre Stühle.

Gundi rief: Cécile.

Eine Frau, zirka fünfzig, kam aus der hinteren Zeltwand, die offenbar nur aus mehreren Vorhängen bestand. Cécile trug einen Herrenanzug in Grau.

Gundi: Das ist Cécile. Die alles für mich tut.

Cécile: Du hast noch nichts verlangt, was ich nicht gern getan hätte.

Gundi: Professor Amadeus Stengl.

Amadeus hüpft vom Stuhl, nimmt Céciles Hand, küßt sie.

Gundi: Champagner, bitte.

Cécile schenkt aus der bereitstehenden Flasche ein. Dann geht sie wieder durch die Rückwand ab.

Gundi sagt: Zum Wohl, Amadeus sagt: Prosit. Sie trinken.

Gundi in einem tomatenroten Leinenanzug, Amadeus in einem seidigen Hellviolett. Die Musik hört auf. Eine Frauenstimme hatte sich mit Jazztönen und -rhythmen gesteigert und war, als die Musik aufhörte, gerade auf dem Höhepunkt, der nur noch ein Schrei war, angekommen.

Herr Professor, sagt Gundi.

Amadeus: Muß das sein?

Gundi: Ich gratuliere.

Und reicht ihm die Hand hinüber, und er springt vom Stuhl und küßt die Hand, gibt sie zurück und steigt wieder auf den Stuhl.

Gundi wendet sich jetzt an die Zuschauer, sagt noch schnell zu Amadeus hin: Sie kommen gleich dran. Liebe Zuschauerinnen und Zuschauer, Sie sind es inzwischen gewöhnt, daß ich Sie jedesmal in ein anderes Milieu, in eine andere Welt einlade. Und Sie erwarten mit Recht, daß das Milieu, in das ich Sie einlade, etwas zu tun habe mit dem Gast, den ich Ihnen vorstellen will. Das ist, weil ich gewöhnlich meine Gäste vor der Kamera zum ersten Mal sehe, immer riskant. Es finden vorher lange Briefwechsel statt. Sie wissen, darauf besteh ich. Und daß die Briefe dessen, der eingeladen werden will, und meine Briefe von Hand geschrieben werden, ist Bedingung. Und daß der Briefwechsel, der einer Einladung vorangeht, sich oft über viele Monate hinzieht, wissen Sie auch. Alles das ist heute anders. Zum ersten Mal habe ich einen Gast geladen, der sich prominent vorkommen darf. Ich habe einmal gesagt, daß ich es unanständig finde, Menschen einzuladen, die zu der andauernd diensttuenden Talk-Truppe der Fernsehsender gehören. Nichts ist, sage ich immer noch, so uninteressant wie jemand, den man hauptsächlich vom Fernsehen her kennt, dessen öffentliche Handlungen vor allem Fernsehauftritte sind. Der heutige Gast erfüllt so ziemlich alle Bedingungen, die ihn bisher für mich uneinladbar gemacht haben. Ich habe nachzählen lassen: Allein im vergangenen Jahr ist er in zweiunddreißig Talk-Sendungen zu sehen gewesen. Grauenhaft, Herr Professor.

Amadeus: Aber in diesem Jahr erst in sechs, und wir haben immerhin schon Mitte Februar.

Gundi: Sie sollen als Gundis Gast nichts sagen oder tun, was Sie schon irgendwo anders gesagt oder getan haben.

Amadeus: Ich sag oder tu nie etwas, was ich schon irgendwo anders gesagt oder getan habe.

Gundi: Sie sollen bei mir anders sein als überall sonst.

Amadeus: Ich bin immer anders als sonst.

Gundi: Ich möchte jetzt auch gern anders sein als sonst.

Amadeus: Wenn man nur wüßte, wie man sonst ist.

Gundi: Sind Sie sonst nicht der, der gerade sechzig geworden ist?

Amadeus: Ich wäre auch lieber etwas anderes geworden.

Gundi: Den der Ministerpräsident zum Professor ernannt hat?

Amadeus: Ja, aber warum?

Gundi: Ja, warum hat er?

Amadeus: Ich weiß es doch auch nicht.

Gundi: Sie haben ihn nicht gefragt?

Amadeus: Hab ich Sie gefragt, warum Sie mich einladen, Gast bei Gundi zu sein?

Gundi: Vielleicht hat der Ministerpräsident Angst vor Ihnen.

Amadeus: Er hat Macht.

Gundi: Wer Macht hat, hat Angst.

Amadeus: Wer keine hat, auch.

Gundi: Sie haben Macht. Sagen Sie jetzt bitte, wie Sie Ihre Macht ausüben.

Amadeus: Ich sage einem, der alles weitererzählt, unter dem Siegel der Verschwiegenheit, was ich weitererzählt haben will.

Gundi: Jetzt komme ich Ihnen näher.

Amadeus: Kommen Sie. Bitte.

Gundi: Wollen Sie lieber geliebt oder gefürchtet werden?

Amadeus: Mir egal.

Gundi: Glaub ich Ihnen nicht.

Amadeus: Ich auch nicht.

Gundi: Also?

Amadeus: Das *oder* macht jede Antwort falsch. Kein Mensch ist das oder das.

Gundi: Also?

Amadeus: Gefürchtet und geliebt. Das will jeder.

Gundi: Aber nicht jede.

Amadeus: Sie werden frauenfeindlich.

Gundi: Jetzt breche ich eine Verabredung.

Amadeus: An Verabredungen halten sich nur Leute mit zwei Komma fünf Dioptrien.

Gundi: Und wenn ich jetzt sage, meine Kontaktlinsen haben zwei Komma sieben?

Amadeus: Ihre Augen sind so unmittelbar wie eine ungefaßte Quelle.

Gundi: Ich breche eine Verabredung.

Amadeus: Brechen Sie ruhig.

Gundi: Wir sind seit Jahren per du.

Amadeus: Ach.

Gundi: Ich habe dir gesagt, daß es besser wäre, wir sagten vor der Kamera Sie zueinander.

Amadeus: Ich hatte mir vorgenommen, Ihnen während der Sendung das Du anzubieten.

Gundi: Es gibt in München einen Professor, der fragt jedesmal, wenn er mich sieht: Sind wir eigentlich per du oder per Sie.

Amadeus: Und was sagst du dann?

Gundi: Manchmal sage ich: Wir sind per du. Oder ich sage: Herr Professor, wir sind per Sie.

Amadeus: Und er akzeptiert?

Gundi: Er ist siebzig.

Amadeus: Da kann ich ja froh sein, daß ich erst sechzig bin.

Gundi: Das kannst du wirklich. So, und jetzt lege ich hier den Schmuck ab, den mir ein Mann geschenkt hat, der sehr bald siebzig sein wird.

Amadeus: Und?

Gundi: Wart's ab. Sie, liebe Zuschauerinnen und Zuschauer, kennen den Schmuck. Sie waren dabei, als ich zur Schmuckträgerin wurde. Ich glaube nicht, daß ich wieder zur schmucklosen Frau tendiere, aber diesen Schmuck darf ich nicht mehr tragen. Dieses Armband und diese gewaltige in Platin gefaßte Perle, beides von einem wahrhaft lieben Mann, der nicht mehr mein Mann ist. Wir werden uns nicht mit Gründen dekorieren. Was zählt, ist das Faktum. Cécile!

Cécile kommt durch die Rückwand.

Gundi: Die Versteigerung, bitte.

Cécile zieht einen Vorhang zurück, da sitzen vor einer weiteren Zeltwand zwei Sekretärinnen an Telefonen. An der Zeltwand erscheint die Nummer: 089-111222.

Gundi: Sie, liebe Zuschauer und Zuschauerinnen, können jetzt bei Cécile diesen Schmuck ersteigern. Der Erlös wird dem Hilfswerk für krebskranke Kinder überwiesen. Bitte, Cécile.

Cécile: Das Platin-Armband, besetzt mit Diamanten, Saphiren, Rubinen und Smaragden, und diese Perle in Platin gefaßt, 20 000 Euro.

Jetzt hört man wieder die Frauenstimme mit diesem aggressiv wehmütigen, sich dann von aller Wehmut befreienden Gesang.

Gundi: Ich bin gespannt.

Amadeus: Darf ich auch mitsteigern?

Gundi: Aber ja.

Amadeus: Dann biete ich 21 000.

Eine Telefonistin: 21 500.

Die zweite Telefonistin: 22 000.

Amadeus: 22 500.

Die zweite Telefonistin: 23 000.

Amadeus: 23 500.

Die erste Telefonistin: 24 000.

Amadeus: 25 000.

Cécile: 25 000 zum ersten, zum zweiten …

Die zweite Telefonistin: 30 000.

Amadeus: Der meint es ernst. 35 000.

Die zweite Telefonistin: 50 000.

Amadeus: Ich kapituliere.

Gundi: Fragen Sie, ob wir den Namen nennen dürfen.

Cécile nimmt den Hörer.

Cécile: Dürfen wir Ihren Namen hier mitteilen?

Sie erfährt den Namen.

Cécile: Lambert Trautmann.

Gundi: Diego!!

Amadeus: Das hätte ich mir denken können.

Gundi: Er bekommt den Schmuck. Nach der Bezahlung.

Die Frauenstimme hat wieder den Höhepunkt erreicht und bricht ab.

Gundi: Cécile, bitte.

Cécile hat versäumt nachzuschenken.

Gundi: Meine Damen und Herren, das ist das Risiko der Live-Sendung. Und Sie wissen, daß ich ohne dieses Risiko mit Fernsehen überhaupt nichts zu tun haben möchte. Entweder – oder. Ja, lieber Amadeus Stengl, es tut mir leid. Ich fasse mich jetzt gleich wieder. Zum Wohl.

Amadeus: Wir trinken auf den Herrn des Armbands und der Perle.

Gundi: Auf den trinken wir!

Sie trinken.

Gundi: Du weißt, die Sage meldet, Aphrodite sei aus dem Schaum entstanden, der sich bildete, als Kronos den Penis seines Vaters Uranos, den er mit der Sichel abgesäbelt hatte, ins Meer warf.

Amadeus: Ich weiß im Augenblick nicht, ob ich das gewußt habe. Ob ich das gewußt haben will.

Gundi: Natürlich willst du das nicht gewußt haben. Das sind die Schönheitskosten der Frau. Bei Apollon hat genügt, daß eine leidende Leto auf Delos die heilige Palme berührte, und der universale Junge war da.

Amadeus: Ja, gut, also, Frauen sind teurer.

Gundi: Auf so einen Kalauer gehört: Und Männer billiger. Ich entschuldige mich. Bei Ihnen, liebe Zuschauerinnen und Zuschauer. Ich muß Ihnen doch Professor Amadeus Stengl präsentieren. Und ich will ihn so präsentieren, wie er noch in keiner seiner unzähligen Talk-Shows präsentiert worden ist. Ich habe es bis zu diesem Augenblick geschafft, nicht ganz, aber fast geschafft, daß er keine Witze macht. Er ist berühmt für seine Witze. Seine Schlagfertigkeit. In seinen Kreisen heißt er: Der Formulierer. Also bitte, Amadeus.

Amadeus: Ja was, bitte, wird verlangt?

Gundi: Keine Witze!

Amadeus: Den lieb ich, der Unmögliches begehrt.

Gundi: Und keine Zitate.

Amadeus: Also ohne alles.

Gundi: Nackt.

Amadeus: Nackt und keine Witze, Gundi, das ist Porno total.

Gundi: Porno mental.

Amadeus: Ich bin schüchtern.

Gundi: Ich habe zu kleine Hände.

Amadeus: Du kannst mir ruhig sagen, ob du auch schüchtern bist.

Gundi: Kein Mensch ist glaubwürdig, wenn er sagt, er sei schüchtern oder er sei nicht schüchtern. Das zu beurteilen steht nur anderen zu.

Amadeus: Dann sag doch, ob ich schüchtern bin.

Gundi: Ich habe mein ganzes Leben lang darunter gelitten, daß ich zu kleine Hände habe.

Amadeus: Kein Mensch ist glaubwürdig, wenn er sagt, er habe zu kleine Hände.

Gundi: Eben doch. Das läßt sich nämlich schlicht sehen, da schau!

Amadeus: Eben nicht. Ob klein oder nicht klein, läßt sich sehen. Nicht aber, ob zu klein! Das zu beurteilen steht nur anderen zu.

Gundi: Gib mir deine Hand. Eine. Die rechte oder die linke, egal.

Amadeus: Beide!

Gundi: Eine!!

Amadeus: Was für eine Stimme!

Gundi: Was für eine Hand! Du hast so viel größere Hände.

Sie hat jetzt seine beiden Hände.

Gundi: Könntest du einmal etwas Lautes sagen? Wenn du jetzt sagst, dir fällt nichts ein, was laut, sehr laut gesagt werden kann, gesagt werden muß, dann hören wir auf, dann ist die Sendung gelaufen, und Professor Amadeus Stengl, der Formulierer, der informierteste Wirtschaftsjournalist der Republik, kann seines Weges ziehen, quer durch alle Talk-Shows der Welt.

Amadeus (sehr leise): Ich würde jetzt am liebsten eine rauchen.

Gundi holt unter dem Tisch ihr berühmtes Etui heraus, bietet ihm eine an. Sagt aber: Ich habe das Rauchen öffentlich aufgegeben. Vor einer Million Zeugen.

Amadeus: Dann kannst du es öffentlich, vor einer Million Zeugen, wieder anfangen.

Er nimmt ihr das Etui aus der Hand, hält es ihr hin. Er zündet ihre und seine Zigarette an. Sie gehorcht nicht.

Amadeus: Ohne dich rauch ich nicht.

Gundi: Ich ohne dich auch nicht.

Amadeus: Laß mich dein Verehrer sein.

Gundi: Du bist ein berühmter Wirtschaftsjournalist.

Amadeus: Das gebe ich zu.

Gundi: Das Wirtschaftliche hat jetzt eine Bedeutung wie im Mittelalter die Religion.

Amadeus: Das Wirtschaftliche ist jetzt die Religion.

Gundi: Wenn das der Bischof hört.

Amadeus: Der weiß das.

Gundi: Hast du keine Angst?

Amadeus: Doch. Als gemeldet wurde, daß die Robben

im roten Algenschaum sterben, die Delphine auch schon, daß Venedig nach Algenfäulnis stinkt, das Ozonloch sich weitet, die Klimakatastrophe gedeiht, der Profit die Regenwälder vernichtet, da dämmerte in mir die Einsicht, daß nichts hilft. Und ich spürte wie noch nie mein Vertrauen. Mein Vertrauen in die Angst.

Gundi: Magst du lieber gerade oder ungerade Zahlen? Ich ziehe nämlich ungerade Zahlen vor. Gerade Zahlen meide ich, wo es geht. Die kommen mir öde vor, fast häßlich. Jede ungerade Zahl ist für mich ein Reiz. Und attraktiver als eine Primzahl ist für mich nichts. Und du?

Amadeus: Ich ahne, was ich jetzt anrichte. Aber mir sind gerade Zahlen viel lieber als ungerade.

Gundi: Endlich ein Streit.

Amadeus: Ungerade Zahlen kommen mir immer verbogen vor. Ich möchte sie immer aufrichten, trösten, daß sie ihre Ungeradheit nicht so schwernehmen sollen. Eines Tages, sage ich dann zu ihnen, werden alle Zahlen gerade sein. Dafür will ich sorgen.

Gundi: Du hast bestanden.

Amadeus: Dann hat mich mein Gefühl nicht getäuscht. Ich habe gespürt, es gehe eine Prüfung vor sich.

Gundi: Die du bestanden hast.

Amadeus: Aber du auch. Jaa! Ich habe dich auch geprüft. Als ich merkte, daß du mich prüfst, habe ich geprüft, was du für eine Prüferin bist.

Gundi: Und?

Amadeus: Toll.

Gundi: Aber du erst. Noch nie hat jemand den Test mit den geraden und ungeraden Zahlen so gut beantwortet. Den meisten genügt es, die Frage nicht ernst zu nehmen.

Sie ist ja auch für die meisten nicht ernst zu nehmen. Für mich aber schon. Du hast dich behauptet. Frage: Stört es dich, wenn du merkst, daß du von jemandem mehr geliebt wirst, als du zurückliebst?

Amadeus: Stört es dich?

Gundi: Immer mehr. Ich will endlich die sein, die mehr liebt, als sie geliebt wird. Nur dann glüht doch das Dasein. Ich war haltlos. Prinzipiell haltlos. Ein Papierdrachen an der Kinderhand, jähe Abstürze, gerade noch abgefangen, bevor es zu spät war, und wieder aufwärtstaumelnd, sich wiegend wie ungefährdet. Bis zum nächsten Schwanken, Taumeln und Stürzen. Jetzt bin ich süchtig nach Halt, nach Fesselung. Ich will mich ausprobieren als Dienende. Wozu bin ich gut? Das will ich erfahren. Von dir, Amadeus. Ich halte um deine Hand an. Und ich gestehe ganz schnell noch, daß ich mich verliebt habe in dich, daß das nicht mehr aufgehört hat und daß ich dich deshalb eingeladen habe in dieses historische Zelt, um dir das, wie es sich für mein Fernsehleben gehört, öffentlich zu gestehen, live. Ich weiß, liebe Zuschauerinnen, das ist eine Zumutung. Aber für mich auch. Ich entschuldige mich für meine Unvorbildlichkeit. Und bin gespannt. Was aus den beiden wird. Ob etwas oder nichts, das, liebe Zuschauerinnen und Zuschauer, sehen Sie demnächst in: *Zu Gast bei Gundi.*

Sie springt vom hohen Hocker, Amadeus springt auch.

Gundi: Komm, Formulierer.

Amadeus: Wohin du willst.

Das Licht wechselt auf Arbeitslicht, das Zelt wird hochgezogen, verschwindet, das Meer findet nicht mehr statt, Amadeus und Gundi gehen Hand in Hand nach hinten, zwischen den Kameras und dem Studio-Team.

Karl von Kahn schaltete per Fernbedienung ab. Das Handy meldete sich. Er hörte Danielas Stimme und meldete sich nicht. Dann griff er in die Schublade mit Ereweins Hinterlassenschaft und las einen der Briefe, die Erewein schrieb, wenn man ihm zum Geburtstag gratuliert hatte.

Lieber Karl,
es gab, als wir zwölf oder fünfzehn waren, mehr als vier Himmelsrichtungen. Wo Du hinschautest, war eine Richtung. Der Himmel blitzte vor Möglichkeiten. Jeder Wetterschlag eine Revolution. Andauernd wurden Farben geboren. Auf der nassen Straße gingen wir an einem offenen Fenster vorbei, hörten, wie drinnen eine Geige gestimmt wurde, wie die Quinten sich suchten und fanden. Das wirkte wie eine Einladung zur Teilnahme beim Erschaffen der Welt. Wie öde der Bibelbeginn mit seinem Aufzählen des Nacheinanders. Was für ein Pedant mußte dieser Schöpfer gewesen sein, daß er erst das, dann das, dann das machen mußte, wo man doch andauernd erlebt, daß alles in einem Moment erfühlbar, erschaubar, erschaffbar ist. Alles auf einmal. Erinnerst Du Dich? Das war unser Lebensgefühl. Erinnerst Du Dich??
Dich grüßt
Dein Bruder

Dann saß Karl wieder. Dann holte er aus der Ereweinschublade das rote Büchlein und las wieder einmal den Zettel, den Erewein vorne hineingelegt hatte: Das ist das einzige Buch des Großvaters, das unsere Kriege überlebt hat.

Der Titel des Buches:

Aus den Erlebnissen und Erinnerungen eines alten Offiziers.
Von E. Betz
Oberst a. D.
Karlsruhe 1894

Und darunter:

Ex Libris Wilhelmi II
Imperatoris Regis

Karl nahm sich immer wieder vor, dieses Buch zu lesen. Bis jetzt war er über diesen Eintrag nicht hinausgekommen.

3.

Zum Glück war am Abend zuvor Frau Varnbühler-Bülow-Wachtels Esel Bileam gestorben. Zum ersten Mal hatte Karl von Kahn kein Gesprächsprogramm vorbereitet gehabt. Während er Amadeus bei Gundi angeschaut hatte, war Bileam gestorben. Noch an keinem Wochenende hatte Karl versäumt, das Gespräch mit der dreifachen Witwe für Montagmorgen vorzubereiten. Jetzt war sie praktisch das vierte Mal Witwe. Und Bileam war erst dreizehn gewesen. Herzverfettung. Und hätte bequem fünfundzwanzig, wenn nicht dreißig werden können.

Frau Amei wollte nichts hören von den günstigen Schicksalen ihrer *Puma-* oder *Paion*-Werte. Am Freitag noch waren die Kindergartenkinder mit der jugoslawischen Kindergärtnerin dagewesen, die einmal im Monat in Ameis Garten mit Bileam herumtollen durften. Als die Kindergärtnerin Bileam den Sattel auflegte, hatte dafür keines der Kinder ein Wort. Es waren ja türkische, griechische, spanische, aber auch deutsche Kinder. Und keines hat ein Wort für Sattel. Endlich sagte eine dünne kleine Bayerin: Sheriff. Da schrien sie alle: Sheriff. Bileam erschrak. Von diesem Augenblick an ging es ihm nicht mehr gut. Aber genauso wie Bileams Ende bekümmerte die Kundin das zukünftige Schicksal dieser Kinder, die nicht wissen, daß ein Sattel ein

Sattel ist, aber *Sheriff* kennen sie. Das gibt noch Probleme, sagte Frau Amei.

An anderen Montagen hätte Karl von Kahn dieser kleinmütigen Altersroutine widersprochen, und in einem Ton, daß er Frau Amei aufgehellt sich selbst hätte überlassen können.

Aber er mußte zu Diego. In die Theresienstraße. Erst dann in die Firma.

Instinkt. Unprüfbar. Ein Ruf. Ein Zwang. Das Wichtigste: nichts zu erwarten. Auf dem Hinweg Erwartungen vernichten. Keine Spannung. Eben werden. Ungewölbt. Platt. Einfach hin. Ihm die Hand drücken.

Die von früher gewohnte, immer sehr historisch klingende Ladenglocke begleitete Karl von Kahns Eintritt. In der Brienner Straße hatte es diese Ladenglocke nicht gegeben. Drinnen, auch wie früher, ein von Glanzstellen gespicktes Dämmer. Und hinter seinem so edlen wie strengen Louis-XVI-Schreibtisch Diego. Vor ihm auf der grünen Lederfläche ein großes Buch, das er offenbar gerade durcharbeitete.

Karl von Kahn glaubte, er müsse den ersten Satz sagen und damit gleich eine mögliche Tonart vorschlagen. Also sagte er: Lambert, guten Tag.

Karl, ich grüße dich, sagte Diego.

Diego hatte zugenommen. Seine Jacke spannte. Aber er war so beweglich wie immer. Karl von Kahn mußte sich auf das Biedermeier-Sofa am Kapitänstisch setzen, Lambert trug das Buch herüber und fing an, sein neuestes Projekt zu besingen. Ganz wie früher. Er wird auf Schloß Sandrin den ganzen Nachlaß der Fürstin Granitza versteigern. Das gesamte Inventar von Schloß Sandrin. Da, schau, von der Large English Silver Punch Bowl bis zu Arnold Böcklin und Hans Makart, also Stücke von zweitausend bis gut und gern hunderttausend Dollar. Und blätterte die Bilder auf, besang, ohne es abzulesen, alles, was da aus und auf Schloß Sandrin angeboten wird. Sagte es in Englisch, weil der Katalog in Englisch verfaßt war. Das sei seine Entdeckung. Im Sommer, zur Festspielzeit, sind Tausende von Amerikanern in und um Salzburg herum. Unterhaltungsbedürftig. Sein Katalog wird ab April in Amerika kursieren. Dann eine Drei-Tage-Auktion auf Schloß Sandrin. Gehalten von Geoffry Laughlin, den kennt in den USA jeder, der sich für alte Kunst interessiert. Hat auch bei Christie's auktioniert.

Diego ging vor Karl auf und ab und redete, wie er früher geredet hatte. Karl wußte, daß Diego zwei Stunden oder vier so reden konnte. Er hatte alles intus. Und begeistert war er wie eh und je. Rannte immer wieder zu Karl hin, schlug im Katalog, ohne suchen zu müssen, sofort die Seite auf, von der er gerade redete. Da, mit dreißig- bis vierzigtausend Dollar angesetzt, eine Meissen Porcelain Dark Blue-Ground Two-Handled Commemorative Presentation Vase. Von Seiner Durchlaucht, Franz Maria Fürst zu Granitza, Ihrer Durchlaucht, der Fürstin Herminie, zur silbernen Hochzeit gewidmet. Aber fünf Wochen vor dem Fest stürzt die Fürstin vom Pferd, verliert beide Augen, macht im Krankenbett ein Gedicht, der Fürst läßt's noch vom Porzellanmaler draufmalen, da ist es, *inscribed on the neck,* und Diego sagte auf, was auf dem Hals der Vase goldgefaßt geschrieben war, auswendig, ja eigentlich sang er den Text.

Ob ich mich dir zuwende
Ob ich dich seh
Ob ich mir die Hände
Oder dir die Seele verdreh
Ich bin am Ende
Ich geh.

Diego hätte natürlich den ganzen Katalog aufsagen können, aber Karl mußte in die Firma.

Entschuldige, sagte Diego.

Karl entschuldigte sich auch.

Als sie einander die Hand gaben, behielt Diego Karls Hand in seinen Händen. Keiner sagte etwas. Dann sagte Diego: Ich war schlecht dran. Hatte keinen Überblick mehr. Panik pur. Dann sind aus sechs doch noch neunzehn geworden. Du kriegst also noch zwei Komma sechs. Plus Zinsen. Ich hatte Angst, du sagtest *et tu, Brute*. Darum habe ich nicht angerufen. Entschuldige.

Karl zuckte mit den Schultern und deutete durch ein winziges Kopfschütteln an, daß es keine Verstimmung gebe, daß alles gut sei.

Diego ging mit bis zur Tür. Als Karl die Türklinke schon in der Hand hatte, sagte Diego: Du bist gekommen, weil du gestern abend Gundi gesehen hast.

Karl nickte.

Und? Wie hast du die Sendung gefunden?

Karl zuckte mit den Schultern.

Ich sehe schon, sagte Diego, du traust dich wieder nicht. Sobald es sich nicht um Zahlen handelt, wirst du vorsichtig, oder soll ich sagen: feige! Laß dir sagen: Es war die beste Sendung, die Gundi je hatte. Wie sie den Formulierer über den Tisch gezogen hat, fabelhaft. Als sie heute nacht nach Hause kam, habe ich ihr gratuliert. Auf meine Art. Bis sie eintrat, hatte ich schon die Diamanten-Tiara aus dem Safe geholt, die millimetergenau gearbeitet ist nach der Tiara, die die Herzogin von Westminster im Jahr 1930 getragen hat. Die habe ich ihr aufgesetzt. Wirkte natürlich grotesk zu ihrem tomatigen Leinengeflatter. Aber ein paar Augenblicke ließ sie sich doch anstecken von der edlen Kopfbedeckung. Mach's gut, Karl.

Während Diego ihn, als wolle er ihm behilflich sein, hinausschob, dachte Karl, daß er sich mit Joni hätte vor Diegos Schaufenster in der Brienner Straße postieren sollen, so lange, bis Diego Joni und ihn gesehen hätte, bis er hätte zugeben müssen, daß Gundi, verglichen mit Joni, eine pudrige Mumie ist.

Karl winkte noch zurück, dann ging er, rannte er fast, stadteinwärts und kam – wie immer – auf die Minute genau in der Faulhaber-Straße an.

Frau Lenneweit sagte: Sie sind schon drin. Das hieß, Dr. Dirk Herzig, Berthold Brauch und der, um den es gehen sollte, waren schon im Konferenzraum.

Karl sah auf seine Uhr, um klarzumachen, daß er sich an die verabredete Zeit halte.

Frau Lenneweit sagte: Sie können ja gar nicht zu spät kommen.

Und er: Wenn ich gewußt hätte, daß ich zu einem solchen Kostümereignis komme, wäre ich noch schneller gerannt.

Frau Lenneweit sagte, er sei der einzige, der das bemerkt habe.

Vorgestellt wurde also Dr. Beat Pestalozzi, dessen beruflichen Lebenslauf Karl von Kahn und Berthold Brauch studiert hatten.

Karl von Kahn eröffnete: Und warum gehen Sie nicht auch gleich zur größten deutschen Investment-Gesellschaft wie Ihr Freund?

Ich hab's lieber überschaubar, sagte Dr. Pestalozzi. Bei unüberschaubar großen Firmen wie *Merrill Lynch* sei er schon gewesen. In Lugano.

Wie es bei uns zugeht, hat Ihnen Dr. Herzig sicher verraten, sagte Karl von Kahn.

Ja, ja, ja, gründlich, halt wie es seine Art ist, sagte der nicht nur von den Ellbogen bis zu den Händen, sondern von Kopf bis Fuß Gelenkige. Und mit seinen drei Ja's ließ er dann fast alle Antworten beginnen. Es war, wie er das vorbrachte, kein Ja zuviel. Die Ja's hüpften wie von selbst aus seinem Kindermund. Ein Mund ohne Disziplin. Ein von keiner Festigkeit belegtes Lippenwerk. Aber kein haltlos im Gesicht hängendes Mundwerk wie bei Amadeus, sondern ein auf guten Gebrauch wartendes Lippenwerk. Dazu lockige, fast schwarze Haare. Seine großen Augen drückten aus, daß er am liebsten staune. Also den fand Karl von Kahn sofort so liebenswürdig, daß er spürte, er dürfe das nicht merken lassen. Dr. Herzig war tüchtig, zupackend, ergebnissicher, aber Karl von Kahn hatte keinen einzigen Abend mit ihm verbracht. Diesen Dr. Beat hätte er am liebsten gleich mitgenommen in die Osterwaldstraße. Vorsicht, Vorsicht, Vorsicht. Eine Stimme, ein Tenor, der nicht darauf besteht, einer zu sein. Unwillkürlich ein Tenor. Oder: Vom Wesen ein Tenor. Kein Schlaks wie Dr. Herzig, und im Gegensatz zu Dr. Herzig, der wie immer in seinem ebenso einwandfreien wie unauffälligen Mausgrau-Anzug auftrat – wahrscheinlich hat er den fünfmal im Schrank –, Nadelstreifen! Aber nicht schlicht schwarzweiß, sondern das dunkelste Dunkelblau mit Streifen in Orange. Die dünnstmöglichen Linien im blassestmöglichen Orange. Und das zweireihig. Er stand einem nicht so groß und gerade gegenüber wie Dr. Dirk, sondern fast schon nicht ganz zugewandt, die linke Hälfte war weiter weg als die rechte. Das wirkte entspannt, lässig, unaufgeregt: unwichtigtuerisch. Schweizerisch, dachte Karl.

Karl von Kahn dachte tatsächlich: Beat, ich liebe dich. Das heißt nichts, aber es ist wahr.

Er würde also, sagte Dr. Pestalozzi, die von Dr. Dirk eröffneten und gut gedeihenden Fonds pflegen. Falls er neue Fonds vorschlagen werde, seien die sicher nicht technologisch orientiert. Das habe er hinter sich. Er würde gern, wenn das, bitte, nicht falsch verstanden werde, vom weltumspannenden *Merrill Lynch* zur Fünf-Zimmer-Firma in München wechseln, weil er Fonds entwickeln wolle, in denen die sogenannte Nachhaltigkeit maßgebend sei. Werte, die man lächerlicherweise ethisch nenne, sollten in seinen Fonds gefördert werden. Einfach gesunde Industrien. Inzwischen habe das Anlegen zum Glück das Sparen so gut wie abgelöst. Und daß gesund und damit Gesundes produziert werden soll, ist inzwischen anerkannt wie nichts sonst. Was liegt also näher, als die wachgewordene Lust, statt zu sparen anzulegen, auf die natürlichste Bahn zu lenken. Er sehe da, im Berufsjargon gesprochen, ein gewaltiges Potential. In fünf Jahren werde er bei *von Kahn und Partner*, wenn er denn genehm sei, mehr als eine weitere Etage beanspruchen. Übrigens falle es ihm schwer, so einen

Werbesermon von sich zu geben. Er sei ein Macher, kein Redner. Und bedanke sich fürs Zuhören.

Karl von Kahn bedankte sich mühelos. Ihn würde doch noch interessieren, was Dr. Pestalozzi von dem *DWS*-Wappenspruch halte. Er glaube ja nicht, daß Dr. Herzig nur wegen des Wechsels von Millionen zu Milliarden zu *DWS* wechsle, sondern auch der dort entwickelten Anlage-Philosophie zuliebe.

Dr. Pestalozzi sagte: Ihm sei die prozyklische Philosophie, mit der das geschafft werden solle, noch nicht vorstellbar.

Ich werde dafür sorgen, daß es dir vorstellbar wird, sagte Dr. Herzig, der neben Dr. Beat wirkte wie ein Sachbuch neben einem Märchenbuch. Dem Anleger wird am Ende der höchste Wert ausbezahlt, den sein Anteil während der Laufzeit erreicht hat, sagte Dr. Dirk, das ist das Ziel.

Daß er mit Dr. Pestalozzi befreundet war, sprach jetzt für Dr. Herzig. Nicht ungerecht werden, dachte Karl von Kahn. Du kannst froh sein, daß Amadeus Stengl und Konsorten deine Agentur, seit die Herzig-Fonds florieren, nicht mehr altmodisch nennen können.

Dr. Herzig teilte noch mit, Beat habe promoviert über die Finanzierung des Schwabenkriegs.

Das sei er seiner Herkunft schuldig gewesen, da ein Vorfahr von ihm sich in diesem Krieg ausgezeichnet habe, sagte Dr. Beat Pestalozzi. Eidgenossen gegen Landsknechte, lokales Geld gegen internationales Geld. Obwohl schon sein Vorfahr habe dichten müssen:

Sin narung ist er suchen
In tutsch und welschem Land
Deo gracias.

Karl von Kahn sagte, wenn er noch etwas über Kriege lesen wolle, dann, wie sie und von wem sie bezahlt worden seien. Also bitte.

Ein Exemplar wurde versprochen.

Weil sie den Einstand ohne Alkohol geschafft hätten, würden sie auch den Abschied in bewegter Nüchternheit schaffen. Sagte am Schluß Karl von Kahn. Und konnte es nicht lassen, zu Dr. Herzig hin zu bemerken, daß *Puma* die Zweihundertfünfundzwanzig nicht nur erreicht, sondern geradezu übersprungen habe, augenblicklicher Stand bei zweihundertundvierzig.

Nicht ohne Zerknirschung, sagte Dr. Herzig, denke er daran. Besonders, weil auch der Film bei der Berlinale zwar kein Krawallerfolg geworden sei, aber eindeutig Sieger unter den Seriösen. Das könnte in Mitteleuropa zum Kassenschlager reichen.

Karl von Kahn sagte, er müsse die Presseberichte noch lesen, aber daß *Das Othello-Projekt* alles andere als ein Reinfall sei, habe er läuten hören.

Bevor er die Firma verließ, und er verließ sie so früh, daß Frau Lenneweit ihn besorgt betrachten mußte, verständigte er sich noch mit Berthold Brauch über Dr. Pestalozzi. Als er hörte, daß der viel zurückhaltendere Berthold Brauch sich auch habe zwingen müssen, seine Begeisterung in arbeitsdienliche Bahnen zu lenken, hätte er nun seinerseits Berthold Brauch umarmen wollen.

Die Augen, sagte Brauch, der Blick, vollkommen lauter, gerade als beabsichtige der, dessen Augen das sind, nichts, als sei er nur da, entgegenzunehmen und auf alles, was ihm entgegenkommt, verstärkend zurückzuwirken.

Mit drei Ja's, sagte Karl von Kahn.

Diese Ja's sind göttlich, sagte Brauch, aber Ihr Hausheiliger, Mr. Buffett, ist des Teufels. So drückte sich der bedächtige Herr Brauch selten aus. Daß Karl von Kahn die neueste Warren-Buffett-Meldung noch nicht gehört, gelesen, mitgekriegt hatte, konnte er nicht glauben. Herr von Kahn habe, was der Weise von Omaha jetzt zum Besten gegeben habe, einfach verdrängt.

Daß ihm, was Herr Brauch ihm mitteilte, entgangen war, zeigte, wie sehr er zur Zeit seine Arbeit vernachlässigte. Warren Buffett, Herr über ein Vermögen von dreiundvierzig Milliarden Dollar, habe gesagt, die Erbschaftssteuer müsse auf einhundert Prozent hinaufgesetzt werden, damit jeder bei Null anfange. Karl von Kahn sagte: Ein schöner Gedanke, wenn der Steuereinnehmer nicht der Staat wäre. Alle Waisenhäuser der Welt, bitte. Aber doch nicht die Wertvernichtungsorganisation Staat. Er wollte nicht diskutieren, er wollte gehen.

Frau Lenneweit, sagte er, als er schon in der offenen Türe stand, wir haben keinen Patron mehr, wir sind von heute an eine atheistische Firma.

Draußen fiel ihm ein, was sein Vater gesagt hatte, wenn er 1944 in Nürnberg für einen halben Tag die Flakstellung verlassen durfte: 's hat alles kein' Wert. Den Satz sollte er in seiner *Kunden-Post* veröffentlichen. Verehrte Kunden, es hat alles keinen Wert, lassen wir's doch gleich dem Staat … Dann fiel ihm, sozusagen zwangsläufig, ein: Bergauf beschleunigen. Das hieß jetzt: Einer Welt, in der ein Beat Pestalozzi möglich ist, kann nichts passieren.

Sein Handy meldete sich. Und es war Fanny.

Karl rief: Fanny! Aber in der Melodie eines Freudenschreis.

Ach, Papa, sagte Fanny. Sie habe nicht die geringste Aussicht, ihm verständlich zu machen, wie unangenehm, wie zutiefst verstörend es für sie sei, ihn anrufen zu müssen.

Da wußte er, daß es nur um Geld ging, und war glücklich. Ach Kind, sagte er, wenn es weiter nichts ist, und es ist doch offenbar nichts als eine kleine Finanzklemme in Mecklenburg-Vorpommern. Und das solltest du, bitte, schon bemerkt haben, mir ist jede Gelegenheit, euer Bankier zu sein, eine Herzerfrischung. So redete er, bis er hoffen konnte, die Tochter überzeugt zu haben. Ob ihr Tom seine blinden Hühner je gezüchtet haben werde, war ihm nicht wichtig, aber die Hühnerfarm, von der sie dort lebten, sollte immer aufs beste ausgestattet sein. Und er wollte nicht, daß Fanny ihm erkläre, wofür jetzt zwanzigtausend nötig seien.

Tanja und Sonja entwickelten sich stürmisch, sagte Fanny, und seien jeden Tag eine Freude.

Karl sagte, er werde im Frühjahr einen Besuch machen.

Fanny sagte, daß sie glücklich wäre, wenn nicht wieder etwas dazwischenkomme. Von Tante Lotte hat sie einen Brief bekommen. Die hat die fünfte Chemo hinter sich und ist voller Hoffnung und Zuversicht. Fast übermütig ist sie. Dem Frühjahr schaut sie entgegen, als könne es ihr nichts als Freude und Glück bringen.

Nach dem Gespräch konstatierte Karl, daß sie seit Jahren kein so langes und ihn so berührendes Gespräch mehr geführt hatten. Und, vor allem, Fanny hatte so gut wie nicht mehr gestottert. Sie hatte schon noch diese Tom-Manier, sich in jeden Satz mit deutlich zuviel Gefühl hineinzustürzen, um dann gleich zu stolpern und Wörter zwei-, dreimal sagen zu müssen und so eben als Stotterer zu wirken. Aber sie wirkte jetzt ruhiger. Toms Einfluß mußte nachgelassen haben.

Er hatte, solange er telefonierte, nicht aufgepaßt, wohin er ging, war auf den Promenadeplatz eingebogen und dann vom Promenadeplatz hinüber in die Kaufinger Straße. Jetzt ging er zielbewußt zu seiner U-Bahnstation. Und sah Helen. Sie stand vor einem Juweliergeschäft. Es war das Geschäft, in dem sie ihre Eheringe gekauft hatten. Die hatten flach sein müssen und hatten kein Gold enthalten dürfen.

Hier liefen genug Menschen durcheinander. Er konnte in jede Richtung ausweichen, um jede Begegnung zu vermeiden. Und ging einfach weiter. Vielleicht würde er hinter ihr vorbeigehen, ohne sie anzusprechen. Aber sie drehte sich, bevor er überhaupt in ihre Nähe kam, in seine Richtung, ging ihm jetzt entgegen, hatte ihn immer noch nicht wahrgenommen, dann aber doch. Sie blieb sofort stehen. Das Menschenmeer, das diese Gegend in jeder Jahreszeit überflutet, hätte auch ihr Gelegenheit gegeben, ihn nicht zu sehen. Sie stand, er hörte nicht auf, sich ihr zu nähern. Er hatte kein Sündergesicht, das spürte er. Sein Gesicht wird nie mehr etwas ausdrücken. Als er ihr nahe genug war, blieb er auch stehen. Er wartete auf nichts. Er würde vor ihr stehen bleiben. In ihrem Gesicht ging etwas vor, das war unübersehbar. Dann holte sie aus und schlug zu. Sie war Linkshänderin. Das war immer wieder überraschend. In diesem Augenblick war es so überraschend, wie es noch nie gewesen war. Ganz von selber hielt er ihr jetzt die andere Gesichtshälfte hin. Nicht aufdringlich, aber doch so, daß sie es bemerken mußte. Sie bemerkte es auch. Aber nach dem Schlag hatte ihre Rechte nach der Linken gegriffen. Die hielt sie. Die Linke lag auf der Handfläche der Rechten. Lag da wie verletzt. Als habe der Schlag wehgetan. Sein Gesicht war aus Stein. Als sie merkten, daß sie beide auf diese Hand schauten, schauten sie auf, sahen einander an. Aber bevor einer im Gesicht des anderen etwas entdecken konnte, worauf zu reagieren möglich gewesen wäre, drehte sie sich um. Er blieb stehen, bis sie im Menschenmeer verschwunden war, dann ging er weiter. Er hätte sagen sollen, daß er ihr schreiben werde, heute noch, daß er nicht länger in ihrem Haus wohnen könne, daß er, wenn sie weiterhin nichts als abwesend sei, ihr Haus im Stich lasse.

Daß sie ihn geschlagen hatte, tat ihm gut. Was das hieß oder bedeutete, wollte er so wenig wissen wie, was ein Traum bedeuten wollte. Er konnte den Schlag in nichts anderes übersetzen. Der Schlag einer Linkshänderin auf seine rechte Backe. Der Schlag hatte ihm gutgetan. Seine Backe glühte. Wie nah war er jetzt Diego? Er konnte nicht mehr belogen werden. Konnte sich nicht einmal selber belügen. Diegos Selbstbelüge-Leistung war erstaunlich. Oder war die Szene im Zelt nichts als Fernsehen gewesen? Wie Strabanzer und Rudi-Rudij verdankte Gundi ihren Erfolg immer der Am-Leben-entlang-Tour. Mußte er wissen, wie wenig oder wie sehr Diego belogen wurde? Mußte er nicht. Daß er überhaupt hingegangen war, war ein Fehler. Ein Fehler, typisch für ihn. Diego wickelte einfach sein Programm ab. Wie es seinem Freund Karl ging, interessierte ihn kein bißchen. Nur sein Programm. Punkt eins: Schloß Sandrin, die große Granitza-Auktion, perfekt und nicht enden könnend vorgetragen wie immer, du hast zuzuhören. Punkt zwei: Die weggegrabschten zwei Komma sechs Millionen, lokker verkauft als Panik pur, kein Überblick mehr, kriegst du, wenn's paßt, zurück mit Zinsen. Punkt drei: Gundi ist nachts zurückgekommen, das wollen wir doch einmal sehen, ob du den Fernsehtatsachen glaubst oder mir.

Diego war also immer noch Diego. Hatte aber zugenommen. Vor allem im Gesicht. Seine Backen waren über die Ufer getreten. Schmale Stirn, dann links und rechts die sich hinausbiegenden Backen. Mach dir nichts vor. Du hast das hinter dir zu haben. Du darfst nicht mehr sagen: Eine Freundschaft, die gewesen ist, hört nicht auf, gewesen zu sein. Genau dafür gibt es in der Sprache die Vorvergangenheit, die Mehralsgewesenseinsvergangenheit. Die Freundschaft war gewesen. Basta.

Man hat, wenn man keinen Freund mehr hat, schon zu lange gelebt. Je länger eine Freundschaft besteht, desto weniger Anlaß hat sie. Es ist, als verbrauche sich der Freundschaftsstoff im Lauf der Zeit. Oder: Je genauer man einen anderen Menschen kennenlernt, desto weniger kann man mit ihm befreundet sein. Kenntnis tut keiner Beziehung gut. Freundschaft ist von allen Einbildungen die schönste. Erlischt sie, darf's dich frieren. Man selber würde noch an der Illusion festhalten, man täte alles, den Freund nicht merken zu lassen, daß man die Freundschaft über ihre Anlässe hinaus eigensinnig und unbelehrbar weiter produziert, man ist schöpferisch. Dann merkt man am Freund, daß es dem noch viel mehr Mühe macht als einem selbst, die Freundschaft aufrechtzuerhalten. Zwei Freunde, die einander nicht sagen können, daß sie keine mehr sind, das ist sowohl das Gewöhnlichste wie das Schlimmste.

Da war er zu Hause angelangt. Und war zum Glück weder gegrüßt noch angesprochen worden. Er mußte immer damit rechnen, daß ihn irgendeine Frau nach Helen fragte. Wenn Hertha vor der Ladentür stünde und fragte, ob Helen krank oder verreist sei, wüßte er nicht, was er sagen würde. Immer noch nicht. Er stellte sich am liebsten vor, ihn würde, nach Helen gefragt, eine chamäleonische Potenz durchfluten, er würde förmlich spüren, wie sein Äußeres sich vollkommen verändere, daß er, sozusagen ohne sich verstellen zu müssen, ganz kalt antworten könnte: Gnädige Frau, mit wem Sie mich verwechseln, weiß ich nicht, aber daß Sie mich verwechseln, ist sicher. Guten Tag. Und weg wäre er. Er ging immer auf der Straßenseite der ungeraden Nummern. Jedesmal, wenn er ohne Kontaktleistung durchgekommen war, war er froh. Die Osterwaldstraße war kein Quartier kleinbürgerlicher Nachbarspflege, dafür aber hielt er es für möglich, daß irgendeine Helenbekannte die Polizei informierte.

Im Briefkasten ein Brief, großes Format, Absender: Joni Jetter. Das paßt. Er hatte sich für diesen Abend vorgenommen, die gesammelte Berichterstattung über das *Othello-Projekt* zu lesen. Im Haus mied er alle Räume, die er zusammen mit Helen bewohnt hatte. Er ging immer sofort hinauf in sein Zimmer, schlief dort, aß dort, was er mitgebracht hatte. Das Haus wirkte, seit Helen fort war, hohl. Als sie noch dagewesen war, aber gerade nicht im Haus, hatte das Haus nicht hohl gewirkt. Er würde Helen noch an diesem Abend schreiben. Sollte sie herausfinden, was möglich war.

Zuerst Jonis DIN-A4-Brief. Er bemühte sich, Hast zu vermeiden. Und las.

Lieber Karl,
da Du der erste warst, der mich als Psalmistin erlebte,
vielleicht sogar gelten ließ, wirst Du von jetzt an immer
mit dem Neuesten bekannt gemacht werden. Es sei denn,
Du winkst ab.

Der Film ist prächtig angelaufen, Du wirst Geld vermehren. Wie es sich gehört.
Es grüßt Dich viele Male
Deine Joni

Mädchenpsalm. Frauenpsalm. Psalm.
Gäbe es dich, könnt ich nicht beten zu dir, Gott,
ein Götze wärst du, der Himmel ein Kaufhaus,
bewacht von keuschen Kameras.
Vor Angst bin ich weich, verehre Unbekümmerte,
denen die Haare wachsen wie wild und können sich
nicht wehren gegen die Unabhängigkeit
tanzlustiger Glieder. In mir verborgen leb ich.
Ich ahne mich, aber ohne euch weiß ich mich nicht.
Bereit zu sein zehrt.
Angenehm ist es bei den Verzweifelten,
sie kennen keine Gerechtigkeit.

Er saß mit geschlossenen Augen. Er sah die bis zu jedem Horizont mit dunklem Reisig zugedeckte Welt. Er erzwang eine haltlose Nichtempfindung.

Bitte, die Zeitungen jetzt.

Karl von Kahn hatte alle Berichte, Interviews und Kritiken, die ihm von *Bocca di Leone* zugeschickt worden waren, aufgeklebt. Daß die Uraufführung bei der Berlinale gut angekommen ist, hatte er mitgekriegt. Strabanzer war als bester Hauptdarsteller ausgezeichnet worden. Er hatte nicht nur Regie geführt, sondern auch, als Rodrigo, den Regisseur des Films gespielt. Joni war preislos geblieben. Aber in den zur Unterhaltung gemachten Zeitungen war sie eine Sensationsfigur. Wilde Bilder überall. Die schaute er so lange an, bis er sicher war, daß es sich um Papier handelte. Es tat weh, daß es, als Joni in Berlin gewesen war, dort heftig geschneit hatte. Und die Sonne hatte geschienen. Auf das frischverschneite Berlin. Joni und Schnee. Das spürte er als Schmerz. Wie lebendig sie ist im Schnee. Als er hier vor ein paar Wochen die frischverschneite Osterwaldstraße erlebt hatte, war sein erster Gedanke: Joni im Schnee. Und der grell alles ausstellenden Sonne hatte er leise zugerufen: Sonne, schein doch nicht so.

Er las jetzt alles Wort für Wort und setzte aus den vielen Artikeln den Film zusammen, den er, wie er sah, allenfalls in Umrissen kannte. Am Leben entlang, aber das Leben durch die Kunst steigern. Daran dachte er natürlich, als er las, daß Ina Kosellek ermordet wird. Erwürgt wird sie. Verhaftet wird ziemlich schnell ihr Geliebter Elmar von Egg. Der hat sich verdächtig gemacht durch rabiate Briefe an frühere Liebhaber Inas. Die waren aus Inas Notizbüchern sehr schnell gefunden worden. Und durch sie die Briefe, die sie von Elmar von Egg bekommen hatten, samt Schweizer Armeemesser. Für die Tatnacht hatte Elmar kein Alibi. Er war ja von seiner Frau verlassen worden und wohnte allein. Er versuchte auch gar nicht, seine Unschuld zu beweisen. Der Tod Inas hatte ihn so getroffen, daß für ihn die Frage, ob er es gewesen oder wer es gewesen sei, bedeutungslos war. Die Verhöre ließ er über sich ergehen, saß apathisch da und schüttelte nur immer wieder den Kopf. Der einzige sinnvolle Satz, der ihm zu entlocken war, hieß: Das hätte nicht geschehen dürfen. Den Satz allerdings sagte er immer wieder. Die Tat selber stritt er mit keinem Wort ab. Sie hätte nur nicht geschehen dürfen. Er wollte von keinem Anwalt beraten oder vertreten werden. Daß Ina tot war, machte alles, was jetzt noch geschehen konnte, sinnlos. Dann fällt Herr Elvis Kraile auf. Er entschuldigt sich dafür, daß er sich nicht sofort nach der Tat gestellt hat. Daß dieser Kunsthändler als Täter auftritt, findet er, geht nicht. Das hat Ina nicht verdient, von diesem fetten Wichtigtuer umgebracht worden zu sein. Elvis Kraile ist ein hagerer Jazzpianist, der nur noch in Hotelbars beschäftigt wird. Durch Mißerfolg überempfindlich geworden. Als Ina ihn einmal bei sich übernachten ließ, wollte er nicht mehr gehen. Er rief seine Frau an, sagte ihr, daß er jetzt endlich wisse, wohin er gehöre. Seine Frau war froh, ihn loszusein. Als Ina ihn hinausdrängen wollte, erwürgte er sie und blieb auf einer Parkbank sitzen, bis er den Leuten auffiel. Sie riefen die Polizei. Er legte sein Geständnis ab.

Zwei Täter, jeder motiviert genug für die schreckliche Tat. Der Staatsanwalt versucht fleißig, diese Situation entscheidbar zu machen. Aber der Kommissar ermittelt weiter, weil er einen Täter braucht, nicht zwei. Seine Grundüberzeugung: Je weniger eine Tat im Affekt begangen wird, desto unglücklicher muß der Täter sein. Nur unglückliche Menschen sind zu einer solchen Tat imstande. Also sucht er den Unglücklichsten in dem Beziehungsgeflecht, dessen Zentrum Ina Kosellek war. Der Unglücklichste von allen, findet er heraus, ist Rodrigo, der Regisseur. Aber ihm ist nichts zu beweisen. In den Verhören macht er sich über den Kommissar lustig, verhöhnt ihn regelrecht. Der Kommissar habe wohl zu viele schlechte Kriminalfilme angeschaut. Selbst wenn er es getan hätte, sagt er dem Kommissar ins Gesicht, Sie, Herr Kommissar, überführen allenfalls sich selbst, nämlich der berufsbedingten Hirnschrumpfung. Der Kommissar bleibt gelassen. Dann bringt der Kommissar einen Handschuh mit zum Verhör. Der Regisseur stutzt. In den Haaren der Toten ist ein Faden gefunden worden, der aus diesem Handschuh stammt, und es ist Rodrigos Handschuh. Als er erfährt, daß sein engster und einziger Freund diesen Handschuh geliefert hat, geht er ins Nebenzimmer und erschießt sich.

Fast in jedem Artikel wurde dieser Rodrigo anders aufgefaßt, anders empfunden. Übereinstimmung herrschte darüber, daß er unglücklich war, weil er in einer Gesellschaft lebte, in der Liebe ohne Sexualität nichts galt. Er liebte offenbar Ina, seit er sie zum ersten Mal bei der Beerdigung eines Schauspielers gesehen hatte. Er erlebte eine Liebesgeschichte Inas nach der anderen. Als Ausgeschlossener. Nicht in Frage Kommender. Er gab den Homosexuellen, um in irgendeiner Hinsicht in Frage zu kommen. Wie das enden mußte, sah er voraus. Das war dann die Tat.

In der letzten Szene sitzen die, die den Film gemacht haben, vor der Leinwand. Der Film ist gelaufen. Die Journalisten haben gefragt. Theodor Strabanzer steht auf und sagt: Hat mich gefreut, Verständniswilligen ein paar Sätze zu sagen über unser geniales Machwerk. Adieu. Und eilt hinaus. Rennt durch die Stadt. Die Flucht vor den Zeitungen.

Der Film wird umstritten genannt, ist aber sofort ein Publikumserfolg.

Karl von Kahn würde gut verdienen.

4.

Er mußte Helen schreiben. Ihr in einem Brief andeuten, was gewesen ist. Gewesen war.

Er konnte dann nicht immer ich sagen. Wenn er von sich in der dritten Person schrieb, schien es leichter, genau zu sein. Helen würde das verstehen. Sie schrieb ihre Studien, in denen sie ihre Erfahrung spüren ließ, immer ohne ich zu sagen.

Bis zum Wochenende machte er sich Notizen, dann schrieb er:

Liebe Helen,
heute morgen erwachte ich durch zwei Schläge ins Gesicht, die ich mir selber gegeben hatte. Was für ein Traum zu dieser Selbstbestrafung führte, war nicht mehr auffindbar. Vorschnelle Bedeutungshubereien wehre ich ab. Ich bin Dein Traumbehandlungsschüler. Deshalb bleibt der Traum unzerstört in mir präsent. Zwei Schläge von mir, mir ins Gesicht. Damit will ich nicht angeben, mich nicht einschmeicheln bei Dir. Ich habe bei Dir auch gelernt, nicht mit einem Traum anzugeben, aber zwölf andere Träume, die man nicht gestehen kann, unerwähnt zu lassen. Ich gestehe also, daß ich die meisten Träume, von denen ich zur Zeit heimgesucht werde, Dir nicht sagen

kann. Das wage ich jetzt zu gestehen, weil es der Programmpunkt fünf ist in Deinem Vortrag *Warum darf der Traum Klartext der Ehe genannt werden.* Wenn ich Dir einen solchen Traum erzählen könnte, wäre bewiesen, daß ich als Träumender unmöglich bin. Nicht nur als Träumender, wirst Du sagen.
Du weißt: Ich bin ein Simulant. Ich simuliere Leben. Immer schon. Dieser Satz käme mir glaubhafter vor, wenn er hieße: Er ist ein Simulant. Er simuliert Leben.
Laß mich dabei bleiben. Ich will für Dich einen Text entwerfen, der nicht mehr vom Verschweigen lebt. Laß es mich, laß es ihn probieren.
Er hat Dich nie angelogen. Was er Dir gesagt hat, war immer wahr. Schon dadurch, daß er es gesagt hat. Und in dem Augenblick, in dem er es Dir gesagt hat. Aber er hat Dir vieles nicht gesagt. Ist Verschweigen gleich Lügen? Das Verschwiegene hat zugenommen. Du glaubst, Dir sei jetzt alles bekannt. Die Joni-Katastrophe.
Wie der Versuch, Dir, der Erforscherin des Verschwiegenen, vom Verschwiegenen einen Eindruck zu verschaffen, ausgeht, ist noch nicht vorstellbar. Der Versuch muß blindlings unternommen werden. Taub gegen sich selber. Taub gegen die immer alles verhindern wollende Welt. Taub gegen jede Art Dreinrede. Und sei sie die edelste, feinste, liebenswürdigste. Du siehst, er tanzt vor Dir das Angstballett, das er immer getanzt hat, wenn er Dich hat verschonen wollen vor seinem So- und Sosein. Mehr als Andeutungen wird er auch diesmal nicht aus sich herausbringen. Verzeih, wenn es Dir zuwenig ist oder zuviel. Wisse aber, daß er Dich liebt. Er hat Grund dazu. Und wenn Du, seine Andeutungen lesend, vergißt, daß er Dich

liebt, dann ... dann sind wir am Ende. Keinesfalls darf er sich dadurch schon vorweg einschüchtern lassen, obwohl eine schlimmere Wirkung als die, daß Du vergißt, daß er Dich liebt, nicht denkbar ist. Trotzdem macht er diesen Versuch. Diesen Versuch einer Selbstpreisgabe. Es werden ohnehin nur Andeutungen sein. Das darf sogar als Titel dienen: NUR ANDEUTUNGEN.
Was bist Du für ein Mensch, hast Du geschrieben. Dann hast Du ihm in ausführlicher Rede entzogen, was ihn sich selber noch erträglich machen könnte. Du hast die Deutungshoheit an Dich gerissen. Du bist die Legitimierinstanz. Er ist alles nicht, was er sein soll. Was man sein soll. Er dürfte es gar nicht aushalten, so zu sein, wie er ist. Er müßte sich fügen oder sich umbringen. Rechtfertigen entfällt. Das weiß er aus jedem Zusammenhang, den er je gestreift hat. Wer sich rechtfertigt, klagt sich an. Soll er sich anklagen? Er zieht es vor, sich in der über ihn ausgeschütteten Illegitimität einzurichten. Es ist entspannend, ein unmöglicher Mensch zu sein.
Was Beziehung war, ist vernichtet. Von ihm kann nichts mehr erwartet werden. Daß das doch so bliebe.
Wenn ein anderer seine Morallosigkeit praktiziert, wird er ihm unsympathisch. Er selber bleibt sich sympathisch.
Er bittet Dich, anzuerkennen, daß er nicht amoralisch ist, nur unmoralisch. Das macht ihn klein. Auch das soll ihm recht sein. Was allgemein gilt, ist anerkennenswert. Müßte nicht öfter dazu gesagt werden, daß sich niemand an das hält, was allgemein gilt? Jeder muß den Anschein erwekken, er lebe nach dem, was allgemein gilt. Wer das nicht schafft, ist ein unmöglicher Mensch.
Nehmen wir Herrn A. Er hat gerade mit Frau B. geschla-

fen, wie man miteinander schläft, wenn man lange voneinander getrennt war. Frau B. ist von ihrem beruflichen Alltag so erschöpft, daß sie nach diesem Miteinanderschlafen sofort einschläft. Herr A. geht in Frau B.'s Arbeitszimmer hinüber, die Tür macht er so leise als möglich zu, dann setzt er sich an Frau B.'s Schreibtisch und schreibt an Frau C., die *seine* Frau ist. Er schreibt: Ich liebe Dich. Ich liebe Dich, wie ich keinen Menschen in der Welt lieben kann. Ich möchte jetzt bei Dir sein und mich bei Dir auflösen bis zur Nichtmehrfühlbarkeit der eigenen Existenz. Ich möchte mich durch Dich verlieren. Nicht mehr sein müssen möchte ich durch Dich.

Er schreibt sich in einen Rausch hinein. Die Vorstellung, durch Frau C. erlöst zu werden, reißt ihn hin. Zur Vervollkommnung dieser Empfindung gehört, daß es Frau C. genauso gehen sollte, daß von ihr nicht mehr übrigbliebe als von ihm, also daß sie, er und *seine* Frau, nur als Eins übrigbleiben würden. Das schreibt er ihr. Dann geht er wieder zurück zu Frau B., die tief schläft, schlüpft aus dem Morgenmantel, legt sich nackt neben die Nackte und sucht möglichst viele Berührungsstellen, Berührungsfelder. Er schraubt Frau B. und sich zusammen, bis beide, er und Frau B., einen dritten Körper bilden. Einen Körper, der, weil er nicht nur auf dem Papier existiert, allem, was geschrieben werden kann, überlegen ist.

Gelogen hat er nicht. Solange er etwas sagt oder schreibt, ist es wahr. Länger kann ohnehin nichts wahr sein.

Soweit die Mitteilung über Herrn A., Frau B. und Frau C.

Darf das nicht so sein? Wer dagegen ist, daß so etwas vorkommt, ist gegen das Leben.

Ist das nun anstößig? Was allgemein gilt und was uns einen solchen Vorgang als anstößig empfinden läßt, ist selber anstößig. Er auf jeden Fall muß, wenn er nach dem lebt, was allgemein gilt, wie unter Betäubung leben. Er muß alle seine Erwartungen irrsinnig nennen.
Er ist voll von Erwartungen, von denen er längst wissen könnte, daß ihnen kein bißchen Wirklichkeit entsprechen darf. Und er lebt von diesen Erwartungen. Er hofft natürlich, bei allen anderen sei das auch so.
Nehmen wir seinen beruflichen Alltag: Wenn er eine geschäftliche Verabredung mit einer Frau hatte, hielt er es jedesmal für mehr als eine geschäftliche Verabredung. Er fuhr überallhin mit abenteuerlichen Geschlechtsphantasien. Er hätte sonst nicht so oft und so weit fahren können. Die Mühen der Bewegung, der Organisation, der Dauer, der Geduld – das wäre unerträglich gewesen, wenn er das *Ziel* nicht hätte mit einer Frau ausstatten können. Dann stellte sich gewöhnlich heraus, daß es die Frau nicht gab. Er verkraftete diese Abstürze, er war sie ja gewöhnt. Die Rückfahrt war dann die unverminderte Plackerei.
Alle, die er getroffen hat, haben nichts betrieben als die Optimierung des Geschlechtsverkehrs, also glaubt er sich berechtigt, das auch jedem, den er neu kennenlernt, unterstellen zu dürfen. Alle hampeln herum in einer angsterregenden Monstrositätskultur und sind mit nichts beschäftigt als mit der Verfeinerung des Sinnlosen. Die Energie zu dieser Verfeinerung entspringt ausschließlich dem nie und nirgends an ein Ziel gelangenden Bedürfnis nach mehr Geschlechtsverkehr.
Es ist inzwischen deutlich, daß jeder Jüngere ihn für sehr

alt hält. Er spürt direkt, wie der Jüngere in jedem Satz an eine Abgeklärtheit und Sterbebereitschaft appelliert, die er nicht hat. Er ist alt, das stimmt. Aber er hat keine anderen Wünsche und Absichten als jemand, der zwanzig Jahre jünger ist. Der einzige Unterschied: Er muß so tun, als habe er diese Wünsche und Absichten nicht. Als sei er darüber hinaus. Deshalb ist das Altern eine Heuchelei vor Jüngeren.
Sein Bein! Alle Wörter, die sein Bein nicht kennen und nicht fassen, sind Fremdwörter, und Fremdwörter sind dazu da, die Wirklichkeit schönzulügen. Ohne Fremdwörter wäre das Leben Schrecken pur. Er wäre nicht imstande, irgend jemandem zu verraten, wie sein Bein aussieht. Weder seinem größten Feind noch seinem engsten Freund. Er ist mit seinem Bein allein in der Welt.
Was er hier versucht, ist kein Versuch, Dich als Therapeutin zu gewinnen, liebe Helen. Er wird nicht fertig mit dem, was Joni ihm hinterließ. Beneidenswert, wem der Abscheu die Ohren verschließt. Er gesteht Dir, denk bitte: Dir gesteht er, daß Jonis Sätze ihn verwüstet haben. Da, wo diese Sätze hingetroffen haben, wächst nichts mehr als die Sehnsucht nach solchen Sätzen. Reicht's jetzt?
Einerseits verschweigt er das Wichtigste, wenn er verschweigt, daß man ihr Geschlecht einen Tempel der Nässe und der engsten Zugänglichkeit nennen müsse. Andererseits kann er nicht davon absehen, daß er einfach einer der Millionen Männer ist, die sich ein Vergnügen verschaffen und zugeben müssen, daß man durch nichts so gemein wird wie durch Geschlechtsverkehr. Noch einmal andererseits: Dem Tod wird das Wort entzogen.
Sie taten es miteinander, nicht füreinander. Sie taten es

auf keine besondere Weise. Es mußte keiner dem anderen extra behilflich sein. Wenn sie es miteinander taten, nahmen sie gewissermaßen von selber zu. Wie zwei Flüsse, die anschwellen, dann gemeinsam über die Ufer treten und sich vereinigen. Beide hatten es anders erlebt gehabt.
Allerdings: Wenn Joni ihm so viel verschwieg, wie er zum Beispiel Dir verschwieg – und warum sollte sie ihm nicht genausoviel verschweigen! –, dann saß sie ihm gegenüber und dachte daran, wie sie zwölf Stunden vorher von ihrem Liebhaber gefickt worden war.
Seine Naivität: Nur wenn sie völlig offen wäre, wäre er gleich alt. Einem, der so alt ist wie sie, würde sie ja alles ins Gesicht sagen können.
Liebe Helen, das Leben ist der Klartext!
Seit er weiß, wie das ist, wenn einem jemand genommen wird, weiß er, was Du durchgemacht hast, Helen.
Er hatte sie telefonisch um eine Liste mit den Schuhgrößen ihrer früheren Männer gebeten. Sie hatte am Tag zuvor auf seine Schuhe gezeigt und hatte gesagt: Die sind dir doch viel zu klein! Oder behandelst du deine Füße, wie es Chinesinnen tun? Sie hat ihm diese Bitte nicht erfüllt, obwohl sie im Gespräch in jedem Augenblick die Schuhgröße eines jeden Mannes, mit dem sie je geschlafen hatte, aufsagen konnte.
Sie wußte nicht, was sie verriet, als sie sagte: Mein Herz hat nicht schneller geschlagen, als Bertram Fürst bei mir eintrat. Wer sagt, sein Herz habe dann und dann nicht schneller geschlagen, verrät, daß es schneller geschlagen hat.
In einer bis zur beiderseitigen Erschöpfung getriebenen Diskussion setzte Joni das Ergebnis durch: Eine Frau darf

nicht gezwungen werden, einem Mann etwas zu sagen, was sie um ihretwillen nicht sagen kann.
Wenn er Joni anrief, kam auf eine Frage öfter lange keine Antwort. Dann erfuhr er, daß sie in ihrem Kalender etwas eintragen mußte, was ihr gerade eingefallen war.
Als er einmal sagte, dieser italienische Ober gefalle ihm, den könnte er sich gut für sie vorstellen, protestierte sie. Genau den nicht! Sie werde ihm, sobald ein Mann auftauchte, der für sie in Frage käme, den zeigen. Das verletzte ihn. Er wollte sich vorstellen, es gebe keinen Mann und keinen Mannstyp, den sie sich vorstellen könnte als ihren Mann.
Als er Joni ein altes Foto zeigte, weil er stolz war auf den zweireihigen Anzug, den er damals getragen hatte, sagte sie: Du hast gut ausgesehen. Da fiel ihm erst ein, wie falsch es war, ihr dieses Foto zu zeigen.
Als Joni ihm riet, Dir gegenüber mild zu sein, wußte er, daß sie ihn loswerden wollte.
Schon wenn jetzt am Telefon eine Sekretärin sagt, ich verbinde Sie, hört er, diese Frau könnte ihn ganz und gar aufnehmen, daß er nirgends mehr wäre als bei ihr. Ich verbinde Sie, sagt sie, weil sie weiß, wie er blutet.
Vorletzte Woche hat er, wahrscheinlich um sich beweglich vorzukommen, ganz schnell einen London-Flug gebucht. In South-Kensington lebt ja immer noch Mr. Keeney, dem er vor fünfzehn Jahren abgeraten hat, sich am Wettbieten für die zwölf Interhotels zu beteiligen. Die Londoner Warburg Bank hatte von der Treuhand den Auftrag, die DDR-Interhotels zu verkaufen. Ein Heidelberger Bauträger hatte schon die Hypo und die Dresdner zusammengespannt. Sie boten zusammen 1,7 Milliarden. Einer

aus Berlin bot 2,1 Milliarden. Von zwanzig Anbietern, darunter auch Sixt, war Mr. Keeney der zweite. Er hatte schon einem Frankfurter Finanzmann vorgeschlagen, ihr Angebot zusammenzulegen. Mit dessen 500 Millionen wäre Mr. Keeney der erste gewesen. Und er, der sich gerade von der Hypo losgesagt hat, ruft Mr. Keeney an. Dessen Konto hatte er, als er noch bei der Hypo war, im Privatkundengeschäft immer aufs beste betreut. Er wisse, sagt er zu Mr. Keeney, genug über die Interhotels, um abraten zu können, abraten zu müssen. Mr. Keeney zog sein Angebot zurück. Der, der mit Hilfe der Deutschen Bank den Zuschlag erhielt, war dann ganz schnell bankrott, die Deutsche Bank blieb auf den maroden Interhotels sitzen, und Mr. Keeney überwies, ohne daß er dazu verpflichtet gewesen wäre, einhunderttausend Mark. Das sei weniger als ein Zehntel dessen, was er durch den guten Rat gerettet habe. Und immer an Weihnachten und Neujahr Grüße hin und her. Und in dem seit zweihundertfünfzig Jahren von der Familie Keeney sorgsam gehüteten Haus am Thurloe Square in Kensington war er ein stets willkommener Gast. Dergleichen brauchte er jetzt. Also gebucht und hinaus und in der Lounge auf den Abflug, den verspäteten, gewartet. Zurückgelehnt, wie es die Polsterbänke durch ihre schrägen Lehnen verlangen. Dem Boarding entgegengedämmert. Plötzlich erhob sich ein Mädchen, eine Mädchenfrau, sehr groß und genauso blond, den Kopf hochgereckt, so hoch als möglich. Ging in dunklen Stiefeln. Ein Rot, das Schwarz sein wollte. Ein heller, ihren Schritt für Schritt schreitenden Gang umwehender Rock. Der Rock nützte nichts. Immer wieder brechen die Schenkel ins Freie, waren, bis er wieder hinzuschauen wagte, schon wieder ins Freie getreten. Die kurze, die Figur genau fassende Jacke machte aus der Schreitenden eine schreitende Statue. Das Blond fiel in kleinen Wellen auf diese Jacke nieder und reichte bis zu den Schultern hinaus. Eine Sonnenbrille, die alles Hinschauen lächerlich machte. Sie schien überhaupt durch alle durch-, über alle hinwegzugehen und dabei so langsam wie möglich die Frage zu stellen: Wer von euch will sterben? Oder: Whose number's up? Er hatte das Gefühl, er hätte sich melden müssen. Darauf, daß er sich melde, schien sie zu warten. Vor ihm blieb sie stehen, beugte sich aus ihrer enormen Höhe ganz mühelos und weich herab und sagte mit einer Stimme, die nur ihm galt: Wenn ich einen Schwanz hätte, würde ich dich jetzt in den Arsch ficken. Da blieb er natürlich, als sein Flug dran war, sitzen und winkte eine vom Desk her. Er mußte verhindern, daß sein Name ausgerufen wurde. Er sagte, er müsse auf den Flug verzichten. Eine Handbewegung zur linken Seite hin genügte. Im Nu war ein elektrisches Kleinauto da und brachte ihn fort. Zum Exit. Der Taxichauffeur übernahm ihn als Notfall. Aber in der Osterwaldstraße sagte er zu dem: Alles klar. Dann saß er, dachte über die Schreitende nach. Ein bißchen erinnerte sie ihn jetzt an Störche, die früher durch die Niederungen stelzten und Frösche sammelten.

Gestern, in der U-Bahn, diese Frau von Kleidern wild verhängt. Eine gewaltige Elster oder Freiheitskämpferin. So darf man nur aussehen, wenn man eine Kalaschnikow in der Hand hat oder unter einem Mann gerade zergeht. Und beugte sich herüber zu ihm und sagte mit einer Stimme, die im Hochland von Armenien zu Hause war: Ich brauch es jetzt. Verstehst du! Er schaute und schaute, sie

sprang auf und stieg aus. Er dachte: Sie braucht es jetzt. Du Idiot.
Gestern mußte er ganz schnell hinaus aus der Firma, mußte Frau Lenneweit ratlos zurücklassen. Vor an die Theatiner und mitten hinein ins Jugendgetümmel im *San Francisco*. Sitzt noch keine zehn Minuten, sagt die wunderbar Samtwangige, Großäugige, die neben ihm sitzt: Ich glaube, ich habe heute nacht von deinem Schwanz geträumt. Er wagt natürlich nicht, ihr gleich den Kopf zuzudrehen. Man darf nicht jede Gelegenheit ausbeuten, das weiß er doch. Ihre zweifellos italienische Lederjacke, braun, abenteuerlich übersät von Taschen und Reißverschlüssen, dieses eindeutige Kleidungsstück berührt er, ohne daß er es will. Er könnte das, wenn es verlangt wird, rechtfertigen. Er ist ein Fan. Eine solche, die Figur feiernde, in der Hüfte noch einmal hinauskurvende Jacke nicht berühren zu wollen hält er für eine Beleidigung der beiden ihm namentlich bekannten Schöpfer dieser Jacke. Und er würde den Satz zu gern noch einmal hören. Bitte, sag ihn noch einmal. Und sie: Ich habe heute nacht von deinem Schwanz geträumt. Jetzt hakt er ein: Vorher hast du gesagt, ich glaube, ich habe … Und sie: Sie habe sich geniert, das gleich so hinzusagen, deshalb das *Ich glaube*. Sie sei aber ganz sicher, daß es sein Schwanz gewesen sei. Das klang, als wären auch andere möglich gewesen, aber diesmal eben nicht. Da bleibt nur zahlen und gehen. Bloß nichts ausnützen. Schweren Herzens ging er hinaus. Hoffend, sie rufe ihn zurück. Das tat sie eben nicht. Er konnte jetzt nicht ins Büro. Blieb dann vor der religiös anmutenden Autopracht stehen. Das waren keine Schaufenster, das war ein Autotempel. Das waren keine Autos zum Fahren. Das

waren Heilige Kühe. Neben ihm stand gleich eine noch nicht Einundvierzigjährige. Ihr Kopf wurde von einem rund herumführenden langhaarigen Pelz geradezu serviert. Wie das Haupt Johannes' des Täufers bei Salome. Dachte er. Ihr Mantel war kurz, künstlich glänzend, über und unter dem Gürtel wie aufgeblasen. Aber nicht zuviel. Überhaupt, diese kurzen Haare im Pelzkranz, dieses überaus feine, von Gedankenreichtümern sprühende Gesicht. Und dann der Satz, den sie nicht nur dem Autoschaufenster, sondern schon recht deutlich zu ihm hin sagte: Ich freue mich auf einen Mund voll Schwanz.

Und er, der Idiot, rannte davon. Ja, wie denn nicht. Aber jetzt mußte er ohnehin zu seinem Arzttermin. Das jährliche Blutbild liefern. Zurück in die Prannerstraße. Saß, bis dieses Mädchen in die Kabine bat. Man sah alles, was sie anhatte. Ob er sich das Blut liegend oder sitzend abnehmen lassen wolle. Sitzend, sagte er und nannte sich gleich wieder Idiot. Du bist der Idiot der Saison. Dachte er. Als sie sich über seinen Unterarm beugte, sah er durch ihre allzu offene Hemdbluse tief an ihr hinab. Sie war braungebrannt. Die Bräune, die nur das Meer gibt. Als er die erwünschte Faust machte, sagte sie: Oh, die springen einem ja direkt entgegen. Und meinte die Venen. Nachher, als sie den Flecken auf den Einstich drückte und er das Drücken übernehmen sollte, sagte sie: Feste drücken. Weil sie ihren Finger nicht wegnahm, bevor sein Finger zur Stelle war, berührte er mit seinem Finger ihren Finger. Aus ihrem jung-schwellenden Gesichtchen schaute sie mit Pralinenaugen unter ihrer runden Stirn hervor und sagte mit einem sich gleichsam in Liebe auflösenden Mund: Ich könnte dich so streicheln, wie du noch nie gestreichelt worden bist. Die volle Berechtigung dieses Streichelns ergibt sich aus seiner Einmaligkeit. Etwas, das noch nie geschehen ist und, wenn nicht hier und jetzt, nie geschehen wird, darf doch wohl, muß doch wohl hier und jetzt geschehen. Sie sei, sagte sie, als Streichlerin Weltspitze. Wenn es nicht so angeberisch klänge, würde sie sagen: Sie sei Weltmeisterin im Streicheln. Mit einer nicht ganz unwichtigen Einschränkung allerdings. Sie sei diese Weltmeisterstreichlerin nicht unter allen Umständen, sondern nur, wenn er der Gestreichelte wäre. Also was ist. Darf ich anfangen? Es kam zu einem Blicktausch. Sie sagte: Meistens morgens, wenn sie aufwacht, findet sie ihre Hand da unten, dann macht sie es sich, einfach zur Beruhigung. Das sagte sie heiter. Zog die kleinen Brauen hoch, stand auf, beschriftete das geerntete Blut und sagte noch in diese Routine hinein, sie sei jetzt vom Ficken ganz geschwollen. Das klang kein bißchen vorwurfsvoll. Er auf jeden Fall hörte es gern. War sogar ein bißchen stolz. Mein Gott! Die Eitelkeit ist die Schallmauer. Sagen konnte er darauf natürlich nichts. Im Gegenteil. Er, der Idiot der Saison, tat, als habe sie gesagt: Sie hören dann von uns. Er bedankte sich und rannte davon. Floh durch die Stadt und hörte, was Frauen zu ihm zu sagen hatten. Es machte ihn glücklich, solche Sätze aus solchen Mündern zu hören. Auch die Dirndl-Kellnerin, die ihm sagte, was er heute abend essen solle, wollte keine Ausnahme machen. Sie stellte sich neben ihn, weil er zugegeben hatte, er wisse nicht, was er essen solle. Sie beugte sich über ihn und die große Speisenkarte. Wenn er mit dem Kopf nur die kleinste Bewegung machte, landete er zwischen ihren Brüsten. Zwischen ihren landschaftlich schönen, alles gewährenden Brüsten. Ich bin schon den

ganzen Tag geil, sagte sie. Ich halte dir meine Fotze hin, sagte sie. Als er immer noch nicht richtig reagierte, sagte sie: Ich halte dir meine Fotze hin, daß du sie ficken kannst. Ja, sagte er, ich nehm Tafelspitz mit den Gemüsen à la Saison.
Immer nach einem solchen Satz-Erlebnis warf er sich vor, nicht richtig auf diese gewaltigen Sätze reagiert zu haben. Diese fabelhaften Frauen konnten, weil er so schwerfällig, so halbtaub und leblos reagierte, denken, er habe an der unanzweifelbaren Unanständigkeit dieser Prachtsätze etwas zu kritisieren. Immerhin brachte er allmählich eine Art Lächeln zustande. Ein blödes Lächeln, sicher, aber doch deutlich das Gegenteil von sittlicher Empörung und geschmacklichem Abscheu. Am liebsten hätte er ausgedrückt, er fühle sich geschmeichelt, daß er auf diese eher unkonventionelle Art angesprochen werde. Natürlich erschreckte ihn der Grad der Unanständigkeit dieser Sätze. Wie denn nicht! Er war doch auch erschrocken, damals, am ersten Abend mit Gundi und Diego im *Königshof*. Ob Gundi zum Apfelstrudel Sahne wolle, fragte der Ober. Und sie: Ich will alles, was flüssig ist. Und lachte. Und Diego lachte fast zu sehr mit. Er selbst schaffte nur ein kleines Lachgeräusch. Und jetzt überspielte er sein Erschrecken mit einem Lächeln. Wenn man bedenkt, was er da zu überspielen hatte, dann war, daß er es überhaupt zu einem Lächeln brachte, doch auch eine Leistung. Man vergegenwärtige sich diese Sätze, und dann lächelt der so Angesprochene! Natürlich kann man sagen, auf solche Sätze reagiert man nicht mit einem etwas verlegenen, blöden Lächeln, da wendet man sich ab, angeekelt oder eben einfach empört. Karl von Kahn mußte sich nur vorstellen,

wie sein Vater, wäre er so angesprochen worden, reagiert hätte. Andererseits vermutet er, daß die, die von ihm Abscheu und Empörung erwartet hätten, vielleicht noch nicht von Frauen mit solchen Sätzen angesprochen worden sind. Wie sollte er sich eine Reaktion seines Vaters oder Ereweins als Maßstab nehmen, wenn beide nie solchen Sätzen ausgesetzt gewesen waren.
Er spürte von Tag zu Tag mehr, daß sich die Blicke der Frauen, denen er begegnete, in ihm addierten. Er hätte der Welt mitteilen können, was die Gletscher schmelzen läßt. Nie zuvor haben Frauen soviel Wärme ausgestrahlt. Das und nichts anderes ist die Klimaveränderung. Was meinst Du, Helen? Angenommen, das geht jetzt so weiter, wie soll er dann reagieren? Keine Sorge, Helen. Glaube nicht, er frage Dich im Ernst. Er weiß, daß nur er selber gefragt ist, daß er in der ganzen Welt keinen Menschen fragen kann, wie er reagieren soll, wenn morgen in der U-Bahn eine große Zwanzigjährige aufsteht und sich herabbeugt zu ihm und sagt: Wenn ich einen Schwanz hätte, würde ich dich jetzt ... Nein. Darauf braucht er sich nicht gefaßt zu machen. Dieser Satz von dem Franz-Josef-Strauß-Flughafen wird nicht mehr vorkommen. Das ist deutlich geworden, es gibt keine Wiederholungen. Jede Frau hat ihre eigenen Sätze. Und es hat ihn noch keine Frau ein zweites Mal angesprochen. Schade eigentlich. Weil es keine Wiederholung gibt, gibt es keine Vorbereitung. Übrigens: Keine der Frauen, die er mit seinen Augen anbohrte, hat ihm je so einen Satz gesagt. Die, die er anbohrt, drehen sich weg oder schauen ihn mit von Mitleid trüben Augen an. Jedesmal war es eine reine Überraschung. Jedesmal durfte er sich nachher sagen, daß er alles erwartet habe,

nur das nicht. Ein einziges Mal war eine, die er mit seinen Blicken angebohrt hatte, böse geworden. Verpiß dich, hatte sie gezischt. Tatsächlich hatte er dann ein paar Tage lang keinen Mut mehr zu einer weiteren Anbohrung.
Am Kiosk, wo er jeden Tag seine Zeitungen kauft, bedient seit einigen Tagen eine Neue. Keine fünfundzwanzig. Allzu schwarzgetönte, den Kiosk praktisch sprengende Haare. Eine zu hohe, nie weich werdende Stimme. Ein überall genau und knapp geschwungenes Gesicht und eine sanft sich rundende Stirn, unter der die Augen fast in einer Tiefe liegen. Im Zeitungskiosk, eine solche Erscheinung. Eine schwarze Jeansjacke mit viel zu vielen grellweißen Nähten. Die Person selber ist bestürzend blaß. Und vorgestern, als er wieder seine Zeitungen entgegennahm, sagte sie, als sie ihm das Wechselgeld in die Hand zählte: Ich hab noch einen Fick gut bei dir. Und da sind doch immer noch Leute in der Nähe. Und die tun jedesmal so, als hörten sie diese Sätze nicht. Das kann die feinste Art mitteleuropäischer Toleranz sein. Dann hat die Aufklärung tatsächlich was gebracht. Oder es ist eine Art schmerzlicher Resignation. Die Sätze sind ihnen so peinlich, daß sie keine Chance sehen, da noch rettend einzugreifen. Er hatte nicht den Mut, die Leute zu fragen. Er war ja jedesmal, wenn ihm ein solcher Satz serviert wurde, selber verwirrt. Selig verwirrt allerdings. Mein Gott. Bis zur Unzurechnungsfähigkeit glücklich. Aber natürlich genauso unglücklich. Als die unter ihrem schwarzen Haarstrudel so bestürzend Blasse ihm einen Tag später das Wechselgeld in die Hand zählte, sagte sie gewissermaßen schonungslos: Ich denke mit der Fotze an dich. Er kann da einfach keine Zeitungen mehr kaufen. Wie hat Rilke zu Joni gesagt? Du

mußt dein Leben ändern. Das muß er sich auch gesagt sein lassen.
Weißt Du, Helen, das Altwerden beziehungsweise seine Folgen würden, wenn man sie gestünde, wie eine Niederlage wirken. Daß er der Idiot der Saison ist, bitte.
Ihn krönt die Lächerlichkeit. Bitte. Alles im Dienste der gewöhnlichen Verzweiflungsvermeidung. Bitte.
Liebe Helen, unter anderen Umständen ist jeder ein anderer Mensch.
Wer keinen Halt mehr hat, kommt auch, wenn er nicht gerufen wird.
Mehrere Frauen schließen einander überhaupt nicht aus. Sie nehmen einander nichts weg. Jede ist ganz anders als alle anderen. Man kann nicht sagen, man könne abends keinen Apfel essen, weil man mittags Schnitzel gegessen hat. Wegen der Einzigartigkeit jedes Menschen gibt es gar keine Untreue. Vorausgesetzt, Liebe ist nicht im Spiel. (Setze, bitte, hier für *Frauen Männer* ein.)
Er ist enttäuscht. Er hatte gehofft, im Alter nehme eine Art Sterbebereitschaft zu. Es entwickle sich eine Fähigkeit zu sterben. Hatte er gehofft. Man sei am Leben nicht mehr so interessiert. Jetzt erlebt er, daß das nicht stimmt. Er ist dem Tod sicher so nah wie nie zuvor, aber vom Leben kein bißchen weiter weg als vor dreißig Jahren. Leben ist immer noch etwas, von dem man nicht genug kriegen kann.
Wunschdenken: Das rabiate Genießen des Verblühtseins einer Frau. Die Gemeinsamkeit des Zerfalls als die endgültige Gemeinsamkeit.

Es grüßt ergebenst
Heinrich IX.

Er wußte nicht weiter. Durch das Schreiben hatte er sich bewiesen, daß er Helen das Geschriebene nicht schicken, nicht zumuten konnte. Er wunderte sich jetzt selber darüber, daß er, als er das alles aufgeschrieben hatte, geglaubt hatte, er könne Helen das schicken. Angefangen vom Verschweigen bis zu den Satzgeschenken dieser und jener Frau. Wenn er ihr, was er aufgeschrieben hatte, hinschickte, wäre sie möglicherweise schockiert, dann hatte er ihr die Entscheidung praktisch aufgezwungen. Mit einem Mann, der das und das erlebt, kann man nicht zusammenleben.

Er mußte Helen einen Brief schreiben, den sie in Ruhe lesen würde, um dann in Ruhe zu entscheiden, ob sie und wie sie wieder zusammenleben könnten.

Heute oder morgen würde er allerdings diesen Helen gemäßen Brief nicht schreiben. Solange die Frauen in der Stadt ihn mit solchen Sätzen beschenkten, war dieser Helen gemäße Brief nicht zu schreiben.

Vielleicht durfte er, um Helen einen ihr gemäßen Brief schreiben zu können, nicht mehr in die Stadt gehen. War das vorstellbar? Nicht mehr in die Stadt? Aber das Telefon. Vor einer Woche der Anruf der Magistra Leonie. Ton und Rhythmus gleich aufgeregt. Aufgeregt von dem, was sie ihm mitzuteilen hatte. Sie gehörte zu denen, die ihre Verdienste überschätzen. Wenn sie einem das Datum sagen, tun sie so, als hätten sie einem das Leben gerettet. Diego war das Muster solcher Selbstüberschätzung. Man sollte andauernd danke schön murmeln.

Die Magistra hatte zu melden, daß ihre engste Freundin, Porcia Price, lebend auf Tobago, endlich auch in Deutschland anlegen wolle. Porcia werde ihn baldigst anrufen. Er möge Porcia, bitte, gebührlich behandeln, millionenschwer, leichtfüßig wie ein Lufttier, ihre Romane stapeln sich in jedem Flughafen, als Autorin skrupellos, sie rächt sich ununterbrochen, produziert Peinlichkeiten, weltumspannende, hat drei Kinder von vier Männern, das ist ihr biographisches Logo, Porcia Price, das ist die mit drei Kindern von vier Männern, also, bitte, so eine brillante Beute hat Leonie ihm nicht jeden Tag anzubieten.

Obwohl damit noch nichts gewonnen war, obwohl die Arbeit, aus diesem rabiaten Karibik-Schmetterling eine deutsche Anlegerin zu machen, erst noch getan werden wollte, mußte er sich bei Leonie bedanken, als habe er durch ihren Anruf schon weiß Gott was verdient.

Dann rief sie an: Porcia Price. Ein Geschlinge von Wörtern. Von Tönen. Von Dehnungen und gelegentlichen Stops. Eine Stimme wie eine Dünung. Man wird zum Sandstrand, an dem sie aufläuft und sich auflöst in nichts als Berührung.

Das war doch nicht die von Leonie angekündigte Skandalnudel, das war eine Umarmerin, von der man gar nicht wissen wollte, wie sie aussehe. Sie sei keine Deutsche mehr, sagte sie, sie sei nie eine Deutsche gewesen. Folgenlos verheiratet mit einem Hamburger, aber geborene Nothnagel mit -th-, aus dem Elsaß halt, sie rufe an aus Scarborough, das sei das Hauptstädtchen von Tobago, sie sehe hinaus aufs Meer, sehe die Pelikane im Sturzflug ihre Fische fangen, sehe die Krebse huschen, es sei ein gewöhnlicher Tag, das heißt, bevor man der Trägheit erliege, tue man etwas, ruft an in Germany, beim Experten für Geldvermehrung, weil man, es zu vermehren, dem Geld schuldig sei. Also, Herr von Kahn.

Er sagte ihr seinen Text auf.

Dann sagte sie: Tu die Hand weg.

Woher sie das wisse, fragte er.

Sie sei eine Frau. Und wo er jetzt seine Hand habe, das höre jede Frau.

Also auch keine Telefongespräche mehr.

Liebe Helen,
das ist der zweite Versuch, Dir einen Brief zu schreiben. Der erste geriet, je länger er wurde, um so mehr ins Unabschickbare.
Ich zu sagen gelingt ihm auch dieses Mal nicht. Am liebsten würde er für immer in die dritte Person flüchten. Er schafft das Ich nicht mehr.
Dir gegenüber. Vor allem Dir gegenüber.
Welch eine Kälte überall.
Können zwei Unglückliche einander helfen? Darf einer unglücklicher sein als der andere?
Eine Lösung ist immer lächerlich. In der Ottostraße werden Lösungen gesucht. Und gefunden. Solange man vom anderen mehr verlangt als von sich selber, gibt es keine Lösung.
Solange man von sich selbst mehr verlangen muß als vom anderen, gibt es keine Lösung.
Ohne Lösungen lebt man nicht.
Also doch von sich selber mehr verlangen als vom anderen. Das Unterwerfungsprinzip. Das Idealprinzip. Er unterwirft sich Dir. Mach mit ihm, was Du willst. Das ist seine Genugtuung. Du mußt wissen, was Du anfangen kannst mit einem Unterworfenen. Nicht mehr in die Stadt. Nicht mehr ans Telefon. Die Firma braucht ihn nicht mehr. Der Doktor aus der Schweiz ist ein Erfolg. Daß man

immer noch glaubt, siegen zu können. Und sei's durch die Niederlage.
Was tun?
Bergauf beschleunigen. Mit Kräften, die er nicht hat. Der letzte Genuß, sich zu besiegen. Endlich ist es einmal er, der sich besiegt. Dieses Gefühl, zugleich der Sieger und der Verlierer zu sein, das Leben selbst.
Oder: Eine Müdigkeit zulassen, die nicht mehr die Folge einer Tätigkeit ist. Von dieser Müdigkeit erhofft er das meiste. Und das an einem Ort, der von allen gleich weit weg ist. Unerreichbar zu sein. Und hätte doch bei Amadeus Stengl lernen können, daß, wer sich eine Alternative abverlangt, seine Seele halbiert.
Bitte bewahre ihn vor jedem ODER.
Ich wäre glücklich, wenn Du glücklich wärst. Dein triumphaler Satz! Noch triumphaler als: *Wenn ich nicht mehr leben würde, müßtest Du nicht mehr lügen.*
Wenn-dann-Sätze. Wenn Du ihn vor den Entweder-oder-Sätzen bewahrst, schützt er Dich vor den Wenn-dann-Sätzen.
Die Sonne sinkt. Laß die Waffen schweigen. Die Münder verschweigen. Der Februar ist fast vorbei. Deine Schneeglöckchen und Deine Krokusse fangen an. Sie übertreiben es. Wie jedes Jahr. Er meldet Dir ergebenst: Die Krokusse sehen auch in diesem Jahr aus, als seien sie zu früh dran.
Man hat Abend gegessen an verschiedenen Tischen. Das bleibt zu bedauern.
Heute hat er auf dem Heimweg gedacht: Die Bäume haben Angst vor uns. Im Februar sehen sie so aus. Da ist die Osterwaldstraße, laublos, eine Gespensterstraße.

Er hat, seit Du ihn verlassen hast, keinen Schluck *Wielands Trunk* zu sich genommen. Die Küche betritt er nicht. Zu zweit muß die Zeit wohl gründlicher totzuschlagen sein als allein.
Jedesmal, wenn er die Haustüre hinter sich zumacht, bricht die Leere über ihn herein. Es ist dann, als habe er kein Gewicht mehr. Allein. Wenn Du das beabsichtigt hast, ihm seine Unwichtigkeit zu demonstrieren, dann hast Du, was Du beabsichtigt hast, erreicht.
Daß Du nicht in der Ottostraße verharrst, hat er bemerkt. Als er Dein Auto auch während der Sprechstundenzeit nicht fand, wo es immer zu finden gewesen war, ging er ins Haus und las Deine Mitteilung: *Vorerst finden keine Sprechstunden mehr statt.* Er dachte natürlich sofort: Das hast Du gegen ihn geschrieben. Er geht schön brav täglich in sein Geschäft. Außer Frau Lenneweit sieht ihm niemand etwas an. Du aber bist nicht mehr fähig, Deinen von Dir so geliebten Beruf auszuüben. Ja, er gibt es zu. Das hat ihn getroffen. Am liebsten hätte er sich auf die Treppe gesetzt und … Schluß jetzt. Aber daß Du diese Ehe nicht verteidigst! Du kämpfst um jede Ehe wie ums Weltheil selbst. Und diese Ehe läßt Du zerbrechen. Wenn Du kämpfen würdest, wenn Du nicht nur Affektohrfeigen austeiltest, dann könnte er auch kämpfen. Du willst wieder einmal durch Nachgeben siegen. Interessant.
Wundere Dich nicht, der Brief hört auf mit einem Traum. Er könnte sagen: Weil er diesen Traum gestern nacht geträumt habe. Stimmt nicht. Trotzdem wäre, das zu behaupten, nichts, was er eine Lüge nennen würde. Etwas zu sagen, was nicht geschehen ist, wie es gesagt wird, gilt als unwahr. Diesem Sprachgebrauch widersetzt er sich

immer erfolglos. Nicht einmal bei sich selber kann er durchsetzen, daß etwas dadurch, daß er es sagt, wahr wird. Der Traum, den er Dir erzählen will, wurde irgendwann geträumt. Er hat ihn Dir nie mitgeteilt. Jetzt will er ihn Dir mitteilen, weil der Traum sich jetzt bei ihm gemeldet hat, ihn beherrscht. Kann sein, daß die Mitteilung betulicher ausfällt, daß sich Kommentarfarben einmischen, die, wenn er Dir den Traum rechtzeitig anvertraut hätte, nicht vorgekommen wären.

Ein unendlich schöner oder paradiesisch schöner Traum also. Von Anfang an. Eine von allem, was stören könnte, befreite Traumwelt. Mehr Menschen, als man auf einen Blick fassen kann. Alle beschäftigt mit Zärtlichsein. Keine Farbe, die an eine andere Farbe stößt. Nur Übergänge. Auch die Bäume, die Sträucher, die Häuser, die Brücken, die Flüsse, die Blumen, alles geht in alles über. Auch das, was man hört. Eine Musik der reinen Vollkommenheit. Hervorgebracht von keinem Instrument. Alles findet einem Mädchen zuliebe statt. Ist sie aus Tau oder Samt oder Licht? Sie ist aber auch ein Mädchen, das geht und steht und sich bückt und streckt und sogar Sprünge macht. Bei den Sprüngen ist sie länger in der Luft, als man das für möglich hält. Man staunt. Ihre grenzenlose Wesens- und Körperschmiegsamkeit, ihre vollkommene Zutunlichkeit bewirkt nichts Geschlechtliches. Aber sie hat einen Namen. Den weiß er nicht. Den möchte er wissen. Den muß er wissen. Das dramatisiert den Traum. Er ist ihr gegenüber, sie öffnet ihren Mund, sie läßt ihre Lippen etwas aussprechen, das nur ihr Name sein kann. Sie hat nichts Hörbares gesagt. Er macht die Lippenbewegungen nach, als ließe sich dann der Name aussprechen. Während seine Lippen nach-

machen, was sie mit ihren Lippen vorgemacht hat, greift er nach ihr. Sie lächelt. Sie bestätigt, er hat ihren Namen von ihren Lippenbewegungen abgelesen und er hat sie mit seinen Lippenbewegungen gerufen, sie hat sich gerufen gefühlt. Sie kommt zu ihm. Er sitzt auf einem Thron, auf einem von blühender Kapuzinerkresse überwucherten Thron. Sie setzt sich auf ihn. Sie kriegt ihn zu spüren. Dann das unaufhaltsame Herausgleiten aus ihr. Der Traum wird dünn. Erlischt. Er muß zugeben, daß es ein Traum war. Daß diesem Traum nichts entspricht in der Welt, in der er lebt. Nichts als eine weltfüllende Armut. Die schmerzt.
Er war im vergangenen Frühjahr, April oder Mai, nicht fähig, Dir diesen Traum anzuvertrauen. Auch nicht nach dem immer zum Frühstück gereichten Wielandischen herzstärkenden und zungenlösenden *Trunk*. Gelernt von Dir ist: Es wäre lächerlich, diesem Traum durch Übersetzung Begreiflichkeiten anzutun. Den Traum ausliefern oder ihn verschweigen. Ohne daß damit etwas gesagt sein soll, ist der Traum jetzt nicht mehr nur sein Traum. Dein und sein Traum ist er jetzt.
Wer Dir diesen Brief schreibt, geschrieben hat, ahnst Du, weißt Du. Dich überrascht nicht der Schlußgruß. Du hast ihn kommen sehen.
Es grüßt Dich, wie Du willst,
Deine Helen

PS. Jetzt tobt sich der Reiz aus. Der nicht abgeschickte Brief ist der Brief. Der abgeschickte ist so wahr, wie etwas Gewolltes wahr sein kann.
Sich in Wörter hüllen wie in Gewänder, preisgegeben der Vermutung.

Denk an das Bad, das ausläuft. Am Schluß scheint das Wasser nicht schnell genug in den Abfluß kommen zu können. Das ist angenehmer, als wenn das Wasser sich wehren würde. Das wäre lächerlich, Wasser, das sich dagegen wehrt, verschwinden zu müssen.